W0359784

● Werke von Tilman Riemenschneider
R
SPESSART
Bad K
Frankfurt
a. Main
Fränk
Aschaffenburg
Rir
B 8
Großostheim
Main
Wertheim
Eisingen
Miltenberg
Grünsfeld
Och
B 290
Tauber
B 19
ODENWALD
Bad Mergentheim
Heidelberg
Neckar

Kronach
Unterebersbach
ch
Münnerstadt
n
B 286
B 19
HASSBERGE
B 173
Schweinfurt
Haßfurt
amschatz
Main
bronn
Bamberg
Volkach
STEIGERWALD
B 22
burg
Buttenheim
belried
Großlangheim
Iphofen
Romantische
Straße
B 8
Heroldsberg
Windsheim
Creglingen
g
Nürnberg
Rothenburg
ob d. Tauber
N
0
20 km

Tilman Röhrig
Riemenschneider

SERIE PIPER

Zu diesem Buch

Wochenlang hat Tilman Riemenschneider nach ihr gesucht – seiner Eva. Es ist das Jahr 1492, und der Bildschnitzer arbeitet an einem bedeutenden Auftrag für die Stadt: den Skulpturen des ersten Menschenpaars vor dem Eingang der Würzburger Marienkapelle. Doch dann findet er sie, auf einem ärmlichen Gehöft vor den Toren der Stadt. Von da an wird Meister Riemenschneider mit der Frau, die für die Figur der Eva so freizügig Modell steht, durch ein unlösbares Band verbunden sein. Jahre später ist Riemenschneider ein angesehener Mann und gilt als einer der größten Künstler seiner Zeit. Bis sich die Bauern erheben und die Predigten des Mönchs Martin Luther die Stadt in Aufruhr versetzen. Riemenschneider gerät in die Hände der unerbittlichen selbsternannten Rächer, deren Folter bis dahin kaum jemand lebend überstand. – Ein spannender Roman über einen Künstler, der Licht und Schatten regiert, über eine Zeit, die Deutschland für immer verändert, und über eine Liebe, die mit allen Grundsätzen bricht.

Tilman Röhrig, geboren 1945 in Hennweiler/Hunsrück, lebt in der Nähe von Köln. Nach seiner Ausbildung zum Schauspieler und Engagements an mehreren deutschen Bühnen arbeitet er seit über drei Jahrzehnten als freier Schriftsteller. Die größten Erfolge brachten ihm seine historischen Romane, die allesamt Bestseller und vielfach übersetzt wurden. Für sein literarisches Werk erhielt er zahlreiche Auszeichnungen, unter anderem den Großen Kulturpreis NRW.
Weiteres zum Autor: www.tilman-roehrig.de

Tilman Röhrig

Riemenschneider

Historischer Roman

Piper München Zürich

Mehr über unsere Autoren und Bücher:
www.piper.de

Mix
Produktgruppe aus vorbildlich bewirtschafteten Wäldern und anderen kontrollierten Herkünften
www.fsc.org Zert.-Nr. GFA-COC-001223
FSC
© 1996 Forest Stewardship Council

Ungekürzte Taschenbuchausgabe
März 2009
© 2007 Tilman Röhrig und Piper Verlag GmbH, München
Die Veröffentlichung dieses Werkes erfolgt auf Vermittlung
der Autoren- und Verlagsagentur Peter Molden, Köln.
Umschlag: Büro Hamburg. Anja Grimm, Stefanie Levers
Bildredaktion: Büro Hamburg. Alke Bücking, Sandra Schmidtke
Umschlagabbildungen: Lukas Cranach d. Ä.
(»Venus und Amor«) und Tilman Riemenschneider
(»Heiligblutaltar«, akg-images)
Autorenfoto: Peter von Felbert
Satz: Satz für Satz. Barbara Reischmann, Leutkirch
Papier: Munken Print von Arctic Paper Munkedals AB, Schweden
Druck und Bindung: CPI – Clausen & Bosse, Leck
Printed in Germany ISBN 978-3-492-25367-3

1

Wind kam auf. Er trieb eine Wolke vor sich her, eine Wolke aus Staub und Dornen … Lauter wurde das Brausen … Im Innern entstand Glut, sie wucherte, jetzt flimmerte der Staub, kleine Flammen sprangen aus den Dornenspitzen … Ein Arm wuchs hinaus, die Hand öffnete sich, streckte den Zeigefinger … Da brannte die Wolke, verbrannte der Arm, verglühte der Finger; ein Tropfen blieb … und fiel.

Meister Til wischte sich über die Stirn, er hielt die Augen geschlossen. Stickig und schwer war die Luft in der Schlafstube. Das Traumbild verließ ihn nicht. Wieder sah er das Flirren in der Wolke, hörte das Brausen. »Bescheide dich«, flüsterte er. »Kein himmlischer Bote, der Rat hat dir den Auftrag gegeben. Nur die Herren vom Stadtrat …« Neben ihm seufzte seine Frau Anna im Schlaf, drehte sich schwer zur Seite. Wie ertappt schwieg Til, erst als sie den Atem wieder geräuschvoll und gleichmäßig durch die Lippen blies, öffnete er die Lider. Durch die Ritzen der Schlagläden schimmerte grau der Morgen. Was für ein Tag! Durfte er das Wagnis eingehen?

»Nackt?« »Ja, nackt sollen sie sein!« Unvermittelt war Tumult in der Ratssitzung entstanden. »Nackte vor dem Eingang?«, ereiferten sich einige fromme Gemüter und erhitzten sich: »Unsere Marienkapelle ist kein Frauenhaus!« Hohngelächter der anderen Stadtväter antwortete: »Nackt. Wie denn sonst?«

Mit erhobenen Händen versuchte der oberste Bürgermeister zu beschwichtigen, erst die Glocke verschaffte ihm Gehör: »Freunde! Werte Herren! Auch wenn das Wort erneut einige von uns erschreckt. Es muss so sein. Denkt doch ans Paradies, ans Feigenblatt.« Geschickt nutzte er die Erleichterung. »Außerdem will ich ihn ohne Bart. Nicht nur der Meister, auch ich will es! Sein Vorschlag ist gut. Ja, jung sollen die beiden sein.« Keine Proteste mehr, die Abstimmung brachte den Beweis, der Fortschritt hatte in Würzburg gesiegt.

Und nur einer konnte das erste Menschenpaar erschaffen, darin waren sich die Herren nach wie vor einig.

Ohne seine Frau zu wecken, befreite sich Meister Til von der dünnen Zudecke, fand mit den Füßen die Maulschuhe, blieb aber auf der Bettkante sitzen. »Jetzt haben wir Anfang Mai«, rechnete er. »Vier Monate sind's her. Keine lange Zeit für den Adam.« Sicher, es wäre leicht gewesen, eine Figur angetan mit Gewändern aus dem Sandstein zu hauen, und noch leichter, wenn er Holz statt Stein bearbeitet hätte. Aber den bloßen jungen Leib? »Und für einen Moment glaubte ich …« Er schüttelte über sich selbst den Kopf und schmunzelte. Damals war er noch abends spät, nur bekleidet mit dem Hausmantel, hinüber in die Werkstatt gegangen, hatte Lampen rechts und links des Spiegels gehängt und das Kleidungsstück abgelegt. Wähnt sich ein Mann von gut dreißig Jahren auch immer noch jung, der Blick des Künstlers entschuldigt keinen Makel. Til tätschelte seinen Bauch und lachte vor sich hin. »Nein, als Adam war ich mir zu unansehnlich.«

In seinem Rücken raschelte Stoff, die Matratze bebte. »Schäm dich!« Mit dem Vorwurf reinigte sich die Stimme seiner Frau vom Schlaf, wurde spitzer: »Du freust dich wohl, kannst es erst gar nicht abwarten?« Ein Aufstöhnen folgte. »O Heilige Mutter, wäre ich doch Witwe geblieben. Warum hast du es zugelassen, dass ich diesen Mann geheiratet habe?«

Meister Til bewegte sich nicht, er schwieg und wartete ab. Ihre Anklage war noch nicht beendet. Seit Tagen schon kannte er Satz für Satz und musste jeden über sich ergehen lassen, um nicht neue Sätze heraufzubeschwören.

»Holt sich ein Weib in die Werkstatt. Ein Bauernweib. Ich hoffe nur, dass mein Goldschmied, Gott hab ihn selig, dass mein Ewald heute nicht von oben zusieht, wie das Laster in unser Haus einzieht. Du willst ein ehrbarer Schnitzer sein? Alle hast du getäuscht mit deinen Heiligenfiguren, mit der schönen Muttergottes für die Prozession.« Ein Aufschluchzen, die Stimme sank von der Anklage zur Klage. »Und ich hab so fest an dich geglaubt, war stolz … stolz auf meinen Tilman Riemenschneider. Heute aber legt er die Maske ab. Und drunter steckt ein Lüstling …« Der Satz erstickte im nächsten Schluchzer. Stille.

Immer noch hütete er sich, etwas zu erwidern.

Frau Anna schlug mit den flachen Händen auf die Matratze, ihr Ton fand zur Schärfe zurück: »Wohin soll das führen? Erst müssen sich die Söhne meines Ewald vor dir ausziehen, meine drei Buben. Einer nach dem anderen. Aber sie waren dir nicht gut genug ...«

»Zu dünn«, verbesserte er.

»Was?«

»Gut sind sie schon, aber sie sind mir zu dünn.« Meister Til wandte den Kopf und sprach ins Halbdunkel zu dem hellen Fleck des Nachthemdes. »Nur deshalb hab ich den Gesellen genommen. Der Tobias, der ist so ein Adam, so wollte ich den Körper haben.«

»Und was ist an diesem Weib besser? Was hat sie, was du nicht auch bei mir sehen kannst? Sag es mir.«

»Du bist ...« Gerade noch rechtzeitig stockte er. »Weißt du, so eine Eva. Also, ich glaube nicht, dass der Schöpfer bei der Erschaffung der Menschen gleich solch eine reife Frau ... Ich will sagen, dass du mir eine gute Frau bist, aber für die Eva ...«

»Sag es doch! Ich bin zu fett.« Sie rutschte zur unteren Bettkante, der Nachttopf schepperte, es kümmerte Anna nicht, mit bloßen Füßen stampfte sie um das Lager herum, neben Til hielt die mächtige Gestalt an. »Ausreden! Mal zu dünn, dann wieder zu alt und zu dick. Ich sag dir was, Mann: Schlecht ist es, was du heute vorhast, und eine Sünde.« Sie stieß die Tür auf und schlug sie hinter sich zu. Von draußen hörte Til noch: »Jawohl, eine Sünde.«

Das morgendliche Unwetter war vorüber. »Besser jetzt als nachher, wenn Magdalena da ist.«

Er stand auf, in wenigen Schritten war er am Fenster, schob es hoch und öffnete mit beiden Händen langsam die Schlagläden. Licht flutete. »Willkommen.« Tief einatmend begrüßte er den klaren Morgen und kämmte mit den Fingern seine volle kupferfarbene Lockenmähne hinter die Ohren zurück. Unter ihm lag die Franziskanergasse noch im Schatten; auf den niedrigen Dächern gegenüber aber ließ die frühe Sonne den Tau funkeln. »Willkommen.« Dieser Gruß galt nicht dem Tag. Als es ihm auffiel, stahl sich wieder ein Lächeln in die Mundwinkel. »Ich gestehe es ja: Ich freue mich wirklich.«

Magdalena. Letzte Woche hatte er wieder das Pferd gesattelt, zum dritten Mal nun schon im April. »Will nach unserm Weinberg sehen«, so hatte er sich von Anna verabschiedet, »und danach auf dem Land ein wenig freie Luft atmen.«

Erneut eine Ausrede, doch wie die beiden Male zuvor bemerkte es seine Frau nicht. Zu sehr war sie mit Haus und Kindern beschäftigt. Kurzatmig flocht sie der gemeinsamen siebenjährigen Tochter Gertrud die Zöpfe und sah nur flüchtig über die Schulter. »Der Ritt wird dir guttun. Bei all dem Staub in der Werkstatt wirst du noch krank.« Und weil sie niemanden, ob nun Mann, Kind oder Geselle vom Hof Wolfmannsziechlein fortlassen konnte, ohne ihm einen Auftrag zu erteilen, setzte sie hinzu: »Aber bring uns einen Korb frisches Gras für die Hasen mit. Das vom Weinberg, das fressen sie so gern.«

Er war zum Hauger Tor in den Tag hinaus geritten. An den Rebstöcken brachen die Knospen auf, zeigten ihr Hellgrün der Sonne. »Ich hoffe auf einen guten Sommer. Für den Wein und auch für mich.« Keinen Blick verschwendete er fürs Hasenfutter und lenkte das Pferd weiter. »Bis zur Lese muss ich meinen Auftrag erfüllt haben.«

Heute nahm er sich vor, dem großen Lehnshof nahe Unterpleichfeld einen Besuch abzustatten. Oben auf der Höhe ließ er das Pferd traben. Seine Eva wollte er finden; eine, die unschuldig war oder wenigstens so aussah. »Unter den heiratsfähigen Jungfrauen in der Bürgerschaft gibt's bestimmt die eine oder andere.« Er rundete die vollen Lippen und schüttelte den Kopf. Allein schon die Frage wäre ein unsittlicher Antrag und hätte in Würzburg einen Skandal ausgelöst.

»Welch eine Ehre. Der berühmte Bildschnitzer in meinem Haus.« Freundlich wurde er vom Verwalter begrüßt und bewirtet. Nur zu gern ließ sich Meister Til herumführen, lobte die Sauberkeit von Küche und Stallungen, während er unauffällig die Mägde betrachtete. Keine jedoch entsprach seiner Vorstellung.

Auf dem Rückweg durchs benachbarte Tal nagte Zweifel an ihm. »Du willst zu viel. Der Fehler liegt bei dir. Eva ist nicht unschuldig. Das ist es.« Gleich kamen ihm die Dirnen in Paulsen Wolfs Haus in den Sinn. »Für Geld stellt sich mir jede von denen zur Verfügung.« Nein, Gott bewahre, so eine darf ich meinem Adam nicht geben.

Ratlos, in Gedanken versunken, ritt er an einem ärmlichen Gehöft vorbei. Hühner flüchteten, ein Hund kläffte den Reiter an. Kaum nahm er es wahr. Hinter dem kleinen Haus führte der Weg wieder dichter am Bach entlang. Das klatschende Geräusch ganz in der Nähe schreckte ihn auf. Mit dem Rücken zu ihm stand eine Frau im seichten Wasser und schlug die Wäsche. »Gott zum Gruß.«

Sie wandte sich um und schaute auf. Ihr Blick war der Anfang gewesen.

Meister Til stützte beide Hände auf den Fenstersims und beugte sich vor. Niemand stand unten in der Gasse. »Es ist noch zu früh«, ermahnte er sich. Erst nach dem Morgenläuten werden die Stadttore geöffnet. »Der Bauer wird Wort halten, er wird seine Frau schon herbringen.«

Weil er nicht mehr gefragt hatte, wusste er nicht viel von Magdalena, nur dass sie erst im vergangenen Winter geheiratet hatte, dass sie die zweite Frau des Bauern war und dass trotz harter Arbeit kaum genug zum Leben übrig blieb. Angesehen hatte er sie. Keine strahlende Schönheit, aber Frau in jeder Geste, dennoch nicht erfahren. »Willst du mir Modell stehen?«

Sie hatte vorsichtig gelächelt, und mit dem Lächeln glitt helle Unschuld über ihr Gesicht, ließ das Grünblau der Augen aufleuchten. »Was heißt das?« Doch als sie begriff, erlosch das Strahlen. »Ich bin nicht so eine, Herr.«

»Dann hätte ich auch nicht gefragt.« Schwungvoll stieg Meister Til vom Pferd. Zu eilig, denn gleich hastete sie aus dem seichten Wasser und zog sich einige Schritte in Richtung des Bauernhauses zurück.

»So bleib doch. Bitte!« Der warme Klang seiner Stimme ließ Magdalena zögern.

»Es soll die Eva sein. Vor dem Südportal der Marienkapelle wird sie stehen, zusammen mit dem Adam.«

»Aber ich kann mich doch nicht so vor allen Leuten zeigen. Ich mein, so ohne was ...«

»Das musst du auch nicht.« Er bemühte sich, ernst zu bleiben, und zeigte ihr seine offenen Hände. »Ich werde ein Abbild von dir aus Stein schaffen.«

»Aber, Herr, wir leben hier. Und wenn unsere Nachbarn in Würzburg auf dem Markt sind und vor dem Heimweg schnell noch beten wollen? Dann erkennen die mich doch an der Tür von der Marienkapelle.«

»Nein, hab keine Furcht. Ich werde dein Gesicht verändern. Niemand wird dich in der Eva sehen. Außer deinem Mann …«, er zögerte, »… und mir.« Mit gewinnender Aufrichtigkeit setzte er hinzu. »Und ich betrachte dich nur mit den Augen eines Bildschnitzers.«

Eine Weile prüfte Magdalena sein Gesicht. »Ich muss fragen. Wartet, Herr.«

Bald kam sie zurück. Wenige Schritte hinter ihr folgte der Bauer. Jakob Lebart, ein ausgemergelter Mann, fast doppelt so alt wie Magdalena, tief lagen die Augen in den Höhlen. »Reitet weiter, Herr. Für so was hat meine Frau keine Zeit. Wir müssen arbeiten. Die Pfaffen vom Kloster nehmen uns fast alles weg …«

»Ich zahle einen Gulden.«

Der Bauer ballte die Faust, starrte den Fremden an. »Treibt keinen Scherz mit uns.«

»Mein Wort. Ich zahle einen Gulden, wenn deine Frau nach Würzburg zum Hof Wolfmannsziechlein in die Franziskanergasse kommt und mir Modell steht. Vielleicht benötige ich sie zwei Tage, mehr nicht. Überleg es dir.«

»Wenn es wahr ist, Herr, dann gibt es nichts zu überlegen.« Jakob betastete mit beiden Händen seine Wangenknochen, als wollte er sichergehen, dass er nicht träumte. »Das ist mehr, als wir im ganzen Sommer vom Feld heimbringen. Sagt, dass es wahr ist, Herr.«

Meister Til nahm einen Schilling aus der Gürteltasche und reichte ihn dem Bauern. »Nimm, mein Freund. Nur zum Beweis, dass ich es ehrlich meine. Den Gulden gibt es dennoch.« Er stieg wieder in den Sattel. »Sorge dafür, dass deine Frau nächste Woche zu mir in die Werkstatt kommt. Das ist der erste Dienstag im Mai.«

»Du kannst dich auf uns verlassen, Herr.« Jakob hatte den Schatz zwischen den schwieligen Fingern gerieben. »Ich … ich werde Magdalena selbst hinbringen.«

Sie sagte nichts zum Abschied, hob nur das Gesicht zu ihm auf, und Til hatte ihr Lächeln als Versprechen mit auf den Heimritt genommen.

»Erst eine Woche ist es her.« Unmerklich schüttelte er den Kopf. »Kaum zu glauben, aber mir ist, als kenne ich sie schon seit Langem. Als wäre bei der kurzen Begegnung ihr Bild in mir erwacht …«

Draußen vor der Schlafkammer hörte er eilige Schritte. »Vater!«, rief Gertrud, stieß die Tür auf. »Vater! Schnell!« Die Tochter war bei ihm, schluckte und schluchzte: »Komm schnell … Mama blutet.«

Mit hastigem Griff hob Til das Mädchen auf, war schon unterwegs. »Wo, Kind? Wo ist die Mutter?«

»In der Küche.« Die Kleine verbarg das Gesicht an seiner Brust. »Und Mama schnauft so.«

Die Wendeltreppe vom ersten Stock hinunter, zwei Stufen auf einmal, nur die linke Hand am Geländer gab Sicherheit, der lange Flur zum hinteren Teil des Hauses war düster, weit stand die Küchentür offen.

»Anna!«

Immer noch mit dem Nachthemd bekleidet, hockte sie in sich zusammengesunken nahe dem Tisch auf einem Stuhl, den Kopf über die ausladende Wölbung der Brüste geneigt, schlaff hingen die Arme, ihre rechte Hand stützte sich schwach auf den Blasebalg neben dem ausgestreckten nackten Bein. Blut quoll aus einer Wunde am Knie, aderte langsam über Schienbein und Wade und stockte schon an der Fessel.

Erleichtert setzte Til das Mädchen ab. »Meine gute Anna.«

Keine Antwort. Behutsam näherte er sich und legte die Hand auf ihre Schulter. »Was ist dir?«

Der mitfühlende Ton flößte Leben ein. »Das Herz, es ist das Herz«, flüsterte sie. »Erst war es nur ein Stich wie bei der Pfingstprozession, weißt du noch … Und vorhin wollte ich gerade das Feuer anblasen, da stach es immer wieder, so mitten in die Brust. Vor Schmerz bin ich gegen die Ecke vom Herd gestoßen … Ach, Liebster.« Sie wandte den Kopf, schmiegte die Wange an seine Hand. »Dann ist mir ganz schlecht geworden.«

Das Kind staunte mit geweiteten Augen die Eltern an. Til sah die Angst, wollte beruhigen, unterließ es aber, weil jedes Leid seiner Frau, und sei es auch noch so klein, nicht rasch geschmälert werden durfte. So gab er Gertrud den Auftrag, das Riechfläschchen drüben aus dem Wandregal herzubringen und den Kork herauszuziehen. »Nun halt es der Mutter unter die Nase. Aber vorsichtig.«

Beißender Geruch vermischt mit Lavendel breitete sich in der Küche aus. Anna nahm nur einen Atemzug der Dämpfe, ihr Kopf fuhr zurück. »Weg damit, Kind.« Sie kniff die Augen zusammen, rang vergeblich nach frischer Luft. »Willst du mich vergiften?« Husten folgte. »Weg damit. Sofort. Hörst du!«

Nun völlig verwirrt, begann Gertrud zu weinen. Der Vater nahm ihr das Fläschchen vorsichtig aus der Hand und verschloss es wieder. »Du hast der Mutter geholfen«, tröstete er leise. »Nun ist sie wieder gesund.« Damit ging er durch die Küche und stellte das Riechsalz zurück an seinen Platz. Als er sich umwandte, war Gertrud hinausgelaufen. Anna saß aufrecht da, den Blasebalg an die Brust gepresst, empfing sie ihn mit wehem Blick. »Tu es nicht, Mann! Ich bitte dich, lass kein fremdes Weib in deine Werkstatt.«

Eine steile Falte wuchs ihm zwischen den Brauen. »Es ist entschieden. Und damit soll es gut sein.«

»Wie redest du mit mir?« Ihr Busen hob und senkte sich. »Alles, was du besitzt, hast du von mir und meinem seligen Ewald. Das Haus, die Werkstatt. Und Meister bist du nur geworden, weil ich erlaubt habe, dass du mich heiratest …«

»Genug jetzt, Anna! Nicht schon wieder.« Er schloss die Augen, versuchte den Zorn zu unterdrücken. »Versteh doch: Adam und Eva sind mein erster großer Auftrag vom Stadtrat. Ich muss und werde das Menschenpaar aus dem Stein hauen, so schön, wie es noch nie vorher geschaffen wurde. Und nur damit die Arbeit gelingt, kommt Magdalena heute hierher.«

»Wie du den Namen schon sagst …«

»Bitte schweig! Wenn du weiter streitest, habe ich nachher keine ruhige Hand. Dann muss sie häufiger kommen, als wir ausgemacht haben.«

Diese Bedrohung zeigte Wirkung. Anna öffnete und schloss wortlos wieder den Mund.

Ohne den kleinen Sieg auszukosten, fragte er: »Soll ich dein Knie verbinden?«

Sie schüttelte den Kopf. »Beeil dich, sonst hast du nur das Hemd an, wenn diese …« Nein, kein neuer Vorwurf, tapfer ergänzte sie: »Gleich kommen die Mägde und deine Gesellen vom Speicher runter, auch meine Buben. Ich muss das Feuer anfachen für den Brei.« Das Leid schwang in der Stimme mit. »Ankleiden muss ich mich. Und meine Wunde versorge ich selbst. Ach, Riemenschneider, was für ein trauriger Morgen.«

Alle Hausbewohner hatten sich im geräumigen Speisesaal um den Tisch versammelt. Mit gesenktem Kopf, Nase und Lippen berührten die zusammengelegten Hände, lauschten sie dem Gebet. Meister Til sprach langsam und fest, sein Amen schwang kräftiger als gewöhnlich zur getäfelten Decke hinauf. Stumm nahm jeder seinen Platz ein. An den Kopfenden saßen sich Hausfrau und Hausherr gegenüber. Gertrud hockte links der Mutter, die drei schmalbrüstigen Söhne zu ihrer Rechten, zwei von ihnen spross bereits dichter Flaum an Oberlippe und Kinn.

Warten, bis der Vater sich genommen hatte. Und er verlangte von jedem Geduld, achtete streng auf die Sitten bei Tisch: Wer sich zu gierig benahm, der musste aufstehen, der durfte erst nach der Mahlzeit essen, was übrig geblieben war. Dies war die Regel, doch bisher hatte niemand die Strafe vollends abbüßen müssen. Stets hatte ihn nach kurzer Zeit ein mitleidiger Wink wieder zurück auf den Hocker befohlen. So verlockte das väterliche Gebot zum Ungehorsam. Den Blick fest auf ihn gerichtet, schoben Gertrud und der jüngste Bruder so unauffällig wie möglich ihre Essnäpfe zur dampfenden Schüssel hin. Von den vier Mägden neben ihnen drohte kein Verrat, auch nicht von den älteren Brüdern. Tobias und die beiden anderen Gesellen unterstützten sogar das Spiel, beugten sich vor und behinderten die freie Sicht über den Tisch.

Endlich stellte der Meister seine gefüllte Schale vor sich hin, da schnappten die Finger gleichzeitig nach der Kelle. Der Bruder umklammerte als Erster den Stiel, und wie immer hatte Gertrud verloren. »Du bist gemein.«

»Still!«, ermahnte die Mutter. Mit erhobener Hand drohte sie ihrem Sohn, nahm den Schöpfer an sich und teilte den Brei aus.

Eine Zeit lang schabten nur die Löffel in den Holznäpfen, dann räusperte sich Meister Til vernehmlich. »Wie ihr wisst, erwarte ich heute eine Frau. Eine Bäuerin.« Er sah in die Runde. »Sobald sie da ist, darf keiner von euch mehr die Werkstatt betreten. Habt ihr mich verstanden: Ich will keine Störung.«

»Aber, Riemenschneider ...« Anna schnaufte, verschluckte den Satz und presste die Lippen aufeinander.

»Aber, Meister«, neben ihm warf Tobias mit Schwung das dunkle Lockenhaar zurück, »ich muss doch dabei sein. Du hast mir versprochen, dass ich bei der Eva mitarbeiten darf ...«

»Zur Hand gehen«, verbesserte er, »nur zur Hand gehen, und das wirst du auch. Aber glaub nicht, weil du der Adam bist, wärst du schon so weit, die Eva zu schaffen. Nein, keine Widerworte. Ich weiß, was ich sage.« Til fasste ihn an der Schulter, wohlmeinender Spott schwang im Ton mit: »Aber du sollst für deine Eva sorgen. Geh rüber und entzünde Feuer. Nicht in der Steinhalle. Die Schnitzwerkstatt wird schneller warm.«

Gehorsam verließ Tobias den Tisch, war schon an der Tür, als der Meister ihm nachrief: »Und stell das Zeichenbrett auf. Denk auch an genügend Papier!«

Ein Blick hinüber zu seiner Frau. Anna stemmte bereits beide Fäuste auf die Tischplatte, schnell wandte er sich an die anderen Gesellen: »Ihr werdet heute Zeit haben, das Steinlager beim Stall aufzuräumen und zu ordnen. Die großen Blöcke kommen nach hinten. Deckt sie nachher gut mit den Leinenplanen ab.« Seine Frau hob und senkte den Busen. Er ließ keine Pause: »Wenn Tobias zurück ist, beginnt ihr. Und haltet mir die Knaben in Schach. Ich will nicht, dass sie zu den Werkstattfenstern hochklettern. Das Beste wäre, ihr fangt die kleinen Teufel gleich am Tor ab, sobald sie auftauchen. Nehmt sie mit zu den Steinen. Schadet nichts, wenn sie vom Arbeiten mal Blasen an den Händen bekommen. Und merkt euch, wer von ihnen der Fleißigste ist, den nehme ich vielleicht zum neuen Lehrbuben. Und ...« Weil ihm kein weiterer Auftrag für die Gesellen einfiel, hielt er inne, ergeben sah er über die Breischüssel hinweg zum jenseitigen Tischende. »Verzeih, meine Liebe, du wolltest etwas sagen.«

»Es ist warm. Wir haben Anfang Mai. Draußen scheint die Sonne.«

Anna bemühte sich, ruhig zu sprechen. »Darf ich fragen, wieso du die Werkstatt heizen lässt? Holz ist teuer und Kohle erst recht.«

»Das ist wahr«, nickte er zustimmend, gab aber keine Antwort, stattdessen stand er auf und blickte zur Decke. »Lasst uns danken!«

Sofort erhoben sich Kinder, Mägde und Gesellen, sichtlich schwer fiel es der Hausfrau, die Empörung niederzukämpfen, doch schließlich wuchtete sie schweigend den fülligen Leib aus dem Lehnstuhl. Das Frühmahl war beendet.

2

Vorbei an den neugierigen Gesichtern im Hof. Magdalena sah nicht zur Seite, die Augen fest auf den breiten Rücken vor ihr gerichtet, folgte sie dem Meister zum Querhaus. Er öffnete die Pforte in der hohen Flügeltür und lächelte seinem Gast zu. »Verzeih, dass es kein prächtiger Saal ist. Ich weiß, beim ersten Hinschauen möchte sich jede Hausfrau gleich die Haare raufen. Doch die Unordnung ist eine wohl durchdachte Ordnung. Steine, die Holzblöcke, auch jeder Meißel, jeder Hammer, alle Dinge hier haben ihren festen Platz.« Eine weiche Geste lud sie ein. »Sei willkommen in meinen guten Stuben.«

Etwas befangen erwiderte sie das Lächeln und schlüpfte an ihm vorbei. Leicht streifte der Ärmel ihres hellen Kittelkleides sein Wams. Nach wenigen Schritten blieb sie stehen. Meister Til folgte ihr, drückte die schmale Tür zu und schloss ab. In das laute Schnappen rief sie erschrocken: »Nein!«

Er wandte sich um. »Ich verstehe nicht ...?«

»Warum tut Ihr das?« Heftig schüttelte sie den Kopf und wartete die Antwort nicht ab. »Nein, lasst mich gehen, Herr. Bitte, ich sage niemandem davon.«

Erst die Furcht in ihren Augen ließ ihn begreifen, sein Lächeln erstarb. »Du kennst mich nicht, denn sonst ... Nein, jedes Wort darüber ist unnötig.« Er reichte ihr den Schlüssel. »Bewahre du ihn auf. Ich habe uns nicht eingeschlossen, sondern uns nur vor Störungen geschützt. Jederzeit darfst du die Werkstatt verlassen.« Ein beinah jungenhafter Blick, ein besorgtes Heben der Brauen. »Ich hoffe nur für mein Glück, dass du erst gehst, wenn ich genügend Skizzen angefertigt habe.«

Magdalena nahm den Schlüssel nicht, sah ihn verwundert an. »Ihr seid so freundlich zu mir. Fast glaube ich, dass Ihr mich wirklich braucht ... dass die Einladung nicht nur eine Laune von Euch war.«

»Gesucht habe ich nach dir.« Das Braun seiner Augen verdunkelte sich. »Und als ich dich am Bach traf, da ...« Er räusperte sich und straffte den Rücken. »Ich danke dir für dein Kommen.« Zielstrebig ging er an ihr vorbei auf das lodernde Kaminfeuer zu. »Deine Aufgabe ist nicht schwer. Du müsstest dich nur ...« Wieder blieb der Satz unbeendet. Ehe er den Zeichentisch erreicht hatte, kehrte er um. »Vielleicht sollte ich dich erst ein wenig herumführen. Möchtest du?«

»Gern. Die Räume sind beinah so hoch wie eine Scheune.«

Nicht neben ihr, stets einen Schritt voraus, deutete er auf Stemmeisen und Messer, Sägen und Äxte, er führte sie an den Werkbänken der Schnitzerei vorbei. »Hier arbeiten zur Zeit meine Gesellen. Während ich drüben den Stein behaue.« Seine Hand strich über einen an beiden schmalen Enden eingespannten Holzblock. Grob war schon der Umriss einer Gestalt zu erkennen. »Noch verbirgt sich Johannes Evangelista im Lindenholz. Aber in den nächsten Tagen werden wir ihn aus seinem Versteck herausschälen.«

Magdalena beugte sich über das Stück und sog den Atem durch die Nase ein. »Wie gut er schon riecht. Nein, das war dumm. Verzeiht. Ich wollte nur sagen, ich liebe den Duft von Holz.«

Die Bewegung ihrer Lippen, das leichte Beben der Nasenflügel, nichts entging ihm. »Komm. Lass uns noch einen kurzen Blick in die zweite Halle werfen, dann aber müssen wir mit der Arbeit beginnen.«

Kühler war es, obwohl das Sonnenlicht ebenso hell durch die hohen Fenster strahlte. Auch hier standen Werktische, sie waren schwerer und breiter als drüben. Meister Til wies auf einen Stein, fein geformt war üppiges Blattwerk herausgearbeitet. »Das ist der Sockel für den Adam. Du wirst ... nein, du natürlich nicht, sondern die Eva wird auch auf solch einem ... Was ist dir?«

Magdalena streckte behutsam den Zeigefinger, dabei wich sie einen halben Schritt zurück. »Da. Der Mann«, flüsterte sie und rundete die Augen.

Er folgte ihrem Blick, gleich stahl sich ein Schmunzeln in die Mundwinkel. »Das ist dein Mann. Was erschreckt dich?« Til ging zu der schlanken, hohen Gestalt aus weißgrauem Sandstein, ihre Lockenpracht überragte ihn eine Handbreit; er strich beide Schultern bis zu den Oberarmen und fuhr mit der Fingerkuppe vom Hals das Brustbein hinunter. »Gefällt er dir etwa nicht?«

»O doch.« Weil die Antwort viel zu rasch hinausgerutscht war, stieg ihr Röte ins Gesicht. »Aber er ist so nackt, deshalb hab ich mich erschreckt. Verzeiht, ich wollte Euch nicht kränken.« Tapfer bemühte sie sich, die Verlegenheit zu überspielen. »Ich mein, schön ist der Adam, wirklich. Und wie er so dasteht, so … Ich mein, traurig ist er.«

»Du kennst die Geschichte von Adam und Eva?«

»Ihr wollt sagen, dass er traurig ist, weil die beiden aus dem Paradies gejagt werden?« Unvermittelt lebhaft trat sie näher. »Hat er denn schon den Apfel gegessen, den ich ihm …? Nein, nicht ich.« Sie lachte leise. »Ach, Ihr versteht schon.«

»Adam hat vom verbotenen Baum der Erkenntnis gegessen. Die Strafe ist noch nicht ausgesprochen, aber er ahnt sehr wohl, was ihn erwartet.«

Magdalena nickte und sah der Figur eine Weile zu. »Ich verstehe. Deshalb setzt er auch den Fuß vor, nur gehen will er nicht.«

»Wenn die Stadtväter dies auch so verstehen, bin ich mehr als zufrieden. Gern wüsste ich, wie meine heilige Magdalena auf dich wirkt. Doch seit letztem Jahr schwebt sie nun schon in Münnerstadt über dem Altar. Eine Engelschar geleitet deine Namenspatronin hinauf.« Til zog einen Kohlestift aus dem dunkelgrünen Wams. »Wir geraten ins Schwatzen. Dabei sollten wir die wertvolle Zeit nutzen. Komm!«

Während er schon auf dem Weg zurück in die Schnitzwerkstatt war, trat sie rasch ganz dicht an den Adam heran, beugte sich zur linken Hüfte und wagte einen Blick auf seine glatte weiße Rückansicht. »Oje. Ich hab's befürchtet. Kein zweites Feigenblatt. Oje.« Heftig atmete sie aus und huschte dem Meister nach.

Neben der gemauerten offenen Feuerstelle breitete Til eine Leinenplane auf dem Boden aus, sah hinauf zu den Fenstern, verrückte das Tuch so weit, bis die Sonnenstrahlen es nicht mehr erfassten. Ohne Mühe hob er den schweren Zeichentisch und stellte ihn so, dass er das Tageslicht im Rücken hatte. Noch die richtige Schräge der Arbeitsplatte, auch das Papier war nach wenigen Handgriffen eingespannt.

Erst jetzt sah er sie wieder an. »Du musst dich dahin stellen.« Er sprach sanft, dennoch suchte er nach Worten. »Damit du nicht frierst, hab ich Feuer machen lassen ...« Noch ehe er weitersprach, zeigte ihre Miene, dass sie wusste, worum er sie jetzt bitten würde. »Ich will dich zeichnen wie im Paradies. Du warst damit einverstanden.«

»Aber ich kann mich doch nicht vor Euch ausziehen?«

Verblüfft rieb er das Kinn, dann heiterte sein Gesicht auf. »Ja, du hast recht. Eva kannte bis dahin keine Kleider, wusste auch nichts vom Reiz, den das Ablegen verursachen kann. Geh dort drüben hinter den Johannes Evangelista. Und keine Furcht. Er ist noch blind.«

»Macht Euch nicht lustig.«

»Gott bewahre.« Seine Stimme blieb leicht. »Eher wundere ich mich über mich selbst. Weil ich ebenso befangen bin wie du. Wir sollten uns beide davon befreien.« Damit drehte er sich ab und legte neue Scheite aufs Feuer.

Magdalena kehrte zurück. Sie hielt das Kittelkleid schützend vor den Leib. Barfuß trat sie auf die Plane, blieb in der Mitte stehen und sah zum Zeichentisch. »Bin ich hier richtig?«

Als wäre er mit dem Blatt vor sich beschäftigt, hob Til nur kurz den Kopf, er nickte und kümmerte sich nicht weiter um sie.

Nach einer Weile warf sie das Kleid mit Schwung zur Seite. »Redet Ihr nicht mehr mit mir?«

»Entschuldige.« Til öffnete leicht die Lippen. Sein Blick umfasste die Gestalt, das gelöste lange Haar, er ahnte den hellen Samt der Haut. Mit dem nächsten Lidschlag begann er wieder von Neuem, er wollte mehr begreifen und betrachtete die schlanken Beine, die warme Form des Beckens, über dem Haarvlies verweilte er an ihrem sanft schwellenden Bauch, ehe er hinaufglitt zu den festen Brüsten. »Du bist Eva.« Er sah in ihre Augen. »Ganz selten übertrifft die Natur meine inneren Bilder und Wünsche. Doch du bist mehr.«

»Wenn Ihr weiter so schmeichelt, ziehe ich mich besser wieder an.«

»Untersteh dich«, drohte ihr der Meister; mit einem Kreidestück in der Hand verließ er seinen Platz und war bereits am Rande der Plane.

»Nein, bleibt da, Herr!«

»Es geht nicht anders. Ich muss die Position festlegen. So, wie du von nun an stehen sollst. Dafür zeichne ich einen Kreis um deine Füße, mehr nicht.«

»Kann ich das nicht auch? Bitte!« Sie schlug sich mit den Fingerknöcheln an die Stirn. »Ach, verflucht, ich schäme mich, weil ich mich so schäme. Ihr hättet Euch eine andere suchen sollen.«

»Nein, schon gut«, tröstete er, »ich bin ganz zufrieden.« Das Kreidestück rollte zu ihr. »Wir versuchen es.«

Auf seine Anweisungen hin musste Magdalena niederkauern und die Umrisse ihres rechten Fußes auf die Plane zeichnen. Sie war bemüht, jeden Zeh zu malen, dabei erschien ihre Zungenspitze zwischen den Lippen und die Scheu löste sich. Angespornt durch das Lob, wurden ihre Bewegungen freier.

»Nun setzt du den linken Fuß einen halben Schritt vor. Etwas mehr zum rechten Bein.« Ohne sie aus den Augen zu lassen, stellte er sich auf gleiche Höhe mit ihr seitlich an die Plane. »Ich bin jetzt dein Adam. Nein, schau nicht her, winkle aber das linke Knie etwas an, als wolltest du gleich weitergehen und zu mir kommen.« Er begutachtete ihre Haltung. »Sehr schön. Und nun markiere auch den linken Fuß.«

Kaum beugte sich Magdalena vor, drohte sie das Gleichgewicht zu verlieren, nur ein entschiedener Schwung mit Hüfte und Po bewahrte vor dem Sturz. »So helft mir doch, Herr!«

Seine Miene veränderte sich nicht, wie selbstverständlich trat Meister Til zu seinem Modell, kniete neben dem linken Bein nieder, drückte das Knie noch ein wenig nach innen, setzte den Fuß allein mit Ballen und Zehen auf und zeichnete die Position ein.

»Ich glaub nicht, dass ich lange so stehen kann.«

»Warte. Halt bitte einen Moment aus.« Er wählte ein Scheit vom gestapelten Kaminholz. Wenige Schläge mit dem Beil genügten, und er konnte ihr einen Stützkeil unter die Ferse des linken Fußes schieben. »Ich denke, jetzt ist es erträglicher für dich.«

Meister Til kehrte zum Zeichentisch zurück. Ruhe überkam die große Gestalt. Er blickte Magdalena an, seine Augen öffneten sich neu und ließen das Bild ein. Leicht glitt der Kohlestift über das Blatt, nur selten hob der Meister das Haupt, so sicher war er sich, so vertraut mit der Form. Die Geräusche der Stille wurden deutlicher: Das strichelnde Schaben auf dem Papier, hin und wieder knackte es in der Glut. Unmerklich ließ er den Arm sinken. »Ist dir warm genug?«

Überrascht von der Frage, fuhr sie zusammen, vollendete den Schritt mit dem linken Fuß, musste weitergehen. »O verzeiht, Herr.«

Schnell kehrte sie zu den Markierungen zurück. Der rechte Fuß, die Zehen und Ballen des linken, ihr Körper fand die Mitte nicht, wankte und wieder verließ sie die vorgezeichnete Position. »Verflucht, ich schaffe es nicht mehr. Mein Bein tut weh vom Stillhalten.«

Er nickte voller Mitgefühl. »Möchtest du dich sehen?«

Die Neugierde war stärker als der Kummer. Magdalena kam auf ihn zu, stockte, raffte das Kittelkleid vom Boden und presste den Stoff nur notdürftig an den Busen, dicht neben ihm betrachtete sie die Zeichnung. »Bin ich so? Und die langen Haare. Versteht, ganz hab ich mich noch nie gesehen. Weil wir daheim nur eine kleine Spiegelscheibe haben.« Sie runzelte die Stirn. »Aber wo ist mein Gesicht, Herr?«

»Das erfinde ich später.«

Magdalena nagte an der Unterlippe, überlegte, sagte dann: »Ich würde es doch gerne mal sehen. Wie es so passt. Ich weiß, wir haben was anderes ausgemacht, aber hier auf dem Papier hätte ich nichts dagegen.« Aus der ersten Regung heraus wollte Til den Arm um sie legen, besann sich rechtzeitig und schmunzelte vor sich hin. »Gut. Ich helfe dir.« Nach seiner Anleitung war die Haltung bald wiedergefunden.

Er glättete noch den Bogen auf dem Brett, als sie ihm zuwinkte. »Wartet, Herr. Damit ich nicht nur einfach gucke, wollte ich fragen: Was soll ich denn denken?«

Mit einer Raspel spitzte er den Stift. »Eva wusste, was sie tat. Ich bin fest davon überzeugt, sie bereut nichts. Und deshalb ist ihr auch nicht bang vor dem, was jetzt droht. Sie will Adam aufmuntern, ihm Mut machen.«

»Also soll die Frau stärker sein als der Mann.« Magdalena krauste die Nase, ihre Augen leuchteten. Sie hob den Busen, die linke Hand berührte fast das Haarvlies über den Schenkeln. Er zeichnete schon, da winkelte sie den rechten Arm an und führte ihn zum Rippenbogen unter der Brust und öffnete die Handmulde. Ein schalkhaftes Lächeln umspielte den Mund.

Er hielt inne. »Du hast dich verändert. Nein, bleib jetzt so. Es gefällt mir. Ich muss mich nur rasch darauf einstellen.« Während seine Finger ein neues Blatt einspannten, ließ er sie nicht aus den Augen, bemühte er sich, ihr Vergnügen zu erraten, und musste dann doch fragen: »Was belustigt dich?«

»Ihr habt gesagt ... Ach, ich hab mir nur vorgestellt, was ich machen würde.«

Til wartete.

»Na ja, wenn wir schon vom verbotenen Baum gegessen haben und es eh schon zu spät ist. Da hab ich mir gedacht, gut geschmeckt haben die Äpfel. Und warum sollen wir nicht noch einen essen? Also bringe ich dem Adam noch einen Apfel. Deshalb.«

»Meine Eva.« Mehr sagte er nicht dazu; er rundete die Lippen, zeichnete, und ihre wissende Heiterkeit spiegelte sich in seiner Miene.

Noch eine Skizze von der Seite, gleich danach trug Meister Til das Zeichenpult hinter sie, doch ihre Kraft erlahmte, sie vermochte nicht mehr still zu stehen, das Lächeln erlosch, Magdalena wollte sitzen und hatte Durst.

In einem Zug leerte sie den Becher. »O verzeiht.« Sie sprang auf, nahm ihr Kittelkleid und floh hinüber zum Johannes Evangelista. Während sein Modell sich ankleidete, legte er beide Bögen nebeneinander auf die Plane und betrachtete die Zeichnungen wie ein Geschenk.

»Soll ich jetzt gehen?«

»Nein.« Er wandte den Kopf, benötigte einige Augenblicke, um sich wieder an das hochgesteckte Haar, den hellblauen Stoff, die Schnürsandalen zu gewöhnen.

»Was sage ich da? Entschuldige. Natürlich darfst du jetzt gehen.« Er rieb sich die Stirn. »Wir haben länger gebraucht, als ich deinem Mann zugesagt habe. Sicher wartet er schon ungeduldig. Komm rasch!«

Ehe er die Pforte aufschloss, sah sie zu ihm auf. »Darf ich ... Ich mein, braucht Ihr mich noch mal?«

Sein Blick wurde streng. »Die Skizzen sind nicht vollständig. Mindestens zwei Besuche haben wir verabredet. Ich hoffe, dein Mann hält sich daran.«

»Ganz sicher.« Das schalkhafte Lächeln kehrte zurück. »Schließlich bin ich die Eva.«

Niemand war im Hof zu sehen, und doch waren die Blicke hinter den Fensterscheiben des Wohnhauses zu spüren. Er brachte sie nur bis ins Dunkel der überdachten Einfahrt. »Denk daran, dass ihr nicht darüber sprecht.« Für einen Moment schloss Til ihre Hand in beide Hände. »Morgen. Ich erwarte dich morgen um die gleiche Zeit. Lebwohl.«

Er wandte sich um und eilte zur Werkstatt zurück.

Aus dem Schutz des Schattens sah ihm Magdalena nach. Wie groß er ist, dachte sie, und doch so fein und freundlich. Eigentlich passt das gar nicht zusammen. Oje, ich glaub, ich bin ganz durcheinander. Unmerklich schüttelte sie den Kopf. »Besser, du denkst erst mal nicht drüber nach.« Als müsste der Ort bewahrt werden, zog sie das Tor nur einen Spaltbreit auf, trat hinaus und schloss es gleich wieder.

Schmerzhaft blendete die Sonne. Abwehrend hob sie den Arm. Da rumpelten Räder übers Pflaster. Gefährlich nah holperte ein hoch beladener Karren an ihr vorbei, fluchend führte der Kramhändler den Ochsen am Maulriemen, sein Hund kläffte und kläffte, für einen Moment überfüllte Lärm die Franziskanergasse, dann bog das Fuhrwerk ab, und Stille blieb. Magdalena wischte sich die Stirn.

»He, Frau. Hier bin ich.«

Beim Klang der vertrauten Stimme atmete sie aus, schirmte die Augen gegen das grelle Licht, nicht weit entfernt sah sie ihren Mann auf der anderen Gassenseite mit der Kappe winken. Sie lief hinüber. »Hast du schon lange gewartet?«

Wortlos setzte Jakob Lebart die Kopfbedeckung auf, nahm ihren Arm und zog sie weiter. Über die Schulter blickte er zum Hof Wolfmannsziechlein zurück und wagte nur leise zu sprechen. »Ich traue den feinen Leuten nicht, auch nicht dem Schnitzer.«

»Das kannst du aber, denn er …«

»Hast du Geld bekommen?«

»Nein. Er braucht mich noch mal.«

Jakob ließ sie los. »Die Hälfte; oder wenn er wenigstens fünf Schillinge gegeben hätte, dann würd ich ihm glauben.« Sein Kinn bebte vor Unruhe. »Und wenn er sich nicht an sein Versprechen hält? O Gott, Frau. Du hättest ihn fragen sollen.«

»Nun sorg dich nicht. Meister Til ist ein guter Mensch.«

Ein Schatten auf dem Pflaster neben ihr, gleich erschien ein schlanker Mann, leichtfüßig eilte er vorbei, nach wenigen Schritten aber wandte er sich jäh um, versperrte den Weg, stemmte beide Fäuste in die Seiten und feixte. »Nein, ich habe mich nicht getäuscht.« Eine biegsame Gestalt, kaum zwanzig Jahre alt.

Die großen Augen richteten sich auf Magdalena.

Kalt wurde ihr. Sie sah die scharfen Punkte im blassen Blau der Pupillen, fühlte, wie der Blick ihr das Kleid an den Brüsten, am ganzen Leib zerschnitt. »Was … was willst du von uns?«

»Etwas von eurem Glück.«

Jakob Lebart hob versöhnlich die Hand. »Aus dem Weg, Freund. Wir haben kein Glück. Heutzutage geht es uns auf dem Land viel schlechter als euch in der Stadt.«

Der Fremde tänzelte auf der Stelle, wich aber nicht zur Seite, dabei umspielten seine Finger den Dolchgriff.

Magdalena spürte, wie sich ihr Magen verkrampfte. Zeig keine Angst; das ist nur ein ekelhafter Kerl; und es ist helllichter Tag; und wir sind in Würzburg. Zeig keine Angst.

»Mein Mann hat recht, wir haben nichts.« Sie deutete auf seinen lehmbraunen Überrock, die Kniehosen, die blauen Strümpfe und weichledernen Kuhmaulschuhe. »Du brauchst nichts von uns. Bettler sehen anders aus.«

»Aber du hast wirklich alles, was nötig ist.« Er kicherte vor sich hin, brach ab, und seine Stimme wurde scharf: »Wie viel hat Riemenschneider bezahlt?«

Gleich wollte sich Jakob vor seine Frau stellen, doch sie ließ es nicht zu. »Scher dich weg, Kerl. Sonst schreie ich, bis die Büttel kommen.«

»Aber bitte.« Eine schnelle Armbewegung, und er hatte eine Flöte in der Hand. »Oder soll ich helfen? Ich pfeife euch die ganze Stadt hierher. Seit heute früh hab ich euch beobachtet und weiß genau, was ihr hier treibt.«

»Du …« Magdalena schwieg ertappt und stampfte mit dem Fuß auf. »Verfluchter Kerl.«

»Sag ruhig Hans zu mir. Denn so schnell werdet ihr mich nicht mehr los.« Er kratzfußte spöttisch. »Hans Bermeter, der Spielmann, mit den besten Verbindungen. Nicht nur hier unten in der Stadt.« Die Flöte wies über den Main hinauf zur Marienburg. »Die frommen Herren und Adligen da oben lassen sich gerne von mir den Wein einschenken, noch lieber aber nehmen sie meine diskreten Dienste in Anspruch.«

Jakob Lebart ergriff den Arm seiner Frau. »Hör gar nicht hin.« Weil der Weg nach vorn versperrt blieb, wollte er zurück, in die andere Richtung. Halb schon abgewandt, entschuldigte er sich bei dem Spielmann: »Sei nicht böse. Aber bei uns ist Weineinschenken keine Arbeit. Und wir wissen auch nicht, was für Dienste du meinst. Besser du erzählst davon jemand anderem, der mehr davon versteht.«

In federnden Schritten war Bermeter an dem Paar vorbei und stellte sich erneut in den Weg, gleich setzte er einen Fuß vor, schob sich näher an Magdalena heran. »Du bist ein schönes Weib. Ich könnte vergessen, was du bei unserm berühmten Schnitzer getrieben hast, wenn du für mich arbeitest.« Sein Atem roch nach schalem Wein.

Angeekelt bog sie den Oberkörper zurück, dann erst begann sie zu ahnen, was er meinte, kam jedoch nicht zu Wort, schon rieb er vertraulich Daumen und Zeigefinger unter Jakobs Nase. »Und dein Schade wäre es nicht. Ganz gleich, was der Schnitzer dir bezahlt. Meine Prälaten und Höflinge da oben geben das Doppelte. Da fällt für mich und auch für euch genug ab. Du lieferst dein Weib, und ich knüpfe die Verbindungen.« Jetzt schnippte Bermeter. »Ein gutes Geschäft.«

Zunächst vermochte der Bauer nur fassungslos den Kopf zu schütteln, die Kinnlade war ihm gesunken, endlich fand er Worte. »Du … du bist schlechter noch als die Steuerknechte vom Kloster … Meine Frau … Ja, arm sind wir, aber so tief werden wir nie sinken …«

»Ach, ach, hör auf mit den Lügen.« Vergnügt lachte ihm der Spielmann ins Gesicht. »Da kommt ein Bäuerlein gleich beim Öffnen der Tore mit seinem Weib nach Würzburg. Und das an einem gewöhnlichen Dienstag. Nein, er hat keinen Karren oder Sack dabei, keine Kiepe. Also dachte ich mir: Kaufen will er nicht und verkaufen auch nicht. Tatsächlich: Er geht nicht einmal auf den Markt, nicht zum

Fischmarkt, nicht in die Domstraße, stattdessen aber liefert er sein schönes Weib beim Hof Wolfmannsziechlein ab.«

Magdalena hatte begriffen, ihre Augen sprühten, sie drohte mit beiden Fäusten. »Wag es nicht … Besucht habe ich den Meister. Jawohl, einen Besuch hab ich gemacht. Nichts sonst.«

»Na, ausgezogen hast du dich.«

»Woher weißt du das …?« Entsetzt hielt sie inne. Gleich hämmerte das Herz. Verraten, du hast dich verraten. Blutrot stieg ihr die Hitze ins Gesicht.

»Jetzt weiß ich es.« Schnell ließ er die nasse Zungenspitze an den Schneidezähnen hin und her schlagen. Das Geräusch schmerzte ihr in den Ohren. Bermeter nutzte den Sieg. »Du kannst dich nennen, wie du willst, in Wahrheit bist du eine Hure. Und das gefällt mir. Jetzt kommen wir doch ins Geschäft …«

»Du verdammter Kerl!« Magdalena war bei ihm, ohrfeigte Bermeter mit aller Kraft. »Nichts weißt du! Gar nichts!«

Er wich nicht einmal zur Seite, nahm die Schläge hin, verhöhnte sie weiter.

»Warum hast du dich wohl sonst ausgezogen? Na, sag es mir. Sag's doch, du Hure.«

»Weil …« Die Enge wurde zu groß. »Weil er mich gezeichnet hat, deshalb! Weil ich sein Modell bin …« Sie brach ab, aber zu spät. Magdalena wusste, längst war es zu spät.

Die Lider halb geschlossen, verharrte Bermeter einige wenige Atemzüge, dann tänzelte er Schritt für Schritt rückwärts. »Auch nicht schlecht. Unser gottesfürchtiger Riemenschneider lockt eine arme junge Frau in seine Werkstatt. Sie muss sich nackt vor ihn hinstellen, und er zeichnet sie. Er nimmt sich ein lebendes Modell für die Heilige Jungfrau.« Der Blick griff noch einmal nach Magdalena. »Nein, es ist die Eva. Das ist sein Auftrag. Natürlich, er hat dich für die Eva gebraucht. Da wird sich aber der Stadtrat freuen, auch die Herren vom Domkapitel werden Augen machen. Einen Skandal will keiner. Mal sehen, wie viel ihnen mein Schweigen wert ist.« Vergnügt kratzfußte der Spielmann wieder. »Danke. Es war mir ein Vergnügen mit euch beiden. Und nichts für ungut.« Er schlenderte in Richtung Fischmarkt davon.

Magdalena sah ihm nach, die Schultern sanken, helle Tränen liefen ihr über die Wangen, sie suchte nach Jakobs Hand. »Ich hab alles verdorben, jetzt wird die Eva vor allen Leuten schlechtgemacht.«

Schweigend verließen die beiden Würzburg, sprachen auch nicht, als sie am Bachlauf das Tal hinaufwanderten. Als das Haus der Schwägerin in Sicht kam, blieb Magdalena stehen. »Meister Til möchte, dass ich morgen wieder hinkomme. Aber ich gehe nicht.«

»Aber du musst, Frau.« Jakob nahm die Kappe ab und wischte sich damit den Nacken. »Wir brauchen das Geld.«

Ihre Stimme wurde fester: »Auch ohne den Gulden geht es weiter.«

»Geplant haben wir, wollten die Schulden ans Kloster bezahlen, wollten das Dach ausbessern, und einen neuen Pflug wollten wir … So schön war es, Frau, daran zu denken, und nun wird das Elend noch schlimmer.«

»Sag das nicht. Wir schaffen es schon. Aber ich kann dem Meister nicht noch mehr antun, deshalb bleib ich hier. Den Adam hat er fertig. Und für die Eva reicht es ihm bestimmt, weil er sich gut auskennt mit mir. Das weiß ich.«

Erst spät am Abend kehrte Hans Bermeter ins elterliche Haus nahe dem Judenkirchhof zurück. Kaum vermochte er die Hintertür aufzuschieben, er tappte durch den dunklen Flur, auf der Stiege musste er zweimal stehen bleiben, erstickte das Stöhnen im Wamsärmel und horchte, unvermindert laut drang das Schnarchen des Vater aus der Schlafstube. Ihn zu wecken hätte erneutes Übel heraufbeschworen, Fragen, Vorwürfe, vielleicht sogar Stockhiebe …

Mühsam schleppte sich Hans Bermeter weiter. Oben in seiner Dachkammer drehte er die Öllampe höher. »Verfluchter Tag«, zischte er durch die Zähne. Das sonst stets spöttisch überlegene Grinsen war erloschen. Jede Bewegung schmerzte.

Aus dem Wamsärmel zog er Stücke seiner zerbrochenen Holzflöte und ließ sie vor der Wand zu Boden fallen, an der seine übrigen Instrumente hingen, Trommel, Laute und die große Flöte. »Na und? Dann besorg ich mir eben eine neue.« Behutsam nestelte er die Kleider vom Leib, versuchte auch Strümpfe und Schuhe abzustreifen, weil aber schon das leichte Vorbeugen ihm einen Schrei abrang, verzichtete er darauf. Nackt bis hinunter zum Knie, trat er vor den Spiegel. »Diese verdammten Kerle.« Im flackernden Schein betastete er die dunkel angelaufenen Striemen an Schultern und Armen; auf Bauch und Brust prangten dicht an dicht blaugrün verfärbte Flecken. »Das werd ich euch heimzahlen. Wartet nur ab.« Er griff nach einem Lappen, nässte ihn in der Waschschüssel und kühlte die Schwellungen.

In der Nacht zuvor hatte er oben auf der Burg ungewohntes Pech beim Würfelspiel gehabt. Dieser Ritter gehörte zu einer Delegation des Bistums Eichstätt und war ein zäher Gegner gewesen. Der Plan, ihn mit Wein abzufüllen, um leichter an sein Geld zu kommen, schlug fehl. Im Gegenteil, je mehr der Gast seiner Eminenz Fürstbischof Rudolf von Scherenberg trank, umso genauer zählte er die Wurfaugen. Bermeter hatte jeden Schilling verloren. »Noch ein letztes Spiel. Um den ganzen Topf.«

»Das kostet dich eineinhalb Gulden. Wo ist dein Einsatz?«

»Geld hab ich keins mehr.«

»Du bist nur eine Hofratte, frisst was vom Tisch gefallen ist.« Der Ritter lachte und trank. »Und du wagst es, einen Mann wie mich zum Würfelspiel herauszufordern. Bei mir zu Hause …«

»Ich setze eine Frau.«

Das Gelächter brach ab. »Wie meinst du das?«

Bermeter schnippte mit den Fingern. »Bei meiner Ehre. Wenn ich verliere, lege ich Euch morgen eine junge Frau ins Bett.«

»Du meinst, hier in meiner Kammer? Hier oben, wo hinter jeder Ecke ein Kuttenkittel weht?«

»Aber ja. Ich verstehe mich auf solche Dienste.«

»Seit ich von Eichstätt weg bin, hab ich kein Weib mehr gehabt. Morgen ist unsere letzte Nacht. Ja, einverstanden, Hofratte.« Der Ritter rief seine beiden Knappen als Zeugen. Kräftige Kerle mit kantigen Gesichtern und kaltem Blick.

Bermeter hatte die beinernen Glücksbringer angehaucht, zwischen den Händen gerieben und doch nur drei niedrige Zahlen geworfen, die geforderte Fünf war nicht einmal dabei. Keinen Punkt durfte er sich mit Kreide gutschreiben. Lange hatte sein Gegner den erhobenen Lederbecher geschüttelt und ihn dann mit Wucht auf die

Tischplatte gestülpt. »Drei Fünfer. Das ist ein großer Bock. Jetzt schuldest du mir eineinhalb Gulden oder bringst mir ein Weib. Morgen. Du hast Zeit bis Sonnenuntergang.«

Das war gestern gewesen.

In der Dachkammer drehte sich Hans Bermeter zur Seite. Auch über den Rücken zogen sich dicke Striemen. Seine Lippen wurden schmal. »Schuld hat dieses Weib. Und auch der Schnitzer.«

Spielschulden waren für ihn noch nie Grund zur Sorge gewesen, immer hatte er sich zu helfen gewusst. Insgeheim führte er eine Liste über Schwächen und Verfehlungen der vornehmen Herrschaften an der Tafel des Bischofs, selbst die Fehltritte seiner Nachbarn um den Judenfriedhof notierte er sich. Geriet Bermeter in Geldnot, so wandte er sich an einen der Sünder, schilderte dessen Frevel in düsteren Farben und endete: »Nein, hab keine Angst. Ich bin ein Freund, niemand erfährt von dieser Sache.« Dann wartete er geschickt, bis Erleichterung den Schreck aufgelöst hatte, und setzte in treuherzigem Ton hinzu: »Jetzt, da wir uns vertrauen, könntest du mir aus einer Verlegenheit helfen …«

Meist gelang die Erpressung, meist erhielt er aus Dankbarkeit sogar mehr. Nur heute nicht. Dabei hatte der Tag so leicht begonnen. Auch als er sich in seinem Opfer getäuscht hatte und die junge Bäuerin nicht, wie so viele der armen Frauen vom Lande, nach Würzburg gekommen war, um sich als Hure etwas Geld zu verdienen, auch zu diesem Zeitpunkt war er noch guter Dinge gewesen.

»Meister Tilman Riemenschneider nimmt sich eine nackte Frau als Vorlage für die Eva.« Diese Information sollte genug einbringen, um die Spielschulden zu begleichen.

Beschwingt war Bermeter über den Fischmarkt geeilt, hatte sich in der Straße vom Dom zur Mainbrücke hin keine Zeit genommen, bei den Buden der Krämer, Sattler, Seildreher oder Tuchhändler stehen zu bleiben, um vielleicht die eine oder andere Neuigkeit aufzuschnappen.

Ehe er das Rathaus erreichte, stieg ihm schon der Duft nach Gebratenem in die Nase. Vor dem Grafeneckartturm und dem angrenzenden Stadthaus wendeten die Garköche auf Rosten große Fleischstücke, ruhrten in Suppenkesseln und priesen lautstark ihre Speisen an. Plagte ihn Hunger, blieb Hans Bermeter gewöhnlich bei ihnen stehen, erzählte hinter vorgehaltener Hand unzüchtige Einzelheiten über die Vornehmen aus der Umgebung des Bischofs und ließ sich mit Braten und Eintopf entlohnen.

Obwohl der Magen knurrte, verlangsamte er heute nicht den Schritt und betrat die Schenke des Stadthauses. Noch an der Tür stehend, genügte ihm ein schneller Blick, sein Mund verzog sich zu einem breiten Grinsen. Das Glück war auf seiner Seite. »Ich hab's geahnt.« So früh am Tag war kein Tisch in der Hauptstube besetzt, im offenen Nebenraum aber hockten einige Ratsherren bei Wein, Schinken und Brot, mit hochroten Gesichtern palaverten sie, einer übertönte den anderen; und vor Kopf der Tafel thronte der oberste Bürgermeister.

Leichtfüßig glitt Hans Bermeter durch die Schenke, dabei putzte er mit kurzen Fingerschlenkern seine Rockärmel. Einer der Stubenknechte hielt ihn auf. »Wo willst du hin? Die wollen ungestört bleiben.«

»Ich muss mit dem Bürgermeister reden. Hab ihm was Wichtiges zu melden.«

»Aber, ich ... der Befehl ...«

»Die Sache ist heikel.« Bermeter tippte gegen die Brust des Dieners. »Hol ihn her, oder ich schreie es laut raus. Du kannst wählen.«

Mit hochgezogenen Schultern wagte sich der Stubenknecht ans Kopfende der Tafel, flüsterte, deutete auf den Spielmann, und wenig später verließ Bürgermeister Georg Suppan die Runde. Sichtlich verärgert kam er auf den Störenfried zu. »Was gibt es?«

Dem Kratzfuß schenkte der oberste der Stadtväter keine Beachtung, und bis auf ein kurzes Heben der Brauen schien ihn die Information kaltzulassen. Als Bermeter jedoch für sein Schweigen eineinhalb Gulden verlangte, schnaufte er, bewahrte dennoch Ruhe und faltete die Hände vor dem Bauch. »Also ein Modell, sagst du? Warst du dabei? Hast du zugesehen?«

Bürgermeister Suppan wartete nur das Kopfschütteln ab, zu Wort ließ er den jungen Erpresser nicht kommen. »Ich kenne deinen Vater. Mag der alte Hans sich auch hin und wieder vor dem Wachdienst drücken, mag er auch des Öfteren zu viel trinken. So einer ist mir immer noch lieber als solch ein aalglatter Taugenichts, wie du es bist. Nein, halt jetzt dein Lästermaul, sonst lasse ich dich sofort ins Loch sperren. Keinen Pfennig ist mir das Gerücht wert. Und jetzt verschwinde.«

Das war heute Mittag gewesen.

Hans Bermeter schleppte sich vom Spiegel hinüber zum Bett, stöhnend ließ er sich auf die Matratze sinken. »Diese feigen Köter. Zu zweit waren sie.« Er starrte zum zuckenden Lampenschein an den Dachbalken hinauf.

Bis spät in den Nachmittag hatte sich Hans Bermeter vergeblich in der Stadt bemüht, die Summe aufzutreiben, und sein Schwung war längst erlahmt. Er wollte hinauf zur Burg, vielleicht konnte er sich von einem der frommen Herren die Summe borgen. Obwohl er sich im Schutz eines Fuhrwerks bewegte, gelang es ihm auf der Mainbrücke nicht, unbemerkt am Zollhaus vorbeizukommen. Die Frau des Zöllners entdeckte ihn im letzten Moment. Alles Bitten und Schmeicheln half nichts, sie blieb hart, und er musste den üblichen Pfennig bezahlen wie jeder Fußgänger. Nur wer Bürgerrecht in Würzburg besaß, durfte kostenlos über die Brücke.

Ohne bei den Wächtern am unteren Tor auf einen Schwatz zu bleiben, stieg Bermeter den buschgesäumten Pfad hinauf zum Schloss. Er hatte bereits die Hälfte der steilen Steigung geschafft, als sich rechter Hand aus dem Strauchwerk einer der Knappen des Ritters löste und ihm den Weg versperrte. »Wo ist die junge Frau?«

»Das mit dem Weib hat nicht geklappt.« Auf dem Absatz drehte Bermeter um, wollte wieder hinunter. Doch der zweite Waffenknecht stand da, breit, kaum bewegte er die Lippen. »Hast du das Geld?«

»Ich kann's erklären, glaubt mir. Gebt mir noch etwas Zeit.«

Sie aber wollten nichts hören, wollten nicht warten. Die Knappen packten ihn, zwei gewaltige Fausthiebe genügten, um jedes Schreien zu verhindern, sie schleiften Bermeter durch die hell grünenden Büsche auf einen geschützten Wiesenfleck und richteten ihr Opfer zwischen sich auf. Schleuderte der eine Hieb den Spielmann zurück, so trieb ihn der nächste wieder nach vorn, Fußtritte zwischen die Beine, in den Leib; als er in die Knie brach, nicht mehr aufstehen konnte, prügelten sie mit Stöcken auf ihn ein, bis er zusammengekrümmt auf der Wiese lag. Sein Gesicht hatten die Knappen verschont.

Einer von ihnen riss den Kopf an den Haaren hoch. »Du hast Glück, Hofratte, dass wir das Gastrecht nicht brechen dürfen. Deshalb haben wir dir nur einen freundlichen Abschiedsgruß von unserm Herrn verabreicht. Aber sollten wir dich irgendwo außerhalb von Würzburg treffen, dann zahlst du deine Spielschulden, oder wir reißen dich an den Füßen in zwei Hälften auseinander.«

Erst nach einer Stunde gelang es Bermeter, sich aufzurichten. Immer wieder knickte er ein, musste sich an den Sträuchern festhalten, um nicht den abschüssigen Pfad hinunterzustürzen. Auf die Fragen der Torwächter sagte er nur, dass ihm elend sei, und erst auf der anderen Seite des Mains, innerhalb der Mauern von Würzburg, hatte er gewagt, sich auszuruhen. Viel später dann war er Schritt für Schritt eng an Hauswänden entlang zum Judenkirchhof getappt.

3

Seit dem frühen Vormittag brannte die Julisonne unbarmherzig vom blauleeren Himmel; das Weinlaub an den Hängen atmete Hitze aus, und träge zog unten der Main. Kein Lufthauch brachte Linderung in die Stadt. Von Stunde zu Stunde mehr wurde Licht zur Qual und Schatten zum Geschenk. Sommertag in Würzburg.

Weit standen die hohen Flügeltüren der Werkstatt offen. Im Eingang zerteilten zwei Gesellen einen mannshohen Lindenstamm. Sie hatten ihre Kittel abgelegt, mit bloßem Oberkörper trieben sie Keile ins Holz, sägten und schwangen die Axt. Weiter drinnen, in der Steinhalle, stieg feiner Staub von der breiten Werkbank auf, legte sich grau auf Lippen und Brauen.

Erneut setzte Meister Til den Spitzmeißel neben der Kniewölbung an, kurz, beinah behutsam, waren die Schläge mit dem hölzernen Klüpfel, in kleinen Splittern wichen nach und nach die Überstände. Schweiß tropfte ihm von Nase und Kinn, bildete dunkle Flecke auf dem schon freigelegten weißen Oberschenkel und vertrocknete gleich wieder. »Gib mir das Zahneisen.«

Während ihm Tobias das Werkzeug reichte, ließ er den Blick langsam vom rechten Bein über den liegenden Block gleiten. Halb bedeckt schlief Eva noch im Stein. Deutlich zeigte sich schon die Wölbung des Bauches, leicht umschloss die rechte Hand den Granatapfel. Ihre Brüste, der Schoß und das Gesicht aber waren verborgen unter einer nur roh behauenen Schicht. »Hab Geduld, meine Schöne«, murmelte Til. »Bis ich dich aufwecke, wird es noch einige Zeit dauern.«

Er löste sich und befahl seinen Gesellen mit einem Wink zum benachbarten Werktisch. »Beim Schienbein brauche ich dich nicht. Es dauert, bis ich vom Grat genug abgetragen habe. Inzwischen kannst du am Sockel weiterarbeiten. Da ist noch kein Leben drin.«

Nur zögerlich ging Tobias hinüber, kratzte das Kinn und starrte auf den Block in der Sandkiste. Die achteckige Standfläche hatte er bereits geglättet, das Geflecht des Laubwerks, auch viele der Blätter waren ausgestaltet. Tobias griff nicht nach dem Klüpfel. »Meister …? Nur mit Durchbrechungen wird das Laub lebendig.«

»So ist es, Junge.« Die Stimme schien unbeteiligt, Til verglich die aufgemalten Umrisse des Unterschenkels mit der Kohlezeichnung seiner Vorlage.

»Meister …? Da muss ich bohren.«

»Richtig, Junge.«

Tobias sah Hilfe suchend hinüber. Gleich beugte sich der Meister noch tiefer über das Bein der Eva. Sein Geselle schluckte, ehe er wagte weiterzusprechen: »Und wenn ein Blattmotiv abbricht? Ich mein, beim Bohren.«

»Wehe dir …« Keine zornige Warnung, eher eine Mahnung. Ohne aufzublicken, setzte Til hinzu: »Dann beginnst du wieder von vorn. Den neuen Block werde ich dir vom Lohn abziehen. Aber Schluss damit. Sobald ein guter Bildhauer den Stein berührt, darf er nicht mehr ans Versagen denken. Nicht das Werkzeug, Junge, der Kopf zerstört. Und nun beginn endlich.«

Tobias seufzte schwer, griff nach dem Bogen und drehte das Spindeleisen in die Sehne: Bald sirrte die Spitze. Heftig blies er gegen den aufsteigenden Staub, hustete, doch seine Führungshand zitterte nicht. Unbemerkt beobachtete ihn sein Meister aus den Augenwinkeln. Als Tobias das erste Loch mit Wasser ausspülte, die Ränder des zarten Blattes daneben prüfte und erleichtert nickte, nickte auch Til vor sich hin und setzte das Kammeisen an Evas Schienbein. Schweigend arbeiteten sie weiter. Axtschläge, das Pochen des Klüpfels vermischt mit dem Schaben des Bohrers wurden Rhythmus und Melodie der Werkstatt und erfüllten den Vormittag.

Später, gut eine Stunde vor dem Mittagsläuten, kam Anna eilig ins Querhaus, eilte durch die Schnitzerei und rief vom Durchgang zur Steinhalle aus: »Besuch! Hörst du nicht, Mann? Besuch ist da!«

Keine unnötige Störung bei der Arbeit. Wie oft schon hatte er seine Frau darum gebeten, sie ermahnt, manchmal sogar war er laut geworden, doch ohne großen Erfolg. Ungehalten wandte Til den Kopf. »Wer es auch ist, er soll warten.«

»Aber, Riemenschneider!« Anna kam schnaufend zur Werkbank. »Sei nicht unhöflich. Unser oberster Bürgermeister will dich sprechen.«

Die Faust mit dem Klüpfel sank. »Du meinst Georg Suppan? Er ist hier?«

Anna nickte, bedachte die Skulptur mit einem kurzen empörten Blick, dann verschränkte sie die Arme unter dem Busen. »Und sehr vergnügt scheint er mir nicht zu sein.«

»Daran ist die Hitze schuld«, murmelte Til und legte das Werkzeug beiseite. »Nur die Hitze, Frau, was sollte sonst schon sein?«

»Hoffentlich, Mann.« Annas Stimme sank ins Düstere. »Nicht dass er wegen dieser … dieser Schandtat hergekommen ist.«

»Schweig.« Sein Finger deutete mehrmals auf sie. »Ich bitte dich, schweig.« Mit großen Schritten eilte Til aus dem Steinsaal, und so rasch es ihre Körperfülle erlaubte, folgte ihm Anna wie ein mahnendes Gewissen.

Vom Schweiß schier aufgeweicht, stand der Bürgermeister im Innenhof. »Verzeih, Meister, wenn ich störe …«

»Aber nein, Georg.« Til sah ins gerötete Gesicht, die Augen wichen seinem Blick aus. »Komm in den Schatten.« Er führte den Gast zu Tisch und Bank vor dem Haupthaus.

Ächzend ließ sich der Bürgermeister nieder, öffnete den Kragen und trocknete sich mit dem Schnupftuch Hals und Nacken. »Ich will dich nicht lange aufhalten …«

»Ist schon in Ordnung«, unterbrach Til hastig, er spürte das Unangenehme und wollte Zeit gewinnen. Schuf er eine Skulptur, so öffnete er ihr sein Innerstes, war verwundbar, und er benötigte genügend Atem, um sich zu lösen und wieder zu wappnen. »Möchtest du Wein?«

Der Besucher schüttelte den Kopf. »Du weißt, wie sehr ich einen guten Tropfen schätze, aber …«

»Du hast recht, es ist auch viel zu heiß.« Til sah seine Frau an. »Dann also Wasser.«

Anna rührte sich nicht.

»Bitte«, betonte er.

Ohne Erfolg. Sie hielt den Mund erwartungsvoll geöffnet und

schien bereit, jedem Vorwurf oder gar einer Anklage des Bürgermeisters beipflichten zu wollen.

Til hob die Stimme. »Die Magd soll uns Becher und einen Krug Wasser bringen. Und nun lass uns allein.« Härter noch setzte er hinzu: »Bitte, meine Liebe!«

Wie nach einem Schlag trat Anna zur Seite, lächelte erschrocken, nur mühsam bewahrte sie Würde und eilte ins Haus.

Georg Suppan sah ihr nach, dann nickte er dem Meister anerkennend zu. »Du hast dein Weib gut im Zaum.«

»Schön wäre es. Aber der Anschein täuscht. Meine Anna ist eine … eine sehr nachdrückliche Frau.«

»Oh, das kenne ich.« Seufzend lehnte sich der Gast zurück. »Weißt du, nichts gegen die Mutter meiner Kinder, gut ist sie und tüchtig. Aber sie schweigt nicht. Gut, ich hätte ihr nicht davon erzählen sollen. Es ist nun mal geschehen. Gleich danach aber hab ich zu ihr gesagt, misch dich nicht ein, das ist meine Sache. Aber sie hört nicht auf, fängt immer wieder davon an.« Wie zum Schwur hob er die Hand. »Glaub mir, wenn Hedwig nicht wär, dann hätte ich mich heute bei dieser Hitze nicht hergequält. Sondern …«

Er unterbrach sich, weil die Magd frisches Brot und Schinken auf den Tisch legte, die Becher füllte, und erst als sie nach einem Knicks wieder im Haus verschwunden war, begann er neu: »Du weißt, wie hoch ich deine Arbeit schätze. Weit und breit kenne ich keinen besseren Bildschnitzer.«

»Danke. Es ist gut, wenn der Auftraggeber zufrieden mit der Leistung ist.« So hohl verklangen die Sätze. Beide Männer fühlten sich unbehaglich und griffen gleichzeitig nach ihrem Wasser.

Der Bürgermeister drehte den Becher in den Händen. »Wohl wahr. Nicht nur das Menschenpaar. Ich hab mich letzten Februar dafür eingesetzt, dass du auch noch den Auftrag für die zwölf Apostel bekommen hast.«

»Ich bitte dich, Georg, komm zur Sache.« Til stemmte seine Ellbogen auf und faltete gefasst die Hände. »Was ist geschehen? Will mir der Rat die Apostel wieder wegnehmen? Sag's nur. Noch war ich nicht in Königshofen. Bis jetzt hab ich keinen einzigen Stein für die Heiligen ausgewählt.« Weil der Bürgermeister ihn nicht unterbrach, glaubte sich Til auf dem richtigen Weg und sprach jetzt schneller: »Keine Kosten sind entstanden. Sicher, einen Ausgleich müsste ich schon bekommen, denn beide Seiten haben ja den Vertrag unterschrieben.« Er lächelte dünn. »Entweder beauftragt mich der Rat mit anderen Figuren oder ... Nun, über die Summe müssten wir uns einig werden ... Warum schüttelst du den Kopf?«

»Es geht nicht um Petrus und die anderen.« Georg Suppan wischte sich wieder den Nacken. »Vielleicht aber doch, wenn's stimmt und die Würzburger sich aufregen. Oder erst die Herren vom Domkapitel.« Jetzt dämpfte er hinter vorgehaltenem Tuch seine Stimme. »Und nicht auszudenken, was unser frommer und allergnädigster Greis da oben dazu sagen würde.« Bedeutungsvoll hob er den Blick in Richtung der fürstbischöflichen Burg und senkte die Augen wieder. »Guter Freund, es betrifft das Menschenpaar. Und ganz besonders die Eva.«

»Nein.« Mit einem Ruck löste Til die verschränkten Finger, schon lagen beide Fäuste auf der Tischkante. »Ich hab den Adam erschaffen. Und kein Bildschnitzer außer mir kann ihm eine Eva geben.«

»Mag sein. Aber ... was für eine Eva?« Offen blickte ihm der Bürgermeister in die Augen. »Ich hab gehört, dass du sie nach einem Modell arbeitest ... nach einem lebenden, nackten Weib.«

»Von wem weißt du das?« Til runzelte die Stirn und schloss die Augen. Sie war nicht wiedergekommen. Zwei Wochen hatte er gewartet und dann die Hoffnung aufgegeben. »Wer behauptet, dass ich nach einem lebenden Modell arbeite?«

»Einer von unsern Stadtpfeifern, dieser Hans Bermeter.« Mit abfälliger Geste wischte der Bürgermeister den Namen vom Tisch. »Ein übler Bursche. Erpressen wollte er mich und den Stadtrat. Stell dir vor, anderthalb Gulden verlangte er für sein Schweigen.«

»So etwas ist wirklich übel«, murmelte Til. Er rieb die Lippen aufeinander. Einen Gulden wollte ich als Lohn geben. Also hat Magdalena unser Geheimnis verraten, um noch mehr zu verdienen? Nein, nicht sie, niemals. So sehr kann ich mich nicht in ihr getäuscht haben. Der Bauer war es, aber nicht Magdalena. »Und du hast diesen Bermeter weggeschickt?«

»Auf der Stelle. Und hätte ich einen Stock gehabt, ich hätte ihn aus dem Rathaus hinausgeprügelt.«

Die Fäuste öffneten sich. »Damit ist die Angelegenheit doch aus der Welt?«

»Für mich schon lange. Nur eben für meine Frau nicht. Sie gibt keine Ruhe. Versteh mich recht, ich frage nicht, brauche nur eine Antwort, mit der Hedwig zufrieden sein kann.«

Kein Zögern mehr, rasch erhob sich Til: »Entschuldige mich für einen Moment.« Auf dem Weg zum Querhaus zog er die Mütze vom Kopf und schlug sie immer wieder heftig gegen den Oberschenkel. Staub wirbelte hinter ihm her in die Werkstatt.

Wenig später kehrte er mit einem großen Papierbogen zurück. »Ich zeig dir meine Eva.« Schinken und Brot schob er zur Seite, sein Gast stellte Krug und Becher neben sich. Mit behutsamer Geste glättete Til das Blatt auf dem Tisch.

Lange schwieg der Bürgermeister, betrachtete nur die Zeichnung. »Wie ein Wunder«, flüsterte er und stand auf, um noch genauer zu sehen, dabei zerknüllte er das Schnupftuch am Kinn. »Dass du so mit Kohle malen kannst. Ich mein, so lebendig sieht der Körper aus. Aber …« Als wollte er sichergehen, nicht überrascht zu werden, blickte er kurz zum Eingang des Haupthauses, dann deutete er auf das Vlies unterhalb des Bauches. »Da, da muss doch noch was hin? Oder?«

Das Nicken des Meisters beruhigte ihn, und er löste den Blick vom Leib der Eva. Ihr Haar wellte sich vom Scheitelansatz, rahmte aber nur ein leeres Oval. Dafür umlächelten vier Gesichter das Haupt, im Ausdruck ähnlich, und doch gehörten sie zu verschiedenen Frauen. »Welches nimmst du?«

»Wähle du, Bürgermeister.«

Ohne zu zögern, wies der Finger auf das erste. »Weil die Augen mich so ansehen, so als würde ich ihr gefallen. Ach, ich kann's nicht sagen, warum.«

Eine Weile schmunzelte Til vor sich hin. Drei Gesichtsstudien hatte er aus der Fantasie entworfen, die erste aber war Magdalenas Antlitz, das er von der Zeichnung damals übernommen hatte. »Du hast gut gewählt. Dennoch werde ich das dritte Gesicht nehmen. Der mandelförmige Schnitt der Augen gibt Eva noch mehr Jugendlichkeit.«

»Deine Entscheidung. Du bist der Meister.« Georg Suppan wurde ernst. »Und was sag ich jetzt meiner Frau? Oder wenn ich von irgendwem gefragt werde?«

»Gerade eben hast du das Gesicht mit ausgewählt.« Til hob die Schultern, leiser Schalk nistete in den Augenwinkeln. »Ohne zu lügen, könnte man sagen: Der Bildschnitzer hat vier Entwürfe vorgelegt. Und nach eingehender Prüfung hat sich der Bürgermeister für eine Eva entschieden.«

Verblüfft hielt Georg Suppan den Atem an, die Stirn krauste und glättete sich wieder. »Das … das übernehme ich.« Er tippte dem groß gewachsenen Mann gegen die Brust. »Nur freundlich und sanft, wie die Leute meinen, bist du gar nicht. Ja, einverstanden. Keiner wird glauben, dass du gleich vier Weiber als Modell in deine Werkstatt bestellt hast.«

Sein Bauch wippte vor Vergnügen. »So eine Antwort hätte mir im Stadtrat auch einfallen können. Einverstanden, Riemenschneider. Sorg dich nicht, kein Gerücht wird entstehen. Du hast mein Wort.«

Wie zur Bekräftigung setzte in diesem Moment vom Dom her das Mittagsläuten ein. Immer noch schmunzelnd, verabschiedete sich Georg Suppan und verließ beinah beschwingt den Hof.

4

Vier Reiter waren es, die Gesichter verborgen unter Hüten mit breiter Krempe und einer gebuschten Feder, ihre dunklen Staubmäntel hatten längst die Farbe verloren. Zwei ritten dem leeren Ochsenkarren vorweg, die beiden anderen begleiteten ihn an den Seiten, und auf der Kutschbank saß ihr Anführer. Locker hielt er die Zügel in der behandschuhten Rechten, seinen linken Stiefel stemmte er gegen den Holm. Es war Sonntag, der achte September des Jahres 1493. Ein wolkenverhangener Tag.

Im Haus der Schwägerin stand Magdalena nahe dem Küchenfenster. Angetan mit Kopftuch und einem breiten Schulterschal über ihrem Festtagskleid war sie hergekommen, um Els zum Kirchgang abzuholen. Draußen sah sie das Gespann und die düsteren Männer vorbeiziehen. »Fremde? So früh am Tag? Was die hier wollen, hier in unserer Gegend?«

Els setzte die Schüssel auf dem Tisch ab, warf das Trockentuch dazu und kam herüber, nur ein Blick, heftig schreckte sie zusammen. »Blutzapfen. Heilige Maria, sei uns gnädig!« Beide Hände presste sie schützend an die Wangen. »Vom Kloster … Das sind gedungene Waffenknechte.«

Magdalena verstand ihre Angst nicht. »Beruhige dich, sie halten nicht an.«

»Ach, Mädchen, du bist erst seit einem Jahr hier. Du weißt nicht, was wir von denen all die Zeit haben erleiden müssen.« Sie band die Schürze ab, tastete fahrig nach dem Sitz des hochgesteckten silbergrauen Haarkranzes. »Mein Balthasar, auch jeder Nachbar zittert, wenn der Abt uns die Blutzapfen schickt …« Els stockte. »Wenn sie hier nicht halten, dann …«, schon zog sie Magdalena mit sich. »Rasch. Komm!«

Durch die Hintertür verließen die Frauen das Haus und hasteten zwischen den Gemüse- und Blumenbeeten aus dem Garten.

»Wo willst du hin? Sag's doch.«

Els raffte ihren Sonntagskittel und stürmte den Wiesenhügel hinauf. Ohne sich umzudrehen, rief sie: »Zum Bruder. Begreif doch, die Kerle wollen zu Jakob. Vielleicht können wir ihn noch warnen.«

Hart schlug das Herz. Gefahr. Jakob ist in Gefahr. Er wollte nicht mit zur Kirche, wollte im Schuppen ein neues Gatter für den Hühnerstall zimmern. Magdalena lief schneller. Der Weg über den Hügel war keine Abkürzung, war weiter, doch führte er in einer anderen Richtung zum Hof. Schneller. Sie überholte die Schwägerin, hetzte den Anstieg hinauf. Kaum war die Kuppe erreicht, blieb sie stehen.

Zu spät. Ihr Atem flog. Magdalena stemmte die Hände in die Seiten, keuchte und starrte hinunter. Das Fuhrwerk hielt bereits vor dem niedrigen Haus.

Ohne Hast sprang der Kutscher vom Bock. Auch die Reiter stiegen ab. Zwei von ihnen schlenderten zur Scheune. Da fuhr der Hund auf sie zu, bellte in hellem Zorn, mit Fußtritten hielten ihn sich die Eindringlinge vom Leib, doch er gab nicht auf, verfolgte sie weiter mit Gekläff. Die beiden anderen postierten sich rechts und links der Haustür. Dann erst schlug der Anführer mit dem Knauf seiner Peitsche gegen das Holzblatt.

»Wagt es nicht!«, drohte Magdalena; als die Schwägerin neben ihr auftauchte, wollte sie weiter, doch Els hielt ihren Arm fest. »Nicht, Mädchen. Bleib hier!«

»Aber da unten, da ist auch mein Zuhause.«

»Helfen kannst du nicht. Und wenn du jetzt hingehst, wird das Unglück nur noch größer.« In der Stimme schwang keine Hoffnung mit: »Jakob wird's überstehen. Irgendwie. Aber du bist jung. Über dich herfallen werden sie. Glaub es mir.«

Magdalena verkrampfte die Hand im Kittelstoff vor ihrem Bauch und presste ihn fest an sich. »Aber können wir denn gar nichts tun?«

»Gegen den Abt von Ebrach? Niemals. Er hat Gewalt über uns, und er nimmt, was er will. Ich glaub bald, der Abt ist mächtiger als unser Herrgott …« Els stöhnte auf. »Da, sieh doch.« Sie zeigte zum Hof am Bach. »O mein armer Bruder.«

Sie hatten Jakob gefunden. Er sträubte sich, wollte nicht gehen, doch die beiden Bewaffneten schleiften ihn vom Schuppen zwischen sich her zum Haus. An der Schwelle trieben sie ihn mit Faustschlägen hinein und warfen die Tür hinter sich zu.

Kein Laut drang mehr herauf. Erst beim nächsten Atemzug bemerkte Magdalena, dass auch der Hund nicht mehr bellte.

»Bitte. Lass uns die Nachbarn holen!«, flehte sie. »Gleich gehen alle zur Kirche. Da könnten wir um Hilfe bitten. Zusammen sind wir doch viel mehr als die Kerle da unten.«

»Keiner wird helfen, Mädchen. Auch mein Balthasar nicht. Sie haben Angst, jeder von ihnen.« Els legte ihr den Arm um die Schultern. »Denn wer es wagt, sich gegen die Blutzapfen aufzulehnen, den bestraft der Abt noch schlimmer.« Verloren schüttelte Els den Kopf. »Nein, Mädchen, lass uns zurückgehen. Wir können nur warten, bis sie weg sind.«

Glocken läuteten, vom Dom, von St. Gertraud, vom Franziskanerkloster her; St. Burkard und St. Peter stimmten mit ein, bald brauste Jubel über Würzburg und vereinigte sich mit dem stolzen Geläute der Marienkapelle. Es war Sonntag, der achte September im Jahre des Herrn 1493. Seit den frühen Morgenstunden zog es mehr und mehr Bürger zum Judenplatz. Kopftücher und Kappen. Mägde und Knechte hatten sich herausgeputzt. Die Patrizier in samtenen Schauben mit Pelzkragen von Marder und Füchsen, und die langen Mäntel ihrer Damen bauschten sich bei jedem Schritt. Handwerker, die Wangen noch rot von der Rasur, führten selbstbewusst die festlich gekleideten Gattinnen neben sich her. Hinter ihnen folgte die zahlreiche Kinderschar. Nur beim Verlassen des Hauses waren Söhne und Töchter eine sittsam stille Augenweide gewesen, bald aber wuchsen Geschrei und Geheul, weil sich die Älteren in der Erziehung der jüngeren Geschwister übten. Und hatten die Würzburger in den Straßen und Gassen noch gelacht, geschwatzt und lautstark den Nachbarn einen guten Tag gewünscht, so wurden auf dem Platz die Stimmen leiser, jeder drängte sich innerhalb der Seilabsperrungen möglichst weit nach vorn zum Südportal.

Nicht dem mit Blumen geschmückten Altar galt der erste Blick, er ging hinauf zu den beiden noch mit grauen Tüchern verhüllten Gestalten rechts und links des Eingangsbogens. Kein Wort zum Nachbarn war nötig, ein Heben der Brauen, ein kurzes Seufzen verbunden mit leisem Lächeln erzählte genug von Zweifel und Neugierde. Dann aber setzte doch Raunen ein, wie eine Woge begleitete es Meister Til und seine Gemahlin von der Schustergasse an, durch den freigehaltenen Mittelgang bis nach vorn und verebbte erst wieder, als Bürgermeister Suppan sie begrüßte und ihnen einen Platz hinter den Ratsherren auf der Ehrenbank rechter Hand des Altars zuwies.

Anna sah hinauf zur verhüllten Figur auf dem mit Ranken und Blättern verzierten Sockel, dann neigte sie den Kopf und flüsterte im Schutz des hohen Mantelkragens. »Sitzen wir hier etwa auf der Seite, wo sie steht?«

Til faltete die Hände und bemühte sich um einen sanften Ton. »Beruhige dich, meine Liebe. Es ist so, wie es sein muss.«

»Dann sag es.«

Er antwortete nicht, nickte nur.

»Also direkt über mir.«

Til sog den Atem ein. Gleich spürte er ihre Hand auf seinem Arm. »Nein, ich sage nichts mehr.« Sie drehte den fülligen Körper halb zu ihrem Gemahl und richtete den Blick an ihm vorbei zur linken Seite des Südportals. »Ich wollte nur wissen, wohin ich sehen möchte.«

Aus der Nebenpforte huschten die Chorknaben. Mit gesenkten Köpfen nahmen sie links des Altars Aufstellung. Nun erschien der Priester feierlichen Schritts, und in dem Wehen seiner weißen Gewänder zog er Messdiener und Diakone mit sich. Heute war das Fest Mariä Geburt, zunächst sollte ihr zu Ehren die Messe gefeiert, gleich im Anschluss dann das erste Menschenpaar enthüllt und gesegnet werden.

Til senkte den Blick auf seine geöffneten Hände, betrachtete die breiten schwieligen Flächen. Sie waren durchzogen von dunklen Hautrissen, die sich bis in die Kuppen der sehnigen Finger fortsetzten. Adern aus Steinstaub, dachte er und rundete nach einer Weile die Lippen. Nein, viel mehr: Es sind Adern aus ihrem Staub. Spuren meiner Eva.

Der Knabenchor schwieg.

»Oremus!«

Ratsherren und Ehrengäste erhoben sich von den Bänken. Während Til aufstand, half er Anna mit festem Griff, dennoch stand sie neben ihm und keuchte wie nach schwerem Treppensteigen.

Vorn am Altar begrüßte der Diener Gottes mit wohltönender Stimme die heilige Mutter: »Salve, sancta Parens, enixa puerpera Regem: qui caelum terramque regit in saecula saeculorum …«

In der Küche des Bauernhauses am Bach hockte Jakob zusammengesunken auf dem Stuhl. Blut quoll ihm aus Mund und Nase. Sein Peiniger hatte die Handschuhe nicht ausgezogen. Die Beine leicht gespreizt, lehnte er am Küchentisch. Wieder fasste er dem Opfer ins schüttere Haar, riss den Kopf hoch und schlug das Gesicht auf die Tischplatte. »Du lügst. Ich weiß es. Und das missfällt mir und unserm Herrn, Abt Nikolaus. Du hast im letzten Jahr nicht bezahlt und auch nicht im Jahr davor. Dabei hat dir der Abt in seiner Großzügigkeit sogar Geld für Saatgut geliehen. Heute ist es so weit, heute werden alle deine Schulden fällig. Fangen wir noch mal von vorn an. Her mit dem Zehnt auf dein Korn für dieses Jahr.«

»Nichts … Ich hab's doch gesagt. Es war kein guter Sommer für mich«, brachte Jakob mühsam heraus. »Die Fronarbeit war zu lang. Mir blieb keine Zeit für die eigenen Felder …«

»Das sagen sie alle, wenn ich komme und den Zins eintreibe.« Der Anführer bog den Kopf des Bauern nach hinten. »Aber das hilft dir nichts. Dich hab ich ausgewählt. An dir sollen die anderen Faulenzer hier im Tal sehen, was jedem zustößt, der seine Schulden nicht bezahlt.« Kurz und hart schlug er mehrmals den Peitschenstiel auf die schon geplatzten Lippen.

Jakob stöhnte, verschluckte sich am Blut, hustete, und ein dunkelroter Speichelschwall ergoss sich über den Ärmel des Schinders, Spritzer trafen das Gesicht.

»Du stinkender Köter. Du wagst es, mich anzuspucken.« Wahllos prasselten jetzt die Schläge auf Kopf, Ohren und Nase. Mit einem Mal hielt der Anführer inne. »Nein, nein, bleib schön wach. Und freu dich nicht zu früh. Ich werde dich nicht erschlagen, aber alles, was du hast, nehme ich mit. Und du wirst deine Lektion erhalten und allen noch sagen können, was du heute von uns gelernt hast.« Er schnippte seinen Knechten. »Legt ihn auf den Tisch und zieht ihm die Hosen aus.« Langsam quetschte er in der Luft eine Faust. »Wollen doch mal sehen, wie fest die Hoden sind.«

Während der Anführer sich mit einem Tuch den besudelten Wamsärmel reinigte, versprach er dem Geschundenen: »Und glaub mir, das ist erst der Anfang …«

Der Himmel war etwas aufgeklart. Über dem Judenplatz schimmerte eine silbrige Sonnenscheibe durch die Wolkendecke. Vorn am Altar hatte der Priester nach Gebet und Friedenswunsch der Gemeinde das »Ite missa est« zugerufen und den Segen gesprochen.

Eine Weile noch verharrten die Gläubigen vor dem Südportal im stillen Gebet, nach und nach aber hoben sich die Gesichter, wie ein Schleier wich die Andacht von den Mienen, aus erstem Flüstern wurde halblautes Gemurmel, irgendwo in der Menge lachte ein Kind hell auf, gleich folgte kurzes Klatschen, und der Jubel ging über in jämmerliches Geschrei.

Anna Riemenschneider presste die Hand an ihre linke Brustseite und atmete schneller. Als Til es bemerkte, versicherte sie mit tapferem Lächeln: »Es ist schon wieder gut. Kümmere dich einfach nicht um mich. Heute ist ja dein Ehrentag.«

Im ersten Moment wollte er darauf eingehen, zog dann aber Schweigen vor, weil jede auch noch so mitfühlende Antwort sicher Schlimmeres verursacht hätte.

Die beiden Bürgermeister erhoben sich von den Plätzen. Sofort versickerten alle Gespräche.

Georg Suppan hatte es gar nicht auf eine Abstimmung im Rat ankommen lassen, sondern hatte sich allein kraft seines Amtes als oberster Stadtvater das Vorrecht gesichert, die Eva zu enthüllen. So strebte er gewichtigen Schritts zur rechten Seite des Portals, und der Unterbürgermeister nahm auf der linken neben dem Knabenchor Aufstellung. Leise summte der Diakon, und auf sein Zeichen hin stimmten die Sänger das Halleluja an. Ihre Lobpreisung stieg an den Mauern und Fenstern der Marienkapelle hinauf, wehte weit über die Festgemeinde, bis sie in den Gassen der Stadt verhallte.

Meister Til befeuchtete die Lippen, noch einmal prüfte er mit schnellem Blick die herunterhängenden dünnen Seile, beide Enden schwebten auf gleicher Höhe, weiter oben am Blattwerk der Podeste sah er keine verdächtigen Schlaufen, jeder Strick führte glatt hinauf zum gerafften Saum des grauen Leintuches über den Köpfen der Figuren. Zwei Tage hatte es gedauert, und sechs kräftige Helfer waren nötig gewesen, um Adam und Eva mit Flaschenzügen und Leitern auf die hoch angebrachten Sockel zu hieven, an der Wand zu verankern und sie dann gleich zu verhüllen. Bisher hatte es keine Zwischenfälle gegeben, und auch jetzt deutete nichts auf ein Missgeschick hin, dennoch flüsterte Til tonlos: »Herr, lasse es gelingen.«

Der Priester wandte sich an die Gemeinde: »Adjutorium nostrum in nomine Domini.«

Kinder und Frauen stimmten in den abwechselnden Sprechgesang ein: »Qui fecit caelum et terram.«

»Dominus vobiscum.«

»Et cum spiritu tuo.« Freudig lächelnd breitete der Diener Gottes seine Arme aus und gab mit leichtem Handwedeln das Zeichen.

Beide Bürgermeister fassten nach den Seilenden. Ein gleichzeitiger behutsamer Ruck. Evas Tuch gab nach, rutschte. Auf der anderen Seite musste der Unterbürgermeister erneut und diesmal heftiger am Seil ziehen, nun löste sich auch die Verhüllung über ihm. Doch zu spät. Evas Blick, ihr Mund lächelten schon, dann erst erschien das besorgte Antlitz des Adam, leicht fielen die Tücher und ließen zu, als wäre es ein Augenzwinkern des Schöpfers, dass sich die Frau noch vor dem Mann am Südportal zeigte.

Stille erfasste die Menge, allmählich erst kehrte das Leben mit Atmen und Seufzen zurück.

Der Priester starrte zum Adam hinauf, sein Lächeln gefror, er riss sich los und wandte sich Eva zu. Nur ein Blick, gleich senkte er verschämt den Kopf. »Ore…« Die Stimme versagte den Dienst, nach heftigem Räuspern endlich wiederholte er: »Oremus.«

Alle Vornehmen erhoben sich von den Bänken, die Stadtoberen reihten sich wieder bei den Ratsherren ein, und hinter ihnen falteten die Bürger die Hände.

»Omnipotens sempiterne Deus, qui Sanctorum tuorum imagines sculpi …«

Und während der Priester dem Allmächtigen für die Erschaffung der Stammeltern dankte und den Segen für ihre neu geschaffenen Abbilder erflehte, fühlte sich Til mit einem Mal in der Andacht gestört und öffnete die Lider. In der Reihe vor ihm hatte sich der Unterbürgermeister halb umgewandt und starrte ihn empört an.

Til runzelte die Stirn. Gefiel ihm das Menschenpaar nun doch nicht? Bei der Vorbesichtigung durch den Stadtrat war auch er voll des Lobes gewesen und hatte dafür gestimmt, dass dem Meister neben dem vertraglichen Honorar von 110 Gulden noch zehn weitere als besondere Anerkennung bezahlt werden sollten. Ratlos hob Til die Schultern.

Diese Geste schien den Unterbürgermeister tief zu kränken, mit bebender Unterlippe zischte er: »Absichtlich hast du dem Adam das Tuch fester geknotet. Danke, Meister, für die Blamage.«

Til benötigte einen Atemzug. Als er den eitlen Kummer des Stadtvaters begriff, vermochte er nur mit Mühe die ernste Miene zu wahren. »Nicht ich«, versicherte er flüsternd, »die Haare sind schuld.« Sein Finger deutete verstohlen zu Adams üppiger Lockenpracht hinauf. »Evas Scheitel ist glatter. Sieh nur genau hin, guter Freund.«

Der sanfte Spott ließ dem Unterbürgermeister tiefe Röte aus dem Halskragen in die Wangen steigen. Ehe sie das Gesicht überflutete, drehte er sich ab, versteifte den Rücken und sah reglos zum Altar.

»... et aeternam gloriam obtineat in futurum. Per Christum Dominum nostrum.«

Das Amen sprachen die Gläubigen gemeinsam.

Rasch trat der Diakon vor den Chor und summte. Doch nur wenige Knaben nahmen seinen Ton auf, die meisten verrenkten sich die Hälse, staunten hinauf zur Eva, und nicht ihr Gesicht, auch nicht die Schlange an ihrem rechten Bein waren der Grund, warum die Münder offen standen, die Augen leuchteten.

Kurzerhand ohrfeigte der Diakon direkt vor ihm vier der jungen Gaffer und gewann so die Aufmerksamkeit des gesamten Chors zurück. Selbst der Himmel stimmte ins Freudenlied mit ein, denn Sonnenlicht brach durch die Wolken und ließ das nackte Menschenpaar aus weißem Sandstein in seiner reinen Schönheit erstrahlen.

Unten auf der Bank aber stöhnte die Gemahlin des Bildhauers gequält, erneut presste sie die Hand an ihre Herzseite. »Kaum ertrag ich die Stiche noch«, hauchte sie. »Verzeih, Liebster, wenn ich dir den Festtag verderbe, aber du musst mir helfen.«

Til beugte sich zu ihr. »Meine gute Anna. Wirst du noch gehen können?«

Sie nickte tapfer.

»Gott sei Dank. Sobald die Segnungsfeier beendet ist, begleite ich dich nach Hause. Soll der Doktor kommen?«

»Nein, nein. Nur hinlegen möchte ich mich. Ach, Liebster, wie schade.« Sie suchte seine Hand und seufzte. »Auch ich hatte mich so auf den Zug der Stadtmusikanten und nachher auf das Festmahl im Rathaus gefreut. Und nun ...«

»Beruhige dich.« Til schloss die Augen, um die Enttäuschung nicht zu zeigen. »Du bist mir wichtiger als jede Ehrung.«

Jakob schrie nicht mehr. Teilnahmslos ließ er sich eine Schlinge um den Hals legen. In der Küche stand süßlicher Geruch nach gesengtem Haar und angebranntem Fleisch. Verkohlte Reste seines Kittelhemds hingen ihm von den Schultern, sonst war er nackt. An großen Stellen auf Brust und Bauch war die Haut nur noch eine schwärzlich blasige Kruste.

Der Anführer nahm das lose Strickende, zupfte nur leicht. »Nun komm, sei ein artiges Bäuerlein. Du darfst zusehen, wie wir aufladen.«

Ohne Sträuben folgte ihm Jakob nach draußen, wehrte sich auch nicht, als er an den Querbalken des Scheunentors gebunden wurde.

»So gefällst du mir.« Der Peiniger patschte dem Geschundenen mit der lederbewehrten Hand auf den Kopf. »Nur schade, dass wir dein Weib nicht angetroffen haben.«

Unruhe kehrte zurück, Jakob hob die Schultern, sein Blick wurde klarer, mit blutig vorgequollenen Lippen mühte er sich jedes Wort ab: »Verfluchte ... Teufelsbrut ...«

»Aber, aber. Kein böses Wort, sonst schicke ich meine Männer auf die Suche. Jung soll dein Weib sein, erzählt man im Kloster. Und erst im letzten Jahr hast du sie dir genommen. So frisch verheiratet sind die Weiber besonders heiß. Aber jetzt ...«

Die Hand schnellte nach unten und packte nach dem angeschwollenen Hodensack. Jakob wand sich, wimmerte.

»Jetzt muss deine junge Stute lange, lange warten, bis du sie wieder bespringen kannst. Aber sorg dich nicht, wir helfen zu gerne überall aus. Wir sorgen dafür, dass unser Abt seinen Zehnten bekommt, und wir besorgen es den hungrigen Weibern, bis sie satt und still sind. Reize mich also nicht weiter, du alter Mann, sonst greifen wir uns deine junge Frau.«

Der Anführer wandte sich ab und befahl seinen Männern, mit dem Aufladen zu beginnen.

Sie führten die Kuh aus dem Stall. Sie zogen die drei Schafe an den Ohren über den Hof zum Wagen. Sie fingen die Hühner ein …

Mit jedem Stück Vieh, das ihm genommen wurde, verlor Jakob ein Stück Leben. Sie schleppten Korb für Korb vorbei, und er musste es mit geweiteten Augen ansehen. So mager war die Ernte gewesen. Nur wenige Vorräte an Bohnen, Hirse, Erbsen und Zwiebeln hatte er für den kommenden Winter lagern können. Und jetzt luden sie seine spärlichen, seine letzten Hoffnungskeime auf den Klosterkarren.

»Das … darf nicht … sein«, brabbelte er. »O Gott, so sind Menschen doch nicht …« Tränen liefen über die Wangen, bissen sich salzig in die offenen Wunden.

Zu fünft hatten die Blutzapfen ihren furchtbaren Spaß mit ihm getrieben, hatten ihn durch Stockhiebe gezwungen, mit entblößtem Unterleib wie ein Schwein auf den Tisch zu kriechen. Unter viehischem Gelächter war ihm eine große Möhre in den Darm gestoßen worden. Obwohl sein Mund nur noch eine blutige Masse war, bogen sie die Zähne auseinander und stopften ihm einen Apfel halb in den Rachen. Ohne Zögern nahm der Anführer die Fackel von der Wand, entzündete sie am Herdfeuer, feixend näherte er sich dem Tisch. »Du wirst ein guter Sonntagsbraten.« Er fuhr mit der Flamme dem Wehrlosen unter den Bauch, die Brust. Jakob rang nach Luft, erstickte fast, weil ihm die Hände festgehalten wurden, er schlug den Kopf hin und her, endlich löste sich der Apfel aus seinem Mund, dann schrie Jakob voller Schmerzen, und je lauter seine Schreie gellten, umso befriedigter nickte der Kerl. »Das gefällt mir. So ist es recht.«

Einer der Knechte hatte im Regal neben dem Herd einen verschlossenen Krug entdeckt. Er zog den Stopfen und roch, nahm einen Schluck und grunzte vor Vergnügen. »Unser Bäuerlein hat für uns vorgesorgt. Kein Bier. Auch kein Most. Nein, hier haben wir guten, scharfen Branntwein.« Jeder seiner Kumpane durfte kosten, dann reichte er dem Anführer den Krug, der unterbrach die Tortur und nach einem tiefen Zug wiegte er den Kopf. »Dafür ziehen wir heute keine Steuern ein, sondern würzen unsern Braten damit und nehmen den Rest für den Rückweg.« Ohne Zögern begoss er den Hintern, sorgte dafür, dass der Branntwein auch die Geschlechtsteile und Oberschenkel nässte. Nur ein Streich mit der Fackel, und die Flammen züngelten hoch.

Jakob bäumte sich auf, schlug mit dem Leib auf die Holzplatte, drehte sich auf den Rücken, versuchte mit den Händen zu löschen, dabei war er vom Tisch gerollt und auf den Boden geschlagen. Unter dem Gelächter der Blutzapfen hatte er sich hin und her gewälzt, bis das Feuer endlich erstickt war.

Jakob presste den Kopf ans Scheunentor »Nein, du Allmächtiger im Himmel …« Ein Schluchzer entrang sich seiner Brust. »Solche Menschen sind nicht von dir.«

Drei der Blutsauger verließen die Scheune mit prall gefüllten Säcken.

»Bitte«, hauchte Jakob. »Nicht auch das Saatkorn …«

Doch niemand hörte ihn. Sie stellten sein wertvollstes Gut zu den Körben und bestiegen ihre Pferde. »Wie soll ich denn …?« Ein neuer Schmerz ließ ihn aufstöhnen. Der fünfte Schinder näherte sich aus Richtung Stall und schleifte den Hund am Schwanz hinter sich her, halb war dem Tier der Kopf abgetrennt worden. »Den hätte ich beinah vergessen.«

»Lass ihn hier«, befahl der Anführer. »Das alte Fell taugt zu nichts mehr.«

Leicht die Peitsche in der Hand wippend, kam der Anführer noch einmal zum Scheunentor. »So, Bäuerlein, wir müssen zurück zum Kloster.« Mit der freien Hand löste er die Fessel vom Querbalken der Scheune. »Und denk daran, deine Schulden sind noch längst nicht beglichen. Also arbeite fleißig und leg nächstes Jahr mehr als den Zehnten zurück. Sag das auch deinen Nachbarn, denn die sind nicht besser dran als du.«

Leichtfüßig ging er über den Hof, sprang mit einem Satz zur

Kutschbank hoch. »He, Bäuerlein! Und versuch erst gar nicht davonzulaufen. Uns und unserm gnädigen Abt Nikolaus entkommst du doch nicht.« Seine Kumpane lachten. Er griff nach dem Zügel, ein Schnalzen, und der Wagen rollte an.

Vier Reiter waren es. Unter den Hüten mit breiter Krempe und gebuschter Feder war kein menschliches Antlitz zu erkennen. Zwei ritten dem hoch beladenen Ochsenkarren vorweg, die beiden anderen begleiteten ihn an den Seiten. Und auf dem Kutschbock saß ihr Anführer, locker hielt er den Zügel in der behandschuhten Rechten, seinen linken Stiefel stemmte er gegen den Holm.

Reglos blickte Jakob den Blutzapfen nach, bis sie hinter der Biegung verschwunden waren. Dann tastete er nach der Halsschlinge, wollte sie abstreifen, hielt aber mitten in der Bewegung inne und ließ die Arme sinken.

»Jahr für Jahr …« Er schüttelte den Kopf. »Nie wird das aufhören … Nie, ich weiß es.«

5

Nein, keine Eile, Meister Til ließ das Pferd gemächlich den Weg am Bachufer entlang hinauf ins obere Tal trotten. »Habe ich wirklich das Recht dazu?« Unentwegt schabte er die Unterlippe an den Zähnen. Heute Morgen beim Ankleiden war er noch fest entschlossen gewesen. »Ich will zu ihr. Klarheit muss ich haben. Ich will fragen und werde Antwort verlangen.«

Nach dem Frühstück hatte er ungewohnt schroff die Arbeiten für den Vormittag eingeteilt. »Wir sind schon wieder mit einigen Aufträgen im Verzug.«

Keiner der Gesellen wagte aufzubegehren, obwohl der Meister selbst die Hauptschuld an den Verspätungen trug. Er war es, der zu viele Bestellungen für Kirchen, Klöster und Privatleute annahm, überdies stets zu frühe Abgabetermine versprach.

»Faulheit dulde ich nicht in meiner Werkstatt.« Jetzt, da Adam und Eva das Südportal der Marienkapelle zierten, sollte Tobias endlich seine Muttergottes fertigstellen. Eine Steinmadonna, an der er allein ohne Handanlegen des Meisters arbeitete, und längst schon hätte er liefern müssen. Lediglich das Familienwappen fehlte noch am Sockel. »Aber schau dir vorher genau die Zeichnung an. Die reichen Stifter bemerken eher das Fehlen eines kleinen Sterns auf dem Balken, als dass Maria ihr Kind nicht auf dem Arm trägt. Und die ehrenwerte Familie von Werdenau bildet da keine Ausnahme.«

Den beiden anderen Gesellen trug er auf, die Figur des Johannes Evangelista für den Transport zur Stadtpfarrkirche von Iphofen in Tücher zu wickeln und in eine Holzkiste zu legen. »Und bettet mir den Johannes in ausreichend Holzspäne! Gegen Mittag wird er abgeholt. Danach bringt ihr mir den Block für den Schmerzensmann in die Steinhalle. Sobald ich zurück bin, will ich mit dem Zurichten beginnen. Legt mir Kohlestift und den Entwurf bereit!«

Als er Anna mitteilte, dass er nach den Weinstöcken sehen und sich danach bei einem Ausritt etwas erholen wollte, hatte sie keine Fragen gestellt, hatte ihn sogar ohne Auftrag ziehen lassen. Drei Tage waren seit Sonntag vergangen, und immer noch gab sie sich sanft und verständnisvoll. Anna wusste sehr wohl, wie hart sie den Großmut ihres Mannes geprüft hatte: Der Festakt, die Lobesreden, das köstliche Mahl, auf alles hatte er ihretwegen verzichtet. Doch als später die Stadtmusikanten, angeführt von Bürgermeister Suppan, zur Franziskanergasse gezogen kamen und im Innenhof für den Meister mit Flöten und Trommeln aufspielten, da besserte sich ihr Zustand gleich beim ersten Stück auf wundersame Weise. Anna verließ das noch vor wenigen Stunden schnell mit Kissen bereitete Notlager in der guten Stube, trat vor die Tür und hakte sich bei ihrem Riemenschneider ein. Mit strahlendem Lächeln nahm sie an seiner Seite die fröhliche und hier im Hof überlaut hallende Darbietung entgegen. Äußerlich bewahrte Til zwar Haltung, im ersten Aufwallen des Zorns aber quetschte er ihren Unterarm, bis sie aus gerundeten Augen flehentlich zu ihm aufsah. Da erst lächelte auch er und genoss das Spiel der Stadtmusikanten. Weder über die Enthüllung des Menschenpaares noch über das vorzeitige Heimgehen, kein Wort wurde über den Sonntag zwischen ihnen gewechselt. Frau Anna vermied ungewohnt lange jeden Vorwurf, war liebenswert sogar im Bett vor dem Einschlafen, und diese Art der Entschuldigung war Til vollauf genug.

Am Vortag hatte der Stadtrat ihm den letzten Teilbetrag seines Honorars für Adam und Eva übergeben, und kaum wieder allein, sah er Magdalena nackt vor seinem inneren Auge auf dem Tuch stehen, ihre Haut samtweiß, die geöffnete Hand unter dem Busen, den linken Fuß zum Schritt bereit … »Ein Gulden gehört dir …« Er zögerte und hob die Brauen. »Nein, nur ein halber Gulden, weil du unsere zweite Verabredung nicht eingehalten hast.« Damit war der Entschluss bereits gefasst, heute zu den Gehöften am oberen Bachlauf zu reiten.

Das Pferd schnaubte, nickte unwillig. Vom Bach hatte sich eine Wolke sirrender Mücken gelöst und befiel Reiter und Wallach. Til wedelte mit der Hand, musste seine Kopfbedeckung zu Hilfe nehmen und schließlich dem Pferd die Sporen geben, erst nach der nächsten Biegung zügelte er den Galopp, ließ aber das Tier von nun an traben. »Auf keinen Fall will ich Streit mit Bauer Lebart«, nahm er sich vor.

Bald tauchte weiter vorn das ärmliche Anwesen rechter Hand des Fahrwegs auf. »Vielleicht erlaubt er mir einige Worte mit meiner Eva ...« Er stockte und drohte sich selbst: »Wehe, dir unterläuft nachher solch ein Fehler. Sie ist Jakobs Frau. Nur weil sie dein Modell war, hast du noch lange keinen Anspruch auf sie.«

Beim Näherkommen sah er den Eingang zum Wohnhaus weit geöffnet und wunderte sich während des Absteigens über die sonderbare Stille, die Stall, Scheune und Schuppen umgab. Er pochte an den Türrahmen. »Niemand zu Hause?«

»Gott zum Gruß. Endlich.« Eine fremde Frau sprach, eilte herbei und schreckte gleich einen Schritt zurück. »Verzeiht. Ich dachte, unser Herr Pfarrer wäre gekommen. Wer seid Ihr, Herr?« Abwehr wuchs in der Stimme. »Wenn Ihr vom Kloster Ebrach kommt, dann ...«

»Nein, beruhige dich.« Til sah das verhärmte Gesicht, die dunklen geränderten Augen. »Ich komme von Würzburg. Eigentlich erwartete ich Bauer Lebart und seine Frau hier anzutreffen?«

»Beide ...«, sie schluckte heftig, »beide sind in der Stube.«

»Dann bestelle ihnen, Meister Riemenschneider sei gekommen und wolle noch etwas Geschäftliches regeln.«

»Schulden?« Sie sprach, als sähe sie in einen endlosen ausgedörrten Graben. »Um die einzutreiben, kommt Ihr zu spät, Herr. Wir haben nichts, gar nichts mehr. Ich bin Els, die Schwester von ... von Jakob. Ich mein, die ältere Schwester ... und die Schwägerin von Magda. Nein, nichts ist uns geblieben. Aber überzeugt Euch selbst.« Keine Geste lud ihn ein. Sie drehte sich einfach um und ging voraus.

Til folgte ihr durch den engen Windfang in die Küche. Der Boden war gefegt, die Hocker standen unter dem Tisch, Töpfe und Krüge reihten sich geordnet auf den Wandregalen. »Ich hab sauber gemacht für den Herrn Pfarrer«, bemerkte Els, ohne sich umzuwenden, ihr Schritt wurde langsamer, behutsam, beinah sacht betrat sie die angrenzende Stube.

Til blieb im Türrahmen stehen. Das Fenster war mit einem Leintuch verhängt, trübe Dämmerung lastete im Raum, durchzogen vom Geruch der beiden halb niedergebrannten Kerzen. Er sah den offenen Sarg in der Mitte, sah Magdalena. Versunken saß sie auf dem Stuhl. Ohne den Grund der Trauer gleich wissen zu wollen, nahm der Bildschnitzer den Anblick in sich auf, ihren leicht geneigten Kopf, die hochgezogenen, gebeugten Schultern. So wenig an Geste, dachte er bewundernd, ihre Körperhaltung allein zeigt Klage und tiefen Schmerz.

Die Schwägerin berührte Magdalenas Arm. »Besuch ist da.«

Sie hob den Kopf. Nach dem ersten Erschrecken hielt sie sich wie eine Ertrinkende an seinem Blick fest, dann füllten sich ihre Augen. »Immer war er gut zu mir. Nie ein böses Wort. Zu allen war Jakob freundlich ...« Verloren zuckte sie die Schultern. »Und heute Abend tragen sie ihn fort.«

Til kehrte zurück, nahm die Wirklichkeit wahr, und insgeheim empfand er Scham, gerade noch an ein Motiv für seine Schnitzarbeit gedacht zu haben.

»Mein Beileid«, sagte er halblaut. »Von Herzen fühle ich mit dir ...« Er wollte mehr sagen, wusste aber nicht, wie, schließlich nickte er ungelenk zum Gruß. »In einigen Tagen werde ich wiederkommen.«

»Nein, geht nicht, Herr. Bitte!« Magdalena streckte die Hand nach ihm aus. »Ich, ich will Euch erklären ...« Sie verließ ihren Platz und wandte sich an die Schwägerin. »Das ist Meister Tilman Riemenschneider, der Bildschnitzer. Auch Jakob hat ihn gekannt. Ich muss ihm etwas von deinem Bruder und mir sagen. Draußen ist es dem Herrn sicher lieber.«

»Verstehen tu ich nichts.« Els setzte sich zur Totenwache auf den Stuhl. »Geh nur. Aber sei zurück, wenn der Pfarrer und die Männer kommen.«

Vor dem Haus bat Magdalena. »Nicht hier. Darf ich mit Euch zum Bach gehen? Bitte, da haben wir uns damals getroffen.« Und während sie nebeneinander hergingen, setzte sie hinzu: »Die Schwägerin und der Schwager wissen nichts von Eva und mir, vielleicht sag ich es ihnen später.«

»Verzeih die Frage.« Til sah sie von der Seite an. »Der Tod deines Mannes. War es ein Unglück?«

»Kein Unfall, Herr.« Magdalena presste die geballte Hand gegen die Stirn. »Nie werd ich das Bild vergessen. Sobald ich die Augen schließe, sehe ich den Jakob da in unserer Scheune hängen. Kein Gesicht mehr hat er gehabt, das haben sie ihm zerschlagen …«

»Wer waren sie?«

»Die Blutzapfen vom Kloster Ebrach. Abt Nikolaus hat die Kerle hergeschickt …« Magdalena rang immer wieder um Fassung, während sie vom Sonntag berichtete. Gleich nachdem die Unholde mit dem hoch beladenen Karren das obere Tal und Mühlhausen verlassen hatten, war sie mit der Schwägerin zum Haus geeilt. »Wir konnten ihn nicht herunterholen.« In der Erinnerung atmete Magdalena heftiger, sie legte beide Hände auf ihren Leib. »Wir haben nur vor der Scheune gestanden und haben uns festgehalten.« Später dann, nach der Kirche, war auch Balthasar, der Schwager, gekommen. Er hatte den Strick durchtrennt und den Toten ins Heu gebettet.

Magdalena blieb am Bachufer stehen und schüttelte den Kopf. »Nein, Jakob hat es nicht selbst getan. Ganz sicher nicht.«

»Verzeih, aber …?«

Leidenschaftlich sah sie zu Meister Til auf. »Nur weil ein leeres Fass umgekippt unter dem Querbalken lag, meint der Schwager, dass mein Mann sich selbst … Aber so war Jakob nicht, glaubt mir, Herr. Freiwillig hätte er mich nie alleingelassen. Auch Els hat dem Schwager verboten, so etwas zu behaupten, weil sonst der Pfarrer meinen Jakob nicht in geweihte Erde legt. Wenigstens ein gutes Begräbnis sollen sie ihm doch gönnen, bei dem armen Leben, das er hatte.«

»Dich hatte er.« Til wollte ihren Arm berühren, ließ aber die Hand wieder sinken. »Du warst sicher das Glück für ihn.«

»Und Unglück wird es jetzt. Und er wusste nicht einmal was davon. Niemand weiß bis jetzt davon. Ich, ich wollte es ihm erst nächsten Monat sagen. So zur Freude. Aber das kann ich nun nicht mehr.« Unvermittelt lehnte sie Schutz suchend die Stirn an seinen Arm. »Bitte, seid nicht zornig auf mich. Ich weiß auch nicht warum, aber Euch möchte ich es sagen …« Leises Weinen schwang in der Stimme mit: »Ich bekomme ein Kind, Jakobs Kind.«

Behutsam legte ihr Til die Hand auf die Schulter, wagte einen Atemzug lang den Rücken zu streicheln, dann räusperte er sich und löste sich aus der Nähe. »Danke für dein Vertrauen. Es steht mir nicht zu … und heute ist sicher nicht der rechte Tag, darüber zu sprechen … dennoch: Was wird nun aus dir, vor allem, was wird werden, wenn das Kind da ist?«

Magdalena starrte ins Wasser. »Ich weiß es nicht. Drüber nachgedacht hab ich noch nicht. Weil … Es ist ja erst drei Tage her. Vielleicht bleib ich bei der Schwägerin, wenn da genug übrig ist, um noch zwei Esser mehr durchzufüttern. Ich weiß es nicht.«

Ihre Hilflosigkeit rührte Til, er musste sich zwingen, die junge Frau nicht wieder in den Arm zu nehmen, so nestelte er den Geldbeutel aus der Rocktasche. »Ich bin hergekommen, um dir das Honorar für deine Arbeit zu geben. Ich schulde dir einen Gulden.«

»Ach, Herr. Den hab ich nicht verdient. Enttäuscht habe ich Euch.«

»Zu Anfang, das muss ich gestehen, war ich tatsächlich verwundert. Aber du hattest sicher deine Gründe, warum du nicht wiedergekommen bist. Bitte, nimm den Gulden und lass uns nicht mehr davon sprechen.«

»Ich will aber, weil ich mich sonst immer schäme, wenn ich an Euch denke.« Leise berichtete Magdalena von diesem Spielmann Bermeter und ihrer Not: »Ich war so durcheinander, und da hab ich das Geheimnis unserer Eva verraten. Und weil ich Euch nicht noch mehr Kummer machen wollte, da bin ich besser hiergeblieben.«

»Du wolltest mich schützen? Also meinetwegen bist du …?« Er rundete die Lippen, wollte nicht, dass sie seinen Blick sah, und wandte sich ab. Nach einigen nachdenklichen Schritten am Ufer entlang straffte er den Rücken und kehrte zurück, den blanken Gulden hielt er zwischen Zeigefinger und Daumen hoch. »Dieses Goldstück soll der Grundstock sein. Der Anfang für ein neues Leben …« In seinen Augen lebten Pläne auf. »Du kommst in die Stadt. Ich besorge dir eine Unterkunft. Ja, nicht weit vom Hof Wolfmannsziechlein. Und ich besorge dir Arbeit. Nein, hab keine Furcht vor der Zukunft. In meiner Nähe soll es dir und dem Kind nicht schlecht ergehen …« Er sah ihr Erschrecken und hielt inne. »O verzeih, ich male schon Bilder und habe dich nicht einmal gefragt, ob du dazu bereit bist.«

»Ich kann nicht antworten. Nicht heute …« Magdalena wischte sich die Augenwinkel. »Bitte, gebt mir Zeit, Herr! Ich will traurig sein für meinen armen Jakob. Weil ich glaube, dass es ihm hilft …« Sie sah hinauf zu den Wolken. »Ich mein, er muss doch da im Himmel einen guten Platz bekommen.« Ihre Gedanken zogen sie zum Haus. »Entschuldigt mich jetzt.«

Magdalena eilte schon zwischen den Obstbäumen zurück. Meister Til blieb neben ihr. »Nimm wenigstens das Geld.«

»Nein, Herr, bewahrt Ihr es für mich auf. Dann vergesst Ihr mich auch nicht.« Sie wandte sich ihm zu, ihr Blick hellte sich auf. »Sobald ich Antwort geben kann, komme ich zu Euch und frage danach.« Der Schimmer erlosch, sie hatten die offen stehende Tür erreicht. »Lebt wohl, Herr.«

Til sah ihr nach, es drängte ihn, die junge Frau festzuhalten, doch längst war sie in der Düsternis des Totenhauses verschwunden.

6

Den ganzen Tag über roch es nach Schnee, der Himmel lag schwer über Würzburg, doch es wollte nicht schneien. Bei Anbruch der Dämmerung zog Frau Anna ihrer Tochter die Wollmütze über, prüfte, ob auch der Mantel fest geschlossen war, und verlangte, dass Gertrud die Fellhandschuhe anzog.

»Nein, Mama. Die will ich nicht.«

»Sei folgsam, Kind.« Im gütigen Ton schwang fürsorgliche Strenge mit. »Armer Leute Kinder wären froh, wenn sie bei dem kalten Wetter so schöne Fäustlinge hätten.«

»Aber wie soll ich denn damit die Geschenke annehmen? Und wenn sie mir hinfallen, steckt ein anderes Kind sie in den Sack. Und ich hab gar nichts.«

»Du brauchst auch nichts von den Nachbarn. Diese Bettelei an den Türen vor Weihnachten missfällt mir ohnehin.« Weil sich die Augen des Mädchens weiteten, setzte sie sanft hinzu: »Da schau in die Schüsseln auf dem Tisch. Du kannst Äpfel, Nüsse und sogar vom Marzipan haben, so viel du möchtest. Deshalb finde ich es besser …«

»Nein, bitte nicht.« Flehend hob Gertrud die Hände. »Nicht verbieten, Mama. Heute ist doch die dritte Klöpfleinsnacht. Da gehen alle Kinder sammeln.«

Vom Hof her drangen helle Stimmen herein. Gleich wurde die Not größer. »Sie sind schon da und wollen mich abholen. Bitte, Mama. Ich zieh auch die Handschuhe an.«

Noch eine Weile zögerte Anna das so oft erprobte mütterliche Spiel hinaus und ließ die Angst des Kindes anwachsen, dann zeigte sie sich gnädig, willigte ein und genoss sichtlich die Küsse und Liebesbeteuerungen. »Nun trödle nicht, meine Prinzessin.« Umsichtig stattete sie ihre Tochter mit dem kleinen Holzhammer und einem Leinenbeutel aus. Kaum war die Haustür geöffnet, floh Gertrud von der Seite der Mutter in die Sicherheit der gleichaltrigen Freundinnen und Spielkameraden, auf die letzten Ermahnungen hörte sie schon nicht mehr.

Aus der Kinderschar löste sich eine hochgewachsene Frau im langen Mantel und eilte zu Anna hinüber. »Länger als zwei Stunden wird es nicht dauern.«

An diesem letzten Donnerstag vor Weihnachten hatte sich Hedwig Suppan, die Gemahlin des obersten Bürgermeisters, bereit erklärt, die jüngeren Kinder aus dem Freundeskreis von Haus zu Haus zu begleiten. »Ehe es richtig dunkel ist, hast du deine Kleine wieder.« Eine pelzbesetzte Haube verbarg das Haar, und das festgesteckte Halstuch ließ ihr energisches Kinn noch deutlicher vorragen. Hedwig blieb vor der Frau des Meisters stehen. »Wollt dich schnell noch was fragen.« Ein kurzer Blick an Anna vorbei. »Ganz im Vertrauen.« Niemand lauschte im Flur. »Wen hat dein Mann beim Apotheker Wilser untergebracht? Woher kommt diese Magd?«

Ein Beben ging durch Anna. »Was sagst du?«

»Ach, meine Gute, ich wusste nicht, dass du gar nichts davon weißt.«

»Nein, o heilige Maria, nein.«

Hedwig schob das Gesicht vor. Anna neigte das Ohr, und während die hastig gewisperte Neuigkeit wie Gift hineinträufelte, verloren ihre Wangen an Farbe, wurden blass und fahl.

Als die Gemahlin des obersten Bürgermeisters geendet hatte, sich mit einem aufmunternden Wort verabschiedete und die Kinder zur Klöpfleinsnacht fortführte, blieb Anna schwer atmend an der Schwelle ihres Hauses zurück. Erst nach einer Weile wandte sie den Kopf. Lichtschimmer fiel durch die Fenster der Werkstatt nach draußen. »Mein Ewald, warum bist du nur so früh von mir gegangen?«, klagte sie. »Und hast mich diesem Unhold ausgeliefert? Warum nur?« Anna begab sich auf den Weg, in der Mitte des Hofes kehrte ihre Kraft zurück, und vor dem Querhaus belebte Zorn den Leib. Mit Wucht stieß sie die kleine Pforte in der Flügeltür auf.

Wie jeden Abend nach Arbeitsschluss waren die Gesellen damit beschäftigt, den Boden zu fegen und die Werkstatt aufzuräumen. »Schluss für heute!« Der Finger wies zum Ausgang. »Wascht euch und wartet oben in der Kammer. Sobald das Essen fertig ist, lass ich euch rufen. Geht. Nun geht schon!«

Keine Widerworte. Die beiden jungen Männer spürten, wie nahe ein Ausbruch bevorstand. Rasch schippten sie den letzten Haufen Späne in die Kiste, hängten Besen und Schaufeln zu den Werkzeugen an die Wand.

Kaum sah Anna, dass ihrem Befehl Folge geleistet wurde, rückte sie gewichtigen Schritts zur Steinhalle vor. Hier war Tobias mit dem Lehrjungen dabei, Ordnung und Sauberkeit für den nächsten Tag zu schaffen. Noch ganz in sein Werk vertieft, stand Meister Til über den leidenden Christus gebeugt, sorgsam maß er die Breite des Brustkorbs und verglich sie mit der Skizze.

»Lasst uns allein!«

Er nahm die Anweisung nicht wahr, bemerkte auch nicht, wie Anna seine Gehilfen vor sich her in Richtung Flügeltor trieb und zurückkehrte.

»Riemenschneider! Ich habe mit dir zu reden.«

Verwirrt wandte er sich um und ehe er zu Wort kam, schnappte sie: »Am besten du gestehst sofort.«

»Was soll ich?« Er zog die Brauen hoch. Keine Störung bei der Arbeit. Beim ersten Blick in die Augen der Gemahlin glaubte er, mit Nachdruck sein geheiligtes Reich verteidigen zu können, das genauere Hinsehen aber sagte ihm, ein viel größeres Unglück war geschehen, und er selbst hatte es verursacht. Worum es sich handelte, wusste Til nicht, aus Vorsicht aber wappnete er sich, um so gut es eben ging, jedweden Schaden einzugrenzen. »Möchtest du dich setzen?«

»Nein, ich stehe lieber.« Der mächtige Busen hob und senkte sich. »Falscher Heiliger! Du bist durchschaut. Gerade eben hat mir Hedwig die Augen geöffnet.«

»Dann sag mir, was du siehst …?« Nur keinen Scherz jetzt. Sofort berichtigte er: »Will sagen, gern möchte ich dich beruhigen, wenn ich nur wüsste, was du gehört hast. Vielleicht ist alles ein Irrtum …«

»Irrtum? Auf meine Freundin ist Verlass, sie hört und sieht alles, was in Würzburg geschieht. Du hast ein Weib beim Apotheker Wilser einquartiert. Oder willst du das etwa leugnen?«

»Das also ist es.« Mit einem Seufzer ließ er sich neben dem Schmerzensmann auf der Werkbank nieder. So sehr hatte er für Magdalena gehofft, ihr Umzug in die Stadt möge noch eine Weile verborgen bleiben, in aller Stille und Ruhe sollte sie sich neu zurechtfinden lernen. »Und wer, glaubt Frau Suppan, ist diese Frau?«

»Das wollte sie von mir wissen.«

»Und du …?«

»Nein, Riemenschneider. Ich habe es ihr nicht gesagt, weil ich mich schäme …«, das Selbstmitleid ließ die Tränen fließen, »… so furchtbar schäme. Ach, Mann, du hast unser Leben verdorben.«

Kurz schlug Til die flache Hand auf den Holzbalken. »Übertreib nicht, Liebste. Magdalena brauchte meine Hilfe. Ihr Mann ist plötzlich verstorben, sie wusste nicht mehr, wohin, und so habe ich dieser armen Frau eine neue Bleibe verschafft. Sie wird als Magd beim Apotheker arbeiten und sich außerdem mit Flicken von Kleidern etwas Zubrot verdienen. Mehr gibt es nicht zu sagen.«

Aus der Tiefe des Unglücks fuhr Anna empor. »Mehr nicht? Du führst dich auf wie ein Zuchtbulle und verlangst von mir, dass ich Verständnis zeige?« Sie stemmte die Fäuste in die ausladenden Seiten. »Arme Frau? Du hast sie dick gemacht. Hier in dieser Werkstatt hast du ihr ein Kind angesetzt.« Die Stimme erreichte den Gipfel. »O welch eine Sünde! Und das inmitten all der Heiligenfiguren!«

»Schweig!« Til war aufgesprungen, ertappte sich, dass er den Arm erhoben hatte, und ließ ihn sinken, ballte eine Faust und schlug sich bei jedem Wort gegen die Brust. »Ich habe mich nicht an Magdalena versündigt.«

Anna nutzte seinen schwachen Moment. »Du lügst. Hedwig hat das Weib gesehen, und sie kennt sich aus bei drei eigenen Kindern. Vielleicht noch etwas mehr als einen Monat gibt sie dieser Hure.« Die Zunge wurde zum Henkersschwert. »Du bist überführt, Riemenschneider. Damals war es Anfang Mai, und ich kann rechnen.«

Til schwieg, er sah den Hoffnungsschimmer in Magdalenas Augen, als sie die spärlich eingerichtete Dachkammer betrat, hörte ihre Stimme: »Danke, Herr. Ich weiß gar nicht, wie ich Euch danken soll.«

»Sei ganz unbesorgt. Du bist mir gegenüber zu nichts verpflichtet.« Er hatte das Lächeln erwidert und war gegangen.

Til blickte seine Gemahlin ernst an. »Keine Lüge. Du musst mir glauben, wie sollen wir sonst weiter miteinander auskommen?«

Die gefurchte Stirn, auch sein Ton erschreckte sie. »Ich will dir ja glauben, aber woher weiß ich denn …«

»Du kannst rechnen«, unterbrach er sie schroff. »Nun gut. Magdalena hat mir Anfang Mai hier Modell gestanden. Zähl neun Monate weiter. Wenn sie später als Februar das Kind zur Welt bringt, kann es nicht von mir sein.«

»Und wenn es doch so früh kommt?«

Nur mühsam unterdrückte er den Ärger. »Es wird nicht so sein, Liebste.«

»Nenn mich nicht Liebste.« Eine halbe Drehung wandte sie sich von ihm ab und sprach über die Schulter das Urteil: »Ich werde mich dir verweigern, Mann, Nacht für Nacht, bis der Februar verstrichen ist. Danach werden wir sehen.« Kurzatmig schritt Anna davon. Nach einer Weile hört er, wie die Pforte in der Flügeltür mit heftigem Knall zuschlug.

Nur nicht hinfallen. Magdalena ging vorsichtig durch die enge Gasse in Richtung Markt hinunter, achtete auf jede Vertiefung und wich den von Hundekot glitschigen Pflastersteinen aus. Mit meinem dicken Bauch vornweg, mit Korb und Kupferkessel an den Seiten, komme ich mir vor wie ein Lastkahn auf dem Main.

»Oje …« Überrascht blieb sie stehen, musste schneller atmen; kein richtiger Schmerz, eher ein wehes Ziehen im Unterleib. Magdalena blickte zwischen den düsteren Hauswänden hinauf zum blauen Himmelsspalt. »Geht es los?« Als Antwort ebbte die leichte Welle wieder ab. Sie strich eine Strähne aus der Stirn zurück unters Kopftuch. »Verflixt. Wenn ich nur mehr wüsste.«

Vor zwei Wochen schon hatte Frau Adelheid gemeinsam mit ihr begonnen, die Dachkammer für eine Geburt herzurichten. Am Vortag war die Hebamme ins Apothekerhaus gekommen, eine resolute Person, und hatte umsichtig Schüsseln, Tücher und Kissen begutachtet. Danach ordnete sie an, dass außerdem noch zwei Stricke oder starke Leinenbänder besorgt werden müssten, ein Stuhl mit kräftiger Rückenlehne sollte bereitstehen, und sie erkundigte sich: »Wo nehmen wir heißes Wasser her?«

Ohne zu überlegen, sagte Magdalena hilfsbereit: »Das hole ich aus der Küche hoch.«

Da lachten beide Frauen, und die Hebamme wies aufs Bett. »Du ganz sicher nicht. Und nun leg dich hin, und lass mal sehen.« Sorgfältig betastete sie den Leib, Magdalena musste die Beine aufstellen, spürte für einen Moment den Finger in den Schoß eindringen, dann hatte sich die füllige Frau wieder aufgerichtet. »Du gefällst mir. Bin sehr zufrieden. Das Kind hat sich zwar schon gesenkt, aber ich denke, es braucht noch ungefähr zehn Tage. Ende April wird es so weit sein.« Sie hatte ihr den Oberschenkel getätschelt und war mit der Herrin hinausgegangen.

Magdalena nahm den Korb vom rechten Arm, hing ihn zum ovalen, mit einem Klappdeckel verschlossenen Tragekessel und legte sich die freie Hand auf den Bauch. »Bleib schön drin, mein Kleines. Erst müssen wir noch auf den Markt.« Fisch sollte sie besorgen, Gewürze und unten beim Aufgang zur Brücke noch ein frisches Brot. Auf dem Weiterweg flüsterte sie: »Katharina«, sagte den Namen halblaut, blickte sich kurz um, und weil niemand in der Nähe war, rief sie: »Katharina!«, lauter noch: »Kathi! Katharina!« Klingt nicht schlecht, dachte sie und wiederholte die Probe nun mit Florian. Entweder oder, beide Namen hatte sie sich für ihr Kind ausgesucht. Nicht allein. Die Wahl war eine Plage gewesen. Bei der Erinnerung krauste Magdalena die Nase.

Schon im Januar hatte sie ihre Herrin nach schönen Namen gefragt. Als der Schnee schmolz und der Weg ins obere Tal nicht mehr so beschwerlich war, hatte sie bei einem Besuch auch von der Schwägerin wissen wollen, wie das Neugeborene heißen sollte. Jede nannte andere Namen, schließlich gab es zehn Vorschläge, und Magdalena fand keinen gut und passend für ihr Kind. Anfang März dann war Meister Til in die Apotheke gekommen und hatte nach ihr gefragt.

»Er wollte mich besuchen.« Magdalena sagte es, als müsste sie sich selbst wieder davon überzeugen. »Wie das gekommen ist, weiß ich nicht. Aber er wollte nur mich besuchen, nicht meine Herrschaft, und das weiß ich genau.«

In der Guten Stube im ersten Stock hatte Tilman Riemenschneider auf sie gewartet. Er saß da, und der Stuhl schien Magdalena viel zu schmal für den großen Mann. Sie war gleich an der Tür stehen geblieben. Nachdem die Herrin ihm einen Becher Wein eingeschenkt und er auf das Wohl der Apothekerfamilie den ersten Schluck genommen hatte, erkundigte er sich mit seltsam gepresster Stimme nach Magdalenas Befinden und ob sie sich wohl fühle.

»Mir geht es gut.«

»Das höre ich gern.« Sein Blick streifte ihren Bauch, kehrte zur Wölbung zurück und blieb einen Atemzug lang. »Deine Schwangerschaft ... Ist sie sehr beschwerlich?«

»Aber nein, Herr. Ich kann ganz normal die Hausarbeit verrichten, nur das Bücken fällt manchmal schwer. Ich hab ja noch gut zwei Monate Zeit.«

Da atmete Meister Til wie befreit auf, seine Stimme wurde warm und vergnügt. »Also komme ich nicht zu spät.« Er schob das in Leinen eingeschlagene Paket auf dem Tisch in ihre Richtung. »Ein Geschenk.«

Aus Neugierde war Magdalena schon zwei Schritte unterwegs, erst da besann sie sich und bat Frau Adelheid: »Darf ich?«

»Aber ja, Dummerchen. Du musst, schließlich bin ich selbst gespannt.«

Es war ein hellgrüner fein gewebter Stoff, genug für ein Kittelkleid und ein Schultertuch. Magdalena jauchzte auf, entschuldigte sich sofort, doch die Freude wollte hinaus, so schloss sie einen Moment lang die Lider und trommelte sich mit beiden Fäusten leicht gegen die Schläfen. Das half, und als sie die Augen wieder aufschlug, gelang ihr sogar ein Knicks vor dem Meister. »Danke, Herr. Ihr seid wirklich sehr großzügig.«

Er hielt ihren Blick fest, sprach aber zur Frau des Apothekers. »Ich hatte eine Verhandlung mit dem Stadtrat. Als ich das Gewandhaus unten im Grafeneckart sah, fiel mir ein, dass sie gerade jetzt bequeme Kleidung nötig hat.« Ihre Herrin sollte glauben, das Geschenk wäre nur eine zufällige Nebensache, die Laune des Gönners. Magdalena aber las in seinen Augen und wusste es besser. Dabei vergaß sie die Zurückhaltung und lachte ihn an. »Wenn Ihr mir jetzt auch noch einen Rat gebt, wie mein Kind heißen soll, dann brauch ich heute vor lauter Glück nichts mehr zu essen.«

Gleich schaltete sich Frau Adelheid ein: »Genug jetzt. Du solltest die Geduld unseres ehrenwerten Gastes nicht strapazieren.«

»Nein, schon gut.« Schalk nistete in den Augenwinkeln. »Auch wenn ich nicht der Vater bin, so möchte ich gern die Vorschläge hören.«

Die werdende Mutter hatte ihm alle Namen aufgezählt, und ohne lange nachzudenken, waren von ihm Katharina und Florian als die schönsten genannt worden.

»Und dabei bleibt's«, sagte Magdalena. Sie hatte die belebteren Straßen erreicht, grüßte Bekannte ihrer Herrschaft und musste hin und wieder einem Fuhrwerk ausweichen. Nahe dem Dom erfasste sie der Kathedralenwind, drückte ihr das Kittelkleid fest an den Leib, zerrte am Kopftuch. »Immer das Gleiche«, schimpfte sie und tastete nach dem Sitz der Brustschlaufen und Steckkämme. »Möchte nur wissen, warum es um die Kirchen immer so pfeift? Selbst bei so schönem, stillem Wetter wie heute.«

Erst die Gewürze. Groß war der Andrang zu den Buden am Fuße der Domstufen. Jemand zerrte von hinten am Rückenteil ihres Kleides, drei schnelle, harte Rucke, Magdalena wandte empört den Kopf, nichts, nur Gewühle. Sicher ein Versehen, beruhigte sie sich.

Schaulustige und Käufer belagerten vor allem die Tische der Wachs- und Honigkrämer. Kerzen und Naschwerk gehörten zu den begehrtesten Waren, ein Licht fürs Seelenheil und ein Kitzel für den Gaumen, so liebten es die Würzburger. Es dauerte, bis Magdalena den richtigen Gewürzstand gefunden hatte. »Nicht so drücken«, bat sie und versuchte, so gut es ging, ihren Bauch zu schützen. Ingwer, Kerbel und Thymian, dazu einige getrocknete Lorbeerblätter.

Der Rückzug aus dem Gedränge gelang, und aufatmend ging sie hinüber zum Judenplatz. So früh im Jahr war es hier auf dem Gemüsemarkt noch leer. An vereinzelten Tischen boten Bauersfrauen die letzten über den Winter gelagerten Äpfel und Nüsse an, andere versuchten Magdalena zu überreden, vom Sauerkraut zu kosten.

»Danke. Aber aufgebläht bin ich schon genug.« Die Weiber stutzten, bemerkten den Grund und lachten verständnisvoll. Magdalena deutete auf die frische Petersilie. »Davon nehme ich zwei Bund.«

»Das nutzt dir nichts mehr, Kleine.« Die alte Bäuerin feixte zahnlos und zahlte ihr den Scherz zurück. »Los wirst du den Bankert nicht mehr, der sitzt schon viel zu fest.« Gleich nahm sie sich zurück. »War nur ein Spaß. Nichts für ungut.« Und gab noch ein Bund kostenlos dazu.

Magdalena sah zum Südportal der Marienkapelle hinüber, nur ein Blick aus der Ferne für die Eva, mehr nicht, und sie wollte sich, wie bisher bei jedem Besuch des Gemüsemarktes, gleich wieder durch die Schustergasse entfernen. Heute aber zögerte sie. »Würd ja gern mal gucken, wie ich aussehe.« Die Neugier erfand gute Gründe. »Solange ich so dick bin, erkennt mich keiner. Ist sicher viel gefährlicher, wenn das Kind da ist.«

In einem weiten Bogen näherte sie sich dem Portal, gegen die rotbraune Fassade verlockten die hellen Figuren das Auge, und Magdalena wagte sogar stehen zu bleiben. Sie krauste die Stirn. »Auf der Zeichnung war aber keine Schlange an meinem rechten Bein.« Nach einigem Grübeln fand sie die Erklärung. »Meister Til hat sich geärgert, weil ich nicht wiedergekommen bin. Deshalb hat er mir dieses Biest gegeben. Na ja, richtig wütend scheint er nicht gewesen zu sein, dafür ist die Schlange zu klein.« Magdalena lehnte sich mit der rechten Seite eng an die Kirchenmauer und hob das Gesicht, um den runden Po genauer zu betrachten.

»Ist dir nicht wohl?«

Ertappt wich sie zwei Schritte von der Wand zurück. Eine Dame war aus der Marienkapelle getreten und sah besorgt auf die Schwangere. »Du solltest dich setzen.«

Röte stieg Magdalena in die Wangen. »Danke, sehr freundlich. Aber mir fehlt nichts.« Damit eilte sie, so rasch es ihr möglich war, davon. Erst bei den Bäckern im Schatten des Karmeliterklosters schüttelte sie über sich selbst den Kopf. »Dumme Gans. Was rennst du weg? Meister Til hat Wort gehalten. Die Eva hat nicht dein Gesicht.«

Auf dem Weg zum Fischmarkt spürte sie mit einem Mal ihren Nacken, keine Berührung, und doch war es wie ein Druck. Magdalena drehte sich um, nichts, nur das Markttreiben. »Wird ja immer besser mit dir. Warte ab. Gleich sitzt dir ein Spuk auf der Schulter.«

Ein strenger Geruch lag über dem Platz. Fisch stinkt nach Juchten oder warmem Urin, dachte sie und schüttelte sich. Auf langen Brettertischen reihten sich Holzbottiche aneinander. Das Wasser schwappte, kräuselte, Schwanzflossen schlugen, schillernde Schuppenleiber wölbten sich heraus und glitten zurück. Magdalena wollte nicht näher hinsehen. Laut priesen die Fischfrauen die unruhige lebendige Beute aus dem Main an: Aal, Schleie und Barbe, Rotaugen und Karpfen …

Mit jedem Atemzug wuchs Übelkeit in ihr. Da entdeckte sie auch noch einen kleinen zu Brei zertretenen Fisch auf dem Pflaster und musste heftig schlucken. Von hier fort möchte ich, dachte sie nur noch und reichte der Verkäuferin den kupfernen Tragekessel hin. »Eine Schleie.« Das Sprechen kostete Kraft. »Nein zwei, bitte. Bitte zwei.«

»Aber gern. Und nicht zu lange kochen lassen, dann bleibt uns das Fleisch schön fest.« Geübt gab die Frau etwas Wasser in den Kessel, und während sie mit dem Käscher schwungvoll eine Schleie aus dem Bottich hob und ins Gefäß gab, erkundigte sie sich freundlich. »Wann sind wir mit dem Kleinen denn so weit?«

»Bald«, murmelte Magdalena, sie schmeckte den Geruch auf der Zunge. »Was muss ich zahlen?«

Da schnellte von hinten ein Arm dicht an ihrer Seite vorbei, tauchte in den Nebenbottich und fuhr wieder heraus. Die Hand umschloss einen zappelnden Aal direkt hinter den Kiemen. »Du solltest besser diesen Freund kaufen.« Ein schlanker Mann, eine biegsame Gestalt. Das Lachen! Magdalena kannte die großen Augen, scharfe Punkte im blassen Blau, der Blick schnitt ihr den Bauch auf. Jetzt wusste sie, wer er war, Hans Bermeter. »Geh weg von mir«, stammelte sie.

»Aber, aber. Willst du meinen guten Rat nicht hören?« Der Spielmann ließ die Zunge schnalzen. »Bei den Gewürzständen war ich mir noch nicht ganz sicher, doch auf dem Judenplatz fiel es mir wieder ein.« Schnell sah er nach der Fischfrau. »Wir sind alte Bekannte. Vielleicht kauft sie den Aal zusätzlich.« Und feixend flüsterte er Magdalena zu. »Bist doch, was ich damals gleich dachte. Kein Modell. Nein, nein, du weißt schon.« Er hob ihr den Schlangenfisch vors Gesicht.

Magdalena bog den Kopf zurück. »Nein, nicht.«

Er folgte mit dem Fisch, bedrängte sie. »So ein beweglicher Schwanz bringt doch Freude? Oder?« Gleich senkte er den Arm und ließ den Aal im Stoff vor ihrem Bauch zappeln. »Na, wer hat dir das Brot in den Ofen geschoben? Soll ich raten?«

Magdalena schrie erstickt auf; das feixende Gesicht wurde größer, verschwamm; jäh setzte Stechen im Unterleib ein, nahm ihr den Atem; mit der freien Hand erreichte sie noch die Kante des Verkaufstisches, dann versagten die Knie. Mein Kind, dachte sie, nicht hinfallen, nur nicht fallen. Sie rutschte zu Boden und sank mit der Seite halb über den Korb.

Von ferne hörte sie die Verkäuferin fluchen, sah auch, wie der Käscher immer wieder auf den lachenden Bermeter eindrosch. Andere Kunden wurden aufmerksam und wollten wissen, was vorgefallen war. »Das Schwein hat die Schwangere belästigt.«

Ehe die Empörung sich entladen konnte, rief der Spielmann: »Friede, Leute! War nur ein kleiner Spaß! Seht ihr?« Er warf den Aal über den Köpfen hoch in die Luft. Alle Augen folgten, einige Hände reckten sich nach dem herabfallenden Leckerbissen, derweil nutzte Bermeter die Ablenkung und war in der Menge verschwunden.

Die Fischfrau half Magdalena wieder auf. »So ein Kerl.« Mit einem nassen Lappen wischte sie ihr den Schmutz vom Kittelkleid und hob den Korb auf. »Geht es mit uns wieder? Ich mein, schaffen wir es allein nach Haus?«

»Ich denke schon. Das Stechen hat aufgehört.«

»Wie oft kommen die Wehen?«

»Bis jetzt noch gar nicht. Ich mein, ich weiß es nicht.«

»Ach, ist das etwa unser Erstes?«

Nur ein erschöpftes Nicken. Da streichelte die Frau ihre Wange. »Wird ein schönes Kind, sollst sehen.«

Der Fischgeruch blieb auf der Haut, und Magdalena mühte sich, den Ekel nicht zu zeigen. »Danke. Was ... was bin ich schuldig?«

Sie zahlte, nahm den Kupferkessel und ging langsam, unsicher in Richtung Dom zurück.

Vom Firstbalken in der Dachkammer hing ein Strick herunter. Magdalena hatte ihn unmittelbar vor der großen Wehe erst entdeckt, dann im Tosen des Schmerzes wieder vergessen. Jetzt sank sie ins Tal zurück, spürte den Körper hinter sich, in dessen Obhut sie lehnte, spürte wie die Arme der Helferin unter ihrem Busen den Griff lockerten.

Lächelnd beugte sich die Hebamme über sie. »Das war schon sehr tüchtig. Aber Geduld und nie das Atmen vergessen. Auch wenn sich das Kind zu früh gemeldet hat …«

»Es war der Schreck«, unterbrach Magdalena ängstlich. »Als dieser Kerl auftauchte …«

»Still, kleine Frau. Hör auf, an ihn zu denken. Er hat keinen Schaden angerichtet. Erst beruhigen wir das Kleine, damit es später kein Zappelhans wird, und dann holen wir es.« Sie strich mit der flachen Hand leicht kreisend den gewölbten Leib hinunter und prüfte mit den Fingerkuppen, wie weit sich der Schoß geöffnet hatte.

Nach ihrer Rückkehr vom Markt war es Magdalena noch gelungen, Korb und Tragekessel sicher in der Küche abzusetzen, den Weg zum Hocker hatte sie nicht mehr geschafft, hatte sich an der Tischkante festgehalten und nach der Herrin gerufen. Frau Adelheid fragte nicht lange, schickte einen Knecht zur Hebamme und ließ die Schwangere von ihrem Mann und dem Gehilfen die Treppe hinaufbefördern; halb getragen, gestützt und geschoben, endlich gelangte Magdalena in die Dachkammer. Gleich überfiel sie eine Wehe. Die Herrin jagte die Männer hinaus, hatte Magdalena entkleidet und war so lange an ihrem Bett geblieben, bis die Meisterin mit einer Helferin sie ablöste.

Sofort und ohne lange Erklärung richteten die Frauen sich ein. Öle und Schlinge, silberne Haken, Messer und Zange, sorgfältig reihten sie ihre Hilfsmittel auf einem Tuch nebeneinander. Während die Hebamme sich dem Lager näherte, bat sie ihre Helferin: »Befestige schon mal den Strick!« Dann nahm sie Magdalenas Hand: »Du hast dir einen guten Tag ausgesucht.«

»Zu früh …?«

»Aber nein. Auf eine Woche oder zwei kommt es nicht an.« Ihre Stimme erlaubte keinen Zweifel. »Wichtig ist, dass dein Kind zwischen Ostern und Pfingsten geboren wird.« Inzwischen hatte sie das Federbett zur Seite geschoben und untersuchte den Schoß, dabei plauderte sie weiter: »Das bedeutet Glück. Glaub mir, ich weiß, wovon ich rede. Wir haben noch etwas Zeit. Und nun setz dich langsam auf. Im Liegen fehlt dir zu schnell die Luft. Ich mach's dir bequem.«

Aufmerksam beobachtete Magdalena, wie die Hebamme den Stuhl brachte, ihn kippte, ihn mit der Lehnenkante zuunterst hinter ihr auf die Matratze stellte und zwei der hölzernen Beine fest an die Wand rückte. »Jetzt noch das Federbett.« Sie klatschte leicht in die Hände. »Darf ich bitten, kleine Frau.«

Magdalena lehnte sich an die weich gepolsterte Schräge. »Danke. So halb sitzend fühle ich mich wohler.«

»Das will ich meinen. Aber nachher wird es erst wirklich bequem ...«

Magdalena krümmte sich, stöhnte, sah für einen Augenblick den Strick vom Dachbalken herunterhängen, dann fiel der Schmerz über sie her. Nur von weit hatte sie Stimmen gehört, hatte kaum wahrgenommen, wie die Gehilfin hinter sie gerückt war und sie auf die Schenkel hochgezogen hatte.

Jetzt roch die Hebamme an den Fingerkuppen, rieb sie aneinander und beugte wieder die Nase darüber. »Gedreht hat sich das Kleine. Es liegt gut. Aber noch ist die Fruchtblase nicht geplatzt. War falscher Alarm, war also nur eine Probe, kleine Frau. Aber so wird's nachher gemacht. Meine Klarissa hockt hinter dir und nimmt dich auf die Beine. Bis dahin könnt ihr erst mal wieder aufstehen.«

Magdalena nickte voller Vertrauen. »Ich werde alles tun, was du sagst.«

Zeit für ein Lächeln, Zeit blieb auch für ruhiges Atmen, während ihr die Helferin mit Öl den Rücken einrieb. Freundinnen, dachte sie dankbar, es sind Freundinnen.

»Nun geht's wieder an die Arbeit«, bestimmte die Hebamme, »sonst schläft uns das Kleine noch ein. Und wir warten hier die ganze Nacht.« Der Ton blieb leicht. »Jetzt lass uns das Kind ein wenig schaukeln.«

Magdalena sah auf ihren nackten Bauch. »Wie soll das gehen?«

»Ich zeige es dir.«

Nach wenigen Schritten blickte Magdalena hoch, ihre Augen weiteten sich, abwehrend streckte sie die Hände aus. Der Strick. Die

Schlinge direkt vor ihrem Gesicht. »Nicht, nicht.« Sie schüttelte den Kopf, wimmerte nur noch.

Sofort wurde sie von der Hebamme zum Hocker neben dem Tisch geführt. »Was ist dir?«

Erst nach einer Weile gelang es ihr zu sprechen. »Jakob. Mein Mann ... Der Vater von meinem Kind. Sie ... sie haben ihn erhängt.« Heftig ging der Atem. »Verzeih, aber ich habe Angst vor dem Strick.«

»Mein Armes.« Die Hebamme strich ihr das Haar aus der Stirn. »Warum hat mir deine Herrin nichts davon erzählt?« Nur ein Blick zur Seite genügte, und Klarissa entfernte das Seil mit der Halteschlaufe. »Aber, kleine Frau, Bewegung muss sein.«

Nach ihrer Anleitung kauerte sich die Schwangere nieder, kroch auf den Knien bis zur Wand und richtete sich langsam auf, dehnte die Arme und kehrte zum Tisch zurück, begann die Übung von Neuem, wieder und wieder. Kein Wort wurde mehr gesprochen. Magdalena wandte den Blick nach innen und fühlte, wie ihr Leib in Schwingung geriet. Sie stöhnte, krümmte sich, und kaum war die Wehe verebbt, tappte sie weiter durch die Dachkammer, aufmerksam umsorgt von den beiden Frauen.

Als die Abstände kürzer wurden, legte Klarissa ihre Kleider ab und setzte sich an die Schräge aufs Lager. »Hier gibt es einen warmen Platz für dich«, lud sie die werdende Mutter ein.

Rascher folgten die Wehen. Im schmerzenden Auf und Ab spürte Magdalena warme Nässe zwischen den Beinen, hörte lautes Rufen, nein, Befehle waren es. Und erneut wuchs der Schmerz. Kraft! Ihr Leib erbebte, wurde angehoben, Magdalena schrie, ließ nicht nach, das Rund wuchs, drängte ... »Nicht mehr aufhören, kleine Frau. Weiter, nur weiter so.« Für einen Moment flog ihr Atem, dann gehorchte sie, das Rund wurde zur riesigen Kugel. Mein Schoß zerreißt. Magdalena keuchte, sammelte neue Kraft, wollte den Schmerz, presste und schrie. Das glühende Tor ...

»Wir haben den Kopf«, hörte sie die Hebamme sagen. »Gib deine Hand, kleine Frau, du darfst die Haare fühlen.« Magdalena ertastete das Feuchte zwischen den Schenkeln. »Ist es ...?«

»Später«, sagte die Helferin neben ihrem Ohr. »Erst wieder pressen. Noch einmal, dann ist es da.«

Magdalena beugte die Stirn nach vorn, ein nie gekannter Wille erwachte, sie wollte kämpfen, wollte … Mit einem Mal ließ das Glühen nach. Atemlos starrte sie nach unten, sah nichts, sah dann in den Händen der Hebamme ein Wesen. »Ist das mein Kind?«

»Dein Sohn, kleine Frau.« Zum Beweis ertönte kräftiges Krähen.

Magdalena lehnte sich erschöpft zurück und ließ die Lider sinken. Da spürte sie den energischen Griff der Helferin über ihrem Bauch. »Nicht die Augen schließen, sonst wird der Kleine blind. Erst wenn alles draußen ist, kannst du dich ausruhen.« Während ihre Meisterin das Neugeborene versorgte, bestimmte Klarissa mit einflüsternder Stimme den Rhythmus von Atem und Pressen, bis die Nachwehen aufhörten und warme Schwäche übrig blieb.

Magdalena wollte nachgeben, gleich aber warnte das Herz. »So still? Warum ist er so still?«

»Keine Sorge. Bleib ganz ruhig.« Ohne heftige Bewegung schob sich die Helferin aus dem Bett. »Es geht ihm gut.« Sie entfernte den Stuhl und legte die Erschöpfte zurück ins Kissen. »Deinem Kleinen gefällt das Waschen, deshalb schreit er nicht.«

Von Tisch her hörte Magdalena ein anerkennendes Lachen. »Der Bursche weiß, was gut ist.« Die Hebamme kam mit dem nackten Kind zum Lager. »Nun seht bloß den kecken Hahn.« Hochgebogen stand das Schwänzchen da. »Ich hab nur einen Tropfen Öl verrieben, und schon reckt er sich.«

»Mein Junge.« Magdalena sah das winzige rote Gesicht und dachte: Mein Wunder bist du.

Da öffnete er den Mund, schrie, gleichzeitig verließ ein heller Strahl das Kränchen und nässte den Unterarm der Hebamme. »Nicht nur dass der Bub alles hat, was bei einem Buben dran sein muss. Glaub mir, kleine Frau, da hast du einen Prachtkerl zur Welt gebracht.«

»Gib ihn mir. Bitte!«

Behutsam legte die Meisterin den Jungen zwischen ihre Brüste. »Wie soll er denn heißen?«

»Florian.« Magdalena spürte das Glück auf ihrer Haut, die lebendige Wärme, und wiederholte den Namen leise, so als hätte sie ihn für den Sohn gerade neu erdacht: »Florian. Mein Florian.«

7

Aus vollen Kehlen gesungen, begleitet vom heftigen Brausen der Orgel, näherte sich die vierte Strophe des Schlussliedes dem Ende. Linker Hand des Kirchenschiffs, auf der Frauenseite, zupfte Gertrud am Mantelärmel der Mutter, doch Frau Anna Riemenschneider sang inbrünstig über die Ungeduld ihrer Tochter hinweg. Erst als der Organist seinen Blasebalgtreter durch ein Kopfnicken erlöste und die silbrigen Pfeifen ausseufzten, löste auch die Gattin des Bildschnitzers die Andacht. Die Sonntagsmesse in der Marienkapelle war zu Ende. »Rück deinen Kragen zurecht«, ermahnte sie das Kind mit milder Stimme, »und vergiss nicht, solange wir unter Menschen sind, darfst du dich nicht kratzen oder …«

»Ich weiß, Mama, nicht in der Nase bohren, nicht hüpfen, nicht …«

»Kleine Prinzessin!« Der Blick wurde strenger. »Deine Mutter meint es immer gut mit dir.« Anna schob das Mädchen vor sich her aus der Bankreihe. Im Mittelgang fand sich die Familie zusammen, Meister Til und seine Gemahlin strebten, gefolgt von den drei halbwüchsigen Söhnen und der Tochter, im Strom der Gläubigen dem Ausgang zu. Noch wagte niemand, laut zu sprechen, Til grüßte Bürgermeister Suppan mit einer leichten Verbeugung, sie nickte Frau Hedwig zu, und beider Blicke verrieten schon, dass es viel zu erzählen gab.

Das geöffnete Portal führte hinaus in den milden Junitag. Ihrem Ältesten übertrug Anna flüsternd die Verantwortung für Gertrud und die Brüder. »Bring deine Geschwister heim!«

»Aber, Mutter, Freunde warten …«

»Auf kürzestem Weg. Nein, keine Widerworte. Du musst lernen, ein Vorbild zu sein. Vor allem für die beiden Kleinen. Ich verlasse mich auf dich.«

Niemand von den Erwachsenen schien es eilig zu haben, ein ausführlicher Plausch mit Nachbarn oder Freunden gab dem Sonntag erst die Würze von Muße und Nichtstun. Martin Cronthal, der Notar und Advokat aus dem Hauger Viertel, tätschelte die Hand seiner Frau Margaretha, bis dem Seufzen die stumme Erlaubnis folgte; und während der kleine wieselige Mann sich wie erlöst zu Bildschnitzer und Bürgermeister gesellte, wurde sie von Anna und Hedwig gleich einvernommen. »Meine Liebe ...«, »Ihr Liebsten, wie schön euch zu sehen ...«, »Was ich noch sagen wollte: Habt ihr schon gehört ...?« Und die mit Federn geschmückten Hauben neigten sich zueinander.

Politik bestimmte das Gespräch bei den Männergruppen. Aber nicht die wieder aufgeflammte Türkengefahr an den Ostgrenzen des Reiches, nicht die Heldentaten König Maximilians waren das Thema, immer wieder richteten sich besorgte Blicke hinauf zum Schloss.

Martin Cronthal runzelte die Stirn. »... dass es so schlecht mit der Gesundheit unseres hochwürdigen Fürstbischofs und Herrn steht, besorgt mich zutiefst.«

»Segensreich war er für uns. Tja, dreiundneunzig Jahre ...« Bürgermeister Suppan faltete die Hände über dem Bauch. »Solch ein Alter erreicht nur einer, der mit unserm Herrgott einen besonderen Vertrag abgeschlossen hat.«

»Weil du gerade von Verträgen sprichst ...« Til zeigte sein Lächeln. »Für die zwölf Apostel werde ich mehr Zeit benötigen. Wir kommen in der Werkstatt mit der Arbeit nicht nach.«

»Diesen Satz kenne ich doch von dir«, spottete Georg Suppan und zwinkerte dem Notar zu. »Ich glaube, Martin, der Rat hat einen Fehler begangen. Wir hätten die Vereinbarungen mit unserem verehrten Meister von dir siegeln und sie mit einem Versäumnisgeld bei verspäteter Ablieferung ergänzen lassen sollen. So mancher Extragulden wäre schon in den Stadtsäckel gewandert.«

»Ein Bildschnitzer ist nicht mit unsereins zu vergleichen.« Cronthal nahm den Scherz für Ernst. Leichtigkeit war dem klugen Mann fremd. »Unsere Pflichten und Arbeiten sind messbar, er aber muss Gefühle und Gedanken sichtbar machen, sie erschaffen mit seinen Händen.«

Til hörte dem Gespräch der Freunde nicht mehr zu, mit zusammengezogenen Brauen blickte er hinüber zu den Bettlern am Nordrand des Platzes. Etwas abgesondert von den Zerlumpten saßen vier Wöchnerinnen auf Hockern, in einem Arm das Wickelkind, die halb geöffnete freie Hand streckten sie bittend den Kirchenbesuchern hin. »Bin gleich wieder bei euch«, entschuldigte er sich und ging langsam durchs Gedränge, erwiderte einsilbig oder nur mit Kopfnicken das freundliche Grüßen einiger Nachbarn.

Warum? Er wollte es nicht glauben und wusste dennoch genau, wer dort ganz links, die vierte der bettelnden Mütter war. Warum erniedrigt sie sich so? Sobald sein Blick frei war, stockte Til der Fuß. »O Herr, bewahre mich«, flüsterte er tonlos, »lass es nicht zu einem Unglück kommen.«

Die drei vornehmen Bürgerfrauen, Anna, Hedwig und Margaretha, waren auf dem Weg zu den Kindbetterinnen, blieben gerade bei der ersten stehen.

Nach dem Vergewissern, ob die Wöchnerin auch über einen gültigen Bettelausweis verfügte, folgten aus dem eigenen Erfahrungsschatz kluge Ratschläge für die Erziehung des Kleinkindes, und dann erst wurden die Börsen geöffnet und Pfennige aus der milden Hand in die bittende gegeben. Wohltaten heben das Herz. Von einer Frau zur nächsten lachten die Damen lauter, wurden ihre Gesten schwesterlicher.

Til war auf Hörweite hinter ihnen, wagte nicht weiterzugehen, denn nun gelangten sie zu Magdalena. Seine Gemahlin beugte sich über das Kind. »Was ist es?«

»Ein Bub.«

»Und der Name?«

»Florian.«

»Wie schön …« Sie hielt inne, zögerte und schüttelte dann über sich selbst den Kopf. Großzügig gab sie drei Pfennige und strich dem Kleinen übers Haar. »Deine Mutter soll gut für dich sorgen.«

Nachdem auch die Freundinnen ihr Almosen gespendet hatten, begaben sie sich auf den Rückweg. Verblüfft sah Anna ihren Gemahl entgegenkommen. »Du? Aber, Liebster, wo willst du hin?«

Til wollte einen Bogen schlagen, unterließ es, und während er an ihr vorbeiging, sagte er förmlich: »Auch ich möchte den Bedürftigen rasch eine kleine Gabe überreichen.« Ohne sich bei den anderen Kindbetterinnen aufzuhalten, strebte er direkt auf Magdalena zu.

Anna sah es mit offenem Mund, atmete rascher und begriff nicht. »Noch nie hat mein Riemenschneider … Ich verteile die milden Gaben, so war es immer.«

Da gab Hedwig Suppan einen keckernden Hohnlaut von sich und schob ihr Kinn der Freundin zu: »Das ist sie doch.«

»Wer?«

»Aber ich bitte dich, Liebste. Das ist die Magd, die dein Gatte beim Apotheker Wilser untergebracht hat.«

»Also doch.« Anna griff sich ans Herz. »Vorhin habe ich einen Moment lang daran gedacht. War mir aber nicht sicher.«

Unbekümmert nickte Margaretha Cronthal. »Wie sie so dasitzt mit dem Kind. Einfach gekleidet, aber sauber. Wirklich eine hübsche Person …«

»Untersteh dich, meine Teuere.« Aufsteigende Erregung ließ Anna erbeben, nur mit Mühe bewahrte sie Fassung. »Dieses Weib … Ich sollte mein Geld zurückverlangen.« Ein Blick hinüber zeigte ihr, dass nichts mehr aufzuhalten war. Sie warf den Kopf zurück. »Kommt, meine Lieben. Frische Luft wird uns guttun. In der Nähe dieses Bettelpacks riecht es doch sehr unangenehm.« Sie ergriff beide Freundinnen am Arm und zog sie mit sich.

Til stand da, sah auf Magdalena hinunter und sagte nichts. In ihrem Gesicht erwachte Freude, dann mischte sich Zweifel hinein, der Blick wurde unsicher. »Herr?«

»Darf ich fragen …«, er war bemüht, die Stimme zu dämpfen, sprach hastig: »… wer dich hierher geschickt hat? Hast du Hunger? Oder wohnst du etwa nicht mehr beim Apotheker?«

»Nur keine Furcht, Herr.« Verstohlen nickte Magdalena zur Eva am Portal hinüber. »Niemand erkennt mich. Und mit Florian erst recht nicht. Gefällt er Euch?« Sie hob das bis auf den Kopf ganz mit Binden umwickelte Wesen an.

»Natürlich, ein sehr schönes Kind. Soweit ich sehen kann. Bitte, antworte auf meine Fragen.«

»Ich tue nichts Unrechtes, Herr. Hier …« Sie zog an einer Halsschnur ihr metallenes Bettelabzeichen unter dem grünen Schal hervor. Es zeigte eine Mutter mit Kind und in der Umschrift waren das Jahr 1494 und das Wort »Brot« eingraviert. Sie versuchte zu lächeln. »Vom Oberen Rat genehmigt und ausgestellt. Noch eine Woche darf ich, dann muss ich es zurückgeben.«

Til verschränkte die Hände und löste sie wieder. »Bereitet es dir Vergnügen, hier zu … zu betteln?«

»Nein, Herr. Aber Frau Adelheid meinte, dass es nicht schaden könnte, wenn ich für das Kind noch ein Zubrot verdiene. Weil doch jetzt ein Esser mehr im Haus ist.« Magdalena lachte leise, beugte sich über ihr Kind und wiegte es im Arm. »Dabei bekommt Florian genug von mir. Ich glaub, meine Milch reicht noch lange.«

Diese Innigkeit. Ihre Geste, ihre Haltung. Aus dem Augenblick entstand ein Bild, mehr noch … Til ertappte sich, dass er erneut die Hände verschränkt hatte, beinah ärgerlich löste er sie. »Ich werde mit deiner Herrin ein ernstes Wort sprechen. Dass du hier sitzt, ist gegen die Abmachung. Wenn wegen deines Sohnes mehr Geld für Unterkunft und Essen nötig ist, als du mit Arbeit verdienen kannst, so hätte sie sich zunächst an mich wenden sollen. Schließlich ist dein Guthaben bei mir noch lange nicht aufgebraucht.«

»Seid nicht verärgert über die Herrin. Florian und ich haben es gut in der Dachkammer.« Magdalena hob nicht den Kopf, sah von unten zu ihm auf. »Verzeiht, ich habe Euch nicht die ganze Wahrheit gesagt. Frau Adelheid hat nur davon gesprochen, dass arme Wöchnerinnen sich die Bettelerlaubnis beim Oberen Rat holen können und sich dann vor die Kirche setzen dürfen. Nur davon gesprochen hat sie, mehr nicht.«

Til schob das Barett aus der Stirn. »Aber warum, bei Gott … wenn kein Zwang vorliegt, warum erniedrigst du dich so?«

»Das würdet Ihr nicht verstehen, Herr.«

»Nur zu, ich gebe mir Mühe.«

»Aber Ihr dürft nicht verärgert sein. Bitte.« Die Augen schimmerten. »Denn, in Wahrheit habt Ihr Schuld.« Ohne Vorwurf in der Stimme erklärte sie: »Seit der Geburt wart Ihr nicht mehr zu Besuch bei meiner Herrschaft. Ich habe gewartet, weil ich Euch den Florian zeigen wollte. Dann habe ich mir gesagt, der Meister hat sicher mit all den Heiligen genug in seiner Werkstatt zu tun und keine Zeit.« Jetzt senkte Magdalena die Lider und sprach zu ihrem Sohn. »Und dann erzählte die Herrin uns vom Bettelausweis. Und wir dachten gleich, wenn wir vor der Kirche sitzen und weil unser Meister Til doch ein frommer Mann ist und bestimmt zur Messe geht, dass wir hier warten und uns ihm irgendwann zeigen können.«

Til trat einen Schritt auf sie zu, wollte Nähe, nahm sich aber sofort zurück. »Ich muss mich entschuldigen.« Mit einem Mal hatte er es eilig. »Und bitte verzeih, wenn ich dir eine Münze schenke, aber wir werden sicher von vielen beobachtet.« Er legte ein Silberstück in ihre Hand. »Ich werde nächste Woche ins Apothekerhaus kommen. Weil ... das Bild ... Ich möchte dich noch mal als Modell haben. Aber darüber sprechen wir dann. Leb wohl!«

Sie lächelte zu ihm auf, nur ein Blick zum Abschied.

Nach wenigen Schritten wandte er sich kurz um. »Wie oft hast du hier schon gesessen?«

»Zweimal, Herr. Weil Ihr letzten Sonntag nicht in der Kirche wart.«

Die Stirn gerunzelt, ging Til weiter. »Das ist wahr. Gott möge mir verzeihen.« Und nach einer Weile setzte er nachdenklich hinzu. »Sie schämt sich nicht zu betteln. Nur um mich zu sehen? Sonderbar.«

Jäh von der Wirklichkeit aufgeschreckt, straffte er den Rücken. Am Rande der plaudernden Gruppen erwartete ihn Anna flankiert von den Freundinnen. »Riemenschneider, welch großzügige Geste!« Noch ein Blicktausch mit der hageren Gemahlin des Bürgermeisters, und gestärkt ging sie zum Angriff über: »Selbst dem Bettelpack widmest du deine Zeit.«

Keinen Streit in der Öffentlichkeit, und keinesfalls vor den Damen. Mit ungewöhnlich scharfem Ton schlug Til zurück: »Barmherzigkeit mit den Armen ist Pflicht eines jeden Christenmenschen. Wundert dich das etwa, meine Liebe?«

Anna schloss den Mund. Neben ihr zog Hedwig Suppan das Kinn zurück, und Margaretha Cronthal zupfte an einer Falte ihres Kleides.

Ehe der Sieg wieder entglitt, verbeugte sich Til leicht und bot seiner Gemahlin den Arm. »Darf ich dich nach Hause geleiten. Ich weiß, du fühlst dich nicht wohl.« Lächelnd wünschte er den Damen einen friedvollen Sonntag und führte Anna entschlossenen Schritts davon.

»So groß.« Apotheker Wilser schloss die Kuppen von Daumen und Zeigefinger zu einem Ring und hob dem Bildschnitzer bedeutungsschwer das Zeichen hin. »Wenn nur ein einziger Stein diesen Umfang erreicht hat und sich löst, dann gibt es keine Rettung. Wie soll der denn ausgeschieden werden, frage ich dich?«

»Ich weiß es nicht«, bekannte Til.

»Und glaub mir, unser Fürst hat inzwischen nicht nur einen solchen Brocken in den Nieren.«

»So wird es sein.« Obwohl es im Verkaufsraum nach Thymian, Lavendel und anderen Gewürzen duftete, fühlte sich Til elend. Vor einer halben Stunde hatte er die Apotheke in der Nähe des Doms betreten. Nach dem üblichen Gruß, den Wünschen und dem Erkundigen nach der Familie war Sebastian Wilser auf die Krankheit des Fürstbischofs Rudolf von Scherenberg eingeschwenkt. Nur aus Höflichkeit hatte sich Til interessiert gezeigt, und seitdem wurde er mit Einzelheiten überschüttet, die seine Fantasie erschreckend in ihm aufleben ließ.

»Ein ganzer Steinhaufen, das habe ich heute Morgen dem ehrenwerten Leibarzt auch gesagt.« Der Stolz ließ die ohnehin schon durch Brillengläser vergrößerten Augäpfel anwachsen. »Ja, er hat nicht den Stadtphysikus geschickt, er war persönlich hier in meinem Laden. Er fragte mich nach meinem Vorrat an schleimlösenden Mitteln, um die Steine aufzuweichen. ›Was hilft es dem Herrn noch?‹, fragte ich, und er sagte: ›Wir müssen alles versuchen, ehe das Schlimmste eintritt.‹ Also gab ich Bibernelle, Bärlauch und Heidekraut und zur Beruhigung des Patienten ein Säckchen mit Mohnsamen. Schließlich will man, wenn man kann, dem gnädigen Fürsten helfen, dem armen.« Sebastian Wilser hob den Finger. »Uns Apothekern ist es verboten, selbst Hand anzulegen, nicht einmal einen Rat dürfen wir den Kranken geben. Leider.« Er trat näher an seinen Besucher heran. »Aber ich will dir ganz im Vertrauen zeigen, was im Ernstfall getan werden muss.«

Eine einladende Geste, und er führte Meister Til zum Arbeitstisch, schob Waage und Stößel beiseite, mit schnellem Griff in ein Glas stäubte er Kohlepulver auf die Platte und malte zwei große Kreise, aus denen Schläuche herausführten, sich hinunterschlängelten und im ausführlich gezeichneten Hodensack und Penis mündeten. »Was siehst du? Richtig, das sind die Nieren, die Harnleiter, und das da unten kennst du.« Er lachte. »Schließlich sind wir Männer.«

Til wollte ihn bitten, auf die weitere Unterweisung zu verzichten, kam jedoch nicht dazu, denn schon hatte Wilser mit gemalten Kringeln große Steine in den Kreisen angehäuft. »Die sind schon schmerzhaft genug, mein Freund. Bei Anfällen kannst du nicht liegen, nicht stehen, jede Bewegung verursacht furchtbares Stechen. Rutscht nun einer dieser Brocken in einen Harngang, rutscht tiefer bis vor den Penis«, er ballte die Faust, »vorbei. Die Leitung ist verstopft, und glaub mir, mit keinem Schlingdraht kannst du vorn vom Eingang her den Stein rausholen.«

Ehe Til sprach, musste er die trockene Unterlippe benetzen. »Ganz sicher nicht.«

»Aber ...« Aus einem Schubfach zauberte Wilser ein blinkendes Skalpell. »Hier ein Schnitt«, er schlitzte die Zuleitung vor dem Übel ein Stück auf, »und du kannst den Stein sogar mit dem Finger herausklauben. Nun? Habe ich nicht recht? So kann unserem Fürsten geholfen werden. Aber ich bin kein zugelassener Arzt und Chirurg. Leider. Was sagst du?«

»Verzeih.« In seiner Einbildung vermeinte Til ein schmerzhaftes Ziehen zwischen den Beinen zu spüren. »Und die Wunde? Es muss doch viel Blut fließen. Dann noch Urin ...«

»Zupressen und nähen. Und ...« Die Sicherheit des Apothekers wankte. »Also ... also ein Eingriff beinhaltet stets auch ein Risiko für den Patienten.« Das Skalpell verschwand, mit einem Wischer waren auch Nieren, Harnleiter und Penis vom Tisch. »Wie unhöflich von mir. Da erzähle ich und erzähle und habe ganz vergessen zu fragen, was dich herführt.«

Til lächelte befreit. »Für eine Marienstatue bin ich auf der Suche nach einem neuen Motiv, deshalb wollte ich die Magd mit ihrem Kind sehen. Ist das möglich?«

»Das fragst du? Verehrter Freund, keine Frage, schließlich zahlst du einen Teil des Kostgeldes. Wenn du oben in der guten Stube wartest? Ich gebe inzwischen meiner Gattin Bescheid.«

Stickig war die Luft, Sonnenlicht fiel gebrochen durchs bleigefasste Glas der Fenster und legte ein trübes Lichtmuster über den Holzboden. Kein Wort wurde gesprochen.

Seltsam versteift stand Magdalena nahe dem Tisch. Sie trug Florian auf dem rechten Arm, ihr Blick war starr zum Kruzifix an der Wand gerichtet. Vier Schritt entfernt saß der Bildschnitzer nach vorn gebeugt im Lehnstuhl, beide Arme auf die Knie gestützt. Aus halb geschlossenen Lidern betrachtete er Mutter und Kind.

Neben der hohen Truhe mit dem abgeblühten Strauß gelber Rosen verfolgte Frau Adelheid das Geschehen, sie wagte nicht, sich zu bewegen, kaum zu atmen. Meister Riemenschneider, der berühmte Bildschnitzer, war in ihr Haus gekommen, um Anregung für seine Werke zu finden, und nichts sollte ihn stören.

Die Stille nahm zu.

Da seufzte Florian, dann schrie er hell und fordernd, verkrallte die kleine Hand im Kittelkragen seiner Mutter. »Oje, verzeiht, Herr. Entschuldigt bitte.«

»Schon gut.« Til schüttelte den Kopf. »Es war ohnehin nicht das, was ich zu sehen erhoffte. Du stehst da, als hätte dich jemand verbogen.«

Empörung funkelte in ihren Augen. »Ihr habt mich so hingestellt, Herr.«

Sofort mahnte Frau Adelheid von der Truhe her: »Keine Widerworte! Bedenke, mit wem du sprichst.« Mit schnellen Fingern sammelte sie die abgefallenen Rosenblätter rund um die Vase auf.

»Aber es ist wahr«, schimpfte Magdalena in sich hinein, heftig schaukelte sie den Jungen, konnte ihn aber nicht beruhigen.

Kein Bild wollte mehr entstehen, jede Stimmung war zerstört. Einengender noch als zuvor empfand Til die stickige Luft; Frau Adelheids erwartungsvolle Blicke störten; das Schreien des Jungen lärmte in seinen Ohren, und dass Magdalena obendrein noch gekränkt schien, ärgerte ihn, weil er ihr vor der Hausfrau nichts erklären durfte. Im Gegenteil. Til erhob sich. »Schade, dass ich meine Zeit vergeudet habe.«

»Was?« Magdalena drückte das Gesicht des Jungen leicht an ihre Halsbeuge und dämpfte so sein Gezeter. »Aber, Herr, wie könnt Ihr …?«

»Nein, nein.« Mit erhobenem Finger kam Frau Wilser auf sie zu. »Nicht weiter, Mädchen. Sonst ... sonst muss ich mir eine Strafe ausdenken. Und das wäre das erste Mal, seit du bei mir bist. Und das wollen wir beide nicht, nicht wahr? Der Meister ist ein gern gesehener Gast in unserm Haus.« Sie lächelte zu ihm auf. »Darf ich Euch eine Erfrischung reichen?«

»Zu liebenswürdig, aber die Arbeit wartet.« Til nahm sein Barett von der Stuhllehne. »Ein andermal gern.« Ohne hinzusehen, deutete er kurz mit dem Finger in Richtung Mutter und Kind. »Das Nötige ist vorhanden. Ich bin überzeugt, mit etwas mehr innerer Anteilnahme wird es zum Vorschein kommen. Hier ist vielleicht nicht der rechte Ort. Deshalb bitte ich darum, dass Ihr mir die Magd mit dem Sohn in die Werkstatt schickt. Dort in der Umgebung von Holz und Stein gibt es weniger Ablenkung.«

»Gern, Meister. Ihr seid der großzügige Gönner und könnt nach Belieben über sie verfügen. Allerdings, wenn ich die Bitte äußern darf, sollte die Arbeit im Haus und in der Waschküche nicht zu kurz kommen.«

Magdalena konnte die Empörung kaum noch verbergen, abrupt wandte sie sich ab und stellte sich ans Fenster. Ihr Rücken vibrierte. Til bemerkte es aus den Augenwinkeln, führte aber das Gespräch weiter, als wäre Magdalena nicht im Raum. »Nur einen Vormittag müsstet Ihr sie entbehren. Wie wäre es Montag in vierzehn Tagen. Liegen gebliebene Arbeiten kann die Magd sicher nachholen.«

»Einverstanden.« Frau Adelheid ließ ihr Gesicht zu ihm hinschmelzen. »Ach, Meister, Euer Beruf ist so ... so ... Ja, wirklich, kein Vergleich mit Pulver mischen und Kräuter kochen.«

Til hob die Brauen, rasch setzte er die Kopfbedeckung auf. »Euer Gatte vermag viel mehr. Er hilft den Menschen mit seiner Medizin, kann Leben retten. Ich hingegen bringe meinen Kunden, wenn mir eine Arbeit gelungen ist, höchstens etwas Freude fürs Auge.« Er verbeugte sich leicht. »Lebt wohl. Und danke für Eure Großzügigkeit. Ich erwarte Mutter und Kind dann zum verabredeten Tag. Lebt wohl.« Ohne einen Gruß für Magdalena verließ er die gute Stube.

8

Ohne etwas zu verschütten, hatte Gertrud den Napf mit Eiweiß in die Schnitzwerkstatt gebracht. Nun verfolgte sie misstrauisch jede Handbewegung des Vaters. Er trug über dem Arbeitswams eine Leinenschürze, stand am Tisch, gab das Eiweiß in einen Topf und rührte langsam Öl dazu. Ein gehäufter Löffel mit gestoßenem Ocker folgte, dann Kohle aus gebrannten Knochen. Immer wieder hob er den Rührstock heraus und prüfte die Farbe des zäh tropfenden Breis.

Gertrud verzog die Nase. »Schmeckt das denn?«

Es dauerte, bis die Frage ihn erreichte, dann hob er die Brauen. »Ich verstehe nicht.«

Der kleine Zeigefinger deutete vorsichtig in den Topf. »Du machst den Teig immer schmutziger. Und Mehl hast du auch noch nicht reingetan.«

»Das ist wahr.« Til ahnte die Sorge seiner Tochter, unterdrückte jedes Schmunzeln und rührte in langsamen Kreisen weiter, gab noch mehr Schwarz dazu.

»Aber, Vater!« Die Besorgnis nahm zu. »Mama hat versprochen, mit den vielen Eiern heute Abend süße Küchlein zu backen. Extra für mich und für sie. Und ich weiß schon, wie Teig geht. Du machst ihn falsch.«

»Nun sorg dich nicht.« Til unterbrach die Zubereitung und beugte sich hinunter. »Alles ist richtig. Mit dem Dotter rührt die Mutter drüben in der Küche den Teig für dich, und ich rühre mit Eiweiß einen Brei für die beiden da vorn, für Maria und ihr Kind.« Der Kuss ins Haar gab endgültige Sicherheit.

Die hellen Augen rundeten sich, ein leichtes gemeinsames Lachen, Vater und Tochter hatten sich verstanden.

Wortlos ging Gertrud zur Werkbank. Die Holzfigur war waagerecht mit Dorn im Haupt und der Zweizinken-Gabel unter dem Fußbereich zwischen den Schiebedocken eingespannt. Eine Weile betrachtete sie die Gesichter von Mutter und Kind, nickte dann verständnisvoll. »Also freuen tun die sich nicht auf deinen Brei.« Gertrud versuchte sich nun selbst an einer Neckerei und kicherte. »Der kleine nackte Jesusbub guckt schon ganz sehnsüchtig in die Ferne. Bestimmt will er lieber mit mir zu den Küchlein, als diesen schmutzigen Papp essen.« Sie fasste ihn an der linken Hand. »Nun komm. Lass den Mantel deiner Mutter ruhig los! Meine Mama backt dir bestimmt ein Küchlein mit.«

»Ich warne dich, du blonder Engel.« Til schabte Bleiweiß aus einem Glas. »Verführ mir den Sohn unserer Maria nicht. Er bleibt hier.« Gespielte Strenge lag in der Stimme: »Du verschwindest jetzt und lässt mich arbeiten.«

»Ach, Vater«, seufzte Gertrud wie die Mutter und hüpfte an ihm vorbei nach draußen.

Mit dem Blick lächelte er ihr nach, dann klopfte er am Topfrand das Bleiweiß vom Spachtel und verrührte es. Nicht ganz zufrieden, streute er noch etwas Kalk in die Masse. Endlich entsprach der warme Braunton seiner Vorstellung. Eine Lasur sollte nicht nur schützen, sondern vor allem auch der Skulptur eine gleichmäßige Tönung geben, jede Unruhe des hellen Lindenholzes aufheben. Die Zubereitung übernahm der Meister selbst, denn er allein wusste, welche Schattierung die Ausdruckskraft des Werkes erhöhte.

»Auch wenn es mehr Arbeit kostet, will ich ohne Aufpreis Maria und ihr Kind so schnitzen, dass kein Maler von Nöten sein wird, der ihnen mit Farbe erst Leben einhauchen muss.«

Der Auftraggeber hatte ihn zweifelnd angesehen und schließlich mit der Bemerkung eingewilligt: »Notfalls kann die Figur ja immer noch gefasst werden.«

Til wölbte und straffte den Rücken, es gelang ihm, die Empörung nicht zu zeigen. Sein ganzes Innere aber bäumte sich gegen den feisten Fernhändler auf: Geh nach Münnerstadt, du Geldsack, und sieh dir meine Magdalena, meinen Flügelaltar an. Nur Augen und Lippen sind bemalt, sonst aber spricht das Holz, jede Haarlocke, jede Ader, die Hände und jeder Saum eines Gewandes. Und dazu benötigte ich keinen teuren Fassmaler …

Nichts von dem hatte er gesagt, weil ihm rechtzeitig klar wurde, dass auf diese Art zu schnitzen neu und ungewohnt war, sich die Vorteile und Vorzüge erst bei den Kunden herumsprechen mussten. Mit steifem Kopfneigen hatte er den Auftrag angenommen. »Maria mit Kind für Euren Hausaltar. Etwas mehr als eine Elle hoch. Perlen und Edelsteine für die Verzierung des Kleides habe ich von Euch entgegengenommen. Sie sind gezählt und quittiert. Bis auf Augen und Lippen bleibt die Statuette ungefasst. Ihr werdet zufrieden mit meiner Arbeit sein.«

Til verteilte drei brennende Öllampen so auf der Werkbank, dass kein Schatten entstand. Diese gleichbleibende Helligkeit zog er beim Auftragen der Lasur dem rasch wechselnden Tageslicht vor. Außerdem hatte er seine Gesellen mit dem Fuhrwerk zum Holzlager geschickt, denn nach dem Säubern der Figur durfte kein Staub mehr irgendwo in der Werkstatt aufgewirbelt werden.

Der kleine Heiland zuerst. Satt musste der Pinsel sein, doch kein Tropfen sollte hinausquellen; in weichen Bogenstrichen lasierte der Meister den rundlichen nackten Bauch, wartete einen Moment, war mit der Tönung des Holzes zufrieden und versiegelte nun den von Marias Hand hochgestützten Oberkörper.

Ihre Hand … Til rundete die Lippen, und zwischen den Brauen entstand eine steile Falte. Wie lange hatte es damals gedauert, bis die Mutter mit ihrem Kind endlich in dieser weichen Einheit vor ihm stand. Er schüttelte den Kopf. Nur aus Gehorsam war Magdalena an dem verabredeten Montag in die Franziskanergasse gekommen. Er hatte sie draußen im Hof erwartet, hatte ihr sein herzlichstes Lächeln zur Begrüßung geschenkt.

Doch sie sagte nur höflich: »Hier sind wir, Herr. Wie Ihr es verlangt habt.«

»Nein, nein. Kein Befehl.« Er wollte Leichtigkeit. »Es war eine Bitte. Nichts sonst. Weil ich deine Hilfe benötige.« Til geleitete sie zur Bank vor dem Haus. »Möchtest du Traubenmost? Nein? Oder vielleicht der Junge?«

»Danke. Ich habe ihn schon gestillt, damit Ihr nicht wieder durch sein Schreien gestört werdet.«

Er legte die großen Hände zusammen. »Du deutest mein Verhalten im Apothekerhaus falsch.«

»Ach, Herr. Ich habe gar kein Recht, etwas falsch oder richtig zu finden. Allzu deutlich habt Ihr mir das bei Euerm Besuch gezeigt.«

»Ich kann dir erklären …«

Die Haustür schwang weit auf, in ihrer gesamten Fülle stand Anna im Eingang. »O verzeih, Liebster …« Dem Mienenspiel gelang die Überraschung nicht. »Ich dachte, du bist in der Werkstatt. Und jetzt hast du Besuch?«

»Beim Frühmahl sprach ich davon«, sagte er betont nachsichtig. »Gewiss hast du es vergessen, mein Liebe. Heute kommt eine Mutter mit ihrem Kind, um mir Modell zu stehen.«

»Wie dumm von mir. Willst du uns nicht bekannt machen?«

Weil seine Gemahlin sich nicht einen Schritt bewegte, musste er die Besucherin zu ihr hinführen. »Das ist Magdalena …«

»Hab ich diese Frauensperson nicht schon mal gesehen?«, unterbrach ihn Anna gleich und verschränkte die Arme unter dem Busen. »Richtig. Ein paar Wochen ist es her. Vor der Marienkapelle.« Der Blick wurde zur langen Nadel. »Eine der mittellosen Wöchnerinnen. Du bist ein Bettelweib? Nein? Du schüttelst den Kopf. Dann bist du also eine Betrügerin, die sich den Bettelausweis erschlichen hat. Oder?« Sie wandte sich an ihn. »Liebster, wo hast du diese Person aufgetrieben?«

»Genug, Frau.« Til baute sich zur vollen Größe auf. »Darf ich dich daran erinnern, dass Magdalena mein Modell für die Eva war. Ist dir entfallen, bei wem sie arbeitet …?« Die Stimme nahm an Drohung zu. »Und hast du wirklich vergessen, warum ich sie heute hergebeten habe?«

Anna krallte die Hände in den Stoff ihres Kleides. »Ich wünsche gutes Gelingen.« Sie wandte sich um, wollte wortlos gehen, es glückte ihr nicht, so gab sie ihm über die Schulter noch einen Rat: »Achte nachher auf deinen Geldbeutel, Liebster. Lass ihn nicht offen in der Werkstatt liegen.«

Die Tür fiel zu.

»Ich möchte gehen.« Tränen standen Magdalena in den Augen. »Eure Gemahlin will nicht, dass wir hier sind. Sie … sie verachtet mich.«

»Aber nein, das verstehst du falsch.« Ungelenk breitete der große

Mann seine Arme aus, als wollte er sie vor dem Wohnhaus abschirmen. »Anna ist eine gute Frau, sie kann sogar herzlich sein. Nur bei dir ist sie seit der Eva etwas … sagen wir ungehalten. Bitte, nimm dir, was gesagt wurde, nicht zu Herzen, vergiss es einfach!«

»Eifersucht?« Unter dem Tränenflor wachte ein neuer Blick auf. »Ihr glaubt, sie ist eifersüchtig auf mich?«

Gleich sah er zum Fenster über der Bank. Die Belüftungsscheibe war nicht ausgestellt. »So würde ich es nicht direkt ausdrücken.«

Ehe ihn eine weitere Frage womöglich in Verlegenheit bringen konnte, war er zur Werkstatt hinübergegangen, und ohne Zögern hatte Magdalena mit Florian auf dem Arm hinter ihm Schritt gehalten.

Til tunkte den Pinsel ein. Wie versprochen hatte er Maria ein anderes Gesicht gegeben. »Aber es sind deine Haare«, murmelte er, während er unter der Krone den Fall der Locken prüfte und mit dem Fingernagel noch kleine Schnitzreste beseitigte.

Aus dem Handgelenk führte er den Pinsel, ließ ihn weich den Schwüngen nach unten folgen. Kein Gegenstrich, immer wieder setzte er oben an, und doch entstand kein Wulst, keine Naht. Er hielt den stetigen Rhythmus ein, dass die Lasur ineinanderfließen konnte. Nach Haar und Schleier bearbeitete er den vor dem Kleid gerafften Umhang mit seinen ausgeprägten Faltenwürfen; sie fielen über das linke Knie und reichten hinunter bis zum Fuß auf der Mondsichel.

»Das ist doch nur ein Holzklotz«, hatte sich Magdalena gewundert und gezögert, Zehen und Ballen auf das flache Stück zu setzen.

»Auch wenn du sie noch nicht siehst, hier wird die Mondsichel liegen. Bitte heb das linke Bein leicht an und lass mich den Fuß führen. Vertrau mir!«

Til war in die Hocke gegangen. Er hielt ihr die geöffnete Hand hin.

»So gern will ich Euch vertrauen. Aber bei Eurem Besuch wart Ihr so kalt, so fremd und abweisend.«

Er sah zu ihr hoch. Seine Augen verdunkelten sich. »Ich musste mich so verhalten. Sonst wärst du heute nicht hier.« Magdalena krauste die Nase; ehe sie fragen konnte, gestand er mit einem Anflug von Schmunzeln: »Was sollte ich denn tun? Dort in der schrecklichen

Wohnstube und im Beisein der Apothekersfrau hätte ich dich nie zeichnen können. Also musste ich dafür sorgen, dass du zu mir kommst. Und zwar ohne Heimlichkeit und ohne den Damen neuen Stoff für Klatsch zu liefern.«

Magdalena seufzte auf und setzte wortlos den nackten Fuß in seine Hand.

Es war keine Absicht, aber er schloss die Finger um ihren Spann und drückte ihn behutsam. Eine Welle trieb jäh das Blut, trocknete den Mund aus, seine Stimme war ihm fremd: »Wenn ich dich bitten würde, könntest du auch herkommen, allein und ohne den Jungen?« Seine Hand wagte sich über den Knöchel hinaus. »Nur zu mir?«

»Herr?« Sie hatte zu ihm hinuntergesehen. »Wollt Ihr denn, dass ich bleibe? Ich meine, ich? Oder meint Ihr die Eva?«

»Als Mann frage ich nach dir, der Bildschnitzer will die Eva.«

»So schön, wenn Ihr mich fragt, Herr. Aber ich werde warten, bis beide mich wollen.«

Der Augenblick war vorüber, das Versteck der Gedanken hatte sich wieder geschlossen, und er hatte ihren Fuß auf dem Holz in Position gebracht.

Noch heute fühlte Til die Wärme ihrer Haut. Bei der Erinnerung begann er zu summen, während er mit großer Sorgfalt die unter dem Stoffsaum hervorschauenden Zehen und die Mondsichel bestrich.

Noch ein prüfender Blick über Kind und Mutter, den aufwändigen Faltenwurf, die Frontseite der Statue war lasiert. Til legte den Pinsel auf ein Tuch, griff mit der linken Hand hinter die Stirndocke der Rahmenbank und lockerte den Keil. Er drehte die Figur auf die Seite und befestigte sie wieder.

Ein leichter, hastiger Schlag gegen das Holz der Flügeltür. Ungehalten wandte er den Kopf. Die Pforte wurde aufgedrückt, Gertrud stolperte herein. »Vater! Die Mama …«

»Mein Engel, du weißt, ich darf nicht gestört werden.« Til strich am Topfrand die überflüssige Lasur vom Pinsel und arbeitete weiter.

Das Mädchen zögerte, wagte sich dann doch in ratloser Not zur Werkbank hin. »Vater, bitte sei nicht bös. Aber die Mama … Sie jammert.«

»Was sagt sie denn?«

»Erst hat sie gar nichts gesagt, nur so ganz leise gejammert. Die Teigschüssel hat sie weggestellt und dann der Magd gesagt: ›Rühr du weiter!‹ Und dann ist sie in die Stube, ganz langsam, und immer wieder hat sie sich zusammengekrümmt.«

Ohne den stetigen Bewegungsfluss zu unterbrechen, erkundigte er sich: »Wo ist die Mutter jetzt?«

»Sie sitzt im Lehnstuhl.« Etwas von der Ruhe des Vaters übertrug sich auf das Kind. »Weil noch nicht Abendbrotzeit ist und die Brüder noch nicht da sind, auch keiner von den Gesellen, da hat sie mich zu dir geschickt, damit du helfen kommst.«

»Ich kann jetzt nicht unterbrechen.« Nur kurz sah Til zur Seite. »Bestell ihr, sobald die Lasur aufgetragen ist, komme ich ins Wohnhaus.«

Getröstet nickte Gertrud und lief wieder hinaus.

Sein Blick verdüsterte sich. Wieder eine vorgegaukelte Krankheit. Und das nur, weil Magdalena für die Madonna Modell gestanden hat. Bei der Enthüllung von Adam und Eva war es das gleiche Spiel. Aber nicht mit mir. Sie muss endlich lernen, dass mich ihre Anfälle nicht länger beeindrucken.

Nur schwer, erst während er auf der Rückseite die Schleierfalten versiegelte, fand er zur Gleichmäßigkeit des Strichs zurück.

Wieder Geräusche an der Flügeltür, zaghaft schob Gertrud die Pforte auf. Ihr Gesicht war verweint. »Vater?« Sie bemühte sich, leise zu gehen, aus lauter Vorsicht wackelte sie hin und her. »Vater …«

Die schwache Stimme nahm seinem Ärger den Stachel. »Aber, Kind, was gibt es denn schon wieder? Sind etwa die Küchlein verbrannt?«

Kopfschütteln, die Zöpfe baumelten. »Eins hab ich gerade gegessen, da hat die Mama gerufen, nicht richtig, so laut aufgerufen hat sie. Ich bin schnell zu ihr in die Wohnstube. Und da …« Gertrud drängte sich zu ihm; ohne die Arbeit zu behindern, schmiegte sie die Wange an seinen Oberschenkel. »Die Mama hat ganz schrecklich gestöhnt. Und gesagt, ich soll dir sagen, dass ihr so elend ist.«

»Bleib nur hier, ich bin gleich fertig. Dann sehen wir beide nach der Mama.« Er lasierte den Sockel zu Ende, stellte den Pinsel in einem Wasserbecher ab und drehte die Statue wieder mit der Frontseite nach oben. Solange die klebrige Schicht noch nicht getrocknet war, hätten jetzt die gestifteten Perlen und Edelsteine an der Innenseite des Gewandes eingelassen werden müssen, doch der Meister war nun bereit, zu unterbrechen und sich den Pflichten des Familienvaters zu widmen. Morgen würde er die vorgebohrten Stecklöcher auskratzen, neu mit Klebstoff versehen und den wertvollen Schmuck anbringen.

»Soll ich dich tragen?«

Die hochgestreckten Hände waren Bitte genug. Mit Schwung nahm er das Mädchen und setzte es auf seinen angewinkelten rechten Arm. Noch ein Blick zur Statue. Mutter und Sohn. Vater und Tochter. Ein verkehrter Spiegel. Der Vergleich drängte sich einfach auf und erheiterte ihn. Leichten Schritts verließ er die Werkstatt.

Soeben kehrte das Fuhrwerk vom Holzlager zurück, rollte durchs Tor.

»Ladet die Baumstücke unter dem Vordach ab!«, rief er Tobias und den beiden anderen Gesellen entgegen. »Aber vorsichtig. Ich will keine Stoßkanten!«

An der Tür zum Wohnhaus drehte er sich noch einmal zu den Burschen um. »Bis morgen früh betritt mir keiner die Werkstatt! Hört ihr?«

Tobias winkte mit der Hand und zog den Ochsen am Maulriemen weiter.

Leises Klappern von der Küche her, sonst lastete Stille im Halbdunkel des Flurs. Die Tür zur Wohnstube stand offen. Gleich beim Betreten schlug Til ein säuerlicher Geruch entgegen.

Anna ruhte im Stuhl, das Gesicht zum Fenster gewandt lag ihr Kopf an der hohen Lehne. Ohne den Blick von ihr zu lassen, setzte Til das Mädchen ab. »Lauf in die Küche!«, flüsterte er. »Ich rufe, wenn ich dich brauche.«

Gertrud gehorchte, auf Zehenspitzen huschte sie davon.

Ein Schritt vor dem Sessel blieb er stehen. Sie hatte die Augen geschlossen, rasselnd ging der Atem, das Kinn und der Kleidstoff über dem mächtigen Busen waren mit Erbrochenem besudelt. »Schläfst du?«

Als Antwort entrang sich ihr ein Stöhnen, langsam öffneten sich die Lider. »Du bist da. Und ich hatte solche Angst, dass ... dass du mich alleine lässt.«

»Möchtest du Wasser? Oder besser etwas Wein, der hilft und belebt.«

»Nein, lass. Mir ist nur so elend. Und so eng.« Sie tastete nach seinem Arm. »Vorhin kam ein Schmerz wie ein langer Stich. Glaub mir!«

Er tätschelte ihre Wange. »Du solltest dich hinlegen, dann wird es ganz sicher bald wieder besser. Möchtest du nach oben in unser Bett? Kannst du die Treppe steigen?«

»Vielleicht. Du musst mir helfen.«

»Nur Mut.« Til streckte ihr beide geöffneten Hände hin. »Ich stütze dich.«

Mit großer Kraftanstrengung gelang es ihr, den Oberkörper aufzurichten. »Du siehst, ich schaffe es.« Anna lächelte schwach zu ihm hoch. Ihre Augen weiteten sich, Angst wuchs, ein Vorwurf kam hinzu, die Lippen bebten, sie rang nach Luft. »Ach, Riemenschneider«, seufzte sie, kippte langsam nach vorn und fiel mit dem Gesicht in seine Handflächen.

»Du bist doch zu geschwächt, Liebste. Besser, ich bereite dir gleich hier ein Lager.« Til spürte, wie das Gewicht zunahm, der massige Körper erschlaffte. Entschlossen und doch so behutsam wie möglich, schob er Anna zurück in den Stuhl, sorgte, dass der Kopf an der Lehne lag. Er strich ihr die Haarsträhnen aus der Stirn. »Oder soll ich eine Magd nach dem Arzt schicken? Morgen wird es ...« Er stockte, hörte seine Stimme wie in einem hohlen Gang verhallen und begriff.

Anna sah ihn an, ihr Licht war gebrochen, nur der Vorwurf im Blick war geblieben.

So weit lag der Tag zurück. Auch die erst vor wenigen Stunden beendete Arbeit in der Werkstatt schien unendlich lange her zu sein. Spät am Abend stand Til draußen vor dem Wohngebäude; die Hände verschränkt starrte er in die Düsternis. Leise und doch schmerzend klar drang der immer wiederkehrende Singsang der Klageweiber nach draußen. »Misere mei, Deus, secundum misericordiam tuam ...«

Der Tod hatte im Hof zum Wolfmannsziechlein die Zeit angehalten und sie nach lähmendem Nichts jäh neu beginnen lassen.

»Die Herrin ist gestorben.«

Weinen in der Küche, lautes Jammern unten im Brunnenkeller beim Wasserholen. Eine Magd musste den Doktor rufen, die andere den Pfarrer.

»Mutter ist tot.« Wie ein Schlag traf es die drei Söhne bei ihrer Heimkehr.

Der Stadtphysikus beugte sich über die Reglose, tastete nach dem Puls, hielt Anna den Silberspiegel an Mund und Nase, kein Hauch zeigte sich mehr. »Wird wohl das Herz gewesen sein.« Fest drückte er dem Bildschnitzer die Hand. »Mein Beileid.« Und während er bereits wieder hinausging, setzte er hinzu: »Ich werde alles Nötige veranlassen und die Frauen benachrichtigen.«

Vom Franziskanerkloster eilte der Seelsorger herbei. Nach einem Augenblick der gemeinsamen Sammlung spendete er Anna die Letzte Ölung. Er bat den himmlischen Vater um ewige Ruhe für die Verstorbene, dass ewiges Licht für sie leuchten möge, und wusste einige Worte des Trostes und versprach, noch einmal wiederzukommen, wenn der Leichnam hergerichtet und aufgebahrt sei.

Eine Matratze und weißes Linnen. Die Mägde waren zu schwach, Til musste zugreifen, und gemeinsam legten sie den schweren Körper nieder. »Und nun?« Er hatte dagestanden, ratlos die Stirn gerieben. »Kennt ihr euch aus?«

»Die Herrin muss gewaschen werden«, flüsterte seine Erste Magd und sah ihn an.

Als Til diesen auffordernden Blick begriff, schüttelte er den Kopf. »Dafür bin ich zu schwach. Nein, ich meine, nie habe ich das getan.« Die Unsicherheit nahm zu, wie ertappt glaubte er sich weiter verteidigen zu müssen. »Ihr versteht doch? Ich bin ein Mann und solche Arbeit …« Dann erinnerte er sich seiner Stellung. »Es ist eure Aufgabe.«

Beide Mägde senkten die Augen und rührten sich nicht.

»Ich bitte euch …«

Gesang, leiser Sprechgesang näherte sich vom Flur her, Hedwig Suppan betrat den Raum, schwarz das Gewand, die enge schwarze

Haube tief in der Stirn, vier gleich gekleidete Damen folgten der Frau des Bürgermeisters. Erst beendeten sie den Vers aus dem schmerzhaften Rosenkranz, dann schluchzten sie auf. Hedwig Suppan zitterte das Kinn. »Sie war meine beste Freundin.« Lauter noch weinten die Begleiterinnen.

Wenig später versiegte das Klagen wie auf ein unsichtbares Zeichen hin und wich einer ernsten Geschäftigkeit. Wasser musste herbeigeschafft werden, Lappen und Tücher. Hedwig öffnete ein Holzkästchen, behutsam entnahm sie kleine Phiolen mit Rosen- und Lavendelöl. Sie hatte sich zu ihrer hageren Größe aufgerichtet und den Hausherrn angesehen. »Bitte, lass uns jetzt allein. Wir Totenfrauen wollen Anna den letzten Dienst erweisen.« Ihre Bitte war ihm Befehl, dem er beinah erlöst gefolgt war.

Erst hier draußen im Innenhof, nach immer wieder quälenden, ineinanderstürzenden Bildern, hatte er etwas Ruhe gewonnen und seine Gedanken sammeln können.

Jetzt horchte er auf den Singsang. Diese Stelle aus dem Psalm war ihm bekannt und lieb. »... Redde mihi laetitiam salutis tuae, et spiritu generoso confirma me.«

»Tröste mich wieder mit deiner Hilfe«, flüsterte er, »und mit einem freudigen Geist rüste mich aus.« Til blickte langsam hinauf, empfand das schwarze Gemäuer ringsum wie eine dunkle Gruft, die erst an den Hausgiebeln endete, darüber aber blinkten Sterne: Der Himmel hatte sich für Anna geöffnet. »Das Glitzern dort oben wird dir gefallen, Liebste.« Er wischte mit dem Handrücken die Augenwinkel. »Dein Ewald hat dir Broschen geschenkt und fein gearbeitete Goldketten umgelegt. Und ich? Von mir hast du das Kreuz in der Wohnstube, die Madonna in unserer Schlafstube, mehr nicht. Ach, Anna. Vergib den Kummer, den du meinetwegen erlitten hast. Ich verdanke dir so viel, ohne dich hätte ich den Weg bisher nicht gehen können.«

Dreizehn Jahre waren es her. Es war das Todesjahr des Vaters. Nein, Til hatte ihn nicht geliebt, auch nicht gehasst, diesen unsteten, glücklosen Münzmeister, der mit Frau und Kind von Ort zu Ort ziehen musste, von Heiligenstadt an der Leine nach Osterode im Harz, ständig auf der Flucht vor Steuereintreibern und Gläubigern. Damals im Jahre 1483 hatte sich Til als Bildhauergeselle in Würzburg eine Bleibe gesucht, leistete den Handwerker-Treueeid vor den beiden Bürgermeistern und war in die Gilde der Maler, Bildhauer und Glaser, in die St. Lukasgilde, aufgenommen worden.

»Auf ewig wäre ich von einer Werkstatt zur anderen gezogen. Hätte Aufträge ausgeführt. Zu mehr bringt es nun mal ein Wandergeselle nicht. Dann begegnete ich Anna. Das war mein Glück.« Nachdenklich nickte er. »Ja, ein Glückstag. Sie war zu Besuch bei der Frau meines Meisters.«

Die Witwe des Goldschmieds fand Gefallen an dem hochgewachsenen, kräftigen jungen Mann mit der kupferfarbenen Haarmähne und bat ihn für eine Ausbesserungsarbeit zu sich in die Franziskanergasse. Til lächelte vor sich hin. »Eine Tür sollte ich richten, mehr nicht. Dann gab sie mir zu essen. Und ich hatte Hunger. Und sie hat mir immer mehr aufgetischt: Suppe, Wein und Schinken.« Als er gesättigt Löffel und Messer beiseite legte, hatte sie sich in ihrer weiblichen Fülle zu ihm gebeugt: »Bist du wirklich schon satt?« Wehmut überkam ihn bei der Erinnerung. »Auch wenn du es später immer abgestritten hast, Liebste: An diesem Tag wolltest du mich. Es stimmt einfach nicht, dass ich mich nur für mein Fortkommen bei dir eingeschmeichelt habe.«

Sein Ehebündnis im Jahre 1485 mit der Witwe des Goldschmiedemeisters hob den einfachen Gesellen in den Bürgerstand, mehr noch, durch die Heirat erlangte er die Meisterwürde und konnte Lehrbuben aufnehmen; außer den drei Söhnen brachte ihm Anna den Hof zum Wolfmannsziechlein wie auch etliche Weinberge in guter Lage. Kein Zweifel, Tilman Riemenschneider war über Nacht ein wohlhabender Mann geworden.

»Misere mei, Deus, secundum miesericordiam tuam …« Drinnen im Haus begannen die Totenfrauen den Psalm von Neuem. Mit einem Mal fühlte er sich von dem Singsang bedrängt. »Alle Pflichten habe ich erfüllt, das Vermögen habe ich durch meine Hände Arbeit vermehrt. Ich war dir ein Ehemann, so gut ich konnte.«

Die Eingangstür schwang auf. Im Lichtschein stand Annas ältester Sohn Georg. »Vater?«, fragte er ins Dunkel.

»Hier bin ich.«

Eine Weile standen sie schweigend nebeneinander. Til wusste keine Worte des Trostes, fest legte er dem Sohn die Hand auf die Schulter.

»Vater. Was wird jetzt?« Ein gefasster, beinah sachlicher Ton. Wie tapfer du bist, dachte Til voller Wärme, du versuchst deinen Kummer zu überspielen. »Vor mir musst du dich nicht verstecken. Fehlen wird deine Mutter, dir, den Geschwistern und mir.«

»Ja, ganz sicher. Aber das meine ich nicht.« Georg ließ sich einen Atemzug lang Zeit. »Ich denke an unser Erbe. Schließlich sind meine Brüder und ich nicht deine leiblichen Kinder. Und von einem Testament weiß ich nichts. Nicht dass ich mir Sorgen mache, aber drüber nachdenken muss ich als Ältester schon. Jetzt, da Mutter tot ist. Das verstehst du doch? Oder?«

»Du …« Til zog die Hand von der Schulter des Sohnes und ballte sie zur Faust. »Du wagst es?« Zorn wallte in ihm auf, er musste sich zwingen, nicht loszuschreien. »Dort … dort in der Stube liegt deine Mutter. Ihr Körper ist noch warm, und du schacherst jetzt schon um das Erbe. Schämen sollst du dich. O Junge.« Um ihn nicht zu schlagen, rieb er die gespannten Fingerknöchel an seinem Kinn. »Zum ersten Mal bin ich froh, nicht dein Vater zu sein. Aber sei beruhigt, du und deine Brüder, ihr werdet nicht zu kurz kommen. Und jetzt geh. Lass mich allein, denn ich will um deine Mutter trauern, jetzt mehr noch als zuvor.«

9

Dampf füllte die Waschküche unten im Apothekerhaus, nässte Decke und Wände und immer neuer quoll aus der siedenden Seifenlauge. Trotz Kopftuch sickerte er ins Haar, tropfte von Stirn und Nase; obwohl die Kellertür zum Garten offenstand, nahm er den Atem, roch und schmeckte nach Talk und ätzendem Natron.

Magdalena kümmerte es nicht, sie beugte sich über den im gemauerten Herd eingelassenen Kupferkessel, mit beiden Händen umklammerte sie den großen Holzbleuel und rührte. Das dünne, feuchte Leinen ihres Kittels klebte an den Brüsten, am ganzen Leib, sie keuchte, hustete; war sonst der Waschtag ein gefürchteter, kraftzehrender Tag, heute wollte, brauchte sie ihn, weil diese Anstrengung ihrem Herzen half, nicht zu zerspringen.

»Das Essen wird immer schlechter.« Sie äffte den bedauernden Klageton in der Stimme des Meisters nach. »Die Kinder und ich brauchen gute Mahlzeiten.« Heftiger rührte sie in den Wäschestücken, hievte Hemden und Bettbezüge mit dem Holzlöffel hoch und klatschte sie zurück. »Es ist schädlich, nur mit Dienstmägden zu haushalten. Und deshalb …« Magdalena brach ab, zitierte ihn nicht weiter, ließ dafür der Empörung freien Lauf: »Das sagt er einfach so bei Tisch und guckt keinen von uns an, guckt aufs Kreuz an der Wand. Aber ich weiß genau, dass er damit mich gemeint hat.« Die Lauge spritzte bei jedem Schlag, schwappte über den Kesselrand. »Dabei hab ich gar nicht gekocht. Seit seine Frau auf dem Kirchhof liegt, komme ich zweimal die Woche in die Franziskanergasse und flicke die Kleider. Kochen tun die anderen, nicht ich. Und geschmeckt hat es auch.« Sie griff zur Bürste, schnappte ein Unterkleid der Herrin und bearbeitete es mit harten Strichen. »Bin nur froh, dass ich nicht unter seinem Dach wohne. Hier in meiner Kammer hab ich wenigstens Ruhe und Frieden.«

Einen Monat nach dem Tod Annas, kurz vor Weihnachten, hatte

Meister Til ihr angeboten, im Hof Wolfmannsziechlein hin und wieder auszuhelfen. »Seit die Frau nicht mehr ist, schaffen es die vier Mägde nicht allein.«

»Aber was sagt meine Herrin …?«

»Sorge dich nicht. Ich werde mit ihr schon einig werden. Willst du?«

Und weil die Bitte im Blick der braunen Augen noch inständiger war als seine Worte, hatte Magdalena eingewilligt. Des Morgens brachte sie ihren Sohn mit, und während Florian in dem eigens vom Meister hergestellten und mit Enten und Lämmern verzierten Laufstall schlief und spielte, besserte Magdalena zerschlissene Kleidungsstücke aus, zupfte den Rocken und verspann Schafwolle zu dicken Knäueln oder ordnete die Wäschetruhen. Ihr Glück war es, wenn sie am späten Nachmittag an der Pforte zur Werkstatt klopfte, ihm das Lebewohl durch einen Spalt zurief und Meister Til sie hereinbat.

»Wirf einen Blick auf den Schmerzensmann. Was denkst du?«

Nach langem Betrachten wagte sie zu fragen: »Hat der Heiland denn noch Schmerzen?«

Sofort war Til neben ihr. »Die Körperhaltung zeigt es, auch die Hand, die er sich auf den Leib presst.«

»Verzeiht, Herr, die Wunden sind da. Nur sein Gesicht ist so … Ich mein, er guckt traurig, aber so, als hätte er sich mit dem Leid abgefunden.«

»Ist das dein Eindruck?« Er hob die Brauen.

Tapfer nickte sie. »Ihr habt mich gefragt, und ich kann's eben nur so sagen.«

»Danke«, murmelte er und nickte vor sich hin. »Du spürst sehr gut heraus, was ich meinen Figuren an Gefühl mitgeben möchte. Danke.« Er tauchte den Handstein ins Wasser und glättete weiter am Faltenwurf der Statue. Ohne ihn weiter zu stören, verließ Magdalena leise die Werkstatt.

In diesem Winter war der Schnee lange in den Straßen liegen geblieben. Er knirschte nach klaren Frostnächten unter den Füßen, und der Rauch aus den Kaminen stieg nicht auf, sondern schwärte vom Dachfirst hinab. Würzburg roch nach Herdbrand, und die Bürger wussten nicht, ob Kälte oder bläulicher Qualm die Augen tränen ließen. Dann, Ende Januar, wechselte das Wetter, Wind brachte Wolken, Wärme, der Schnee schmolz, und Straßen und Plätze versanken im schmutzigen Matsch.

»Und doch war der Winter eine schöne Zeit«, flüsterte Magdalena, während sie mit der Holzzange die Wäsche aus der Lauge fischte und in den Spülbottich gab. »Bis vorgestern. Bis er …« Mit dem Unterarm wischte sie sich die Stirn. »Ach, verflucht. Bist ja selbst schuld. Blöde Kuh, was bildest du dir denn auch ein?«

Energisches Geschrei drang durch die offene Tür. Florian meldete sich. Seufzend warf Magdalena die Zange zur Wäsche und ging nach draußen. Mittags gelangte die tief stehende Februarsonne bis unters Vordach zum Garten, dort lag der Junge fest eingemummt in eine Decke auf dem heugestopften Sack.

»Hast du schon wieder Hunger?« Magdalena setzte sich neben ihn, öffnete die Kittelschlaufen und befreite ihre rechte Brust vom durchnässten Stoff. »Dann komm, du Schreihals!« Sie hob den Sohn, sorgte, dass sein Kopf bequem in der Armbeuge lehnte, und spielte ihm die Warze in den Mund. Gleich öffnete Florian wieder die Lippen wandte das Gesicht ab, er jammerte empört auf.

»Was soll das denn?« Ein nächster Versuch, und wieder verweigerte sich der Junge. »Aber du musst Hunger haben. Ich hab's doch an deinem Geschrei vorhin gehört.« Magdalena sah die entschiedene Ablehnung in Florians Gesicht, blickte auf ihre prall gefüllte Brust, und mit einem Mal hellten sich ihre Augen auf. »Du hast ja so recht, mein Schatz. So kann ich dir auch gar nicht schmecken.« Mit Schwung küsste sie die dunklen Locken und legte ihn wieder zurück. Nun aber löste sich Florian in Zorn und Verzweiflung auf.

»Warte. Gleich bin ich wieder bei dir.« Sie eilte ins Haus, wusch sich erst in den Bottichen mit klarem, lauwarmem Wasser die Hände, ehe sie auch die linke Brust aus dem Kittel nahm und sorgsam beide dunklen Höfe und Warzen vom Geschmack der Seifenlauge reinigte, dann kehrte sie barbusig zu dem Hungrigen zurück.

Kaum in Reichweite, griffen die kleinen Händchen entschlossen in die festweiche Rundung. »Nur keine Angst, ich geh nicht wieder weg.« Magdalena knetete Hof und Knospe zwischen den Fingerkuppen, mit der herausdrängenden Milch rieb sie ihre Brüste ein, bis der

Duft verlockte, und nun durfte Florian endlich an die mütterliche Quelle. Der Junge trank, schmatzte leise, sein Saugen gab den Rhythmus nach innen weiter, und als Magdalena ihn an die linke Brust legte, empfand sie diesen Moment der Ruhe wie ein Geschenk.

Florian war gesättigt, lag wieder sicher verwahrt auf dem Heusack, und Magdalena kehrte in die Waschküche zurück. Kaum sah sie den langstieligen und vorn verbreiterten Bleuel, ergriff sie ihn noch ganz in Gedanken wie eine Waffe. Wovor aber sollte der Waschschläger sie schützen? Auf diese Frage gab es keine Antwort, dafür aber wucherte das Unglück wieder in ihr hoch, trieb das Blut und schnürte den Hals. Nein, nicht daran denken, befahl sie sich. Beinah überhastet schleuderte Magdalena den Bleuel zur Seite, griff mit beiden Händen in die Hemden, Unterkleider und Tischdecken, zog die Stücke durchs Wasser, wrang sie zu Würsten, stieß den Bottich mit dem Fuß um und füllte frisches Wasser aus dem Brunnen nach. Zweimal noch spülte sie, dann schleppte sie den schweren Korb nach draußen zu den in Reihen gespannten Wäscheleinen.

Die Sonne schien, ein leichter Wind ging, das gute Wetter hatte sich gehalten, würde sicher auch bis zum Abend so bleiben. Für gewöhnlich war es Magdalena ein persönlicher Triumph, wenn sie den Waschtag so gewählt hatte, dass die Stücke auch noch draußen trocknen oder wenigstens antrocknen konnten. An diesem Tag aber nahm sie die Wettergunst gleichgültig hin. Als die kleineren Teile im Wind schaukelten, griff sie nach dem ersten Laken und legte es über die Leine, das zweite nur einen Schritt weiter über die nächste Schnur. Sie zog den Korb mit sich und klammerte das dritte Tuch fest. Viele weiße Vorhänge, dachte sie, ein gutes Versteck. Besser, ich bleib gleich ganz hier. Tränen standen ihr in den Augen. Der lange Tisch. Gertrud, die Söhne, alle Gesellen und Lehrbuben, die Mägde und Magdalena saßen und löffelten die Suppe. Von Kopfende aus sah Meister Til über alle hinweg zum Kreuz an der Wand und beschwerte sich erst mit vorwurfsvollem Ton über das Essen und danach …

Langsam wiederholte Magdalena: »… Es ist schädlich, nur mit Dienstmägden zu haushalten. Und deshalb werde ich …« Schwer fiel ihr jedes Wort: »Werde ich mich bald wieder verheiraten.« Die frisch gewaschenen Laken blendeten, gaben keinen Schutz mehr. »Und ich weiß genau, flüsterte sie, »mich hat er damit nicht gemeint.« Die Schultern sanken.

Nach einer Weile setzte sie neu an: »Warum auch? Er ist ein Herr. Und ich? Gar nichts. Nur eine Eva oder eine Maria, wenn der große Bildschnitzer sie gerade braucht.« Sie ballte die Faust und rieb die Knöchel an den Zähnen. »So ist das eben.«

Würzburg

Am 29. April 1495 betritt der Tod das bischöfliche Schlafgemach. Er hebt sein Stundenglas, noch rinnen die letzten Sandkörner, noch ist die Zeit für den Schwerkranken nicht gekommen. Geduldig harrt der Knöcherne an der Türschwelle aus.

Kanzler Allendorf und Dompropst Bibra warten nahe des Bettes, Mitleid in den Mienen, jederzeit bereit, noch eine Bitte zu erfüllen. Die Doctores umstehen ratlos den Leibarzt des Fürstbischofs, nach langem, unermüdlichem Kampf gegen das Steinleiden hat ihre Kunst endgültig versagt, sie sind besiegt.

Unsagbare Schmerzen quälen Rudolf von Scherenberg, sie kommen in Wellen und hinterlassen beim Abebben flüchtige Bildspuren im Sand des Lebens:

Fahnen, blinkende Wappenschilde, Blumengirlanden … Welch ein Fest! Vor neunundzwanzig Jahren jubelten Würzburg und das gesamte Hochstift dem gerade geweihten Oberhirten zu. Nach der Messe im Dom hielt ihm der Obermarschall den Steigbügel. Der damals schon Sechsundsechzigjährige bestieg sein Ross mit bedächtigem Schwung, ein Lächeln für die Bürger entlang der Absperrung, und ritt dann an der Spitze aller Grafen, Ritter und Äbte sowie der Abgesandten aus den Städten seines Herrschaftsgebietes über den Main. Mehr als elfhundert Reiter auf geschmückten Pferden folgten ihm den Marienberg hinauf zum Schloss.

Die Erinnerung lässt den Todkranken lächeln.

… Stets war er bemüht gewesen, den Würzburgern ein guter und gerechter Herr zu sein, dem Wohl der Stadt galt seine Fürsorge. Geschickte Diplomatie bei Verhandlungen und wenn notwendig auch hartes Durchgreifen gegen Feinde zeichneten ihn aus …

Auf ein erfülltes Leben kann Rudolf zurückblicken. Seine Lippen öffnen sich, mühsam formen sie Wort für Wort. Sofort beugen sich seine engsten Vertrauten über ihn. Der Greis wiederholt, das Flüstern wird zur Bitte: »Tod, sei mir willkommen!«

Der Knöcherne aber lässt den Mantel geschlossen, und es ist, als wäre das Verrinnen der Sandkörner ins Stocken geraten. Von Neuem erschüttert Schmerzensqual den Leib des alten Mannes, bald weicht sie wieder, doch das Beben des Mundes bleibt, und im Flattern der Lider wächst ein Feuerbild. Unterhalb der Festung auf dem Schottenanger lodert der Scheiterhaufen.

»Ich musste … so handeln …«

Kanzler und Dompropst stimmen zu, obwohl sie nicht wissen, welche Erinnerung ihren Herrn bedrängt.

Marienlieder. In den hochzüngelnden Flammen singt der Heilige Jüngling mit immer schwächer werdender Stimme. Der Pfeiferhannes stirbt, seine Asche wird in den Main gestreut.

Schon vor dem kurzen Prozess stand das Urteil fest. Fürstbischof Rudolf von Scherenberg hatte befohlen, und die Richter hatten gehorcht. In seinem Hochstift durfte es keine Aufrührer geben.

In der Mitte der Fastenzeit im Jahre 1476 verbrannte der Hirte und Spielmann Hans Behem auf dem Dorfplatz zu Niklashausen seine Flöte und die Pauke. »Mir ist in der Samstagnacht die Muttergottes beim Viehhüten erschienen. Sie hat mir verboten, weiter aufzuspielen.« Die ersten Neugierigen scharten sich um den Pfeiferhannes. »Sie hat mir befohlen, dass ich verkünden soll: Wer nach Niklashausen kommt und verehrt Maria in Gebet und Gesang, der erhält vollkommenen Ablass, der steigt nach seinem Tod gleich auf in den Himmel!«

Ein fremdes Licht strahlte aus den Augen, so klar und rein klang die Stimme des jungen Mannes. Schnell verbreitete sich die Nachricht. Sonntag für Sonntag strömten mehr Menschen nach Niklashausen. Mit der Zottelkappe auf dem Haupt stand der Pfeiferhänsel auf einem umgedrehten Fass und predigte der Menge. Von Mal zu Mal wurden seine Worte mutiger: »… Unsere Pfarrer sind voller Habgier … Weg mit ihren Pfründen! … Sie sollen nur so viel erhalten, dass sie von einer Mahlzeit zur nächsten kommen …«

Bauern, Knechte und Mägde. Bald wallfahrten Tausende nach Niklashausen an der Tauber. Sie kamen aus dem Hessischen, dem

Schwäbischen und aus Würzburg, brachten Kerzen und reiche Gaben, andächtig lauschten sie dem heiligen Jüngling. »... Papst und Kaiser, Fürsten und Herren, Ihr alle solltet mit dem einfachen Manne teilen!«

Nach erschrecktem Schweigen brandete Beifall auf.

»... keiner darf mehr haben als sein Bruder! Jeder soll seine Nahrung selbst mit eigener Hand gewinnen! Das ist die von Gott gewollte Gerechtigkeit!«

Jubel brach aus. Beseelt ließ sich der Pfeiferhannes von ihm hinauftragen. »Ja, Brüder und Schwestern, deshalb sage ich: Verdammt sind Abgaben und Zinsen. Lasst euch nicht länger aussaugen. Verweigert den Frondienst!«

In der Nacht zum 12. Juli, dem nächsten Wallfahrtssonntag, ließ Fürstbischof Rudolf den Prediger heimlich verhaften und ins Kerkerloch seiner Burg werfen.

Am nächsten Tag warteten mehr als Vierunddreißigtausend vergeblich auf ihren Propheten. »Er kommt nicht mehr!« In Gruppen verließen die Wallfahrer tränenüberströmt die Wiesen vor der Kirche von Niklashausen und traten den langen Rückmarsch ins Elsass, nach Thüringen und Schwaben an.

Da sprang einer aufs Fass: »Brüder wartet! Mir ist die Dreifaltigkeit erschienen. Sie hat uns befohlen, mit Kerzen vor die Burg des Bischofs zu ziehen. Dann werden sich die Tore öffnen, und unser heiliger Jüngling wird frei herausschreiten ...«

Da machten sich Tausende von Wallfahrern mit vierhundert großen Votivkerzen auf den Weg nach Würzburg ...

Kein Wunder geschah. Das Tor blieb verschlossen. Großherzig wurde den Anhängern des Propheten freier Abzug gewährt, doch es war nur eine List. Die Reiter des Bischofs fielen ihnen in den Rücken, zwölf Bauern schlachteten sie ab, verwundeten Hunderte und nahmen beide Anführer gefangen. Sie wurden geköpft. Den Pfeiferhannes aber ließ der Bischof foltern und verbrennen ...

Rudolf von Scherenberg wälzt das Haupt hin und her, erneut überstürzt ihn die Woge der Schmerzen, Entsetzen und Pein zerfurchen sein Gesicht ... Da tritt der Knöcherne ans Lager, schlägt den Mantel zurück und lässt ihn erstarren.

»Der Bischof ist tot!«

Unten in der Stadt klagen und weinen die Bürger, schwarze Tücher hängen aus den Fenstern, Würzburg trauert. Im Schloss werden Vorbereitungen getroffen. Der Körper wird geöffnet und die Eingeweide werden herausgenommen. Was immer schon vermutet, liegt nun sichtbar vor den Doctores. »Es waren die Steine«, gibt der Leibarzt zu Protokoll.

Mit einem Brett versteifen sie den Rücken des Verstorbenen und befestigen ihn, sitzend und angetan mit den Festgewändern, auf seinem Thron.

War es neunundzwanzig Jahre zuvor der prunkvolle Ritt zum Marienberg hinauf, so wird Fürstbischof Rudolf nun von Getreuen gemessenen Schritts hinabgetragen. Im Dom dürfen die Menschen an ihm vorbeiziehen, um Abschied zu nehmen.

Auch Tilman Riemenschneider erweist dem Verstorbenen die letzte Ehre. Ohne große Anteilnahme nähert er sich dem hohen Stuhl. Zeitlebens hat ihn Bischof Rudolf nicht wahrgenommen, nicht einen Auftrag erhielt seine Werkstatt von ihm. »Ich war dein Untertan«, flüstert Til, »mehr nicht.« Doch dann sieht er das Antlitz des Herrschers, liest aus den Zügen die Unbeugsamkeit, den nachdenklichen Zorn. Wie im Zwang muss er die Schlange der Trauernden verlassen. Etwas abseits verharrt der Meister und nimmt das Bild in sich auf. Verdorrt, lederfaltig die Haut, ein schmalscharfer Lippenbogen überspannt den zahnlosen Mund. Wie ein Felsgrat zieht sich der Nasenrücken hinauf zur Stirn und trennt die schräg stehenden Augen. Spuren des Lebens in einer verwitterten Landschaft. Til verneigt sich vor dem Toten und verlässt tief berührt den Dom.

»Vivat Bischof Lorenz!«

Am 12. Mai 1495 wird Dompropst Lorenz von Bibra vom Domkapitel einstimmig zum neuen Oberhirten des Hochstifts und Landesherrn von Ostfranken ernannt. Fanfarenstöße, die Stadtmusikanten ziehen mit Flöten und Trommeln dem Zug voran, dann geleiten Adel und Klerus den neuen Herrscher hinauf zum Schloss über der Stadt.

Florenz

»Tut Buße! Buße und nochmals Buße! Denn bald wird Gottes Schwert auf euch niederfahren!« Der Dominikanermönch hält das noch vor kurzer Zeit bunt schillernde, blühende Florenz im Würgegriff. Das Wehgeschrei ist nicht mehr zu überhören. Angst vor der Zukunft befällt die Bürger. Schon Ende des Jahres 1494 hat Girolamo Savonarola die Herrschaft der Medici gebrochen und die Macht an sich gerissen. Vom Kloster San Marco aus zieht er die Fäden und lenkt die Geschicke der Stadt. Auf der Kanzel hebt er den knochigen Finger: »O Italien, um deiner Sünden willen kommen nun die Heimsuchungen über dich! O Florenz, um deiner Sünden willen naht nun das Strafgericht! O ihr Kirchenherren in Rom! O ihr Vornehmen und Reichen! Gottes Hand ist drohend über euch, und weder Macht noch Weisheit noch Flucht vermag ihr zu entkommen ...«

Neapel

Am 12. Mai 1495 lässt sich Karl VIII. in der Kathedrale von Neapel zum König krönen. Der erste Höhepunkt seiner Heerfahrt ist erreicht. Viel zu klein, wie verloren sitzt der goldene Kronreif auf dem unförmig großen Kopf. Weil die Füße nicht bis zum Boden reichen, hat ihm sein Kammerherr eine Fußbank hingestellt. »Bin ich nicht schon am Ziel?«, fragt er seine Ratgeber und verzieht den Mund. »Muss ich wirklich gegen diese Muselmanen kämpfen? Wie es dieser florentinische Mönch von mir erwartet. Ich fürchte seinen Fluch. Aber Jerusalem scheint mir doch sehr weit ...«

»Sire, wenn es die Sachlage erfordert, darf auch ein so kühner und heldenhafter Herrscher, wie Ihr es seid, die vorher gefassten Pläne überdenken.«

»Aber muss ich denn nicht wenigstens hier in Italien den Auftrag Gottes erfüllen? Was sagte noch Savonarola zu mir? Sein bleiches knochiges Gesicht werde ich nie vergessen. Diese Augen ...« Der König gibt sich einem wohligen Schauder hin, ehe er jedem Satz nachschmeckt. »Er hat meine Mission so treffend beschrieben: ›Du großer Vollstrecker der göttlichen Gerechtigkeit …! Du bist erschienen, um Italien und die Kirche für alle Verbrechen zu strafen … Heil immerdar sei deiner Ankunft!‹ Darf ich denn den mir vorbestimmten Weg verlassen?«

»Sire! Eure Gegner haben sich zu einem starken Bündnis zusammengeschlossen.« Der Ton wird härter. »Auch sind Eure Verbündeten zu der Allianz übergetreten. Die Spanier, selbst der Habsburger. Ihr seid ohne Freunde, Sire. In Anbetracht der nun bedrohlich angewachsenen Kriegsmacht wäre es dringend notwendig, sich so rasch wie möglich auf den Heimweg zu begeben …«

»Wie ein Hase? Pfui.« Karl rutscht bis zur Lehne seines Thronsessels zurück. »Kannst du das nicht etwas freundlicher umschreiben? Schließlich bin ich der Erneuerer des Römischen Reiches!«

Nach einem trockenen Hüsteln verbessert sich der Weise: »Sire, es würde Eurer überlegenen Klugheit und Weitsicht entsprechen, wenn Ihr jetzt das Unternehmen beendet und als glorreicher Triumphator nach Paris zurückkehrt.«

Etwas besänftigt reibt Karl die dunkle Warze auf seiner Nase. »Ich werde darüber nachdenken.«

Kaum neun Monate sind es her, dass Karl VIII., König von Frankreich, mit einem Heer von vierzigtausend Mann, Fußtruppen und Reiterei, ausgerüstet mit den modernsten Handfeuerwaffen und Kanonen, die Alpen überquerte und fast ohne Gegenwehr die Städte Oberitaliens einnahm. Allein der fanatische Bußprediger und neue Machthaber von Florenz jubelte dem Eroberer zu.

»Missus a Deo! Voluntas Dei!« Dieser Wahlspruch prangte auf der königlichen Fahne. Der Kriegsherr fühlte sich in der Tat von Gott geschickt und handelte »in Gottes Willen«.

Zuvor, Anfang des Jahres 1494, hatte man ihm die Weissagung eines französischen Gelehrten im Thronsaal verlesen: »Du, Karl wirst in deinem 24. Lebensjahr Neapel erobern, im 33. Lebensjahr ganz Italien unterwerfen, sodann über das griechische Reich triumphieren und die Monarchie über die ganze Welt an dich reißen.«

Der kleinwüchsige König hob den übergroßen Kopf. Von Jugend an hatte er sich vornehmlich an Ritterromanen ergötzt und wundersame Geschichten über die Kreuzzüge in sich aufgesogen. Jetzt stieg sein Blick über die versammelten Hofräte hinauf zum Licht der Fenster. »Ich ahnte es immer, nun ist es Gewissheit. Ich bin der Erretter. Und weil ich im 24. Lebensjahr stehe, muss ich die Weissagung erfüllen.«

Durch Abtretung einiger Provinzen sicherte er sich das Wohlwollen Spaniens. Vom Habsburger König Maximilian I. erhielt er freie Hand für den Italienfeldzug, weil er dem Waffennarr zusagte, neben der französischen Artillerie auch Kanonen aus den Gießereien Nordtirols einzusetzen.

»Kein Feldherr vor mir war so erfolgreich«, sinniert Karl vor sich hin. »Ich könnte auch die Heerfahrt fortsetzen, bis mein Name heller erstrahlt als alle Sterne am nächtlichen Firmament.«

»Bei Gott, Sire«, entfährt es dem Ratgeber, »fordert das Schicksal nicht heraus. Da wäre noch ein Grund, der für einen sofortigen Rückzug spricht.«

Von einem Atemzug zum nächsten verschlechtert sich wieder die Laune des Königs. »Was verschweigst du mir?«

Der Weise bittet mit dringlichem Wedeln der Hand hinter seinem Rücken den obersten General vorzutreten. »Berichte von der Unbill!«

Nach einigem Zögern gesteht der sonst so direkte ehrbare Haudegen mit verlegener Stimme: »Sire, unsere Söldner sind krank. Fieber, Geschwüre, furchtbare Kopfschmerzen. Einige sind außer sich, ja, mit Wahnvorstellungen laufen sie herum.«

»Pest?« Noch enger drückt sich Karl an die Rücklehne. »Ist es der Schwarze Tod?«

»Nein, das wäre unser aller Ende. Gott bewahre uns vor der Pest!«

»Nun sag es schon!«

»Die Ursache ist unsern Feldärzten bekannt, doch wissen sie kein Heilmittel.« Der General nimmt Haltung an, als müsste er sich so für die Wahrheit stärken. »Sire, diese Krankheit wird beim Verkehr, will sagen beim Lustverkehr, übertragen. Unsere Söldner sind von ihr befallen, täglich sterben mehr; auch die Bewohner von Neapel leiden an dieser Krankheit und haben schon viele Todesfälle zu beklagen. Ohnmächtiger Zorn breitet sich in der Stadt aus. Die Flüche gelten Euch,

Sire. Das Volk beschuldigt Euch, Ihr hättet Neapel mit der Franzosenkrankheit vergiftet.

Da schnellt Karl bis zur Kante des Stuhls vor. »Sie sollen es nicht wagen. Nicht ›mal français‹, sondern ›mal napolitain‹. Die unsauberen italienischen Weiber haben meine Männer angesteckt.« Nun stampft er mit den Stiefelabsätzen auf die Fußbank. »Abzug! Keinen Tag länger will ich in dieser Stadt weilen. Lasst die Fanfaren blasen. Zurück nach Frankreich!«

In der Ebene von Parma, am Ufer des Taro, wartet das Heer der Liga auf den Erretter des christlichen Abendlandes. Es kommt zu einer letzten furchtbaren Schlacht. Am Abend neigt sich die Waage dem Franzosen zu. Sieg! Doch um welchen Preis? Die Verluste an Männern sind hoch, schwerer jedoch leidet Karl am Verlust aller Beuteschätze, selbst sein persönlicher Prunk ist in die Hand der Feinde gefallen.

Und wenige Tage später schleppt sich ein kampfesmüder, enttäuschter Haufe über die Alpen. Voran trabt Karl, der Mantel hängt ihm verknittert um die eingesunkenen Schultern, der breitkrempige Hut auf dem großen Kopf ist beschmutzt vom italienischen Schlamm. Hin und wieder bläht sich träge das Banner des Kriegsherrn mit dem Wahlspruch: »Missus a Deo!« Ja, Gott hat ihn ruhmlos heimgeschickt in die französischen Lande. »Voluntas Dei!« Weil Gott es so gewollt hat.

Worms

Reichsversammlung. Schon seit März 1495 dauert das Ringen der Reichsstände mit Maximilian I. »Gib dem Lande endlich inneren Frieden, Recht und Gericht!« Im August scheinen alle Kompromisse gefunden. Reformgesetze werden niedergeschrieben. Der Ewige Landfrieden wird verabschiedet. Keine Fehde mehr! Ganz gleich, wie schwer Beleidigung, Schändung oder jedwedes Vergehen auch wogen, niemand darf sich mehr selbst das Recht nehmen, die Tat zu sühnen. Wehe dem Jähzornigen! Wehe dem Rachsüchtigen! Hohe Strafen drohen bei Missachtung. Wer Unrecht begeht, wer den Frieden bricht, soll sich ans Gericht wenden. Zu diesem Zweck wird das Reichskammergericht eingerichtet, mit Befugnissen, die nicht vom Herrscher abgesegnet werden müssen. »Dann finanziert Ihr die Richter auch aus Eurem eigenen Säckel!«, schmollt König Max. Die Kurfürsten denken nicht daran. Wieder brandet Streit auf. Doch der Herrscher bleibt hart, und bald ist die Lösung erzwungen. »Wir erheben eine Kopf- und Vermögenssteuer für jeden Bürger. Ob Mann, ob Frau, ab dem 15. Lebensjahr hat jeder Steuern zu bezahlen, dafür dass er lebt, und wächst sein Vermögen, so soll er auch davon abgeben.« Ein Griff in die immer und immer wieder geplünderte Schatztruhe des Volkes. Der Bürger soll zahlen. Doch dieses Mal nicht zum Wohl der einzelnen Landesherren oder Klöster. Nun nimmt ihm das Reich direkt das sauer verdiente Geld aus der Tasche. Und ein Name ist für die neue Reichsabgabe auch schon gefunden: »Gemeiner Pfennig.«

Dennoch ist König Maximilian nach dem Reichstag unzufrieden. »Diese Zugeständnisse. Ich befürchte, ich habe mir ein zu großes Stück Macht von diesen Fürstenhalunken aus der Hand nehmen lassen.« Er dreht den Zeigefinger in eine der langen schwarzen Haarlocken und zieht heftig daran. »Ich fühle mich wie an Händen und Füßen gebunden und an einen Nagel gehängt …«

Würzburg

Weder im Winter noch zu Beginn des Frühjahrs hat Meister Til eine neue Vermählung erwähnt. Magdalena glaubt, dass er damals bei Tisch nur aus einer schlechten Laune heraus davon gesprochen hat, und ist zufrieden. Nach wie vor geht sie zweimal in der Woche zum Hof Wolfmannsziechlein, arbeitet und wird hin und wieder von ihm für einen kurzen Schwatz in die Werkstatt gebeten.

Der Sommer wärmt das Maintal und lässt die Reben goldgelb reifen. Hoch beladene Kiepen, fröhliche Gesichter, in Würzburg wird die Weinlese im Herbst 1496 zum Fest. Trunken finden die Familienväter nach Hause ins eheliche Bett. Für so manchen Junggesellen aber werden die weinseligen Nächte zur Qual. Die Franzosenkrankheit ist mit dem französischen Heer über die Alpen getragen worden. Schnell griff sie um sich, wie ein Flächenbrand überzog die Lustseuche bald schon Land und Stadt, verschonte auch Würzburg nicht. Die ratlosen Ratsherren ließen alle Badehäuser schließen, und dann musste auch die Tür des städtischen Bordells für alle Besucher verriegelt bleiben. Keine Laterne lockt den Liebeshungrigen mehr ins Frauenhaus Zum Esel.

Ende Oktober steigt Tilman Riemenschneider am helllichten Tag die Wendeltreppe des Wohnhauses hinauf und sucht Magdalena in der Nähstube auf. Sein Gesicht ist hell, seine Augen glitzern. »Magda, ich muss mit dir reden, weil mein Herz so voll ist.«

Ihre Hände zittern, sie lässt Nadel, Faden und das löchrige Hemd in den Schoß sinken. »Herr? Wenn ich helfen kann ...«

»Helfen?« Er lacht jungenhaft auf, schüttelte den Kopf und nickt gleich darauf. »Ja, zuhören, diese Hilfe benötige ich. Außer dir, hab ich niemanden sonst.«

»Sagt das nicht«, wehrt sie ab und blickt zu Boden.

Unvermittelt beugt er sich hinunter, fasst mit festem Griff unter ihre Schultern. Wie eine Puppe hebt der große Mann sie hoch; Magdalena spürt seine Kraft, ist fest an seiner Brust, wird herumgewirbelt, und schon sitzt sie wieder auf ihrem Stuhl. »Herr ...?« Nur weil Hemd und Nähzeug auf dem Boden liegen, weiß Magdalena, dass kein Wachtraum sie soeben genarrt hat.

Über sich selbst erschrocken, stockt Til, schließlich hebt er entschuldigend die Brauen. »Es war die Freude ... Verstehst du?«

Sie schüttelt den Kopf.

»Der Grund ist der ...« Gefasst verschränkt er die Hände auf dem Rücken. »Ich komme gerade vom Berg, vom Schloss. Unser neuer Bischof hat mich zu sich gebeten. Eine private Audienz ...« Umständlich berichtet er von dem Besuch. Wie lange er im Vorsaal hat warten müssen, und wen er von den Stadträten dort oben zufällig getroffen hat.

Als Magdalena feststellt, dass sie ihm wirklich nur zuhören soll und nichts sonst, bückt sie sich ein wenig enttäuscht nach dem Nähzeug und zieht Querfäden über das Loch im Hemd.

Die Worte werden schneller, der Klang seiner Stimme voller, Be geisterung nimmt ihn mit: »… und Bischof Lorenz verneigt sich leicht, wirklich, er neigt mir den Kopf zu, dabei deutet er mit der offenen Hand auf mich. ›Meister Riemenschneider. Ihr seid der Einzige, dem ich diesen Auftrag erteilen kann und möchte. Ihr sollt das Grabmal meines Vorgängers fertigen …‹« Weil Magdalena nicht aufblickt, betont er: »Das Grabmal des Rudolf von Scherenberg. Hörst du?«

»Ich freue mich für Euch, Herr. Wann müsst Ihr damit fertig sein?«

»Nein, du weißt nicht, was dieser Auftrag für mich bedeutet.« Til ballt die Faust unter dem Kinn. »Es ist die höchste Ehre, die einem Bildschnitzer widerfahren kann: das Grabmal für den verstorbenen Fürstbischof zu schaffen. Stell dir vor: Für die lebensgroße Gestalt wird mir roter gefleckter Marmor aus dem Salzburger Land geliefert. Kein Stein lässt sich so schleifen und polieren … Niemand wird auch nur eine Meißelspur entdecken …« Langsam fährt er mit der Fingerkuppe eine unsichtbare Linie nach. »Und umgeben werde ich den Bischof mit unserem hellen Sandstein. Ja, Sockel, Baldachin, Rahmen. Gerade dieser Kontrast, Magda, hält einen Moment des Lebens fest … Magda? Was hältst du davon?«

Längst hat sich die kleine Enttäuschung aufgelöst, sie seufzt und lächelt ihn an. »Ach, Herr, Ihr schwärmt wie ein Junge. Zu sagen weiß ich nichts, nur die Freude mit Euch teilen, das möchte ich.«

Als habe sie damit eine Schleuse geöffnet, berichtet der Meister weiter. 250 Gulden wird der Auftrag einbringen. »Die Anzahlung allein schon genügt, den Söhnen meiner Anna das Erbe pünktlich auszuzahlen.« Meister Til hat den Hof Wolfmannsziechlein schätzen lassen. Eine Hälfte der Summe von 240 Gulden soll seiner Tochter Gertrud zustehen, die andere unter den drei Söhnen aus erster Ehe aufgeteilt werden. Im Erbteilungsvertrag ist festgelegt, dass die Summe in zwei Raten vom Stiefvater zu entrichten ist. Die erste hat er schon am 25. Juli aufgebracht, und die letzte soll im nächsten Jahr folgen.

Bei der Erinnerung an das Gespräch mit dem ältesten Sohn Georg in jener Nacht runzelt er die Stirn. »So haben die Jungen genügend Kapital, um ihr Leben selbst in die Hand zu nehmen.« Die Leichtigkeit stellt sich nicht mehr ein. »Und ich bin frei von allen Verpflichtungen meiner Anna gegenüber.«

»Ihr sagt das so, Herr?« Magdalena schluckt, ehe sie weitersprechen kann. »Warum ist das so wichtig für Euch?«

»Nur der Ordnung wegen«, murmelt er und verlässt die Nähstube. Im Weggehen wiederholt er: »Nur der Ordnung wegen.«

Magdeburg

Im schlichten Haus der Brüder des gemeinsamen Lebens am Diebshorn wird es still. Lehrer und Mitschüler haben sich nach dem Essen auf den Weg zur Kirche begeben. Allein liegt Martin Luther unterm Dach auf dem Strohlager; die Lippen vom Fieber aufgesprungen, der Mund ausgetrocknet; er horcht, ob vielleicht einer der strengen Brüder zurückkehrt. Doch es bleibt still. »Durst«, flüstert der Dreizehnjährige. »So gebt mir zu trinken. Bitte!« Seine Hand tastet nach dem Becher, wieder setzt er ihn an, dreht ihn um, nicht ein Tropfen rollt mehr hinaus.

»Auch wenn du krank bist, musst du deine Gelüste bezähmen.« Als wären Fieber und Schüttelfrost ein Vergehen, so betrachtete ihn am Morgen der Obere und setzte hinzu: »Teil dir das Wasser gut ein. Hin und wieder einige Schlucke genügen vollends.«

Unten in der Küche … Vor Martins Augen reiht sich ein Bottich mit kühlem Wasser an den anderen. Die Qual wird übermächtig. Er rollt sich vom Bett, kann nicht aufstehen, also kriecht er über den Boden des Schlafsaals. Weit ist der Weg bis zur Stiege. »Ich schaffe es«, keucht er, »ich schaffe es bestimmt.«

Wer sich aufgibt, geht unter. Dies musste Martin sehr früh schon lernen. Zu Hause in Mansfeld hatte er sich stets, wie auch die jüngeren Geschwister, unter den Hieben des Vaters Hans ducken müssen, und war er Schutz suchend zur Mutter geflohen, so schlug sie ihn umso härter. Wegen einer Nuss, die sich der Junge heimlich nahm, prügelte Frau Margarethe ihn, bis Blut aus der Nase quoll … Nein, sie hatte nie Verständnis für die Gelüste ihrer Kinder nach den süßen Früchten in den Nachbargärten. Wer sich daran vergriff, der war ein gemeiner Dieb.

Bei der Stiege angekommen, dreht sich Martin um und tastet auf

Knien und Händen rückwärts die Stufen hinunter. Auf halber Treppe befällt ihn Schwindel, er kann nicht weiter und presst die Stirn auf die Stiegenbohle.

Bilder schwanken über ihm. Martin fällt in den Schacht, er fällt hinter dem Vater her ins Erzbergwerk … tief unten kriechen sie durch den Stollen … lautes Gelächter, Kichern … eine Stimme lockt: »Kommt näher, näher … ich gebe euch unermesslichen Reichtum …«

Nach der nächsten Biegung türmt sich eine Wand aus Silber vor ihnen auf. Reines Silber. Wie ein Hungriger stürzt Vater Hans vor, er hackt, meißelt, und der Sohn muss den Schatz im Korb bergen … Doch bei Tageslicht liegen nur stumpfe Erzbrocken darin. Der ehrbare Bergmann erbleicht. »Satan treibt im Stollen sein Unwesen. Er hat mich zum Narren gehalten …« Inbrünstig fleht er die Patronin der Bergleute um Beistand an, und Sohn Martin fällt mit verängstigter Stimme ins Gebet mit ein: »Heilige Anna, beschütze uns vor allen Dämonen, die uns bedrängen …«

Zu Hause hört Mutter Margarethe vom Satan, gleich legt sie Schöpfkellen und Messer zum Kreuz auf den Tisch und murmelt hastig Abwehrsprüche …

Die Bilder lösen sich. »Gottlob musste ich nie mit dem Vater in den Stollen«, flüstert er. Die Schleier vor den Augen weichen, und Martin kann auf allen vieren weiter hinabhangeln. »Überall lauern sie. Überall sind wir von Hexen und vom Teufel umgeben. Aber ich fürchte mich nicht …«

Endlich in der Küche angelangt, keucht und hustet er, muss warten, bis sein Atem ruhiger wird, dann erst kann er den Krug an die Lippen führen. Wasser! Martin trinkt, setzt nicht ab, leert das Gefäß, und ihm ist, als sauge er ein Meer, angefüllt mit kühlem Labsal, in sich hinein.

Zurück, niemand darf ihn hier antreffen. Stufe für Stufe erkämpft er die Höhe, erst auf der Spitze des Berges, erst im Schlafraum unter dem Dach ist er in Sicherheit. Auch wenn der Obere den leeren Krug in der Küche bemerkt, ohne Beweis wird er Martin nicht beschuldigen und bestrafen können.

Schon nähern sich draußen Stimmen dem Bruderschaftshaus am

Diebshorn. So hastig der Kranke es vermag, windet er sich über den Boden der Dachstube. Unten klappt die Tür. Mit letzter Anstrengung zieht sich Martin Luther aufs Strohlager. Kaum liegt er auf dem Rücken, sinken Firstbalken und Schindeln herab, werden zu Schutz und Schild, und tiefer Schlaf hebt ihn auf.

Florenz

Der Scheiterhaufen ist errichtet. Auf dem weiten Platz vor dem Palazzo della Signoria ragt er bedrohlich in den Himmel. Jede der acht Seiten ist hundertzwanzig Ellen breit, sieben Stufen führen hinauf, und jede soll an eine der Todsünden gemahnen.

Girolamo Savonarola hat Florenz aller Schönheit beraubt. Bewaffnet mit Knüppeln und angetan mit weißen Kitteln, waren seine Engelhorden in den vergangenen Wochen durch die Straßen gezogen. Sie ließen sich Bücher, Schmuck und Perücken aushändigen, Kleider, Gemälde, Teppiche und Musikinstrumente; nichts, an dem ein Herz hing und sich erfreuen konnte, durfte im Haus bleiben. Und wer nicht freiwillig gab, dem entrissen die kahlgeschorenen und von einem Mitbruder Savonarolas für diese Raubzüge gut trainierten Halbwüchsigen gewaltsam die Schätze.

Am Abend sind die Stufen des Scheiterhaufens überladen, und aus der Spitze ragt ein Pfahl, an dem Satan angekettet ist, eine furchterregende Figur aus Draht, Papierbrei und Wachs. Aus vorquellenden Augen starrt das Monster auf die versammelte Menschenmenge hinunter. Fanfarenstöße!

Fra Girolamo Savonarola wendet sich an das Volk: »Brüder und Schwestern!« Seine krächzende Stimme schneidet: »Die Feststunde naht. Nun dürft ihr euch von allen Todsünden befreien. Verbrennen soll in euren Herzen die Eitelkeit, der Neid und der Zorn, der Geiz und die Unkeuschheit, die Unmäßigkeit und alle Trägheit des Glaubens. Freuet euch! Denn wir reinigen heute unser neues und einzig wahres Königreich!« Der knochige Finger stößt hinauf. »Für Jesus Christus, den Herrscher von Florenz!«

Zugleich legen die Engel das Feuer an den Scheiterhaufen.

Posaunenklänge. Trommelwirbel. Die Flammen lecken höher. Schießpulver entzündet sich. Eine Lohe schlägt hinauf, gleich folgt die nächste und nächste. Das Feuer springt von Stufe zu Stufe höher. Schon züngeln die Flammen nach dem Popanz hoch oben am Schandpfahl. Explosionen entfachen den Glutwind. Er treibt die fahlroten Säulen aus der florentinischen Hölle weit in den Nachthimmel!

»Hosianna!« Die schwarzen Mönche wandern singend um den Scheiterhaufen. Brennende Kleiderfetzen, Perücken und Buchseiten regnen auf sie nieder, unbeirrt aber setzen sie ihren Lobgesang fort.

Und das Volk schreit, brüllt und geifert voller Inbrunst: »Es lebe Jesus Christus! Es lebe Jesus Christus!«

Der Flammenturm, das lodernde Fanal für den Anbruch einer neuen Zeit, wächst über die Dächer der Stadt und verbrennt das Sternenmeer zu Rauch. Es ist die Nacht des 7. Februar im Jahre des Herrn 1497.

Würzburg

Im samtenen Stoff der Haube schimmern Perlen und Edelsteine. Langsam, fast behutsam, bewegt Anna den Kopf. Doch aus Angst, die Brautkrone zu verlieren, wagt die Siebzehnjährige nicht, zu ihm aufzuschauen. So beugt sich Meister Til etwas hinunter, und nacheinander bekräftigen sie vor Gott und Priester das Eheversprechen. Die dunkle, volle Stimme steigt auf, gefolgt von der kleinen hellen Stimme, und beide vereinen sich im hohen Gewölbe der Marienkapelle.

»Das unschuldige Mädchen und sein Beschützer«, seufzt Margaretha Cronthal. »Ich muss weinen.« Sie verbirgt das Gesicht an der Schulter ihres Gatten. Mit leichtem Hüsteln rückt der Notar die Brille zurecht und lässt sie gewähren.

Hedwig Suppan reckt das Kinn, Stolz leuchtet in den Augen. »Mein Verdienst.«

Neben ihr schüttelt Ehemann Georg den Kopf. »Nein, Teuerste«, flüstert er. »Ich habe diese Heirat angebahnt …«

Ihr Zischeln unterbricht ihn. »Untersteh dich, in der Kirche zu lügen. Und jetzt sei still!«

Der Bauch hebt und senkt sich. Georg Suppan bläht eine Weile die Wangen, seine Miene sagt eindeutig: Ich habe recht; doch dies vor Hedwig jetzt auszusprechen, wagt er nicht.

Anfang Mai hat ihn der Meister auf ein Glas Wein in die Schankstube des Rathauses eingeladen. Nein, Til wollte nicht am gewohnten Tisch sitzen. Dieses Mal bat er den Freund in die hinterste Ecke und platzierte sich selbst mit dem Rücken zum Gastraum. Nach dem Alltagsgeplänkel, gefolgt von Schweigen und einem tiefen Zug aus dem Becher, räusperte er sich: »Zwei Lehrbuben und drei Gesellen wohnen jetzt bei mir unterm Dach. Du weißt, die Zunft schreibt vor, dass ein Meister sie nur beherbergen darf, wenn er bei eigenem Herd und Rauch wohnt, wenn er eine Hausfrau hat.« Der große Mann faltete die Hände und legte sie schwer vor sich hin. »Ich muss heiraten, Georg. Nur weiß ich nicht, wen. Du bist mein Freund, kennst dich besser in der Stadt aus. Weißt du ein Weib für mich?«

Überrascht lehnte sich Bürgermeister Suppan zurück. »Als Brautschauer taug ich nicht viel …«

»Danke.« Den Einwand überhörte Til, nahm ihn sogar als Zustimmung. »Große Ansprüche stelle ich nicht. Nur lohnen muss sich die Partie. Also eine betuchte Frau. Wenn möglich, soll sie nicht allzu alt sein. Und vor allem muss sie ein freundliches Gemüt haben. Weißt du, wenn Lachen im Haus wohnt, dann geht die Arbeit leichter von der Hand.«

»Keine großen Ansprüche«, spottete Georg, dabei strich er seine Bauchseiten. »Solch ein Weib hätte ich auch gerne.«

Til nickte ernst. »Nun, den einen oder anderen Fehler … damit kann ich mich abfinden.«

Suppan sah, dass der Meister heute für Heiterkeit nicht empfänglich war. »Spaß beiseite. Wenn eine für die Brautsuche in Frage kommt, dann ist es meine Teuerste. Sie kennt sich in jeder Küche von Würzburg aus und weiß genau, wie viel Salz dort im Fass liegt. Sei ganz getrost, sie wird dir schon die richtige Hausfrau finden.«

Und Hedwig entsprach ihrem Ruf. Sie fragte im Kreise der Freundinnen, horchte und knüpfte Fäden, bald war die Richtige entdeckt:

Anna Rappolt, zart, beinah zerbrechlich von Gestalt, das schmale Gesicht schien nur aus den graublauen Augen zu bestehen, und selbst wenn sie lächelte, blieb ein Schimmer von Trauer in ihrem Blick. Anna hatte erst den Vater und bald danach auch die Mutter verloren. Als Mitgift brachte sie dem Meister ein geräumiges Haus nahe der Domstraße und etliche Weinberge und …

Georg Suppan wendet den Kopf, sieht von Brautpaar und Pfarrer weg auf die Kinderschar. Artig aufgereiht stehen Melchior, Balthasar, Philipp und Elisabeth da und warten darauf, der ältesten Schwester endlich den langen Schleier tragen zu dürfen. »Zu der Braut noch gleich vier kleine Esser dazu«, flüstert er tonlos vor sich hin. »Mit solch einem Fehler … Nein, mit dem Rattenschwanz hätte ich mich nicht abgefunden.«

Klatschen und Glückwünsche vom Straßenrand, nach einem Umtrunk vor dem Rathaus erreicht der Hochzeitszug das Tor zum Hof Wolfmannsziechlein. Die Stadtmusikanten spielen auf. Hans Bermeter führt heute die Spielleute. Er lässt seine Flöte jubeln, tänzelt vor dem Brautpaar hin und her durch den Bogengang, verbeugt sich, dreht sich und hüpft; im Innenhof klatschen die Gäste, und der frisch vermählte Hausherr steckt ihm einen Extraschilling zu.

»Zu großzügig.« Bermeter kratzfußt. Er hält den Atem an, zögert und gleitet dann näher. »Meister, verzeiht. Ist eine Frage erlaubt?«

»Nur zu.«

Mit einem Zungenwisch benetzt der Spielmann seine Lippen. »Wo ist sie? Bei den Bediensteten kann ich sie nicht entdecken.«

»Wen meinst du?«

»Eure … na, sagen wir …« Dem feixenden Mund entgleiten ölig die Worte: »Eure Aushilfsmagd. Diese Magdalena. Sie wohnt beim Apotheker, aber sie kommt zweimal die Woche her. Mit ihrem Sohn. Ich mein, mich geht es ja nichts an, aber ich dachte, so wie Ihr Euch um Mutter und Kind sorgt, da müsste sie doch an solch einem Festtag …«

»Schweig!« Til packt den Arm des Spielmanns, drückt zu und schiebt ihn Schritt für Schritt von der Tafel weg in Richtung Werkstatt. »Jetzt weiß ich, wer du bist. Du hast damals die Bauersleute vor meiner Tür abgepasst und erschreckt.«

Der Griff lockert sich nicht, im Gegenteil, fester noch quetscht Til den Arm des Schandmauls, als wollte er ihn auch bestrafen für die überhastete Abreise Magdalenas.

Am Tag, als er ihr von der bevorstehenden Heirat mit Anna Rappolt erzählte, war Magdalena vom Schemel aufgesprungen, hatte Florian aus dem Laufstall genommen und an sich gepresst. »Mich braucht Ihr jetzt ja nicht mehr. Das Beste ist, wir gehen für eine Zeit zur Schwägerin nach Mühlhausen im oberen Tal. Vielleicht hat sie Platz für uns.« Tränen standen in ihren Augen. »Viel Glück, Herr.« Damit war sie hinausgelaufen.

Und nun wagt dieser Bermeter nach ihr zu fragen? Und dies auch noch mit solch anzüglichem Ton in der Stimme?

Der Spielmann erbleicht, hat gegen diese Kraft nichts aufzubieten, er stolpert rückwärts, blickt sich um, nur noch wenige Schritte bis zur Flügeltür, er starrt den Bildschnitzer an. »Was ... was habt Ihr vor? Ihr könnt mich doch nicht ...? Erbarmen, Herr. Ich bitte Euch.«

Das Flehen dringt durch den Zorn. Til bleibt stehen. »Wag es nie mehr, diese Frau zu belästigen! Und wehe dir, du sprichst jemals wieder ein schlechtes Wort über sie.«

Bermeter schüttelt eilfertig den Kopf. »Hab verstanden. Alles verstanden.«

Til lässt ihn los. »Und nun spiel die Flöte. Sei vergnügt, und unterhalte meine Gäste. Ich feiere heute Hochzeit.« Er zeigt ihm die geballte Faust. »Na, wird's bald!«

Ansbach

Im Schloss zu Ansbach, im von Kerzen erhellten Speisesaal steht Götz mit noch drei anderen Edelknaben reglos an der Wand. Das Mahl ist längst beendet, noch aber spricht Markgräfin Sophia auf den ergrauten Gemahl Friedrich und die drei Söhne ein, ohne Pause, sogar ihre Fragen beantwortet sie selbst. Das Deutsch kommt der Tochter des polnischen Königs Casimir hart wie ein Steinregen von den Lippen, und die Worte prasseln über Gläser und Porzellan. »Ich wünsche ...«,

»Kein Nachbar soll es wagen …«, »Und wenn auch nur einer von Euch …«

Götz verdreht die Augen, der Juckreiz wird übermächtig, unmerklich lässt er die linke Hand eng am langen Rock zum Rücken wandern. Seine Finger wühlen sich in die Falte des dicken Stoffs nach unten, und endlich sind die Nägel über der üblen Stelle. Ausgiebig kratzt er sich, bis Schmerz das Jucken abtötet.

Unerwartet stockt der Redefluss, sofort nutzt Markgraf Friedrich den günstigen Moment, klatscht seiner Gemahlin ehrfürchtig Beifall und hebt die Tafel auf. Stühle scharren zurück, wie erlöst erheben sich die halbwüchsigen Söhne, grüßen und verlassen eiligen Schritts den Saal, würdevoll gemäßigt folgt ihnen das Fürstenpaar.

Kaum allein verschwinden die Edelknappen durch die nur schwer erkennbare, für das Gesinde gedachte Tapetentür und huschen durch schmale Gänge und enge Treppen hinab in den Essraum. Gedämpftes Lachen, Klappern von Geschirr empfängt sie. An langen Tischreihen sitzen gut fünfzig junge Männer, meist Söhne aus adligem Geschlecht, die hier am markgräflichen Hof ihre Erziehung erhalten. Für gewöhnlich achtet Götz von Berlichingen sorgsam darauf, nicht neben einem der verhassten polnischen Pagen, sondern nur bei den Freunden aus der Umgebung seiner elterlichen Burg zu sitzen. Doch weil der Aufwartedienst so lange gedauert hat und Hauptmann Paul von Absberg, der heute die Aufsicht führt, schon mit dem Finger schnippt, muss sich der blonde, stark gebaute Achtzehnjährige mit dem noch freien Platz neben einem dieser Schoßhunde begnügen. »Rück deinen Schemel etwas mehr zur Seite«, knurrt er und stemmt beide Ellbogen breit auf den Tisch.

Der Günstling der Markgräfin wendet den Kopf, seine kunstvoll geformte und mit Eiweiß steif gewichste Lockenpracht umrahmt das blasse Gesicht, verächtlich starrt er den Ungehobelten an und bewegt seinen Hocker nicht.

Schweigend löffelt Götz den Eintopf. Mit einem Mal rümpft er die Nase. »Was stinkt hier so?« Er beäugt seinen Nachbarn. »Hast du etwa …?« Kurz beugte er sich hinter den fein gekleideten Spross polnischer Ritterschaft. »O verflucht, Polenjauche.« Weiter schnüffelt er sich nach oben und fährt vor dem Haar zurück. »Dazu qualmt es vom

Kopf nach faulen Eiern. Mein Gott, aus welchem Stall bist du ausgebrochen?«

Der Beleidigte bemüht sich, den Fluch zu unterdrücken, nur ein gurgelnder Laut dringt ihm aus der Kehle.

An der Stirnwand erhebt sich Hauptmann von Absberg. »Danket Gott und unserm gnädigen Herrn für diese Speise!« Kaum ist das gemeinsame Amen verklungen, springt Götz hoch, dabei streift sein Rockärmel die Haarpracht des Nachbarn, reißt die gefestigten Locken auf der linken Seite auseinander. Das Kunstwerk ist zerstört!

In Lärm und Lachen geht der Wutschrei des polnischen Pagen unter. Nur Götz dreht sich nach ihm um, da sieht er das lange Brotmesser, entkommt dem Stich durch einen schnellen Hüftschlenker, und schon reißt er seinen Kurzdegen aus dem Gürtel. »Du polnische Ratte!« Er schlägt dem Angreifer die Klinge rechts und links um den Kopf, sticht nicht zu, aber zerfetzt ihm das Haar. Die Hiebe werden schneller, erst als beide Ohren bluten, es rot aus den Halswunden quillt und der Page vom Schemel sinkt, steckt Götz die Waffe wieder zurück, spuckt aus und mischt sich ins Gedränge zum Ausgang hin. Kurz hat der Vorfall gedauert, allein die Umstehenden haben ihn bemerkt.

Früh am nächsten Morgen muss Götz den Markgrafen auf dem sonntäglichen Kirchgang begleiten. Nach der Rückkehr ins Schloss wird hinter dem Edelknaben das Tor zugeschlagen, und der Untermarschall stellt sich ihm mit zwei Wachen in den Weg. »Du bist verhaftet wegen der Prügelei mit dem Polen. Gib mir deine Waffen!«

»Rühr mich nicht an!« Götz erbleicht, springt zurück, die Rechte umfasst den Schwertknauf. »Das muss ein Irrtum sein, glaub mir. Nur verteidigt hab ich mich.« Sein Blick sucht nach der Treppe. »Ich … ich werde erwartet. Die Prinzen haben nach mir verlangt.«

»Bis jetzt bist du nur ein dummer Raufbold.« Gelassen betrachtet ihn der zweite Hofmeister. »Widerstand würde deine Lage verschlimmern. Und das will ich nicht. Deshalb lauf nach oben, Berlichingen, und versuch nachzudenken. Entkommen wirst du mir ohnehin nicht.«

Casimir, Georg und Albrecht, die Söhne des Markgrafen hören die Geschichte, lachen grimmig, als Götz ihnen von den Hieben berichtet, die er dem geleckten Polen verabreicht hat, und empören sich über den Untermarschall. »Wie kann er dich verhaften? Der Pole hat zuerst zugestochen.«

Die Prinzen wollen helfen und versprechen, beim Morgenmahl mit dem Vater zu reden. Der Edelknabe solle sich solange im Geheimzimmer hinter der Kleiderkammer verstecken und die Tür von innen verriegeln.

Finster und stickig ist es. Obwohl er den Schlüssel in der Faust hält, fühlt sich Götz gefangen. Zum ersten Mal in seinem Leben gibt es kein Vorwärts. Schweiß rinnt ihm von der Stirn.

Daheim auf der Burg in Jagsthausen: Die Mutter konnte den Jungen kaum zähmen. Mit seinem Lachen entschuldigte er Streiche, mit dem Glänzen der hellen Augen erbettelte er sich Vorteile den älteren Geschwistern gegenüber. Götz war beliebt bei Mägden und Knechten, und niemand in seiner Umgebung konnte ihm lange böse sein.

»Die Schule schmeckt mir nicht«, schimpfte er schon nach einem Jahr Unterricht. »Ich will zu den Pferden, will reiten und kämpfen.« Und die Eltern fügten sich, gaben den Fünfzehnjährigen in die Obhut seines Vetters. Von Ritter Konrad lernte er nicht nur den Umgang mit Schwert, Lanze und Armbrust, sondern auch die Lust aufs Dreinschlagen und vor allem den Durst nach Rache.

Hier am markgräflichen Hof sollte Götz bei all seiner Wildheit wenigstens etwas Schliff und vornehme Lebensart erhalten.

»Verflucht.« Er kratzt mit dem Schlüsselbart in der juckenden Hinternkerbe. »Und nun versteck ich mich hier im dunkeln Kabuff wie ein feiger Höfling …«

Die Prinzen kehren zurück. Ihre Mienen zeigen schon, dass es keine Hilfe für den Edelknaben geben wird. Casimir, der Älteste, nagt an der Unterlippe. »Wir haben alles versucht. Vater hätte dich auch bestimmt vor der Strafe bewahrt. Doch dann mischte sich unsere Mutter ein …«

Sophia hörte nur, dass einer ihrer polnischen Pagen in den Streit verwickelt war, als sie ohne Zögern ein Machtwort sprach: »Wenn du, mein Gemahl, auch weiterhin ein gutes Weib an deiner Seite haben möchtest und ihr, meine Söhne, eine gnädige Mutter, so verlange ich von euch allen die Zusage, diesen frechen Unhold in den Turm zu werfen.«

Heftiger noch schabt Casimir mit den Zähnen die Unterlippe. »Wer wagt schon, ihr zu widersprechen? Niemand.«

Götz schüttelt den Kopf. »Der Pole hat angefangen. Niemand sperrt mich ein. Ich fliehe …«

»So warte doch.« Wie Verschwörer nähern sich die drei Prinzen. »Geh in den Kerker. Und bei unserer Ehre, schon nach einer Viertelstunde holen wir dich wieder heraus. So leisten wir der Mutter Gehorsam, und du bist dennoch frei.« Die Söhne des Markgrafen drängen, Georg, der Zweitälteste, bietet ihm für den Aufenthalt im Turm sogar seinen mit Marder- und Zobelpelz gefütterten Samtmantel: »Damit du nicht frierst.«

Götz sieht von einem zum andern. Wenn er sich ihrem Vorschlag fügt, werden die Prinzen seine Verbündeten. Wer weiß, wann ihm das sogar mehr Nutzen bringt als heute. Und er erinnert sich, welchen Satz ihm Ritter Konrad von Berlichingen noch eingeprägt hat: Schlag dich, mit wem du dich schlagen willst, aber sorg stets dafür, dass du die Starken auf deiner Seite hast. Götz deutet auf den Mantel: »Was soll ich damit? Nachher versaue ich das gute Stück noch mit Kot und Pisse vom Boden der Zelle.« Er seufzt schwer. »Also gut, ich geb mich drein und verlass mich auf euer Versprechen.«

Die Prinzen halten Wort. Kaum ist der Riegel zugeschnappt, wird er schon wieder geöffnet. Hauptmann Paul von Absberg nimmt ihn in Empfang und lässt sich den Vorfall von Beginn an erzählen. Mühelos kann Götz den biederen Ritter von seiner Unschuld überzeugen und gewinnt in ihm einen Fürsprecher vor den Hofräten.

Alle Edelknaben und Pagen aus den deutschen Landen sind mit im Saal und klatschen, als Götz von Berlichingen freigesprochen wird.

Hauptmann Paul reicht die Entscheidung nicht. »Ist es nicht gerecht, den Polen einzusperren«, wendet er sich an die Herren Räte. »Er hat den Streit begonnen. Der Page gehört in den Turm.«

Doch da wird nur die Stirn gerunzelt, und der Vorsitzende sagt mit entschiedener Stimme: »Er ist aus polnischem Adelsgeschlecht und vor allem Schützling unserer Markgräfin Sophia. Bedenk die Folgen einer Verurteilung für uns und für dich. Der Page bleibt in Freiheit. Diese Antwort soll dir genügen.«

Der Hauptmann fügt sich. Kaum aber hat Götz den Ratssaal verlassen, ballt er die Faust. »Mit genügt es nicht. Warte nur, du polnische Ratte. Irgendwann werde ich dich allein antreffen. Und dann gnade dir Gott!«

Florenz

Nur noch bekleidet mit einem knielangen Hemd, ohne Tonsur, nackt der Kopf. Von jedem Zeichen der höheren und niederen Weihen entblößt, so tappt Girolamo Savonarola barfuß über den mit Glasscherben gespickten Holzsteg. Seine beiden engsten Mitstreiter im Gottesstaat von Florenz sind schon vor ihm den Weg gegangen; ihre leblosen Körper baumeln an den Armstümpfen des Kreuzgalgens, die Augäpfel vorgequollen, lang und bläulich hängen ihnen die Zungen aus den Mündern.

Schritt für Schritt, tief dringen die Splitter in die Fußsohlen, der Schmerz nimmt zu.

Verloren. Kein irdischer Retter wird hinzueilen. Am 7. April 1498, einen Tag vor der Gefangennahme des fanatischen Bußpredigers, war sein einziger mächtiger Verbündeter, Karl VIII., König von Frankreich, im Schloss Amboise durch einen Unfall gestorben.

Savonarola senkt den knochigen Schädel. Verlassen. Kein Wunder, kein himmlisches Zeichen im letzten Moment. Auch Gott hatte seine Hand abgezogen, er verschmähte die Gabe des selbst ernannten Propheten, der ihm das Königreich Jesus Christus, das Tausendjährige Reich auf Erden, errichten wollte. Und so konnten die Widersacher mit Erlaubnis des Borgiapapstes Alexander, des sechsten dieses Namens, über den Mönch herfallen, ihn aus dem Kloster reißen …

Im Angesicht der Folterwerkzeuge verzagte aller Mut. »O Herr, steh mir bei!« Sie banden ihn mit dem linken Arm an einen Strick, hievten ihn bis zur Decke, dort baumelte er, nackt und ausgemergelt. »O Herr, lass den Kelch an mir vorübergehen.« Doch sein Flehen blieb unerhört. Sie ließen das Seil los, der Fall war eine Ewigkeit ohne

Atem, die Rettung dicht über dem Boden ein furchtbares Erwachen, der Arm wurde zur jähen Stichflamme. Girolamo schrie, schrie, wollte gestehen. »Ja, alles war Täuschung … Nie hatte ich eine göttliche Offenbarung … Allein aus der Schrift erkannte ich die Notwendigkeit einer Erneuerung der Kirche … Mein ganzes Streben war auf den Ruhm der Welt gerichtet, auf Ehre und Ansehen … Ich wollte mir für die Gegenwart und Zukunft einen unsterblichen Namen machen … Wäre Papst Alexander verjagt und ich zum Heiligen Vater gewählt worden, so hätte ich dies nicht verschmäht …«

Am Fuß des Kreuzgalgens fleht Savonarola den Scharfrichter an: »Verknote mir das Hemd zwischen den Beinen!«

»Ich knüpfe nur Schlingen für den Hals. Gleich bekommst du da oben deinen Ehrenplatz in der Mitte. Lass die Leute dir getrost unters Hemd gucken. Wer tot ist, schämt sich nicht mehr.«

Am Hüfstrick wird er die Leiter hinaufgezerrt. Aus der Masse geifert es: »Savonarola, du Prophet. Beeil dich! Jetzt wird es höchste Zeit, ein Wunder zu vollbringen.«

Er schweigt, stürzt ins Leere, immer wieder schlägt sein Körper an den Hauptstamm. Angetreten war er, um die Kirche zu erneuern; Laster, Völlerei, Ausbeutung der Armen, dagegen hatte er sich gewandt. Doch er war seinem Erfolg erlegen, schmeckte die Macht und er riss sie an sich.

Heute, am 23. Mai im Jahre des Herrn 1498, geht der Terror, geht das Gewaltregime im Namen Gottes nach fünf Jahren zu Ende. Keine Bespitzelung und Denunziation, keine willkürliche Verhaftung mehr, Frauen und Mädchen müssen nicht mehr dunkel verhüllt durch die Straßen der Stadt gehen, Bilder, Statuen und die Werke der großen Dichter werden nicht mehr vernichtet …

Der Scheiterhaufen lodert unter den Gehenkten. Die Flammen züngeln, lecken nach den Leibern.

Schreie! Das Volk weicht zurück. »Ein Wunder!«, heulen entsetzt einige Frauen auf. »Das ist das Wunder!«

Langsam hebt der tote Prophet den rechten Arm über das Feuer, wie auf der Kanzel streckt er zwei Knochenfinger, als wollte er die Menge segnen. Da löst sich der Arm vom Rumpf und fällt herab …

Mühlhausen, Dorf im oberen Tal

»Verfluchter Regen«, schimpft Magdalena vor sich hin, »umbringen wird er uns alle noch.« Den Leinenumhang schützend über Kopf und Schultern, stapft sie vom frühmorgendlichen Besuch draußen im Abtritt durch den zähen Matsch zurück ins Haus.

Seit zwei Monaten, seit Juli, regnete es ohne Unterlass. Die Sonne ist ein seltener Gast geworden, und zeigt sie sich zwischen den Wolken für wenige Augenblicke, so lächelt ihr niemand in Mühlhausen mehr zu. Und der nasse August des Jahres 1501 lässt alle Hoffnungen auf eine Ernte endgültig ertrinken, noch größeres Elend kündigt er an. Im vorigen Sommer war das Wetter ebenso schlecht gewesen, mehr als die Hälfte des Korns verfaulte am Halm, die Früchte verkümmerten. Der Schwager aber hatte die wenigen Vorräte streng eingeteilt. »Nur so kommen wir über den Winter und das Frühjahr.« Balthasar hatte Magdalena lange angesehen, dem abgekämpften Bauern fiel es schwer zu lächeln. »Auch dich und den Buben kriegen wir satt.«

Nie war ein Vorwurf über seine Lippen gekommen, doch Magdalena wusste es: »Florian und ich sind zu viel hier.« Sie arbeitete mit Els gemeinsam auf dem Feld, während der Schwager den Frondienst für die Herrschaft ableistete; sie ging hinter dem Pflug, setzte Rüben in klebrige Erde und sichelte vermodertes Gras. »Vielleicht«, dies war das erste Wort geworden und half über den Tag. »Vielleicht sieht Gott auch auf uns arme Menschen.« Doch keine Gnade, alle Mühe hat nichts gebracht.

Magdalena betrachtet ihren schlafenden Jungen, die langen Wimpern, das Kinn, den geschwungenen Mund. Zusammengerollt liegt Florian auf der Matte. »Wenn ich dich wecke, hast du Hunger«, flüstert sie und beschließt, den Siebenjährigen noch eine Weile liegen zu lassen. »Mein schöner Sohn.« Mütterlicher Stolz lässt die Augen schimmern. In den vergangenen vier Jahren, seit ihrer Rückkehr zur Schwägerin, ist Florian zu einem schlanken, hellwachen Knaben herangewachsen, meist liebenswert, bisweilen aber, wenn er seinen Willen nicht erhält, auch jähzornig.

»Du musst strenger mit dem Buben sein«, mahnt Els oft und wiegt bedenklich den Kopf. »Ohne Gehorsam lernt er nie, was Arbeit ist.«

»Ach, lass ihm Zeit. Das Leben wird noch hart genug.« Magdalena weiß nur zu genau, dass sie den Sohn verwöhnt, ihm viel zu viel nachsieht. »Versteh doch, er ist das Einzige, was ich hab.«

Sie beugt sich über ihn und streichelt sanft die dunkelblonden Locken. Verschlafen blinzelt Florian, räkelt sich und rutscht näher, er legt den Kopf in ihren Schoß, umschlingt sie mit den nackten Armen. »Mama, du bist so schön warm. Wenn ich mal groß bin, werde ich Ritter und heirate dich.«

Magdalena nickt versonnen; als es ihr auffällt, zupft sie Florian an den Locken. »Darüber reden wir noch. Und nun zieh dich an, mein Held. Wir sind sehr spät.«

Als sie die Küche betreten, ist Balthasar lange schon mit den anderen Bauern aufgebrochen, um pünktlich den Fronhof zu erreichen. Wer sich verspätet, den bestraft der Verwalter mit Tritten oder sogar Stockhieben, was aber noch schwerer wiegt, er gibt den Namen an die Blutzapfen weiter, und diese Kerle erinnern sich nur zu gern daran, wenn sie im Herbst den Zins eintreiben.

Els hockt am Tisch, mit der Hand stützt sie die Stirn, kurz sieht sie auf. »Gib dem Jungen eine Schale Brei. Das Brot müsst ihr euch teilen. Milch ist auch noch da.«

Florian nimmt die kleine Schüssel in Empfang, will nicht sitzen, er schlendert zum Fenster und löffelt genüsslich das mit Honig und Himbeeren versüßte Hirsemus. Zwischen den Happen deutet er nach draußen. »Da kommt ein Reiter die Straße rauf.«

Keine der Frauen hat es gehört, zu laut ist das bedrückte Schweigen. Nach einer Weile berührt Magdalena den Arm der Schwägerin. »Was ist?«

»Der Mann meint, es wird hart im Winter. Vielleicht nehmen sie uns die Kuh. Weil, Geld haben wir keins.« Els hebt den Kopf. »Zu hart wird es für uns vier, meint er.«

»Ich hab verstanden.« Längst schon erwartet, jetzt aber ausgesprochen schmerzt der Satz wie ein Schnitt.

»Mama, der Reiter hält an und schaut zu unserm Haus.«

»Still, Florian.« Magdalena winkt ungehalten ab, dann presst sie die Hände zusammen. »Wir sollen fort?«

»Nein, nein. Der Mann lässt euch nie im Stich, und ich schon gar nicht.« Els fasst nach den gefalteten Händen. »Nur meint er, wenn du mit dem Buben über den Winter zum Fronhof gehst. Eine Stallmagd brauchen die immer, und der Bub ist zum Helfen schon groß genug.«

»Aber dort leben die Kerle, die meinen Jakob …« Magdalena schließt die Augen … Der Strick hängt vom Querbalken herab, das umgekippte Fass … Rasch öffnet sie wieder ihre Lider, um das Bild abzuwehren. »Was bleibt mir übrig? Du hast recht, versuchen muss ich es.«

»Mama, guckt doch!« Ohne den Blick vom Fenster zu lassen, weicht der Junge einige Schritte zurück. »Der Mann steigt ab. Riesig ist er …« Florian sucht Schutz bei den Frauen. »Er kommt.«

»Wer?« Gleichzeitig springen Tante und Mutter auf, starren nach draußen, erkennen nur eine große Gestalt im Regenumhang, das Gesicht unter der weiten Kapuze bleibt ihnen verborgen.

»Wie ein Scherenschleifer sieht der nicht aus«, flüstert Els und wappnet sich mit dem langen Brotmesser. Magdalena zögert, dann nickt sie. »Nein, bestimmt nicht.«

Pochen. Das Klopfen wird stärker.

Els verbirgt die Klinge im Rücken, geht durch den Flur und öffnet.

»Ihr seid es …?« Erst nach tiefem Atemholen fasst sie sich. »Aber, Herr? Und das bei solch einem Sauwetter.«

»Darf ich eintreten?«

Seine Stimme. Magdalena bleibt keine Zeit, schon folgt er Els in die Küche. Er streift die Kapuze zurück, lässt sich den Regenumhang abnehmen, bedankt sich höflich bei der Schwägerin, dann erst richtet er den Blick auf Magdalena. »Gott zum Gruße.«

Vier Jahre sind eine lange Zeit, ihr gelingt nur ein Nicken.

»Ich wollte sehen, wie es bei dir steht. Und ob ich helfen kann.«

Sie spürt das Blut zurückkehren, kann die Lippen öffnen. »Woher wusstet …?« Die Frage in ihr wird klarer. »Warum ausgerechnet heute?«

»Der Sommer ist schlecht für uns alle. Im Weinberg reifen die Reben nicht. Der Main überschwemmt Wiesen und Felder. Aber euch hier oben muss das Wetter noch ärger treffen als uns unten in der Stadt, deshalb dachte ich …«

»Bitte, Herr. So antwortet doch, warum kommt Ihr heute?«

Unaufgefordert nimmt Els den Jungen bei der Hand und verlässt mit ihm leise die Küche.

Magdalena drängt: »Warum nicht gestern oder morgen? Sagt es mir, Herr.«

»Ich hatte den Besuch schon im Frühjahr geplant, aber stets hinderte mich die Arbeit daran.« Meister Til kämmt mit gespreizten Fingern das volle Haar zurück. »Erst heute Morgen im Bett fasste ich den Entschluss, bin sehr früh aufgestanden und gleich losgeritten.«

»Sonderbar«, Magdalena schüttelt über sich selbst den Kopf, »mir kommt es vor wie ein kleines Wunder. Da reden wir über das Elend, die Schwägerin und ich, und da kommt Ihr zu Besuch und fragt, ob Ihr helfen könnt …«

»Also Wunder tue ich ganz sicher nicht.« Das Schmunzeln verschmilzt mit dem jungenhaften Blick. »Um ehrlich zu sein. Die letzten Nächte fand ich keinen Schlaf, weil das Kindergeschrei im Nebenzimmer einfach nicht aufhören wollte. Und heut beim Morgengrauen dachte ich, die Einzige, die helfen kann, ist meine Eva …« Er senkt die Stimme. »Darf ich dich noch so nennen?«

»Wenn es Euch gefällt, Herr. Und ich stehe doch immer noch am Portal der Marienkapelle. Oder?« Ein Zwinkern stiehlt sich in die Augenwinkel. »Seht Ihr mich hin und wieder mal an?«

Seine Stimme schwingt mit. »Ansehen? Es vergeht keine Woche, in der ich nicht hingehe und zu dir aufschaue.«

»Und habt Ihr den toten Bischof schon fertig? Ich weiß noch, aus rotem Marmor wolltet ihr ihn schlagen.«

»Wie gern würde ich dir sein Grabmal im Dom zeigen.«

Ein Seufzer. »So oft muss ich daran denken, an die Werkstatt, den glatten kühlen Stein und wie gut Eure Heiligen riechen, nein, ich mein das Lindenholz. Ach, Herr, alles ist lange her und vorbei.«

»Das muss nicht so sein.« Til beugt sich vor. »Darf ich mich zu dir setzen?«

Er wartet die Erlaubnis nicht ab, zieht den Schemel näher und legt beide Hände offen auf den Tisch. »Um es ohne Umschweife zu sagen:

Ich bin hergeritten, weil ich fragen wollte, ob du nach Würzburg zurückkommst. Arbeit gibt's für dich genug im Hof Wolfmannsziechlein. Diese vielen Kinder ... Nie habe ich geglaubt, dass sie solch einen Lärm verursachen können; schlimmer noch, keine Tür ist vor ihnen sicher. Stell dir vor, wir müssen uns manchmal in der Werkstatt einschließen, weil diese Ungeheuer einfach nicht gehorchen.«

Magdalena runzelt die Stirn. »Bin ich so vergesslich? Als ich wegging, da gab es nur Gertrud. Und sie war still und gut erzogen.«

»So ist es. Friede herrschte im Haus. Dann aber habe ich Anna Rappolt geheiratet ...«

Sofort wendet Magdalena ihm den Rücken zu. Ohne es wahrzunehmen, berichtet er von den vier jüngeren Geschwistern seiner Gattin. »Jedes allein ist sicher liebenswert, doch gemeinsam ...« Er lässt eine bedeutungsschwere Pause, ehe er fortfährt: »Vor drei Jahren kam dann Katharina zur Welt, Anfang letzten Jahres unser Jörg, ja, und ...«

Weil Til stockt und auch nach einer Weile nicht weiterspricht, dreht sich Magdalena um. »Was ist, Herr?«

Nachdenklich malt er mit der Fingerkuppe einen Kreis neben den anderen auf die Tischplatte. »Seid fruchtbar und mehret euch, heißt es in der Schrift.«

»Ist Anna wieder schwanger?«

»Nur dieses Mal trägt sie schwerer daran als sonst. Haus, Kinder und auch noch die Schwangerschaft, Anna schafft es nicht allein.« Til hebt den Kopf, und während er Magdalena ansieht, verdunkelt sich das Braun seiner Augen. »Hilf uns, bitte. Komm zurück! Wohnen kannst du beim Notar Martin Cronthal. Und deinem Florian wird es sicher guttun, mit den andern aufzuwachsen.«

Magdalena verbirgt das Gesicht hinter beiden Händen. Ich begreife mich nicht. Weil es mir wehtat, habe ich mir verboten, an diese Anna zu denken. Aber seit er hier ist, schmerzt mich der Gedanke an seine neue Frau nicht mehr.

Magdalena hat sich entschieden, will dennoch zögern. Er soll nicht meinen, dass bittere Not sie gezwungen hat, seinen Vorschlag anzunehmen. »Und wenn ich Nein sage, Herr?«

Schweigen. Meister Til legt einen Lederbeutel vor sie hin. »Du weißt, ich kenne und achte deinen Stolz. Und musste mit dieser Antwort rechnen. Für den Fall, dass du nicht zurückkommst, habe ich den Gulden mitgebracht, den ich dir noch schulde.«

Zwischen den Spalten der Finger hindurch beobachtet Magdalena seine Miene. Nein, er ist nicht aus einer Laune hergekommen, er meint es ernst. »Danke, Herr.« Magdalena greift nach dem Beutel und schiebt ihn in die Mitte des Tisches. »Ich nehme das Geld an.«

Meister Til bemüht sich, die Enttäuschung zu verbergen, heftig reibt er die Lippen aufeinander, ehe er fragt: »Und nichts kann dich umstimmen?«

»Nein, Herr. Der Gulden ist für die Schwägerin, damit können sie den Zehnten bezahlen und müssen die Kuh nicht abgeben.« Magdalena sucht seinen Blick. »Und ich vertraue ganz auf Euch. Ich komme mit dem Jungen nach Würzburg ...«

Speyer

Die Gerüchte halten sich hartnäckig, erreichen den Hof des Bischofs zu Speyer: »Da gibt es eine Bewegung des gemeinen Mannes ... Ein neuer Bundschuh. Da hat sich ein Geheimbund gegründet ...«

»Wo? Sag den Ort.«

»Wie man hört, sollen die Aufrührer im Bruchrain bei Untergrombach, nahe von Bruchsal, ihren Treffpunkt haben.«

Bischof Ludwig gibt Befehl, seine Patrouillen durchkämmen das Gebiet, doch die Verschwörer werden rechtzeitig gewarnt, nicht einer wird aufgespürt.

Keine Informationen, so sehr sich auch der bischöfliche Spion bemüht, er findet in den Dörfern ringsum keine undichte Stelle mehr und muss beschämt vor den Stuhl seines Herrn treten: »Nichts deutet mehr auf einen Bundschuh hin. Doch ich ahne ihn, sehe die Verschwörung den Gesichtern der Bauern an. Nur fehlt mir jeder Beweis.«

»Bleib wachsam«, entscheidet Bischof Ludwig und schickt vorsorglich Boten an König Maximilian und die fürstlichen Nachbarn:

»Wie zuvor im Elsässischen ein Bundschuh aufbegehrte … mit Verlaub, diese seltsame Bezeichnung verdient eine Erklärung: Dort haben die Bauern ihren groben Schuh, den sie mit Riemen am Beine festbinden, in ihr Banner gemalt und sich den Namen Bundschuh gegeben … So wie im Elsässischen droht nun auch in meinem Bistum ein Komplott des gemeinen Mannes. Werte und liebste Freunde, lasset uns vereint nach Gegenmaßnahmen suchen …«

Im Stillen aber wächst der Bund weiter. Nacht für Nacht kniet irgendwo im Wald oder Feld rechts und links des Rheins ein neugewonnener Bruder vor einem Wegkreuz. Fünf Vaterunser und fünf Ave-Maria leiten die Zeremonie ein. »Ich schwöre …« Bald haben sich schon siebentausend Männer zusammengefunden, dazu vierhundert Frauen, die von der Sache wissen und sie mit Leidenschaft unterstützen. Sie erkennen sich an der Parole, fragt der eine: »Loset, was ist nun für ein Wesen?«, so muss die Antwort lauten: »Wir mögen vor Pfaffen und Adel nit genesen.«

Unterstützt von tüchtigen Hauptleuten, plant vor allem einer den Umsturz. Er baut an dem weitgespannten Netz, das sich über Dörfer und Weiler des Mittelrheins bis hin zu Neckar und Main ausdehnen soll: Joß Fritz. Schon seine Gestalt beeindruckt, der Blick der Augen aber zieht in den Bann, und seine Rede begeistert. Joß Fritz achtet sorgsam auf seine Kleidung, mal trägt er den schwarzen französischen Rock über weißen Hosen, und tags darauf erscheint er in Rot und Gelb; mal gibt er sich als in allen Farben schillernder Landsknecht, dann wieder elegant wie ein Herr. Krieg und Tod kennt er aus vielen überstandenen Schlachten, und das Spiel der Verstellung hat er im Umgang mit Höflingen und Junkern gelernt; über all den Fähigkeiten aber herrscht sein scharfer Verstand.

»Nichts denn die Gerechtigkeit Gottes!« Dieser Wahlspruch umkränzt einen vor dem Kreuz knienden Bauern auf der blau-weißen Bundesfahne. Und unter dem wehenden Tuch verkündet Joß Fritz die Ziele der Bewegung: »Kein Zins oder Zehnten geben wir mehr … Wir zahlen keinen Zoll, keine Steuern mehr… Frei soll die Jagd für uns sein, frei die Fischerei; frei sollen sein Wald und Weide, weil Gott sie für alle erschaffen hat …«

Das Glühen seiner Augen setzte den Funken in die Herzen. »Wehe euch, ihr Fürsten, Edlen und Pfaffen! Wir schütteln das Joch ab und kommen über euch ...«

Auf Bitten des Bischofs zu Speyer haben sich inzwischen Ratgeber des Königs und Gesandte der Pfalzgrafen und Bischöfe sowie Abgeordnete der Städte in Schlettstadt zusammengefunden. Nach der Beratung prangt das Siegel Maximilians I. unter dem Beschluss: Von nun an droht jedem, der sich mit seinem Schwur der Verschwörung angeschlossen hat, unerbittliche Verfolgung und Bestrafung. Wer dem Bauernbund angehört, dem soll das ganze Hab und Gut eingezogen werden, dessen Weib und Kind werden für immer aus dem Land gejagt; und wird der Mann gefangen, so soll er bei lebendigem Leib gevierteilt werden. Die Anführer und Hauptleute der Verschwörung aber müssen zuvor an den Schweif eines Pferdes gebunden und über eine lange Strecke zur Vierteilung hingeschleift werden.

Der Plan zum Umsturz reift. Zunächst soll die Stadt Bruchsal, mit Einverständnis beinah der Hälfte aller Bewohner, überfallen und zum Hauptquartier befestigt werden. Von da aus soll das große Bauernheer nach Baden einrücken und nicht mehr anhalten, bis alle Lande dem Bündnis einverleibt sind. »Weil die Sehnsucht nach Freiheit in jeder Brust drängt, werden alle Bauern und Bürger im ganzen Reich zu uns überlaufen ...!«

Joß Fritz hat seine Unterführer in den Plan eingeweiht, hat ihnen letzte Anweisungen mitgegeben. »Alles habe ich bedacht. Nichts kann unser Vorhaben jetzt noch vereiteln.«

Doch einen seiner Vertrauten befällt Angst, ihn erschreckt das Ausmaß des Vorhabens. Was wird werden? Was geschieht, wenn der Fürst nicht mehr der Fürst, der Abt nicht mehr der Abt, wenn die Obrigkeiten unten im Staub liegen? Was wird sein, wenn die Welt in Unordnung gebracht ist? Die Gedanken lasten auf Lukas Rapp. Er kniet im Beichtstuhl, will Gottes Beistand, um leichter an der Bürde tragen zu können.

»Hab Vertrauen, Sohn. Öffne dein Herz!«

Und Lukas Rapp beichtet dem Pfarrer, zählt die Dörfer auf, in denen die Hauptleute wohnen, berichtet vom geplanten Überfall auf Bruchsal und benennt die geheimen Sammelpunkte, genau beschreibt er Marschrouten und Ziele.

Der Pfaffe wittert eine Belohnung und bricht ohne Skrupel das heilige Beichtgeheimnis, er verrät den bevorstehenden Umsturz an die Kanzlei. Alarm! Geistliche und weltliche Herrscher zögern nicht. Kuriere hetzen ihre Pferde querfeldein, überbringen Befehle, und die Truppen setzen sich in Marsch. Zu langsam, zu schwerfällig! Die Kunde vom Verrat im Beichtstuhl eilt den Bewaffneten voran, und ehe sie die Verschwörungsnester ausheben können, haben sich die Anführer längst in Sicherheit gebracht. Umso furchtbarer entlädt sich ihr Zorn über die wenigen einfachen Männer des Bundschuhs, derer sie habhaft werden konnten. »Im Namen seiner Majestät König Maximilian …« Folter, Verhör und wieder Folter. Mit Sorgfalt achtet der Scharfrichter darauf, dass keine Ohnmacht den Gequälten erlöst, dann schwingt er das Schwert und vierteilt sein Opfer.

Der Umsturz ist vereitelt. Fürsten und Kirchenherren atmen auf. Bei einem Treffen nahe Freiburg befiehlt Joß Fritz seinen Hauptleuten, ihn zu verlassen: »Verteilt euch. Die Herren da oben sollen glauben, dass unser Bund zerschlagen ist, doch wir geben das große Ziel niemals auf. Geht in den Schwarzwald, in die Schweizer Gebiete, arbeitet und lebt unauffällig, bis ihr wieder von mir hört … Vielleicht werden einige Jahre vergehen, dann aber haltet euch bereit …«

Joß Fritz springt vom Tisch, und ehe die Getreuen ihn mit letzten Fragen bestürmen können, entschwindet er in der Finsternis der Nacht.

Landshut

Nach einem Tag, angefüllt mit Hauen und Stechen, Gebrüll, Blut und dazu dem Krachen der Feldschlangen, hat Ritter Götz von Berlichingen gut geschlafen. Und der Gedanke, an der Seite des Stärkeren zu kämpfen, hebt Morgen für Morgen aufs Neue seine Stimmung. Früh am Sonntag, dem 23. Juni 1504, dehnt er in seinem Zelt die Muskeln, lockert die Gelenke, ehe er sich das gesteppte, mit Schafwolle gefütterte Unterkleid überstreift. Sein Leibdiener Thoma hilft ihm, den Harnisch anzulegen, und zurrt die Lederriemen, befestigt Arm- und Beinschienen. »Darf ich etwas fragen, Herr?«

»Nur zu.«

»Wisst Ihr, worum es geht in diesem Krieg?«

Götz hebt die Brauen. »Wir Markgräfischen hauen zusammen mit den Nürnbergern, den Kaiserlichen und denen vom Bund auf die Pfalzgräfischen. Also, wir lagern weiter draußen, und die Pfalzgräfischen haben sich vor Landshut verschanzt. Wir wollen die Stadt erobern, und die versuchen das zu verhindern. Ist doch ganz einfach. Oder?«

»Nein, Herr. Ich wollte den Grund wissen. Ich mein, der Krieg hier in Bayern ist doch nicht von selbst ausgebrochen?«

»Warum so neugierig?« Mit schnellem Griff packt Götz ins Haar des Dieners und zieht ihn näher. »Du willst wohl ein ganz Schlauer werden?«

Der Junge verzieht schmerzhaft das Gesicht, zeigt aber keine Furcht. »Um Vergebung, ich konnte nicht ahnen, dass Ihr es auch nicht wisst ...«

Eine schallende Ohrfeige unterbricht ihn. »In welchem Ton redest du mit mir? Glaubst du etwa, dein Ritter ist ein Idiot? Natürlich weiß ich es.« Götz tappt schwerfällig zu seinem Helm, bei jedem Schritt schabt und klirrt das eiserne Rüstzeug. Mit der rechten Hand glättet er umständlich den Federbusch. »Hör genau zu. Der Grund ist der: Also, da gibt es ein Testament. Der Herzog Georg von Bayern-Landshut ist gestorben. Und der hat seinem Schwiegersohn, dem Pfalzgrafen Ruprecht, seine Länder, also Bayern, vererbt. Nun haben sich ... Verdammter Kerl, hör auf zu grinsen, sonst reiß ich dir den Arsch auf!« Heftig schnaubt Götz durch die Nase, ehe er fortfährt: »Um es kurz zu sagen: Herzog Albrecht von München hat das Testament nicht anerkannt und die anderen Herren auch nicht, auch unser gnädiger Markgraf Friedrich nicht. Und deshalb hauen wir jetzt die Pfalzgräfischen. Und nun Schluss damit. Wehe, du fragst noch was.«

Hornstöße schallen über das Feldlager und rufen Ritter, Fußvolk und die Fuhrwerke mit den Kanonen zum Sammelplatz.

Schweigend hilft Thoma seinem Herrn in den Sattel. Noch ein Griff zum Schwert, leicht gleitet es aus der Scheide, dann fordert Götz die Lanze und stülpt sie in den Lederköcher. Er ist aufgerüstet. Ein Blick zum wolkenlosen Himmel. »Wird heiß werden heute.« Das

Lachen verfängt sich scheppernd im Helm. »Aber noch heißer wird's für die Pfalzgräfischen.«

Kein Großangriff. Nur kurze Vorstöße, sie sollen wie Nadelstiche die Moral zermürben und den Verteidigungsring durchlöchern. Die Truppen des Pfalzgrafen Ruprecht aber sind auf der Hut, schlagen hart zurück, und gegen Mittag ist es ihnen sogar gelungen, den äußeren Graben und Wall zurückzuerobern.

»Verdammt! Die dürfen sich da nicht festsetzen.« Götz zückt das Schwert. »Jetzt hilft nur noch Mann gegen Mann.« Er winkt den anderen mit der blanken Klinge: »Vorwärts! Seid keine Memmen!« und wartet nicht, trabt auf die feindlichen Stellungen zu, bis er nahe genug ist, um den einen oder anderen Wagemutigen aus den Reihen der Pfalzgräfischen heranzulocken.

Zehn Landsknechte zeigen sich, lange Spieße in den Fäusten. Weiter drüben reiten einige Geharnischte über den Wall. Prüfend blickt Götz zur Seite. Nein, er ist nicht allein, fünf Ritter haben sich mit ihm nach vorn gewagt. Jetzt reitet einer der Gegner mit eingelegter Lanze direkt auf ihn zu. Götz sitzt reglos im Sattel. »Komm nur näher! Den Zahnstocher schlag ich dir aus der Hand. Danach spalt ich dir den Schädel.« Schon ist das Kampfgeheul des Feindes zu hören. Der von Berlichingen wartet noch.

Donnern! Geschützdonner! Götz reißt das Schwert hoch. Weit hinter seinem Rücken feuern die Nürnberger mit allen Feldschlangen, zielen auf den Wall, doch die Kugeln schlagen neben und vor ihm ein. »Ihr Idioten!«, brüllt er. »Zu kurz! Verdammt, ihr feuert zu kurz!«

Ein furchtbarer Schlag fährt durch den rechten Arm, wirbelt die Waffe davon, reißt den Oberkörper zur Seite. Schmerz verlangsamt die Bilder. Götz schwankt, stürzt nicht vom Pferd. Die Kugel hat den Schwertknopf zersplittert, die Armschienen aufgebogen. Er starrt auf seine Rechte … der eiserne Handschuh baumelt herunter … und die Hand ist noch im Handschuh … hängt lose an der Haut … Blut quillt aus dem Unterarm … im Fleisch stecken Armschienen und die Schwertstange.

Jetzt erinnert er sich an den heranstürmenden Gegner, hebt den Kopf, und die Wirklichkeit ereilt ihn wieder. Reiterlos sprengt das

Pferd an ihm vorbei. Am Boden liegt der Pfalzgräfische wie eine Eisenpuppe auf dem Rücken, die Kugel hat ihm Helmvisier und Gesicht zerschmettert. Von ihm droht keine Gefahr mehr, die Landsknechte marschieren aber, die Kampflinie rückt näher.

Götz tastet mit seiner Linken nach der Lanze, doch der Lederköcher ist leer, die Waffe liegt zwischen den Hufen des Pferdes. »Steht nicht gut für dich, mein Freund«, flüstert er und gibt sich selbst Befehle, weil ihm das Gehorchen dann leichter fällt und weil diese Befehle verhindern sollen, dass der Schmerz ihn zur Unvorsichtigkeit verleitet. »Rückzug, mein Freund. Aber gemach, sonst kippst du aus dem Sattel.«

Götz wendet das Pferd, hält sich aufrecht, als wäre ihm nichts geschehen. Ohne vom Feind verfolgt zu werden, erreicht er die eigenen Leute. Ein Haufe rennt gerade los, um sich ins Kampfgetümmel zu stürzen. Götz sieht einen alten Landsknecht, der mit den anderen nicht Schritt halten kann. »Her zu mir!« Nur leicht hebt er den rechten Arm, zeigt die lose hängende Hand und bemüht sich um einen lockeren Ton. »Schätze, ich brauch deine Hilfe.«

Zunächst glaubt der Alte nicht, was er sieht, dann aber stammelt er: »O Gott, nein. Dieser verdammte Krieg. O Gott, nein!« und führt das Pferd am Zaumzeug bis zum Zelt. Gemeinsam mit dem Leibdiener hebt er den Ritter aus dem Sattel.

Schnell ist der Feldarzt zur Stelle, löst Schwertstange und Eisenschienen aus dem Fleisch und schnürt den Arm, um das Blut zum Stocken zu bringen.

Götz erträgt die besorgte Miene nicht lange. »Was ist mit meiner Hand? Kannst du …?«

»Nein. Kein Chirurg kann da helfen. Es tut mir leid, aber sie ist verloren.«

»Dann …« Die Stimme schwankt, gehorcht nicht mehr. »Dann schneid sie ganz ab.«

Bald schon werden die Schmerzen unerträglich. Götz flucht, stöhnt und flucht.

»Ritter von Berlichingen ist schwer verwundet!« Die Nachricht verbreitet sich im Lager, erreicht auch Markgraf Friedrich. Noch am Abend entsendet er einen Unterhändler zu Pfalzgraf Rudolf und erwirkt für den getreuen Gefolgsmann freies Geleit in die Stadt Landshut, damit er dort versorgt würde.

Der Transport soll während der Kühle des nächsten Morgens stattfinden. In der Nacht flucht der Ritter nicht mehr, das Laudanum hat den Schmerz gelindert und die harte Schale aufgeweicht. Götz presst die Linke ans Herz, seine Lippen bewegen sich. »O großer Gott, wenn ich teilhaben darf an deiner Gnade, so lass mich in deinem Namen dahinfahren. Denn, als Kriegsmann bin ich verdorben und nichts mehr wert ...«

Nach Stunden tiefster Verzweiflung erinnert er sich an einen Knecht, von dem sein Vater ihm schon als Kind erzählt hat. Dieser Köchli hatte auch nur noch eine Hand, und er stand trotzdem im Feld seinen Mann wie jeder andere. »O großer Gott«, flüstert Götz im Fieber. »Besser wir warten noch was mit dem Dahinfahren. Vielleicht kann ich mit deiner Hilfe doch wieder ein rechter Kriegsmann werden ...«

10

Über Nacht hatte sich das Grau der vergangenen Wochen verflüchtigt. Ein weiter Himmel überspannte Würzburg bei Tagesanbruch; bald schon zeichnete das Sonnenlicht scharfe Linien der Giebel, Türme und Mauern, schnitt oben auf dem Marienberg die mächtige Burganlage aus dem Blau, und von West blies ein stetiger Wind. Ein geschenkter Morgen im November.

Magdalena zog nach vorn gebeugt den Leiterwagen durchs Pleichacher Tor in die Mainwiesen hinaus. Warm eingepackt hockten die drei rotlockigen Söhne des Meisters hinter ihr auf der Ladefläche und winkten übermütig den Wachposten zu, patschten sich gegenseitig die Hände und kicherten. Florian und Katharina schoben von hinten, halfen, das Gefährt durch Kuhlen und über Steine zu schieben.

»Wir wollen Drachen steigen lassen!«

»Nein! Ball spielen! Ball spielen!« Mit wütendem Löffelschlagen auf die Ränder ihrer Breinäpfe hatten Jörg und Hans nach dem Frühmahl den Wunsch der beiden Größeren übertönt, und der dreijährige Barthel hatte die Brüder dabei mit ohrenbetäubendem Quietschen unterstützt. Längst war der Meister mit den Gesellen in der Werkstatt verschwunden, die Geschwister seiner Gemahlin hatten sich mit der ältesten Tochter Gertrud auf den Schulweg begeben.

Schwungvoll hoben vier Mägde eine der langen Holzplatten ab, lehnten sie hochkant bis zur nächsten Mahlzeit an die Wand und stellten die Böcke ineinander. Seit die Zahl der Esser im Haus Wolfmannsziechlein so angewachsen war, aßen an der Tafel nahe den Fenstern die Männer und am Tisch unter dem Kreuz die Kinder und Frauen. Rasch nahm eine Magd den Schreihälsen die Breinäpfe weg; die Löffel aber blieben in den kleinen Fäusten, hämmerten den Rhythmus jetzt auf das hell gescheuerte Holz. »Ball spielen! Ball spielen!«

Der Lärm erschreckte Anna, leicht bebten ihre Lippen. Die schmächtige Hausherrin hatte die Finger verschränkt und rieb die

Handballen aneinander. Hilfe suchend blickte sie ihre Kinderfrau an. Magdalena sah die Not, erhob sich und hieb beide Fäuste gleichzeitig auf die Tischplatte. In den Donner hinein fluchte sie: »Kreuzsatanpotzundblitz!«

Schweigen. Mit offenen Mündern staunten die drei Buben. Florian grinste, und Katharina hatte sich vor Schreck gerade hingesetzt.

»Wir werden zum Main gehen.« Der Ton erlaubte keine Widerworte. »Die Großen ziehen die Kleinen an. Alle warten dann im Hof, bis ich den Leiterwagen gepackt habe. Keinen Streit. Keinen Lärm. Und jetzt ab mit euch!«

Auf Zehenspitzen huschten die Kinder hinaus.

»Warum gelingt es dir?« Anna senkte die Lider. »Wenn ich ihnen etwas sage, dann muss ich es zehnmal wiederholen, bis sie gehorchen.«

»Weil ich besser fluchen kann …« Magdalena nahm sich gleich zurück. »Nein, das war ein Scherz.« Ernst fuhr sie fort. »Ihr habt Eure ganze Kraft an die Kinder weggegeben. Zuletzt dem Barthel. Der Kleine ist munter und gut im Futter wie die anderen. Und Ihr? Seht Euch doch an. So blass und durchsichtig. Aber lasst nur, gemeinsam nehmen wir es mit den Schreihälsen schon auf.« Zur Ermunterung ballte sie spielerisch eine Faust und blickte grimmig.

Anna streichelte ihren Arm. »Ich bin so froh, dass du bei mir bist. Manchmal, wenn ich morgens aufwache, dann fürchte ich mich vor dem Tag. Erst wenn du durch die Tür kommst, fühle ich mich wohler.«

»Warum nur diese Angst? Er ist doch neben Euch …« Sofort verbot sich Magdalena das Bild. Fühlte sie sich auch längst zu Anna hingezogen, wollte die kränkliche Frau verteidigen, beschützen, jedoch: er neben ihr im gemeinsamen Bett … Diese Vorstellung schmerzte immer noch zu sehr. »Ich mein, Ihr könnt mit ihm reden.«

»Das wage ich nicht. Mein Gemahl muss so viel arbeiten und erwartet, dass ich ihm eine gute Hausfrau bin. Gerade jetzt, da er den Gnadenaltar für die Kirche in Gramschatz abliefern muss und noch nicht fertig ist. Da kann ich doch nicht klagen und jammern.«

Anna stockte; erst nach einer Weile sprach sie weiter: »Manchmal … Weißt du, manchmal stehe ich unten im Keller beim Brunnen, dann höre ich es krachen oben vom Dach her, und lauter wird es, und dann brechen alle Mauern … alles stürzt … alles bricht auf mich nieder.« Sie wischte sich die Stirn. »Verrückt, nicht wahr. Und mit so etwas darf ich ihn doch nicht belästigen.« Ein tiefer Seufzer. »Nur schade, dass du beim Notar Martin Cronthal wohnst. Willst du nicht doch mit deinem Florian hier zu uns ins Haus ziehen?«

»Nein …« Viel zu schnell, viel zu schroff, Magdalena biss sich auf die Lippe. Unter einem Dach mit ihm soll ich bei dem Gesinde wohnen? Nie würde ich das ertragen. Sie mühte sich um eine Erklärung: »Verzeiht, Herrin, aber wir haben es bei dem Notar gut angetroffen. Eine helle Stube für mich, und der Junge hat sogar gleich nebenan eine eigene Kammer. So viel Platz gibt es für uns hier im Wolfmannsziechlein nicht.«

Frau Anna hatte genickt. »Sobald es leerer wird im Haus … Aber was sage ich? Weil mein Gemahl so viele Aufträge annimmt, beschäftigt er von Jahr zu Jahr mehr Gesellen. Nein, es wird immer enger hier.«

Das empörte Rufen draußen im Hof schreckte die beiden Frauen auf und beendete das Gespräch. In fliegender Hast hatte Magdalena den Leiterwagen aus dem Schuppen geholt und ihn mit Kindern, Drachen und dem mit Kuhhaaren gestopften Lederball beladen und war losgezogen.

Zum dritten Mal blieben die beiden Vorderräder in einem Wegloch stecken. »Jetzt ist Schluss.« Das Zugtier wollte sich nicht länger plagen. »Jörg und Hans. Aussteigen! Ihr seid zu schwer. Geht nach hinten und helft Katharina beim Schieben. Florian, du übernimmst die Deichsel! Ich muss erst wieder zu Atem kommen.«

Ihr Sohn verzog das Gesicht, jede anstrengende Arbeit war ihm verhasst, doch vor den Kindern des Bildschnitzers wagte er nicht, der Mutter zu widersprechen.

Damals nach der Rückkehr in die Stadt, bei ihrem ersten Weg zur Franziskanergasse, hatte sie ihn beschworen: »Wir können Gott danken, dass ich Arbeit auf dem Hof Wolfmannsziechlein gefunden habe und dich auch noch mitbringen darf. Dafür wirst du dich schicken und mir aufs Wort gehorchen. Ich bitte dich, sei den Buben ein gutes Vorbild.« Diese Abmachung hatten die beiden getroffen, und der

Zehnjährige bemühte sich, so gut er es vermochte, nicht dagegen zu verstoßen.

Langsamer ging es weiter, vorbei an der Gänseweide. Gleich verteidigten die Tiere lauthals ihren Futterplatz. Geduckt hinter den Holzstreben des Leiterwagens, schrie und plärrte Barthel aus Herzenslust gegen die großen weißen Vögel an, bis ein Ganter am Wegrand zischelnd mit Hals und Schnabel auf ihn zu schnellte. Nahe dem Mainufer ließ Magdalena ihren Tross auf einem flachen Wiesenstück anhalten. Während sie den Jüngsten der Rotschöpfe aus dem Wagen hob, zankten sich die beiden anderen schon um die lederne Kugel. Nach einem Schuss von Jörg rollte sie gefährlich dicht an die Uferböschung. »Hier geblieben!«, befahl Magdalena den Jungen und forderte ihren Sohn auf, den Ball zu holen.

Bei seiner Rückkehr reckte Florian das Kinn. »Aber mitspielen werden wir nicht«, sagte er schnell, noch ehe die Mutter etwas anderes bestimmen konnte. »Ich hab's gesagt. Katharina und ich lassen den Drachen steigen.«

Das Holzkreuz war mit gewachstem, dünnem Leinenstoff bespannt, den langen Schweif zierten in Abständen weiße Schleifen, die Magdalena in der Nähstube aus Seidenresten gebunden hatte.

Katharina durfte noch nichts anfassen.

»Ich sag dir, was du tun musst. Komm jetzt!«

Florian stopfte sich die dick mit Kordel umwickelte Spindel vorn in die Hose und trug den Drachen flach über dem Kopf gegen den Wind auf die Stadt zu. In Miene und Geste zeigte er sich dem Mädchen ganz als Fachmann. »Du darfst den Schwanz tragen«, erlaubte er nicht ohne Bedenken. »Doch sei achtsam! Nichts darf sich verknoten.«

Die Sechsjährige bückte sich, legte den Schweif über beide Arme, so trug sie ihn wie einen Schatz neben ihm her. Immer wieder hob sie den Blick voller Bewunderung und Hingabe zu Florian. »Ist es so richtig?« Beide Vorderzähne waren ihr ausgefallen, neue noch nicht nachgewachsen, und das S rutschte mit der Zungenspitze durch die Lücke.

»Genau richtig.« Großzügig verschenkte er sein Lob, und gleich spürte sie Herzklopfen. »Müssen wir noch weit?«

»An den Gänsen vorbei.« Er zog die Nase hoch und spuckte in einem weiten Bogen. »Will nicht, dass die Biester uns stören.«

Katharina kannte niemanden, der so schön spuckte, weder die Brüder der Mutter noch ein Geselle des Vaters, keiner warf so den Kopf zur Seite, spuckte solch weiße Flecken. Einmal hatte Florian ihr seine ganze Kunstfertigkeit bewiesen: Zielgenau traf er die Klinke der Haustür. Wenn er in ihrer Nähe war, empfand Katharina stets das Bedürfnis, ihm zu gefallen, manchmal steckte sie sich Kämme ins kastanienbraune Haar, legte sich einen Schal der Mutter um. Oder sie wollte ihm etwas Gutes tun. Wie oft hatte sie den Brüdern Naschwerk vorenthalten, um die kandierten Früchte dann Florian heimlich in die Jackentasche zu stecken.

»Hier lassen wir ihn steigen.« Eine freie Wiesenfläche, erst weiter zum Stadtgraben hin lagen große Kieselsteine, für den Lauf gegen den Wind war Platz genug. Florian vertraute seiner Gehilfin den Drachen an. »Wenn ich rufe, hältst du ihn hoch. Wenn ich noch mal rufe, lässt du ihn los!«

Er zog die Spindel aus dem Hosenbund, marschierte los, dabei wickelte er die Kordel ab, sorgte dafür, dass sie stramm blieb; nach zwanzig Schritten gab er den ersten Befehl, gleich den zweiten, und dann rannte Florian. Der Leinenvogel stieg, stieß in wilden Schlangenbewegungen auf und ab und stürzte ins Gras. »Verdammt! Du hast ihn falsch hochgehalten!«

»Entschuldige. Es tut mir leid.«

»Pass besser auf!«

Er befahl sie zu sich, gab genaue Anweisungen und startete den zweiten Versuch. Dieses Mal erfasste eine Bö den Drachen, nahm ihn ein gutes Stück mit hinauf. Florian rannte, jubelte, dabei vergaß er, mehr Leine zu geben, lief weiter, Katharina folgte ihrem Helden, sie sah den Windvogel, sah die Seidenschleifen der luftigen Girlande und lachte. Da senkte sich der Drachen in die Waagerechte, kippte vornüber, der Wind wurde sein übermächtiger Feind, zwang ihn nieder, und wie von einem Faustschlag getroffen, schlug der Leinenvogel in den Boden.

»Nein!« Vor Schreck stolperte Katharina und wäre beinah neben dem Verunglückten hingefallen.

»So ein blöder Drache.« Florian stemmte eine Faust in die Seite, prüfend sah er seine Assistentin an. »Du solltest aufpassen. Wieso ist er nicht gestiegen?«

»Ich weiß es nicht.« Sie beschrieb die Flugphasen bis hin zum Absturz mit der Hand. »Erst ist er so, dann so und dann ...«

Ein Flötentriller unterbrach sie, gleich folgte ein tiefer Ton, der schnell die Leiter hinaufhüpfte und erneut in einem hellen Triller mündete. Das Spiel erklang im Rücken der Kinder. Beide drehten sich um. Nicht weit von ihnen entfernt hockte Hans Bermeter mit untergeschlagenen Beinen auf einem der großen Steine, sein grüngelbes Barett hatte er auf ein Knie gestülpt und ließ es im Rhythmus hin und her wippen.

Die Melodie verlockte. »Sollen wir?« Florian fasste nach der Hand des Mädchens.

»Aber der Windvogel ...«

»Den holen wir später. Jetzt sei kein Feigling!« Allein fehlte ihm der Mut. »Das ist kein Fremder, das ist einer von den Spielmännern. Den hab ich schon mal gesehen. Nun komm endlich.«

Katharina zögerte nicht mehr. Die Kinder rannten, erst kurz vor dem Stein verlangsamten sie den Schritt und blieben stehen. Ohne das Spiel zu unterbrechen, zwinkerte ihnen Hans Bermeter zu, er senkte den Kopf bei tiefen Tönen, beschrieb mit der Flöte Kreise vor dem Mund und reckte den Hals, als wollte er den hellen Tönen den Weg zum Himmel erleichtern, dazu tanzte die Mütze auf seinem Knie. Mit offenen Mündern bestaunten ihn die kleinen Zuschauer, strahlten, und bald schon ahmten sie, ohne es zu merken, seine Kopfbewegungen nach.

Wieder kletterte die Melodie aufwärts, blieb aber dieses Mal in der Leitermitte hängen, baumelte zwischen zwei Sprossen hoch und nieder, dann fiel sie hinunter bis auf den tiefsten Ton, und der Spielmann setzte die Flöte ab. »Zuhören ist teuer.« Seine Stimme klang scharf. »Das kostet ein Pfennig von jedem.« Er schnippte mit den Fingern. »Her damit.«

Florian bekam große Augen. »Aber ... ich ... Wir haben kein Geld.«

Das fordernde Schnappen hörte nicht auf. Vor Aufregung knickste

Katharina vor dem Musikanten. »Entschuldige. Wir wollten gar nicht zuhören.«

In einem Satz war Bermeter vom Stein. »Also gut, dann spielen wir drum.« Kurz schlenkerte er den rechten Ärmel seiner dunkelgrünen Schaube und hatte zwei Würfel in der Hand. Das Barett legte er umgekehrt auf den Stein. »Komm näher, Florian.«

»Woher kennst du meinen Namen?«

»Ich weiß alles über dich«, säuselte Bermeter, »auch über deine Mutter.« Anerkennend pfiff er zwischen den Zähnen. »Das ist eine Frau. Sapperlot. Sapperlot. Als sie vorhin mit dir und Katharina … Ja, meine kleine Schöne, auch dich kenne ich, also als ihr und die drei Rotfüchse mit Frau Magdalena durchs Pleichacher Tor gezogen seid, da dachte ich …« Wieder ein Pfiff, den Satz beendete er nicht, sondern schnappte nach Florians Kragen und zog ihn näher zum Stein. »Nun aufgepasst. Du und deine Freundin, ihr schuldet mir zwei Pfennige.« Ehe Florian mit dem Kopf schütteln konnte, drohte ihm schon der Zeigefinger. »Hör auf zu leugnen. Wenn ich es sage, dann stimmt's. Also wir würfeln um die ganze Summe. Die höhere Zahl gewinnt. Bist du besser, dann hast du keine Schulden mehr, hab ich mehr Augen, dann bekomme ich vier Pfennige von dir …«

Katharina wurde bang. »Aber wir haben doch nichts, gar nichts …«

»Ärgere mich nicht, du kleines Luder. Dein Vater hat bestimmt irgendwo im Haus einen ganzen Sack voll Geld und Goldstücke, wenn da ein paar Pfennige fehlen, fällt das gar nicht auf. Und jetzt sei still.« Er wählte genau und gab Florian einen der beiden aus Knochen geschnitzten Würfel in die Hand. »Du fängst an.«

Der Junge umschloss ihn, öffnete die Finger, und eine Drei lag im Barett.

Lange schüttelte Bermeter seinen Glücksbringer in den hohl geschlossenen Händen, hinter dem rechten, dem linken Ohr, über dem Kopf, er warf den Würfel hoch, bleich schimmerte er beim Herunterfallen in die Mütze. »Und was siehst du da?« Bermeter tätschelte den Nacken des Jungen und bog ihn mit dem Gesicht über die Mütze.

»Sechs Punkte.«

»Das will ich meinen. Jetzt bekomme ich schon vier Pfennige von dir. Nicht traurig sein. Du bist doch ein tüchtiger Bursche. Hab ich recht?«

Florian zog den Kopf zwischen die Schultern.

Aufmunternd wuschelte ihm Bermeter durchs Haar. »Ich mein's nur gut mit dir. Deshalb sollst du deine Chance haben. Wir spielen noch mal. Diesmal um vier Pfennige, wenn du gewinnst, ist alles gut.«

Und Florian würfelte eine Fünf, doch zu wenig, denn nach Beschwörungen und Reiben zwischen den Handflächen warf Bermeter wieder eine Sechs.

Katharina riss die Augen auf. »Acht Pfennige.« Vor Entsetzen verschluckte sie sich beinah an der Summe.

Der Spielmann stubste den Jungen spielerisch gegen die Brust. »Bald gehörst du mir. Nein, Spaß beiseite. Kannst du zahlen?«

Schweiß stand Florian auf der Stirn. »Nein.«

»Macht nichts, ich warte, bis du es dir vom Meister Til besorgt hast oder von deiner Mutter.«

»Nein, nicht.« Seine Stimme geriet ins Wanken. »Ich weiß überhaupt nicht, wie das gekommen ist. Entschuldige, bitte ...«

»Na gut, weil ich dich wirklich mag, versuchen wir es ein letztes Mal. Es geht um alles.«

»Lass uns weglaufen, Florian«, wimmerte Katharina, »bitte, hör doch!«

»Wenn du meinen Rat wissen willst, dann hör niemals auf Weiber. Die bringen dich nur durcheinander.« Bermeter klaubte den Würfel, mit dem er gerade gewonnen hatte, aus der Mütze und reichte ihn dem Jungen. »Nur Mut.«

Florian merkte nicht, dass dieses beinerne Klötzchen etwas schwerer war als das andere, er nahm jetzt auch beide Hände zu Hilfe, schüttelte, seine Augen glänzten fiebrig, der Würfel fiel und die Sechs lag oben. »Gewonnen!« Er beugte sich über das Barett und lachte die Augen an.

»Moment. Vielleicht werfe ich genauso gut.« Trotz aller seltsamen Verbeugungen gelang Bermeter nur eine Vier. Florian hüpfte, schlug die Fäuste gegeneinander. Er reckte die Brust und sah Katharina an. »Keine Schulden mehr.«

»Lass uns gehen«, flüsterte sie ihm zu.

»Halt, halt.« Bermeter hob den Zeigefinger. »So einfach kommt ihr mir nicht davon. Ich habe Florian vorhin eine Chance gegeben, jetzt will ich auch eine.« Schon überreichte er ihm den Würfel. »Das wirklich letzte Spiel.«

Katharina unterdrückte den Schrei. Ihr Held aber stimmte zu, und in seinem Blick stand eine Mischung aus Tollkühnheit und Furcht. Wieder gelang ihm ein Sechser, wieder verlor Bermeter. Florian benötigte einige Augenblicke. »Und jetzt?«

Der Spielmann zuckte mit den Schultern. »Du hast zwei Pfennige gewonnen.«

»Wirklich?«

Bermeter zückte die Münzen und drückte sie dem Jungen in die Hand. »Da nimm. Spielschulden sind Ehrenschulden, die müssen bezahlt werden.«

»Was treibt ihr da?« Beim Klang der Stimme fuhren die Kinder herum. An der Absturzstelle des Drachens stand Magdalena, sie winkte, und auch die drei Rotschöpfe im Leiterwagen ruderten mit den Ärmchen. Nur einen Moment zögerte Magdalena, dann hatte sie erkannt, wer da mit ihrem Sohn und dem Mädchen sprach. »O verflucht.« Die drei Kleinen erhielten den Befehl, nicht aus dem Karren zu klettern, und schon näherte sich Magdalena im Sturmschritt. »Weg da. Geht weg von dem Kerl!«

Bermeter lehnte sich mit dem Rücken gegen den Stein. Er wedelte mit der Hand. »Nun gehorcht schon!« Weil Florian zögerte, zwinkerte er ihm zu. »Das nächste Mal bringe ich dir einige Kunststücke bei, dann gewinnst du beim Würfeln, so wie du's willst.«

»Kommt sofort her!« Um einer Bestrafung zu entgehen, war diesem Ton der Mutter unbedingt Folge zu leisten, dennoch vergewisserte sich Florian bei dem Spielmann hastig: »Wirklich?«

»Versprochen. Mein Ehrenwort.«

Kaum waren die Kinder in ihrer Reichweite, fasste Magdalena nach ihnen, als müssten sie aus einem Sumpf errettet werden, und zog beide an sich. »Was hat er euch getan?«

»Flöte gespielt hat er.« Katharina wusste nicht, ob sie weinen sollte. »Und das kostet Geld, weil wir zugehört haben. Und …«

»So war das nicht.« Florian warnte die Freundin mit heftigem Augenrollen. »Wir haben nur ein bisschen gewürfelt.« Er wuchs an dem Satz und spuckte einen kleinen weißen Fleck ins Gras. »Um Geld. So, wie das die Männer in den Gasthäusern machen. Und ich hab gewonnen.« Kurz zeigte er die zwei Münzen. Ihre Ohrfeige kam so schnell, dass Mutter und Sohn im ersten Moment beide erschreckt den Atem anhielten.

Während Florian die Tränen in die Augen stiegen, hatte sich Magdalena längst wieder gefasst und ging mit geballten Fäusten einige Schritte auf den Spielmann zu. »Meinen Jungen verführen! Ein Satan bist du. Die Hände sollen dir verdorren. Ich würde dir am liebsten …«

»Halt, halt!«, Bermeter wehrte lachend ab und ließ die Finger wie aufgeregte Püppchen umeinander spielen. »Alles nur Spaß. Deinem Kleinen ist nichts geschehen. Ein hübscher Kerl übrigens, kommt ganz auf die Mutter. Ich hab mir mit ihm und dem Mädchen etwas die Zeit vertrieben. Weil ich auf dich gewartet habe. Nur auf dich.«

Sofort spürte Magdalena, wie eine Faust ihren Magen krampfte. Wenn dieser Kerl auftauchte, brachte er Unheil, und mit all den Kindern war sie noch wehrloser als sonst. »Lass uns in Ruhe. Geh weg, bitte!«

»Gleich, schönes Weib, bist du mich wieder los. Erst aber sollten wir Frieden miteinander schließen.« Er stieß sich vom Stein ab und glitt einige Schritte auf sie zu.

Magdalena konnte nicht zurückweichen, sie war das Bollwerk für ihre Schutzbefohlenen. »Ich will nichts mit dir zu schaffen haben.«

Er ging nicht darauf ein, sprach mit gewinnender Stimme weiter: »Und deshalb möchte ich dir etwas schenken. Ich geb's ja zu, erst wollte ich die Nachricht deinem Meister Til bringen. Ganz sicher hätte er mich dafür gut entlohnt. Aber dann sah ich dich mit den Kindern …« Ein schneller Zungenstrich benetzte die Lippen. »Glaub mir, wenn andere Frauen älter werden, werden sie hässlich. Aber du. Jedes Mal wenn ich dich wiedersehe, da könnte ich …«

»Nein, sag nicht so was. Nicht vor den Kindern.« Magdalena presste die Augen zusammen und schüttelte den Kopf. O verflucht, das war falsch, das versteht er falsch. Doch es war schon zu spät.

»Du hast recht, darüber sollten wir uns ein anderes Mal unterhalten.« Leise pfeifend zückte Bermeter ein gefaltetes Stück Papier aus der Innentasche seines Schultermantels und reichte es ihr. »Überbringe du dem Bildschnitzer die Neuigkeit. Den Lohn gönne ich dir.«

Ehe es Magdalena bewusst wurde, hatte sie das Papier angenommen und geöffnet, jetzt erst zögerte sie.

»Nur zu, es wird auch dich freuen.«

Sie senkte den Blick auf die drei Zeilen in großer schöner Schrift, las stumm, dabei formten ihre Lippen Wort für Wort mit. Als Magdalena den Inhalt begriff, misstraute sie ihm sofort. »Mein Herr soll …? Ist das wahr? Woher hast du diese Nachricht?«

»Abgeschrieben.«

»Du?« Sie lachte verächtlich. »So ein Herumtreiber wie du soll so schön mit der Feder umgehen können?«

Jäh erlosch sein Grinsen, die scharfen Punkte der Augen stachen nach ihr. »Lange genug hab ich auf der Klosterschule bei den Mönchen gelernt. Ich kann jede Schrift nachmachen.« Der Zeigefinger schnellte vor. »Und das da, das habe ich heute Morgen vom Protokoll der Domherren abgeschrieben. Gleich nach der Sitzung.« In seinem Stolz gekränkt, blies sich Bermeter nun erst recht auf: »Einige Domherren sind mir einiges schuldig. Wenn ich will, erfahre ich alles, was beschlossen wird, aus erster Hand. Und an solch einem Tag wie heute werfe ich nun mal gerne einen Blick ins Sitzungsbuch.« Unvermittelt hatte er es eilig, kurz zeigte er einen zweiten Zettel. »Muss nach Unterpleichfeld. Vom andern Glücklichen lass ich mir die ganze Mühe bezahlen.« Grußlos wandte er sich ab, nach einigen Schritten drehte er sich um. »Und ich kann schreiben, merk dir das. So ein Nichtstuer ist der Bermeter nämlich nicht. Warte nur, eines Tages werd ich es allen beweisen.«

Möglichst wenig durch die Nase atmen. Tilman Riemenschneider hielt die Lippen leicht geöffnet. Dem Pelzkragen seines Festtagsmantels entstieg der Geruch nach modrigem Pulver aus gestoßenem Rosmarin, Salbei, Thymian und Melisse; so lange hatte er den Schultermantel nicht mehr getragen, und seit dem Entschluss, ihn anzuziehen, war nicht genügend Zeit gewesen, den Pelz zu lüften, damit das Schutzmittel gegen Flöhe und Läuse sich hätte verflüchtigen können.

Langsam, beinah bedächtig, schritt er den Flur im Gerichtsgebäude des Domkapitels entlang, und doch musste Frau Anna an seinem Arm eilig trippeln, um Schritt zu halten. Rechts und links von ihnen standen Freunde, Mitglieder des Stadtrates und geladene Vertreter der Bürgerschaft im Spalier. Til spürte die vielen Blicke, unbehagliche Wärme stieg vom Rücken ins Nackenhaar bis unter das Samtbarett. Wäre die Zeremonie doch schon vorbei! Er sah nicht zur Seite, hielt die Augen fest auf die Flügeltüren des Saals gerichtet.

Nahe dem Eingang fing ihn Magdalenas Lächeln ein, so viel Stolz und Bewunderung strahlte sie ihm entgegen, dass er trotz aller Angespanntheit schmunzeln musste. Meine gestrenge Eva, dachte er. Noch vor wenigen Stunden hatte er an sich halten müssen, um ein Haar wäre er ihretwegen aus der Haut gefahren. Erst das Bad in der Frühe, und das an einem Donnerstag! Wer die Mägde veranlasst hatte, den Zuber unten in der Waschküche mit heißem Wasser zu füllen, Seife und Wurzelbürste bereitzulegen, wusste er zunächst nicht. Als ihn seine Gattin mit verzagter Stimme bat, sich von allem Werkstattstaub zu reinigen, auch das Haar, ahnte er langsam, dass nur Magdalena die treibende Kraft sein konnte. Um des häuslichen Friedens willen war er der Bitte nachgekommen.

Frisch gewaschen und für die Feierstunde angekleidet, hatte er endlich das Schlafgemach verlassen. »Seid ihr mit meinem Äußeren zufrieden?« Eine Frage im Vorübergehen, er war auf dem Weg zur Werkstatt, wollte den Gesellen noch Anweisungen geben. Dass Anna zustimmend lächelte, nahm er aus den Augenwinkeln wahr, dann hörte er Magdalenas entrüstete Stimme: »Aber, Herr. Heute ist doch Euer Fest! Diesen Rock tragt Ihr jeden Sonntag.«

Abrupt blieb Til stehen. »Was willst du damit sagen?«

»Ich mein, Ihr könntet Eure beste Schaube anziehen. Und die Strümpfe mit dem blauen Seitenstreifen.«

»Bin ich ein bunter Hahn?« Langsam drehte er sich um.

Sie hielt dem Blick stand. »Nein, Herr. Aber so seht Ihr aus wie …«

Ihr Zögern steigerte seinen Unmut. »Na, wie … Sag's nur!«

»Wenn das Samtbarett noch etwas tiefer in der Stirn sitzt: wie ein Rabe.«

Frau Anna presste erschreckt die Hand vor den Mund. Er benötigte einen Atemzug, wollte aufbrausen, erwiderte dann doch nichts, nickte schließlich und murmelte: »Nun gut. Dann kleide ich mich also um.«

Unter ihrer Aufsicht war er herausgeputzt worden, ein Hemd mit weißem hohem Kragen, der dunkelblaue Samtrock, darüber die knielange Schaube. Erfolgreich hatte er sich nur gegen den Goldring wehren können und trotz der Bitten auf einen Blick in den Spiegel verzichtet. Die erstaunten, beinah ehrfürchtigen Begrüßungen vorhin auf der Straße und hier im Flur aber waren sichere Anzeichen, dass die Strenge seiner Eva sich gelohnt hatte. Wenn nur dem Marderpelz nicht solche Ausdünstungen entsteigen würden.

»Willkommen, Meister Tilman Riemenschneider. Willkommen, Frau Meisterin.« Nach einer Verbeugung ging der Diener voraus.

Einfallende Sonnenstrahlen ließen das Parkett glänzen, verstärkten die Farben der Gemälde. Der Saal füllte sich, bald waren bis auf wenige freie Plätze rundum an den Wänden die Sessel besetzt. Der Diener führte den Meister und seine Gattin hinüber zur Fensterseite. Ehe Til sich auf dem Polster niederließ, tauschte er quer durch den Raum ein Augenlächeln mit Bürgermeister Georg Suppan.

Weil neben ihm Frau Hedwig das Kinn so siegesgewiss anhob, bedrängte Til unvermittelt die Frage, ob seine Ernennung heute nicht etwa ihrem Ränkegeschick zu verdanken sei? Gleich verwarf er den Gedanken wieder und sagte sich: Nach dem Tod des Ratsherren Kumel musste die freie Stelle neu besetzt werden. Der Rat hat dem Domkapitel sechs Bürger zur Auswahl empfohlen, und ich war einer von ihnen. Mag sein, dass Georg aus guter Freundschaft für meine Nennung gesorgt hat. Mehr aber nicht. Gewiss, Frau Hedwig hat das Talent einer guten Kupplerin, aber ihre Fäden reichen nicht bis hinauf ins Wahlgremium der Kapitelherren. Til nickte freundlich hinüber, ihr Kinn jedoch blieb gereckt.

Gemessenen Schritts betrat der wohlgenährte Bevollmächtigte des Bischofs in Begleitung des Domdechanten den Saal. Gleich verstummten die halblaut geführten Gespräche, alle Augen richteten sich auf den fürstlichen Marschall. Seine Begrüßung war knapp, er öffnete die lederne Mappe. »Wir haben uns heute hier versammelt …« So oft schon wiederholt, verfiel die Stimme beim Aufzählen der Bedingungen in einen Singsang: Mitglied im Rat der Stadt Würzburg durfte ein Mann nur werden, der geschworener Bürger war, der sich nichts hatte zu Schulden kommen lassen … Er durfte nur einer der vierundzwanzig Ratsmitglieder werden, wenn nicht sein Vater, Bruder oder Sohn auch dieses Amt bekleideten … Weil der Sitz auf Lebzeit eingenommen wurde und lediglich in Ausnahmefällen dem Inhaber entzogen werden konnte, waren der Ratsherr wie auch die Bürger verpflichtet, beim Aufzug eines neuen Bischofs diesem sofort Huldigung zu leisten. Außerdem sollte er … Es folgte Pflicht auf Pflicht.

Til nahm mit einem Mal den Mund des Marschalls wahr, das füllige, beinah kinnlose Gesicht, jede Bewegung der Lippen versetzte den fleischigen Halswulst in Schwingung. Das ist mein Philippus für die Nischen der Marienkapelle, dachte er, genau dieses Gesicht werde ich dem Apostel geben.

»Erhebe dich!«

Die Aufforderung brachte Til zwar zurück, weil er ihr aber nicht gleich folgte, geriet die Litanei ins Stocken, blickte ihn der Bevollmächtigte des Bischofs über dem Rand der Ledermappe leicht ungehalten an. »Erhebe dich!«

Til wuchtete sich aus dem Sessel, ganz aufgerichtet überragte er den Marschall um Kopfeslänge, der trat einige Schritte zurück, wollte mit dem Abstand das Missverhältnis der Größe ausgleichen.

»Schwöre bei Gott …«

Feierlich hob Meister Tilman Riemenschneider die Hand und gelobte seinem Bischof und Fürsten wie auch dem Domkapitel demütigen Gehorsam und versprach, das Amt des Ratsherrn gewissenhaft auszuüben.

Als wollte der Marschall den Schlusspunkt unter dem Dokument allen zu Gehör bringen, schloss er mit gedämpftem Knall die Ledermappe und löste damit den Applaus der Anwesenden aus.

Til nahm die Glückwünsche des Domdechanten lächelnd entgegen, nahm auch die dargebotene Hand des fürstlichen Marschalls und musste bei dem weich fleischigen Druck wieder an seinen Apostel Philippus denken.

Kaum hatten die hohen Herren sich entfernt, als nun Stadträte und Freunde auf ihn zu drängten. Aus den Augenwinkeln nahm er Frau Hedwig wahr, wie sie nach vorn gebeugt eilig durch die Gratulanten pflügte, ihr Ziel war Anna an seiner Seite. Trotz des anwachsenden Stimmengewirrs hörte er nur zu deutlich. »Liebste, meine Liebste. Wie ich mich für dich und deinen Gatten freue. Ach, da hat sich meine Mühe doch bezahlt gemacht.«

Unvermittelt stieg Til der Geruch des Flohpulvers wieder unangenehm in die Nase.

»Du ahnst ja nicht, wie sehr ich mich für den Meister eingesetzt habe. Aber glaube mir, Liebste, wenn einer diese Ehre verdient, dann ist er es …«

Mehr vermochte er nicht zu verstehen, denn nun überhäuften ihn die Lobessträuße, und er war beschäftigt mit Händeschütteln und immer aufs Neue sagte er: »Danke« oder »danke, sehr freundlich.«

»Mein Freund.« Bürgermeister Suppan ergriff seinen Arm und befreite ihn aus dem Pulk. Eng nebeneinander verließen die beiden Männer, gefolgt von Hedwig und Anna, den großen Saal, hinter ihnen reihten sich die Teilnehmer der Zeremonie ein.

Draußen auf dem Flur hatten einige Bürger ausgeharrt. Sie applaudierten dem neuen Ratsherren. Eine aber stand nur da, die Hände vor dem hellgrünen Kittelkleid gefaltet, der Blick gefüllt mit Stolz, so jubelte ihm Magdalena zu. Doch er plauderte mit Georg Suppan und nahm sie nicht wahr.

Vor dem Gebäude der Domherren löste sich die Festgesellschaft auf. »Viel Glück, Meister, für morgen bei der ersten Sitzung im Rathaus.« Viele schlossen sich dem Wunsch an und winkten ihm noch einmal zu, ehe sie in Richtung Domstraße, Fischmarkt oder Sander Straße davoneilten.

Til dachte an die erdrückende Arbeit in der Werkstatt. Lange würden die Gramschatzer nicht mehr auf ihren Gnadenaltar warten wollen. Er blickte Georg Suppan an: »Das wäre geschafft. Wir treffen uns dann …«

»Sehr trocken war die Luft da oben«, unterbrach ihn der Bürgermeister und benetzte ausgiebig seine Lippen. »Ein kleiner Weg wird mir guttun. Ich und Hedwig begleiten euch noch zum Wolfmannsziechlein.«

Anna verstand den Hinweis rascher als ihr Gemahl und beeilte sich, das Versäumte nachzuholen: »Unser Haus steht euch offen. Heute ist ein Ehrentag für uns. Dürfen wir euch noch auf einen Becher Wein einladen?«

»Aber gern, meine Liebe.« Gleich hakte sich Hedwig bei der schmächtigen jungen Frau unter. »Dann haben wir endlich mal wieder Zeit, uns auszusprechen. Du weißt, ich bin eine gute Freundin, und mir darfst du alles anvertrauen.« Damit führte sie Anna schon davon.

Til rieb die Brauen. »Natürlich. Ich freue mich …«

»Warte noch einen Augenblick«, wurde er von Georg Suppan zurückgehalten. Erst als ihre Frauen außer Hörweite waren, spazierten die Männer los. »Bevor wir in der Franziskanergasse sind, wollte ich noch etwas mit dir besprechen.« Er glättete den Rock über dem Bauch. »Du bist nun einer von uns, Tilman, und dies sag ich aus ehrlichem Herzen. Im November nächsten Jahres werde ich mich wohl nicht mehr zum Bürgermeister wählen lassen. Ehe ich aber wieder ins Glied der Stadträte zurücktrete, muss noch etwas geregelt werden, damit auch in Zukunft das Richtige getan wird. Verstehst du?«

»Nein«, brummte Til, »wenn ich ehrlich sein soll, versteh ich gar nichts.«

»Das kommt schon noch.« Ein kleiner Wisch mit der Hand durch die Luft, dann setzte Georg den Gedanken fort. »Jetzt musst du mir einfach vertrauen, dass ich allein das Wohl der Stadt und der Bürgerschaft im Sinn habe. Die Zeit drängt. Morgen auf der Sitzung müssen wir einen neuen Stadtschreiber wählen, denn nach dreiundzwanzig Jahren legt unser verdienter Johannes Bucher das Amt nieder.« Der Ton sank ins Vertrauliche. »Ja, da gibt es einige Bewerber, die auch Stimmen hinter sich gesammelt haben. Aber mein Kandidat, glaub mir, ist der Beste für Würzburg.«

»Ich verstehe das Problem nicht. Wenn er der Beste ist, dann wird er auch gewählt. Oder?«

»Ach, guter Freund. So einfach geht's in der Politik nicht. Und schon gar nicht beim Verteilen der Ämter. Die Wahl kommt erst ganz zum Schluss. Zuvor aber gibt es viele einzelne Gespräche, ich meine Verabredungen. Damit der richtige Kandidat auch durchkommt, muss für ihn eine Mehrheit gewonnen werden. So habe ich es immer gehalten und bin damit gut gefahren.«

Also doch, dachte Til, zog die Schaube tiefer in die Stirn und sah starr vor sich auf das Pflaster. »Willst du damit sagen …? Also wenn ich dir richtig zugehört habe, dann ist auch meine Wahl zum Stadtrat keine freie Entscheidung im Kapitel gewesen?«

»Aber, Freund, ich bitte dich. Den Domherren ist jeder Bürger recht, wenn er die Bedingungen erfüllt. Nein, bleib nicht stehen. Alles ist in guter Ordnung. Im Stadtrat sitzt eine Gruppe aufrechter Männer, zu denen auch ich mich zähle. Hin und wieder mag es auch kleine Zankereien zwischen uns geben. Bei den wichtigen Entscheidungen aber sind wir uns einig.«

»Weil du sie vorher bearbeitet hast.«

»So streng darfst du das nicht sehen, lieber Freund. Erläutert, ich habe ihnen die Sachlage erläutert.« Suppan lächelte gewinnend zum Bildschnitzer auf. »Erinnere dich. Auch für deine Nackten vor der Marienkapelle musste ich viel Überzeugungsarbeit leisten, ehe entschieden wurde.«

Entwaffnet hob Til die geöffneten Hände, mit unmerklichem Schmunzeln gab er sich geschlagen. »Du verstehst dein Amt, Bürgermeister.«

»Mit dir hätte unsere Gruppe die Mehrheit«, setzte Suppan gleich nach. »Auch das sage ich der Ehrlichkeit halber, und ich rechne in Zukunft fest mit deiner Stimme. Vor allem bei der Entscheidung morgen.«

Til spürte das Unbehagen, es mischte sich in den Gestank seines Marderkragens. »Ich soll am Ratstisch sitzen ohne eigene Meinung, ohne …«

»Das ist noch alles sehr neu für dich.« Der Ton beschwichtigte, der Bauch hob und senkte sich. »Wir wollen gemeinsam eine Meinung vertreten, das ist unser Ziel. Und der geeignetste Kandidat für das Amt des Stadtschreibers ist nun mal Notar Martin Cronthal.«

»Das sehe ich genauso.« Verblüfft blieb Meister Til stehen. »Ihn wähle ich gern. Natürlich, er ist der Beste.«

»Und unser Freund.« Georg Suppan tätschelte ihm die Hand. »Siehst du, das ist politische Arbeit. So einvernehmlich werden wir in Zukunft die Entscheidungen treffen. Und nun komm! Vom vielen Reden klebt mir die Zunge am Gaumen.«

Immer noch von sich selbst überrascht, nickte Til. »Einen guten Schluck könnte ich auch gebrauchen.« Der Scherz gelang ihm nicht ganz. »Auch darin stimme ich dir gerne zu.«

Als Magdalena das Haus der Domherren verlassen hatte, war sie noch zur Marienkapelle hinübergeschlendert; ohne stehen zu bleiben, blickte sie zu ihr hinauf. »Oje, Eva, du bleibst immer so schön jung. Dein Po ist fest und erst der Busen! Ganz neidisch könnt' ich werden, wenn ich morgens in den Spiegel schaue.« Magdalena grüßte mit einem Augenzwinkern. »Nichts für ungut. Bis zum nächsten Mal.«

Sie verließ den Judenplatz und eilte über den Fischmarkt, erreichte die Franziskanergasse, hatte gerade das erste Haus passiert, da glitt unmittelbar vor ihr eine Gestalt aus dem Torschatten. Magdalena schreckte zurück.

Bermeter. Ungeniert betastete sein Blick ihren Leib. »Freust du dich?« Er bog den Oberkörper zurück, dabei stellte er sich breitbeinig hin, drückte den Unterleib vor. »Sollen wir jetzt darüber reden?«

Sie hatte sich gefasst, wollte an ihm vorbei, doch er sprang ihr in den Weg und ließ das Becken leicht kreisen. »Nun sag wenigstens, dass du dich freust. Dann verschwinde ich.«

»Ehe ich mich über dich freue, sterbe ich lieber.«

»Du verstehst mich falsch.« Bermeter kicherte in sich hinein. »Ich mein, über deinen Bildschnitzer. Weil er heute Stadtrat geworden ist. Das ist doch wirklich ein Grund. Ja, ja, jetzt gehört er zu den Wichtigen in der Stadt. Jetzt kann er haben, was er will.« Ein schneller Griff in den Schritt, begleitet von einem brünstigen Stöhnen. »Auch dich, schöne Frau.«

»Du unverschämter … du widerlicher … lass mich in Ruhe mit deinem schmierigen Geschwätz. Geh in den Esel zu den Huren … Nein, auch die sind viel zu schade für so einen wie dich.« Magdalena stieß ihn gegen die Brust. »Aus dem Weg!« Und ging weiter.

»Schönen Tag noch, edle Frau«, säuselte der Spielmann ihr nach. »Bis bald. Bis bald.«

Ein angefaulter Apfel lag vor ihr auf dem Pflaster. Mit Wucht trat sie dagegen, das Geschoss prallte gegen die Hauswand gegenüber; keine Genugtuung, denn ein heftiger Schmerz durchzuckte ihren Zeh. Magdalena verzog das Gesicht. »Auch das noch. Verfluchter Kerl!«

11

»Für einen Mann gibt es nichts Schöneres auf Erden als Frauenliebe.« Trotz der Erschöpfung lächelte Martin Luther vor sich hin. Gleichmäßig schritt er aus, spürte die Füße kaum, ohne sein Zutun folgten sie dem Takt, den sein Körper vorschrieb, durch Wiesen und Laubwälder, an Kornfeldern entlang und über Holzstege, unter denen der Bach gurgelte. Stieg er einen Hügel hinauf, gab es oben für Momente freien Blick auf die weit entfernten Kirchtürme Erfurts, und von Anhöhe zu Anhöhe rückten sie näher.

Drei Tage Fußmarsch benötigte der Zweiundzwanzigjährige gewöhnlich vom Elternhaus in Mansfeld bis zu seinem Zimmer in der St. Georgsburse, dem Studentenwohnheim der Stadt. Letzte Nacht hatte Martin zum zweiten Mal in einer dürftigen Unterkunft übernachtet und war nach kurzem, traumlosem Schlaf gleich beim Morgengrauen aufgebrochen, um ein gutes Stück Weg noch in der Morgenkühle bewältigen zu können.

Gegen Mittag wurde die Hitze dieses zweiten Julitages zur Qual. Die Beine ermüdeten. Dann, in den frühen Nachmittagsstunden, waren Wolken von Westen heraufgezogen, graue, träge Schiffe, die ineinanderquollen, doch sie brachten keine Linderung.

Das Atmen wurde enger, dem Jurastudenten rann Schweiß übers Gesicht, den Hals hinunter und nässte den Wamskragen. Sein prall mit Wurst, Käse und Brot, mit Büchern, Wollstrümpfen und einer Nachtmütze vollgestopfter Ranzen lastete schwerer auf seinem Rücken, die Tragriemen schnitten an Schultern und Achseln. Noch drei lange Stunden bis zum Ziel.

»Für einen Mann gibt es nichts Schöneres als Frauenliebe.« Wie so oft, wenn Schwäche ihn zu übermannen drohte, stärkte sich Martin an diesem Satz, allerdings durfte, aus Furcht, das Mienenspiel könnte die Gedanken verraten, niemand in seiner Nähe sein.

Sie hatte den Satz gesagt. »Nein, nein. Das ist zu wenig«, ermahnte er sich. »Ihr Mund hat ihn mir mit weichen Lippen hergeschenkt.« Und während die Ebene sich weitete, der Weg wieder durch Felder führte, trank Martin die Erinnerung an Frau Ursula Cotta wie ein Elixier.

Es war in Eisenach. Damals musste sich der Vierzehnjährige als armer Schüler gemeinsam mit anderen hilfsbedürftigen Kameraden das Brot und die Schulkosten durch Singen an Haustüren und in Kirchen erbetteln. Nach dem harten Magdeburger Jahr bei den Brüdern am Diebshorn hatten die Eltern ihn zur Weiterbildung in die Stadt unterhalb der Wartburg geschickt. Martin wohnte bei mittellosen Verwandten der Mutter, ertrug die Enge und lernte eifrig, während um ihn herum Kinder zankten, Frauen das Gemüse putzten und der Klatsch aus der Nachbarschaft ausführlich diskutiert wurde.

Sonntag für Sonntag sang Martin in der Stadtkirche, betete und versah als Messdiener seine Pflichten am Altar. Und von Sonntag zu Sonntag hatte die Patrizierin Ursula Cotta mehr Gefallen an dem so offen blickenden Jüngling gefunden.

Martin trocknete mit dem Rockärmel die Stirn. »Nichts habe ich davon bemerkt«, flüsterte er. »Nicht einmal aufgefallen ist mir Frau Ursula.« Kurz sah er zu den Wolken. Grauschwarze Riesengebilde türmten sich über ihm, er nahm sie wahr, dachte nicht an eine Bedrohung, sondern gab sich weiter der Erinnerung hin.

Eines Tages war ein Bote gekommen und hatte ihm eine Einladung ins Haus der Familie Cotta überbracht. Welch andere Welt! In den Räumen gab es keinen üppigen Prunk, doch Möbel, Teppiche, Bilder, die ganze Einrichtung atmete gediegenen Wohlstand aus. Obwohl er sich die Schuhe vor dem Eintreten mehr als gründlich gereinigt hatte, war der Bergmannssohn bei seinem ersten Besuch auf Fußspitzen über das Parkett gegangen und hatte sich nur vorn auf die Kante des Sessels gesetzt.

»Mein Gemahl und ich haben Gefallen an dir gefunden.« Frau Ursula strich ihm leicht über den Handrücken. »Da wir selbst kinderlos sind, dieses Haus aber genügend Platz bietet, möchten wir dich einladen, bei uns zu wohnen. Hier kannst du ungestört lernen.« Als sie lächelte, hob sich der Busen. Ihre Lippen, die weiche Fülle, verwirrten, Martin senkte den Blick zur Seite. »Das Kostgeld ist sicher zu hoch.«

Seine Stimme gehorchte nicht. »Ich bin Currendeschüler, mit Singen kann ich nicht so viel verdienen.«

»Aber, Junge, wo denkst du hin? Nicht einen Pfennig wird es dich kosten.« Sie nahm seine Hand in beide Hände. »Ich möchte dich als Sohn bei mir aufnehmen, deine Pflegemutter sein. Dafür erwarte ich doch keine Bezahlung.«

Verwundert und tief im Innern beinah erschrocken, spürte Martin den Druck ihrer Fingerkuppen. Das waren nicht die harten, schwieligen Hände der Mutter in Mansfeld, die selten streichelten und selbst dann auf der Wange oder dem Arm nur schmerzhaft über die Kinderhaut schabten, eine weiche Wärme fühlte er. »Danke.« Nur ein Flüstern gelang: »Ich, ich werde Euch keine Schande bereiten.« Und wollte seine Hand nicht zurück, wollte sie in der sanften Geborgenheit lassen.

Die Verwandten waren erleichtert, nun wieder selbst über den Schlafplatz verfügen zu können, der Vater fragte nicht genauer nach, nur so bewahrte er seinen Stolz und duldete die Übersiedelung des Sohnes ins Haus der neuen Wirtsleute. Und Martin?

»Nie war ich so glücklich.« Entferntes Grollen im schweren Wolkenhimmel weckte ihn aus der Erinnerung. Er hakte die Daumen in die Schulterriemen des Rucksacks und überprüfte die Richtung. Rechts in der Ferne sah er die Dächer des Dorfes Stotternheim, vor ihm dehnte sich eine sumpfige Wiese, reichte bis zum Hügel. Weit hinten erkannte er die einzelne Eiche, sein Wegzeichen. »Hab mich nicht verlaufen.« Von dort war es nur noch eine gute Stunde bis nach Erfurt.

Martin hielt auf den mächtigen Baum zu. Modriger Geruch entstieg dem Gras, beschwerte die stickige Schwüle noch. Er hob sich darüber hinweg und kehrte ins Haus seiner Gönnerin zurück.

Des Morgens, mittags und zum Abend, täglich gab es Mahlzeiten. Essen nach Herzenslust, und zwischendurch überraschte ihn Frau Ursula sogar noch mit süßem Gebäck oder kandierten Früchten.

»Nicht ein einziges Mal bin ich hungrig zu Bett gegangen.« Martin betätschelte seinen Bauch. »Ob ich wollte oder nicht, den kleinen Ranzen musste ich mir damals zulegen und werde ihn, so Gott will, noch lange in Ehren tragen.«

Um seine Dankbarkeit zu beweisen, lernte er noch eifriger in der

Schule, verfeinerte die Kenntnisse in Latein und Griechisch, lernte den Geist der Sprachen zu erfassen und überbrachte jedes Lehrerlob wie ein Geschenk seiner Gönnerin. »Danke.« Sie umfasste ihn mit dem Blick. »Ich bin so stolz auf dich.«

Die Krone des Wohllebens aber war für ihn das Bad am Samstagnachmittag. Unten in der Waschküche setzte er sich dann in den gut gefüllten Holzzuber, ließ das heiße Wasser unter seinem Kinn schwappen. Und keine Eile, keines der Geschwister wartete ungeduldig, dass er den Platz räume, damit der Nachfolger und auch dessen Nachfolger noch in den Genuss des warmen Wasser kämen.

»Und an einem der Badetage kam sie herunter …«

Donnergrollen, immer wieder, nah und näher fuhr es durch das Schwarzgrau der Wolken. Erste Tropfen fielen. Drüben, die Eiche war nicht mehr weit entfernt. Nur leicht beschleunigte Martin den Schritt, ehe der Regen zunahm, würde er dort unter der mächtigen Krone Schutz finden.

Trotz des Gepolters über ihm lächelte er und sah die Waschküche im Hause Cotta wieder vor dem inneren Auge.

Während Frau Ursula sich dem Holzzuber näherte, nahm sie ein Fläschchen aus der Rocktasche. »Das wird deiner Haut guttun.« Sie träufelte etwas vom Öl ins Wasser. Gleich verbreitete sich ein Duft nach Lavendel. Martin sah zu seiner Gönnerin auf, reine Fürsorge stand in ihrem Blick. Mit einem Mal runzelte sie die Stirn. »Der Rücken. Ich sollte dir den Rücken waschen.« Schon streifte sie die Ärmel ihres Hauskleides zurück und nahm von der Seife. »Besser, du kniest dich hin.«

Ohne Zögern gehorchte Martin. Ihre Hände glitten über seinen Nacken, mit festem Druck wusch Frau Cotta die Schultern, ihre Hände beschrieben Kreise auf der Haut, so arbeitete sie sich langsam zum Wasser hinunter. Zunächst empfand Martin die Pflege nur angenehm, dann aber spürte er ein Drängen in den Lenden.

Frau Cotta begnügte sich nicht mit dem Rücken, einmal angefangen seifte sie ihrem Ziehsohn auch die Brust ein. »Steh auf, Junge. Dann könnte ich …«

»Nein, bitte nicht«, sagte er schnell und schüttelte wie ertappt den Kopf.

Sie sah ins Wasser, ein leises Lächeln stahl sich in ihre Augenwinkel. »Aber, aber. Vor mir musst du dich nicht schämen.« Wie unbeabsichtigt sank ihre Hand tiefer und umschloss seine Erregung. »Denkst du manchmal an mich?«

Er vermochte nur zu nicken. »Verzeiht«, stammelte er. »Ich weiß, es ist Sünde. Besser, Ihr jagt mich davon …«

»Aber nein.« Frau Cotta bewegte leicht die Hand. »Ich bin sogar stolz darauf, wenn solch ein gut gewachsener junger Mann hin und wieder des Nachts an mich denkt.«

Seine Aufregung ließ ihn erbeben, er schloss die Augen, fühlte Hilflosigkeit und musste sich hingeben.

Wenig später spürte er ihren Atem an seinem Ohr. »Du guter Junge. Wer so fleißig lernt, der soll auch verwöhnt werden.« Sie drückte ihm einen sanften Kuss ins nasse Haar. »Denk immer daran: Für einen Mann gibt es nichts Schöneres auf Erden als Frauenliebe, wenn sie ihm geschenkt wird.«

Martin blieb nahe der Eiche stehen. Der strömende Regen kümmerte ihn nicht. Sehnsüchtig reckte er beide Arme: »Hab Dank, Frau Ursula, für Eure vielen zärtlichen Geschenke. Was gäbe ich darum, noch einmal Euer Ziehsohn sein zu dürfen!«

Grelle Helligkeit blendete, gleich folgte ein ohrenzerreißender Knall! Martin schrie. Eine furchtbare Gewalt hob ihn an, schleuderte ihn zur Seite, dann taumelte er, knickte mit dem Fuß um und stürzte auf die Knie.

Wieder fuhr ein Blitz nieder, das Krachen schmerzte, und als hätte sich das Gewitter nur diesen Ort erwählt, schickte es erneut Blitz um Blitz; der Lärm schürte die Angst, hinzu kam jetzt ein Ächzen, Splittern.

Martin sah auf. Die Eiche brach auseinander, ihre Krone fiel wie ein riesiger Drache auf ihn zu; voller Verzweiflung hastete er auf Knien und Händen aus der Gefahr, neben ihm schlug die Baumkrone nieder, Blätter und Äste peitschten ihn.

Martin schrie! Das Toben aber ließ nicht nach. »Herr, vergib mir meine Sünden«, flehte er zum Himmel. »Hilf, heilige Anna! Bewahre mich. Hilf mir! Lass mich nicht sterben. Bitte. Ich werde Mönch. Ich verspreche es.«

Blitz und Schlag, ohne Erbarmen. Martin kauerte sich zusammen, presste die Stirn ins Gras. »Ich bereue alle unkeuschen Gedanken. Ich gelobe … gelobe … ich gehe ins Kloster.«

Der Himmel aber hieb weiter mit Donner auf ihn ein, die Blitze blendeten die Augen. Auch seine letzten Kräfte erlahmten, Martin weinte haltlos, streckte sich bäuchlings auf dem Boden aus, verbarg das Gesicht im modrigen Gras; immer wieder stammelte, flüsterte, flehte er: »Hilf, liebe Anna. Rette mich vor dem Tod! Ich will Mönch werden. Ich gelobe es …«

Endlich ließen die Gewalten von ihm ab, und der Regen wurde zum Labsal für die gepeinigte Seele. Erst nach geraumer Weile setzte Martin sich auf. Immer noch zitterte er am ganzen Leib, die Lippen bebten: »Dank, liebe Anna, hab Dank. Und nichts und niemand wird mich von dem Gelübde abbringen.« Er sah den davonziehenden Wolkendämonen nach. »Nein, auch nicht der Vater.«

Martin sah sich um, sein Rucksack lag im Blatt- und Astgewirr der niedergestürzten Eiche. Ein Schauer befiel ihn. Nur um wenige Armeslängen hatte ihn der Baum verfehlt. Erneut stiegen die Tränen, doch nun, weil Erleichterung die Enge löste.

Mühsam erhob er sich. Heftiger Schmerz durchzuckte das rechte Bein. Kaum vermochte er mit den Fußspitzen aufzutreten. Im Fall musste er sich den Knöchel verstaucht haben. »Der Schmerz beweist mir, dass ich lebe. Warum also sollte ich klagen?«

Er raffte sein Bündel, noch ein Blick zur auseinandergerissenen Eiche, dann humpelte er weiter. Ehe die Nacht anbrach, musste er das Stadttor von Erfurt erreicht haben.

12

Ächzend kam der Holzwagen im Innenhof zum Stillstand. Rupert sprang vom Bock und schob Bremskeile an die Räder, dann erst schloss er das hohe Tor. Ausgiebig kratzte sich der Knecht im schwarzen Haar, dehnte die Schultern und schlenkerte beide Arme. Früh war es. Als er vor gut einer Stunde angespannt hatte, war der Montagmorgen im Haus noch nicht erwacht, jetzt qualmte der Schornstein, in den Geruch nach Brand mischte sich bereits der Duft von Haferbrei, und aus dem Küchenfenster drangen die Stimmen der Mägde.

Rupert schirrte das Pferd aus. »Komm, mein Guter. Du hast für heute dein Futter verdient. Für uns aber geht's gleich erst richtig los.« Während er den Wallach in den Stall führte, strich er Mähne und Kruppe mit weichem Druck.

Bei seiner Rückkehr stand Meister Til, nur mit dem langen Nachthemd bekleidet, neben der Ladefläche. »Was hab ich gesagt«, murmelte Rupert vor sich hin, seufzte leise und wünschte laut: »Einen schönen Morgen, Herr.«

»Wenigstens auf dich ist Verlass. Meine Herren Gesellen lassen sich Zeit. Nur wer früh aus den Federn ist, hat was vom Tag.«

Til befühlte die Schnittstelle des obersten der fünf Lindenstämme, roch an seinen Fingerkuppen, wollte sichergehen und drückte die Nase selbst ans Holz. Nachdem er so die ganze Ladung überprüft hatte, ließ er beide Hände mit liebevoller Hingabe über die Rinden streichen. »Kein Zweifel, es sind unsere Schönen. Frisches Holz ohne morsche Stellen. Genau die habe ich mir im Hafen ausgewählt. Keiner der Spitzbuben vom Holzmarkt hat sie übers Wochenende gegen minderwertige Stämme ausgetauscht.«

»Wusst ich schon.« Rupert zeigte sein breites Lächeln, nur die vorderen Zähne des Oberkiefers waren vorhanden, in den rechten Mundwinkel hinein klaffte eine dunkle Lücke. »Hab für mich am Freitag Zeichen gemacht, als Ihr dem Kapitän das Geld bezahlt habt«, er deutete auf die kleinen Kreuzschnitte, »damit ich die richtigen Stämme heute beim Verladen erkenne.«

Offen sah der Meister ihn an: »Ich bin sehr froh, dass du nun bei uns bist. Glaub nur, du bist mir eine große Stütze.«

»Nein, ich muss Euch danken, Herr.« Rupert rieb sich die Narbe am Hals. »Hab doch gar nicht gewusst, wohin ich sollte. Und wenn Ihr nicht gewesen wärt ...«

»Schon gut«, unterbrach Til beinah schroff, um die Rührung nicht aufkommen zu lassen, und wies auf das hüfthohe Eisengestell neben dem Lagerschuppen. »Nachher trägst du mit den Gesellen einen Stamm nach dem andern rüber und schälst ihn ab. Aber Vorsicht, zieh das Messer gleichmäßig mit beiden Händen. Verletz mir das Holz nicht. Denk immer dran, dass in einem der Stämme die heilige Maria schläft und in den andern die Apostel oder der kleine Jesus oder die Engel und noch viele mehr. Sie alle werden später in der Herrgottskirche von Creglingen über dem Altar stehen. Also keine Scharten und tiefen Schnitte.«

Wieder befühlte Rupert die Narbe. »Sorgt Euch nicht, Herr. Von mir wird niemand verletzt.«

»Gut so. Und jetzt muss ich mich sputen.« Til wandte sich schon ab. »Was für ein Tag heute. Werkstatt, dann Rathaus und dann zusätzlich die Wache am Pleichacher Tor.« Er eilte zum Haus hinüber, der Saum des Nachthemdes spannte bei jedem Schritt.

Weil die kleineren Kinder noch fehlten, noch nicht ihre Plätze unter dem Wandkreuz erobert hatten, herrschte im Speiseraum friedvolle Ruhe. Still löffelten die Gesellen den Brei, kauten halb verschlafen am Brot, ab und zu fiel ein Wort, es vermochte aber kein Gespräch anzustoßen.

»Morgen.« Rupert setzte sich, nahm das Kopfnicken als Gegengruß und schob seinen Napf an die dampfende Schüssel.

Zwei lange Tische für die Männer mussten inzwischen nahe den Fenstern bei jeder Mahlzeit aufgebaut werden. Seit der Wahl des Meisters zum Stadtrat war die Zahl der Gesellen auf vierzehn angewachsen, überdies hatte Til an einem Mittag vor zwei Monaten den neuen Mann mit in die Essstube gebracht. »Das hier ist Rupert. Rupert Heistkamp aus Estenfeld. Ich will es mit ihm als Hausknecht versuchen. Wenn er sich gut anstellt, soll er bleiben.« Der Meister sah von einem Gesicht zum anderen. »Helft, dass er sich einfindet, gebt ihm Platz hier am Tisch und auch oben in der Schlafkammer.« Er schob den kräftig gebauten Mann an der Schulter in Richtung der Fenster. »Gottes Segen für dich.«

Rupert sah kaum auf, er grüßte mit verhaltener Stimme in die Runde, bereitwillig waren zwei Gesellen enger auf der Bank zusammengerückt und hatten ihn neben sich eingeladen.

Seitdem wohnte er mit allen oben unterm Dach des Wolfmannsziechleins. Ein unauffälliger, fleißiger Arbeiter. Von seinem Leben in Estenfeld erzählte er wenig. »Ich hab's dort nicht mehr ertragen.« Damit mussten sich die Neugierigen begnügen. Er war freundlich zu jedermann, nie lachte er laut, wohl aber konnte er lächeln, besonders wenn die kleinen Rotschöpfe des Meisters um ihn herum waren; und kaum hatten Jörg, Hans und Barthel die große Zahnlücke zum ersten Mal bemerkt, versuchten sie immer wieder, sein Lächeln mit Ulk oder den sonderbarsten Grimassen hervorzulocken.

Gleich nach dem Frühmahl wurde ihm der erste Lindenstamm aufs Gestell gelegt. Rupert stieg hinauf, stellte sich breitbeinig darüber und zog mit dem Schäleisen eine Rindenschlange nach der anderen vom Holz.

»Guten Morgen.«

Beim Klang der Stimme fuhr der Knecht zusammen, mitten im Zug stockte die Klinge. Rupert wandte den Kopf. »Gut …« Er schluckte. »Ja, gut ist er. Ich mein, wenn du es sagst.«

»Warm wird es heute.« Magdalena zwinkerte vergnügt zu ihm auf. »Dabei haben wir schon Ende Oktober.«

»Ja, warm.« Wie angewurzelt bewegte Rupert weder Arme noch den Rücken. Halb im Scherz fuhr sie ihn an: »Heute bist du aber besonders gesprächig.«

Er richtete sich auf, wischte die Hände gründlich am Kittel ab, öffnete leicht den Mund, sah aber nur aus großen dunkelbraunen Augen zu ihr hinunter.

»Na, sehr schön.« Magdalena seufzte übertrieben.

»Nicht böse sein. Bitte.«

»Warum sollte ich? Nein, halt …« Sie stemmte beide Hände in die

Hüften. »Natürlich bin ich wütend, weil du nicht mit mir reden willst.«

Rupert senkte den Blick. »Das ist nicht so leicht. Ich mein, das mit dem Reden mit dir.«

Seine Verlegenheit schürte unvermittelt die Lust, ihn ein wenig weiter in die Enge zu treiben. »Wer's glaubt. Nein, nein, ich bin freundlich zu dir und du? Maulfaul nennt man so was.«

»Verärgern will ich dich nicht. Bestimmt nicht ...«

»So kommen wir nicht weiter.« Magdalena winkte ab. »Ich muss zur Herrin. Eh du mir was erzählt hast, tanzen die Kinder im Haus über Tisch und Bänke.« Sprach's und ging über den Hof davon. Erst nach einigen Schritten heiterte sich ihre Miene auf. Längst wusste sie, warum er manchmal stotterte, kaum einen vollständigen Satz hervorbrachte, wenn sie in seine Nähe kam. So was tut auch mal gut, dachte sie, ich wünscht zwar, es wär ein anderer. Aber wenn der Rupert so guckt, ist es auch ganz schön.«

Nicht in der groben Arbeitskleidung, schon angetan mit dem samtenen Wams, darüber die Schaube mit dem bis über die Schulter reichenden Kragen, ging der Meister im Schnitzraum von Bank zu Bank, nahm erst die Zeichnungen zum Flügelalter für die Kirche der Dominikanerinnen in Rothenburg zur Hand, prüfte dann den Fortschritt der Arbeiten an der Kreuzigungsszene.

»Achtet mir auf die Brustfalten des Kaiphas. Wenn der Hohepriester die linke Hand ins Gewand steckt, dann will ich den Druck an den Falten sehen.« Er deutete auf die von ihm gefertigte Vorlage und reichte dem Gesellen das Blatt zurück. »Dass mir keiner ans Gesicht des Heilands geht. An kein Gesicht im Mittelschrein. Die arbeite ich selbst, sobald ich Zeit habe.«

Einen Werktisch weiter arbeiteten gleich drei am Ölbergbild des linken Altarflügels. »Die Hände. Nur Klötze mit dürren Stöcken. Ohne jeden Ausdruck. Hier seht genau hin!« Er tippte auf seine Ganzzeichnung. »Im Schlaf legt jeder Jünger sein Gesicht weich in die Hand. Weich, sage ich.« Jetzt verdeutlichte er es an dem originalgroßen Ausschnittsblatt. »Also müssen die Finger sich etwas nach innen biegen, sich anschmiegen.«

Die Stirn gerunzelt, betrachtete er eine Weile die Figuren des rechten Altarflügels. »Jeder ist am richtigen Platz«, murmelte er und maß die Abstände von beiden Randseiten zum auferstandenen Christus, die Spanne zu den Wächtern. »Auch die Anordnung ist so, wie ich es gewollt habe … Nein, das ist es.« Leichter Spott flackerte in seinen Mundwinkeln. »Wer von euch arbeitet an den beiden Figuren unterhalb des offenen Grabes?« Kaum war die Frage gestellt, stieg Röte ins Gesicht des jüngeren Gesellen.

»Also du.« Der Meister wies einladend auf den Boden. »Nun kauer dich so nieder wie dein Knecht hier unten auf der rechten Bildseite.«

»Ich versteh nicht, Herr.«

»Nimm die gleiche Körperstellung an.« Der Ton verschärfte sich. »Wird's bald!«

Von den anderen Tischen näherten sich die Kollegen, reckten die Hälse und feixten.

Der schmal gebaute Bildschnitzer sank auf das linke Knie, stellte das rechte angewinkelte Bein vor sich hin und neigte den halb gestreckten rechten Arm außen an Ober- und Unterschenkel vorbei, dass seine Hand beinah den Fuß berührte. So verharrte er.

»Nein, Junge. Wie ich hier sehe, bist du noch nicht in der Stellung. Nur zu!«

Der Geselle drehte den Oberkörper nach links, hob auch den linken Arm über die Kappe und sah zum Meister hoch.

»Genügt mir nicht. Dein Knecht biegt viel mehr den Hals zurück, schraubt den Kopf fast über die linke Schulter.«

»Es … es geht nicht, Herr.«

»Versuch es!«

Der Befehl forderte Gehorsam. Nur ein Ansatz, und schon kippte der Geplagte über die rechte Seite um, lag in den Holzspänen. Das schadenfrohe Gelächter der Kollegen schnitt Til mit einem kurzen Wink ab. »Steh auf, Junge!«

Ruhig wartete er ab. »Eine Änderung der Haltung ist in diesem Stadium nicht mehr möglich. Die Dominikanerinnen müssen sich eben damit abfinden. Ohne Zweifel, Junge, du führst dein Messer gut. Aber das allein nutzt dir wenig. Nur wenn du dich selbst auch im Körper deiner Figuren bewegst, werden sie lebendig, sonst bleiben sie verrenkte Wichte mit Schlangengliedern.« Er sah in die Runde. »Das gilt für jeden von euch. Und jetzt zurück an die Arbeit!«

Noch an der Schwelle zum Steinsaal rief der Meister: »Tobias!«

Sein Altgeselle beendete erst die leichte, schnelle Schlagfolge mit dem Klüpfel, das Zahneisen kämmte eine Locke ins Fell des Lammes, das Johannes der Täufer auf dem Arm trug, dann erst ließ er das Werkzeug sinken und wandte sich um.

»Tobias, komm mit ins Bildlager. Ich hab etwas zu besprechen.« Auf dem Weg zur hinteren Kammer sah Til zur Seite, stockte, war in ungeahnt raschen Schritten bei der Werkbank, auf der sein Apostel Philippus ruhte, über den sich gerade einer der Lehrbuben beugte. »Wag es nicht!« Wie eine Pranke fuhr seine Rechte dem Jungen in den Nacken, hob ihn von den Füßen, schüttelte ihn. »Was tust du da?«

»Nicht! Bitte, bitte.«

»Sag es mir!«

»Ich soll glätten.«

Hart setzte Til das schmächtige Kerlchen ab, schlug ihm den faustgroßen Stein aus der Hand. »Hast du's nicht bemerkt. Da sind scharfe Kanten dran. Wolltest du die schönen feisten Wangen unseres Philippus etwa zerkratzen.«

»Nein, Meister.«

Til schnappte nach dem Ohr. »Und wo ist das Wasser? Du warst wohl zu faul, dir eine Schüssel zu holen. Hab ich recht? Nur mit einem glatten, nassen Stein darf geschliffen werden. Merk dir das ein für alle Mal!«

Ohne den Griff zu lockern, zog ihn der Meister zu dem Gesellen, der für ihn verantwortlich war. »Wie kannst du den Kleinen allein arbeiten lassen?« Grimmig schüttelte Til den Kopf. »Nein, schweig! Ich will nicht mit dir streiten, wer in Wahrheit bestraft werden müsste.« Er übergab den Lehrbuben. »Lass diesen Unhold heute nicht aus den Augen. Zeig ihm, wie eine Steinfigur zu glätten ist.«

Til ließ die beiden stehen, mit den Händen kämmte er das Haar zurück und blies den Atem hörbar durch die Lippen. Wortlos folgte ihm Tobias zur Kammer. Hier lagerten in den oberen Regalen die Großzeichnungen zu den Altären und einzelnen Stein- und Holzfiguren, in den leichter zugänglichen unteren Fächern stapelten sich die Pausvorlagen für grobe Umrisse bis hin zu den verschiedenen Faltenwürfen und Mustern für die Verzierung der Kleidersäume.

»Tobias, so geht es nicht weiter. Als sie mich im letzen Jahr zum Stadtrat wählten, war mir klar, dass ich etwas meiner Arbeitszeit opfern müsste. Aber jetzt …« Til wölbte die Unterlippe vor und zurück. »Dieses Amt des städtischen Baumeisters frisst mich bald ganz. Das bedeutet, wenn wir alle unsere Termine einhalten wollen, müssen wir die Werkstatt noch besser organisieren.«

Tobias kratzte sich nachdenklich den klebrigen Staub vom Kinn. »Wir haben keine Faulenzer. Alle arbeiten von früh bis es dunkel wird. Mehr als arbeiten können wir nicht.«

»Ich versuche es dir zu erklären. Warte.« Til entrollte die Ganzzeichnung des Retabels für die Kirche der Dominikanerinnen und legte sie auf den Boden. Jetzt nahm er die beigefügte Einzelvorlage zur Gruppe der trauernden Frauen und zeigte sie seinem Altgesellen. »Die gleichen Figuren, auch in der Körperhaltung, wie schon im Altarbild für die Franziskanerkirche in Rothenburg. Und das war mein erster großer Flügelaltar.« Zum Beweis entrollte er auch diese Zeichnung und prüfte das Datum. »Vor beinah zwanzig Jahren hab ich diesen Entwurf angefertigt. Sieh genau hin! Es sind die gleichen Figuren, nur habe ich sie für die Dominikanerinnen etwas anders zusammengestellt. Und für Creglingen werde ich ähnlich vorgehen. Verstehst du?«

Tobias schüttelte den Kopf. »Gemerkt hab ich's schon, dass unsere Söldner am Kreuz, auch der Hohepriester und auch die Heiligen sich immer wieder ähneln, selbst der kleine oder der große Jesus. Aber ich versteh nicht, was wir jetzt verbessern sollen?«

»Eines hast du wenigstens schon begriffen. Ja, unsere Figuren müssen sich gleichen.« Und ohne großes Aufheben, beinah leicht setzte Til hinzu: »Weil sich so das heilige Licht von einer Maria auch in der nächsten entzündet oder die Kraft von einem Christus auch im nächsten wieder entsteht. Daran glaube ich und werde immer daran festhalten.« Jetzt erst hob er die Stimme: »Außerdem aber müssen sich all die Apostel oder Engel auch noch ähnlich sein, weil jeder Kunde oder Betrachter sofort erkennen soll, dass sie aus meiner Werkstatt stammen. Meine Handschrift tragen.«

Der Altgeselle grinste. »Und wir alle sollen schreiben wie Ihr?«

»Wer etwas anders schnitzt oder aus dem Stein schlägt …« Til zahlte ihm das Grinsen mit einem sanften Schmunzeln zurück. »… der wird morgen ausgelohnt und darf sich eine andere Werkstatt suchen. Du kennst mich gut genug. Jetzt aber zur Neuerung: Ich möchte, dass du unsere Leute nach ihren besonderen Fähigkeiten einteilst. Also: Wer schlägt die beste Grobform aus dem Stein? Wer schnitzt die schönsten Faltenwürfe und so fort. In Zukunft werden wir die einzelnen Aufträge nicht mehr im Ganzen einem der Gesellen übertragen, sondern ihm wird von unseren Spezialisten bei den immer wiederkehrenden Details geholfen.« Til ordnete bereits die Zeichnungen zurück. »Damit könnten wir mehr schaffen, und die Qualität leidet dennoch nicht.«

Tobias nickte, schüttelte dann aber gleich den Kopf. »Soll das heißen, Ihr selbst wollt gar nichts mehr tun?«

»Höre ich da etwa einen Vorwurf? Wer entwirft? Wer verhandelt mit den Auftraggebern?«

»Verzeiht, Meister.«

Doch Til fühlte sich angegriffen. »Auch wenn ich noch so viel im Stadtrat zu tun hätte, glaub mir, auch in Zukunft verlässt kein Stück die Werkstatt, das ich nicht abgesegnet habe. Außerdem gehören mir die Gesichter und die Hände, und ich werde, sooft es notwendig sein wird, die Hauptfiguren selbst ausarbeiten.«

»Ich wollte wirklich nicht …«

»Weißt du, was es heißt, ein solch großes Haus, solch eine Werkstatt zu führen?« Die Zornader schwoll auf der Stirn. »Nein, darüber macht sich keiner von euch Gedanken. Warum auch?« Til schlug mit der Faust gegen die Wand. Verharrte so, erst nach einigen Atemzügen öffnete sich die Hand, glättete sich wieder der Rücken. »Wir benötigen uns gegenseitig, das weißt du ebenso wie ich.« Til wandte sich um, er versuchte zu scherzen: »Und jetzt muss ich zur Ratssitzung. Also wieder kein Stechbeitel oder Scharriereisen für den Meister.« Die Heiterkeit misslang. »Und später dann die Wache am Pleichacher Tor. Weil heute auch noch König Maximilian mit großem Gefolge unser Würzburg beehrt und ich ihn begrüßen soll.«

»Der König?«, staunte Tobias. »Da wär ich gern dabei.«

»Untersteh dich.« Endlich wieder leicht in der Stimme, drohte ihm Til mit erhobenem Finger. »Einer von uns beiden muss doch in der Werkstatt bleiben.« Meister und Altgeselle lachten leise.

Draußen im Hof wartete Gertrud. »Vater?« Und weil er nicht stehen blieb, beeilte sich die Siebzehnjährige, mit ihm Schritt zu halten. »Bitte, Vater. Ich muss mit dir reden.«

»Aber ich bin auf dem Weg zum Rathaus.«

»Bitte …« Der flehende Ton ließ ihn stocken, kurz zur Seite blicken, die Pflicht aber trieb ihn weiter. »Mein Töchterchen … Es tut mir leid, aber ich muss …« Sie hatten das Dunkel der überdachten Hofeinfahrt erreicht. »Können wir nicht ein anderes Mal reden, wenn ich mehr Zeit habe?«

»Aber du hast ja nie Zeit.«

»Ich arbeite zu viel, das ist wahr.« Er öffnete die Pforte im Torflügel. »Nun komm, begleite mich ein Stück, und erzähl mir unterwegs, was dich bedrückt.«

»Das ist schwer …« Gertrud zog die Zipfel ihres Schultertuches enger über dem Busen zusammen, helle Not stand in den Augen, runzelte die Stirn der jungen Frau. »Weißt du, Vater, wie alt ich bin?«

Ein Passant grüßte den Bildschnitzer und Baumeister. Til lächelte, neigte den Kopf. Und gleich darauf hieß es wieder: »Gott zum Gruß.« Und ebenso freundlich antwortete er. Als das Ende der Franziskanergasse erreicht war, wandte er sich wieder der Tochter zu. »Verzeih, was hast du mich gefragt?«

Gertrud sah zu ihm auf, ihre Lippen zitterten: »Ich bin schon siebzehn …«

»Meister Riemenschneider!« Ein Ratskollege winkte von der anderen Straßenseite herüber. »Ein schöner, warmer Tag heute, gerade recht für den Königsbesuch.«

»Das ist wahr.«

»Wir sehen uns gleich bei der Sitzung.« Eilig bog der Mann oberhalb des Fischmarktes in eine Nebenstraße ein.

»So, meine Schöne.« Noch ehe er mit den Gedanken bei ihr war, sprach er schon weiter: »Ein Geschenk also. Was wünschst du dir denn?«

Tränen schimmerten in ihrem Blick. »Du hörst mir ja doch nicht zu. Ach, Vater.« Gertrud wandte sich um. »Alle …«, schluchzte sie auf, »alle in dieser verdammten Stadt sind dir wichtiger.« Damit lief sie in die Franziskanergasse zurück.

Betroffen sah Til seiner Tochter nach. »Nein, mein Mädchen, das ist nicht wahr. Nur jetzt …« Er ging weiter. Bei nächster Gelegenheit werde ich in Ruhe mit dem Kind reden, nahm er sich fest vor, und dann darf uns niemand stören.

Gegen Mittag verließ Magdalena das Haus, in der Hand trug sie einen Wasserkrug. Florian und Katharina folgten ihr und schleppten den mit Kohlrabigrün hoch gefüllten Korb für die Kaninchen.

»Keiner darf alleine zu den Ställen.« Der Befehl galt für alle Kinder. Zwar waren ihr Sohn und das Mädchen sicher alt genug, um die Tiere zu füttern. Doch wenn Magdalena es ihnen erlaubt hätte, dann wären die drei Kleinen mit dem Verbot nicht mehr zu beeindrucken gewesen und sicher schon tags darauf heimlich zu den Hasen geschlichen. Dies durfte erst gar nicht anfangen; denn langohrige Spielkameraden mit weichen Näschen waren nun mal, wenn fett genug, nur mit Tränen und lautem Geschrei in Schlachtvieh zurückzuverwandeln.

Der Weg zu dem niedrigen Verschlag führte an Rupert vorbei. Er schälte bereits den vierten Stamm, und weil ihm heiß war, hatte er das Kittelhemd abgestreift und arbeitete mit bloßem Oberkörper. Magdalena wollte ihm etwas Spöttisches zurufen, als sie erschreckt innehielt. »O Heilige Mutter«, flüsterte sie. Ohne den Blick von seinem Rücken abwenden zu können, befahl sie Florian und Katharina: »Geht schon vor. Ich komme gleich mit dem Wasser nach.«

Erst nachdem beide hinter dem Pferdestall verschwunden waren, trat sie näher. Narben zogen sich bis hinauf zum Nacken und Hals, tiefe Furchen, bläuliche und schwärzlich rote. »Was ist …?«

Rupert fuhr zusammen und drehte sich um. »Hab dich nicht kommen hören.« Er sah den Krug. »Für mich …? Ich mein, du bringst mir was zu trinken?«

»Nein, das ist für die Kanin … Doch ja … sicher hast du Durst.«

Sie reichte ihm das Gefäß hinauf. Während Rupert tiefe Schlucke nahm, sich dann einen Schwall Wasser über den Kopf schüttete, entdeckte Magdalena die handtellergroßen Narben auf seiner Brust, dort, wo auf der linken Seite Warze und Hof sein sollten, klaffte ein Loch. Er wollte ihr den Krug zurückgeben, sie aber schüttelte langsam den Kopf. »Was ist dir zugestoßen?«

»Ach, das bedeutet nichts.« Fahrig bückte er sich nach dem Kittelhemd und zog es über.

»Sag es mir. Bitte!«

Er hob das Schäleisen an beiden Griffen hoch, legte es beiseite, und behutsam tätschelte er das helle Holz. »Der Meister meint, dass in einem der Stämme unsere Muttergottes schläft. Vielleicht in dem hier? Was meinst du?«

»Ich möchte es wissen.«

Rupert richtete sich auf, sein Gesicht schien einzufallen, die Augen groß und stumpf. »Sie kamen am Abend wieder. Durch die Hoftür und vorne rein …«

»Wer kam?«

»Wir saßen am Tisch, die Frau, meine beiden Mädchen und ich, da kamen … Die Blutzapfen waren es. Gleich fünf.«

Magdalena wagte kaum zu atmen. Das Bild in ihr erwachte wieder: Reiter in schwarzen Mänteln, die Gesichter verborgen unter den breiten Hutkrempen … die Kerle stiegen ab … drangen ins Haus ein … »Blutzapfen.« Nur ein Flüstern gelang.

»Dabei hatte ich mittags um Aufschub gebeten. Nur für einen Monat. Und sie waren einverstanden.« Rupert starrte ins Leere. »Ihren Spaß hatten sie die ganze Nacht. Und meine Mädchen haben nach mir geschrien, immer wieder. Aber ich konnte nicht helfen …« Als müsste er sich vor sich selbst rechtfertigen, setzte er hinzu: »Weil … mich hatten sie bei der Feuerstelle mit den Händen oben an den Haken für die Kesselkette gebunden. Nein, helfen konnte ich wirklich nicht.« Langsam rieb er die Narbe an seinem Hals. »Am Morgen waren alle tot, die Frau und meine Mädchen. Mich hatten sie einfach hängen lassen, weil sie dachten, ich hätte das Sengen und Stechen mit dem glühenden Schüreisen nicht überlebt.« Nach einer langen Pause sprach er weiter. »Erst wollt ich auch tot sein. Das ging aber nicht. Später bin ich dann weg von Estenfeld, weil … leben konnte ich da nicht mehr.«

»Hier bei uns bist du sicher. Hier gibt es keine Blutzapfen. Verflucht sollen die Äbte und feinen Herren sein, die solche Bestien auf uns arme Leute loslassen. Ach, wenn ich Macht hätte …« Magdalena nahm den Krug und presste ihn fest an sich. »Es tut mir unendlich leid. Das mit deinen Kindern, mit deiner Frau. Und all das da. Vielleicht heilen die Wunden, auch die da drinnen. Ich … ich wünsche es dir so sehr.« Sie fühlte die Tränen steigen, rasch wandte sie sich ab und eilte den Kindern nach. Im Schutz des Pferdestalls stöhnte sie auf: »O großer Gott, warum lässt du so was zu? Erst mein Jakob. Dann auch Rupert. Und all die anderen. Warum nur?«

Von weit her erschallten Fanfarenklänge. Rasch kamen sie näher. So lange erwartet, jetzt am späten Nachmittag war es endlich so weit. Die Schaulustigen rechts und links der Pleichacher Straße drängten dichter an die Seilabsperrung; sofort kreuzten vor ihnen Bewaffnete die Lanzen, bildeten einen undurchdringlichen Zaun; höchste Sicherheit hatte der Rat für den hohen Besuch angeordnet.

Auch außerhalb des Tors säumte Volk den Fahrweg. Gleich im Schatten des stark befestigten Wachturms stand Magdalena mit den Kindern auf der Ladefläche eines Gemüsekarrens.

Vor gut einer Stunde hatte die Bäuerin nur die Kinderköpfe gezählt. »Oje. Fünf Blagen musst du versorgen. Bist ein armes Ding. Na, dann klettert mal alle hoch. Hier bei mir könnt ihr unsern König Max besser sehen.« Dankbar reichte ihr Magdalena die drei Rotschöpfe an, Florian und Katharina wollten sich nicht helfen lassen, zuletzt stieg sie selbst hinauf.

Erst herzte die Alte den Jüngsten an ihrem Busen, bis Barthel sich mit Strampeln und Fäustestemmen befreite, dann zwinkerte sie Magdalena zu. »Diese jungen Kerlchen könnt ich so wegfressen. Wie die riechen. Und was für eine zarte Haut die haben. Und so fest das Fleisch.«

Jörg hatte mit offenem Mund zugehört. Langsam duckte er sich, griff heimlich nach den Händen seiner jüngeren Brüder und zog sie zur Kante der Ladefläche hinüber.

»Hiergeblieben!« Magdalena schnappte nach dem Kragen des Ältesten.

Da umhalste Jörg sie und flüsterte aufgeregt. »Nur weg hier. Das ist eine Hexe. Auffressen will die uns.«

»Aber nein, das hat die Frau nur so gesagt. Sie mag kleine Buben, aber nicht, um sie zu essen. Glaub mir, lieb ist die. Ganz bestimmt.«

Das Misstrauen war nicht ganz abgebaut, und so sorgte Jörg dafür, dass er mit den Brüdern direkt an der Seitenlade stand und zum Schutz Florian und Katharina im Rücken wusste.

»Bin nach dem Markt nicht heimgefahren. Hab meinen Wagen gleich hier abgestellt und die Kuh so lange rüber auf die Mainwiese gebracht.« Das Gesicht der Alten knitterte sich zusammen, vergnügt zwinkerte sie Magdalena zu. »Schlau bin ich immer schon gewesen. Den letzten Kaiser hab ich auch von hier gesehen. Das ist der beste Platz, der auf der rechten Seite, weil er hier vor dem Torhaus anhalten muss, wegen der Begrüßung. Und wenn ich deinen Kinderchen jetzt auch noch eine Freude machen kann, dann freut es mich noch viel mehr. Und jedes sieht so ordentlich aus. Bist schon eine tüchtige Mutter.«

»Sind nicht alle von mir. Nur der Große da.«

Es dauerte einige Atemzüge. »Und wo hast du die anderen her?«

»Ich versorg sie. Wenigstens die Kleinen. Anziehen, spielen, ich flicke ihre Sachen, sehe zu, dass sie ordentlich essen …«

»Von morgens bis abends?«

»Das ist Arbeit genug.«

»Und die Mutter?«

»Sie führt das Haus.«

Die Alte saugte geräuschvoll an ihren Backenzähnen. »Nur von Herrschaften auf den Burgen hab ich bis jetzt so was gehört, dass sie Frauen bezahlen, die ihnen die Kinder großziehen. Aber auch in der Stadt?«

»Meine Herrin ist nicht so gesund, deshalb.«

»Dann erzähl mir mal …«

Und Magdalena hatte gern und ausführlich geantwortet, bis nun die Fanfaren die Ankunft des Königs meldeten. So wohl hatte ihr das Geplauder mit der Bäuerin getan, die furchtbaren Bilder von Rupert und seiner Familie waren ein wenig in den Hintergrund gedrängt, das Atmen fiel ihr wieder leichter.

Katharina hüpfte auf der Stelle und stieß ihrem Florian in die Seite. »Ich sehe den König …« Längst bändigten neu gewachsene Schneidezähne ihre Zungenspitze und hielten das S im Zaum. »Ganz viele Könige sind es. Oder?«

»Gar keine siehst du«, erklärte der erfahrene Beobachter nachsichtig. »Der König sitzt hinten in der Kutsche, das da vorn auf den Pferden sind seine Trompeter und die Eskorte.«

»Aber schöne Kleider haben sie.«

Florian seufzte. »Das sind Uniformen.«

Groß sah Katharina zu ihm auf, schlüpfte mit der Hand in seine. Als er es erlaubte, strahlte sie und fühlte sich nun gegen alle Fehler gefeit.

Trompeter und Vorhut hielten vor dem Torhaus an. Mit Anziehen der Zügel und leisen Zurufen brachte der Kutscher hinter ihnen den königlichen Sechsspänner zum Stehen, Schaum stand den Schimmeln ums Maul. Die Bläser hoben die Hörner. Kurze, schmetternde Stöße stiegen auf, und während sie weithin die Ankunft seiner Majestät verkündeten, verließ die Abordnung des Stadtrates, angeführt von Tilman Riemenschneider, das Torhaus und näherte sich der rechten Seite des hochherrschaftlichen Wagens.

Die Fanfaren verstummten, dafür setzte gedämpfter Jubel ein, er blieb noch verhalten, als die Herren sich vor dem geschlossenen Kutschenschlag verneigten, dann aber öffnete sich das Fenster, und das Antlitz des Herrschers erschien, unter schwarzen Brauen leuchteten die bernsteinfarbenen Sonnenaugen auf.

»Hoch, König Max. Vivat! Vivat!« Und mit der zunehmenden Begeisterung wuchsen ihm die Herzen der Bürger entgegen.

Oben auf dem Gemüsekarren reckten die drei kleinen Söhne des Bildschnitzers die Hände, winkten. Das Rufen der Frauen und Männer steckte an, und Barthel stimmte als Erster mit ein, wenig später auch die beiden Brüder; ein Wettstreit entbrannte: Wer konnte lauter, ausdauernder schreien.

Am Wagen nahmen die Herren des Rates ihre samtenen Barette ab, und Tilman Riemenschneider trat einen Schritt vor. Gleich ebbten die Hochrufe ab.

»Willkommen, Eure königliche Majestät. Die Bürger von Würzburg …«

Nun schwieg der Jubel. Vom Gemüsekarren aber tönte, jetzt gut vernehmlich, der helle Dreiklang weiter: »Vater! Vater! Vater!«

» Es ist uns eine hohe Ehre ...«

»Vater! Vater! Vater!«

Sichtlich gestört wandte Til kurz den Kopf zu den Schreihälsen, bemühte sich aber, den Faden seiner Ansprache nicht zu verlieren. »... Mögen Eurer Majestät stets Gottes Segen und Glück ...«

Ohne Unterbrechung schrien die Rotschöpfe, als Magdalena versuchte, ihnen Einhalt zu gebieten, steigerten sie sich noch.

Tilman Riemenschneider runzelte die Stirn: »Und so will ich noch mal Eure Majestät im Namen des Stadtrates willkommen heißen ...«

Da winkte ihn der König näher. »Hab Dank, guter Mann. Lass es genug sein! Mir scheint, gegen diesen Chor kannst du nur schwer ansingen.« Das Lächeln verbreitete sich. »Im Vertrauen, sind das deine Söhne?«

»Verzeiht, Majestät, ich bitte um Nachsicht. Sie sind noch unwissend.«

»Nein, nein, sag das nicht.« Der Verschlag öffnete sich. Maximilian I. drehte sich sitzend dem Sprecher des Stadtrates zu und stützte die Ellbogen auf die Knie. Im Plauderton fuhr er fort: »Sie jubeln schon dem Richtigen zu. Was sollen die Buben mit einem König? Du bist ihr Held, ihr Beschützer und, so hoffe ich, auch ihr Freund.«

»Eure Majestät beschämen mich.«

»Nun, zeig dich huldvoll und nimm den Jubel an, sonst schreien sie sich noch die Kehle aus dem Hals.«

Til winkte zum Gemüsekarren hinüber, zwischendurch gab er eindeutige Zeichen, drohte auch mit der Faust und winkte wieder. Völlig außer Atem, vom Erfolg aber sichtlich zufrieden, klammerten sich Barthel, Hans und Jörg mit den Händchen an die Seitenlade und sahen dem Geschehen neugierig, nun aber stumm zu.

»Eure Majestät sind sehr verständnisvoll. Habt Dank!« Til verbeugte sich.

Mit leichtem Kopfschwung warf Maximilian das wellige, schulterlange Haar zurück und zeigte keine Eile. »Sag, guter Mann, welchen Beruf übst du aus?«

»Bildhauer und Bildschnitzer. In aller Bescheidenheit, ich führe eine Werkstatt mit vierzehn Gesellen.«

»Bescheiden nennst du das?« König Max lachte und schlug die Faust leicht in die linke Handfläche. »Und wo gibt es etwas von dir zu bewundern?«

»Wenn Eure Majestät vor der Marienkapelle die Augen heben. Dort steht das erste Menschenpaar Adam und Eva. Oder im Dom zu Bamberg. Es war mir vergönnt, das Grabmal von Kaiser Heinrich und seiner Gemahlin Kunigunde neu zu schaffen. Oder den Altar …«

»Genug«, unterbrach ihn der Regent lebhaft, er rieb die Brauen, fuhr mit dem Finger den Grat der kräftigen Nase hinab. »Du verzeihst, wenn mir bis heute keines deiner Werke bekannt ist, aber meine Neugierde ist nun geweckt. Bildschnitzer? Das erinnert mich an einen deiner Kollegen, dessen Arbeiten ich sehr schätze. Veit … Ja, Veit Stoß. Er hat in Krakau diesen wunderbaren Altar geschaffen. Jetzt lebt er wieder in Nürnberg. Kennst du ihn?«

Kaum war der Name gefallen, hatte sich Til aufgerichtet, hatten sich die Falten um seinen Mund vertieft. Scharf sog er den Atem durch die Nase. Mehr brachte er nicht hervor.

»O, o, sollte ich da etwa eine wunde Stelle berührt haben?« Der freundliche Spott war nicht zu überhören. »Ein Konkurrent etwa?«

»Nein«, schnappte Til, gleich nickte er entschuldigend. »Erlaubt mir zu schweigen.«

»Einverstanden. Allerdings …« Der Finger spielte auf der Nasenkuppe. »Jedermann kennt meine unbändige Neugierde. Deute mir wenigstens an, was dich mit Veit Stoß verbindet.«

»Nichts, gnädiger Fürst. Außer dass mir berichtet wurde … dass er, dass er im letzten Jahr meinen Flügelaltar für die Stadtpfarrkirche in Münnerstadt farbig gefasst hat … sogar vergoldet.«

Der König lachte leise und schloss den Verschlag, er lehnte den Ellbogen in die Fensteröffnung. »Was ist daran ärgerlich?«

»Verzeiht, ich habe diesen Altar zu Ehren Maria Magdalenas vor mehr als zehn Jahren erschaffen. Ich umgab den Leib mit ihrem Haar, und jede Locke, jede Strähne ist ausgearbeitet.« Das Herz schlug Til auf der Zunge. »Engel tragen die Heilige hinauf, um dem

Gesang der himmlischen Heerscharen zu lauschen. Majestät, das Holz lebte. Und dieser Mann hat es zugekleistert.«

»So viel Leidenschaft für die eigene Arbeit? Meinen Respekt, Meister. Ich wünschte, einer meiner Sekretäre würde solch ein Engagement für die Reichspolitik aufbringen. Sei dem Kollegen Stoß nicht gram. Er wird es nicht aus Bosheit, sondern gewiss im Auftrag und für Geld getan haben.«

König Max winkte den Bürgern am Straßenrand, und in dem erneut einsetzenden Jubel wandte er sich noch einmal an den Meister: »Selten bin ich so unterhaltsam von einer Stadt empfangen worden. Dies ist dein Verdienst, guter Mann.« Er schloss das Fenster.

Die Bläser gaben Signal, auf dem Bock schnalzte der Kutscher, schlug leicht mit den Zügeln, und die sechs Schimmel zogen an. Langsam bewegte sich der königliche Zug durchs Pleichacher Tor. »Vivat! Vivat, König Max! Vivat!«

Die Aufsicht über Torhaus und Posten ermüdete. Zäh zogen sich die Stunden. Immer wieder nickte Til oben in der Wachstube ein. Nach dem Empfang des Königs und nachdem die Schaulustigen sich hinter dem endlosen Tross aus Berittenen und Versorgungswagen auf der Straße vereinigt hatten und schwatzend zurück in die Stadt geflutet waren, kämpfte der Meister gegen den Schlaf.

Keine Pflicht war ihm so verhasst wie der Wachdienst. Doch sobald hohe geistliche oder weltliche Würdenträger ihren Besuch in der Stadt ankündigten, musste ein Mitglied des Rates die Torwache kommandieren, um den Gast würdig zu empfangen. Und er durfte sich keinen Stellvertreter aus der Bürgerschaft kaufen. Nicht genug, er hatte sogar die Pflicht, den Dienst bis zur gewohnten Ablösung zu übernehmen. Weil aber König Max in der Stadt logierte, würde ihn nicht der Hauptmann erlösen, sondern ein anderer Ratskollege. »Was für eine Ehre«, seufzte Til und stützte den Kopf in die andere Hand. »Gern hätte ich darauf verzichtet und könnte jetzt schon im Bett liegen.«

Das störende Geschrei seiner Söhne war längst in ihm verhallt, umso lauter aber meldeten sich die Gedanken an Veit Stoß. »Ihn kennt der König. Weiß sogar, dass sein großer Marienaltar in Krakau steht.« Er schob die Unterlippe vor und zurück. »Dabei hört man nichts Gutes über den Herrn Kollegen. Die Wangen haben sie ihm mit glühendem Eisen durchstoßen, weil er eine Urkunde gefälscht hat. Na, mir soll's gleich sein. Nürnberg. Diese Stadt gehört eben zu einer anderen Welt. Ob nun Maler oder Schnitzer, jeder neuen Mode wird dort hinterhergerannt. Selbst der viel gerühmte Albrecht Dürer ist sich nicht zu schade.« Der Meister lehnte sich zurück. »Nein, niemals. Was in Italien gefällt, muss hier in unserm Frankenland nicht schön sein. Ich weiß meine Richtung, und die gehe ich weiter.«

Singsang unterbrach die Stille. »Hört, ihr Leute ...« Von der Pleichacher Straße her verkündete der Nachtwächter auf seinem Rundgang die zwölfte Stunde. Mitternacht. »... bewahrt das Feuer und das Licht.«

Til erhob sich und stieg die enge Treppe hinab. Unten erwartete ihn seine Ablösung. »Keine besonderen Vorkommnisse.«

Gestützt auf den Diener mit der Laterne, schnaufte der Ratskollege einige Male. »Ist ... ist in Ordnung«, brachte er dann mit schwerer Zunge hervor. Schweiß stand ihm auf der Stirn. »Bin nur froh ... froh bin ich ...« Der Satz bereitete große Mühe. »Mein Freund, sei froh, dass du nicht im Grünen Baum auf unsern ... unsern Max saufen musstest.« Ein kameradschaftliches Grinsen, der Versuch, die dargebotene Hand zu fassen, ging ins Leere, vor der untersten Stufe wandte sich der Ratsherr noch einmal um. »Das sag ich dir, Meister. So ein Königsbesuch ... also, der strengt an.« Er zog den säuerlichen Geruch nach Wein und Schnaps mit sich die Treppe hinauf.

Als Til das Stolpern und Fluchen hörte, hob er nur leicht die Brauen und wandte sich an den Lichtdiener. »Bring mich zur Franziskanergasse. Es war ein langer Tag.« Damit ging er schon in die Dunkelheit voraus. Der Knecht hastete ihm nach und blieb dann mit erhobener Laterne einen Schritt vor seinem Kunden.

»Wir müssen achtgeben, Herr. Die Ketten sind gezogen wegen des Königsbesuches. Da vorn an der Ecke ist die erste.« Er senkte das Licht, bis der Meister hinübergestiegen war. Die Quersperren dienten der Sicherheit des hohen Besuches, kein Reiter, kein Wagen konnte während der Nachtstunden diese Hindernisse überwinden.

An der Toreinfahrt zum Wolfmannsziechlein entlohnte Til seinen nächtlichen Führer und schloss die Pforte auf. Von den Laternen rechts und links der Haustür fiel ein schwacher Schimmer in den Hof. Mit Schwanzwedeln und leisem Schniefen begrüßte der Wachhund seinen Herrn. Til bückte sich etwas schwerfällig hinunter und strich ihm durchs Fell. »Leg dich wieder hin, mein Alter. Ich bin auch hundemüde.«

Im Haus war es still, die Öllampen an den Flurwänden waren tief heruntergedreht. Als er sich durchs Halbdunkel der Wendeltreppe näherte, schüttelte er den Kopf, glaubte, die Erschöpfung spiele ihm einen Streich, dann stockte er. Kein Irrtum, eine Gestalt im hellen Hemd, den Kopf auf den Knien, kauerte dort auf der zweiten Stufe. »Was willst du hier?«, raunte er.

Nichts. Reglos hockte die Person da. Til trat zu ihr, und beim Niederbeugen wusste er es. »Aber, Kind.« Behutsam fasste er nach der Schulter. »Wach auf!«

Gertrud fuhr hoch, dem ersten Erschrecken folgte einen Atemzug lang Erleichterung, gleich aber wuchs wieder die Not in ihrem Blick. »Ich hab auf dich gewartet.«

»Warum? Ist etwas geschehen?«

Die langen Zöpfe baumelten vor ihrer Brust. »Aber, Vater. Weißt du das nicht mehr?«

Til fiel der Mittag ein, die Tochter wollte mit ihm reden. O großer Gott, flehte er tonlos, aber doch nicht mitten in der Nacht. Nein, keine Schwäche jetzt, sie ist von deinem Fleisch und Blut, und du bist ein Vater, der nie Zeit hat. Er wischte sich mit der Hand übers Gesicht. »Aber ja, mein Mädchen. Ich weiß es noch. Habe nur nicht erwartet, dass du so lange auf mich warten würdest. Nun komm. Gehen wir in die Küche, da ist es noch warm, und wir wecken das Haus nicht auf.«

Sie saßen sich am Tisch gegenüber. Aus dem Weinkrug schenkte Til für beide ein. »Trink erst mal.«

Gertrud schüttelte den Kopf, sie hatte die fest gefalteten Hände vor sich gegen die Holzkante gepresst, weiß schimmerten die Knöchel im Schein der Kerze. Als der Vater nach tiefen Schlucken den Becher absetzte, nichts fragte, nur ruhig dasaß, wagte Gertrud zu sprechen: »Hat sich damals der Schullehrer bei dir über mich beklagt?«

»Aber nein. Soweit ich mich erinnere, war er sogar voll des Lobes. Weil du so rasch Schreiben und Lesen gelernt hast.«

Gertrud nickte. »Später habe ich Backen, Kochen und Nähen gelernt, war in der Weinlese und weiß, wie Butter gestoßen wird. Und ich weiß, wie ich auf dem Markt einkaufe, und ich kenne jedes Kirchenlied, sogar auf Latein kann ich singen.«

»Kein Zweifel«, jetzt nickte der Vater, »ich habe eine tüchtige Tochter.«

Gertrud sah auf die gefalteten Hände. »Findest du, dass ich hässlich bin?«

»Im Gegenteil.« Til schenkte sich nach. »Du bist mein Kleinod.« Aus ehrlichem Herzen prostete er ihr zu. »Auf dich, meine Schönste.«

»Aber dann versteh ich es überhaupt nicht. Oder du willst …?« Ein Aufschluchzen hinderte sie daran weiterzusprechen.

Sofort wurde Til ernst. »Nun sag mir, was dich quält.«

»Vater, es ist … Ich will keine Nonne werden.«

»Das verlangt auch niemand. Glaubst du etwa, ich schicke meine Tochter ins Kloster? Gegen ihren Willen? Niemals.«

»Aber dann, Vater …« Aufgewühlt wiegte Gertrud den Oberkörper vor und zurück. »Weil ich doch immer älter werde. Verstehst du? Ich … ich will nicht als Jungfer vertrocknen, Vater. Warum verheiratest du mich nicht?« Es war heraus.

Völlig überrascht starrte Til seine Tochter an. »Bist du denn …? Wie alt bist du?«

»Alt genug. Lange schon.«

»Hat Mutter dich zu mir geschickt?«

»Sie ist nicht meine Mutter.« Gertrud löste die verkrampften Hände und wischte Krümel, die nicht dort waren, von der Tischplatte. »Um mich hat sie sich noch nie gekümmert.«

»Sprich nicht schlecht von ihr, Kind. Anna ist schwach und leidend, das weißt du.«

»Die Einzige, der ich vertraue, ist unsere Magdalena. Der kann ich alles sagen. Und Magdalena meint, dass du nie was von selbst merkst. Und deshalb sollte ich es dir sagen.«

Til griff nach der Hand seiner Tochter und hielt sie fest. »Verzeih, ich bin wohl ein schlechter Vater. Die Werkstatt, all die Ratssitzungen, darüber habe ich übersehen, dass aus meinem kleinen Mädchen längst eine junge Frau geworden ist.« Unvermittelt neigte er das Gesicht und küsste sanft ihren Handrücken. »Ich verspreche und schwöre es: Du sollst einen guten, fleißigen und ehrbaren Ehemann haben. Und zwar bald. Dafür sorge ich.«

13

Götz von Berlichingen studierte mühevoll das Schreiben, dabei leckte er die Kuppe des rechten Armstumpfes, und von Zeile zu Zeile wuchs sein Vergnügen, fuhr die Zungenspitze rascher über die bläulich wulstigen Narben. »Was für ein guter Morgen …« Kein Sprechen, eher ein leises durch Laute geformtes Schmatzen, das gleich wieder versank.

Nachdem sein Knappe ihn mit dem Brief des Schwagers geweckt hatte, war er aus dem Bett gestiegen und nackt durchs Schlafgemach zum geöffneten Fenster ans Licht gegangen.

»Endlich.« Mit dem Blatt in der Faust streckte er den linken Arm. »Thoma. Wir werden reiten! Die letzen Wochen haben mir fast den Verstand geraubt. Doch jetzt ist Schluss mit diesem verdammten Nichtstun.« Im Überschwang schlug er dem Leibdiener das Pergament auf den Kopf. »Wir sagen den Kölnern die Fehde an …«

»Köln?« Thoma verschluckte sich an dem Namen, hustete, endlich kam er wieder zu Atem. »Aber, Herr? Das ist eine große, mächtige Stadt.«

»So ist es. Und ich prügele von nun an den Kölner Pfeffersäcken die Goldstücke raus.«

»Dann schicken sie uns ihre Truppen hinterher. Einen Krieg gegen uns … Wir haben doch nur dreißig Bewaffnete. Herr, so was überleben wir nicht.«

»Hat mein Schlaukopf etwa Angst?«

»Nein, Herr.« Die viel zu großen Ohren begannen zu glühen. »Das hab ich oft genug bewiesen. Aber Köln? Das ist doch etwas anderes. Seit Eure Wunde verheilt ist, haben wir nur kleine Fehden gehabt.«

»Hör auf zu jammern. Du bist Knappe und kein Hase. Ich will hier in Jagsthausen nicht versauern. Bring mir meine Kleider!«

Noch im wollenen Unterzeug rief Götz nach seinem Sekretär Sinterius, einem ehemaligen Novizen, der das Probejahr im Kloster abgebrochen und, anstatt des Lebens in frommer Demut und Gebet, den Sattel und, das Schwert gewählt hatte. Geschickter als eine Waffe aber führte er die Feder und wusste wohlklingende Sätze zu formulieren wie auch vorzutragen. Ein Mann mit solchen Fähigkeiten hatte dem sechsundzwanzigjährigen Raubritter noch in seiner Truppe gefehlt, mit Sinterius fühlte er sich für seine künftigen Unternehmungen bestens gewappnet.

Ungeduldig wartete er, bis sich der hoch aufgeschossene junge Mann das Schreibbrett umgehängt und den Federkiel angespitzt hatte. »Ich bin jetzt Feind der Kölner. Setz ihnen einen schönen Fehdebrief auf. Nun fang schon an!«

Nach diesem umfassenden Diktat tippte Götz seinem Knappen mit der linken Faust gegen die Brust: »Thoma, aufgepasst jetzt. Wenn du später selbst mal Ritter bist, dann weißt du, wie's gemacht wird.« Damit schritt er gewichtig zum Fenster, schaute eine Weile dem geschäftigen Treiben unten im Innenhof der Burg zu, dann blickte er über die Wehranlagen zu den bewaldeten Hügeln hinüber. Tief sog er den Atem ein, als könnte er den Duft der Tannen und Büsche riechen.

»Herr? Wollt Ihr ein langes Schreiben?«

»Ach was. Knapp und gut, das genügt.« Götz wandte sich um. »Hast du den Anfang?«

Sinterius räusperte sich, dann trug er mit wohltönender Stimme vor: »Wisset, Ihr Herren von Köln, und ich wende mich an Bürgermeister, Rat, Gilden, alle Ämter, Bruderschaften und die Bürger der Stadt, dass ich, Ritter Götz von Berlichingen, Euer aller und der Stadt Köln Feind geworden bin und Euch mit diesem Brief die Fehde ansagen will, darum dass Ihr …« Der Schreiber schwieg.

»Sehr schön. Und weiter? Vertrödle meine Zeit nicht.«

»Herr, ich … ich weiß den Grund nicht.«

Götz schnappte den angeknitterten Brief des Schwagers vom zerwühlten Federbett. »Also, es geht …« Er bemühte sich, die richtige Stelle zu finden. »Also, Hofjunker Reinhard schreibt aus Stuttgart …« Der Armstumpf wischte schließlich über das Papier. »Egal. Sag, dass es wegen dieses Preisschießens im letzten Jahr ist. Hier lies selbst, nimm den Brief mit und komm wieder, wenn du das Schreiben aufgesetzt hast. Zweimal brauchen wir es. Und jetzt lass die Feder kratzen, wir dürfen die schöne Zeit nicht vergeuden!«

Götz wandte sich an den Knappen. »Du reitest sofort los und rufst die Männer zusammen. Übermorgen bei Sonnenaufgang hat sich jeder hier voll gerüstet mit Pferd und Packpferd einzufinden. Nein halt, es reicht, wenn du gegen Mittag aufbrichst. Bring mir erst meine Prothese, ich will sehen, ob sie noch taugt.«

Thoma kehrte mit einem Lederbündel zurück, und während er die Schnüre löste, versicherte er: »Nach unserm letzten Streit bei Rothenburg hat der Schmied das verklemmte Zahnrad wieder gängig gemacht.« Er schlug das Ledertuch auf und befühlte den kleinen Finger der eisernen Hand. »Er wackelt auch nicht mehr.«

Sein Herr nahm die eingefettete Prothese und stuppte mit dem bloßen Stumpf gegen den harten Handteller, keiner der gestreckten Finger bewegte sich, er begutachtete die breiten Schuppenreifen der Armstulpe, keine Schlagkerbe, keine Delle, er blickte in die Öffnung, hielt sie so, dass ein Sonnenstrahl hineinfiel, und war endlich zufrieden. »Scheint wie neu zu sein. Komm, Junge, hilf mir!«

Thoma streifte ihm einen mit Katzenhaaren und Kükenflaum wattierten Wollstrumpf über das vernarbte Unterarmstück, dann schob er die Prothese behutsam darüber.

»Etwas mehr nach innen drehen.« Götz half mit der gesunden Hand, bis Elle und Speiche des Stumpfes genau in die Höhlung passten und dem eisernen Kunstwerk Halt gaben. »So geht's.«

Geübt führte Thoma die Lederriemen durch die Spangen und verengte den obersten Schuppenreif. »Herr? Das mit der Fehde hab ich noch nicht verstanden.«

»Musst du auch nicht.«

»Aber Ihr habt befohlen, dass ich von Euch etwas lernen soll.«

»Das will ich meinen.« Götz winkelte die Prothese an, damit sein Knappe die Halteschnüre leichter am Oberarm befestigen konnte. »Einen besseren Lehrmeister findest du nicht.«

»Dann erklärt es mir.«

»Was?«

»Warum wir ausgerechnet Köln die Fehde ansagen.«

»Verdammter Kerl. Und wenn du auch noch so bohrst. Du bringst mich nicht davon ab.«

Ehe Thoma weiterfragte, brachte er sich vorsorglich außer Reichweite. »Vorhin hab ich gedacht ... Also, Ihr könntet ja auch den Brief nicht richtig gelesen haben.«

Götz riss die eiserne Hand zum Schlag hoch, sein Gesicht lief rot an, noch bewegte er sich nicht von der Stelle. »Wieso reiße ich dir nicht deine hässlichen Ohren ab?«

Zu genau kannte Thoma seinen Herrn, deshalb dienerte er jetzt und bat tief gebückt: »Verzeiht Eurem ergebenen Knappen die Dummheit.«

Ungeahnt schnell war Götz zur Stelle und trat ihm mit dem nackten Fuß in den Hintern. Die Wucht warf den Knappen nach vorn, dass er mit der Stirn gegen das Bettgestell prallte und zu Boden fiel. »Das ist gut gegen Dummheit, Schlaukopf.« An den Haaren riss ihn der Ritter wieder auf die Beine, zog ihn nah an sich heran. »Da ist ein Schneider aus Stuttgart nach Köln gezogen. Ein guter Büchsenschütze. Beim Preisschießen hat er ins Schwarze getroffen. Aber die Kölner haben ihn um den Gewinn betrogen. Und der Schneider bat am Hof von unserm Herzog Ulrich um Hilfe. Und mein Schwager bittet mich, dass ich für den Kerl die Sache regle.« Götz lockerte den Griff nicht, er bog den Kopf des Knappen zurück. »Und ich werde helfen, weil ich nun mal ein Herz für arme und betrogene Schneider habe. Hast du das verstanden?«

»Ja, Herr.«

»Na? War doch nicht schwer.« Der Ritter lachte und gab seinen Knappen frei. »Wenn du willst, lernst du schnell. Und jetzt lass uns die Probe mit dem Schwert machen.«

Während Thoma hinüber zum Waffenreck ging, betastete er die Beule an seiner Stirn, sah das Blut auf der Fingerkuppe und zog bekümmert die Nase hoch. »Und das ist nur der Anfang«, flüsterte er. Sein Blick floh zur Balkendecke. »O Gott, schenke meinem Ritter Vernunft.«

»Was verrenkst du den Kopf?«

»Schon gut, Herr.« Eilig brachte der Diener zwei Schwerter, Gurt und Scheide. »Ich ... ich wollte das Blut trocknen.«

»Memme. Ein kleiner Riss, und schon winselst du.« Götz baute sich im Unterkleid breitbeinig auf und wölbte die Brust. »Als mir vor Landshut die Hand weggeschossen wurde, hast du mich jammern hören?«

»Nicht einen Laut, Herr.«

»Das will ich meinen.«

Thoma gürtete den Ritter so, dass die Scheide an seiner rechten Seite hing und reichte ihm das Schwert. Beinah lautlos glitt die beidseitig geschliffene Klinge in ihre Behausung. »Das Einzige, was ich seit dem Unglück wirklich verfluche ist, dass ich mich nicht mehr selbst ankleiden kann.«

»Wieso, Herr? Habt Ihr das denn vorher getan?«

»Kerl …« Der scharfe Ton, dazu ein Stoß gegen die Schulter, warnten Thoma, den Bogen nicht zu überspannen. Eilfertig nahm er das zweite Schwert auf. »Streckt Euern rechten Arm, Herr.« Mit Sorgfalt passte er den Griff an die senkrecht gehaltene offene Handfläche der Prothese, wusste genau, um wie viel der Knauf unten herausschauen musste, endlich zufrieden, bog er den Daumen ein, die Zahnräder beider Gelenke knackten, ebenso drückte er den Zeigefinger so weit nach innen, bis er mit dem Daumen einen festen Ring um den Schwertgriff bildete, gleich folgten die anderen Finger, noch ein Nachdrücken, der kunstvolle Mechanismus hinderte die Zahnräder daran, sich von selbst zu lösen, und die eiserne Faust hielt jetzt das Schwert umklammert. Thoma trat zurück.

Seltsamer Glanz stand in den Augen seines Herrn. »Weißt du? Dieses Klacken … Und wenn die Klinge so aufrecht steht …« Götz sah an sich hinunter. In der Höhe seiner Lenden zeigte sich eine deutliche Ausbuchtung. »Dann überkommt mich jedes Mal ein Gefühl, sag ich dir …« Unvermittelt stampfte er auf sein Bett zu, hob die Waffe mit der Kunsthand, während er einen beinah kraftlosen Schlag ausführte, nur den Bettvorhang streifte, schnellte seine Linke zum Schwert in der Scheide, riss es heraus, zweimal hieb die Klinge auf die hohe Zudecke, Federn wirbelten auf, dann stach er mit einem Grunzschrei tief in die Matratze. Ein Beben ging durch den Körper, gleich entspannte sich der breite Rücken wieder. »So wird's gemacht! Ich sag's dir, Junge, auch wenn ich mit der Hand nicht kämpfen kann, aber sie lenkt den Gegner ab.« Ein kehliges Lachen. »Ob ich nun Dolch oder Schwert damit halte, für eine Finte taugt die Hand allemal.«

Die Tür öffnete sich, und Sinterius, das Schreibbrett vor der Brust, betrat den Raum. Götz fuhr herum. »Was erlaubst du dir?« In jeder Faust ein blankes Schwert, so schritt er auf den Eindringling zu. »Wo sind deine Manieren? Glaubst du etwa, wir sind hier im Schweinestall.«

Der Sekretär wich bis zur Wand zurück. »Bitte, Herr, verschont mich.« Als er feststellte, dass sein Leben nicht bedroht war, setzte er mutiger hinzu: »Ich begreife den Unmut nicht, bin mir auch keiner Schuld bewusst, wollte nur melden, dass ich den Auftrag erfüllt habe.«

»Klopfen. Du könntest wenigstens anklopfen, ehe du in meine Gemächer eindringst.« Die Linke ließ das Schwert in die Scheide zurückgleiten, wischte flüchtig über den gesteppten Stoff vor den Lenden, und Götz ging zum Tisch hinüber. »Höflichkeit, Kerl. Höflichkeit ist eine wertvolle Tugend. Merk dir das!« Er senkte die Kunsthand, bis die Waffe waagerecht über der Holzplatte schwebte, ein harter Faustschlag auf die eiserne Armstulpe, mit lautem Schnappen lösten sich alle Sperren in den Gelenken, Daumen und Finger streckten sich, und das Schwert fiel auf den Tisch.

»Um Vergebung, Herr.«

»Lass hören, was du den Kölnern geschrieben hast«, forderte Götz den Sekretär auf und befahl seinem Knappen: »Du schnürst mir derweil die Hand ab und kleidest mich an. Nur Rock und Schultermantel.« Er schnippte mit der linken Hand. »Ich höre.«

Tief atmete Sinterius ein. »Wisset, Ihr Herren von Köln …«

»Das kenne ich schon. Nur den neuen Text.«

Der schöne Atemschwung für das Ganze blieb ungenutzt, und eher stockend bemühte sich der Schreiber, die Sätze anzuflicken: »… der Stadt Köln Feind geworden bin und Euch die Fehde ansagen will, darum, dass ich den Schneider Sindelfingen aus Stuttgart mehr liebe als Euch und genau wie er unter dem großen Unrecht leide, dass Ihr ihm angetan habt. Denn der Schneider Sindelfingen aus Stuttgart ist der Sieger beim Preisschießen in Eurer Stadt gewesen, und Ihr habt ihn um den Gewinn von 100 Gulden betrogen. Ich werde nicht rasten und ruhen, bis Genugtuung und Sühne erreicht sind. Ritter Götz von Berlichingen …« Sinterius tunkte den Federkiel ins Fass. »Welches Datum soll ich einsetzen?«

Schon hatte ihm sein Herr das Blatt vom Pult gezogen. »Warte, warte, bis ich es dir erklärt habe.« Er legte den Brief wieder zurück. »Das genaue Datum muss im Unklaren bleiben. Deshalb schreibst du hier …« Sein Finger markierte die Stelle unter dem Text. »›Datum vom Dienstag nach‹ mehr nicht.« Sinterius gehorchte.

»Gut, nun male einfach einige Buchstaben. Wird's bald. Halt, genug! Nun schreibst du wieder leserlich: ›im Jahre‹ dann eine ›Null‹ und daneben machst du einen Klecks.«

»Aber Herr, das schöne Schriftbild …«

Die Ohrfeige erschütterte auch die Feder, und Tinte tropfte auf die befohlene Stelle. Götz schnappte sich den Brief, legte ihn auf die Tischplatte, stemmte den Armstumpf darauf und schmierte mit der Fingerkuppe über die wahllosen Buchstaben zwischen Datum und Jahr und verwischte den Fleck neben der Null. Mit seinem Werk zufrieden, grinste er und winkte den Sekretär zu sich. »Sieh ihn dir an. Das nenne ich einen guten Fehdebrief. Alles ist gesagt, nur ist das genaue Datum leider unleserlich. Das kann ja vorkommen.«

Beide, Sekretär und Knappe, blickten den Herrn verständnislos an, der blies sich genüsslich weiter auf: »Wenn es um Kriegslist geht, könnt ihr noch viel von mir lernen. Dies ist der Fehdebrief für die Kölner. Mein Exemplar bekommt das richtige Datum, gut zu entziffern für jeden, dem ich es unter die Nase halten werde. Hab ich mich klar ausgedrückt?«

Milde nahm er das Kopfschütteln seiner Diener hin. »Auch gut. Dann sperrt die Ohren auf. Sinterius, du reitest morgen nach Köln …« Er sollte sich an den Stadttoren umsehen und einen der jüngeren Wachposten ansprechen. »Wenn du weißt, dass er knapp am Beutel ist, und die Posten werden alle schlecht bezahlt, dann fragst du, ob er sich zwei Taler verdienen will, und er will, das weiß ich …« Diesem Mann sollte Sinterius den Fehdebrief überreichen und ihn mit einem Taler gleichzeitig davon abhalten, das Drohschreiben sofort weiterzuleiten. »Die zweite Münze erhält er, wenn er wartet, bis du wiederkommst und ihm den Befehl zur Übergabe mitteilst. Ist doch ganz einfach?«

Dem hoch aufgeschossenen Sekretär war anzusehen, dass er zwar den Auftrag, nicht aber den Sinn verstanden hatte. Thoma kratzte die gerade verharschte Platzwunde an seiner Stirn wieder auf. »Warum, Herr, schreibt Ihr einen Fehdebrief, wenn Ihr ihn verheimlichen wollt?«

»Um Zeit fürs Beutemachen zu gewinnen.« Götz dozierte mit dem nackten Armstumpf in der Luft. »So kann ich mir über Monate oder sogar länger die Kölner Pfeffersäcke vornehmen, ohne dass jemand auf die Idee kommt, zwischen mir und den Kölnern einen Vergleich auszuhandeln. Und kommen ernste Drohungen, dann bin ich im Recht. Wie vorgeschrieben, habe ich den Brief übergeben.« Er wischte sich mit der Narbenkuppe über die Lippen. »Ist es meine Schuld, wenn er nicht gleich den Stadtrat erreicht hat?«

»Darf ich noch etwas fragen?«

»Wag es nicht, Schlaukopf.« Der Ritter drohte beiden. »Von nun an wird gehorcht. Ihr wisst, was zu tun ist. Und jetzt verschwindet!«

Hufschlag aus Richtung Gelnhausen. Rasch näherte er sich der scharf geschwungenen Kehre zwischen den schroffen Felsen. Die Eichelhäher kreischten, flatterten aus den Buchenkronen, schimpften über die breite Handelsstraße hinweg, und erst in den Tannenwipfeln der anderen Seite beruhigten sich die Wächter des Waldes wieder. Frühnebel zog in trägen Schwaden über die Sträucher, waberte höher und verlor sich an den steilen Randböschungen.

Aus dem Dunst tauchte der Reiter auf, vor der Biegung verlangsamte er das Tempo. Durch den Trichter seiner Hände ahmte er das helle Schlagen des Buchfinks nach. Sofort kam das gleiche Signal zurück, wenig später erschien auf der rechten Höhe ein Kämpfer mit gespannter Armbrust. »Steig ab und führ das Pferd am Halfter weiter!«

Hinter der Kurve rückten die felsigen Hänge noch enger an die Straße, erst gut fünfzig Schritt weiter neigten sie sich, wurden flach und gaben den Blick in den Wald wieder frei. Lautlose Gestalten zwischen den Bäumen, Bewegung im Unterholz, und von einem

Lidschlag zum nächsten traten zwei Bewaffnete dem Reiter in den Weg.

»Was hast du herausgefunden?«

»Es sind die beiden Kölner, die ich schon seit Frankfurt beobachte. Keine Wagen, nur Pferde und Maultiere. Und immer noch allein, haben sich niemandem angeschlossen. Übernachtet haben sie im Löwen. Und es geht nicht nur bis Erfurt. Soviel ich gestern Abend in der Schankstube mitgehört habe, wollen sie nach Leipzig.«

»Eine Eskorte?«

Der Späher schüttelte den Kopf. »Nur der Diener, bewaffnet mit Schwert und Armbrust. Ein großer, aber sehr beweglicher Kerl, der könnte gefährlich werden. Vorhin hab ich ihn im Hof vom Löwen beobachtet, wie er die Gäule aufgesattelt hat. Als er das bepackte Maultier aus dem Stall zog, bin ich los.«

»Wann?«

»Schätze, die sind knapp eine Stunde hinter mir.«

»Das genügt. Reite eine halbe Meile weiter, dann rechts in den Waldweg. Da lagern wir.« So rasch, wie sie aufgetaucht waren, zogen sich die Waffenknechte zurück, und der Späher stieg in den Sattel.

Gut gestimmt ritten die beiden Kölner Kaufleute in den friedvollen Junitag. Unterstützt von ihrem Diener sangen sie zu dritt ein schauriges Lied über das Schicksal eines entehrten Mädchens, abwechselnd trug jeder eine Strophe vor, und in den Refrain fielen die beiden anderen mit ein.

»... und sie war doch voller Unschuld. Doch Strafe ...«, nun heulten die Männer genussvoll auf: »... muhuhusste sein.«

Der Nebel hatte sich verflüchtigt. Sonne wärmte die Wiesen, und Blumenteppiche begannen ihren Duft zu entfalten. Leicht nahmen die Pferde den Anstieg zum Wald und trabten zwischen den Felshöckern in die Kehre hinein. Die Reiter beachteten das Schnauben ihrer Tiere nicht, bemerkten nicht, dass auf beiden Höhen hinter ihnen sich Armbrustschützen postierten.

Die Reihe war an dem älteren der beiden Kaufherren. Übertrieben klagend hob er die Stimme:

»Und als die Zeit gekommen war, legt sich die Arme nieder.

Sie bracht das Kind allein zur Welt und küsst es immer wieder.

›Ich liebe dich, mein kleiner Sohn,
doch fort sind deine Väter schon …
Auch hab ich weder Haus noch Geld und kann dich nicht ernähren.‹
Sie bracht das Kind zum Bache hin,
tat's mit 'nem Stein beschweren …«

Zu dritt, aus vollen Kehlen schallte der Refrain an den felsigen Wänden wider. »Und sie war doch voller Unschuld. Doch Strafe muhuhusste sein!«

Händeklatschen in ihrem Rücken, von beiden Seiten. Die Sänger rissen die Köpfe herum. Jetzt kamen Pfiffe dazu, gleichzeitig glitten Bewaffnete aus dem Wald; im Nu waren die Reisenden umstellt und starrten entsetzt auf den Kranz blitzender Spieße.

»Bravo!« Ritter Götz von Berlichingen trat gemächlich hinzu. Er patschte die gesunde Hand an die eiserne, die einen langen Dolch umklammert hielt. »Bravo. Welch ein Kunstgenuss!«

Der jüngere Mann fasste sich als Erster. »Was wollt Ihr?«

»Das fragst du?«

»Wir sind ehrbare Kölner Bürger.«

»Eben. Deshalb gibt sich Ritter von Berlichingen die Ehre. Er hat eine Fehde mit eurer Stadt.« Als wäre es eine Nebensache sprach Götz den riesenhaften Knecht an: »Willst du mutig sein? Oder gibst du deine Waffen freiwillig her?«

Kein Zögern. Der Tapfere schrie, riss das Schwert heraus, gab seinem Pferd die Sporen. Wiehernd sprang das Tier nach vorn. Der Satz war zu kurz, Speere fingen ihn ab, tief drangen die Klingen in Bauch und Flanken. Gleichzeitig stieß der Diener gurgelndes Stöhnen aus. Ein Armbrustgeschoss hatte sein Genick durchschlagen, die gezackte Spitze ragte vorn aus dem Hals. Drei Bolzen trafen den Hinterkopf, der Schädel zerplatzte, und im Schwall aus Blut und Hirn erlosch das Menschenantlitz. Eine Ewigkeit lang erstarrte das furchtbare Bild, dann erst begann es sich aufzulösen, dem Torso entglitt die Waffe, das Pferd brach in der Hinterhand ein, dann stürzten beide zu Boden.

Nicht einen Fuß hatte der Ritter zur Seite gesetzt, nicht einen Blick hatte er für den Getöteten, beinah zuvorkommend wandte er sich an die beiden Kaufleute. »Und nun bitte ich Euch abzusteigen.« Order erging an seine Männer: »Weg von der Straße mit ihnen.

Bringt sie ins Lager. Und schafft den Unrat beiseite. Wir wollen Reisende nicht unnötig erschrecken.«

Am Rande der Lichtung hatten sich beide Opfer niederknien müssen, die noch vom Grauen gezeichneten Gesichter in den Wald gerichtet. Götz befahl seinem Knappen, nach Geld und versteckten Messern zu suchen. Mit schnellen Fingern brachte Thoma zwei magere Lederbeutel und eine etwas besser gefüllte Geldkatze zum Vorschein.

Der Jüngere zitterte am ganzen Leib. »Eine Fehde?«, flüsterte er. »Davon ... davon ist mir nichts bekannt. Ich habe vor unserer Abreise beim Rat nachgefragt. Sonst ... sonst hätten Vater und ich doch mehr Männer mitgenommen.«

»Euer Pech.« Zwar liefen die Ohren rot an, aber Thoma wusste, was er zu sagen hatte. »Da hat jemand in Köln gelogen oder nicht genau nachgesehen. Mein Herr trägt die Zweitschrift bei sich. Wenn ihr mit ihm einig seid, wird er sie gewiss zeigen.«

Drei Männer hatten dem Maultier die Körbe vom Rücken genommen. Sie fanden Kleidung, Papiere und außer einer Klistierspritze noch eine Reiseapotheke; auch zwischen den Fläschchen, Pulver- und Pillendosen fand sich kein einziges Wertstück. Mit Schulterzucken und enttäuschten Mienen verständigten sie ihren Anführer.

Götz sprang die Zornader auf die Stirn, er schlug den Knienden die Samtmützen vom Kopf. »Ich frage immer nur einmal. Vergesst das nicht.« Hart zog er ihnen die nach unten gerichtete Dolchspitze über den gebeugten Nacken. Im leichten Ton schwang Kälte mit. »Keine Antwort kostet zwei Ohren, solange der Vorrat reicht. Danach nehme ich mir die Finger.«

Und Angst ließ die Auskünfte sprudeln. Vater und Sohn waren von Köln über Frankfurt auf dem Weg nach Leipzig. Dort im Stapelhaus nahe dem Rathaus lagerten Fässer mit Pelzen aus dem fernen Nowgorod, die sie bei ihrem letzten Messebesuch schon ersteigert und noch nicht abtransportiert hatten.

»Welchen Wert hat die Ware?«

»340 Gulden.« Der ältere Kaufmann wagte den Kopf halb zu drehen. »Wenn Ihr erlaubt, zeige ich Euch den Vertragsabschluss.«

Nach Nennung der Summe heiterte sich die Stimmung des Ritters deutlich auf. »Ich glaube, wir kommen ins Geschäft. Steh auf! Dein Sohn rührt sich nicht vom Fleck.«

Zur Rechtfertigung des Überfalls wies Sinterius zunächst den Fehdebrief vor, dann begutachtete er die Papiere, prüfte Siegel und Unterschriften der Leipziger Partner, fand keinen Fehler und bestätigte: »Nach allem Anschein lagern die Pelze dort, und diese Herren hier sind die legitimen Eigentümer.«

Götz trat dicht vor den Weißhaarigen hin, langsam hob er den rechten Arm; das eiserne Ungetüm so nah vor Augen, erschauerte der Alte, und seine Lippen bebten, als die Klinge ihm die Wange schabte: »Ich flehe Euch an. Ganz sicher seid Ihr ein Ehrenmann, der das Leben eines Unschuldigen verschont.«

»Gewiss, doch nur solange er sich nicht wehrt oder gar angreift. Ihr seht, mir sind die Fehdevorschriften bekannt. Ich will sie auch einhalten. Leider bin ich noch sehr ungeschickt mit der Prothese. Es wäre also ratsam, wenn Ihr Euch nicht bewegt.« Ruckartig kratzte die Schneide nun über die andere Wange.

Eine Weile weidete sich der Ritter an der Furcht, dann sprach er im Plauderton weiter: »Dieser Überfall kostet Euch 300 Gulden. 40 haben wir uns schon aus Euren Taschen genommen. Bleibt ein Rest von 260.«

Trotz der Gefahr seufzte der Kaufmann schwer. »Das ist unser Ruin. Ich wollte mich nach dieser Reise zur Ruhe setzen, mein Sohn sollte das Kontor allein übernehmen. Aber jetzt …«

»Ich warne Euch. Gejammer erhöht die Summe nur. Immerhin habe ich 10 Gulden in Eurem Beutel gelassen. Wie also wollt Ihr die Schulden begleichen?«

»Vertraut mir.« Der Alte schloss die Augen. »Lasst uns nach Leipzig reiten. Wir holen die Pelze, verkaufen sie und zahlen Euch den Preis.«

Götz lachte trocken. »Für wie dumm haltet Ihr mich?«

Ein Wink befahl Thoma her. »Befreie mich von dem Dolch.« Hart schlug der Knappe auf die Unterarmstulpe und nahm die Waffe an sich.

»So, nun zum Geschäft. Gern will ich Euch vorschlagen, wie es ablaufen wird.« Einer der Kaufleute sollte nach Leipzig weiterreisen.

Der andere blieb so lange als Gefangener an einem verschwiegenen Ort, bis die geforderte Summe bezahlt war. Kurz zögerte Götz. »Wer liebt wen mehr? Ein Vater den Sohn? Oder ein Sohn den Vater?« Dann hatte er sich entschieden. »Denke, dass einem Sohn weniger zu trauen ist. Du, Alter, lässt dein eignes Blut nicht im Stich. Außerdem hat dein Junge die jüngeren Knochen und übersteht den Kerker besser.« Er ließ den Kaufherrn gar nicht zu Wort kommen. »Du bist also einverstanden. Gut so.« Mit der gespreizten Eisenhand wies er auf seinen Sekretär und kehrte wieder zur höflichen Anrede zurück: »Dann lasst uns den genauen Ablauf schriftlich festlegen. Schließlich habt Ihr es nicht mit dahergelaufenem Raubgesindel zu schaffen.«

Als das Dokument unterzeichnet war, ließ der Ritter sich von Sinterius die beiden zusätzlich beschriebenen Zettel reichen und legte dem Vater die Prothese auf die Schulter. »Ich weiß, Ihr werdet Euer gegebenes Wort halten. Nun zu dem Erkennungszeichen. Wie abgemacht, schließt Ihr Euch in Leipzig einer Gruppe von Kaufleuten an, die über Coburg nach Süden reisen. Vergesst nicht, in Bamberg steigt Ihr im Goldenen Schwan ab, verkauft die Pelze und wartet.« Der Ritter rief nach seinem Knappen. Ehe er weitersprach, reichte er Thoma und dem Kaufmann je eines der handgroßen Papierchen. »Ihr wartet, bis dieser Bube hier, merkt Euch seine großen Ohren, zu Euch kommt. Er wird Euch seinen Zettel zeigen. Und da auf Eurem das Gleiche steht, könnt Ihr getrost mit ihm reiten. Er führt Euch zu mir. Erst wickeln wir in Ruhe das Geschäft ab, und dann bringe ich Euch zu Euerm Sohn.«

Der Kaufmann steckte das Papier in den geschmälerten Lederbeutel. »Es ist beeindruckend, mit Euch Handel zu treiben«, sagte er, und Bitterkeit schwang in der Stimme mit. »Ihr wählt Euch den Geschäftspartner aus und lasst ihn für seine eigene Ware teuer bezahlen. Ja, wirklich sehr beeindruckend.«

Die Linke flog zum Schwertgriff, halb war die Waffe schon aus der Scheide. »Wollt Ihr mich beleidigen? Ich sag Euch eins, wer mir die Laune verdirbt, der muss dafür bezahlen. Und Ihr seid nahe dran.« Götz schnaufte, mit Wucht stieß er die Waffe zurück. »Kein Wort mehr. Einer meiner Männer wird Euch als Knecht begleiten, und nun verschwindet!«

Reiten, nicht nur am Tag, oft auch während der Nacht. Endlich eine große Fehde! Endlich Aussicht auf reiche Beute! Ritter von Berlichingen gönnte sich und seinen Männern keine längere Rast. Und forderte der Schlaf doch sein Recht, so rollten sie sich auf einer Waldlichtung in Lederdecken, oder Götz bat einen gleich gesinnten Burgherrn um kurze Gastfreundschaft. »Kein fester Standort. Ob Kölner oder die Truppen des Königs, solange der Feind nicht weiß, wo wir uns aufhalten, kann er uns auch nicht angreifen.«

Unermüdlich waren seine Spione in Frankfurt unterwegs, palaverten bei den Stapelhäusern mit den Packern, spazierten über den großen Messeplatz und belauschten in den Gasthäusern nahe dem Römer die Gespräche der Fernhändler. Hatten sie einen Kölner ausgemacht, so wurde der Kaufherr ausgekundschaftet, nichts blieb den Heimlichen verborgen, und bald schon erfuhr der Raubritter draußen in seinem Versteck das Wer und Wohin, vor allem aber wusste er den ungefähren Wert der Waren und die Stärke des Begleitschutzes. Frankfurt war das Herz, von hier gingen die Handelsstraßen wie Adern hinaus in die Ferne; doch rundum, sei es im Spessart, im Taunus oder in östlicher wie westlicher Richtung, überall lauerte der von Berlichingen mit seinen Männern. Wehe den noch arglosen Kölnern!

Die Kolonne mit neun Planwagen verließ Frankfurt Anfang Juli durch das nördliche Stadttor. Vornweg ritten vier Bewaffnete, an jeder Flanke patrouillierten drei leicht gerüstete schnelle Reiter, und dem letzten Wagen folgte der Kaufherr mit drei Dienern, dicht hinter ihnen bildeten erneut vier Bewaffnete die Nachhut.

Gegen Mittag stieg die Straße an, Peitschen knallten über die Rücken der Ochsen, Wagenräder ächzten, langsam quälte sich der Zug hinauf in die dichten Wälder des Taunus.

Unbemerkt vom Kaufherrn und der Eskorte, fand sich gefährliche Gesellschaft ein und begleitete von nun an die Kolonne im Schutz des Unterholzes. Die Lautlosen überprüften noch einmal die Frachtwagen und die Stärke der Schutztruppe. Wenig später erstattete einer der Späher tiefer im Wald seinem Ritter Bericht und schloss: »Wenn Ihr mich fragt, Herr. So haben wir leichtes Spiel. Unsere Armbrustschützen töten die Eskorte aus dem Hinterhalt. Und wir nehmen uns den Pfeffersack und seine Fracht. Ganz einfach.«

»Ich frage dich aber nicht …« Götz unterbrach, er verzog das Gesicht, schob die Linke unter dem gesteppten Rock nach hinten und kratzte sich, so gut es möglich war, in der Kerbe seines Hinterns. Seit er wieder über Wochen und Monate im Sattel verbrachte und Wasser allein gegen den Durst nutzte, hatte ihn der Juckreiz ärger noch als gewöhnlich in dieser Körpernische befallen, den er nur durch Kratzen bis hin zum Schmerz lindern konnte.

Erst nach wildem Aufstöhnen wandte sich Götz wieder dem Späher zu. »Du bist ein guter Mann. Aber überlasse mir das Denken. Herrgott, sei nicht beleidigt! Neun hochbeladene Planwagen sind nicht einfach zu verstecken. Hast du dir überlegt, wohin mit ihnen? Na, jetzt siehst du, wo es bei dir fehlt. Denn dafür braucht ihr Kerle euren Ritter.« Götz straffte die Brust und rückte sein Schwertgehänge zurecht. »Sag allen, dass der Wagentreck ungestört weiterziehen soll. Aber lasst ihn mir nicht aus den Augen, auch nicht in der Nacht. Ihr begleitet die Kölner, bis ich Nachricht gebe. Und falls irgendeine Räuberbande sich den fetten Braten schnappen will, dann verjagt sie oder schlagt sie tot. Die Beute gehört uns.«

Ein Griff zum Sattelhorn, nur kurz berührte der Fuß den Steigbügel, und Götz saß im Sattel. Sein Knappe, der Schreiber und zwei Knechte sollten ihn begleiten. Weit dem Wagentreck voraus, bogen sie auf die Handelsstraße ein und gaben den Pferden die Sporen. Am frühen Nachmittag gelangte der kleine Trupp ans Tor der Burg von Kronberg. »Hier steht Ritter Götz von Berlichingen. Meldet ihn seinem lieben Freund Philipp von Kronberg.«

Die Begrüßung war herzlich, nach den Höflichkeiten und einem Willkommenstrunk berichtete Götz von seiner Fehde und den neun Frachtwagen. »Schätze, dass sie spätestens morgen Mittag durch Euer Gebiet fahren. Erlaubt mir, bester Freund, dass ich den ganzen Zug in den Ort hinein führen darf, und bereitet mir die Freude, dass Ihr ihn schützt, bis ich die Ware verkauft habe.«

Schwer erhob sich der gebrechliche Burgherr, tappte unschlüssig hin und her, fahrig strich er die silbrigen Haarsträhnen aus der Stirn. »Früher haben wir Seite an Seite so manchen Kampf durchgestanden. Ich verdanke dir sogar mein Leben. Keine Bitte kann ich dir abschlagen. Aber, sei ein guter Junge, bitte bedenke mein Alter!« Er erinnerte

Götz daran, dass seit Jahren schon der Ewige Landfriede von König und Fürsten beschlossen war, dass jede Fehde bei Strafe untersagt sei. »Wenn es das Unglück will, belagern nicht nur die Kölner Truppen, sondern auch die Landsknechte von König Max meine Burg. Und ob ich dazu noch die Kraft habe? Weißt du, das Herz …«

Götz sprang auf. »Genug. Ich ahnte ja nicht … Nein, vergesst meine Bitte! Dieser Belastung dürft Ihr nicht ausgesetzt werden.« Er runzelte die Stirn, vergaß über das Grübeln jede Höflichkeit, nahm sich selbst vom Wein und goss ihn mit großen Schlucken in den Schlund. Als Antwort quoll aus der Tiefe seines Leibes ein Rülpsen herauf. Wenig später entfachte Glitzern die Augen. »Darf ich fragen, lieber Freund?« Er geleitete den Greis durch den Saal zum Fenster. »Wenn ich richtig unterrichtet bin, führt die Straße weiter nach Königstein. Wie steht Ihr zu Eurem Nachbarn?«

»Der Graf? Ein ehrenwerter Mann. Wir pflegen ein sehr freundschaftliches Verhältnis miteinander.«

»Sehr gut.« Götz lehnte sich mit dem Rücken an die aus rotem Stein gemauerte Wand. »Und Euer Freund ist auch mein Freund«, murmelte er vor sich hin und betrachtete, in Gedanken vertieft, seine Eisenhand, bog den Daumen nach innen, den Zeigefinger, der Mittelfinger folgte.

Bei jedem Knack der Zahnräder schreckte der Burgherr zusammen. »Dies ist gewiss ein Meisterstück«, lobte er und wagte nur flüchtig hinzusehen.

Unvermittelt schlug der Raubritter auf die Armstulpe. Das harte Schnappen der aufspringenden Finger, ließ den Greis zwei Schritt zurückweichen. Götz überging es mit Schmunzeln. »Gewährt Ihr mir und meinen Leuten Unterkunft für eine Nacht?«

»Mit großer Freude.« Erleichtert, nicht in die Fehde hineingezogen zu werden, bot Philipp von Kronberg seine Gastfreundschaft an und versprach auftischen zu lassen, was Keller und Vorratskammern hergaben.

»Danke, lieber Freund. Zuvor aber muss ich dem Grafen von Königstein noch einen Brief schreiben.«

Die Sonne neigte sich im Westen den Baumwipfeln zu, als der Sekretär mit Thoma die Burg verließ und beide ihre Pferde in Richtung des nahen Königsteins lenkten. Im Lederköcher trug Sinterius das Schreiben seines Herrn: »… so teile ich Ihro Gnaden mit, dass ich aus Respekt Ihro Gnaden verschont habe und willens bin, den Warenzug an einer anderen Stelle anzugreifen und nicht auf dem Gebiet Ihrer Gnaden, sondern auf der Straße gleich außerhalb der Grenze …«

In der sommerlich warmen Abenddämmerung kehrten die Diener zurück und ließen sich melden.

Das Festmahl hatte längst begonnen. Duft nach Braten und Fisch verschwägerte sich mit dem Qualm der lodernden Fackeln an den Wänden. Musikanten spielten. Götz warf das Bratenstück zurück und wischte mit dem Ärmel übers fettige Kinn. Kurz verneigte er sich vor der Gemahlin seines Gastgebers. »Verzeiht die Störung und entschuldigt mich.«

Leicht verstimmt lächelte die alte Dame. »Wenn es sein muss. Wir warten mit dem nächsten Gang.«

Draußen auf dem Flur drängte Götz seine Diener in eine der Nischen. »Also? Was hat der Graf geantwortet?«

Sinterius zog das Schreiben aus dem Köcher. »Soll ich vorlesen?«

»Dafür ist keine Zeit. Sag mir, was drin steht!«

»Der Graf bittet Euch, ihm zur Ehre und Liebe, von Euern Vorhaben abzulassen. Er ersucht Euch mit Nachdruck, die neun Wagen unbehelligt weiterfahren zu lassen …«

»Und?« Götz schnippte die Finger. »Das ist doch nicht alles?«

Sinterius sprach mit salbungsvoller Stimme weiter. Der Ritter feixte, grunzte; als sein Schreiber geendet hatte, schnappte er nach einem Ohr seines Knappen. »Nun, Schlaukopf, hast du genau aufgepasst? Das nenne ich Geschick. So muss ein gut durchdachter Plan aufgehen.«

Kaum hatten der Wagentreck am übernächsten Morgen das Hoheitsgebiet des Grafen von Königstein verlassen und die Fuhrleute damit begonnen, ihre Zugochsen mit lautem Geschrei eine Anhöhe hinaufzutreiben, als aus der Senke hinter ihnen zwei Reiter erschienen. Rasch kamen sie näher. Die vier Bewaffneten der Nachhut sahen keine Gefahr und bedeuteten den Fremden mit Handzeichen, die Frachtwagen auf der linken Seite zu überholen. Die Männer aber zügelten ihre

Gäule. Sinterius erkundigte sich zuvorkommend: »Verzeiht, seid Ihr auf dem Weg nach Köln?«

»Wer fragt?«

Nun zog der Zweite, der wesentlich vornehmer Gekleidete, eine Schriftrolle halb aus dem Rockärmel, seine nach unten gezogenen Mundwinkel deuteten an, dass er für gewöhnlich in besseren Kreisen verkehrte. »Wir sind Boten. Und haben eine dringende Nachricht für Euren Arbeitgeber.«

Gleichgültig wies einer der Bewaffneten auf die Gruppe vor ihm. »Der Dicke in der Mitte ist es.«

Dem Kölner Kaufherrn quollen die Augen vor, immer wieder hob er das Schriftstück, las, ließ es sinken und las erneut. »Ein Überfall? Ich fasse es nicht.«

»Und doch ist es so.« Der Vornehme legte die Rechte auf die Brust. »In meiner Eigenschaft als Notar und Vertrauter des Grafen von Königstein, der sich gnädiger Weise bereit erklärt hat, in dieser Sache zwischen dem Ritter und Euch zu vermitteln, rate ich dringend, den für morgen in Frankfurt angesetzten Termin wahrzunehmen. Andernfalls …«

»Eine Fehde.« Der Kaufherr schlug sich das Schreiben gegen die Stirn, beklagte gequält sein Los: »Warum weiß ich nichts davon?«

Unbeeindruckt setzte der Notar neu an: »Andernfalls, könnte es sehr rasch zu Blutvergießen und zum Verlust der gesamten Ladung kommen. Bedenkt, dass Ihr bereits vor Tagen überfallen wurdet. Seitdem begleitet Euch unsichtbar eine Übermacht.«

»Herrgott!« Der Zorn verschaffte sich Raum. »Wer ist denn dieser verdammte Strauchdieb?«

»Ihr sprecht von meinem Herrn?«, meldete sich Sinterius mit Nachdruck. »Es ist der ehrenwerte Ritter Götz von Berlichingen.«

»Ehrenwert? Kerl, ich will dir sagen …«

»Aber ich bitte Euch«, schnitt der Notar die Beschimpfung ab. »So schwierig die Lage auch sein mag. Erziehung und Höflichkeit sollten bewahrt werden.«

Der Kaufherr gab den inneren Widerstand auf. »Und was befiehlt dieser Herr von Berlichingen? Soll ich den Treck anhalten lassen, bis die Sache bereinigt ist?«

»Beim Heiligen Raphael, nein!« Nun hoben sich die Mundwinkel des Notars. »Ihr seid Kaufmann. Jeder Zeitverlust kostet Euer gutes Geld. Und dies ist nicht im Sinne des Ritters und entspricht schon gar nicht den Vorstellungen meines gnädigen Herrn.« Lächeln hellte das längliche Gesicht weiter auf. »Selbstverständlich soll Euer Transport weiterziehen. Ich schlage auch vor, dass Eure Männer vom Umstand des Überfalls nicht unterrichtet werden. So entsteht keine unnötige Unruhe. Ihr kommt mit uns nach Frankfurt. Mein Herr sorgt in seiner großen Weisheit für einen Vergleich. Hernach übergebt Ihr dem ehrenwerten Herrn von Berlichingen die festgesetzte Summe und seid spätestens morgen Abend wieder bei Euren Leuten.«

»Da sind wir vier Monate unterwegs. Vier lange Monate von Italien herüber. Seide, Porzellan, Gewürze. Und ausgerechnet so kurz vor dem Ziel …« Dem Kölner perlte Schweiß von der Stirn. »Schon gut, ich weiß, es nutzt mir nichts. Und was sag ich den Männern jetzt? Ich kann doch nicht einfach wegreiten. Sicher habt Ihr auch dafür einen passenden Rat zur Hand.«

»Zu Diensten. Sagt Ihnen, dass Ihr für einen Tag nach Frankfurt zurückmüsst. Ein lohnender Geschäftsabschluss wartet.« Elegant vollführte der Notar vom Sattel aus eine Verbeugung. »Und das ist es doch. Nicht wahr? Nur ein Geschäft.«

14

Zum dritten Mal griff der Stubenmeister nach dem kurzen Lederstrick und läutete die Glocke über dem Schanktisch. »Geht endlich heim!« Im Grünen Baum roch es nach abgestandenem Bier und Wein, Qualm der ausgeblasenen Kerzen und Öllampen ließ die Augen tränen. Der Saal hatte sich schon vor einer Stunde geleert. Nur hinten neben dem Fenster hockten noch zwei Spieler. »Hört ihr nicht!«

Domherr Paulus Schroter wandte kurz den Kopf. »Gleich. Noch ein Spiel.« Schweiß stand ihm auf der Stirn, er stierte sein Gegenüber an. »Verdoppeln. Wir verdoppeln auf einen Gulden.«

»Aber, ehrwürdiger Freund, nicht auszudenken, wenn Ihr den goldenen Kilian auch noch verliert. Wir sollten Vernunft walten lassen.« Hans Bermeter vermochte das Grinsen kaum zu unterdrücken, ölig fuhr er fort. »Ich bin ernstlich besorgt um Euch. Zwölf Schillinge Einsatz genügen doch auch.«

»Komm mir nicht so!« Zorn trieb dem angetrunkenen Domherrn das Blut ins Gesicht. »Willst du dich drücken? Erst nimmst du mir zweieinhalb Gulden ab und jetzt … Nein, so kommst du mir nicht davon. Verdoppeln, sag ich.«

»Ihr bestimmt, Herr …« Dem Stadtpfeifer gelang sogar ein ängstlich unschuldiger Blick. »… und ich gehorche.« Er zählte 24 Schillingstücke auf die Tischmitte.

Fahrig griff Paulus Schroter in seinen Lederbeutel und schob einen Gulden dazu. »Fang an.«

Die Würfel schepperten im blechernen Becher; gleich die erste Folge brachte Bermeter schon sieben Punkte; der Domherr konnte bis auf sechs nachlegen. Lauter knallte die Glücksbüchse auf den Tisch, kein Wort wurde mehr gesprochen, nur Aufstöhnen und das Zischen des Atems zwischen den Zähnen schilderten den Stand des Spiels. Wieder ließ Bermeter den Becher niederfahren, wartete nach dem Aufschlag einen Atemzug, dann enthüllte er die Augen. »Zweimal die Punktzahl macht zusammen fünfzehn. Ich hab den Bock.«

»Ich schaffe ihn auch, dann geht's weiter. Na, warte!« Wild griff der Domherr nach den beinernen Klötzchen, verzichtete auf die Blechbüchse, rüttelte das Schicksal in beiden Händen und warf es auf den Tisch. Schweigen. Er wischte sich übers Kinn den Hals hinunter und zerrte am Hemdkragen.

Langsam beugte Bermeter den Oberkörper vor, seine Rechte umschloss den Dolchgriff, langsam schob er die Linke über die Holzplatte auf den Einsatz zu, dabei ließ er den Verlierer nicht aus den Augen. Als seine Fingerkuppen die Münzen berührten, sagte er sanft: »Es tut mir leid, aber der Bessere gewinnt. So ist das nun mal im Leben.«

»Verfluchter Halunke.« Gefährliches Knurren entrang sich dem Domherrn. »Wag es nicht, mich zu verhöhnen!«

Unbemerkt war der Stubenmeister herübergekommen, hatte den Ausgang des Spiels beobachtet, und ehe sich ein Streit entfachen konnte, befahl er: »Raus jetzt! Sonst rufe ich die Scharwächter. Sie sind gerade von ihrem ersten Rundgang zurück.« Er wandte sich an den Stadtpfeifer. »Du solltest möglichst leise verschwinden. Auf dich sind die Männer ohnehin schlecht zu sprechen.« Ohne jeden Respekt zog er den angetrunkenen Geistlichen vom Hocker: »Und Euch rate ich: Kein Fluchen, kein Geschrei auf der Straße, und vergesst die Leuchte nicht, oder Ihr werdet Euren Rausch unten im Loch ausschlafen.«

Gemeinsam verließen beide Zecher die Schankstube des Rathauses. Bermeter stützte den Domherren, und ohne bemerkt zu werden, gelangten sie an der Wachstube vorbei auf die Straße.

Eine milde Nacht, Sterne umglitzerten den halben Mond. Tief sog Paulus Schroter den Atem ein. »Ich will dir sagen ...« Weiter kam er nicht, die frische Luft berauschte jäh das ohnehin weinselige Hirn, und seine Knie versagten den Dienst. Der Spielmann vermochte ihn nicht zu halten, nur den Sturz zu mildern, und beide lagen auf dem Pflaster. Im letzten Moment noch, ehe die Blendlaterne wegschlitterte, bekam Bermeter den Henkel zu fassen und rettete das Licht. »Glück gehabt«, flüsterte er.

»Das wollt ich dir ja sagen.« Den Sturz hatte der Domherr gar nicht wahrgenommen, er setzte sich mühsam auf. »Ich ... will auch Glück haben.« Die Zunge lag ihm schwer. »Du hast genug davon gehabt. Ich will Revanche. Jetzt!«

»Aber doch nicht hier vor dem Rathaus.« Bermeter zog ihn hoch. »Wir müssen weg, ehe die Wächter den nächsten Rundgang unternehmen.« Widerstandslos ließ sich Paulus Schroter führen, erst als sie in die Schustergasse einbogen, tauchte er aus dem dumpfen Nebel auf. »Wohin bringst du mich?«

»Zu deinem Haus.«

»Bist du des Satans?« Mit einem Ruck befreite er sich von dem stützenden Arm. »Da wartet meine Haushälterin, diese Hexe.« Der Gedanke schien ihn vollends zu ernüchtern, er schnappte nach seiner Laterne. »Ich will noch ein einziges Spiel.«

Die Dunkelheit verbarg das zufriedene Grinsen; Hans Bermeter gab sich überredet: »Weil Ihr es seid, weil ich nun mal einem frommen Herrn gefällig sein möchte.« Wo in der Nacht spielen, ohne von den Wächtern aufgegriffen zu werden? Nur ein Friedhof bot Schutz vor der Obrigkeit. »Gehen wir zu den Dominikanern.«

»Um Gottes willen. Nicht zu denen. Da hab ich kein Glück.« Er hatte sich entschieden, drehte sich um und wankte schon zurück. »Wir gehen auf unsern Leichhof.«

Zwischen Neumünster und Dom stiegen sie die Stufen hinauf. Süßlicher Geruch wehte ihnen entgegen, wurde stärker. Das Gittertor quietschte in den Angeln. Weil in der vergangenen Woche heftige Regengüsse niedergegangen waren und die Erde aufgeweicht hatten, dünstete der Domfriedhof Verwesung aus.

Paulus Schroter stützte sich an einen Grabstein, und nach kurzem Würgen entleerte sich sein Magen. »Jetzt ...«, er hustete und spuckte, »jetzt geht's mir besser.« Damit schwankte er weiter, kaum gelang es ihm, auf dem Pfad zu bleiben.

In der Mitte des Friedhofs kauerten sich die Spieler in den Schutz einer steinernen Ölberggruppe. Keine Patrouille würde das Licht der Blendlaterne von der Straße aus bemerken, und wenn ihr doch der Schimmer auffiel, so könnte er vom Ewigen Licht in der Nische zwischen dem verzweifelten Jesus und seinen schlafenden Jüngern herrühren.

Hans Bermeter wischte mit dem Ärmel die Grabplatte sauber. »Um wie viel soll es gehen?«

»Warte. Ich habe noch …« Das Öffnen des Lederbeutels gelang erst nach einigem vergeblichen Bemühen. Beim Zählen des Geldes glitten etliche Schillinge zwischen den Fingern hindurch und klimperten auf den Stein. »Da soll doch der Satan …«, schimpfte der fromme Herr vor sich hin. Sofort war ihm der Stadtpfeifer behilflich, klaubte die Stücke zusammen, nahm sich als Lohn heimlich die Hälfte und gab den Rest zurück. »Und an welchen Einsatz denkt Ihr?«

Paulus Schroter wollte erneut um einen Gulden spielen.

»Einverstanden.« Gleich legte Bermeter auch sein Goldstück auf die Mitte der Grabplatte und rückte die Laterne dichter heran. »Wir sind ehrliche Männer und wollen es bleiben. Deshalb, ehrwürdiger Freund, dürft Ihr wählen.« In jeder Hand bot er dem Mitspieler drei Würfel an, und Schroter tippte auf die Linke. »Du beginnst wieder.«

Während die Rechte umständlich die abgelehnten Würfel in der Tasche verstaute: Nur ein leichtes Drehen des Körpers, dazu eine schnelle Armbewegung, und die Gewählten waren ausgetauscht. Lange schüttelte Bermeter die aus Knochen geschnitzten Augenklötze. Mit hängender Kinnlade beobachtete ihn der Domherr, keuchte den vom Erbrochenen säuerlichen Atem stoßweise aus.

Dreimal die gleiche Punktzahl.

»Ich schäme mich.« Wie im Schmerz schlug sich der Stadtpfeifer gegen die Brust, dabei fingerte er unbemerkt drei nicht präparierte Würfel aus dem Wamsaufschlag. »Aber das ist ein kleiner Bock. Der zählt schon fünf Punkte. Es tut mir aufrichtig leid.« Er beugte sich vor, las die Glücksbringer auf, und als er dem Mitspieler die offene Hand hinstreckte, lagen dort die anderen drei Würfel.

Bei keinem Wechsel bemerkte Paulus Schroter den Austausch, und kaum hatte er seinen Gulden verloren, fluchte er, beklagte sein Pech und verlangte noch eine Revanche.

»Nein, jetzt ist es genug.« Geschmeidig sprang Bermeter hoch. Er dienerte vor dem Betrunkenen. »Ein andermal stehe ich Euch wieder gern zu Diensten. Im Vertrauen, mich beginnt's hier zu grausen, und bald geht es auf Mitternacht zu. All die Toten …«

»Hiergeblieben!«, grollte der Domherr und zeigte ihm die Faust. »Sonst werde ich …« Er verschluckte den Satz, hustete und erbrach sich erneut über der Grabplatte.

Diesen Augenblick nutzte Bermeter und verschwand in der Finsternis des Leichhofes. Als er durchs Eisentor schlüpfte, stieg hinter ihm das heillose Fluchen und Gestammel seines Opfers auf. Durch den Stoff der Rocktasche befühlte er die Münzen. »Hans, ich muss dich loben. Da hast du heute wirklich einen fetten Ganter gerupft.« Langsam rutschte seine Hand tiefer, er wog das Gewicht zwischen den Lenden. »Ich glaub, du hast dir eine Belohnung verdient. Und Durst hast du auch.«

Vom Grafeneckart her näherten sich Lichter, kamen rasch die Domstraße hinauf. Ohne seinen Mitspieler vor den Scharwächtern zu warnen oder ihm gar zu helfen, huschte der Stadtpfeifer an den Hauswänden entlang. So oft bei Dunkelheit erprobt, kannte er jede Gassenecke, und seit dem Tod des Vaters vor einem Jahr ging der Dreiunddreißigjährige, wann immer sich Gelegenheit bot, seinen Gelüsten nach.

Keiner lauerte ihm mehr des Nachts daheim an der Stiege auf. »Herumtreiber! Betrüger! Wann wirst du ein anständiger Mensch?« Wie hatte er die Vorwürfe des betrunkenen Alten gehasst.

Hans Bermeter verbarg sich in einem engen Durchstieg, hier konnte er ungefährdet abwarten, bis die Patrouille vorbeimarschiert war. Der Vater, der alte Hans Bermeter. Wie ein ungebetener Gast, der nicht zu vertreiben war, kehrte er immer wieder unvermittelt zurück. »Selbst war er ein versoffenes Schwein«, flüsterte der Sohn vor sich hin. »Aber an mir rumnörgeln.«

Nie hatte der junge Hans den Mut aufgebracht, die Hand gegen den Alten zu heben, selbst als erwachsener Mann noch hatte er Schläge mit dem Krückstock über sich ergehen lassen. »Nein, feige bin ich wirklich nicht.« Bei diesem Gedanken kicherte er in die vorgehaltene Hand. »Ich kann eben warten, bis die Gelegenheit günstig ist, und dann schlag ich zu.«

In jener Sommernacht vor einem Jahr war er beim ersten Taggrauen nach Hause gekommen. Übermüdet von Flötenspiel, Tanz und Wein hatte er in der Küche noch Wasser trinken wollen, dabei war ihm der Krug aus den Händen geglitten und auf dem Boden mit lautem Knall zerschellt. »Angeschlichen hat er sich.« Bermeter betastete seinen Nacken.

Der Lärm hatte den Vater geweckt, und während der Sohn noch auf Knien die Scherben zusammenlas, fiel er mit dem Stock von hinten über ihn her: »Faulenzer! Elender Schmarotzer! Ich werd dich lehren.«

»Hör auf, Vater. Ich hab gearbeitet, hab auf einer Taufe gespielt. Hör auf!« Die Schläge trafen wahllos den Rücken, den Nacken. »Lügner! Du lügst, wenn du das Maul aufmachst.« Selbst berauscht vom Wein genügten dem Alten stets die gleichen Vorwürfe, um sich in Zorn zu reden. »Auch deine Mutter, Gott hab sie selig, hat dir kein Wort geglaubt. Unten in der Werkstatt deines Großvaters, da sollst du arbeiten. Pergamente und Papier! Das ist unser Beruf.« Erschöpft hielt der Vater inne und ließ sich auf den Hocker fallen.

Wie ein geprügelter Hund kroch der Sohn zur Tür. Am Holm richtete er sich auf. Hier außer Reichweite des knorrigen Stocks fackelte Hass in seinem Blick. »Und du? Warum gehst du nicht selbst runter und rührst in den Bottichen? Nein, ich bin nicht faul. Aber du!« Er spuckte aus. »Ein Säufer bist du. Sonst gar nichts.«

»Wag es nicht!« Der Alte packte seine Krücke und wuchtete sich vom Hocker. »Wag es nicht, deinen Vater zu beschimpfen. Die Knochen werd ich dir brechen.« Doch ehe der große schwere Mann zuschlagen konnte, hatte sich der junge Hans bereits auf der Stiege in Sicherheit gebracht. Von unten wurden ihm noch einige Drohungen nachgeschickt, dann kehrte Ruhe im Haus nahe dem ehemaligen Judenfriedhof ein.

»Lang hat's aber nicht gedauert …« Schritte schreckten Bermeter aus der Erinnerung. Die Scharwächter! In seinem Versteck kauerte er sich nieder. Wenn nur die Patrouille keinen Hund mit sich führte. Er hielt den Atem an, wagte nicht einmal, durch den schmalen Häuserspalt auf die Straße zu schauen. Erst als die Männer vorbei, ihre halblauten Stimmen nicht mehr zu verstehen waren, hob der Stadtpfeifer den Kopf und lehnte sich an die Hauswand. Um ganz sicher zu sein, war es besser, noch eine Weile zu warten, außerdem wollte er seinen Triumph noch einmal auskosten. »Besiegt hab ich ihn.« Er ließ die

Finger wie kleine Puppen vor dem Gesicht tanzen. »Nein, schmutzig gemacht haben wir uns nicht.«

Bald nach dem Streit in der Küche hatte er oben in seiner Dachkammer entfernte Hilfeschreie vernommen, dann Rufe nach seinem Namen. Hans schlich die Treppe hinunter, folgte der Stimme durch den kleinen Flur in den Garten. Die Tür zum Abtritt stand offen. Vorsichtig spähte er hinein. Die Sitzbank war durchgebrochen. Er sah nackte, nach oben gereckte Unterschenkel, die Füße zappelten, rechts und links klammerten sich Hände an den Querbalken. Und aus der stinkenden Grube rief der Vater um Hilfe. Er hatte zwar die Kraft, sich festzuklammern, nicht aber genug, um sich selbst aus der Lage zu befreien.

»Was schreist du?«, erkundigte sich der Sohn vergnügt.

»Hilf mir, Junge. Zieh mich hoch!«

»Aber ja.« Hans bückte sich nach dem verhassten Stock, zerbrach ihn über dem Knie und warf die Stücke in die Jauche. »Ich schau mal, ob ich einen Strick finde.«

»Nein! Bei allen Heiligen, warte.«

»Halt dich schön fest, Vater.«

Leise schloss Bermeter die Holztür und lehnte sich von außen dagegen, er presste das Ohr an eine Ritze. Der Alte rief nach dem Sohn, flehte um Erbarmen. Dann der Schrei, gleich der Aufprall im Schlick aus Kot und Urin. Der Lauscher hatte gewartet, bis jedes Schlagen, jedes Geräusch endgültig verstummt waren, dann war er ins Haus zurückgeschlendert.

Hans Bermeter schnippte mit den Fingern. Als ich nachgeschaut hab, da war er schon hin. Und jeder hat mir geglaubt.

Von der Scharwache war längst nichts mehr zu hören. Geschmeidig verließ Bermeter sein Versteck zwischen den Hauswänden. Der Viertelmeister hat nur mit den Schultern gezuckt und das Kreuz geschlagen: Unser versoffener alter Hans ist beim Scheißen ins Loch gefallen und drin erstickt. So hat er es dann auch gemeldet.

Im inneren Stadtgraben lockte den Besucher nur ein spärliches Licht zum Haus der Dirnen. Durch die fest verschlossenen Fensterläden drang hin und wieder Gelächter nach draußen. Hans Bermeter pochte an der Tür. Nach einer Weile wurde sie einen Spaltbreit geöffnet, er gab sich zu erkennen und durfte eintreten. Noch im Flur raunte ihm der Wirt zu: »Sind gut zahlende Freier da. Kommen oben von der Burg. Reiß also dein Maul nicht so weit auf!«

»Kenne ich die?«

»Glaub nicht. Sind Fremde, gehören zu einer Delegation.«

»Werd mir die Herren mal anschauen. Vielleicht gibt's eine Würfelpartie. Melchior, ich sag dir, heute bin ich unschlagbar.«

Der Wirt packte ihn grob am Kragen. »Hör auf zu prahlen! Noch sind die Männer mit zwei Mädchen oben. Und damit wir uns verstehen: Wenn sie runterkommen, dann hältst du dich zurück. Die Fremden sollen ihr Geld für meine Weiber und fürs Saufen ausgeben.«

Empört riss sich der Stadtpfeifer los. »Und mein Geld? Ist das etwa weniger wert? Wie viel hast du schon an mir verdient?«

»Reg dich nicht auf!« Melchior hob versöhnlich die Hand. »Hab ja gar nichts gegen dich. Wollt nur sagen, dass heute Fremde da sind, und die sollen sich wohl fühlen.«

»Ich etwa nicht?« Bermeter griff in die Tasche und ließ die Münzen klimpern. »Hörst du? Damit könnte ich mir heute Nacht alle Weiber leisten. Eine nach der anderen oder gleich alle zusammen.«

»Glaub ich dir aufs Wort.« Während der Wirt den späten Gast in die große Stube führte, setzte er hinzu. »Am besten du nimmst dir jetzt gleich eine und besorgst es ihr. Dann sehen wir weiter.«

Die Gespräche an den beiden langen Tischen verstummten. Einige der Frauen klatschten dem Spielmann zu, andere winkten ihn näher. Eng nebeneinander saßen sie auf der Bank am vorderen Tisch; nur drei von ihnen hatten sich mit Kunden an den zweiten Tisch gesetzt, sie blickten kurz über die Schulter und wandten sich wieder ihren Freiern zu. Warm war es. Kerzen flackerten in eisernen Wandhaltern, und ihr milder Schein verschönte die Gesichter, ließ Augen schimmern, Lippen voll werden und gab den nur spärlich verhüllten Brüsten reine weiße Haut.

Bermeter baute sich breitbeinig vor den Damen auf. Tief sog er die von Schweiß und schalem Bier geschwängerte Luft ein. »Ach, ich rieche schon die heißen Stuten.« Das Gekicher nahm er als Beifall und wies auf die enge Treppe zum oberen Stockwerk. »Na, wen von euch soll der schöne Hengst zuerst bespringen?«

Keine der Frauen drängte sich vor, sie alle kannten den Gast. Oben in der Kammer verlangte er die lasterhaftesten Dienste und war danach zu oft den zusätzlich versprochenen Lohn schuldig geblieben. »Hast du Geld?«

Zum Beweis zeigte Bermeter den Damen eine Handvoll glitzernder Schillinge. »Und wo die herkommen, da ist heute noch mehr. Sogar goldene Kilians.« Er rief durch den Raum. »He, Melchior. Bring Wein für alle!« Eine großspurige Geste zu den Kunden am zweiten Tisch. »Auch für meine Freunde da vorne.«

Der Wirt blieb mit dem Krug neben ihm stehen. »Lass den Lärm. Bitte!«, drängte er halblaut. »Nimm dir eine und geh endlich hoch! Ich spendiere dir das Mädchen.«

Bermeter neigte den Kopf zur Seite und gab ebenso leise zurück: »Abgemacht. Solche Geschäfte liebe ich.« Während er die Frauen begutachtete, benässte er mit der Zunge die Unterlippe. »Wirklich gute Ware. Wer von euch soll den feinen Herrn bedienen?«

»Die Lisbeth.« Kaum war der Name gefallen, beugten sich alle vor und zeigten auf das füllige Mädchen am Ende der Bank. »Ja, die Lisbeth.« Froh, nicht selbst ausgewählt zu werden, priesen sie unter Gekicher ihre Kollegin an. »Die ist neu bei uns. Bei dem Speck, kannst du's der richtig zeigen.« Begeisterung und Lachen nahmen zu.

Lisbeth lächelte unsicher zu dem Spielmann auf, sie wusste nicht, ob die Mädchen neben ihr nur Spaß trieben. »Soll ich mitgehen?«

Bermeter strich ihr mit den Fingerrücken über die Wange, packte das offene blonde Haar und bog ihren Kopf leicht nach hinten, die andere Hand grub er prüfend in das Tal zwischen den vollen Brüsten. »Aber ja. Fett und fest, ich habe viel übrig für gutes Fleisch. Los, hoch mit dir!«

Die Treppe hinauf begleiteten Lisbeth noch gute Ratschläge der anderen Dirnen: »Mach alles, was er will, dann hast du's bald hinter dir. Aber lass dir vorher das Geld geben!«

Bermeter hatte sich vom Wirt noch den Weinkrug genommen, jetzt drängte er Lisbeth in die Liebeskammer und legte den Riegel vor. Nur ein Bett, ein Hocker. Die Öllampe auf dem Tisch verteilte schwaches Licht. »Dreh den Docht höher! Ich will's hell haben.« Er setzte den Krug an, trank in großen Schlucken und stellte ihn neben die Leuchte. Ohne Lisbeth aus den Augen zu lassen, streifte er den Rock ab. »Häng ihn an die Tür! Aber Vorsicht, da ist mein Geld drin.«

Als sie zurückkam, wedelte er mit der Hand. »Nun zeig mir die Titten!« Bei dem üppigen Anblick pfiff er leise durch die Zähne. »Du gefällst mir wirklich. Wo kommst du her?«

»Aus Nürnberg. Vor zwei Wochen.« Ungelenkt bemühte sie sich, die Arme vor dem Busen zu verschränken. »Ich wollte mir hier Arbeit bei einer Herrschaft suchen, aber gefunden habe ich nichts. Und dann hat mich Melchior angesprochen. So bin ich ins Frauenhaus gekommen.«

Bermeter nickte verständnisvoll, langsam löste er seinen breiten Gürtel. »Und gefällt es dir?«

»Schlecht ist es nicht.« Lisbeth hob die Schultern. »Ich bekomm zu essen und hab ein Dach überm Kopf. Die Mädchen sind freundlich zu mir und manche Männer auch. Aber sobald ich andere Arbeit finde, gehe ich wieder weg. Oder ...« Nun lächelte sie, seufzte, vergaß bei dem Gedanken ihre Blöße und fuhr sich mit beiden Händen durchs lange Haar. »Heiraten. Ach ja, das würd ich am liebsten.«

Bermeter runzelte die Stirn. »Und mir fehlt eine Hausfrau.« Grüblerisch setzte er hinzu. »Wer weiß? Vielleicht hast du Glück.«

Ihre Brüste hoben sich. »Wirklich? Du meinst, du selbst ...«

»Halt, halt. Vielleicht hab ich gesagt, nur vielleicht. Erst musst du beweisen, dass du zu mir passt. Und dazu brauchen wir noch viele Proben. Für die es natürlich kein Geld gibt.«

Lisbeth nickte. »Das versteh ich. Was soll ich tun?«

Zunächst musste sie sich ganz ausziehen. Bermeter schlüpfte aus den Schuhen, entledigte sich seines Unterzeugs und warf ihr den Gürtel zu. »Wickle dir das Schnallenende um die Hand. Und jetzt tust du genau das, was ich sage!«

Er kroch über die Strohmatratze, kauerte sich auf Knie und Ellenbogen und streckte ihr seinen blanken Hintern entgegen. Schon diese Stellung hatte ihn erregt. »Und jetzt schlag mich!«

»Was soll ich?«

»Schlag mich, du blöde Kuh. Na los!«

Halbherzig befolgte Lisbeth den Befehl. Nur leicht strich das Leder den Rücken.

Bermeter stieß einen Fuß zurück und trat sie gegen den Bauch. »Hau zu, sonst schlag ich dich blau und grün!«

»Aber ich will dir nicht wehtun.«

»Das sollst du aber! Ich warne dich, so bestehst du deine Probe nicht.«

Die Drohung spornte Lisbeth an. Ihre nächsten Schläge waren noch zaghaft, dann aber holte sie weiter aus. Der Gürtel fuhr durch die Luft, klatschte auf Rücken und Hintern.

Bermeter stöhnte, zuckte vor Schmerz, bald schluchzte er bei jedem Hieb. Mit einem Mal begann er zu stammeln: »Nichts ... Nichts hab ich getan. Glaub mir doch ...«

Lisbeth hörte es nicht, wollte es nicht hören, wie im Rausch schlug sie zu.

Die Stimme wurde klarer, gefährlicher: »Warum prügelst du mich? Niemand darf den Hans schlagen.« Mit einem Aufschrei trat er nach hinten. Das Mädchen wurde bis zur Wand geschleudert und krümmte sich vor Schmerzen.

Bermeter sprang vom Bett, war bei Lisbeth, riss ihren Kopf zurück. »Mach's Maul auf!« Er schob seinen steifen Schwanz zwischen ihre Lippen und stieß ihn dann tief hinein, bis Lisbeth würgte und hustete. »Das schmeckt dir wohl! Aber jetzt ...« An den Haaren zerrte er sie zur Bettkante, »bück dich, bück dich!« Mit den Händen riss er ihre Schenkel auseinander, mit drei Fingern fuhr er durchs Haarvlies, suchte den Spalt. »Du geile Stute. Jetzt werd ich's dir geben! Ungestraft hat den Hans noch niemand geschlagen.« Mit aller Kraft trieb er seinen Schwanz in ihren Leib.

Die füllige Statur half Lisbeth, dem heftigen Angriff standzuhalten, bald schon begann sie unter seinen Stößen zu seufzen. Bermeter beugte sich über ihren Rücken, griff nach unten, presste ihre vollen Brüste und kam aufstöhnend zum Höhepunkt.

Kaum ging sein Atem wieder ruhiger, lachte er und klatschte mit der Handfläche gönnerhaft auf ihren mächtigen Hintern. »Na? Mit so viel Kraft hat's dir noch keiner besorgt!«

»Das hat mir gefallen.« Lisbeth drehte sich mit geröteten Wangen um. »Und gespürt hab ich sogar auch was.« In einem Aufwallen von Wärme und Zutrauen berührte sie seinen Arm. »War es recht so? Ich mein die Probe?«

Mit einer Drehung entzog sich Bermeter. »Für den Anfang nicht schlecht.« Er stieg wieder ins Unterzeug, die Stiefel, nahm den Rock vom Nagel und knöpfte ihn zu, dabei betastete er den Spielgewinn in der Tasche. Zögern, seine Miene veränderte sich, und er bat mit zärtlicher Stimme: »Nun komm noch mal her zu deinem Liebsten.«

Vom neuen Ton angerührt, ließ sie ihr dünnes Kleid sinken und folgte erwartungsvoll dem Locken. »Das hat noch nie jemand zu mir gesagt.«

Er griff nach den Brüsten, streichelte ihre Oberarme und zog sie an sich, sein Mund berührte fast ihr Ohr. »Das mit der Probe bleibt unter uns. Kein Wort zu den Mädchen. Weil die sonst neidisch werden.« Allzu gern nickte Lisbeth. »Ich verstehe.«

»Du sagst einfach, dass ich dir schon genug geben werde. Lass die dummen Huren ruhig lachen, wir beide wissen ja, worum es geht.«

Das Geheimnis hob ihren Busen, sie formte die Lippen zum Kuss, doch er gab ihr nur einige Patscher auf den Hintern und verlangte, dass sie sich rasch ankleidete. »Wir waren schon viel zu lange hier oben. Melchior wird sich schon ärgern.«

Dicht gefolgt von Lisbeth ging er durch den schmalen Flur zur Treppe. Von unten drangen vergnügtes Geplapper und zwischendurch dunkles, kräftiges Lachen herauf. »Das sind die Fremden«, erklärte sie, »freundliche Männer.«

Bermeter tastete nach den versteckten Würfeln im Rockaufschlag. »Ich glaub, die Nacht ist noch lange nicht zu Ende.«

Leichtfüßig nahm er die ersten Stufen, der Blick auf den unteren Raum öffnete sich, und er setzte schon zum großspurigen Vermelden seiner Person an, als er wie nach einem furchtbaren Hieb zusammenfuhr.

Die Fremden. Gleich neben der Treppe saßen sie und tranken mit den Mädchen. Kantige Gesichter. Der Stoff ihrer Hemden spannte sich über den Muskeln von Brust und Oberarm. Keine Täuschung, es waren die beiden Knappen. Damals hatten sie ihm aufgelauert, als er seine Spielschulden an den Ritter aus Eichstätt nicht bezahlen konnte. Nie würde er ihren Blick vergessen, nie die erbarmungslosen Schläge. Wie eine Puppe hatten sie ihn zwischen sich hin und her geworfen. Rückwärts tappte Bermeter wieder die Stufen hinauf und erschrak, als er gegen Lisbeth stieß. »Ich hab was vergessen«, zischte er. »Los, zurück!«

Erst in der geöffneten Kammertür wagte er, halblaut zu sprechen: »Ich muss verschwinden. Diese Kerle da unten wollen mich töten. Nein, frag jetzt nicht, antworte nur: Gibt es hier oben einen Weg nach draußen?«

Lisbeth zitterte, kurzatmig wies sie zum anderen Ende des Flurs. »Durch die Tür da. Dahinter gibt es eine Leiter. Aber Melchior hat sie abgeschlossen. Damit kein Freier abhauen kann. Ohne zu bezahlen.«

Bermeter huschte zur Treppe, lauschte, die Fremden hatten keinen Verdacht geschöpft, ahnten nicht, dass er hier oben war. Er gab dem Mädchen ein Zeichen. »Du gehst jetzt runter, sagst dem Melchior, dass mir in der Kammer übel geworden ist und er nachschauen soll. Aber sag's ihm leise. Denk dran, das gilt schon als zweite Probe!«

Und Lisbeth bestand die Prüfung. Wenig später kehrte sie mit dem Wirt zurück. Seine erste Sorge galt der Kammer und dem Bett, als er nichts beschmutzt vorfand, war er bereit, Bermeter anzuhören.

»Die Kerle haben noch eine Rechnung mit mir offen. Wenn ich jetzt da runter gehe, dann gibt's eine Prügelei. Und vorbei ist es mit dem guten Geschäft heute Nacht.«

»Wo du auftauchst, stiftest du Unheil.«

Lisbeth schüttelte heftig den Kopf. »Das stimmt doch gar nicht.«

Gleich wurde sie vom Wirt beiseitegeschoben. »Misch dich nicht ein!«

Sie aber wollte ihren Freier verteidigen. »Hans will mich sogar heiraten. Ich mein … Aber versprochen hat er es mir schon.«

»Was?« Trotz seines Ärgers starrte Melchior sie ungläubig an. »Also, das hat er zu dir gesagt?« Sie nickte ernsthaft. Da wandte er sich Bermeter zu und grinste wider Willen. »Du und deine Sprüche. Verfluchter Kerl, und immer findest du welche, die dir glauben.«

»Hilf mir! Lass mich hier oben raus, und du bist mich für heute los.«

Melchior griff nach dem Schlüsselbund. Ehe der Spielmann an ihm vorbei- und hinausschlüpfen konnte, drohte er: »Heiraten? Warte nur, Kerl! Ich werde dich daran erinnern.«

»Ich hab vielleicht gesagt.« Die rettende Nacht vor Augen, lachte Bermeter leise. »Mehr nicht.« Und er glitt, ohne die Sprossen zu nutzen, nur mit Händen und Füßen an den Leiterholmen in die Dunkelheit hinunter.

15

Die Sitzung war unterbrochen. Tilman Riemenschneider stand im Flur vor dem Ratssaal und starrte durchs Fenster, weder den Regen noch die nassen Dächer auf der anderen Straßenseite, nichts nahm er war. »Das dürft ihr nicht tun«, murmelte er. »Ich habe nach Ehr und Gewissen gehandelt.«

»Und keiner zweifelt daran.« Neben ihm nahm Stadtschreiber Martin Cronthal die Brille ab und sah zu dem großen Mann hoch. »Verzeih, dass ich offen spreche: Dein Gekränktsein nutzt im Augenblick niemandem. Die Zeit drängt. In einer Stunde werden wir im Kapitelhaus erwartet. Bis dahin muss eine überzeugende Erklärung her, eine Erklärung, hinter der du wie auch das Ratskollegium stehen können.«

Til schloss die Augen. Mit Zeigefinger und Daumen der linken Hand presste er die buschigen Brauen zusammen. »Mein Wort muss doch genügen.«

»Nein, lieber Freund, im Gegenteil, gerade daraufhin werden sie dich zerreißen.«

»Da mühe ich mich als Baumeister um das Wohl der Stadt, kontrolliere Stadtmauer, Türme, Gräben, renne hin und her und vernachlässige dabei meine eigene Werkstatt … Und jetzt diese Unterstellung. Ist das der Dank?«

»Später. Bitte, lass uns darüber später reden.« Die Falten auf der hohen Stirn des Stadtschreibers vertieften sich. »Erlaubst du, dass ich eine schriftliche Antwort formuliere, die von mir nachher im Kapitelhaus als die deine vorgetragen wird?«

Mit einer knappen Handbewegung gab Til sein Einverständnis und blickte wieder in den grau verhangenen, nassen Oktober hinaus. Kein guter Tag, dachte er, nein, wahrhaftig kein guter Tag. Schon auf dem Weg ins Rathaus war er auf dem schmierigen Kot der herumstreunenden Schweine ausgerutscht, nicht gefallen, aber dann doch in die tiefe Pfütze getreten, über die hinweg er sich mit großem Schritt hatte retten wollen.

Alle Ratsherren waren pünktlich zur Sitzung erschienen. Für den durchnässten Mantel suchte jeder einen Haken, eine Lehne in der Nähe des Kamins, dann erst nahm er seinen Platz ein. Der Stuhl des Ratsvorsitzenden blieb leer.

Martin Cronthal sah vom Protokollbuch auf: »Unser verehrter Bürgermeister ist heute früh überraschend vor das Domkapitel geladen worden. Mich hat man informiert, dass Hans Schmid rechtzeitig zum Beginn unserer Sitzung wieder zurück sei. Es kann sich also nur noch um Augenblicke handeln.«

Zu diesem Zeitpunkt hatte Meister Til nicht im Entferntesten daran gedacht, dass die Vorladung an den Nachfolger von Georg Suppan seinetwegen ergangen war.

Und auch jetzt noch wehrte sich alles in ihm: »Es will mir einfach nicht in den Kopf.« Hinter ihm nahm der Gesprächslärm zu. Zwar konnte er die Stimmen von Georg Suppan und anderer Freunde heraushören, bis auf einzelne Worte aber war der Inhalt nicht zu verstehen. »Über mich zerreißen sie sich das Maul.« In zornigem Aufwallen wollte er an den Fensterrahmen schlagen, drückte die Faust aber dann nur fest gegen die Wand.

Ohne den triefenden Schultermantel abzulegen, hatte der Bürgermeister die Versammlung eröffnet und war gleich zur Sache gekommen: »Freunde, werte Kollegen, da braut sich was zusammen. Der Vertreter des Bischofs und die Herren vom Domkapitel erheben schwere Vorwürfe gegen einen aus unserer Mitte.« Sein Blick wanderte in der Runde und verharrte bei dem Bildschnitzer. »Leider, lieber Freund. Ich halte den Verdacht zwar für völlig abwegig, aber dich haben sie im Visier.«

Til versteifte den Rücken, er wusste nicht, ahnte nicht einmal, wogegen er sich wappnen sollte, und so traf ihn die Anschuldigung völlig ungeschützt. »Unser oberster Baumeister wird verdächtigt, dass er im Namen der Stadt ungewöhnlich viel Holz und Bretter einkauft, diese nicht verzollt und mit Gewinn weiterverkauft hat. Es wird behauptet, dass er einen einträglichen Handel betreibt, und dies ausgerechnet am Zoll des Domkapitels vorbei.«

Nichts. Erstarrt saß Til nur da, für einen Moment schien der Vorwurf sogar das Hirn zu lähmen. Um ihn herum herrschte Betroffenheit, alle Blicke waren auf den Beschuldigten gerichtet. Altbürgermeister Suppan ergriff als Erster das Wort: »Diese Ratten. Dafür werden sie sich entschuldigen müssen. Ungesühnt darf niemand einem von uns Betrug vorwerfen. Das Rechnungsbuch wird die Unschuld beweisen.« Zögerlicher Beifall, doch Suppan forderte mit rhythmischem Klatschen mehr Zustimmung, und endlich rührten alle Anwesenden die Hände.

Sein Nachfolger im Amt griff zur Glocke. »Es eilt, Freunde und Kollegen. Deshalb lasst unsern ehrenwerten Meister Riemenschneider sich zur Sache äußern.«

Wie Nadelstiche spürte Til die Blicke im Gesicht. »Soviel ich weiß, habe ich mich nie persönlich am Holz bereichert. Aber das Rechnungsbuch weist sicher Lücken auf, weil ich mich nicht um Kleinigkeiten kümmere. Weil nicht jede unbedeutende Lieferung notiert ist.« Jähes Schweigen im Saal. »Außerdem habe ich hin und wieder Latten und Balken verschenkt, wenn einer sie nötig brauchte, aber nicht bezahlen konnte. Ich betrachtete solche Gaben als Almosen für Arme. Dadurch ist der Stadt wahrlich kein großer Schaden entstanden.«

Er suchte in den Mienen nach Verständnis, fand aber selbst bei Freunden nur Stirnrunzeln oder hochgezogene Brauen. Der Stadtschreiber räusperte sich. »Ich empfehle den Anwesenden dringend, die Sachlage ohne Kommentar hinzunehmen und einzig an die Abwehr der Beschuldigung zu denken.«

Da keine Vorschläge laut wurden, hatte Bürgermeister Schmid die Sitzung unterbrochen und die Wiederaufnahme in den Nachmittag verschoben. »Bis dahin sind wir aus dem Kapitelhaus zurück und werden berichten.«

Tilman Riemenschneider hatte als Erster den Saal verlassen und war im Flur zum entferntesten Fenster geflüchtet.

Ein freundschaftlicher Schlag auf den Rücken. Er wandte sich um. Georg Suppan war mit dem Stadtschreiber zu ihm gekommen. »Hab Vertrauen!« Der wohlgenährte Mann zückte das Sacktuch und trocknete sich den Schweiß von der Stirn. »Ich bin kurz rumgegangen, die Mehrheit steht hinter dir. Du siehst, jetzt zahlt es sich aus, dass du

Freunde hast.« Er bog den Kopf zurück und zwinkerte ins Gesicht über ihm. »Natürlich wird eine kleine Gefälligkeit von dir erwartet, aber davon später. Und jetzt Kopf hoch und auf in den Kampf!«

Einen Atemzug lang schwindelte es Til. Also meint auch Georg, dass ich … Er wusste nichts zu antworten.

»Bist du bereit?«

Martin Cronthal reichte ihm mit leichtem Lächeln den Mantel. »Nicht dass du von oben nass wirst.«

»Da sitzen wohl die Domherren?«

»So habe ich es nicht gemeint«, entschuldigte der Stadtschreiber den missglückten Scherz und wies auf die an der Treppe wartende Gruppe. »Komm jetzt! Wir stehen die Sache gemeinsam durch.«

Der bittere Unterton blieb. »Ist mein Vergehen so schwerwiegend? Hat der Angeklagte so viele Advokaten nötig?«

Statt einer Antwort schüttelte Martin Cronthal nur den Kopf, und schweigend schlossen sie sich dem Ratskollegen und den beiden Bürgermeistern an.

Kühle Mienen, kein Wort zur Begrüßung, ein knappes Handzeichen des Vorsitzenden lud die Abordnung der Stadt zum Sitzen ein. Vier Kuttenträger bildeten den Stoßtrupp des Domkapitels, zur Verstärkung hatten sie noch den Bevollmächtigten des Bischofs an ihrer Seite, der gleich zum Angriff überging: »Eine schwere Beschuldigung gegen den städtischen Baumeister ist unserem gnädigen Herrn und Fürsten vorgetragen worden. Große Mengen an Holz und Brettern …« Mit schneidender Stimme trug der Marschall Punkt für Punkt die Anschuldigungen vor. Ein Fingerwedeln deutete an, dass ihn nach neuer Munition verlangte, und eilfertig reichte ihm Domherr Paulus Schroter die Liste mit den durch die Freveltat entgangenen Zolleinnahmen. »Nach Schätzung der Prüfer …«

Diese Pfennigfuchser. Alles in Til weigerte sich hinzuhören, er entstieg der schmählichen Lage und verglich Gesicht und Gestalt des Bevollmächtigten mit seinem Philippus. Wirklich gut getroffen habe ich ihn. Bis auf die Augenpartie und den Mund. Dieser fette Kerl dort geifert und stiert, mein Apostel aber blickt nachdenklich, und ein milder Zug umgibt seine Lippen.

»Wir sind nun hier versammelt …« Heftig räusperte sich der Marschall und stach mit gestrecktem Finger nach dem Beschuldigten. »Wir sind nun hier versammelt, Klarheit in dieser leidigen Angelegenheit zu schaffen. Deshalb fordere ich den Baumeister auf, zu den angeführten Vorwürfen Stellung zu nehmen.«

Til rückte im Stuhl nach hinten. »Nichts von alldem …« Er faltete die Hände und öffnete sie wieder. Ehe er sich weiter verhaspelte, erhob sich Martin Cronthal und trat vor den Stoßtrupp hin. »Werte Herren, die Vorwürfe gegen den hochgeschätzten Baumeister und von uns allen hochverehrten Bildschnitzer Tilman Riemenschneider entbehren so sehr jeglicher Grundlage, dass ich beauftragt wurde, eine gemeinsame Stellungnahme des Rates wie auch des Baumeisters vorzutragen …«

Paulus Schroter hob die Hand. »Nein, ich verlange, dass der Beschuldigte sich selbst äußert!«

Mit schnellem Griff nahm der Stadtschreiber die Brille ab. Blitze trafen den Domherren. »Ihr seid stets ein willkommener Gast bei uns im Rathaus. Allerdings nur unten im Grünen Baum. Und niemand nimmt Anstoß, wenn Ihr Euch dem zügellosen Würfelspiel hingebt, noch kritisiert jemand die Auswahl Eurer Mitspieler.«

Paulus Schroter sank in sich zusammen. Bis auf den Marschall wussten alle Anwesenden im Raum von der Nacht auf dem Leichhof, wie er fluchend und auf dem Grabstein im eigenen Erbrochenen liegend von den Scharwächtern entdeckt worden war.

Scharf setzte der Stadtschreiber nach. »Jedoch erwarte ich, und darin bin ich mit beiden Bürgermeistern einig, dass Ihr Euch nicht in die Kompetenz des Rates einmischt. Und der hat eine schriftliche Erklärung vorbereitet. Kann ich beginnen?«

»Ja doch«, flüsterte Paulus Schroter. »Ja doch. Nichts anderes wollte ich.«

Die Brille thronte wieder auf dem Nasenrücken, und ohne laut zu werden, wusch Martin Cronthal jeden Verdacht von der Schulter seines Freundes: »… der Rat hat dem Baumeister befohlen, Holz und Bretter zu Nutz und Notdurft des Stadtbaues zu kaufen und einen großen Vorrat anzulegen, über den er nach Gutdünken verfügen sollte.« Nun versuchte er einen Scherz einzuflechten und setzte ein dürres Keckern voran. »Falls unser gnädiger Bischof Lorenz von Bibra oder einer der Herren des Domkapitels dringend gutes, trockenes Bauholz benötigt, so ist unser Baumeister sicher bereit, ihnen das Gewünschte für einen kleinen Preis abzugeben.« Nichts regte sich in den Mundwinkeln der Ankläger, und gleich wieder ernst schloss der Stadtschreiber: »Nie hat der Rat befohlen, Holz einzukaufen, um es dann wieder zu verkaufen. Und dies ist zu keiner Zeit, weder mit Wissen noch heimlich, geschehen. Deshalb bittet der Rat um Erlaubnis, die gute, bewährte Gepflogenheit beibehalten zu dürfen.«

Der Bevollmächtigte des Bischofs befragte mit dem Blick seine Mitstreiter. Ehe einer der Kleriker sich äußern konnte, wuchs Paulus Schroter wieder aus seinem Lehnstuhl. »Überzeugt. Licht erhellt das Dunkel.« Um einer weiteren, eventuell sogar beschämenden Enthüllung seiner Spielleidenschaft vorzubeugen, bewies er mit großem Zungenschlag, nun kein Saulus mehr zu sein: »Nach dieser Erklärung bin ich von der Unschuld des Baumeisters überzeugt. Ja, das Kapitel darf sich nicht einmischen, wenn der Rat für den nötigen Holzvorrat Sorge trägt und ihn nach seinem Gutdünken verwendet.« Seine Armbewegung lud die Kollegen ein. »Wir sollten nicht erneut aufbauschen, was sich als rechtens erwiesen hat. Seid Ihr meiner Meinung?«

Keine Stimme wandte sich dagegen. Die Anhörung war beendet.

Erst als Til mit den Herren des Stadtrates das Kapitelhaus verlassen hatte, wurde ihm deutlich, was dort gerade geschehen war. Mein guter Ruf, mein Ansehen in der Stadt allein hätten nichts bewirkt. Auch genügte die schlichte Wahrheit nicht, sie musste verbogen, gedreht und passend zurechtgehämmert werden, nur damit konnten die Herren vom Domkapitel überzeugt werden. Fest legte er dem schmächtigen Stadtschreiber den Arm um die Schultern. »Danke. Ohne dich hätten mich diese Schwarzröcke in Stücke gerissen. Und wie du dem scheinheiligen Würfelspieler übers Maul gefahren bist. Wunderbar!«

»War doch selbstverständlich.« Sichtlich über das Lob erfreut, wiegelte Martin Cronthal ab: »Eine Verhandlung zu führen gehört eben zu meinen Aufgaben.«

»Nicht ohne uns«, verbesserte der Bürgermeister und hob den Finger: »Vergiss nicht, Meister, ohne unsere Hilfe, ohne die Hilfe des gesamten Stadtrates wäre die Angelegenheit nicht so rasch aus der Welt geschafft worden.«

Til wölbte die Unterlippe nach vorn. In die Erleichterung mischte sich ein schaler Geschmack. Muss er so darauf pochen, dachte er, sagte aber verbindlich: »Mein Dank gilt natürlich allen. Vielleicht sollte ich den Stubenmeister vom Grünen Baum bitten, uns ein Fässchen Wein hinaufzubringen …«

»So war das nicht gemeint«, wehrte Bürgermeister Schmid sonderbar vergnügt ab und stieß seinem Stellvertreter in die Seite. »Nicht wahr?« Auch den begleitenden Stadtrat bezog er mit ein. Nun schmunzelten alle drei trotz des Nieselregens vor sich hin.

Fragend blickte Til zum Stadtschreiber, doch auch Martin schien sich die unerwartete Heiterkeit nicht erklären zu können.

Ehe die Sitzung wieder begann, war jedes Ratsmitglied bereits vom Sieg über das Domkapitel informiert und hatte unten im Grünen Baum, nach den ohnehin schon zahlreichen, noch einen Extraschoppen darauf getrunken. Bürgermeister Schmid aber ließ es sich nicht nehmen, ausführlich darüber zu berichten, den Applaus nahm er dankend entgegen, und auf seine Geste hin durfte auch der Stadtschreiber daran teilhaben, dann griff er zur Glocke: »Meine Herren, nachdem wir unseren hochgeschätzten Freund Riemenschneider so erfolgreich vor Unbill bewahrt haben, wenden wir uns nun an den berühmten Bildschnitzer, um unsere Belohnung einzufordern.«

Er nickte bedeutungsvoll zu Georg Suppan hinüber, der erhob sich und ging zur Stirnwand des Saales. Dort waren während der Mittagspause drei Kisten gestapelt worden, und obendrauf lag eine von weißem Leinen bedeckte runde Platte.

Die Miene des ehemaligen Bürgermeisters zeigte, wie zufrieden er mit sich selbst war. »Als Dank für eine Sendung guten Frankenweins hat der Bischof von Eichstätt unserer Stadt vor einigen Tagen diesen wunderbaren Solnhofer Stein geschenkt. Damit der Transport unser Würzburg auch sicher erreichte, hat Bischof Gabriel sogar einen Ritter beauftragt, den Wagen mit seinen beiden Knappen zu begleiten.« Schwungvoll zog er das Leinentuch ab. »Ohne Zweifel ein teures Geschenk.«

Hälse reckten sich. Nach einer geschickt gedehnten Pause fuhr Suppan fort: »Ausgesucht wertvoll aber kann dieses Geschenk erst werden, wenn unser geschätzter Freund Riemenschneider sich der Platte annimmt.« Die Stimme hob sich. »Meister Til soll uns einen Tisch, einen Ratstisch bauen, das Untergestell aus Holz und als Platte diesen Stein, schön abgezogen und verziert ...« Noch ehe er geendet hatte, pflichteten ihm schon mehr als die Hälfte der Anwesenden bei.

Es ist längst abgesprochen, dachte Til, ohne mich vorher zu fragen, hat Georg sich bereits eine Mehrheit verschafft. Empört schüttelte der Meister den Kopf. »Bedauere!«, rief er vernehmlich. »Meine Werkstatt stellt keine simplen Möbelstücke her.«

Stirnrunzeln; verwundert, da und dort auch empört, blickten ihn die Kollegen an. Bürgermeister Schmid näherte sich mit offenen Händen. »Aber, lieber Freund, so vergesslich? Darf ich dich ans Kapitelhaus erinnern. Die Regeln sind doch ganz einfach. Geben und nehmen. Eine Hand wäscht die andere.«

Til schloss die Augen. Du musst einfach, sagte er sich, was du möchtest, zählt nicht, erst wenn du ihnen diesen verdammten Tisch lieferst, ist die Angelegenheit wirklich beseitigt. Er wuchtete sich vom Stuhl hoch. »Ich nehme den Auftrag an.«

Ohne nach rechts und links zu blicken, schritt er durch den Saal zum Stein hinüber. Georg Suppan empfing ihn mit breitem Lächeln und flüsterte aus dem Mundwinkel: »Um ein Haar hättest du mich enttäuscht. Dabei ist Politik doch so einfach.« Dann lud er den Meister mit lauter Stimme ein, sich die Platte genau anzusehen.

Til legte die Handflächen auf den Stein. Als ihm nach einer Weile die Kühle ein Prickeln in den Fingerkuppen verursachte, wachten die dunklen Augen auf, und sein Ärger war verflogen. In weiten Bögen strich er über die raue Fläche. »Scheint wirklich gesund zu sein. Aber noch eine Prüfung zur Sicherheit.«

Er sah sich um, entdeckte auf dem Kaminsims einen Mörser und bat Georg Suppan, ihm den Stößel zu bringen. Mit einem Ohr beugte er sich tief über den Stein, leicht schlug er die Platte in der Mitte an und horchte, wiederholte die Probe an den Rändern und war zufrieden. »Der Klang ist voll. Es gibt keine versteckten Risse. Selten habe ich einen Stein von solch auserlesener Qualität gesehen.«

»So gefällst du mir«, spornte ihn Georg verstohlen an. »Das wollen die Kollegen hören.«

Til verstand die Heimlichkeit des Freundes nicht. »Ich meine, was ich sage.«

»Gut, gut.« Auch Suppan sprach jetzt laut. »Du bist der Bildschnitzer. Und wir freuen uns auf den neuen Ratstisch.«

Welche Verzierung? Vom Bürgermeister wurde Til der Wunsch unterbreitet, dass drei Wappen in die Platte eingearbeitet werden sollten: »Vereine unsern gnädigen Fürstbischof Lorenz von Bibra und unsere Stadt mit dem Bischof von Eichstätt. Hier ...«, er zeigte dem Meister das Begleitschreiben, »hier siehst du das Wappen von Bischof Gabriel Eyb.«

Schon ganz mit dem Auftrag beschäftigt, hatte Til das Kreidestück aus der Rocktasche gezogen, ein Kreis in der Mitte, leichte Striche setzten die drei Schilde wie ein Kleeblatt zueinander. »So dachte ich es mir. Ganz gleich, wie die bewegliche Platte gedreht wird, stets soll jedes Wappenbild nach oben zeigen ...« Er hielt inne und runzelte die Stirn. »Ich bitte um Verzeihung. Ich will nicht undankbar erscheinen, aber ich habe eine Werkstatt zu unterhalten, habe Frau und Kinder zu ernähren.« Erst nach heftigem Räuspern sprach er weiter. »Verehrte Herren, Ihr erwartet doch nicht etwa, dass ich diese Arbeit ohne Lohn ...?« Til ließ den Satz unbeendet.

Bürgermeister Schmid kratzte das Kinn, sah zu seinem Stellvertreter; weil der gleich den Kopf senkte, um sich nicht äußern zu müssen, blickte er Hilfe suchend auf seinen Vorgänger.

So viele Jahre schon im Irrgarten der Politik zu Hause, musste Georg Suppan nicht lange nach einer Lösung suchen. »Lieber Meister, natürlich soll gute Arbeit auch entlohnt werden. Zwar darf ich dem Ratsbeschluss nicht vorgreifen, dennoch möchte ich der Versammlung einen Lohn zwischen fünf und zehn Gulden empfehlen.«

Sofort wurden Stimmen laut. Die Summe sei viel zu hoch und der Stadtsäckel leer, und kein Amt hätte Gelder übrig.

»Freunde, lasst mich ausreden!« Mit den Händen strich Suppan beide Bauchseiten. »Auch an die Finanzierung habe ich gedacht. Ein Ratstisch soll gebaut werden. So lautet unser Auftrag. Wenn also etwas für die Stadt gebaut wird, so fällt das in die Verantwortung des

Baumeisters. Ergo wird er aus seinem Topf an sich selbst den Lohn bezahlen …«

Verblüfftes Gelächter, nach und nach begriffen die Kollegen und fanden Gefallen an diesem Guldenzauber. Der geschickte Fuchs hatte Lob verdient. Heftiges Pochen an der Saaltür aber brachte ihn um den großen Beifall.

Ohne aufgefordert zu werden, schlüpfte der Ratsdiener herein, geduckt eilte er zum Bürgermeister und flüsterte erregt, deutete auf Tilman Riemenschneider und flüsterte weiter. Das gerade aufblühende Vergnügen welkte rasch im Gesicht des Bürgermeisters, er suchte die Haltung zu bewahren: »Lieber Freund, ich höre soeben, dass du umgehend im Wolfmannsziechlein erwartet wirst. Ein Unglück …«

»In der Werkstatt?« Der heftige Atemzug richtete Til auf. »Ist etwas mit meiner Maria … für den Creglinger Altar?«

Hans Schmid schüttelte unmerklich den Kopf. »Schlimmer muss es wohl sein. Ein Junge steht draußen. Florian. Soweit es der Ratsdiener verstanden hat, geht es um deine Frau.«

Trockenheit, unvermittelt klebte die Zunge am Gaumen. »Ich komme«, murmelte Til, schob Georg Suppan sanft, aber bestimmt aus dem Weg, sah nicht die betroffenen Gesichter der Kollegen, nicht den Diener, der ihm die Saaltür öffnete.

Bei der Treppe stand Florian, verloren, frierend, das vom Regen nasse Haar klebte an Stirn und Nacken. »Sie ist gefallen, Herr. Mehr weiß ich nicht.« Er trug den dünnen Hauskittel, für einen Umhang schien keine Zeit gewesen zu sein. »Ich durfte nicht hin, keiner von uns durfte das. Mutter hat nur gerufen, dass ich Euch schnell holen sollte.«

»Ist gut, Junge.« Til nahm ihn an der Schulter. »Lass uns nachsehen!«

Weite Schritte über das glitschige Pflaster am Fischmarkt, durch Pfützen. Florian musste neben dem großen Mann herlaufen. Weil auch Til seinen Schultermantel im Sitzungssaal zurückgelassen hatte, durchnässte ihn der Regen ebenso wie den Jungen, doch beide kümmerte es nicht.

»Wer ist noch bei Frau Anna?«

»Ich weiß es nicht.«

»Holt jemand den Doktor?«

»Weiß nicht, Herr.« Florians Stimme wurde kleiner, heller. »Ich … ich musste doch gleich los.«

»Lass nur. Deine Mutter weiß sicher, was zu tun ist.«

Die Pforte im hohen Tor stand offen. Düster war die überdachte Hofeinfahrt. Auf dem Weg mit Florian zum Wohnhaus sah der Meister seine Gesellen und Lehrbuben vor der Werkstatt schweigend beieinanderstehen.

»Was vertrödelt ihr die Zeit?«, rief er hinüber, wartete aber die Antwort nicht ab. Im Flur stützten sich zwei Mägde gegenseitig; bei seinem Erscheinen schluchzten sie auf, wischten sich die Augen mit den Schürzen.

»Wo ist meine Frau?«

»Im …«, haltloses Weinen brach sich Bahn, »im Keller. Die Herrin … Unten ist sie.«

Til fragte nicht weiter, hart schlug das Herz in seinem Hals, schmerzte in den Schläfen. Florian sollte bei den Mägden zurückbleiben.

Ehe er den Zugang erreichte, verließ der Stadtphysikus eilig den Keller. Til blieb vor ihm stehen, las in dem bedauernden Blick das Ausmaß des Unglücks. »Es tut mir leid, Meister. Schrecklich, aber da kam jede Hilfe zu spät.« Der Doktor reichte dem Bildschnitzer die Hand. »Ich werde das Nötige veranlassen, auch den Frauen Bescheid geben. Verzeiht die Eile, aber ich muss ins Sander Viertel. Da wartet noch ein Patient. Dem werde ich, so Gott will, helfen können.«

Wie einem Fremden sah Til ihm nach, dann wandte er sich dem gewölbten Eingang zu, beugte den Kopf, um nicht an die Steine zu stoßen, und betrat die Stufen.

Tief unten, am Fuß der steilen Treppe erkannte er Magdalena. Sie kauerte dort mit dem Rücken zu ihm, war umgeben von einem Kranz aus Öllichtern und wiegte sich vor und zurück. Auf halbem Weg hinab erfasste sein Blick den Kellerraum. Im leichten Flackern der Lichter drang das Bild tief in ihn hinein. Neben dem Brunnenrand ruhte der schmächtige Körper auf einer Decke, das Hauskleid war etwas hochgerutscht, der rechte Fuß hatte den Holzschuh verloren. Daneben lagen weiße Laken bereit.

Til hatte die unterste Stufe erreicht. Nur wenige Schritte und doch ein weiter Weg bis zum Kranz der Öllichter. Magdalena barg Annas Kopf in ihrem Schoß, sie hatte das Gesicht mit ihrem hellen Brusttuch bedeckt. Blutflecke waren durchgedrungen.

Sie sah zu ihm auf. Ein weher Blick. »Ich will ihr noch ein wenig Wärme geben. Bevor …« Tränen füllten die Augen. »Bevor es jetzt immer kalt sein wird für sie.«

Er ließ sich auf die Knie nieder, seine Hand tastete über Magdalenas Arm zum Gesicht in ihrem Schoß hin. »Es darf nicht sein.« Nur ein Flüstern. »Was ist geschehen?«

Magdalena berührte seine Finger. »Nicht anschauen, Herr. Behaltet sie in Erinnerung, wie sie war. Die schönen großen Augen, der Mund …«

»Du musst mich nicht schützen. Anna ist meine Frau …« Er hob das Tuch und stöhnte auf. »O großer Gott …« Behutsam verhüllte er wieder das zerstörte Gesicht und saß nur da. Sie wiegte das verlorene Leben weiter in ihrem Schoß. Nach einer Weile schüttelte er unmerklich den Kopf. »Wir können Anna nicht hier unten lassen.«

»Nein. Ich habe auf Euch gewartet, deshalb sind wir noch hier, deshalb habe ich die Lichter aufstellen lassen. Vielleicht sollte Rupert helfen …?«

Til wehrte ab. »Ich werde Anna alleine tragen. In der Wohnstube können dann die Klagefrauen …« Er musste unterbrechen, erst nach tiefem Atemholen gehorchte seine Stimme wieder. »Verzeih. Auch meine erste Anna lag dort, daran dachte ich.« Während Magdalena die Tote in ein Leintuch hüllte, weinte sie still. Er hob den schmalen Körper auf seine Arme und trug ihn wie ein Kleinod die steile Treppe hinauf.

Magdalena hatte Florian rasch zu ihrer kleinen Wohnung im Hause des Stadtschreibers begleitet, war in die Franziskanergasse zurückgekehrt und blieb auch den Abend über. Während ihre Herrin von den Klagefrauen gewaschen und eingekleidet wurde, brachte sie die Kinder zu Bett. Lange saß sie im Zimmer von Annas vier Geschwistern, betete, weinte mit den Unglücklichen und versprach ihnen: »Habt keine Angst, ihr werdet nicht weggeschickt. Hier ist euer Heim.«

Katharina schwieg, wollte nur Schutz, und lange hielt Magdalena das Mädchen im Arm, bevor es bereit war, allein in der Kammer zu liegen.

Die drei kleinen Söhne aber wussten noch nichts vom Tod der Mutter.

»Ist die Mama die Kellertreppe runtergefallen?« Jörg, der Älteste, hatte sich wieder aufgesetzt.

»Das habe ich euch doch schon erzählt.«

»Aber nicht, wann sie wieder gesund ist.«

Magdalena fühlte, wie ihre Knie schwach wurden, und sank auf den Hocker neben dem breiten Bett. Ehe ihr eine Antwort einfiel, schubste Hans den Bruder in die Seite. »Das geht schnell. Ich bin auch mal gefallen. Hier …« Er kroch unter der Decke vor und zeigte die Narbe an seinem Schienbein. »Das hat wehgetan, und jetzt tut's nicht mehr weh. So geht das mit der Mama auch.«

»Und warum sind dann so viele Leute gekommen?«

»Ich auch«, meldete sich Barthel, dabei bohrte er weiter in der Nase. »Ich bin auch gefallen.«

»Genug jetzt!« Magdalena erhob sich wieder und drückte ihre Schützlinge zurück in die Kissen.

Jörg gab sich nicht zufrieden. »Sag du doch, wann die Mama wieder gesund wird?«

»Ich weiß es nicht.« Magdalena streichelte nacheinander den dreien übers Haar. »Schlaft jetzt. Vielleicht wird sie … ein Engel, der euch immer behütet.«

Diese Vorstellung genügte den beiden Größeren. Barthel nickte und schloss die Augen. »Engel sind schön, das weiß ich genau.«

Stille war eingezogen. Rechts und links der Toten wachten die Flammen der Sterbelichter. Ihr entstelltes Gesicht hatten die Klagefrauen wieder verhüllt, und das kleine Kreuz auf dem Seidentuch verlieh dem Antlitz ruhigen Frieden. In den Räumen, auf den Treppen füllte der Geruch nach gelöschten Kerzen und Ölen die Dunkelheit. Der Geruch eines fremden Gastes.

Nur am Ende des langen Flurs zur Küche drang matte Helligkeit durch die angelehnte Tür. Keine Öllampen, die züngelnden Flammen des wieder entfachten Herdfeuers sollten genügen.

Meister Til saß über den Tisch gebeugt, die Arme aufgestützt drehte er den Weinbecher in den Händen. Magdalena sah vor sich hin und wartete. Weil sie nach all dem Leid und Elend selbst Nähe suchte, so dringend benötigte, hatte sie gewagt, bis an die Tischecke zu rücken. Hin und wieder nippte sie vom Wein, und jedes Mal fürchtete sie, ihr Schlucken könnte ihn stören.

Unvermittelt sprach er, als führte er den Satz aus seinem Innern weiter: »… und wirklich gekannt habe ich Anna nicht. Das ist allein meine Schuld, weil ich mir keine Zeit genommen habe. Sie war immer nur still. Ob des Nachts oben in unserm Bett oder bei Tag im Haus … nie hat sie einen Wunsch geäußert, immer das getan, worum ich sie bat … Beschenkt hat sie mich …« Die Stimme drohte zu ersticken, erst nachdem er getrunken hatte, gelang es ihm fortzufahren: »Beschenkt mit vier wunderbaren Kindern. Meine Buben … Katharina, dieses schöne Mädchen.« Er wandte den Kopf, suchte Magdalenas Augen. »Hilf mir! Es quält mich seit Stunden: Ist Anna wirklich gefallen?« Er nahm ihre Hand und hielt sie fest. »War es ein Unfall, oder hat sie … hat sie sich die Treppe hinabgestürzt?«

Dieser Gedanke quält auch mich, dachte Magdalena, o Heilige Jungfrau, nimm ihn endlich fort von mir. Sie klammerte sich nun selbst an die große Hand.

Niemand war bei der Herrin gewesen. Rupert hatte am Morgen schon alles Nötige heraufgeholt. Genügend Wasser, die Körbe und Tiegel aus dem Vorratsraum. Es gab für Frau Anna keinen Grund, in den Keller zu gehen.

»Willst du nicht antworten?«, drängte er.

»Eure Frau … sie ist gefallen.« Ein Trost ohne Wahrheit. So wollte sich Magdalena nicht befreien. »Herr, ich weiß es nicht genau. Oft hat sich Frau Anna mir anvertraut. Und einmal erzählte sie, wie sie unten im Keller am Brunnen steht, dass sie es krachen hört oben im Haus, und alle Mauern brechen über ihr zusammen. Vielleicht hat sie es wieder gehört, und all die schweren Steine sind auf ihre Schultern nieder, und dann ist sie gestürzt.«

Til schloss die Lider. »Danke. Das sollen nur wir beide wissen. Für die anderen war es ein schrecklicher Unfall.« Er verstärkte den Druck seiner Hand. »Du warst für mich immer schon mehr als eine Magd …«

Ich weiß es nur zu gut, dachte sie, ich bin deine Eva.

Doch er setzte hinzu: »... du bist für mich ein gute Freundin.«

Noch nie ... Erschreckt versuchte Magdalena sich zu lösen, doch er schien es gar nicht zu bemerken und hielt sie fest. »Ich kann mir nicht vorstellen, ohne dich zu sein.«

Es ist der Kummer, er sagt das nur, weil der Kummer so groß ist. Oder?

Til öffnete wieder die Augen, ernst blickte er sie an. »Wirst du mir auch in Zukunft helfen?«

»Immer. Immer bin ich für Euch da.« War ich zu vermessen? O Herz, bleib doch still. »Ich meine, auch für die Kinder.«

»Du hast recht, daran müssen wir jetzt zuerst denken.« Er schenkte sich Wein nach. »Die drei Buben sollen nicht dabei sein, wenn ihre Mutter zu Grabe getragen wird. Ich möchte, dass sie langsam den Verlust zu begreifen lernen und dass du ihnen dabei hilfst. Wie wäre es, wenn du mit ihnen zu deiner Schwägerin ins obere Tal nach Mühlhausen fährst?«

»So lange war ich nicht mehr dort.« Magdalena sammelte sich. Sei ruhig, was später sein wird, zählt jetzt nicht. Zunächst braucht der Herr deine Unterstützung. »Els wird sich bestimmt freuen. Nur wird sie so viele Mäuler nicht stopfen können. Auch sollte ich Florian und Katharina mitnehmen.« Sie plante den Vorrat an Lebensmitteln, der beschafft werden musste, und Til war einverstanden. »Sobald alles besorgt ist, soll euch Rupert morgen mit dem Wagen hinaufbringen.«

Er blickte in die Herdglut. »War auch für dich ein langer Tag. Du kannst dich oben bei den Mägden schlafen legen. Ich möchte noch eine Weile hier sitzen.«

Magdalena schob ihre Hand auf dem Tisch neben die große Hand. »Stört es Euch, wenn ich bleibe?«

Verloren in seinen Gedanken, schüttelte er nur unmerklich den Kopf.

16

Bis zur letzten Woche waren die Uferränder der Jagst noch gefroren, die Wiesen lagen leblos da, dann drehte der Wind, kam von Südwest, brachte Wärme und öffnete den grauen Himmel. Von einem Tag zum andern hatte der Frühling sich einzurichten begonnen, und das Geschnatter der Enten im Wassergraben der Burg wurde lauter.

Oben im Palas lag Götz, nackt und bäuchlings ausgestreckt über den mit Decken und Tüchern gepolsterten Tisch. Ein Arzt träufelte Mandelöl in die Kerbe des ritterlichen Hinterns und versuchte, die Backen behutsam auseinanderzuziehen.

»Verflucht! Du sollst mir den Arsch nicht aufreißen. Sonst reiß ich dir den Kopf ab. Dafür habe ich dich nicht aus Stuttgart kommen lassen.«

»Verzeiht, Herr. Aber ich muss mir zunächst einen ersten Einblick von der Größe und Lage der güldenen Ader verschaffen. Und dazu erweiche ich den Zugang.« Der Medicus wandte sich zum schmalen Arznei- und Bestecktisch und befettete einen Pinsel mit Butter. »Trotz größter Vorsicht wird dies nicht ganz ohne Schmerzen abgehen.«

»Sehr fein ausgedrückt«, knurrte Götz vor sich hin. »Möchte wissen, was dich von einem Quacksalber unterscheidet.« Sein Zorn blieb, wechselte nur das Opfer.

Ihm vor Kopf, drei Schritt entfernt, stand der Waffenknecht, den er letzten Sommer dem Kölner Kaufmann für den getöteten Diener mitgegeben hatte. Er sollte den Alten nach Leipzig und von dort aus samt den Pelzen nach Bamberg begleiten. Vor einer Stunde war der Waffenknecht zurückgekehrt und musste, ungeachtet der ärztlichen Behandlung, sofort seinem Herrn berichten.

Schon die erste Auskunft hatte die Zornader schwellen lassen, und nach der schmerzhaften Unterbrechung stützte sich Götz jetzt auf den linken Ellbogen und drohte mit dem rechten Armstumpf. »Kerl, du bist also allein hergekommen. Ohne den Vater meines Gefangenen? Ohne meinen Knappen? Aber vorher hast du mir eine Nachricht geschickt, dass alles wie erwartet gelaufen ist: Die Pelze verkauft. Der Alte wartet im Goldenen Schwan auf neue Anweisungen.«

»Ich musste aus Bamberg verschwinden, Herr. Glück hab ich gehabt. Sonst wär es mir auch so ergangen wie dem Thoma.«

»Was ist mit dem Jungen?«

Der Knecht wich einen Schritt zurück. »Verhaftet«, flüsterte er. »Die Leute vom Bischof Georg haben ihn geschnappt.«

»Wieso treibt sich Thoma beim Palas des Bischofs rum? Er sollte den Kaufmann in der Herberge aufsuchen, den Zettel zeigen und ihn herbringen. So wie es verabredet war ...« Mit einem wilden Schrei unterbrach sich der Ritter, bog den Rücken durch, fiel zurück und schlug neben seinem Kopf immer wieder die Faust auf den Tisch. »Verdammter Scharlatan! Du hättest Folterknecht werden sollen.«

Der Medicus überging das Fluchen und die Beleidigungen seines Patienten mit Gleichmut. »Nun ist mir eine Diagnose möglich.« Er stellte sich so, dass die Blicke sich begegnen konnten. »Wir haben es in Eurem Falle glücklicherweise mit einer blinden güldenen Ader zu tun.«

»Glücklich? Was ist daran glücklich, wenn mir der Arsch manchmal bei jedem Schritt so wehtut, dass mir schwindlig wird? Wenn ich beim Reiten auf einem glühenden Nagel sitz?«

»Die Hämorrhoides mag in der Tat ein schmerzhaftes Leiden sein, doch es besteht keine unmittelbare Gefahr für Euer Leben.«

»Wehe dir!«, blaffte ihn Götz an. »Da schießt einer mir die Hand ab, und ich überlebe, und jetzt soll ich am Arschjucken sterben.«

Der Medicus bewahrte Ruhe und dozierte weiter: »Die blinde güldene Ader sitzt nicht tief im Gedärm, treibt aber aus der Öffnung allerlei Geschwülste, in welchen das Blut stockt. Drei solcher Gewächse, das eine davon taubeneigroß, habe ich an Euerm Anus festgestellt.«

»Hör auf mit dem gelehrten Gerede. Schweig endlich und mach dich an die Arbeit!«

Ein kurzes Zögern, ein abwägender Blick. »Mit Verlaub, Herr. Bei

Eurem Temperament benötige ich für den Einstich mit der Lanzette eine kräftige Hilfe. Erlaubt Eurem Knecht, dass er Euch festhält.«

Auf Anweisung des Arztes legte sich der Mann mit dem ganzen Gewicht quer über die auseinandergezogenen Oberschenkel und Kniekehlen seines Herrn. Ein Aufbrüllen, gefolgt von immer wieder neuen Verwünschungen, erst nach tiefem Schnaufen erkundigte sich Götz: »Was ist?«

»Leider hat das Anstechen nur mäßigen Erfolg gebracht. Das gestockte Blut ist schwarz, es fließt nicht mehr von selbst ab.«

»Bist du mit deinem Latein schon am Ende?«

Ohne dass der Ritter es sah, bückte sich der Medicus und nahm einen bauchigen Tonkrug aus seinem Lederkoffer, behutsam stellte er ihn auf dem Bestecktisch ab. »Habt Geduld, Herr. Meine hungrigen Hirudos werden Euch in jedem Fall Erleichterung verschaffen.«

»Von wem redest du?«

»Verzeih, ich habe zu viel vorausgesetzt. Ich werde Euch einige Egel ansetzen.«

»Wag es nicht!« Götz wollte herumfahren, weil aber sein Knecht immer noch die Beine niederhielt, vermochte er nur den Oberkörper zu drehen. »Diese schleimigen Blutsauger an meinem Arsch? Nachher kriechen sie ins Loch. Und dann? Die saufen mich doch von innen leer. Oder?«

Der Blick des Medicus sagte ihm, dass es keine andere Möglichkeit gab, von den Schmerzen befreit zu werden. »Schon gut, also Blutegel«, brummte er. »Schließlich bin ich keine feige Memme. Fang schon an!«

»Ruht noch eine Weile. Die Prozedur bedarf noch einiger Vorbereitung.«

Götz befahl seinen Diener wieder zu sich nach vorn: »Du hast ja gehört, es dauert noch, ehe mich die Würmer auslutschen werden, und schlechte Nachrichten ertrag ich sicher leichter. Was war in Bamberg?«

»Ganz schnell ist es gegangen, Herr …« Der Knecht zerrte an seinem ledernen Kragen. Er hatte sich mit Thoma in der Nähe des Goldenen Löwen getroffen und ihm gesagt, welches Stockwerk und welches Zimmer. Nicht lange nachdem der Knappe in der Herberge verschwunden war, umstellten Bewaffnete des Bischofs das Haus. »Sie haben Thoma in Ketten weggebracht. Und am Abend saß der Kölner Kaufmann mit dem Truppführer in der Schankstube. Gut gegessen haben die und viel gelacht. Ich ... ich glaub, der Kölner hat unser Geschäft an den Bischof verraten.«

Götz stöhnte, weil ihm der Hintern mit einem Lappen gereinigt wurde, nach scharfem Ausatmen, presste er die Lider zusammen. »Es gibt keine Ehre mehr. Weißt du das?« Die innere Erschütterung ließ ihn flüstern. »Wo findest du noch Treue? Dieser Alte hat mir in die Hand geschworen, gelobt hat er mir, sein gegebenes Wort zu halten.« Der Ritter öffnete die Augen, Bitternis stand in seinem Blick. »Vertraut habe ich ihm. O ja, meine guten Ratschläge nahm er gerne an, und dann betrügt er mich. Was für eine Welt, in der Anstand und Würde mit Füßen getreten werden?«

Kein Fluchen, kein Schreien. Dem Waffenknecht bebten die Lippen, zutiefst rührte ihn die so ungewohnt leise Enttäuschung seines Herrn. »Ja, Herr ... einfach getreten. Das ist schlimm.«

»Und dann noch: Was ist das für ein Vater, der seinen Sohn im Stich lässt?«

»Das ist ... das ist kein guter Vater.«

»Du sagst es ...« Aus den Augenwinkeln nahm Götz wahr, wie der Medicus den Deckel vom Krug nahm, und gleich ging sein Atem wieder schneller. »Geh und hol mir Sinterius her, sag ihm, er soll das Schreibzeug mitbringen. Ich werde ...«

»Bitte, Herr«, wagte der Arzt ihn zu unterbrechen. »Bitte, es ist notwendig, dass ihr noch einmal ruhiggehalten werdet. Meine Hirudos, also diese Egel, sind zwar hungrig, aber dennoch sehr empfindsam. Wenn sie sich an den richtigen Stellen festgesaugt und zugebissen haben, werdet Ihr nach einer Weile schon Linderung empfinden und die Prozedur dann ohne heftige Bewegungen ertragen.«

»Sorgst du dich etwa mehr um deine Würmer als um mich?«

Darauf ging der Medicus nicht ein, sagte nur: »Die Hirudos sind mir verlässliche Assistenten.«

Das schmerzhafte Fluchen blieb in Maßen, auch gab es weder jähes Aufbäumen noch eine Gegenwehr, mannhaft ertrug der Ritter die Behandlung; sein Waffenknecht aber würgte und stöhnte, weil er, so nah am Geschehen, Augenzeuge beim Ansetzten der glitschigen Sauger sein musste. Als der Medicus ihn von der Aufgabe entband, atmete der Tapfere befreit und war froh, das Blutfestmahl verlassen zu können, um den Schreiber zu rufen.

Auf dem Flur schon gründlich vorgewarnt, bat Sinterius gleich nach seinem Eintreten, während des Dikates vorn neben dem Ritter stehen zu dürfen, mit Blick zum Fenster. »So werde ich weniger abgelenkt.«

»Weichling.« Die Schmerzen hatten nachgelassen, und Götz von Berlichingen gewann Spott und Überheblichkeit zurück. »Ihr jungen Kerle seid immer mit dem Maul ganz vorn dabei. Aber wenn es drauf ankommt, dann wackeln euch die Knie.«

»Wenn Ihr es verlangt, Herr. Ich … kann mich auch zu Euerm Gesäß …«

»Schluss damit!« Götz stieß ihm mit dem Armstumpf leicht gegen das Ohr. »Hör genau zu und notiere, was in dem Schreiben an den Bischof von Bamberg drinstehen muss. Ich will meinen Knappen wiederhaben. Und zwar ohne Lösegeld, weil ich dem frommen Herrn gegenüber keine Untreue begangen habe. Im Gegenteil. Der Bischof soll sich gnädiger Weise an Schweinfurt erinnern, dort hat er mich um eine Gefälligkeit gebeten. Hast du das?«

»Verzeiht, Herr!« Sinterius tunkte die Feder wieder ein. »Um dem Brief mehr Nachdruck zu verleihen, wäre es gut, wenn ich die Gefälligkeit etwas genauer beschreiben würde.«

»Ein ganz gewöhnlicher Raubzug. Unter dem Siegel der Verschwiegenheit hat mich Bischof Georg gebeten, für ihn einige Mainzer Kaufleute auszunehmen. Und ich hab ihm den Reiterdienst geleistet.«

Sinterius ließ die Feder im Fass und bekreuzigte sich.

»Was soll das?«

»Um Vergebung. Ich erinnerte mich gerade an meine Flucht aus dem Kloster. Damals fürchtete ich das Leben in Demut und Gebet. Wenn ich aber jetzt höre, wie wenig sich die frommen Herren von uns unterscheiden, dann hätte ich auch getrost meine Laufbahn als Mönch fortsetzen können.«

»Willst du etwa die scheinheiligen Pfaffen mit dem ehrbaren Ritterstand gleichsetzen?«

»Um Gottes willen nein«, wiegelte Sinterius sofort ab, »Treue und Ehre sind beim Klerus nur selten anzutreffen.«

»Will ich meinen.« Götz rieb das Kinn an den Narben seines Armstumpfes. »Zum Schluss schreibst du dem Bischof: Wenn er mir den Knappen nicht freiwillig hergibt, dann werd ich mir den Buben auf meine Weise zurückholen.«

»Eine Fehde? Soll ich sie klar aussprechen?«

Eine Zeit lang war nur tiefes Grummeln zu hören, dann seufzte Götz vor sich hin. »Nur androhen … Erst mal nur androhen. Und jetzt geh an die Arbeit!«

Über die Schultern blaffte er den Arzt an: »Wie lange noch? Der Schmerz ist weg. Oder willst du etwa deine Würmer auf meine Kosten durchfüttern?«

»Das vorzeitige Abnehmen könnte die heilende Wirkung gefährden.« Der zittrige Ton zeigte, wie nah der Medicus nun doch an den Rand seiner Gelassenheit gedrängt war. »Aber bitte, wenn Ihr Euch dieser schmerzhaften Tortur unterziehen wollt.«

»Gott bewahre!« Bei dem Gedanken allein verzog der Ritter wieder qualvoll das Gesicht.

»Ein Hirudo schwillt bei seiner Mahlzeit bis zum dreifachen Umfang an.« Der Arzt blickte auf seine Schützlinge, wollte sie verteidigen: »Und diese Mahlzeit dauert gewöhnlich eine halbe Stunde. Und so weit ist es noch nicht, Herr. Erst wenn ein Egel ganz gesättigt ist, fällt er ab. Und nur drei habe ich angesetzt, nicht mehr. Gerne werde ich Euch nachher zum Beweis jeden Hirudo zeigen.«

Sofort wandte sich der Ritter ab. »Wag es nicht! Sonst werde ich …« Da ihm keine angemessene Strafe einfiel, ballte er nur die Faust.

17

Hoch oben auf der langen Leiter stand Tilman Riemenschneider links neben dem runden Fensterauge der Westwand und befestigte mit einem Nagel die Ecke eines groben Leintuchs an der Mauer. Von unten blickten ihm Rupert und sein Altgeselle Tobias verständnislos zu. »Haltet die Leiter!« Ohne Schwingungen zu verursachen, stieg der große Mann rasch geschmeidig hinab. »Jetzt die andere Seite.« Den Hammer im Gürtel, in der Hand das Ende des langen Seils, das oben an den rechten Tuchzipfel geknotet war, stieg er die Sprossen erneut hinauf, schlug einen zweiten Nagel ein und spannte den Stoff. Die Rosette aus bleigefassten Glasscheiben war verhüllt. Fest schloss Til die Lider. »Großer Gott«, flehte er stumm, »sei barmherzig, begleite unsere Arbeit auch weiter. Lass uns den Altar in diesem Kirchlein ohne Holzbruch aufbauen und, und darum bitte ich dich vor allem, kröne am Ende mein Werk mit deinem Licht.«

»Meister?«, rief Tobias von unten. »Ist Euch nicht wohl?«

»Kein Grund zur Sorge.«

Kaum hatte Til wieder den sicheren Boden des Kirchenschiffs erreicht, hob er den Finger. »Dass mir keiner von euch das Tuch wegnimmt. Es bleibt so lange dort oben, bis ich es selbst abnehme. Habt ihr mich verstanden?«

»Wenn ich ehrlich sein soll …« Rupert rieb die Narbe an seinem Hals. »Ich mein, sehr hell haben wir's hier nicht gerade; ich mein, so beim Dübeln. Aber wenn Ihr es so wollt …«

»Herr, sagt uns doch«, unterbrach Tobias, »warum muss ausgerechnet vor dieser Rosette ein Fetzen hängen? Und warum jetzt? Wir sind schon bald eine Woche hier. Wenn's so wichtig ist, hättet Ihr schon früher …«

»Fragt nicht weiter. Gehorcht!« Selbst über den schroffen Ton erschrocken, lenkte Til gleich wieder ein: »Das Tuch hat seinen Sinn

Nur möchte ich jetzt nicht darüber sprechen.« Er deutete zur Mitte des Kirchenschiffs. In den vergangenen Tagen war der Altar ein gutes Stück hochgewachsen. Im schmaleren Sockelkasten hatten sie schon die drei Reliefs angebracht und darüber ragte der durch Zapfen und Zinken fest verbundene große Mittelschrein. Das Licht vom Chorraum der Wallfahrtskirche schimmerte durch die ausgeschnittenen, schlankhohen Fenster in der Rückwand und verwandelte den Kasten aus dunklem Föhrenholz in einen Kapellenraum. »Heute bringen wir Maria und ihre Engel an. Die beiden Apostelgruppen setzen wir morgen dazu.«

Zehn Tage hatten die Stadtväter von Creglingen dem Meister zugestanden, zehn Tage, um den bestellten Flügelaltar aufzubauen. So lange blieb die Herrgottskirche für die Gläubigen geschlossen, und er durfte mit seinen Helfern im Gotteshaus arbeiten und schlafen.

Die Mahlzeiten wurden ihnen morgens, gegen Mittag und vor Sonnenuntergang von der Haushälterin des Pfarrers gebracht. Eine neugierige Person, mit stets roten Flecken auf den Wangen, und obwohl der Meister sie gebeten hatte, Tiegel und Näpfe draußen auf dem Tisch abzustellen, gelang es ihr jedes Mal unter irgendeinem Vorwand doch hineinzukommen.

»Sind Löffel genug da?« Unvermittelt stand sie heute hinter den Männern. »Oder soll ich drei von unsern dalassen?« Sie dehnte die Pause, bis ihre Augen sich gesättigt hatten, dann sprach sie weiter. »Die brauchen wir aber wieder zurück, die Löffel. So viele haben wir nämlich nicht.«

»Wer hat dir erlaubt …?« Til baute sich zur vollen Größe vor ihr auf, wagte aber nicht, strenger zu werden, weil sie es war, die täglich den Futtertrog für ihn und seine Helfer füllte. »Du darfst nicht einfach hereinplatzen. Stell dir vor, wir arbeiten gerade oben am Altar. Da kann vor Schreck leicht ein Engel fallen und am Boden zerbrechen.«

»Bei der Heiligen Jungfrau, nur nicht.« Eifrig nickte sie. »Beim nächsten Mal rufe ich draußen, bevor ich reinkomme. Genügt das, oder fällt dann auch ein Engel?«

Til hob die Brauen, wusste, dass er ihrer Neugierde ausgeliefert war, und sagte: »Rufen? Sicher, das ist eine gute Lösung.«

Sie nahm das Lob als Auftakt zum Geplauder. »Ach, Meister, was ich fragen wollte.« Eifrig trat sie einen Schritt näher. »Wird es denn gelingen? Also mein Pfarrherr meint, nur vielleicht oder eher nicht, aber der sieht immer gerne schwarz. Ich bin da ganz anders. Ich sag mir, das ist ein berühmter Bildschnitzer, und dem gelingt es. Oder?«

»Sag mir erst, was soll gelingen?«

»Na, der Altar. Ist er zu ihrem Fest fertig aufgebaut? Heut haben wir Freitag und Mariä Himmelfahrt ist nächsten Dienstag.«

Til hob die Augen, sein Blick streifte das Tuch vor der Fensterrosette und suchte den höchsten Punkt im gewölbten Himmel der Kirche. »Es muss, nein, es wird gelingen.«

»Sag ich doch. So soll's sein.« Sie war schon auf dem Weg hinaus. »Und heute Abend gibt's Schinken und Wurst extra, damit ihr Männer mir auch wirklich satt werdet.«

Tobias wollte die gute Stimmung nutzen und eilte ihr nach. »Eine Extrakanne Bier wäre auch schön.« Er blieb im weit geöffneten Portal stehen. »Beim Arbeiten mit Holz dörrt die Kehle so aus.«

Die Haushälterin hatte Karren und Esel vor der Friedhofsmauer zurückgelassen. Während sie sich auf die Ladefläche setzte und die Zügel nahm, rief sie lachend über die Gräber: »Versprochen. Ich werd meinem Pfarrer die Ration kürzen. Er trinkt mir in letzter Zeit ohnehin zu viel.«

Sie schnalzte, ruckte am Zaumzeug, und endlich trottete der Esel los. Das Pfarrhaus in Creglingen war eine halbe Wegstunde von der kleinen Kirche am Wiesenhang über dem Herrgottsbach entfernt. Zwar hatte der Hirte den berühmten Schnitzer für die Zeit des Aufbaus zu sich unten in die Stadt eingeladen, ihm Schlafplatz, Kost und Gesellschaft angeboten, der Meister aber hatte dankend abgelehnt. Er zog es vor, mit den Helfern in der Sakristei zu nächtigen, außerdem wollte er seinen Figuren nahe sein, wollte Maria, die Engel und Apostel nicht in der Fremde alleinlassen, ehe sie nicht ihr neues Zuhause bewohnten.

Gleich nach der Ankunft hatten Tobias und Rupert die großen, zugenagelten Holzkisten vom Frachtwagen abgeladen und im Chorraum gestapelt, dann trugen sie zugeschnittene und in Tücher gewickelte Bretter und Balken herein. Vom Meister selbst waren Werkzeug, Stricke und Zeichnungen überprüft und griffbereit hingelegt worden.

Til strich mit der Hand einige Male über eine der Kisten, dann bat er leise: »Bringt sie mir vor den Altar.«

Er ließ die Helfer nicht aus den Augen. Beide setzten flache Stemmeisen unter den Deckel, lockerten ihn und zogen die Nägel heraus.

»Genug«, hielt Til sie zurück. Er ließ sich auf die Knie nieder, sorgsam legte er die Bedeckung zur Seite. Bis zum Rand war die Kiste mit Hobelspänen gefüllt. Er schöpfte die Holzlocken heraus, bis Fingerspitzen, dann Hände zu sehen waren; betende Hände, die sich nicht berührten und doch zueinandergehörten, als bewahrten sie zwischen sich den Hauch des Lebens. Til grub seinen Arm tiefer in die Späne und hob Maria ganz aus ihrem Reisebett. Er nickte dem Altgesellen zu. »Du dübelst zunächst den unteren Haltesteg in die Rückwand. Ich habe die Höhe genau markiert.«

Sanft legte er Maria auf den steinernen Altartisch, und gemeinsam mit Rupert blies und bürstete er Staub und Holzreste aus dem Haar, vom Antlitz, aus den Gewandfalten. Der untersetzte Knecht wagte die mit sanftem Rot belegten Lippen und die dunklen Pupillen nicht zu berühren. Dem Meister fiel es auf, eine Weile schmunzelte er nur vor sich hin, dann aber wollte er nicht schweigen: »Glaubst du, dass sie lebt?«

Rupert runzelte die Stirn, dabei säuberte er seine Bürste von Spänen. »So von innen … ich weiß nicht, wie ich's sagen soll. Damals, als ich den Stamm vom Hafen geholt habe, da schlief sie noch im Holz. Das habt Ihr gesagt, damals. Und jetzt … Ich denke, aufgeweckt habt Ihr sie, Meister, richtig schön aufgeweckt, weil sie so warm und friedlich dreinguckt. Meine Frau hat manchmal auch so …« Rupert schwieg, beinah heftig staubte er den Rücken der Figur ab.

»Das wünsche ich mir.« Til seufzte leicht. »Ja, anrühren. Wenn meine Maria in jedem, der sie betrachtet, etwas anrührt, dann wäre ich schon zufrieden.«

»Meister?«, rief Tobias hinter dem Schrein. »Sollen wir nicht besser einen dritten Splint setzen, damit könnten wir den Halt verstärken?« Sein Gesicht tauchte an einem der mittleren und höher in die

Rückwand geschnittenen Kapellenfenster auf. »Wird die Madonna nur von unten gehalten, oder kommt eine Stange auch in den Kopf?«

Rupert sah erschreckt über die Schulter. Meister Til ließ ihn mit Maria allein und stellte sich vor den noch leeren Kastenaufbau. »Der Hinterkopf ist von der Seite einsichtig, er muss frei bleiben«, antwortete er und war in Gedanken schon weiter. »Hinaufschweben soll sie, von Engeln geleitet. Deshalb darf nichts starr wirken. Verstehst du, Tobias?«

»Wie wäre es mit einer Federstange.«

»Nein, nein. Fest angebracht muss sie schon sein. Jede Schwingung von ihr reibt sonst an den Engeln.« Til benetzte die Unterlippe. »Wir bleiben bei meiner Berechnung. Das Gestänge kommt in den Rücken. Und halte genau die Maße ein, Junge. Wenn noch die beiden Säulen und die Apostel dazukommen, wird's eng da oben.«

Gegen Abend saßen die Männer draußen. Um die letzten Sonnenstrahlen des Augusttages noch zu genießen, hatten sie den aus rohem Holz gezimmerten Tisch vor die Westmauer der Kirche gerückt. Schwer stützten sie die Arme auf. Nichts war vom Schinken und der Wurst übriggeblieben, nebeneinander steckten ihre Messer zwischen den wenigen Brotresten. Die Haushälterin hatte Wort gehalten; nachdem die erste Kanne geleert war, hatte Tobias die zweite aus dem kühlen Mauerschatten geholt und die Becher wieder gefüllt. Leise unterhielten sich Geselle und Knecht, um den Meister nicht zu stören.

»Ich muss nachdenken«, hatte er vor einer Weile gebeten, und seitdem starrte Til mit fast geschlossenen Lidern über die Friedhofsmauer, über die tiefer unten am Hang stehenden Buschkronen in die sinkende Sonne über dem Kamm der Anhöhe jenseits des Tals; nur hin und wieder schirmte er seine Augen, wandte sich um und sah, als müsste er sich vom Schmerz erholen, mit steiler Stirnfalte zur Kirchenwand hinauf. Erst als der Glutball versunken war, trank er ohne abzusetzen sein Bier und ließ sich von Tobias nachschenken. »Ihr auch. Bitte!«

Seine Helfer hoben die Becher.

»Auf unser Glück. Auf dass es uns erhalten bleibt!«

Rupert lächelte breit, und im rechten Mundwinkel zeigte sich die dunkle Lücke. »So gut wie bei Euch, Meister, hab ich's noch nie angetroffen.«

»Auch mir ist es so wohl wie lange nicht mehr. Für einige Tage kein Stadtrat, keine Werkstatt und kein Kindergeschrei …« Er sprach nicht weiter. Anna? Einen Lidschlag lang öffneten sich vor ihm die Gräber des kleinen Friedhofs, und er sah hinab, sah den schmalen Sarg. Ehe Tobias fragen konnte, fand er zurück. »… Nur mit euch und unserm Altar hier in der Stille. Das mein ich.«

Am Montag weckte der Meister seine Helfer schon beim ersten Morgenschimmer. »Wir müssen uns sputen.« Nur dieser eine Tag blieb noch, und er wollte ihn dehnen, die Zeit verdoppeln. Beim Schein der Lampen montierten sie die am Vortag mit den vier Reliefs ausgestatteten Flügel an den Hauptschrein. Erst nachdem alle Scharniere festgeschraubt waren, prüfte der Meister, ob die Seitenteile genau schlossen. Der rechte Flügel passte nicht, mit der nach oben geschwungenen Kante fügte er sich nicht in den Kielbogen des Hauptschreins. »Ich ahnte es«, brummte Til vor sich hin. »Links, die Verkündigung und Heimsuchung bereiten keine Schwierigkeiten. Aber der Stall und …«

»Ihr seid nicht gerecht …«, unterbrach ihn Tobias empört. »Die Scharniere sind schuld.« Er pochte mit dem Hammerstiel gegen die Rückwand des linken Flügels. »Glaubt Ihr etwa, nur weil Ihr Euch Zeit genommen habt, das Bild mit Maria und dem Engel selbst zu schnitzen, würde diese Seite glatter schließen?«

»So war das nicht gemeint, Junge. Ich wollte deine Arbeit nicht herabmindern«, beschwichtigte Til und öffnete den rechten Flügel wieder. »Es war ein Scherz. Mit der Qualität der Bilder bin ich mehr als zufrieden. Beide, die Anbetung im Stall und auch die Darbringung des kleinen Jesus im Tempel, zeugen von großem Können, deinem Können.«

Weil Tobias nichts antwortete, nur die Lippen aufeinanderpresste, unterbrach der Meister die Arbeit und bat ihn und Rupert nach draußen vor das Portal.

Morgenkühle, vom Bach herauf zogen Nebelstreifen. »Glaubt mir, auch ich bin sehr angespannt.« Til sog tief den Atem ein. »Wir haben in den vergangenen Tagen viel geleistet und uns nicht geschont. Dafür danke ich euch. Doch heute ist der letzte Tag. Morgen soll hier Mariä Himmelfahrt mit einer Messe gefeiert werden. Dann muss unser Altar aufgebaut sein. Und dieses Ziel können wir nur gemeinsam erreichen.«

Nur halb besänftigt nickte der Altgeselle vor sich hin, mit der Fußspitze schob er einen weißen Kiesel Stück für Stück von sich weg. Da legte ihm Rupert freundschaftlich den Arm um die Schultern und sah den Meister an. »Ich denke, dass wir nie fertig werden, wenn wir noch länger hier rumstehen.«

Verblüfft hob Til die Brauen, Tobias öffnete den Mund, sagte nichts, dann trafen sich beider Blicke zu einem Lächeln. Der Altgeselle nickte: »Und es liegt an den Scharnieren …«

»Ganz meiner Meinung. Wir sollten schleunigst herausfinden, welches von den dreien zu hoch sitzt.« Der Meister kehrte ins Kirchenschiff zurück. Nach wenigen Schritten deutete er auf das Gerüst, die Stangen ragten hinter dem Mittelschrein auf. »Wir müssen weiter hoch.« Die Anweisung galt Rupert. »Das oberste Querbrett brauchen wir für den Schmerzensmann und den Baldachin. Am besten, du befestigst die Hölzer direkt an der Runddecke. Das bringt mehr Sicherheit.«

Bald nach Sonnenaufgang erreichte die Haushälterin des Creglinger Pfarrers mit ihrem Eselskarren die Herrgottskirche. Noch während sie das Tier anband, trällerte sie: »Guten Morgen!« Auf dem Weg über den Friedhof frohlockte sie immer wieder mit diesem freudigen Gruß, und vor dem offenen Portal begann sie ihn mit der Botschaft zu ergänzen: »Ich bringe den Morgenbrei. Dieses Mal habe ich eine Handvoll von unsern kandierten Kirschen …« Sie hatte den Innenraum betreten, und sogleich versickerte ihr die Stimme. »… die habe ich mitgekocht.« Mehr wagte sie nicht zu sagen. Die Flecken auf den Wangen begannen zu glühen, sie hielt den Atem an, als fürchtete sie, jeder Laut könnte ein Unglück verursachen. Mit weit aufgerissenen Augen verfolgte sie neben dem geschlossenen Hauptschrein das Hinaufschweben von geschnitzten Rosenranken zwischen zierlichen Säulen, über denen, schon der Erde enthoben, Maria von Gottvater und seinem Sohn gekrönt wurde.

Am oberen Abschluss des großen Kastens standen rechts und links der Meister und Rupert auf dem Gerüst, beide hatten sich Haltestricke zur Sicherheit des zerbrechlichen Schnitzwerkes umgebunden und führten es mit den Händen. Vom obersten Gerüststeg zog Tobias Figuren und Gesprenge weiter zu sich herauf. Als der leidende Christus seine Augenhöhe erreicht hatte, berührte die Spitze des Baldachins beinah den gewölbten Holzhimmel der Kirche. »Höher geht es nicht.«

»Reicht schon«, beruhigte Til leise. »Wir schwenken jetzt etwas nach vorn. Wenn ich es sage, lässt du den Strick vorsichtig ab.«

Nur ein sanftes Geräusch. Der Aufsatz hatte seinen Platz über dem Hauptschrein eingenommen.

»Kein Engel ist gefallen.« Erleichtert blies die Haushälterin den Atem und bekreuzigte sich. »Dank sei dir, Heilige Mutter.«

Der Meister entdeckte sie am Portal und rief ihr zu. »Sobald wir alle Zapfen verkeilt haben, kommen wir runter.«

»Der Brei ist noch warm.« Im Anblick des so zarten, hinaufragenden Schnitzwerkes, mochte sie ihre Kochkunst kaum noch anpreisen. »Kandierte Kirschen, die sind auch drin.«

»Zuckerkirschen?« Genüsslich schnalzte Rupert mit der Zunge. »Dafür lass ich sofort den Hammer fallen.«

»Nein!« Schuldbewusst griff sie sich ans Herz. »Nur nicht. Ich will nicht stören ...« Rückwärts tappte sie bis zum Portal, wollte über den Friedhof davoneilen, als sie gleich wieder umkehrte. »Verzeiht, Meister.« Auf Zehenspitzen stand sie im Eingang. »Mein Pfarrherr fragt, wann er heute den Altar besichtigen darf?«

»Gar nicht«, entfuhr es Til; die Frage bedrängte, erschreckte ihn. »Morgen zur Messe.«

»Aber das geht nicht.« Tapfer schluckte die Haushälterin. »Wir müssen doch wissen, ob er fertig ist, weil sonst die Messe hier ausfällt und wir drüben in der Pfarrkirche läuten.«

Ohne sie zu beachten, trieb der Meister einen Keil in den Boden des Aufsatzes, danach kratzte er sich mit dem Hammerstiel durchs Haar, sah lange auf das Leinentuch vor der Rosette, und endlich gab er Antwort: »Einverstanden. Nach Sonnuntergang kann der Pfarrer kommen. Aber nur, um sich zu überzeugen, dass wir fertig sind. Der

Altar bleibt zugeklappt, den darf er erst morgen sehen.« Jetzt deutete Til warnend mit dem hölzernen Hammerkopf in ihre Richtung. »Und vergiss nicht: Ich sagte nach Sonnenuntergang.«

Seine Hochwürden hielt sich nicht daran, ein Bildschnitzer hatte ihm keine Befehle zu erteilen, schon gar nicht einer, der seine Gastfreundschaft ausgeschlagen hatte; auch ritt der fromme Hirte nicht allein von Creglingen zur Herrgottskirche hinüber, sondern in Begleitung des Bürgermeisters. Glutrot hing der mächtige Sonnenball jenseits des Tals über der Anhöhe, als sie ihre Pferde anbanden und miteinander plaudernd die Stufen zum Friedhof hinaufstiegen. Zur gleichen Zeit schloss Meister Tilman Riemenschneider das Eichenportal und baute sich davor auf. Rupert hatte die vorzeitige Ankunft der Herren rechtzeitig bemerkt, und so erwartete sie jetzt ein riesenhafter Cherubin mit flammender Haarmähne. »Gott zum Gruße!«

»Meister, wir sind in Eile.« Das hagere Gesicht des Geistlichen passte nicht so recht zum gut gefüllten Leib. »Auch wollen wir dich nicht von der Arbeit abhalten …« Er wedelte mit der Hand, um das Hindernis vom Eingang zu vertreiben, doch Til wich nicht beiseite. »Ich bedauere. Aber die werten Herren sind zu früh. Sobald die Sonne untergegangen ist, dürft Ihr Euch kurz überzeugen.«

»Sonderbar.« Das Misstrauen war erwacht. »Ihr verheimlicht doch etwas vor uns?« Kurz neigte sich der Pfarrer zum Bürgermeister. »Ich habe es geahnt, deshalb bat ich Euch mitzukommen. Als Zeuge.« An den Bildschnitzer gewandt, wurde der Ton schärfer. »Ich bin Hausherr dieser Kapelle und verlange, sofort hineingelassen zu werden.«

Til verengte die Brauen, er schluckte, um den Zorn niederzuhalten. »Habt Geduld. Noch eine kleine Weile. Ich bitte darum.«

Nun mischte sich auch Creglingens oberster Stadtvater ein. »Euer Verhalten ist in der Tat ungewöhnlich. Schließlich bezahlen wir Euch. Für 150 Gulden, denke ich, haben wir das Recht, uns jederzeit über den Fortgang der Arbeit zu informieren.«

Voller Unruhe sah Til nach Westen. Die Sonne berührte bereits die dunkle Linie am Horizont. Gleich darf ich nachgeben, rechnete er und wollte versuchen, den drohenden Streit bis dahin zu verhindern.

»Informieren? Sicher, dazu seid Ihr befugt. Doch bitte, gewährt mir heute eine Ausnahme.«

Der Pfarrer verzog das Gesicht. »Etwas scheint faul zu sein.« Und auch den Bürgermeister beschlich ein ungutes Gefühl. »Sagt nur eins, dann warten wir gerne ab: Ist Euch der Altar so gelungen, wie wir es im Vertrag niedergeschrieben haben?«

»Mehr als das.« Til schloss die Lider, sein leiser Seufzer galt dem Himmel, dann öffnete er die Augen und setzte hinzu: »Seid versichert, Ihr erhaltet mehr von mir als vereinbart.«

Ein Auflachen vor der Friedhofsmauer. Die Haushälterin stand auf der Ladefläche ihres Karrens und blickte zum Portal. »Das hab ich Euch gewünscht, Hochwürden. Warten müsst Ihr.« Der Kopf verschwand, und zwischen keckerndem Lachen sprach sie in einem Fluss weiter. »Warum hört Ihr auch nicht auf mich? Ich hab Euch gesagt, der Meister hat gesagt, dass die Besichtigung nach Sonnenuntergang sein soll.« Sie erschien mit Suppentiegel und Brotkorb am eisernen Gatter und trug das Essen zum Tisch hinüber. »Bleibt ganz ruhig, Hochwürden, der Altar wird fertig, das hab ich auch gesagt. Und es stimmt doch, Meister?«

Til nickte und lächelte seiner Retterin dankbar zu.

Sie wischte sich die Hände an der Schürze ab. »Und so schön ist er geworden, dass unser Herrgott selbst morgen zur Messe kommen und ihn sich anschauen müsste.«

Ungehalten wollte ihr der Pfarrer das Wort verbieten, doch sie ließ sich nicht aufhalten. »Ja, der Herrgott. Damals hat er für uns die Heilige Hostie hier in den Acker gelegt, damit der Bauer sie beim Pflügen findet. Und als Dank haben die Leute von früher über der Stelle unsere Kirche gebaut. Aber jetzt, ich mein, morgen, da könnte der Herrgott sehen, wie dankbar wir wirklich sind. Und freuen würde er sich, das könnt Ihr mir glauben.«

Schon während sie sprach, hatte sich die Miene des Bürgermeisters aufgehellt. »So viel Begeisterung?« Er wies über den Wald. Der westliche Himmel glühte zwar noch, die Sonne aber war vollständig eingetaucht. »Mal sehen, ob uns der Altar auch so anstecken kann.«

Bereitwillig öffnete Meister Til. Gleich drängte der Pastor an ihm vorbei, nach wenigen Schritten schon blieb er stehen. »Nichts zu erkennen!« Er wartete, bis sein Zeuge ihn erreicht hatte, dann fuhr er den Bildschnitzer an: »Wieso ist der Altar zugeklappt?«

»Zum Schutz.« Til hatte seine Ruhe wiedergefunden, geduldig antwortete er: »Seht doch hin, Hochwürden. Meine Männer schlagen gerade das Gerüst ab. Wie leicht könnte ihnen ein Balken aus den Händen rutschen und einen der Apostel treffen, den Philippus, den Jakobus oder vielleicht sogar die heilige Maria selbst. Deshalb sind die Flügel geschlossen. Und außerdem wäre es mir lieb, wenn nicht zu viele Augen den Altar schon vor der Messe morgen betrachten.«

»Davon sind wir doch sicher ausgenommen«, empörte sich der Hirte von Creglingen. »Ich verlange auch im Namen unseres Bürgermeisters, unverzüglich einen Blick auf die Figuren werfen zu können.«

Kein Sträuben mehr. Til hatte nur noch das Bedürfnis, diesen frommen Quälgeist wieder loszuwerden. Seine Helfer mussten den Abbau unterbrechen, und er selbst öffnete nacheinander die Seitenflügel, nicht ganz, doch weit genug, um auch die Reliefbilder zu zeigen.

Der Pfarrer bewegte sich nicht. »Zu dunkel. Warum hängt der Stoff dort oben?«

»Weil ich es so angeordnet …« Nicht weiter; Til bat seinen Altgesellen, mit Rupert das Leinentuch von der Rosette der Westwand abzunehmen. Jetzt erst zog der Pfarrer den Bürgermeister näher zum Altar.

Schweigen. Langsam nahmen beide Männer ihre Kopfbedeckung ab. Vor ihnen im Halbdunkel drängten sich rechts und links die Apostel. Maria war ihrer Mitte schon enthoben. Ein wenig Helligkeit fiel noch durch die Kapellenfester in der Rückwand und verlieh dem Geschehen geheimnisvolle Stille.

Nach geraumer Weile erst lösten sich die Herren. Ein friedvoller Schimmer lag auf den Gesichtern. Der Bürgermeister drehte das Barett in den Händen, und der Pfarrer sah zu Til auf. »Danke.« Die Stimme hatte jeden Vorwurf verloren. »Ich werde morgen alle Kerzen aus meiner Pfarrkirche mitbringen. Das verspreche ich. Leuchten sollen sie zu Ehren der Himmelfahrt unserer Maria.«

Spät am Abend, Chor und Kirchenschiff waren ausgefegt, Gerüstholz, Kisten und Werkzeug endlich im Frachtwagen verstaut, sanken die Männer völlig erschöpft, aber zufrieden in der Sakristei auf die Strohmatten.

Til drehte den Docht der Öllampe kleiner und zog die Decke bis zum Kinn. »Hab Dank, o Herr, für deine Hilfe«, betete er tonlos. Keine Figur hatte Schaden genommen, nicht eine Ranke war aus dem Gesprenge gebrochen. »Du hast mir und meinen Männern die Hand geführt.« Tief seufzte er. »Ich will nicht unbescheiden sein, doch steh mir auch morgen zur Seite und kröne meine Arbeit.«

Er schloss die Augen, versuchte zu schlafen, zu wach aber lebten die Bilder der vergangenen Tage noch in ihm. Auch sein Altgeselle wälzte sich hin und her. Nur Rupert schnarchte schon tief und gleichmäßig.

Irgendwann fragte Tobias mit gedämpfter Stimme in die Dunkelheit. »Meister? Habt Ihr schon mal einen Fehler gemacht?«

»Kein Mensch ist frei davon.«

»Das weiß ich. Ich mein, so bei der Arbeit?«

»Warum fragst du?«

»Also nehmen wir den Altar da draußen. Jede Figur hat genau in den Schrein gepasst. Jeder Engel. Selbst die beiden großen Säulen, die mit der Maria hochschweben. Diese Genauigkeit, die sichere Hand. War das immer so bei Euch? Auch schon am Anfang?«

»Mir ist es nicht besser ergangen als dir.« Das Schmunzeln lockte die Erinnerung. »Vielleicht sogar schlechter. Weißt du, ich hatte nicht das Glück, bei einem Meister mit eigener Werkstatt als Lehrbub anzufangen.«

Er verschränkte die Hände hinter dem Kopf. »Gelernt habe ich das Steinhauen in einer Dombauhütte. Da gab es schon Ohrfeigen, wenn ich morgens nicht höflich jeden Gesellen gegrüßt habe. Und später? Als ich dann selbst losgesprochen war und weiterzog?« Sein Blick fand zwei Sterne im Dunkel des schmalen Sakristeifensters. »Fehler? Ja, ich erinnere mich an Ulm. Ich hatte meine erste eigene Figur, den Petrus. Fast fertig gehauen hatte ich ihn. Und da wollt ich mit dem Eisen noch mal an die Augenhöhle, setze falsch an und schlag dem Apostel die Nase ab.«

»Einen Bernhard? Wirklich? Ihr habt einen Bernhard geschlagen?«

»So ist es, Junge. Ich hab einen Stein verhauen. Und was für einen. Die Strafe war hart.« Erst hatten die Kollegen den toten Bernhard auf eine Bahre gelegt unter Absingen schauerlicher Trauerlieder zum Beinhaus, zur Bruchhalde hinter der Domhütte getragen. »Und danach musste ich bezahlen.«

»Das ist bei uns in der Werkstatt auch so: Ihr musstet die anderen Steinmetze zum Saufen einladen.«

»Ich sagte ja, ihr habt es besser bei mir als in einer Domhütte.« Er dehnte die Pause, ehe er fortfuhr: »Meine Kollegen wollten nicht nur meinen letzten Lohn vertrinken. Sie wollten ihren Spaß. Und deshalb setzten sie mich auf einige Richtscheite und trugen mich dem toten Bernhard hinterher. Zu viert waren sie. Dann stolperte einer mit Absicht, und ich stürzte zu Boden. Sofort schlugen sie einige Male mit den Scheiten auf mich ein. Doch immer noch kein Erbarmen …« Sie hatten ihn wieder auf die harte Sänfte gehoben und waren an dem Spalier der Kollegen entlanggezogen. »Langsam, elendiglich langsam. Und jeder durfte mich nach Herzenslust mit der Prütsche bestrafen.« Unwillkürlich drückte Til den Rücken fester in die Strohmatte. »Dir muss ich nicht sagen, wie kräftig Steinmetze sind, und solch ein langes Flachholz in ihren Fäusten hinterlässt grünblaue Spuren auf dem Rücken.«

In der Empörung vergaß Tobias den schlafenden Knecht. »Solch eine Tortur hätte ich mir nicht gefallen lassen …« Jetzt erst senkte er wieder die Stimme. »Entweder hätte ich mich gewehrt oder wäre davongelaufen.«

»Aber nein, Junge. Sicher nicht. Eine Domhütte ist eine besondere Welt. Mit eigenen Gesetzen und eigener Ordnung. Und gerade die in Ulm war damals eine der besten. Wer dort für das Münster Steine schlagen durfte, der fügte sich allen Regeln, auch wenn es manchmal sehr schmerzhaft war.« Til sanken die Lider, durch den Spalt der Wimpern sah er, wie beide Sterne weit oben im Dunkel ineinander verschmolzen. »Ruh dich aus, Junge«, murmelte er. »Morgen … morgen ist unser großer Tag und vielleicht …« Das Ende des Satzes nahm er mit in den Schlaf hinüber.

Dicht an dicht füllten die Gläubigen den Kirchenraum. »Salve Regina, mater misericordiae, vita dulcedo et spes nostra, salve …« Der Gesang trug ihre Herzen zu den Aposteln im Hauptschrein, und mit den Blicken wurden sie selbst ein Teil des Geschehens. »Ad te clamamus, exsultes …«

Meister Til stand mit seinen beiden Helfern eng an der linken Kirchenwand, nicht um ihr Schnitzwerk oder gegenüber die Kanzel besser zu sehen, von hier aus war es möglich, alle Gesichter unauffällig zu beobachten, und die innige Andacht erfüllte sie mit Stolz.

Unvermittelt fühlte Til sich gestört, er wandte den Kopf und begegnete in der dritten Reihe dem Blick der Haushälterin. Ohne ihr lautes Singen zu unterbrechen, nickte sie eifrig, deutete auf das rechte Bild im Fußschrein, hob wissend den Finger, strahlte, und vibrierend trug sie das O hinauf und gab danach dem »dulcis virgo Mariae« allen dunklen Schmelz ihrer Stimme.

Meister Til verneigte sich leicht, er hatte die Zeichen verstanden. Die gute Seele des Pfarrers von Creglingen war am Morgen, beim Ausschmücken der Herrgottskirche mit Kerzen, vor diesem Reliefbild stehengeblieben. »Wer ist das, Meister?«

»Der zwölfjährige Jesus im Tempel.«

»Den mein ich nicht. Ich mein den hier, hinter dem, der auf dem Stuhl hockt.« Sie deutete auf die Figur am rechten Bildrand.

Til sah nicht hin, sagte nur beiläufig. »Irgendein Schriftgelehrter.«

»Ein Schriftgelehrter schon.« Sie führte die Kerzenflamme näher an die Figur. »Aber nicht irgendeiner. Den hier kenne ich.« Über die Schulter blickte sie zum Meister auf. »Das Barett, die Locken und der Mund …« Während sie den Schriftgelehrten kurz noch einmal prüfte und danach ihn erneut betrachtete, fühlte Til die Wärme vom Hals hinaufsteigen.

»Die gleiche Schaube. Und an den Augen sehe ich's auch.« Von der Schlussfolgerung selbst überrascht, musste sie erst die Kerze auf der steinernen Altarplatte absetzen. »Seid Ihr das? Der Schriftgelehrte da im Tempel?«

»Nicht so laut, bitte!« Er blickte sich nach dem Küster und den anderen Frauen um. »Keine Aufregung deswegen. Weißt du, Bildschnitzer arbeiten nach Vorlagen, mal ist es ein Kupferstich eines Malers und hin und wieder …« Er hüstelte leicht. »Nun ja, manchmal genügt auch ein Spiegel.«

Seine Umschreibung führte gleich ins Ziel. »Da habt Ihr Euch selbst nachgemacht. Heilige Maria, dass Ihr so was könnt. Und ich behalte es für mich, das verspreche ich.« Die geheime Mitwisserschaft war ein noch größeres Glück, und seitdem suchte sie während der Messe, so oft es möglich war, den Blick des Meisters.

»… ad resurrectionis gloriam perducamur. Per Dominum.«

Nach der Messe umringten die Stadträte von Creglingen den Bildschnitzer draußen vor der Herrgottskirche. »Ihr seid Euer Geld wirklich wert.« »Um den Altar wird uns Rothenburg beneiden.« Nach dem allgemeinen zufriedenen Gelächter folgte gleich die spitze Frage: »Oder plant Ihr etwa, unseren Altar auch für die Rothenburger zu schnitzen? Die haben schon zwei von Euch.« Ehe der Meister sich äußern konnte, nistete die Vorstellung bereits in einigen Köpfen. »Das darf nicht geschehen.« »Dann wollen wir unsere Gulden zurück.« Schärfer wurde der Ton. »Schwört es!« Das Gekläff schwieg.

Til rieb die buschigen Brauen; wie bei uns im Rathaus, dachte er, einer fragt was, und die andern glauben, dies sei schon die Antwort. Er blickte in die angespannten Gesichter. »Beruhigt Euch, werte Herren. Es gibt keinen zweiten Auftrag. Dieser Marienaltar gehört in diese Kirche. Und einzig dort, genau über der Stelle, an der die Heilige Hostie gefunden wurde, darf er stehen. Denn eine Kraft …«

Dunkle Schatten zogen über die Gräber hinweg. Til blickte zum Himmel, mehr und mehr Wolken drängten von Westen her, sogleich wurde ihm der Mund trocken. O Herr, zieh Deine Hand nicht von mir, erst nach dem Stoßgebet sprach er mit weniger fester Stimme weiter: »Zum Zeichen, dass dies die Wahrheit ist, bitte ich den Herrn Pfarrer, den Bürgermeister und alle Herren des Stadtrates … auch jeden Christen der Stadt … heute am späten Nachmittag noch einmal in die Kirche. Zu einem stillen Gebet. Lasst uns dann gemeinsam Gott und alle Heiligen bitten, diesen Marienaltar anzunehmen.« Er wartete das Kopfnicken ab. »Geläutet werden muss zur vollen sechsten Stunde. Nicht später, darum bitte ich.«

Einverstanden. Die ernste Miene des Bildschnitzers erlaubte den

Stadtvätern keine Nachfrage, selbst der Pastor fügte sich, und die Haushälterin vergaß, dem Meister im Vorbeigehen ihren wissenden Blick zu zeigen.

Nein, Til wollte nichts essen. Mit langen Schritten ging er zwischen den Gräbern auf und ab, die Hände hinter dem Rücken verschränkt. Immer wieder hob er die Augen, suchte im dahintreibenden grauen Meer nach Himmelsflecken. »Weniger werden es.« Er seufzte und setzte wie ein Gefangener seine ziellose Wanderung fort.

Von der Bank aus beobachteten ihn die Helfer. Rupert fuhr mit dem Finger die Narbenspur an seinem Hals nach. »Ich dachte, wir könnten uns heute freuen«, flüsterte er. »Weil wir es geschafft haben.«

»Dacht ich auch.« Tobias reinigte sein Messer von Fett- und Fleischresten. »So unruhig hab ich ihn selten gesehen. Nicht einmal vom Wein hat er getrunken.«

Als erste Tropfen fielen, erlahmte der Schritt, als ein heftiger Sommerschauer niederprasselte, sanken die Schultern, und Til schleppte sich abseits von seinen Männern unter das vorspringende Dach. Ist das schon Deine Antwort, Herr?, fragte sein Blick nach oben. War ich zu vermessen? Er wartete, wurde zur Statue, während Regenbäche große Pfützen vor seinen Füßen bildeten. Um die fünfte Stunde dann klarte der Himmel auf, und mit ihm erhellte sich auch die Miene des Meisters wieder.

Pünktlich setzte das Läuten ein. In der späten Sonne dampfte das Schindeldach. Zu Fuß oder zu Pferd waren sie gekommen, Alte und Gebrechliche waren auf dem Ochsenkarren gebracht worden, die Gemeinde von Creglingen hatte sich erneut in der kleinen Kirche am Herrgottsbach eingefunden.

Keine Kerzen brannten, darum hatte Meister Til gebeten.

Nur wenige Worte sprach der Pfarrer zur Begrüßung, gemessenen Schritts verließ er den Altar und gesellte sich zu Bürgermeister und Bildschnitzer in die vorderste Reihe.

Stille, erfüllt von Andacht und Frieden, nahm Einkehr. Alle Augen waren auf den Altar gerichtet, sie suchten und fanden Ruhe im milden Halbdunkel des Schnitzwerkes.

Ein Lichtstrahl. Er fiel durch das geschliffene Auge in der Westwand und berührte die Hände der Heiligen Mutter. Seufzen, die Gläubigen sanken auf die Knie. Als öffnete sich weit entfernt der Himmel, so umfasste die Helligkeit nach und nach die ganze Gestalt. Im Widerschein umschwebten sie helfende Engel. Das Licht färbte sich und trug Maria mit seiner glühenden Kraft hinan. Vom Ackerboden aufgehoben, entschwebte sie dem Blick der Apostel, entstieg der Kapelle des Schreins und fand auf dem Strahl der sinkenden Sonne den Weg durch die Rosenranken zur Höhe, ehe der Himmel sich wieder schloss.

Die Bürger von Creglingen harrten im Schatten aus. Erst nach tiefem Atmen fand der Pastor seine Fassung zurück. »Maria ist gen Himmel gefahren«, flüsterte er, wurde lauter: »Mariä Himmelfahrt. Wir haben teilgenommen.«

»Ein Wunder.« Der Bürgermeister schlug sich mit der Faust gegen die Brust, als müsste er dem Erlebten Einlass verschaffen. »Ja, ein Lichtwunder ist geschehen.«

Meister Til hatte das Gesicht erhoben. Er blickte zur Rosette des Westfensters, dann hinauf zum Gewölbehimmel. »Großer Gott, hab Dank, dass meine Berechnungen stimmten. Vor allem aber sei gepriesen, dass Du den Regen rechtzeitig verjagt hast.«

18

Unruhig zuckte die Kerzenflamme. Aus den Gedanken gerissen, hob Martin Luther die Augen vom noch leeren Blatt, gleich ging sein Atem schneller, vor ihm tanzte Irrlicht an der Zellenwand; er presste beide Hände gegen die Tischkante und wandte sich um. »Dämon«, flüsterte er.

Unförmig prangte ein schwarzer Kopf an der Wand über dem Bett, riesige Ohren, dann zeigte er den mächtigen Nasenhöcker. »Zurück zur Hölle. Fort …« Das Kinn bebte. »Weg mit dir, bitte. Lasse mich …« Er wischte die Stirn, wusste, dass dort drüben sein eigener Schatten, nur ein Schatten, war und fühlte sich dennoch von ihm bedroht.

»Nein, setz dir den Satan nicht selbst auf die Schulter«, ermahnte er sich, kehrte dem Schwarzen den Rücken. Er benetzte die Kuppen von Daumen und Zeigefinger und brach den Docht halb aus der Flamme. Gleich wurde das Licht wieder ruhig und still.

Entschlossen tunkte Martin die Feder ins Fass.

»Geliebter Vater.

Seit jenem Festtag im Mai drängt es mich, diesen Brief zu schreiben. Doch was am Tag so mutig beschlossen, das wurde mir in der Nacht von ängstlichen Bedenken wieder erwürgt. Ich will noch einmal wagen, die Frage zu stellen, und hoffe, erflehe eine gnädige Antwort von Euch. Zuvor aber sollt Ihr wissen, mit welchem Eifer und Ernst Euer Sohn bemüht ist, die Pflichten des Mönchseins zu erfüllen …«

Ein Kratzen, Schaben an der Tür. Martin drehte den Kopf langsam zur Seite, blickte über die Schulter, horchte …

Die aneinandergefügten Bretter knackten.

Er ballte die rechte Hand zur Faust, dabei vergaß er die Schreibfeder; sie zerbrach, die Spitze drang ihm in die Haut. Durch den Schmerz jäh ermutigt, stand er vom Schemel auf. In zwei großen

Schritten war er an der Tür und beugte sich zum Guckloch. Wenige Herzschläge lang sah er in das fremde Auge, sah den weißen Schimmer, das Glühen. Dann war das Guckloch nur noch ausgefüllt von Dunkel.

Martin schob die Zellentür leise auf. Nichts. In der Finsternis schien der lange Flur leer zu sein. »Ich weiß, dass einer von euch da versteckt ist.« Er kehrte in den engen Raum zurück und blieb vor dem Tisch stehen. »Ist es Neid? Vielleicht sogar Hass?« Er presste die Handflächen vor die Augen. »Ich bin Mönch geworden und will Mönch von ganzem Herzen sein. Ist mir das vorzuwerfen?«

Schon bald nachdem er an die Pforte des Augustinerklosters geklopft hatte, war ihm der Spott seiner Mitnovizen entgegengeschlagen. »Ein Eiferer.« »Ein Streber.« »Bruder Martin will sich bei den Oberen beliebt machen.«

Das Mittagsmahl im Refektorium war vorüber. Draußen mussten sich die jungen Männer in einer Reihe aufstellen, und der Novizenmeister ging von einem zum nächsten, prüfte den Sitz der weißen Tunika, die Kapuze, den Schulterkragen, er rückte an den zweifingerbreiten Ledergürteln. »Gott will sicher keine Prunkgewänder sehen, aber sauber und gepflegt sollen seine Diener daherkommen.« Tag für Tag begann die Belehrung mit diesem Satz. Es folgte Regel auf Regel: Zwei Stunden nach Mitternacht rief die Glocke zum ersten Gebet. »... und ich verlange, dass ihr in der Kirche kniet, noch ehe das Läuten aufhört ...«

Unbemerkt von ihrem Lehrer sahen einige gelangweilt zur Decke oder versuchten, mit Grimassen den Nachbarn zum Lachen zu verführen. Nur mit diesem Martin aus Mansfeld war kein Scherz zu treiben. Im Gegenteil, er befolgte jedes Gebot, sah allein die Pflichterfüllung und erntete viel Lob der Oberen. Für diesen Übereifer hatten sich seine Mitnovizen gerächt. Hinter seinem Rücken zischelten sie giftige Verwünschungen. Waren Arbeiten verteilt worden, so hatten sie es geschickt verstanden, dass ihm die Reinigung der Abtritte übertragen, dass er aufs Land zum Betteln entsandt wurde ...

»Und ich habe es ohne Murren getan«, seufzte Martin. Mit Inbrunst hatte er dann Armut, Gehorsam, Keuschheit gelobt, sein Leben mit der Mönchskutte verbunden und damit das im Gewitter gegebene Gelübde erfüllt. Die Stufen bis zur Priesterweihe war er in zwei Jahren hinaufgeeilt, und auch dieser Erfolg gefiel einigen Mitbrüdern nicht, sie ließen ihn den Neid spüren und suchten Fehler …

Ein verletzter Blick zum Guckloch. »Selbst während der Nacht belauert ihr mich.« Martin wählte einen neuen Gänsekiel, schnitt ihn an, mit einem Seufzer beugte er sich wieder über den Brief. »Geliebter Vater …«

Er überflog die wenigen Zeilen, wollte weiterschreiben, zögerte und besah die Anrede. Die Buchstaben erschienen ihm zu groß, der Inhalt ohne Respekt. Martin strich »Geliebter Vater« durch und ersetzte es mit »Lieber Vater«. Dann berichtete er weiter.

»Auf Befehl meines Oberen Doktor Staupitz musste ich im Sommer das behütete Klosterleben aufgeben und stattdessen an der hiesigen Universität mit dem Studium der Theologie beginnen. Mögen auch meine Kommilitonen die Huren- und Bierhäuser – und davon gibt es mannigfache in Erfurt – gerne aufsuchen, so widerstehe ich jeder Anfechtung und widme mich dem Denken des Aristoteles und unseren großen Kirchenvätern. Ihr seht, Vater, Euer Sohn will Euch mit seinem Fleiß erfreuen und durch Buße vor Gott Gnade finden …«

Der Blick sprang die Zeilen zurück: Hurenhaus. In seinem Innern öffnete sich eine Kammer: Leiber, nackte Brüste. Das Lachen, Gekicher zogen ihn hinein. Mit hochgerafften Röcken tanzten die Frauen, drehten sich und zeigten Schenkel, die prallen Hintern. Näher kamen sie. Der Hauch ihrer wirbelnden Kleider … süßer Duft entströmte …

»Nein!« Martin senkte den Kopf, presste die Stirn fest auf den Tisch. »O verfluchte Sünde. Wie soll ich je rein werden? Was nutzt das Verbot eines sündhaften Gedankens? Um ihn aus mir zu verbannen, muss ich ihn erst denken, und dies allein erzeugt neue Sünde.«

Schwer stand er auf, entledigte sich der Kutte, entblößte den Oberkörper, er nahm die fünfschwänzige Geißel. Den Blick fest auf das Kreuz an der Wand gerichtet, sank er in die Knie. Sein Arm fuhr hoch, und abwechselnd über die rechte und linke Schulter klatschten die bleigespickten Lederriemen auf den nackten Rücken. Nach wenigen Schlägen weinte Martin, jammerte, schluchzte bei jedem Hieb gequält auf.

Unbemerkt öffnete sich hinter ihm die Zellentür. »Bruder Martin! Genug!«

Beim Klang dieser Stimme erlahmte die Hand mit der Geißel sofort. Prior Dr. Johann von Staupitz war gekommen, sein Oberer, der Gelehrte und Vikar des Augustinerordens. Martin wagte nicht, den Kopf zu wenden, er fiel vornüber, streckte sich bäuchlings über den Boden und breitete beide Arme. »Ich bitte um Vergebung.«

»Seit Monaten wird mir von besorgten Mitbrüdern berichtet, dass du dir des Nachts Wunden zufügst, Schreie ausstößt. Ich befahl ihnen, mich zu wecken, konnte mich nun selbst überzeugen und bin entsetzt. Warum diese Selbstzerfleischung?«

»Meine Sünde. Alles versuche ich, faste und bete, doch ich gelange nicht aus der Sünde heraus. So erhoffe ich, durch Selbststrafe vor Gott Gnade zu finden.«

»Dummkopf.« Der Prior verschränkte die Arme. »Setz dich auf, ich will deine Augen sehen.«

Martin gehorchte und hob den Blick.

Ruhig betrachtete ihn der füllige Mann. »Ohne Sünde? Du willst dich von Sünde befreien?«

»Ja, Vater.«

»Wie das? Wenn du doch keine richtige hast.« Das ratlose Erschrecken beantwortete Dr. Staupitz zunächst mit leisem Lächeln, dann sagte er: »Christus hat die Mühe des Todes am Kreuz auf sich genommen, weil er uns Menschen die richtigen, die schweren Sünden vergeben will: also die Eltern ermorden, öffentlich Gott lästern, die Ehe brechen … solche und ähnlich schlimme müssen es schon sein.«

Martin war das Kinn gesunken, mit offenem Mund staunte er den Gelehrten an. Streng setzte Staupitz hinzu: »Du solltest dir ein Register mit solchen Vergehen anfertigen und Christus nicht mit diesem Humpelwerk und Puppensünden belästigen. Mein Sohn, hör endlich auf, aus jedem Furz eine Sünde zu machen.« Ohne abzuwarten, nickte ihm der Obere zu und verließ die Zelle.

Martin starrte auf das schwarze Guckloch, erwartete, dass von dort jeden Augenblick ein Unwesen hereindrang, um ihn zu ersticken. Nichts geschah, nur sein Herz pochte in den Schläfen. Vom Boden aus sah er den Rand des Blattes auf dem Tisch. »Und Ihr, Vater? War denn mein Entschluss so verwerflich?«

Martin kehrte zum Festtag zurück, seinem Fest. Am 2. Mai las der frisch geweihte Priester zum ersten Mal die Heilige Messe. Alle Freunde waren zur Primiz gekommen, die vielen Priester der umliegenden Kirchen und Klöster hatten sich versammelt, auch die Eltern waren mit allen Geschwistern und Verwandten nach Erfurt gereist. Zwanzig Pferde musste der Stallknecht für den Bergwerksbesitzer versorgen. Durch unermüdlichen Fleiß war Vater Hans in Mansfeld inzwischen zu beachtlichem Wohlstand gelangt, und er zeigte ihn mit Stolz und pelzbesetztem Kragen.

Vor aller Augen schenkte er dem Sohn zwanzig Gulden und lächelte sogar dabei. Martin trank dieses Lächeln als Hoffnung. Und beim Festmahl wagte er den strengen Mann über die Tafel hinweg anzusprechen: »Lieber Vater, warum habt Ihr Euch damals so entsetzt, dass ich ins Kloster ging? Warum wart Ihr so zornig auf mich und wolltet mir verbieten, Mönch zu werden?«

Schweigen. Das Bratenstück mit dem Messer gespießt, hielt Hans Luther auf halbem Weg zum Mund in der Bewegung inne, sah den Sohn scharf an.

Martin spürte den Kältestich, noch mutig, nicht aber mehr mit fester Stimme setzte er hinzu: »Vielleicht zürnt Ihr immer noch? Dabei … dabei ist es doch im Kloster ein so friedvolles, göttliches Leben.«

Zustimmend nickten die Oberen, auch Dr. Staupitz.

Da schleuderte der Bergmann das Fleisch zurück aufs Holzbrett und warf das Messer daneben. Sein Blick funkelte in die Runde. »Ihr gelehrten Herren. Kennt Ihr die Heilige Schrift nicht? Steht dort nicht geschrieben, dass man Vater und Mutter ehren soll?«

»Nie habe ich es an Ehre …« »Werter Hans Luther, bedenkt doch, welches Leben Euer Sohn gewählt …« »So dürft Ihr die Gebote nicht …« Beschuldigter und Verteidiger sprachen gleichzeitig, und keiner von ihnen beendete seinen Satz.

Schließlich hatte Prior Johann von Staupitz mit einer knappen Geste das Wort gefordert und leicht den Oberkörper in Richtung des Bergmanns gebeugt. »Aus Euch spricht der strenge, dennoch liebende Vater, dem der Sohn mit Ungehorsam begegnet ist. Doch Euer Sohn musste sich zwischen Euch und dem Allvater dort oben entscheiden. Und er hat richtig gehandelt. Denn in jenem Gewitter hat Gott mit Blitz und Donner seinen Gehorsam eingefordert.«

Nur wenig hatte Hans Luther die Lippen geöffnet. »Wollte nur Gott, dass dies kein Teufelsgespenst war.«

»Hat denn nichts vor dir Bestand?« Martin erhob sich vom Zellenboden. Er sprach zum Brief, als blickte ihn hinter den Zeilen der Vater an. »Ich weiß, du hattest schon eine Braut für mich bestimmt. Du dachtest, mich als Rechtsgelehrten durch eine ehrenvolle und reiche Heirat in die gute Gesellschaft zu heben. Und ich habe deine Pläne durchkreuzt …«

Wieder heftete sich der Blick auf die Anrede. Harte Strenge, die nur das Beste für ein Kind im Sinn hat und deshalb die Rute gibt? »Auch das ist Liebe«, flüsterte Martin. »Doch willst du so von mir angesprochen werden?«

Er tunkte den Federkiel tief ins Fass, mit breitem Strich schwärzte er »Lieber Vater« und schrieb stattdessen »Vater«. Beim Abheben des Kiels tropfte Tinte, und das Wort war nicht mehr deutlich zu lesen. »Ein Zeichen?« Lange starrte Martin auf den Klecks. »Vielleicht sollte ich den Brief nicht schreiben. Nicht heute.« Er nahm das Blatt, zerriss es von oben nach unten, zerteilte die Hälften, dann auch die neuen Stücke, zerkleinerte den Brief und häufelte die Schnipsel vor sich auf dem Tisch.

19

Gertrud konnte die Hand nicht ruhig halten, der Stab, an dem die sieben hintereinandergereihten Wollschnüre hingen, zitterte. »Zweimal hab ich ihn gefragt. Und er hat auch zweimal genickt. Dann muss es doch stimmen. Oder?«

Unmerklich schüttelte Magdalena den Kopf, noch ehe es ihr gelang, den Mund zu öffnen, übersprudelte sie schon die ängstliche Frage: »Meinst du nein? Bitte nicht? Der Vater hat mich nicht belogen …«

»Still. Sei nicht so aufgeregt.« Magdalena wies in den Topf mit geschmolzenem Wachs. »Du verwackelst uns noch die Kerzen.«

Rupert hatte den Frauen eine einfache Feuerstelle im Hof errichtet. Vier Steine, in der Mitte die Glut, und darüber siedete Wasser im großen Kessel und erhitzte den Topf mit Wachs. »Zieh jetzt erst mal raus!«

Die Neunzehnjährige hob den Stab und kühlte die vollgesogenen Schnüre im kalten Wasser ab. Sorgsam trocknete Magdalena die jetzt steif gewordenen Dochte bis hinunter zu den Gewichten, dann blickte sie die junge Frau an: »Er lügt nicht, jedenfalls nicht mit Absicht. Und so vergesslich dein Vater auch sein mag, solch eine Angelegenheit ist für ihn ja auch wichtig, die behält er schon im Kopf.«

Vorbei war die Wolke, die Augen lachten wieder. »Mein ich auch. Und ich weiß doch, dass Frau Suppan gestern hier war. Lange hat sie mit Vater gesprochen, und als sie ging, da hat sie ihr spitzes Kinn in den Himmel gereckt.« Gertrud kicherte. »Ich hatte schon Angst, sie stolpert noch. Ach, egal. Jedenfalls hat Vater sie bis zum Tor gebracht.«

»Wir sollten anfangen«, ermahnte Magdalena. »Sonst werden die neuen Kerzen nie fertig.«

»Aber zu meiner Hochzeit ziehen wir welche aus gutem Bienenwachs. Duften müssen die.«

Mit Kopfnicken gaben sich beide das Startzeichen. Sieben Dochte tauchten ein. »Ave Maria.«

Diese langsam gesprochene Begrüßung wurde ihr Zeitmaß. Keine ruckartige Bewegung mehr, der Stab schwenkte zum Kaltwassertiegel, abkühlen, trocknen, damit keine Blasen in der Kerze entstehen, und wieder versanken die noch schlanken weißen Stäbe im heißen Wachs. »Ave Maria.«

Erst nach dem zehnten Durchgang gönnten sich die Frauen eine kleine Pause. Magdalena legte ein Holzscheit in die Glut. »Ich freue mich so für dich. Und das Kleid ... Wir müssen deinen Vater rechtzeitig an den Stoff erinnern. Ich werde dir ein wunderbares Kleid nähen ...« Gleich winkte sie ab. »Nein, wir gehen zur Schneiderin. Schließlich bist du die Tochter eines berühmten Bildschnitzers ...«

»Und Stadtrat ist er auch.«

»So ist es.« Eine Steigerung nahm die nächste gleich auf die Schulter. »Deshalb kann er sich die Hochzeit seiner ältesten Tochter ruhig was kosten lassen.«

Erneut begrüßten sie die Heilige Mutter etliche Male mit getragener Stimme, dann schnitt Magdalena den frischen Kerzen unten die Gewichte ab, und, mit den Dochten noch an den Stab geknüpft, hing Gertrud sie zum Abkühlen in einen Holzkasten. »Wenn ich nur wüsste, wen ich heirate. Vielleicht habe ich den Mann ja schon mal gesehen? Du weißt es doch bestimmt nicht? Oder?«

»Nein. Ich schwöre es. Von dir habe ich zuerst davon erfahren. Ich mein, dass Hedwig Suppan hier war, ist ein sehr gutes Zeichen. Dann wird es schon ein wichtiger Mann sein, den du bekommst.«

Gertrud presste beide Hände über den Busen. »Gott, ich wünschte, ich wäre schon bei ihm.«

»Wenn ich dich so höre ...« Magdalena seufzte jetzt auch. »Neidisch werden könnte ich.«

»Ehrlich?« Gertrud umarmte sie. »Du bist meine beste Freundin. Und wenn ich ein Kind bekomme ...«

»Genug.« Magdalena strich ihr die blonden Strähnen aus dem Gesicht. »Eins nach dem andern. Und als Nächstes kommen die neuen Dochte in den Topf.«

Ein Tag, ausgefüllt mit getuschelten Heimlichkeiten und buntem

Pläneschmieden fürs große Fest, dazwischen immer wieder eine lange Litanei »Ave Maria«, bis die Kerzen dick genug waren. Neues Wachs musste geschmolzen werden, und weil der Topf nicht ohne Aufsicht bleiben durfte, brachte zum Mittag eine der Mägde den Frauen die Suppe ans Feuer.

Zwölf Stäbe mit je sieben Kerzen hatten sie sich als Pensum vorgenommen. Als die Gesellen nachmittags die Werkstatt verließen, hingen erst neun Reihen in der Kiste. »Das ist die Strafe«, seufzte Magdalena ohne jede Reue. »Wir haben zu viel geschwatzt. Nun gibt's für uns noch keinen Feierabend.«

»Mir egal.« Gertrud glühten die Wangen. Aus Scheu und Scham hatte sie nie zuvor gewagt, solche Fragen zu stellen; Magdalena aber war nicht ungeduldig geworden, sondern hatte ihr ausführlich von Frau zu Frau geantwortet. »Ich bin nicht müde. Die ganze Nacht könnte ich mit dir noch Kerzen ziehen.«

»Mein Rücken schmerzt.« Magdalena dehnte sich. »Noch drei Reihen. Und dann reicht es für heute.«

»Ave Maria«, grüßten sie im Duett. Der Stab schwenkte hinüber zum Kaltwassertiegel, abkühlen, trocknen ... »Ave Maria«.

Rupert näherte sich dem Feuer, wagte nicht zu unterbrechen und sah den Frauen zu, bis die gerade frisch gezogenen Kerzen neben den anderen im Kasten hingen. »Der Meister meint ... Ich mein, er lässt bestellen ...« Nach so langer Zeit verunsicherte ihn die Nähe von Magdalena immer noch, er senkte den Kopf. »Der Meister möchte dich sprechen. In der Werkstatt. Ich soll einen Krug Wein und zwei Becher bringen, sagt er.«

»Dann fragst du ihn«, platzte es aus Gertrud. »Bitte, frag ihn nach dem Namen.«

»Aber ja.« Magdalena tätschelte liebevoll den Arm der jungen Frau. »Ich kann mir gut vorstellen, warum er mich sprechen möchte. Es geht um die Hochzeit. Und jedes Geheimnis erfährst du von mir gleich morgen.«

»Hochzeit?« Rupert schmunzelte vor sich hin. »Ja, das ist ein schönes Fest.«

Magdalena krauste die Stirn. »Wer hat dich denn gefragt?« Scharf sah sie ihn an.

»Oder weißt du etwas über die Hochzeit von unserm Mädchen?«

»Gott bewahre, nein.« Gleich stieg ihm die Röte ins Gesicht. »Hab nur gemeint, dass es schön ist, so eine Hochzeit …«

»Bestell unserm Herrn, ich komme, sobald wir fertig sind«, unterbrach sie, und beide Frauen nahmen die Arbeit wieder auf. Ehe die Begrüßungszeremonie begann, sagte Magdalena schnell noch: »Und umziehen muss ich mich. Wenn der Meister schon mit mir Wein trinkt, dann will ich nicht im schmutzigen Arbeitskittel vor ihm sitzen.«

»Das fällt Vater sowieso nicht auf.«

»Sag das nicht, irgendwann guckt auch er genauer hin.«

Die Sonnenwärme des Tages nistete noch in der Werkstatt. Auf dem Weg vom Haus über den Hof hatte Magdalena ihr großes Schultertuch fester umgeschlungen und sogar leicht gefröstelt. »Wie rasch es im Herbst abkühlt.« Hier aber war es ihr gut. Sie liebte den vertrauten warmen Geruch nach Holz und diese besondere Stille, wenn alle Gesellen gegangen waren, kein Sägen, Klopfen und Schaben mehr. Eine Stille zum Ausatmen, dachte sie. Meinetwegen könnte er mich jeden Abend einladen.

Meister Til saß ihr gegenüber. Als Tisch diente ein Holzklotz. »Lass uns erst mal einen Schluck nehmen.« Er reichte ihr den Becher. »Auf unsere gute Zeit!«

Obwohl es draußen noch nicht dunkel war, hatte er rundum einige Öllichter angezündet und die schon fertig geschnitzten Apostelgruppen für den Windsheimer Altar wie zum Schutz der Sitzecke näher herangerückt. So viel Mühe gibt er sich sonst nicht, wunderte sich Magdalena, wenn überhaupt, sorge gewöhnlich ich für etwas Gemütlichkeit. »Ja, auf einen festlichen Herbst.« Sie hatte das »festlich« besonders betont, erzielte aber damit keine hochgezogenen Brauen oder gar ein zustimmendes Nicken, und so setzte sie gleichmütig hinzu: »… und hoffentlich nicht so kalten Winter.« Sie trank einige Schlucke. »Wir haben heute über achtzig Kerzen gezogen, die Gertrud und ich.«

Das Tuch war den Rücken hinuntergerutscht, mit der freien Hand legte sie die Zipfel nacheinander lose im Schoß zusammen. Weil

Magdalena keine Zeit geblieben war, hinüber zum Haus des Stadtschreibers zu laufen und sich in ihrer Dachwohnung umzuziehen, trug sie wie am Morgen ihr leichtes hellblaues Kleid mit dem runden Ausschnitt und hatte das offene Haar nach dem eiligen Waschen vorhin nur mit einem Stirnband zurückgebunden. »Eure Tochter, Herr, sie ist wirklich eine hübsche junge Frau geworden. Und dabei kein bisschen leichtfertig. Und fleißig ist die Gertrud …«

»Genug.« Er schmunzelte vergnügt. »Ach, meine Eva. Du veränderst dich nicht, und das gefällt mir so. Aber du brauchst mir meine Tochter nicht anzubieten wie einen rotbackigen Apfel.«

»Hat dennoch lang genug gedauert, bis Ihr endlich über sie redet.« Magdalena nahm den Krug und füllte beide Becher, da er wieder schwieg, sah sie zu ihm auf und hätte beinah den Wein überlaufen lassen. »Herr? Ich dachte, Ihr wolltet … mir etwas sagen.«

»Einiges sogar und von großer Wichtigkeit.« Weil er, ohne abzusetzen, trank, versuchte sie es ihm nachzutun, schaffte es aber nicht bis zum Grund. Magdalena atmete tief, dass ihre Brüste gegen den Stoff des engen Oberteils drückten und sagte gespielt ernst: »Ich denke, jetzt bin ich gestärkt und kann die Wahrheit ertragen.«

»Du hast dich doch verändert.« Das Braun der Augen gewann einen samtenen Schimmer. »Jetzt verstehe ich, was dich von vielen Frauen unterscheidet: Deine Anmut hält stets mit dem Alter die Waage, weil sie von innen neu erblüht. Das ist dein Geheimnis.«

»Aber, Herr?« Erschreckt musste Magdalena schlucken. »Der Wein … So schöne Worte habt Ihr für mich noch nie gehabt. Nein, früher, ganz am Anfang schon mal, dann aber nicht mehr. Und heute ist sicher der Wein daran schuld …«

»Ich sage, was ich sehe.« Til runzelte die Stirn. »Und wenn ich dich anschaue, entstehen Bilder in mir.«

Er beguckt mich nur wie ein Bildschnitzer, dachte Magdalena etwas enttäuscht, also hat sich nichts verändert. Und sie erinnerte wieder an Gertrud: »Was ist nun mit Eurer Tochter? Ich weiß, die dürre Kupplerin war hier.«

»Hedwig Suppan ist eine sehr hilfsbereite Dame«, verteidigte er. »Sie kennt sich in der angesehenen Gesellschaft unserer Stadt außerordentlich gut aus. Und außerdem ist sie die Gattin eines meiner besten Freunde.«

Magdalena nippte an ihrem erneut gefüllten Becher. Über den Rand pflichtete sie ihm spöttisch bei. »Wie recht Ihr habt Herr, kein Hahn flattert in Würzburg über die Henne, ohne dass es diese Dame erfährt.«

»Immerhin hat sie einen ehrenwerten Mann für meine Tochter gefunden. Eine gute Partie.« Im Eifer der Verteidigung verriet der Meister nun endlich Namen und Stellung des zukünftigen Bräutigams.

Magdalena staunte. »Verzeiht, Herr, ich nehme alles zurück, was ich gerade über die Suppan gesagt habe. Hofschultheiß Bernhard Hopp, das ist wirklich ein stattlicher Mann.«

»Und gerecht. Er redet den Domherren nicht nach dem Mund, sondern fällt seine Urteile erst nach Anhörung der Zeugen und des Angeklagten.«

»Das wird eine schöne Hochzeit.« Magdalena seufzte, sie prostete dem Meister zu. »Mit Musik! Nicht wahr?« Schluck für Schluck wärmte der Wein ihr Herz. »Und wir schmücken den Innenhof mit Girlanden. Und abends zünden wir Laternen und Lampions an.« Sie begann zu summen und schwenkte das Tongefäß leicht mit der Melodie über ihrem Kopf. »Ja, tanzen. Wir stellen die Tische rundum an die Wände, und in der Mitte tanzen wir ... sollen die Gäste tanzen.«

Magdalena setzte den Becher ab, summte weiter und erhob sich vom Hocker. Sanft drehte sie sich, dabei stopfte sie einen Tuchzipfel hinten in den Gürtel ihres Kleides und hob den übrigen Stoff wie einen Schleier neben sich. So tänzelte sie erst auf der Stelle, wiegte den Körper, dann benötigte sie mehr Raum. Magdalena schloss die Augen, setzte Fuß vor Fuß, kehrte um, der Wein half dem Träumen, und sie ließ sich vom Summen hin und her treiben.

Meister Til betrachtete sie eine Weile. Er suchte in der Tasche seines Wamses und zog zwei Kreidestücke heraus. Da kein Blatt in der Nähe bereit lag, griff er neben sich nach der Figurengruppe für den rechten Flügel des neuen Altars. »Die Windsheimer werden es mir verzeihen«, murmelte er und legte sich die Apostel Bartholomäus, Matthias und Simon bäuchlings über die Knie. »Meine Eva tanzt.« Er öffnete sich der Bewegung, der Linie ihres Körpers und hielt sie mit schwarzer Kreide auf der Rückseite des Reliefs fest … die Neigung des Kopfes …

Magdalena schlug die Lider auf. »Was …?« Sie begriff und fühlte sich leicht. »Aber Herr, das nutzt Euch nichts. So bewegt sich keine Madonna.«

»Soll sie auch nicht. Du bist es. Ich will diesen Augenblick. Tanz nur weiter.«

»Ich habe nichts dagegen, wenn Ihr mich anschaut.« Leise lachte Magdalena vor sich hin. »Gar nichts.« Und sie dachte an ein Glücksband, es schwebte, flatterte, und sie tanzte ihm nach. War es goldfarben? Oder rot? »Ganz wie Ihr wollt, Herr. Mir gefällt es.« Öllichter glitzerten vorbei. Ich spüre meine Füße kaum. Welch ein seliges Drehen.

»Komm, setz dich wieder zu mir.« Meister Til wies auf den freien Hocker.

»Lasst mich noch eine Weile …«

»Du wirst in diesem Winter noch genug tanzen können.«

Leicht außer Atem, blieb Magdalena stehen, noch im Überschwang sagte sie: »Mein schönster Tanz wäre der mit Euch …« Sie unterbrach sich, wollte den Satz aber nicht ganz zurücknehmen. »Verzeiht, Ihr wisst schon, wie ich das meine.« Und mutig vom Wein, wagte sie sogar, ihn zu necken: »Ich denke, als alte Freundin hätte ich einen Tanz mit Euch sogar verdient.«

Er antwortete nicht und ergänzte mit der Rötelkreide seine Zeichnung. Magdalena trat zu ihm, sie reckte vorsichtig den Kopf. »Wie hingehaucht. So ganz wirklich ist die Frau. Mitten im Tanz. Aber das Gesicht ist noch leer?« Ein großzügiges Nicken. »Ich hab ja was an, Herr. Ihr dürft mich ruhig reinmalen.«

»Später.« Er blies über seine Kreidezeichnung, hob die Apostel von den Knien und stellte sie wieder zu Jesus und den anderen Heiligen zurück. »Ich sagte, dass du fürs Tanzen noch Gelegenheit genug haben wirst. Weil bald noch eine Hochzeit stattfindet.«

Ein scharfes Messer zerschnitt das Glücksband. Magdalena spürte den Stich, ehe er sie traf. »Wer?« Die Frage würgte. »Ich mein … wer?«

»Ich werde mich wieder verheiraten.« Er füllte die Becher, unmerklich zitterte seine Hand. »Kein Meisterbetrieb darf ohne Hausfrau sein. Sie gehört nun mal dazu. Verstehst du?«

»Nein.« Magdalena sank auf den Hocker, presste die Hände an die Schläfen. »Wen … wen nehmt Ihr denn?«

»Hedwig Suppan hat für mich eine Witwe gefunden …«

»Diese Hexe, diese verdammte Kupplerin!«

Er ging nicht darauf ein: »… und ich denke, dass sie meinen Vorstellungen entspricht.«

»Und was ist das?« Nur Flüstern. »Eure Vorstellung?«

»Ist dir nicht wohl?« Seine Stimme klang besorgt. Magdalena fühlte sich ausgehöhlt. »Nein, nichts, Herr.«

»Dann trink doch!« Er reichte ihr den Wein.

Vielleicht wird mir das Elend leichter. Magdalena setzte an, nahm zwei Schlucke, der Wein schmeckte bitter, schmeckte vergiftet. Sie umklammerte den Becher, starrte ins Blut. »Wie muss ein Weib sein, damit Ihr sie als Hausfrau nehmt?«

»Nicht zänkisch, gehorsam …« Als er ihren Blick sah, wurde ihm das Antworten unangenehm, er benetzte die Unterlippe. »Fleißig soll sie schon sein, und das Haus führen muss sie können und …«

»… gut zu den Kindern sein«, ergänzte Magdalena ungeduldig. »Die Frau soll sich für Eure Arbeit interessieren, genau zuhören können. Auch kann sie ruhig mal lachen und Euch Honig um den Mund schmieren, selbst wenn ihr gar nicht danach zumute ist.«

Verblüfft runzelte er die Stirn. »Ja, solch eine Gattin wäre mir die beste.«

Magdalena richtete sich auf, ihre Augen brannten. »Und warum müsst Ihr nach solch einer Frau suchen?«

»Ich verstehe nicht?«

O verflucht, er merkt gar nichts. Magdalena krallte beide Hände ins Tuch und zerrte am Stoff. Nicht einmal gedacht hat er an mich. Da will er eine Frau, die so ist wie ich, und sucht sich eine andere. »Wen hat die Kupplerin denn für Euch ausgewählt?«

»Die Witwe des kürzlich verstorbenen Schmiedemeisters Wurzbach, drüben in der Neubaustraße …«

»Margarethe!«, entfuhr es der Unglücklichen. »Dieses hartherzige, dürre Weib! Aber, Herr, nichts hat sie von dem, was Ihr braucht.«

»Doch, doch. Sie bringt ein großes Vermögen mit.« Er nickte vor sich hin. »Da wäre ein geräumiges Haus, auch gehören ihr etliche Weinberge, sogar am Spittelberg und Neuberg, also beste Lage …«

»Das also zählt für Euch!« Magdalena sprang auf. »Nur das Geld! Nein, ich habe kein Haus, keine Weinberge! Nein, damit kann ich Euch nicht locken. So ist es nun mal. O verflucht, ich bin ja nur eine Magd.«

»Nicht weinen.« Til hob bittend die Hände. »Jetzt verstehe ich. Du bist sicher die beste, mir liebste Frau, die ich kenne. Ganz gewiss.«

»Warum dann …?« Nach heftigem Schlucken erst gelang die Frage. »Warum dann diese Margarethe?«

»Der Standesunterschied … Ich will dich nicht kränken, nie möchte ich das, glaub mir, aber ich bin Meister, bin Ratsherr. Ich kann nur eine Bürgerin aus der gehobenen Gesellschaft ehelichen.«

»O Herr, Ihr tut mir so weh.« Tränen nässten die Wangen. »Ausnahme. Es kann doch auch eine Ausnahme geben, wenn man nur will.«

»Wir sind beide nicht mehr jung genug.« Voller Schuldgefühl und Bedauern atmete er schwer. »Nicht mehr jung genug, um in einer anderen Stadt neu anzufangen. Denn fort aus Würzburg müssten wir.«

»Ich könnte den Spott der Leute ertragen.«

»Aber ich … Meine Werkstatt, meine Kinder, wir alle, auch du, wir leben von ihnen. Das gute Ansehen in der Stadt bringt die Aufträge.«

Er hat recht, und doch will ich nicht, dass er recht hat. Alles in Magdalena wehrte sich. Eng war ihr, die Kehle eingeschnürt. Voller Not griff sie nach ihrem Becher und schleuderte ihn auf den Boden. »Verzeiht, Herr!« Sie wies auf die Scherben. »Ihr braucht Euch nicht zu bemühen, ich werde sie schon wegkehren. Nur jetzt nicht.« Aufschluchzend lief Magdalena hinüber in die Steinhalle.

Erst nach geraumer Weile kehrte sie zurück. Die Tränen waren getrocknet, in ihrem Blick stand eine neue Entschlossenheit. Sie nahm den Besen aus der Wandecke, wortlos häufelte sie Scherben vor der Sitzecke. Meister Til sah ihr zu. »Ich brauche deine Nähe, Eva. Auch das Haus, unser Leben braucht dich.«

Keine Antwort. Die Stille in der Werkstatt hatte sich verändert, kühler war es geworden.

Endlich stützte sich Magdalena mit beiden Händen auf den Besenstiel. »Herr, es ist wahr, ich werde in der nächsten Zeit oft tanzen können. Denn es wird noch eine Hochzeit geben.«

Ehe er fragen konnte und ehe ihr der Mut sank, sagte sie: »Denn ich werde auch heiraten.«

Er öffnete und schloss den Mund, dann schüttelte er den Kopf: »Ein Scherz?«

»Nein, Herr, ganz gewiss nicht. Ich heirate. O verzeiht, ich muss Euch ja wohl um Erlaubnis fragen.«

Til griff nach dem Krug, vergaß aber, sich einzuschenken. »Wer will dich zur Frau? Kenne ich ihn?«

»Andersherum, Herr. Ich will. Ich habe beschlossen zu heiraten. Und wenn Euch etwas daran liegt, dass ich weiter hierbleibe, dann werdet Ihr mir die Erlaubnis zur Heirat geben müssen ... und auch eine schöne Feier bezahlen. Mit Tanz. Weil ich ja eine arme Magd bin und keinen Weinberg habe.«

Til kämmte die Haare mit den Fingern zurück. »Willst du ...? Ist es nur der Groll gegen mich?«

»Ach, Herr, Ihr versteht so viel, wenn Ihr das Leben aus dem Holz oder Stein erweckt, Ihr habt so viel Gefühl. Und doch versteht Ihr von uns Frauen wenig. Ich darf in meinem Kummer nicht ertrinken, deshalb.«

»Aber wer wird es denn sein?«

Magdalena bat ihn um Wein. Ohne Zögern füllte er den eigenen Becher und reichte ihn seiner Eva. Sie trank und gab ihn zurück. »Rupert. Ich werde unsern Rupert heiraten.«

Jetzt musste der Meister trinken, große Schlucke, dann schenkte er sich nach, erst als er absetzte, fragte er: »Und weiß Rupert schon davon?«

Geräuschvoll stieß Magdalena den Atem aus, blickte zum dunklen Fenster hinüber und schüttelte den Kopf. »Noch nicht. Aber Rupert wird mich schon wollen, da bin ich mir ganz sicher.«

Trient

Alles hat schnell, viel zu schnell gehen müssen. Nein, in der Stadt waren keine Blumen aufzutreiben, auch nicht in den Gärtnereien außerhalb. Wo sollen sie auch herkommen? »Ist noch viel zu kalt draußen. Schließlich haben wir erst Februar«, schimpft der Küster des Doms zu Trient vor sich hin und zündet die Altarkerzen an. »Hätte ich es früher gewusst, dann hätte ich mir aus dem Süden welche bringen lassen.«

Stöhnen vom Eingangsportal her. »So ein Sauwetter.« Seine regendurchnässten Helfer schleppen den mit Tüchern bedeckten hohen Stuhl aus dem Palas des Bischofs in den Kirchenraum. »Stellt ihn hier rechts vor die Stufen. Trocknet ihn. Dann legt die Brokatdecke drüber.«

»Diese verdammten Venezianer.« Seit einer Woche hasst der Küster das Volk auf der Lagune. Nicht weil ein Bürger Venedigs ihn etwa betrogen, geschlagen oder von Angesicht zu Angesicht beleidigt hat, nein, er hasst die Venezianer, weil ihre siegreichen Truppen das Etschtal besetzt halten und den deutschen König Maximilian I. daran hindern, weiter nach Rom zu ziehen. »Da hätte er sich vom Papst die Kaiserkrone aufsetzen lassen sollen. Wie es sich gehört. Aber nein. Jetzt hab ich die Arbeit mit der Krönung. Putze, schmücke, renne und wofür? Dieser verdammte …« Er hält rechtzeitig inne. Besser Venedig verfluchen als den Gast seines Bischofs. Lauscher gibt es überall …

Die gläsernen Stimmen der Chorknaben sind im Himmel der mächtigen Kirche verhallt. Und als wären Sterne zum Festakt hinabgesunken, erhellt Kerzenglitzern den Altarraum. Flankiert von zwei Priestern greift der Bischof nach der Schale. In wohltönendem Bass begleitet sein Betgesang jede Geste. Er streicht geweihtes Öl zwischen die Schulterblätter, auf den rechten Arm des Königs. Als Maximilian der purpurne Krönungsmantel umgelegt wird, entringt sich seinem Schatzmeister in der zweiten Reihe der anwesenden Gäste ein Seufzer. Welche Summen hat diese unselige Heerfahrt verschlungen! Bald schon nach dem Konzil in Konstanz war König Max im letzten Oktober aufgebrochen. Ein Heer von 20 000 Mann hatte er gefordert. »Ich will endlich die Kaiserkrone gewinnen … Ich will für unser Reich den Pfad nach Rom auf ewig zurückerobern.« Nur 12 000 Bewaffnete waren ihm vom Reichstag bewilligt worden, und auch deren Aufrüstung hatte er nicht abgewartet, sondern war voller Ungeduld mit viel weniger Truppen über die Alpen gezogen. Von vornherein war der Romzug zum Scheitern verurteilt. Wieder seufzt der Schatzmeister.

Sein Nachbar nickt verständnisvoll. »Ein erhebender Augenblick, nicht wahr«, flüstert er. »Majestät ist so liebenswürdig, so … wunderbar, nicht wahr …« Das Kopfnicken genügt dem Bewunderer als Antwort, und er richtet wieder den Blick nach vorn.

Der Bischof setzt dem König die schwere achteckige Krone aufs Haupt. »Jubilate! Jubilate!« Nach den Freudenrufen nimmt Maximilian das Schwert aus der Hand des Hirten von Trient. Machtvoll schwingt er die Waffe dreimal auf und nieder, dann legt er sie auf dem Altarstein ab. Das Versprechen ist gegeben: Der künftige Kaiser wird von nun an Schutz und Arm der Kirche sein. Edelsteine blinken auf, Gold funkelt im Schein der Kerzen, als dem Gesalbten Zepter und Reichsapfel gereicht werden. Feierlich wendet er sich der Festgemeinde zu, sein Blick zeigt Mut und Stolz, scharf bricht sich das Licht am Nasenhöcker, dem wahrhaft mächtigen Prunkmerkmal des Habsburger Geschlechts.

Der Knabenchor jubiliert, und die versammelten Edlen stimmen mit ein: »Maximilian, der Römer auf ewig unbesiegtem Kaiser, Sieg und Segen! Dem immer Erhabenen Sieg und Segen!«

Trotz ehrlichen Bemühens bringt der Verwalter des Staatssäckels keinen Ton hervor. Unbesiegt? Aber wir stehen hier, weil wir eine Niederlage nach der anderen erlitten haben. Um nicht aufzufallen, bewegt er zu dem Lied die Lippen, doch sein stummer Text ist voller Klage: Ach, Majestät, musstet Ihr Euch unbedingt diese teuere Nachbildung der Reichsinsignien anfertigen lassen? Für diese Summe hätten wir leicht einen kleinen Krieg finanzieren können, und ich hätte Euch noch obendrein einen dieser von Euch so geschätzten Mummenschanze ausrichten lassen. Die Kostüme der Damen aus Atlas und kostbarem Damast, die Verkleidung der Herren ausgestattet mit Zobel und anderen Pelzen. Masken und Musikanten! Und immer noch wäre Gold übrig geblieben. Stattdessen aber wächst der Schuldenberg, wächst und wächst … Dem sonst so nüchternen Mann werden die Augen feucht.

Sein Nachbar bemerkt es. »Ja, Ihr tut recht. Wir Männer sollen uns nicht schämen, wenn die Rührung uns überkommt.« Ihm selbst bebt das Kinn, und er muss die Tränen mit den Handflächen trocknen.

Vorn am Altar erreicht die Zeremonie den Höhepunkt. Mit mächtiger Stimme verkündet der Bischof: »Hoch lebe Maximilian, der erste dieses Namens!« Tief atmet er ein. »Hoch lebe Maximilian, der erwählte römische Kaiser!«

Beifall, nicht enden wollende Hochrufe brausen durch den Kirchenraum, und über dem Jubel schwebt der strahlende Gesang der Chorknaben.

Maximilian lächelt, mit beiden Händen ergreift er die Krone und hebt sie leicht an, ein Blick hinauf, der strahlende Reif beflügelt seine Fantasie. Kaiser sein genügt nicht. Diese Erkenntnis strafft den kräftigen Rücken. Erst, wenn ich auch Papst bin, habe ich mein Ziel erreicht. Beseelter wird das fürstliche Lächeln, und während es den Begeisterungssturm der Anwesenden verstärkt, setzt Maximilian die Krone wieder aufs Haupt und sucht den Augenkontakt mit seinem Schatzmeister in der zweiten Reihe. Und du, mein geiziger Zwerg, ich höre dich schon zetern und jammern, aber du wirst mir die notwendigen Geldmittel beschaffen, für das Konklave in Rom. Jeden Kardinal bestechen wir mit hohen Summen. So wird meiner Wahl zum Papst nichts im Wege stehen …

Die Kerzen sind ausgeblasen; längst hat sich die Festgesellschaft zum Prunkmahl hinüber in den bischöflichen Palas begeben; im Dom zu Trient schwebt noch der Duft nach Weihrauch und Bienenwachs. Der Küster steht im Mittelgang, er starrt auf das Goldstück in seiner offenen Hand. »Ist doch ein guter Tag, heute«, flüstert er und wiederholt es immer wieder.

Würzburg

Zwei Schüsseln. Frühmorgens, lange bevor die Mägde ihre Arbeit beginnen, steht Gertrud nur mit einem Kittelhemd bekleidet in der Küche. Ihr Haar ist noch aufgelöst, die Augen glänzen, erneut schärft sie das Messer am Lederriemen und beugt sich über den geräucherten Aal vor ihr auf dem Tisch. Sie greift den Kopf und schlitzt die Haut der Länge nach auf; während sie den Leib häutet und geübt in Stücke schneidet, schiebt sich ihre Zungenspitze durch die Lippen. »Das muss genügen.«

Zuvor hat sie schon eine Kalbsleber zerkleinert. »Fleisch und jetzt auch noch Fisch. Besser zu viel als zu wenig.« Auf dem Weg nach draußen rümpft Gertrud angeekelt die Nase: Geruch nach Blut und Fisch steigt aus den Schüsseln, von ihren Fingern. »Nur gut, dass ich gleich das Bad nehme.«

Im Hof wird sie vom alten Wachhund mit Schwanzwedeln begrüßt. »Nein, das ist nicht für dich.« Sie schiebt ihn mit dem Fuß sanft zur Seite und eilt zum Holzschuppen hinüber. Dort im Halbdunkel muss Gertrud die Katzen nicht lange locken. Erst zwei, dann auch die rötlichbraun gefleckte dritte fallen voller Gier über die Köstlichkeiten her.

Eine Weile lauscht sie dem leisen Schmatzen. »Damit wir uns auch richtig verstehen. Fürs gute Fressen von mir sorgt ihr für gutes Wetter heute. Den ganzen Tag und auch den Abend über, auch dann noch, wenn ich mit meinem Bräutigam …« Ihre Stimme gerät leicht ins Wanken. »Wenn Bernhard und ich dann oben in der Stube sind und unten die Hochzeitsgäste weiterfeiern.«

Auf dem Weg zurück beschirmt die älteste Tochter des Bildschnitzers ihre Augen, um nicht einen vorzeitigen Blick auf den Brautwagen zu werfen. Diese Neugierde kann die Fahrt zur Kirche gefährden, womöglich stößt der Wagen sogar ans Hoftor. »Und Unglück will ich später in der Ehe keins haben. Nur nicht.«

Unten in der Waschküche wird sie von Magdalena empfangen. »Na, endlich. Zieh dich aus, wir müssen uns sputen, wenn wir rechtzeitig fertig sein wollen.« Gertrud steigt über den Bottichrand und sinkt ins Warme, ist mit einem Mal umgeben vom Duft nach Rosenöl, Melisse und Heublumen. »Er wird den Ring doch nicht vergessen? Oder?«

»Dein Bräutigam ist Hofschultheiß.« Magdalena windet das Haar zu einem losen Zopf und steckt ihn hoch. »Solch ein Mann vergisst den Brautring nicht. Also sorg dich nicht!«

Nach dem Bad geleitet sie die aufgeregte Jungfrau hinüber in den Nebenraum. Für gewöhnlich wird hier bei schlechtem Wetter die Wäsche zum Trocknen aufgehängt. Seit einer Woche aber dient der Raum als Brautstube. Kein Mann, auch nicht der Meister, keine Kinder, vor allem aber keinesfalls der Bräutigam dürfen ihn betreten, nicht einmal ein Blick hinein ist ihnen erlaubt.

Eine rosafarbene Schaube, in gleicher Farbe das Kleid, die Schürze; und alle damastenen Träume sind mit Seide gefüttert, der Schleier ein luftiger Hauch, bestickt mit Perlen. »Wird es ihm wirklich gefallen?«

»Dein Bernhard kann sich glücklich schätzen. Denn er bekommt den schönsten Engel dieser Stadt zur Gemahlin.« Umsichtig kleidet Magdalena die Braut für ihren hohen Tag; sie muss beruhigen, zuhören und hin und wieder ermahnen, dass in der Erregung nicht ein Haken reißt oder gar eine Naht aufgeht. Sie nimmt Gertrud an die Hand und zieht sie vor den Spiegel. »Nur ein einziger Blick.« Ein ungläubiges Atemholen, dort steht eine fremde Schöne.

»Und nun schließ die Augen. Bleib so, bis ich es dir sage!« Magdalena setzt ihr den aus Blumen und Bändern gewundenen Brautkranz aufs Haar und steckt ihn mit Spangen fest. Sanft drückt sie einen Kuss auf die leicht gerötete Wange. »Wir haben es geschafft. Schau hin. Na?«

»Das Kleid ist so … so wunderbar, dass ich glaube, dass es gar nicht meins ist.«

»Dummerchen. Es ist nur für dich gemacht.« Magdalena legt sich den Schleier in losen Falten über den Arm. »Und später wirst du es gut gebrauchen können.« Beim Weitersprechen schmunzelt sie über sich selbst. »Das Brautband nimmst du als erste Windel … dein Halstuch wird die Schmerzen deines Kindes lindern … und das Hochzeitskleid …«

»Mach dich nicht lustig.«

»Aber nein.«

»Glaubst du nicht, dass eine Braut den Katzen gutes Futter geben muss, damit das Wetter am Hochzeitstag schön wird?«

»Nein … Vielleicht ein bisschen schon, aber nicht wirklich. Wenigstens schadet es dem Wetter nicht.« Als Magdalena feststellt, wie wenig die Braut heute empfänglich für Scherze ist, wechselt sie gleich das Thema. »Den Schleier stecke ich dir nachher an, sobald du auf dem Wagen sitzt. Komm jetzt!«

Draußen im Hof empfängt sie lautes Knallen. Rupert schreitet von einer Hofecke zur anderen und schwingt die lange Peitsche, um auch die letzten bösen Dämonen zu vertreiben. Hinter ihm bemühen sich die drei rothaarigen Buben des Meisters Schritt zu halten. Alle sind gekämmt und im Sonntagsstaat, eifrig wedeln sie ihre kleinen Peitschen durch die Luft. Weil Barthel nicht ein einziger Knall gelingt, droht er mit heller Stimme: »Weg mit euch! Wir wollen keine Geister! Weg mit euch!«

Meister Til umarmt vorsichtig die Braut. »Meine Schönste. Heute müssen wir Abschied nehmen. Das Kind vom Vater.«

»Aber ich werd immer deine Tochter bleiben.«

»Versprochen?«

»Versprochen.«

Schellenklingeln, helles Läuten vieler kleiner Glocken lärmt draußen auf der Franziskanergasse. »Der Bräutigam ist da!«, meldet Tobias von der Pforte her und öffnet mit Katharina die großen Torflügel.

Ein leichter Schwung, wie eine Feder lässt der Bildschnitzer seine Tochter auf den geschmückten Wagen hinaufschweben, die drei Buben klettern nach, und gleich stellen sich die vier Geschwister seiner letzten Frau mit Katharina und Florian als Anstandswächter um sie herum.

Til wendet sich Magdalena zu, sie hält dem Blick stand. »Es wird ein schönes Fest, Herr. Das ist dann unsere erste Hochzeit im März …« Magdalena muss heftig atmen, ehe sie weitersprechen kann. »Die erste von dreien …«

Stumm bietet er seiner Eva den Arm; aus einer Regung heraus aber wartet er nicht, sondern umfasst ihre Hüfte, einen Moment drückt er ihren Körper an sich, dann hebt er sie vom Boden und setzt sie behutsam mit den Füßen auf die oberste Stufe der Trittleiter. »Gut, dass du geblieben bist.« Sein Blick füllt sich mit Wärme: »Bringen wir die Braut zur Kirche!«

Meister Til steigt zu Rupert vorn auf den Bock. Ein leichtes Schlagen der Zügel, und feierlich langsam setzt sich der Brautwagen in Bewegung.

Die Domglocken bleiben stumm. Noch an der breiten Treppe vor dem Hauptportal schickt Hans Bermeter einen vorwurfsvollen Blick hinauf zu den Türmen. Sosehr er sich auch in schönster Schrift und auf bestem Papier beschwert hat, die Herren vom Kapitel sind hart geblieben: Die großen Glocken werden nur geläutet, wenn ein Paar aus vornehmem Geschlecht sich im Dom das Jawort gibt, und nicht für die Trauung eines Spielmanns; schon gar nicht, wenn dieser noch kein Bürgerrecht erworben hat, und vor allem nicht, wenn er solch eine Person heiratet. »Solch eine Person«, zischelt er vor sich hin. »Ich tue ein frommes Werk. Schließlich hole ich Lisbeth aus der Gosse. Durch mich wird sie wieder ein ehrbares Frauenzimmer.«

Die Freunde umringen ihn, und der Schneider Schnappenspengler setzt ihm ein samtenes Barett auf, verziert mit einer Borte aus Glasperlen und Blumen. »Unser Bräutigam ist bereit.« Im Feixen der Kumpane überbieten sich Spott und Schadenfreude. Zum hohen Fest trägt Hans Bermeter ein hellrotes Hemd mit Rüschen an Brustlatz und Handgelenken, darüber den dunkelroten Rock; das grelle Gelb und Rot der Strümpfe versinkt im Braun seiner breitmauligen Lederschuhe. »Herausgeputzt hat er sich für seine Lisbeth.«

»Nur keinen Neid.« Bermeter reibt zwischen Zeigefinger und Daumen den Ärmel seines Rockes. »Atlas und Seide.« Er tippt auf die Spange an seiner Brust. »Das ist Gold. So was könnt ihr euch nicht leisten. Und jetzt haltet euer Maul und bringt mich rein!«

Süßlicher Verwesungsgeruch beklemmt das Atmen, beim ersten Blick scheint das weite Langhaus menschenleer, nach eiligen Schritten, vorbei an den Grabmälern der Bischöfe zum Chorraum, erreichen die Sauf- und Spielkumpane mit dem Bräutigam den Nebenaltar vor einer der Säulen.

»Der Kerl hat sich nicht gedrückt.« Ein Aufseufzen geht durch die Reihe der züchtig verhüllten Damen aus dem Frauenhaus. Keine hat gewagt, gegen die strenge Kleiderordnung der Stadt zu verstoßen. So reichen die gelblichen Umhänge bis zu den Füßen, als Kopfbedeckung dienen den Schönen weite Männerkapuzen, und ihr Wimpernschlag, ihre Blicke und sprechenden Lippen sind der einzige Schmuck, den sie tragen.

Wenige Schritte hinter ihnen wartet die Glückliche neben ihrem Brautführer. Ab heute darf sie sich wieder wie eine Bürgerin kleiden, und alle Freundinnen haben bei ihren Freiern gesammelt, selbst dazugegeben und eigenhändig mit Schere, Nadel und Faden den Hochzeitsstaat gezaubert. Eine von ihnen hat geschafft, was sich alle heimlich wünschen; und helfe ich heute ihr, dann wird mir morgen auch geholfen. Lisbeth trägt ein Kleid aus leibfarbenem Linnen, kaum fasst es den Busen und fällt in üppigen Falten über die Hüfte. Eine dünne Goldkette ziert den Hals, der Schaft des kleinen Kreuzes weist den Weg ins Tal ihre Brüste.

Als der Zukünftige zwar etwas verspätet, aber dennoch rechtzeitig zur Feier erscheint, hüpft das Brautherz, und jäher Schluckauf löst einen hellen Ton, wie eine Perle steigt er ins Domgewölbe auf. Mit einer Hand versucht Lisbeth ängstlich, die Nachfolger zurückzuhalten, und muss bei jedem Schluckauf mit der anderen den Brautkranz im blonden Haar sichern.

Domherr Paulus Schroter erscheint eiligen Schritts, und während er vor dem schmalen Altar niederkniet, schlägt ein Spielmannskollege die Laute und stimmt das Eingangslied an. Aus voller Brust fallen die Damen vom inneren Stadtgraben mit ein. Der Priester wendet sich der Festgemeinde zu. »In nomine Patris, et Filii et Spiritus Sancti.«

Kaum wartet der Domherr das Amen ab, schon fordert er zum Gebet auf. Bei jeder Geste, jedem Wort ist ihm anzumerken, wie sehr er diese Aufgabe heute verabscheut. Doch Hans Bermeter hat ihn als Priester beim Würfelspiel gewonnen. »Ich setze zwölf Schillinge, und Ihr, Herr, setzt eine Trauung dagegen. Wenn Ihr verliert, werdet Ihr mich im Dom trauen. Mit allem, was dazugehört.«

Die Brautleute sollen vortreten. Hans Bermeter streift mit dem Blick die Gesichter der Huren, das verächtliche Aufwerfen der Lippen nimmt er als Freundlichkeit, vor dem Altar dehnt er die Brust, und die goldene Spange auf dem Rockrot blinkt seinem frommen Würfelgegner ins Auge.

Melchior, der Wirt des Frauenhauses, hat es sich nicht nehmen lassen, Brautführer seiner jüngsten Hure zu sein. Erst mit Aussperrung für einen Monat, mit Androhung von Prügel und durch stetige Sticheleien und böse Nachreden seiner Damen war es endlich gelungen, den übelsten der Bordellgäste in die Ehe zu zwingen. Heute heiratet er die Lisbeth aus Nürnberg, und ab morgen darf er sich nicht mehr im Hurenhaus blicken lassen, weil nun mal Ehemännern der Besuch eines Frauenhauses verboten ist. »Nur schade um das freundliche Frauenzimmer.«

Melchior bietet ihr den Arm, und während er sie gemessenen Schritts zum Altar führt, besiegt die neue Erregung den Schluckauf, und Lisbeth zeigt den Freundinnen befreit ihr glücklichstes Lächeln.

»Willst du …?«

Das Ja Bermeters löst in seinem Rücken wieder ein Seufzen aus.

Domherr Paulus Schroter wendet sich an die Braut. »Willst du diesen Mann lieben und achten und ihm die Treue halten alle Tage deines Lebens, bis der Tod euch scheidet?«

»Ja. Ja, das will ich ganz bestimmt.«

Kaum ist der Schwur getan, als leises Schluchzen einsetzt und sich beim Ringanstecken zum allgemeinen Heulen steigert und nach strafenden Blicken des Priesters erst mit Naseputzen und tiefem Atmen wieder eingedämmt werden kann.

Ungeduldig fährt Paulus Schroter in der Zeremonie fort: »Ego coniungo vos in matrimonium. In nomine Patris …« Mit Fingerkreisen befiehlt er, dass die Vermählten sich die Hand geben. Gleich umschlingt er die ineinandergelegten Hände mit der Stola und beschließt die hohe Feier mit den Worten: »Was Gott verbunden hat, darf der Mensch nicht scheiden.«

Knapp gerät der Ausgangssegen, das vielstimmige Amen trifft schon den Rücken, und Paulus Schroter entschwindet in der Weite des Domschiffes.

»Eine schöne Trauung.« Die Damen umarmen und küssen die Braut.

»Wo saufen wir?« »Und Hunger haben wir.« »Wehe, Spielmann, du hast nicht für gutes Essen gesorgt.« Schulterklopfen und spielerische Fausthiebe unterstreichen die Glückwünsche der Kumpane. Schneider Schnappenspengler erinnert den Freund hinter vorgehaltener Hand. »Denk dran, das Barett ist geliehen! Morgen will ich es wiederhaben.«

Nur ein spöttisches Grinsen hat Bermeter für ihn übrig, mit elegantem Satz steht er vor dem Altar. »Ihr alle seid meine Gäste. Kommt, lasst uns feiern bis in die Nacht. Und wenn ich meiner Lisbeth oben in der Kammer zeige, wie es um den großen Herrn bestellt ist, dann dürft ihr weitersaufen, bis kein Tropfen mehr im Fass ist.«

Sie wollte mit dem Wagen fahren, obwohl der Weg von der Marienkapelle hinüber zum Rathaus nicht weit, die Schustergasse zu eng ist und deshalb ein Umweg genommen werden muss. »Schließlich bin ich nicht irgendwer«, hat sie seinen Vorschlag, die kurze Strecke zu Fuß zu gehen, mit sanfter, doch spitzer Stimme gleich nach Verlassen der Kirche zurückgewiesen. Meister Til war so überrascht, dass er nur nicken konnte und seiner Braut auf den Sitz hinaufhalf.

Besorgt blickt er über die Schulter. Dem heiligen Kolonat sei Dank, den Hochzeitsgästen scheint der längere Weg nichts auszumachen, sie plaudern, lachen und genießen den Sonnenschein. Vom Straßenrand winken Bürger dem Paar zu. »Glückwunsch!« »Gottes Segen!« Vier zerlumpte Kinder laufen auf der Brautseite barfuß neben dem geschmückten Wagen her. »Almosen! Gute Frau! Bitte.«

Margarethe sieht weiter geradeaus, die Kleinen aber geben nicht auf. »Almosen!« Endlich wendet sie sich ihrem Gemahl zu. Die dünnen Lippen sind zum Lächeln gespannt. »Gib mir eine Münze, mein lieber Bester.« Und während er den Gürtelbeutel öffnet, setzt sie, ohne die Miene zu verändern, hinzu: »Sonst werden wir dieses ungewaschene Pack nie los.« Beim Blick in seine Hand beginnen ihre Nasenflügel zu beben. »Aber …? Auch wenn es unser Glückstag ist, sollten wir das Geld nicht sinnlos vergeuden.«

»Davon werden wir nicht arm.« Meister Til wirft einen Regen aus glitzernden Pfennigen über die Kinder. Sie bücken sich, jubeln, kriechen herum und sammeln die Schätze ein.

Margarethe strafft ihr Seidentuch über den eckigen Schultern. »Unseren Gästen soll es an nichts fehlen. Das hebt unser Ansehen. Diese Bälger aber …« Sie zieht die Schals vor der Brust zusammen. »Ich habe dich als klug rechnenden Mann kennen- und schätzen gelernt … «

»Ich habe viele Seiten«, murmelt Til. Nach einer Weile erst kann er sich wieder für die freundlichen Wünsche der Passanten am Straßenrand bedanken.

Der große Gastraum für die Erwachsenen, das kleine Nebenzimmer für die Kinder, der Grüne Baum im Rathaus ist herausgeputzt; und zum Leidwesen der täglichen Trinker und Spieler ist heute ausschließlich den Hochzeitsgästen der Zutritt erlaubt.

In vier langen Reihen stehen die Tische nebeneinander und münden vor Kopf an der Ehrentafel. Rechts der frisch Vermählten thront Hedwig Suppan mit Gemahl Georg. Ihr wissender Blick, das liebreiche Tätscheln der Brauthand zeigen allen Anwesenden überdeutlich, wie sehr dieser Festtag auch Hedwigs Festtag ist. Linker Hand haben Martin Cronthal und Frau Margaretha Platz genommen. »Nun haben wir jeder eine Gretel.« Der Stadtschreiber versucht einen Scherz: »Nicht dass wir sie irgendwann verwechseln.«

Sofort fühlt sich Til angegriffen. »Auch wenn sie etwas älter ist als deine Frau«, flüstert er hinter vorgehaltener Hand. »Auf den zweiten Blick erkennt man ihre Werte.«

»Unbestreitbar, lieber Freund«, beeilt sich Martin zu glätten. »Nur Gutes habe ich über sie vernommen. Nur Gutes.«

Auf dem Gabentisch an der Wand häufen sich Geschenke: silberne Becher und Schalen, bemalte Krüge, teure Stoffe, Gewürze und mit Perlen besetzte Kästchen, die ihre Überraschung noch verschlossen halten. Als Schankknechte die Weinkrüge hereintragen, begrüßt sie sehnsüchtiges Aufseufzen. Und mit gefüllten Bechern erheben sich alle von den Plätzen. »Hoch lebe das Brautpaar!«

Musik erklingt draußen vor dem Eingang. Leichten Schritts tänzeln zwei bunt gekleidete Spielleute herein, der eine schlägt die Laute, der andere streicht den Bogen über die Fidel. »Seid gegrüßt!« Ihre Verneigung gilt dem Ehrenpaar, dann wenden sie sich der Festgesellschaft zu: »Ihr Damen, Ihr Herren, seid gegrüßt. Möge Euch das

Essen munden und möge unser Spiel die Würze für Eure Ohren sein!« Die artige Anrede gefällt und die Künstler ernten ihren ersten Applaus.

Auf Bitten Magdalenas hat Meister Til dafür gesorgt, dass keiner der Würzburger Stadtmusikanten heute aufspielt, sondern zwei aus dem nahen Ochsenfurt. »Der Tag wird schon schlimm genug für mich, Herr. Erspart mir wenigstens diesen Hans Bermeter!«

Der Duft aus dampfenden Schüsseln höhlt die Mägen vollends aus, und der aufgähnende Hunger lässt sich fürs Erste von Fettaugen, unter denen gehackter Lummel schwimmt, besänftigen; gleich aber treibt er das Wasser wieder in den Mündern zusammen, denn auf silbernen Platten häufen sich goldbraun gebratene Hühner. Als mit demselben Gang auch gesottener Hecht die Esser verlockt, erwacht die Gier, diese unmäßige Geliebte des Hungers. Bald verstopfen Kauen, Schmatzen und Schlucken jedes Gespräch, selbst das Kichern der Kinder im Nebenraum verstummt. Obendrein wird die Festgesellschaft unermüdlich von den Musikanten mit heiterem Ohrenschmaus gefüttert. Nicht genug. Die Tür öffnet sich wieder, und zu fetttriefenden Tauben, jungen Hähnen und Gänsen wird Hirsemus und gepfefferte Lebersülze gereicht. Von einem Bissen zum anderen erlahmt die Gier, und sie entschwindet ermattet mit ihrem Herrn, dem Hunger. Lange bleiben Käse und kandierte Früchte unberührt, erst große Schlucke vom Frankenwein schaffen Platz, auch diese letzten Köstlichkeiten zu genießen.

Georg Suppan rülpst und schmeckt mit der Zunge nach. »Ein Essen … So stelle ich mir das Paradies vor …«

Gleich trifft seine Hand ein scharfer Klaps. »Schmeckt es dir etwa zu Hause nicht?« Hedwigs Blick verlangt eine Antwort.

»Natürlich. Du bist mir eine gute Hausfrau.« Das wohlige Sattsein verführt. »Nur sprach ich nicht von dir, sondern vom Paradies …«

»Schäm dich!« Hedwig neigte sich der Braut zu. »Diese Männer. Da bieten wir ihnen ein geordnetes Heim, mühen uns, aber zufrieden sind sie nie.«

»Ich kenne das. Mein Wurzbach war nicht anders.« Margarethe blickt kurz zu ihrem Bräutigam. »Bei meinem Riemenschneider habe ich Hoffnung. Weißt du, er wird mir einfach dankbar sein müssen.«

Bekümmernis trübt die grauen Augen. »Mit der liederlichen Wirtschaft ist jetzt Schluss. Dem Hof Wolfmannsziechlein fehlte wirklich eine feste Hand.«

»Du bist die Beste für unseren Bildschnitzer.«

Der Stubenmeister läutet die Glocke. »Erhebt Euch von den Plätzen. Wir bereiten den Tanz vor.« Rasch sind die Tafelreihen abgebaut, hinausgeschafft und die Bänke entlang der Wände zurückgeschoben. Nachdem sich das Hochzeitspaar auf den Ehrenstühlen neben seinem Gabentisch niedergelassen hat, schreiten die Musikanten bis zur Mitte der Tanzfläche, sie warten, bis Stille eingekehrt ist, dann zupft der Lautenspieler eine kleine Melodie.

Im Nebenraum setzt Klopfen ein, es findet sich zu einem gleichen Rhythmus, und Barthel erscheint, auf der Schulter trägt er einen übergroßen Löffel, ihm folgen im Hüpfschritt die Brüder, jeder schlägt mit zwei Löffeln den Takt. Florian und Katharina tragen den Kleinen in einem großen Tiegel hinterher. Den Schluss der Prozession bildet Magdalena, ihr Blick und das Lächeln gelten nur den Kindern.

Mit entzückter Spannung verfolgen die Gäste das kleine Spiel. Vor dem Hochzeitspaar stellen die Größeren den Topf ab, Jörg und Hans schlagen nun einen Wirbel dagegen. Magdalena hebt die Hand, fordert Achtung, und auf ihr Zeichen hin ruft der Chor: »Viel Glück und viel Segen! Allezeit!«

Barthel geht zur neuen Stiefmutter, er legt ihr den Löffel in den Schoß. »Damit du uns immer eine gute Suppe rührst.« Mit dem Applaus der Zuschauer läuft er zurück und schmiegt sich an Magdalenas Seite.

Die Braut zeigt ihr Lächeln: »Ein reizender Junge.« Leicht tippt sie Til auf den Unterarm. »Sag, lieber Bester. Diese Magd, wie lange dient sie schon auf dem Hof?«

»Mehr als zehn Jahre …« Einen Moment bleibt er im Blick auf Magdalena versunken. »Lange schon. Sie kannte noch meine erste Gemahlin.«

»Und was hat die Magd für Aufgaben?«

»Sie steht über den anderen. Und sie erzieht mir die drei Buben.«

»Eine tüchtige Person also.« Margarethe dreht den Hochzeitsring an ihrem Finger und setzt betont sanft hinzu. »Sie wird sicher auch mir eine große Stütze sein.«

Ein Jubel der Fidel, ein Locken der Laute. »Aufstellen zum Tanz! Seid nicht faul! Aufstellen zum Tanz!«

Stufe für Stufe geht Magdalena langsamer. Unten vom Hof her dringt leise Musik ins Treppenhaus, gedämpftes Lachen der Gäste ist noch zu hören. So unauffällig wie möglich hat sie das Fest verlassen. Nur Rupert wusste es, doch der Meister hat es geahnt, und von Gertrud ist sie an der Tür aufgehalten worden. »Jetzt stehe ich dir bei.« Die junge Gemahlin des Hofschultheißen wollte die heute frisch vermählte Braut hinauf in die Hochzeitskammer begleiten. »Du hast mich vor drei Wochen auch nicht alleingelassen.«

Gerührt hat Magdalena sie an sich gedrückt. »Danke, du bist ein liebes Mädchen.« Ein zarter Kuss auf die Wange half weiterzusprechen: »Bei mir ist es schon das zweite Mal. Ich benötige wirklich keinen Beistand.«

Magdalena blickt in die ruhig brennende Flamme der Wandleuchte. »Ich hab gelogen.« Sie schüttelt den Kopf. »Hilfe bräuchte ich schon. Nur nicht von dir. Auch nicht von sonst wem.« So leer wird ihr mit einem Mal. »Ich glaub, helfen kann mir jetzt keiner mehr. Jetzt ist alles fest. Er ist verheiratet und ich auch.« Sie muss die Augen reiben. »Nicht mal mehr hoffen kann ich …«

Ihre Füße sind schwer, obwohl der Meister die Brautschuhe vom Schuster hat anfertigen lassen. »Ich darf mich nicht beklagen. Er hat sich wirklich an unsere Abmachung gehalten.« Trotz heftiger Proteste von Seiten der neuen Hausherrin im Wolfmannsziechlein: »Wie kannst du nur? Sie ist unsere Bedienstete«, ließ Tilman Riemenschneider für seine Eva eine große Hochzeit ausrichten. Angefangen beim Brautkleid bis hin zum festlichen Tanz am Abend des großen Tages hat er nicht auf den Pfennig geschaut. Und das Nähzimmer durfte als Brautgemach hergerichtet werden. Die Kammer liegt weit genug von den Unterkünften der Gesellen, Lehrbuben und Mägde entfernt.

Magdalena öffnet die Tür, drückt sie hinter sich zu und lehnt den Rücken dagegen. »Ich wollt, es würde uns einer stören«, flüstert sie.

»Vielleicht hätten wir doch in meine Stube unterm Dach vom Stadtschreiber gehen sollen? Leichter wär's. Mit Florian nebenan hätte ich eine gute Entschuldigung.«

Die Öllampe auf dem Tisch gibt warmes Licht. Mit Stoffblumen und bunten Bändern sind die Wände geschmückt. Doppelt liegen die Matratzen, weiß das Linnen und hochbauchig das Federbett. Die Mägde vom Wolfmannsziechlein haben das Nest liebevoll bereitet.

Magdalena schlurft durchs Zimmer und lässt sich auf den Hocker sinken. »Als ob er es gewusst hätte.« Vom letzten Tanz vorhin spürt sie noch den Druck seiner Arme, sein Geruch verursacht ihr noch das Ziehen im Bauch. Dreimal hat Meister Til sie aufgefordert. Gleich zu Beginn hat er sein Recht als Hausherr wahrgenommen, da war er ihr fremd gewesen, kein Lob hatte sie ihm geglaubt, dann beim langsamen Schreittanz hat er sie beinah traurig angeschaut, und bei jedem Handwechsel ihre Hand sehr spät losgelassen. Vorhin aber, als sie nebeneinander wie die anderen Paare leicht hüpfen sollten, hat er sie mit dem Arm fest umfasst, selbst schritt er nur, und hob Magdalena im Rhythmus der Musik vom Boden, ließ sie schweben, setzte sie ab und hob sie wieder an. »Weil es dunkel genug war«, wiegelt Magdalena ab. »Und ›Eva‹ hat er geflüstert, weil er schon viel vom Wein getrunken hat.«

Sie wischt über den Tisch, dabei stößt ihre Hand gegen ein Kästchen. Noch in Gedanken hebt sie den Deckel ab. Ein kleines Holzkreuz, gerade groß genug, um es am Lederband als Halsschmuck zu tragen. Magdalena nimmt das Schnitzwerk heraus. Nicht nur ein Kreuz. Ihre Fingerkuppe streicht über den sorgsam herausgearbeiteten Erlöser. Auf der Rückseite spürt sie eine Inschrift und liest »Eva«. »Von ihm für mich. Nur für mich.« Sie drückt ihre Lippen auf das Geschenk.

Als die Tür sich öffnet, hebt sie erschrocken den Kopf und verbirgt das Kleinod in ihrem Schoß. Rupert steht da, stumm, mit ratlosem Blick.

»Bitte schieb den Riegel vor!« Während er sich zur Tür umwendet, legt Magdalena das Kreuz zurück und verschließt das Kästchen. »Entschuldige, Lieber. Ich bin eine schlechte Braut, weil ...«

»Nein, nein. Du bist gut, viel zu gut ... Ich mein, für mich.«

»Nein, ich meine, weil die Braut doch schon im Bett liegen soll, wenn der Bräutigam kommt.«

»Ach nein. Das stört nicht ...« Weiter weiß Rupert nicht. Er schlenkert mit den Armen, schließlich deutet er zum Fenster. »Auf dem Sims, da steht ein Fässchen mit Klaret. Und Becher sind auch da. Das hat der Herr für uns hinstellen lassen. Weil es noch kalt ist im März, sagt er vorhin zu mir. Soll ich?«

Seine aufgeregte Verlegenheit rührt Magdalena. »Gerne. Ein Schluck wird uns guttun.«

Süß und bitter, der mit Gewürzen und Honig versetzte Wein wärmt ihm die Zunge. »Ich hab sowieso gedacht, du hast deinen Mann gehabt, ich hab die Frau und die Mädchen gehabt. Das große Glück jetzt lernt sich nicht so schnell ...« Handeln fällt ihm leichter, und rasch geht er zum Bett, zieht die untere Matratze heraus. »Ich leg mich einfach so hin.« Sorgsam glättet er für sie das verrutschte Laken und deutet aufs Federbett. »Da drunter friert es dich bestimmt nicht.«

Magdalena nickt und schaut vor sich hin. Um die Stille nicht größer werden zu lassen, bittet sie ihn, noch einmal vom Klaret einzuschenken. »Es war ein schönes Hochzeitsfest.«

»Ja, wirklich.« Beide trinken, und als sie die Becher absetzen, stoßen die Ränder gegeneinander. »Das wollt ich nicht«, entschuldigt sich Rupert und rückt sein Gefäß ein Stück zur Seite.

Magdalena sieht zum Brauthemd auf dem Hocker hinüber. Ich werde es anziehen, und zwar jetzt. Sonst sitzen wir hier noch die ganze Nacht. Halb ist sie schon aufgestanden, als der nächste Gedanke den Schwung erlahmen lässt. O verflucht, vorher muss ich ja das Hochzeitskleid ablegen.

Er ahnt den Grund für ihr Zögern. »Nicht schlimm«, und dreht sich weg, »ich guck zum Fenster.«

Magdalena spürt die Röte ins Gesicht flammen. Schäm dich, beschimpft sie sich selbst, während ihre Finger rasch die Schleifen lösen, du zierst dich wie eine Jungfrau. Schließlich ist er dein Ehemann. Doch was nutzt die Einsicht?

Unbeholfen versucht sie zu erklären: »Es ist schon so lange her ...« Das Kleid sinkt zu Boden, schnell streift Magdalena auch das Unterzeug ab, für einen Augenblick ist sie nackt, erst als das schlichte weiße

Leinenhemd ihre Blöße bedeckt, setzt sie hinzu: »Ich mein, dass mich ein Mann … dass er dabei ist, wenn ich schlafen gehe.«

»Nicht schlimm.«

»Sag das nicht immer, bitte. Sonst schäme ich mich wirklich.« Wie eine feste Burg fühlt sie das Federbett über sich. »Du kannst dich jetzt auch hinlegen.«

Rupert steht unschlüssig vor ihrem Lager. »Darf ich …?«

O Heilige Jungfrau. Magdalena presst den Rücken in die Matratze.

Er ringt mit sich und wagt weiterzusprechen: »Das Hochzeitskleid. Darf ich mich mit dem zudecken? Weil es sicher nach dir riecht, und das wärmt mich schon genug.«

Die Braut muss nach seiner Hand fassen, drückt sie fest und vermag nur zu nicken.

Magdalena schläft nicht. Lange schon schweigt unten das Fest, auch im Haus ist Stille eingekehrt. Sie hört Ruperts Atem vor ihrem Bett, hin und wieder raschelt der Stoff des Kleides. Auch er kann nicht einschlafen. Ich habe einen guten Mann bekommen. Und du? Was kann Rupert dafür, dass ich traurig bin? Magdalena dreht sich zur Wand. Ehe neue Gedanken neue Entschuldigungen finden, fragt sie in die Dunkelheit: »Lieber?« Sie hört, wie Rupert sich aufsetzt. »Mir ist kalt. Komm und wärme mich!«

Behutsam hebt er das Federbett an und schlüpft hinein. Magdalena bleibt zur Wand gedreht. Seine Hand berührt ihre Schulter, sie lässt es zu, dass er sich ganz an sie drückt, dass er die Brüste streichelt, ihre Haut. Sie weiß, dass er seine Kleider abstreift. Magdalena sträubt sich nicht gegen das Drängen, spürt an ihrem Nacken den hastigen Atem; so auf der Seite liegend, zieht sie die Knie leicht an und öffnet ihm den Weg. Die Härte in ihr ist fremd, schmerzt, doch dann fühlt sie, wie Wärme ihren Schoß aufwölbt. Magdalena atmet rascher, sie will, bewegt sich dem Stoßen entgegen. Da befällt sie jähe Furcht. »Kein Kind. Bitte, kein Kind!« Keuchen in ihrem Rücken, Rupert zieht sich zurück, und gleich entringt sich ihm ein klagendes Stöhnen.

Nach langer Stille hört Magdalena ihn flüstern. »So ein Glück. So ein großes Glück.«

Sie schließt die Augen und lächelt.

Stuttgart/Freiburg

Der Herbst des Jahres 1510 verwöhnt. Else räkelt sich, sie blinzelt in die Oktobersonne. Unter dem Lager aus gehäufeltem Stroh rumpeln die Räder des Fuhrwerks, um sie herum stehen, gut vertäut, Fässer mit gepökelten Felchen vom Bodensee. »So bequem könnt es für immer sein.« Behutsam schmiegt sie ihre Wange wieder an seine Brust. Die Hemdschlaufen sind geöffnet. Schweiß und noch viel mehr … tief saugt sie den Duft in sich hinein.

Seit die frisch Vermählten unterwegs sind, kann Else die Nase nicht von ihm lassen, will sie ihn atmen. »Nein, schon im Gasthaus, da fing's an. Hat gar nicht gedauert. Gleich in der Hochzeitsnacht konnt ich meinen Joß so gut riechen.«

Drei Wochen erst. Vor drei Wochen hat der schöne Fremde sie beim Kirchweihfest in Stockach angesehen; den ersten Becher mit Wein nahm sie noch zögerlich an, beim dritten dann lachte sie schon, wenn er nur schmunzelte. Viel erzählt hat ihr Joß Fritz nicht. »Drüben von der Schweizer Seite her bin ich mit dem Ruderboot über den See gekommen.« Sie bewunderte sein schwarzes Lederwams, den weiten weißen Hemdkragen, die Stulpenstiefel. »Ich bin nur eine Magd, Herr. Und diene bei dem Kaufmann …«

»Damit ist jetzt Schluss.« So dunkel und warm die Stimme. Er strich mit der Fingerkuppe behutsam über das Grübchen an ihrem Kinn. »Endlich hab ich dich gefunden. Nun sollst du meine Hausfrau werden.«

Else hatte nichts zu sagen gewusst, nur genickt, und bald schon segnete der Pfarrer das Paar. Nach der Hochzeitsnacht nagte doch ein Bedenken am Brautglück. »Nach drüben?« Sie deutete in Richtung Schweiz. »Zu denen?«

»Aber nein.« Er nahm sie bei der Hand. »Ich bringe dich ins Badische. Dort stamme ich her, dort gehören wir hin.« Er hob seine Gemahlin in den Sattel und stieg hinter ihr auf. »Zuvor aber muss ich noch im Schwäbischen einen Besuch abstatten.« Mit festem Griff fasste er ihre Schultern. »Eins noch, und ich will es nicht mehr wiederholen müssen.« Unvermittelt wurde sein Ton kühl und hart. »Frag mich nie, was ich tue oder wohin ich gehe. Nie, hörst du? Du erfährst von mir alles, was du wissen darfst. So ist es sicherer für dich.«

Ein langer Ritt und mühselig, doch ehe der harte Sattel für Else zur Qual wurde, fand ihr Joß stets einen barmherzigen Fuhrmann, zuletzt den Fischhändler am Mittag. »Guter Freund, unser Gaul ist müde, wir sind müde.« Sie durften das Pferd hinten anbinden und zu den Fässern aufsteigen. Schnell hat Joß in der Mitte etwas Raum geschaffen, ihn mit Stroh ausgepolstert.

Else streichelt über die Haare seiner Brust und ringelt ihren Zeigefinger in eine Locke. »Ja, meinetwegen könnt es so immer sein.«

Unterhalb von Stuttgart sitzt das Paar wieder auf, und nach einer Nacht in der Herberge trottet das Pferd mit den beiden ins Remstal. Bei Beutelbach erkundigt sich Joß Fritz: »Wo finde ich den Bauern Peter Geiß?«

Der Weg wird ihnen gewiesen, und gegen Mittag reiten sie in den Hof ein. Hunde kläffen, springen gegen die Halsketten an. »Wer kommt?« In der Haustür steht die Bäuerin, ihre vier kleinen Kinder starren das fremde Paar neugierig an.

Joß lüftet seinen breitkrempigen Hut und lässt die Feder schwingen. »Schöne Frau, sei gegrüßt. Joß Fritz ist gekommen, um einige Worte mit deinem Mann zu wechseln.« Er springt ab und hilft Else aus dem Sattel. »Und dies hier ist meine Angetraute. Ist sie nicht ein Juwel?« Galant nimmt er ihre Hand. »Und dies sage ich nicht nur, weil wir erst vor einigen Wochen gehochzeitet haben.«

»Willkommen.« Sehr zögerlich stellt sich bei der Bäuerin ein Lächeln ein. »Dann wartet dort, Herr. Ich gebe Bescheid.« Ehe sie das älteste Kind beauftragen kann, nähert sich vom Stall her ein breitschultriger Mann, Haar und Bart sind angegraut, hervorstehend die Wangenknochen. In den hellen Augen brennt Wachsamkeit. »Wer bist du?«

»Ein Freund. Joß Fritz. Ein einfacher Bauer wie du. Ich muss mit dir reden. Allein.«

Peter Geiß glättet den Kinnbart. »Anhören kann ich es mir ja.« Und während Else draußen bei Frau und Kindern bleibt, führt er Joß in die Stube. »Von weit her?«

»Zuletzt war ich in der Schweiz.«

»In der Schweiz also«, wiederholt der Hausherr freundlich und nickt dabei. »Und ein einfacher Landmann?«

»Ein Bauer eben.«

»So wie ich einer bin? Verschuldet, weiß den Zins nicht zu zahlen …«

»Ja, genau so.«

Peter Geiß strahlt voller Wohlwollen. »Darauf trinken wir einen Schluck. Bei uns wächst guter Wein, musst du wissen.« Damit geht er hinter dem Besucher zum Wandregal. Kaum ist er aus dem Blickfeld, erkaltet seine Miene. Der Dolch springt ihm in die Faust, schon steht er im Rücken des Fremden, die Spitze des Stahls drückt sich in die Halsseite. »Eine Bewegung, und ich stech dich ab. Eine Lüge, und ich schneid dir die Kehle durch.«

Joß Fritz bleibt gelassen. »Wie recht du hast. Wir können nicht vorsichtig genug sein.«

»Schluss mit dem Geschwätz. Ein Bauer bist du nicht. Solche Kleider kann sich unsereins nicht leisten. Was willst du hier?«

»Ich bin den weiten Weg gekommen, weil ich mit dem Hauptmann des Armen Konrad sprechen muss. Du bist doch der Anführer des Armen Konrad hier im Remstal? Oder?«

»Woher weiß so einer wie du …?«

»Ein Bruder weiß von seinem Bruder.« Mit der Fingerspitze berührt Joß die Klinge und schiebt sie langsam von seinem Hals weg. »Ehe ich wieder ins Badische zurückkehre, wollte ich dich treffen. Weil wir gemeinsam handeln müssen.«

»Du redest, als wären wir Vertraute, aber ich kenne dich nicht. Verdammt, wer bist du?«

»Wenn du der Richtige bist, dann kannst du mir antworten.« Joß schließt die Augen und fragt betont langsam: »Loset, was ist nun für ein Wesen?« Dem Geißenpeter sinkt das Kinn. »Wir mögen …«, flüstert er. »Wir mögen vor Pfaffen und Adel … nit genesen.« Der Dolch verschwindet im Gürtel. »Die Parole vom Bundschuh. Das war vor Jahren der Aufstand drüben bei Bruchsal.«

Einer jähen Eingebung folgend, greift er nach dem lose gesteckten Halstuch des Besuchers, untersucht den Stoff und findet das eingenähte rote Schildchen mit dem schwarzen H aus Samt. »Das Erkennungszeichen der Oberen. Jetzt glaub ich dir, Freund. Als euer Bundschuh verraten wurde, sind einige von euch hier ins Remstal geflohen, gehören jetzt zu uns, sind in meinem Armen Konrad.«

Joß Fritz deutet auf den Weinkrug. »Lass die Kehlen nicht austrocknen, Bruder.« Nach einem tiefen Zug dreht er den Becher in der Hand. »Ich hab den Bundschuh geführt, hab geplant, alles war vorbereitet. Und dann dieser Pfaffe ... Aber ich habe nie aufgegeben, nur gewartet.«

Er trinkt und lässt sich nachschenken. »Inzwischen haben die Herren vergessen, wiegen sich wieder in Sicherheit. Ich denk, jetzt ist die Zeit reif, erneut loszuschlagen. Nur müssen wir uns noch besser vorbereiten.« Feuer entfacht sich in den Augen. »Und der Kampf soll an vielen Orten gleichzeitig losgehen. Davon träume ich. Du, Geißenpeter, nimmst mit deinen Leuten erst Schorndorf, dann zieht ihr weiter nach Stuttgart. Und ich nehm Freiburg und dann ganz Baden.« Joß Fritz springt auf. »Und dann höre ich die Trommeln unserer Bauernheere am Neckar, am Main und am Rhein ... Und lauter werden sie, immer lauter, damit wir das Wimmern, das Geschrei der Pfaffen und feinen Herren nicht mehr hören ...«

Er bricht ab, für einen Moment atemlos steht Joß breitbeinig da, wieder ruhiger schlägt er vor: »Jeder Geheimbund sollte Männer anwerben, für ausreichend Waffen sorgen. Vor allem sollten wir, du und ich, in Verbindung bleiben. Und nur ganz wenige dürfen in den großen Plan eingeweiht sein, die andern erfahren ihn, kurz bevor wir losschlagen. So viel Eile wie möglich, aber mit Geduld wie nötig. Dann sind wir – nicht morgen, auch nicht übermorgen –, doch in ein paar Jahren sind wir dann wirklich stark genug.« Er streckt dem Anführer des Armen Konrad die Hand hin. »Schlag ein, Bruder.«

Und Peter Geiß zögert nicht.

Rom

Papst Julius II. ist müde. Lange, zermürbende Kriege und die Ermordung seines geliebten Günstlings haben den großen, starken Mann gebeugt; mehr noch, abtrünnige Kardinäle fordern, dass er sich vor einem allgemeinen Konzil verantworten soll; dazu quält ihn die Gicht, und als wäre dies alles nicht schon genug, wird er von Fieberwellen geschüttelt, hervorgerufen durch die Franzosenkrankeit, diese heimtückische Lustseuche.

Im Juni 1511 kehrt Julius nach Rom zurück, der eisgraue Bart verwildert, das hagere Gesicht gezeichnet. Einige Wochen zwischen Ohnmacht und Aufbäumen folgen, dann, am 17. August bricht der Stellvertreter Christi zusammen. Reglos liegt der Achtundsechzigjährige im Schlafgemach des Vatikanpalastes.

»Der Papst ist tot.« Erst nur ein Flüstern, treppauf, treppab. Ehe das Gerücht nach draußen dringen kann, raffen die Bediensteten alles Wertvolle an sich, Bilder, Schmuck, Edelsteine, sie plündern die Privatgemächer. Entsetzt muss der herbeigeeilte Medicus mit ansehen, wie die Schamlosen sogar das Linnen unter dem Körper fortzerren. »So haltet doch ein. Lasst mich den Heiligen Vater untersuchen.« Niemand hört das verzweifelte Flehen des Leibarztes.

»Der Papst ist tot!«, schreit es jetzt aus den Fenstern über die Stadt. Und Rom beginnt zu brodeln, Abertausende Bürger erheben sich, Priester und Adel bewaffnen sich, aus allen Winkeln und Nischen treten nun die heimlichen Gegner offen ans Licht.

Am 22. August sind die Schreiben aufgesetzt. Kuriere springen in den Sattel. »Der Papst ist tot.« Sie haben Befehl, die Nachricht an alle Fürstenhöfe Europas zu bringen. Da schlägt der Totgeglaubte die Lider auf. »Gib mir Wein!« Doctore Scipio Lancelotti dankt Gott für das Wunder und reicht mit zitternden Händen dem Patienten einen Kelch Malvasier.

Kuriere hetzen den Kurieren nach. Die Botschaft hat sich geändert. Eine neue Depesche soll den Regierenden unterbreitet werden …

Wien

Im Audienzsaal nimmt Kaiser Maximilian das Schreiben des Heiligen Stuhls entgegen. Nach der Lektüre lehnt er sich zurück. »Papst Julius ist schwer erkrankt. Dieser kriegssüchtige Wüstling war sogar schon im Arm des Todes. Sein Körper ist geschwächt.« Ein unmerkliches Zucken umspielt die Mundwinkel des Habsburgers. Mit beiden Händen lüftet er den samtenen Hut und blickt hinein, in der Erinnerung an den Tag seiner Krönung leuchten seine Augen, als sähe er wie damals im Dom zu Trient einen goldenen Reif über sich schweben. »Kaiser sein ist nicht genug …«

Nein, nicht nur ein Gaukelspiel der Fantasie. Maximilian lässt den Hut auf dem Finger kreiseln, und die bestechenden Vorteile flattern als Spruchbänder vorbei: Das ewige Ringen zwischen Kaiser und Papst hätte ein Ende, und Italien, dieses von immer neuen Kriegen gebeutelte Land, käme zur Ruhe … die Schlüssel zu den übervollen Opferstöcken der Kirche wären endlich in den richtigen Händen … diese Einheit würde das Römische Reich Deutscher Nation auf den Gipfel der Vollkommenheit heben … Max hält das Karussell an und kostet mit leiser Stimme: »Papstkaiser? Nein, besser noch: Kaiserpapst.« Mehr und mehr beflügelt ihn die Idee. Er will, er muss sie mitteilen. »Margarethe, du meine so kluge Tochter, du sollst als Erste in den Plan eingeweiht werden. Deine Meinung ist mir wichtig.« Er ruft nach seinem Sekretär. »Ein Brief an die Erzherzogin Margarethe, Regentin der Niederlande …«

Flandern, Mechelen

Die Mußestunde am Nachmittag verbringt die Fürstin heute mit den Kindern im Schlossgarten. Ihre drei Nichten tollen auf der Wiese, sie laufen einem bunt schillernden Lederball nach; wenn eine ihn gefangen hat, wird sie von den beiden anderen so lange beschimpft und an den Haaren gezogen, bis sie aus lauter Not den gerade gewonnenen Besitz wieder von sich wirft. Kein Eingreifen der

Tante, kein ermahnendes Wort, die Erzherzogin hält nichts von artigen Mädchen.

Neben ihr auf der Steinbank sitzt der elfjährige Neffe Karl, blass das Gesicht, zart die Glieder. »Warum muss ich so viel lernen? Latein, Mathematik ...«

»Wenn du später die Kaiserkrone tragen sollst, dann ist eine gute Bildung ...«

»Verzeiht. Aber Großvater Maxi scheint aus mir einen Schulmeister machen zu wollen.« Der Junge sieht die Erzherzogin aus großen Augen an: »Bitte, Frau Tante und gute Mutter, ich habe so wenig Freude. Könnt Ihr nicht mit Herrn Wilhelm und Herrn Adrian sprechen?«

Margarethe will tröstend den Arm um die schmächtigen Schultern legen, weil aber ihr engster Berater sich eilig nähert, begnügt sie sich mit einem leichten Streicheln der Wange. »Ich werde sehen, was ich ausrichten kann.«

»Hoheit, um Vergebung, dass ich störe. Ein Schreiben seiner Majestät Kaiser Maximilian ist soeben angekommen.« Der Baron verneigt sich und überreicht den Brief.

Margarethe erbricht das Siegel und überfliegt die Zeilen. Ein Schreckensruf, sie presst die Hand vor den Mund, dann schüttelt sie langsam den Kopf.

»Hoheit?« Der Berater runzelt die Stirn. »Eine schlechte Nachricht?«

»Ich weiß es noch nicht.« Sie blickt den jungen Karl an. »Nur eines weiß ich jetzt schon. Lieber, lieber Neffe, wenn ich diese Zeilen lese, scheint es mir äußerst angeraten, dass deine Lehrer dich tüchtig herannehmen. Nur so wird dein Verstand stets deine Fantasie im Zaume halten können.« Sie erhebt sich und bittet den Baron, bei den Kindern zu bleiben. »Ich muss einige Schritte gehen und mir den Brief selbst vorlesen, damit ich den Sinn auch wirklich erfasse.«

Außer Hörweite sucht Margarethe die erschreckende Stelle und flüstert Zeile für Zeile vor sich hin: »... und Wir erachten es durchaus nicht für gut, Uns zu einer Ehe zu entschließen, sondern haben erwogen und sind festen Willens, nie mehr ein nacktes Weib zu berühren. Wir senden morgen den Bischof Gurk nach Rom zum Papste, um einen Weg zu einem Übereinkommen mit ihm zu finden, damit er Uns zum Koadjutor ernennt, zum Priester weiht und nach und nach heiligspricht, damit Ihr, geliebte Tochter, mir dann die Ehre der Devotion erweisen müsst, worauf ich mir nicht wenig einbilden werde …« Margarethe wappnet sich, ehe sie die Unterschrift ganz lesen kann. »Euer guter Vater Maximilian … künftiger Papst.«

Aus tiefstem Herzen seufzt die Kaisertochter: »Großer Gott, bewahre uns!« Bekümmert presst sie das Blatt an ihr Herz. »Ach, Vater. So viele Pläne hast du geschmiedet, und oft habe ich entgegen aller Vernunft nur deinetwegen um deren Erfüllung gebetet. Für dieses Vorhaben aber werde ich nicht bitten, nicht eine Kerze anzünden.« Die Falten um den Mund werden schärfer. »Nein, geliebter Vater, ich werde sogar meinen ehemaligen Schwiegervater informieren. Seinem strengen Einfluss kannst du dich schwer entziehen. Nicht umsonst wird König Ferdinand von Spanien der sehr katholische genannt.«

Mühlhausen, Dorf im oberen Tal

Els stellt Becher und einen Krug Holundersaft auf den Küchentisch. »Trinkt nur! Wenn es so heiß ist wie heute, löscht der am besten den Durst.«

Vorsichtig schenkt Katharina ein, kein Tropfen der Köstlichkeit darf vergeudet werden. »Ich bin noch ganz außer Atem. Weißt du, Florian macht so große Schritte, dass ich oft nebenher laufen muss.« Sie schiebt ihm den Becher hin und plappert weiter. »Aber das macht er nur, weil er mich ärgern will.«

Els betrachtet die Zwölfjährige. »So wütend scheinst du mir aber nicht zu sein.«

Zwei dicke Zöpfe rahmen das gerötete Gesicht, deutlich drücken sich die spitzen Brüste durchs Kittelkeid. »Nein, nein, Tante. Er meint es ja nicht böse.« Schon seit dem ersten Besuch im oberen Tal wird Magdalenas Schwägerin auch von den Kindern des Bildschnitzers einfach Tante genannt.

Florian trinkt, beim Absetzen verzieht er das Gesicht und säubert mit Zeige- und Mittelfinger übergründlich den dunklen Flaum auf der Oberlippe. »Saft ist nichts für Männer. Wein wäre mir lieber.«

»Siehst du, Tante. Jetzt will er mit dir zanken.«

Els winkt ab. »Wenn er das als Bub versucht hat, dann gab's was hinter die Ohren. Und meine Hand rutscht auch heute noch genauso schnell aus, ganz gleich, wie groß der Kerl geworden ist.« Sie stellt sich hinter ihn und wuschelt ihm durch die dunklen Locken. »Na habe ich recht? Du weißt genau, dass ich nicht so weich bin wie deine Mutter. Mich kannst du nicht so einfach um den Finger wickeln.«

»Schon möglich.« Florian lächelt zu ihr hoch, seine Zähne blinken. »Aber ein Versuch schadet nicht.« Nur ein kurzer Griff, und er hat einen Lederbeutel aus dem Gürtel gezückt. »Ich bringe Geld.«

Nun knufft ihn die Bäuerin. »Hör auf zu prahlen! Es ist nicht deins.« Sie setzt sich an den Tisch. »Und doch bin ich froh, dass auch die neue Frau von deinem Herrn direkt bei uns kauft.«

Dank Magdalena darf der Schwager Balthasar den Hof Wolfmannsziechlein seit Jahren schon mit Obst und Gemüse beliefern. Und dies stets zu einem guten, gerechten Preis. Weil Meister Til um die Not der Bauern weiß, hat er großzügig bestimmt, dass ein Teil des Geldes schon während der Ernte gezahlt wird. Meist nutzt Magdalena die Gelegenheit zu einem Besuch und überbringt selbst das Geld, in diesem Jahr aber hat sie ihren Sohn mit Katharina hinauf ins obere Tal geschickt. Weil Florian sich für keine Lehrstelle begeistern konnte und die Mutter, wie stets, nicht genügend Strenge aufbrachte, ihren Prinzen zu zwingen, hatte Rupert wenigstens erreicht, dass der junge Mann sein Gehilfe auf dem Hof Wolfmannsziechlein wurde und nun täglich mit ihm dort zur Arbeit erscheint. Nur zu gerne erledigt Florian die Botendienste für Meister Til, jedes Mal bleibt er lange fort und nutzt die Gelegenheit, in der Stadt herumzuschlendern.

Die Wanderung heute hinauf ins obere Tal genießt Florian wie einen Festtag. Großzügig lässt der Geldbote neun Schillinge auf den Tisch klimpern. »Den Rest soll sich der Onkel dann selbst erfragen.«

»Dieser Sommer ist gut fürs Wachsen.« Während Els die Münzen einsammelt, blickt Katharina verwundert auf den Freund, die Bäuerin hat es nicht bemerkt. »Ihr bleibt zum Essen. Es gibt Weißkohl mit frischem Salbei, Speck und Knoblauch. Du kannst mir helfen, Kindchen, und Zwiebeln schneiden.«

Florian schüttelt den Kopf. »Nicht, Tante, bitte. Ich wollte ihr das Haus vom Vater zeigen. Das hab ich Mutter versprochen.«

»Wenn du's versprochen hast, meinetwegen. Aber seid rechtzeitig zurück. Und gebt auf die Ratten acht, die wohnen nämlich jetzt da.«

Erst außer Sichtweite vom Küchenfenster berührt Katharina den Arm des Achtzehnjährigen. »Warum nur neun? Magdalena hat dir doch zehn mitgegeben.« Besorgt runzelt sie die Stirn. »Haben wir einen Schilling unterwegs verloren?«

»So werden wir es erklären, wenn Mutter nachfragt.« Kein Erschrecken, kein ertapptes Zögern. Er schnappt neben sich nach dem Haarzopf und schwingt ihn vergnügt hin und her. »Meine Kathi ist ein kluges Mädchen.«

»Sag doch!«

Er pustet ihr ins Ohr, dann raunt er wie ein Verschwörer. »Wegegeld. Wir sind Boten eines reichen Fürsten. Und Boten bekommen einen Lohn. Und zwar einen schönen Schilling.«

»Wieso Fürst? Wer ist das denn?«

»Fürst Riemenschneider von der Burg Wolfmannsziechlein.«

Im ersten Moment will Katharina lachen, zieht aber dann den Zopf aus seiner Hand und schlägt damit nach ihm. »Du machst dich lustig über mich.«

»Nur ein bisschen.« Florian spuckt im hohen Bogen bis zur anderen Seite der Fahrstraße. »Der Schilling ist ehrlich verdient. Und wenn du's genau wissen willst: Den spare ich für uns.«

Sie sieht zu ihm auf. »Wirklich?«

»Deshalb red mit niemandem darüber. Sonst kann ich dich das nächste Mal nicht mehr mitnehmen.«

»Doch, bitte!« Sie sucht seine Hand. »Ich kann sehr gut schweigen.«

Das Bauernhaus ist an einer Seite mit Brombeerranken überwuchert. Brennnesseln ragen bis zu den Fenstern. Bei ihrer Ankunft flattert eine Wolke von Schmetterlingen auf. Katharina reckt dem bunten Spiel die Hände nach. Stille. Kein Lufthauch. Im engen Hof hinter dem Haus flirrt die Hitze. Das Scheunentor ist halb aus den Angeln gebrochen. »Hier also hat Magdalena gewohnt?«

»Mit dem Vater.« Florian stößt schwer den Atem aus und beschattet die Augen. »Aber ich kann jetzt nicht darüber sprechen.« Durch den Spalt der Finger beobachtet er ihr Gesicht, als sie ihn besorgt anschaut, setzt er hinzu: »Vielleicht später. Erst mal kühlen wir uns im Bach etwas ab. Na, komm!« Er läuft schon voraus, unter den Bäumen lässt er sich von Katharina einholen, sie werfen die Schnürsandalen ab und waten nebeneinander ins knietiefe Wasser.

»Unsere Kittel?«

»Die trocknen schon wieder.« In der Bachmitte hebt Florian das Mädchen auf beide Arme, der Held beachtet die halb ernste Gegenwehr seiner Schönen nicht und lässt sie ins Wasser fallen. Prustend und schimpfend rappelt sich Katharina wieder hoch und spritzt ihn nass. »Meine Haare. Und das Kleid.« Eng klebt ihr der Stoff an Bauch und Po, an den kleinen Brüsten. Florian lacht und tippt mit dem Finger gegen die Knospen. »Gewachsen sind sie schon wieder. Jede Woche werden die ein bisschen dicker.«

»Schäm dich!«

»Ach was.« Er räuspert sich und zeigt zum Bauernhaus. »Wir gehen rüber. Da sieht uns keiner. Bis die Sachen trocken sind, erzähl ich dir von Vater.«

Die Haustür lässt sich leicht aufdrücken. Unkraut wuchert aus dem Küchenboden, doch Tisch und Hocker stehen noch geordnet da, Holznäpfe reihen sich im Wandregal ... Zeichen eines Lebens, vor langer Zeit zurückgelassen und vergessen.

»Ich mach es uns bequem.« Florian findet nebenan einen strohgestopften Sack, rüttelt ihn; da keine Ratte flüchtet, breitet er die Unterlage in der Küche aus. »Wenn du willst, kannst du dein Kleid ans Regal hängen.« Verwirrt öffnet sie den Mund, weiß nichts zu erwidern. Er hebt die Hand. »Ich mein ja nur, damit es nicht so verknautscht. Und außerdem wollte ich dich ja ... Ach, egal.«

»Was wolltest du?«

»In den Arm nehmen, na ja, lieb halten eben. Ich wollt das schon lange. Sei ehrlich, du auch.«

Katharina vermag nur zu nicken.

Er klimpert mit den Lidern, schmollt wie ein kleiner Junge. »Aber in der Stadt sind wir nie allein. So ein Mist.« Weil der übertriebene Tonfall sie zum Lachen bringt, behält er ihn bei. »Endlich, hier haben die armen Kinder es endlich gut. Nicht wahr?« Dicht stellt sich Florian vor das Mädchen hin, vorbei ist die Alberei, seine Stimme klingt warm und einfühlsam. »Und wenn du dich schämst, dann behalt das nasse Zeug ruhig an. Ich jedenfalls fühl mich wohler ohne.« Er löst den Gürtel, zieht das Kittelhemd über den Kopf und dehnt den nackten Oberkörper.

Katharina hält den Blick fest auf sein Gesicht gerichtet; als er ihren Mund küsst, schließt sie die Augen, Körper und Knie werden weich; Katharina hält sich an ihm fest, und Florian nutzt die Wehrlosigkeit, er sinkt mit ihr auf das Strohlager. Seine Hände ertasten, drücken die Brüste, immer wieder bedeckt er den Hals mit Küssen, seine Hände ziehen das nasse Kleid hoch, er küsst ihre Wange, flüstert »Liebste« und »meine Liebste«.

Katharina streichelt seinen Nacken und versucht mit den Lippen das Kosen zu erwidern, als seine Finger ihren Schoß berühren, sich tiefer in den Flaum drücken, will sie sich entziehen. »Nicht, Flori, nicht!«

»Hab keine Angst!«

Er zieht die Hand zurück, dafür dankbar umschlingt ihn Katharina nun fester. Unbemerkt entledigt er sich des Lendenschurzes, behutsam drückt er das Mädchen mit den Schultern ins Stroh, ein Knie öffnet ihre Schenkel. »Aber Flori, wir dürfen nicht …«

»Liebst du mich denn so wenig?«

»Doch viel, so viel.«

Er legt sich über sie. Katharina spürt das fremde Drängen an ihrer Mitte, der harte Stoß schmerzt, Glühen dringt tief in den Leib, bleibt als Brennen. »Nein! Flori. O nein.« Sie krallt die Hände, schlägt den Kopf hin und her. »Kathi«, keucht er immer wieder, wird lauter; sie windet sich, kann nicht fort, jetzt klammert sie sich an ihn, wimmert; heftiger werden seine Stöße, dann reißt er sich heraus, schluchzt und kommt in heftigen Zuckungen zum Höhepunkt.

Ermattet sinkt Florian neben der Jammernden nieder. »Ich wollte das nicht. Glaub mir.« Er streichelt ihre Stirn. »Nicht weinen, bitte!«

»Was haben wir getan?«

»Aber wir lieben uns doch.«

Katharina dreht sich zur Seite. Nach einer Weile zieht er ihr das Kleid über den Po. »Wenn du mich liebst, dann …«

»Du hast mir wehgetan.«

»So ist das nun mal …« Seine Stimme wird fester: »… wenn ein Mädchen eine Frau wird.«

»Meinst du, ich bin wirklich?« Sie setzt sich auf. »Aber ich bin doch noch jung?«

»Deshalb bist du ab jetzt meine heimliche Frau. Wir sagen in der Stadt niemandem davon. Das ist das Sicherste. Kein Wort zu meiner Mutter oder zu deinem Vater.« Er nimmt ihre Zöpfe wie Zügel und zieht abwechselnd daran. »Wir tun einfach so, als wäre gar nichts geschehen. Versprichst du's mir?«

Katharina nickt. »Ich würde mich sowieso schämen.«

Florian springt auf. »Wir müssen zur Tante.« Er legt sich den Lendenschurz an und streift den Kittel über; ehe er den Gürtel schließt, versichert er: »Und du sollst sehen, bald schmerzt es nicht mehr, dann gefällt es dir sogar.«

Katharina sieht zu ihm auf, sie wischt die Tränen von den Wangen und versucht tapfer zu sein. »Du hast vergessen, mir von deinem Vater zu erzählen.« Er legt den Arm um ihre Schultern und führt sie zur Tür. »Später. Auf dem Rückweg in die Stadt.«

Bis zum Haus der Tante hat Katharina die Zöpfe halb gelöst und wieder fester geflochten. »Nur gut, dass es heute so heiß ist.« Sie streicht das kaum noch feuchte Kittelkleid an Schultern und Seiten glatt. »Sollen wir sagen, dass wir im Bach waren?«

»Lass mich reden, dann verplapperst du dich nicht.«

Kohlgeruch vermischt mit Salbei erfüllt die Küche. Els steht vor der Herdstelle. Beim Eintreten der jungen Leute wendet sie kurz den Kopf. »Trinkt. Es ist noch genug vom Holundersaft da.« Und rührt noch einmal gründlich durchs Gemüse. »Kindchen, du kannst schon mal die Löffel hinlegen.«

Sie selbst gibt mit der Schöpfkelle einen Schwall Wasser in den Tiegel. Dampf brodelt auf, gleich wird er vom Deckel eingedämmt. »So, nun dauert es noch ein wenig.« Els wischt sich die Hände an der

Schürze. »Sieht das Haus da unten nicht trostlos aus? Ich mag schon gar nicht mehr hin.« Während Katharina an ihr vorbeigeht, streichelt sie die Wange des Mädchens. »Und? Hast du Angst vor diesen Biestern gehabt?«

Kopfschütteln, viel zu heftig, Katharina wagt die Bäuerin nicht anzusehen, beugt sich über den Tisch und verteilt die Löffel.

Gleich kommt Florian zu Hilfe. »Aber, Tante, davor fürchtet sich Kathi nicht. Ich hab ihr gesagt, dass Ratten nie Menschen angreifen. Und gesehen haben wir ohnehin keine.«

Els starrt auf die Kniekehlen des Mädchens. »So ist das also«, sagt sie seltsam ruhig. »Ratten tun den Menschen nichts, sagst du.« Langsam tritt sie hinter Katharina. Erst ein Streicheln, dann drückt sie die Hand fest in den Nacken. »Bleib so, Kind!«, befiehlt sie und hebt mit der anderen den Kittelstoff bis zum Po. Blut verschmiert die Oberschenkel, angetrocknete Rinnsale ziehen sich tiefer. »Und wenn das keine Ratte war, du verdammt gescheiter Kerl, dann sag mir, wer hat die Kleine gebissen? Wer?«

Ihre Beherrschung zerbricht. Wie eine Rächerin stürzt sich Els auf den Sohn ihrer Schwägerin. »Du verfluchter Köter!« Sie ohrfeigt ihn immer wieder. »Was hast du getan? Entehrt! Geschändet! O Heilige Jungfrau, warum hast du zugelassen, dass dieser Faulpelz … dieser verdammte Hurenbock sich an dem Kind vergreift?« Els lässt von ihm ab und ringt die Hände. »Ein Unglück. Was für ein Unglück.«

Ohne jede Gegenwehr hat Florian den Zornausbruch über sich ergehen lassen, jetzt wagt er die Schultern zu heben. »Was soll denn schon schlimm dabei sein? Wir …«

Erneut geht Els auf ihn los und schlägt ihm ins Gesicht. »Das fragst du? Bringt Schande über die Tochter seines Herrn, stürzt womöglich die eigene Mutter zurück ins Elend …«

»Hör auf! Wir lieben uns!«, schreit Katharina. »Hör auf! Du tust ihm doch weh.«

Wie nach einem Hieb lässt die Bäuerin den Arm sinken. »Was sagst du da? Du hast das gewollt?« Schon fährt sie herum und zerrt Katharina an den Zöpfen. »Sag, dass es nicht wahr ist. Sag es!«

Ein weher Blick zum Liebsten voller Schmerz und Versprechen, dann nickt Katharina. Die Tante lässt sich auf den Stuhl sinken. »Ich kann's nicht glauben. Einfach nicht glauben. Wisst ihr, was ihr getan habt? Euer schönes Leben habt ihr einfach so in die Gosse geworfen.«

Florian wagt sich einige Schritte näher. »Aber, Tante ...«

»Halt deinen hübschen, dummen Mund.« Der Finger deutet auf das Mädchen. »Keine Jungfrau ... Wer will sie denn später noch?«

»Ich werde Kathi heiraten.«

Ein bitteres Lachen. »Du Narr, glaubst du wirklich, der berühmte Bildschnitzer und Stadtrat Tilman Riemenschneider gibt seine Tochter dem Sohn einer Magd?«

»Aber ich will ihn.« Katharina stellt sich neben den Liebsten.

»Dich fragt keiner. Dein Vater wird einen vornehmen, reichen Mann für dich aussuchen wollen. Wie es sich gehört.« Els schüttelt langsam den Kopf. »Wenn Meister Til erfährt, dass du keine Unschuld mehr hast, dann steckt er dich ins Kloster. Und du ...« Sie blickt zu Florian hoch. »Deine Stellung als Hausgehilfe bist du los. Wenn du Glück hast, lässt Meister Til dich nicht ins Loch sperren, sondern jagt dich nur vom Hof Wolfmannsziechlein und aus der Stadt. Womöglich jagt er deine Mutter und Rupert gleich hinterher. Ganz zu schweigen davon, dass mein Balthasar auch kein Gemüse oder Obst mehr liefern darf. Begreift ihr endlich, welches Unglück nun über uns alle kommt?«

»Und wenn wir nichts verraten?«, flüstert Katharina. »Bitte, Tante. Niemand braucht doch davon zu wissen, dann gibt's auch kein Unglück.«

»Nie hab ich die Schwägerin belogen.« Erst nach einer Weile erhebt sich die Bäuerin. »Aber es muss wohl sein.« Beißender Geruch steigt von der Herdstelle auf. »Und mein Kohl ist auch verbrannt. Was für ein elender Tag heute.«

Lichtung nahe Freiburg

»Wir wollen frei sein! Frei von den Mächtigen und Pfaffen, die uns mit Zehnten, Zins und Zinseszins bedrücken!« Längst ist das Feuer übergesprungen. Begeisterung flammt in den Augen der Bauern.

»Frei sollen unsere Dörfer sein von fremden Richtern!«

Fäuste recken sich.

»Frei sollen wieder Wald und Fluss sein. Wir wollen Holz schlagen, fischen und jagen! Wann, wo und sooft wir wollen!«

»So ist es! So ist es!« Die Männer können nicht länger ruhig stehen. Enger scharen sie sich um den Mann aus dem benachbarten Lehen.

»Wir armen Menschen ...« Die Stimme schwingt sich in die Herzen, trägt sie hinauf zum Höhepunkt der Rede. »Wir armen Menschen wollen wieder teilhaben an der alten ... göttlichen ... Gerechtigkeit!«

Das »Ja! Ja!« gerät zum rauen Aufschrei.

Joß Fritz springt vom Baumstumpf. Kurz nach Sonnenuntergang hat das Geheimtreffen auf der Lichtung begonnen, jetzt in der späten Dämmerung zeichnen sich rundum die Bäume schwarz gegen den noch hellen Himmel ab. Ein Wink für den Unterführer Kilian Meiger, und der befragt jeden Bauern einzeln: »Willst du zu uns kommen?«

Während die neu gewonnenen Mitglieder absolutes Stillschweigen geloben, nimmt Joß seinen engsten Vertrauten Hieronymus beiseite. »Ich habe gute Nachrichten von meinen Gewährsleuten aus der Schweiz. In Solothurn, Bern und auch Luzern, dort sind die Bauern aufgestanden. Sie haben für ihre Forderungen gekämpft und ... und sie haben gewonnen.« Er bückt sich nach einem Stock, fasst ihn wie ein Schwert und schnelle Hiebe zerschneiden die Luft. »Die Chance ist da. Wir müssen sie nutzen. Wenn wir jetzt losschlagen, und da bin ich mir ganz sicher, werden die Schweizer uns zu Hilfe kommen. Ein Bruder unterstützt den anderen.« Weit wirbelt er den Stock davon. »Und sobald wir gesiegt haben, wird unser Land erneuert. In ein Paradies, mein Freund. So eines, wie es sich die Eidgenossen geschaffen haben.«

Der Bäckergeselle reibt sich heftig das Ohr. »Schön wär's. Achtzehn Unterführer sind wir ...«

»Und die bringen gut zweihundert Bauern auf die Beine. Nein, sorg dich nicht. Wir sind gut vorbereitet. Dieses Mal wird unser Bundschuh jeden Gegner zertreten. Allerdings ...« Mit kurzem Blick über die Schulter zieht Joß den Gefährten einige Schritte in die Walddunkelheit hinein. »Die Fahne fehlt. Ohne Banner gewinnen wir nichts; mit ihm voran aber werden Verzagte zu Löwen, da werden

Zwerge zu Riesen. Verstehst du? Unser Bundschuh braucht eine Fahne, und die richtigen Bilder müssen draufgemalt sein. Damit auch der einfachste Mann weiß, wofür er kämpft.«

»Viel zu teuer. Seide kostet.« Hieronymus winkt ab. »Und dann auch noch bemalen ...«

»Wer ist der Kopf?« Leise lachend zieht Joß den Freund nah an sich heran. »Damals in Untergrombach wollten wir auch eine Fahne. Den Stoff hatten wir schon gekauft ... Du darfst fühlen, nicht sehen.« Er nimmt die Hand des Bäckergesellen und führt sie in den Rock an seine Brust. »Da trag ich die Seide. Mehr als zehn Jahre halt ich sie auf dem Herzen warm.« Joß zieht die Hand des Freundes wieder heraus und hält sie fest. »Spürst du's?« Seine Stimme flüstert, drängt: »Gerade hast du unser Glück angefasst. Noch rein weiß auf der einen Seite und die andere hellblau mit einem Kreuz ... Und ich sorg dafür, dass unser Banner bemalt wird.« Er verstärkt den Druck. »Kein Wort zu den anderen. Wir entrollen sie an dem Tag, an dem wir losbrechen. Und dann wirst du erleben, wie sich die Massen um unsre Fahne scharen. Ja, das wirst du erleben.«

Kühler, goldfunkelnder Wein. Seit Stunden schon herbeigesehnt. Nun hat der Durst ein Ende. In der Dorfschenke von Lehen sitzt der Maler Theodosius wie jeden Abend auf seinem Stammplatz am Fenster zur Straße, beinah feierlich hebt er den Becher, setzt ihn an, und Schluck für Schluck löst sich der Geschmack nach Farbe von der ausgetrockneten Zunge und wird mitsamt dem heißen Augusttag hinuntergespült. Den geleerten Becher noch in der Hand, fordert Theodosius den Wirt auf: »Bring mir gleich noch einen!«

»Warum so bescheiden?« Mit elegantem Schwung setzt sich Joß Fritz neben ihn. »Bestell doch gleich einen ganzen Krug!«

»Dann reicht es nicht mehr fürs Essen.« Der Künstler hebt die Brauen. »Glaubst du, der Rat bezahlt so gut fürs Ausmalen der Kirche? Geizhälse sind das.«

»Sei mein Gast.« Joß nimmt den federgeschmückten Hut vom Kopf. »Ich lade dich ein.«

Erst als die Becher zum zweiten Mal gefüllt vor ihnen stehen, sieht der Maler den großzügigen Spender prüfend an. »Warum? Wir kennen uns kaum. Ich weiß nur, dass du der Feldhüter vom Ritter von Blumeneck bist, diesem … ja, ich sag's frei raus: diesem Halsabschneider.«

»Recht hast du.« Eifrig nickt Joß. »Und vielleicht hast du auch gehört, dass ich draußen auf den Wiesen oder im Weinberg blind bin? Oder hast du gehört, dass ich schon mal einen von uns beim Diebstahl gestellt habe?« Er wartet die Antwort nicht ab, rückt näher und senkt die Stimme. »Ich weiß, wir passen zusammen. Ich bin hier, weil ich dich um einen Gefallen bitten will. Für einen Knecht, einen, der nicht von hier ist.«

Um den kostenlosen Trunk weidlich ausnutzen, leert Theodosius den Becher, lässt sich nachschenken, trinkt, dann grinst er zufrieden. »Was soll's denn sein?«

»Eine Fahne. Was nimmst du dafür, wenn du sie bemalst?«

»Kommt drauf an.« Wieder hebt Theodosius das Trinkgefäß an die Lippen.

»Ein Bundschuh muss drauf.«

Der Wein schwappt dem Maler übers Kinn, die Hand zittert stärker; bis er abgesetzt hat, ist die Hälfte des Rebensaftes verschüttet. Theodosius wagt nicht nach rechts und links zu sehen; aus Furcht, jemand könnte lauschen, versteckt er den Mund hinter vorgehaltener Hand. »Um nichts auf der Welt«, haspelt er. »Weder für Geld noch für Fässer voll Wein würd ich euch Verschwörern die Fahne malen. Geh weg, bitte. Geh!«

Das Blut ist Joß aus dem Gesicht gewichen. Unter dem Tisch greift er dem Maler zwischen die Beine und drückt zu. »Nichts hab ich zu dir gesagt. Und nichts hast du gehört.« Die Stimme bleibt sanft, doch härter wird der Griff. »Verstanden, mein Freund?«

Vor Schmerz vermag Theodosius nur zu nicken. »Und wenn du plauderst, nur ein einziges Wort, dann werd ich dich finden, egal, wo du dich versteckst.« Noch fester schließt Joß die Faust. »Als Erstes, du Kleckser, schneid ich dir den Pinsel ab. Dann setz ich dich mit dem Arsch auf einen gespitzten Zaunpfahl, da kannst du zappeln, bis du verreckst. Ist das klar?«

Die Augäpfel treten dem Gequälten vor. »Kein Wort …« Schweiß rinnt von der Stirn. »Bei Gott, ich schwör's. Kein Wort.«

Joß erhebt sich, lächelt, während er dem Wirt die Zeche bezahlt, er grüßt mit weitem Hutschwung zu den übrigen Tischen und verlässt die Schenke.

»Die Fahne muss sein.« Eine Woche später steht der Hauptmann beim Hackholz hinter seinem Haus in Lehen, er sieht durch den Mitverschwörer hindurch, als reichte sein Blick in eine andere Welt. »Da, wo sie weht, ist unser Heil. In der Schlacht kämpfen wir für sie …«

»Tut mir leid, Joß.« Voller Unbehagen nestelt der Bauer am Kittelkragen. »Ich hab's so gemacht, wie du's mir gesagt hast. Aber …« Weil es für den Anführer in Freiburg selbst zu gefährlich war, sollte er in der Stadt zum Predigerplatz gehen und dort den Maler Friedrich aufsuchen. »Höflich gefragt habe ich ihn. Aber …« Kaum war das Wort Bundschuh gefallen, als der bärtige Künstler den Boten am Genick packte und ihn grob zur Tür stieß. »Verschwinde, du Bastard. Und wag dich nie wieder her.« Er schlug ihn mit dem Kopf gegen das Holzblatt. »Ich will mit dieser Teufelei nichts zu tun haben.« Er riss die Tür auf, sein heftiger Tritt in den Hintern ließ den Armen die Treppe hinunterfallen.

Der Bauer wagt nicht weiter zu berichten, doch die Not in ihm ist stärker: »Und nachgerufen hat der Friedrich mir, ich soll mich besser hüten vor den Rebellen. ›Sonst hängst du bald am Galgen‹, das hat er gerufen.« Ein ängstlicher Blick auf den Hauptmann. »Sie fangen mich doch nicht? Nur weil ich gefragt hab? Oder?«

Gleich erhellt Zuversicht und Kraft die Miene des Führers. »Im Bundschuh bist du sicher. Jeder Bruder steht unter unserm Schutz.« Ein Schulterschlag, eine innige Umarmung für den Verzagten. »Du hast gute Arbeit geleistet. Daran wird sich dein Hauptmann später erinnern, vertrau darauf. Und was die Fahne angeht. Die ist jetzt ganz allein meine Sache.«

Am Abend des 23. September nähern sich aus verschiedenen Richtungen die Unterführer der einsam gelegenen Pferdeweide. In der späten Dämmerung trifft auch der Hauptmann mit den engsten Mitstreitern ein. Das letzte Treffen vor dem Losschlagen. Alle Herzen sind im Gleichklang, die Ungeduld ist stärker als jeder Zweifel. Joß will nun die Glut entfachen. Sind auch alle Ziele genannt: »Erst nehmen wir Endingen, Burkheim und auch Breisach, dann geht's gegen Freiburg …« Ist auch die Beute für den weiteren Kampf schon eingeplant: »… dort nehmen wir uns die Feldschlangen und Hakenbüchsen.« So soll jetzt der Allmächtige mit in den Bund: »Freunde, wir erstreben nur das, was in der Heiligen Schrift steht, wir handeln in Gottes Namen, und so ist es auch Recht und gerecht.«

Die Männer atmen schneller, wagen kein lautes Wort, denn jeder Jubel könnte den Jäger anlocken, wieder und wieder recken sie die Fäuste.

»Unsere Losung. Sie war damals in Untergrombach gut, sie soll uns auch jetzt nicht schade sein.« Joß winkt den Freund Hieronymus näher. Feierlich spricht er den Fragesatz: »Gott grüß dich, Gesell. Was hast du für ein Wesen?« Der Bäcker aus Südtirol betont: »Der arme Mann in der Welt mag nicht mehr genesen.«

Mit einem Satz federt Joß auf den Holzstoß. »Freunde.« Behutsam entnimmt er seiner Riementasche ein Leinenbündel. »Hierin eingeschlagen ist sie: unsere Fahne. Weil bei uns jeder Maler den Bundschuh fürchtet, bin ich selbst nach Lothringen rüber. Dort in der Stadt Metz hat ein Künstler unser Banner angefertigt. Und ich sage euch, er ist ein wahrer Maler, mit Mut im Herzen.«

Die Unterführer recken die Hälse, wollen sehen, nicht nur hören. Doch Joß öffnet das Bündel nicht. »Noch ruht sie. Aber am Sonntag, dem 9. Oktober, ist Kirchweih drüben in Biengen. Das ist der Tag, Freunde, unser Tag. Dort auf dem Festplatz werden wir uns unter die Leute mischen. Und wenn der Wein fließt und die Stimmung hochsteigt …« Mit beiden Händen hebt er die verborgene Fahne über den Kopf. »Dann werde ich sie entrollen. Dann wird sie im Wind erwachen. Und jeder wird unser Zeichen erkennen … Und vom Festplatz aus werden wir gemeinsam den Sturm übers Land bringen …«

Drüben in Biengen ist die Getreideernte eingefahren. Noch eine Woche bis zur Kirchweih. In der Scheune drischt ein Bauer mit dem Lohnknecht Michel Hanser das Stroh. Die Luft ist erfüllt von Spelzen, und gegen den Husten trinken die beiden Männer schon seit dem Morgen. Weit schwingen sie die an langen Stangen mit Ringen befestigten hölzernen Flegel über die Schulter zurück, lassen sie aus der Kreisbewegung niedersausen, und gleich wieder schwingen sie die Dreschflegel zurück. Sind die Wannen mit Korn gefüllt, wird es in Säcke umgeschüttet. Und erneut fliegen die Flegel. Eine schwere Arbeit. Erst gegen Mittag erlaubt der Bauer eine kurze Pause. »Lohn kann ich dir heut nicht bezahlen. Kannst ja warten bis nach der Kirchweih.«

»Das geht nicht.« Michel Hanser nimmt große Schlucke aus dem Weinkrug. »Ich brauch das Geld vorher. Will zurück nach Schallstadt.«

»Du und zurück nach Hause? Im Stich lassen willst du mich. So einer bist du also.« Verächtlich verzieht der Bauer die Mundwinkel und drischt weiter das Stroh. Auch Michel greift wieder zum Dreschflegel. »Und ich brauch's doch.«

Erst nach einiger Zeit spottet der Bauer, ohne die Arbeit zu unterbrechen: »Zum Versaufen willst du die Schillinge nicht. Kann mir schon denken, wofür du sie so schnell haben musst.«

»Gar nichts weißt du.«

»Schämen sollst du dich.«

Gereizt durch Hitze und Wein, nimmt der Ton zwischen den beiden an Schärfe zu. »Sag das nicht, Bauer!«

»Glaubst du, ich wüsst nicht, dass du neulich abends auf der Hartmatte beim Treffen warst. Musst wohl diesen verdammten Brüdern deinen Beitrag zahlen.«

Unentwegt fliegen die Dreschflegel, fahren nieder, schwingen hoch und fahren nieder. Nur schlägt der Michel jetzt härter und härter aufs Stroh. »Wir sind nicht verdammt«, keucht er, »die Pfaffen und Fürsten, die sind's.«

Der Bauer lacht, lacht den Lohnknecht aus. »Und ausgerechnet so einer wie du will die Kuttenkittel aus den Klöstern jagen? Die Ritter vom Ross stoßen?«

»Hör auf ...«

»Sie werden dich vierteilen!« Beißender wird der Hohn. »Und die Pfaffen brennen dir ein Kreuz in jedes Viertel Fleisch.«

»Ich warne dich ...«

»Und dann werfen sie dich den Hunden zum Fraß vor. Nein, Kerl, du bekommst gar kein Geld von mir. Und wenn du verschwindest, ehe alle Arbeit getan ist, dann … dann weiß ich in Freiburg einen vom Rat, der wird Augen machen, wenn ich ihm von eurem Bundschuh …«

Es knackt, als der Dreschflegel die Schädeldecke zertrümmert. Wortlos stürzt der Bauer ins Stroh; Blut quillt, schnell wird die Lache größer. Michel Hanser steht da, starrt auf den Erschlagenen, spät erst begreift er. »Nein, nein. Das wollt ich nicht.«

Er blickt sich um, niemand ist in der Nähe. Flucht. Er läuft, noch im Hof aber kehrt er wieder um. Der Geldbeutel steckt im Gürtel. Michel reißt ihn an sich, und hastig häufelt er Stroh, viel Stroh, auf den Toten, schließt das Tor, dann erst rennt er davon. Nach Süden, nur fort, weit fort.

Nahe der Schweizer Grenze, in Eimeldingen, wagt er sich spätabends in ein Gasthaus. Er hat einen Plan gefasst, der ihn retten soll, der ihn vielleicht sogar ganz vor Strafe schützen kann. Im Durchgang zur Küche zeigt Michel dem Wirt zwei Schillinge. »Die gehören dir, wenn du schwörst, mich nicht zu verraten.«

Im Anblick der Glitzerstücke lässt es sich leicht ein Ehrenwort geben.

»Ich bin auf der Flucht, hab einen totgeschlagen, warum ist jetzt gleich. Aber ich muss dir von einem Ding erzählen, das ist wichtig für dich, ach, was sag ich, wichtig ist es fürs ganze Land.« Michel hält die Schillinge noch außer Reichweite. »Aber nur, wenn du mir sicheres Geleit zum Markgraf Philipp gibst. Dem will ich alles gestehen, den Totschlag und das Ding. Nur sicheres Geleit brauch ich. «

»Wird sich machen lassen.«

Und Michel Hanser zahlt und verrät den Bundschuh. Er verrät den Tag des Loschlagens, alle Pläne, das Losungswort. Er weiß von der Fahne und nennt den Namen des Anführers. Als er geendet hat, gibt ihm der Wirt die Schillinge zurück. »Ich will sie nicht, wer weiß, wie viel Blut dran klebt.«

»Aber ich muss zum Markgrafen …«

»Kerl, was du mir da erzählst, ist wirklich keine kleine Sache.« Der Wirt sieht die Not in den Augen. »Ich mein, schlaf erst mal noch eine Nacht drüber.«

»Verrat mich nicht!«

»Du bist wie glühende Kohle. Glaubst du, ich hab Lust, mich zu verbrennen?«

Schon beim ersten Taggrauen weckt der Wirt seinen gefährlichen Gast. »Und? Willst du immer noch zum Schloss und deine Aussage machen?«

»Was ich gestern Abend gesagt hab, sag ich auch heute.« Michel springt auf. »Und ich will es genau so auch vor meinem gnädigen Herrn sagen.«

Ohne Zögern führt der Wirt den Gast über verschwiegene Pfade durchs Wiesental hinauf zum nahen Schloss Rötteln. Es ist der 4. Oktober im Jahre 1513.

Das Wort Bundschuh allein genügt dem Hofmeister, sofort wird der Knecht vorgelassen, und Markgraf Philipp gibt ihm die Erlaubnis zu sprechen.

Mit bebender Stimme offenbart Michel dem Landesherrn die drohende Verschwörung. Zum Schluss fällt er auf die Knie. »Bitte, Herr, seid gnädig mit mir wegen des Totschlags. Das wollt ich nicht tun. Und hab ich doch jetzt geholfen, so helft mir mit Eurer Gnade.«

Markgraf Philipp lächelt dünn. »Du hast dem Land einen großen Dienst erwiesen. Sei also getrost.«

Am nächsten Tag hetzen Kuriere in Richtung Freiburg. Die dringende Warnung schreckt den Stadtrat auf. Sofort werden auch alle Herrenhäuser der Umgebung benachrichtigt. Ein Bundschuh droht! Die Stadttore werden verstärkt, die Waffenkammern aufgeschlossen und schwerbewaffnete Truppen in Alarmbereitschaft versetzt.

»In Freiburg sind die Stadtwachen verstärkt worden.« Am nächsten Abend hat Joß Fritz eilig seine Unterführer zum Treffen auf die Hartmatte befohlen. Er trägt den breitkrempigen Hut, den weiten dunklen Reisemantel. Pferd und Packpferd stehen bereit »Verrat. Unsere Sache ist verraten. Es bleibt keine Zeit mehr.« Mit gewaltigem Satz springt er noch einmal auf den Holzstoß. »Freunde, bewahrt unsere heilige Sache, schließt sie fest ins Herz ein. Wollt ihr das?«

Die erschütterten Männer können nur die Hand zum Schwur erheben.

»Seid getrost, wir werden uns wieder treffen! Jetzt aber, Freunde, soll jeder für die eigene Rettung sorgen.« Joß Fritz springt vom Stoß, sein Mantel bauscht sich im Wind, keine Antwort mehr auf die notvollen Fragen, er steigt in den Sattel, und wenig später sind Reiter und Pferde zwischen den Bäumen in der Finsternis entschwunden.

Seine Frau Else ist in Lehen zurückgeblieben. Als die Bewaffneten ihr Haus umstellen, die Tür einschlagen, weint sie. Vor dem Richterstuhl schüttelt sie auf alle Fragen den Kopf. »Ich weiß von nichts. Nichts weiß ich. So glaubt mir doch. Nie hab ich gefragt, und nie hat mir Joß von dieser Sache was gesagt …«

Wittenberg

Spät ist es. Mit dem dünnen Geläute, mit dem gemeinsamen Gebet in der Kirche und der Lesung danach im Kapitelsaal hatte es ein kurzes Aufwachen gegeben, dann war erneut Stille in den langen Gängen eingekehrt, und die Mainacht umschloss wieder fest die Mauern des Augustinerklosters.

Nur oben im Turmzimmer ist das Kerzenlicht nicht erloschen. Martin Luther sitzt vor der aufgeschlagenen Bibel. Sein Blick sucht in der Schrift nach Hilfe. Er weiß, nein, er fühlt. »Nein, auch das ist nicht wahr«, flüstert er. »Nur eine Ahnung. Dieser Saulus, der zum Paulus wurde, der Sünder, der zum Nicht-Sünder werden durfte … Falsch, falsch.« Gleich berichtigt sich Martin: »Und doch muss er vor Gott ein Sünder bleiben.«

Ratlosigkeit quält ihn, er nagt an der Unterlippe, die kaum verharschte Stelle reißt erneut auf. »Paulus. In deinen Briefen steht versteckt das Geheimnis, die Lösung … Ich ahne sie. Nur bin ich noch blind …« Martin schmeckt das Blut, es würgt ihn, hastig bekämpft er den Ekel mit einigen Schlucken aus dem Weinpokal.

So nackt fühlt er sich; abgelegt ist in dieser Nacht die Doktorwürde, verlassen der gerade bestiegene Lehrstuhl an der theologischen Fakultät zu Wittenberg. Martin, nur Martin mit seinen Ängsten, seinem Suchen sitzt dort und studiert den Brief des Apostels an die Römer. So oft schon gelesen überfliegt er wieder die Zeilen.

»… bin ich geneigt, auch euch zu Rom das Evangelium zu predigen. Denn ich schäme mich des Evangeliums von Christo nicht; denn es ist eine Kraft Gottes, die da selig macht alle, die daran glauben …«

Seine Brauen verengen sich. Noch ehe er das Wort im nächsten Vers erreicht, sticht es, quält es ihn: Gerechtigkeit Gottes. »Diesem Allmächtigen sind wir nichts. Wie hasse ich seine Gerechtigkeit. Er ist frei von jedem Gesetz. Wie einen Gaul reitet er uns, hält die Zügel und lenkt uns, wohin es ihm beliebt.« Martin ballt die rechte Hand und presst sie auf die Bibelstelle. »Wir aber können uns mühen und mühen und bleiben doch durch die Erbsünde auf ewig verloren. Und dann droht uns dieser Herrgott durchs Evangelium auch noch Gerechtigkeit und seinen Zorn an. Denn ist er gerecht, so muss er strafen.«

Die Faust schmerzt. Weißlich schimmern die Knöchel. Martin versucht die Finger zu öffnen, vergeblich. Tiefer graben sich die Nägel ins Fleisch. Auch mit Hilfe der linken Hand lässt sich der Krampf nicht lösen. Er will die Faust von der Heiligen Schrift wegziehen, es gelingt nicht, sie ist schwer wie der Klumpen Erz im Bergwerksstollen des Vaters, den er als Kind nicht aus eigener Kraft bewegen konnte.

»So hilf mir doch, Herr.« Martin stemmt sich von der Tischkante ab, zerrt, ruckt, langsam bewegt sich die Faust, gibt Stück für Stück den Vers frei, leichter wird sie am Seitenrand, und neben dem aufgeschlagenen Buch lassen sich die Finger wieder ohne Mühe lösen.

»Satan, ich durchschaue dein Spiel.« Martin presst ein Tuch auf die Wundmale in der Handfläche. »Wenn ich auch murre, mich auflehne, so hoffe nicht, Satan, dass ich mich von ihm abwende.« Wie zum Beweis beugt er sich über die verhasste Stelle des Apostelbriefes, auf der seine Faust so unverrückbar gelegen hat: »Denn im Evangelium wird die Gerechtigkeit Gottes offenbart aus Glauben zum Glauben, wie denn geschrieben steht: Der aus Glauben Gerechte wird leben.«

Ein Ton schwingt in seinem Innern, nicht quälend, nicht laut. »Der Gerechte lebt aus Glauben.« Der Raum vergrößert sich, voller klingt der Ton. »Wenn wir Gerechte aus dem Glauben leben sollen und wenn die Gerechtigkeit Gottes jedem, der glaubt, zum Heil verhilft, so kann es nicht unser Verdienst sein, sondern allein die Barmherzigkeit Gottes.«

Erneut wird die Saite auf der unsichtbaren Laute angeschlagen. Der Klang dehnt die Brust, erlaubt das Sitzen nicht mehr. Martin muss große Schritte tun, das Turmzimmer ist zu klein, Fenster, Tür, gleich wieder das Fenster … Nur die Nacht ist draußen … Er beugt sich vor, drückt das Gesicht ans Glas: Nicht mehr nur Nacht, dort hoch über den Dächern sind schon die Schleier der Dunkelheit etwas gelichtet.

»Durch Christus, durch seinen Kreuztod werden wir erlöst, werden wir gerechtfertigt. Daran glauben heißt: gerecht werden.« Martin biegt den Körper, sieht zur Decke und beschirmt gleich die Augen mit der rechten Hand, die Wundmale spürt er nicht. »Gerechtigkeit, Gottes ewige Gerechtigkeit ist ein Geschenk seiner Gnade. Niemand und nichts kann dieses Geschenk erringen, keine Tat, keine Gefälligkeit. Allein durch den Glauben an Jesum Christum werden wir teilhaben …« Die unvermittelte Weite der Gedanken verursacht Schwäche, Martin sinkt nieder auf die Knie. »Stets habe ich nach Anerkennung Gottes gesucht. Weil ich ihm gefallen wollte, habe ich gebeichtet, gebüßt … und nichts erreicht.«

Die Augen füllen sich, gleichzeitig lächelt der Mund, und unter Tränen der Erleichterung flüstert er: »Kein Mensch kann Gott etwas abnötigen. Nicht er kann Gott suchen, nein, zuerst sucht Gott ihn. Das ist es.« Martin erhebt sich, er setzt einen Fuß vor und versucht, sich auf dem Ballen zu drehen, setzt den andern Fuß nach, hilft mit den Armen dem Schwung, nur unbeholfen gelingt die Leichtigkeit, und doch glaubt er für einen kurzen Moment zu tanzen.

Der Maimorgen erstrahlt über Wittenberg. Getrieben von der neuen Unruhe, hat es Martin nicht im Kloster gehalten. Ehe seine erste Vorlesung begann, wollte er mitteilen, abgeben, um die Fülle besser ertragen zu können. Er hat am Haus des Malers Lucas Cranach gepocht, den Messingklopfer heftig bedient und den überraschten väterlichen Freund auf die Gasse gezogen. »Bitte verzeih, doch geh mit mir einige Schritte!«

Erst außerhalb des Stadttores berichtet der junge Theologieprofessor von seiner Nacht in der Turmstube. »… demnach gibt es also keine guten Werke, die zu Gott führen, auch keinen Ablass.« Er schüttelt sich, pocht gegen seine Brust. »Wie habe ich mir die Knie zerschunden. Damals während meiner Romreise kaufte ich einen Ablassbrief, kroch betend die heiligen Stufen hinauf. Achtundzwanzig Stufen und vierzig Ave-Maria auf jeder Stufe, und dies nur, um für Großvater Hein das Seelenheil zu erwerben. Zweifel an der Wirksamkeit beschlichen mich damals schon, jetzt aber weiß ich, die Kirche kann und darf sich nicht zum Vermittler der Gnade Gottes erheben.«

Lucas Cranach unterbricht nicht, aufmerksam hört er die neuen Erkenntnisse, hin und wieder blickt er Martin von der Seite an.

»Du ahnst nicht, lieber Freund, mit welcher Inbrunst ich gestern noch das Wort ›Gerechtigkeit Gottes‹ hasste. Und heute …« Martin breitet die Arme weit. »Umarmen, ja, könnte ich die Heilige Schrift umarmen, so würde ich es tun. Dieses Wort ist mir nun das Liebste geworden. Und die Stelle bei Paulus ist meine Pforte zum Paradies.«

Der Maler bleibt stehen, sieht eine Weile der rasch strömenden Elbe zu, dann richtet er den Blick offen auf den Freund, bekümmerte Heiterkeit schwingt in der Stimme. »Damals bist du vor dem Gewitter ins Kloster geflohen. Doch jetzt fürchte ich, beinah, nein, ich glaube, du hast das Unwetter mit hineingenommen.«

Martin lacht, deutet zum Himmel. »Aber, Lucas, sieh hinauf! Es ist doch ein heller, durchsichtiger Tag heute.«

20

Die Weinlese an den Südhängen des Mainufers hatte begonnen. Würzburg war von einem Tag zum anderen wacher geworden. Früher als sonst belebten sich die Straßen, häufiger richteten die Menschen einen besorgten Blick zum Himmel. Jeder ahnte, wie mager in diesem Herbst die Ernte sein würde. Selbst wer keinen Weinberg besaß, wer nicht mit der Kiepe auf dem Rücken von Rebstock zu Rebstock ging, schickte ein stilles Gebet zu den Stadtpatronen Kilian, Kolonat und Totnan: Kein Regen mehr, gutes Wetter … endlich gutes Wetter, kein fußschwerer, rutschiger Boden, die wenigen Trauben sollten trocken und rasch die Keltereien erreichen.

In der Franziskanergasse, oben im Nähzimmer des Wolfmannsziechleins, summte Magdalena vor sich hin. Als spätnachmittags die Sonnenstrahlen hereinfielen, hatte sie den Tisch unter das geöffnete Fenster gerückt und dort weiter am Saum der zweiten Vorhanghälfte genäht. Noch eine Handbreite, dann war es geschafft. Ihre Finger schmerzten; nur mit Kraft ließ sich die Nadel von unten durch den schweren, dicht gewebten Wollstoff stechen, und gefühlvoll musste der Faden durchgezogen werden. Erst dreimal war er Magdalena gerissen, und sie hatte neu eingefädelt und etwas nach hinten versetzt wieder begonnen. »Ist ja kein Wandteppich …« Mit vorgeschobener Unterlippe blies sie eine störende Haarsträhne beiseite. »Aber als Windfang im Flur zum Hof ist er mir fast schon zu schade.«

Hinter ihr öffnete sich die Tür. »Bist du endlich so weit?« Das Schloss schnappte zu. »Oder willst du dich vor der Arbeit drücken?«

Diese Stimme. Kurz schloss Magdalena die Augen, diese Stimme, nie wirklich laut, doch sie schnitt wie ein scharfes Messer.

»Antworte gefälligst!«

»In bin gleich fertig, Herrin. Der Stoff lässt sich schlecht nähen, deshalb hat es gedauert.«

Frau Margarethe stand neben ihr und nahm den Vorhang in die Hand. »Nun steh schon auf.« Dem Mund entströmte galliger Atem. »Siehst du nicht, dass ich Platz brauche?«

Gerade noch gelang es Magdalena, die Nadel mit dem Faden festzustecken, als die Herrin sie beiseitedrängte und den Stoff glatt auf dem Tisch ausbreitete. »Reich mir die andere Hälfte.« Oberkante auf Oberkante, Margarethe zog die aufeinandergelegten Längsseiten zwischen Zeigefinger und Daumen hinunter bis zum Saum, kurz vor Ende versteifte sie den Rücken, begann wieder von oben, diesmal beendete sie die Probe und behielt eine Hälfte zwischen den Fingern. »Zu lang.« Kaum öffneten sich die schmalen Lippen. »Dieses Teil ist entweder zu lang oder das andere ist zu kurz.«

Magdalena nickte. »Es tut mir leid. Ich werde einen Saum ...«

»Habe ich dir nicht befohlen, genau zu messen?«

Gleich schlug das Herz heftiger. Befohlen? Immer musste sie die Herrin hervorkehren, niemals ein Wort auf gleicher Stufe, und dabei arbeite ich mehr als sie, sorge mich mehr um die Buben, auch wenn sie jetzt schon junge Kerle sind. Magdalena bemühte sich, ruhig zu bleiben. »Das sind vielleicht zwei Fingerbreit. Da unten im dunklen Flur merkt das niemand.« Sie wagte ein Lächeln. »Ich denke, der Vorhang kann so bleiben. Meint Ihr das nicht auch?«

»Du wagst es ...« Margarethe warf den Stoff hin, mit einem schnellen Schritt stand sie vor ihr, die eckigen Schultern vibrierten. »Ich zeige dir, was ich meine.«

Der Schlag traf das Lächeln. Magdalena hob schützend die Arme, der Schreck entsetzte sie, Worte fehlten, mit offenem Mund starrte sie die Frau des Bildschnitzers an. So bitter roch der Atem. Wieder zuckte die Hand vor, kein Schlag, Margarethe kniff die Magd in den Oberarm, gleich in die Halsseite, in die Brust ... »Ja, ich zeige dir, verdammtes Weib, wem du zu gehorchen hast.« Nun stießen beide Hände wie Schlangen vor, die mit Nägeln bewehrten Fingermäuler bissen in den Bauch, wieder und immer wieder in die Brüste.

Magdalena weinte. Diese Schmach. Sie vergaß sich zu wehren, der Schmerz nahm zu, breitete sich mehr und mehr aus. »Aufhören«, schluchzte sie. »Bitte aufhören. Bitte!«

Unvermittelt ließ die Herrin von ihr ab und stellte sich mit dem Rücken zum Tisch.

Magdalena sank auf den Schemel. Hätte sie mich nur geschlagen, dann wäre es eine Strafe gewesen, ungerecht, aber wenigstens eine Strafe. Die Tränen stiegen wieder. Aber … zerquetscht hat sie mich, zerquetscht wie eine Küchenschabe. »So was dürft Ihr nicht tun. Niemand darf das.«

»Du bist meine Magd. Ich kann mit dir machen, was ich will.«

»Nein, nein«, flüsterte Magdalena und atmete gegen die Übelkeit.

»Längst hätte ich dich mir vornehmen sollen. Ich war eben zu gutmütig, aber damit ist nun Schluss.«

»Was habt Ihr gegen mich?« Magdalena schluckte das Würgen hinunter. »Der Vorhang da kann es doch nicht sein?«

Margarethe pochte mit den Knöcheln auf den Tisch. »Seit ich vor Jahren als Hausfrau hier eingezogen bin, spüre ich, wie wenig du mich achtest. Kein Respekt, das ist der Hauptgrund. Außerdem …« Sie hielt dem Blick nicht stand, drehte sich um und sah zum Fenster hinaus. »Du glaubst wohl, dass du etwas Besseres bist. Aber du bist nur eine Magd wie die anderen. Und ich verbiete dir, nach Feierabend noch in die Werkstatt zu gehen.«

»Wenn der Herr mich ruft, muss ich gehorchen …«

»Mir hast du zu gehorchen.«

Die Kraft kehrte zurück. Magdalena stand auf. »Wenn es um die Arbeit geht, nur dann gehorche ich Euch.« Sie hob die Stimme. »Nur dann, Herrin!«

Frau Margarethe raffte den Vorhang auf und schleuderte ihn der Magd vor die Brust. »Und du wirst den Saum auftrennen. Zwei gleiche Hälften verlange ich. Und wenn nicht …« Sie brach ab, stürmte zur Tür und schlug sie hinter sich zu.

Im gleichen Schwung warf Magdalena den Stoff zurück auf den Tisch. »Ekelhafter Drache. Ich werde dir deinen verdammten Vorhang nähen, aber nicht heute.« Vorsichtig betastete sie die schmerzenden Stellen. »Der Satan soll dich holen. Nicht mehr in die Werkstatt gehen? Das hast du dir so gedacht.« Magdalena hob das Kinn. »Jetzt gleich werde ich runtergehen und ihm sagen, was du mir angetan hast.« Entschlossen verließ sie die Nähstube, kehrte wieder zurück und faltete den Stoff, dann ging sie hinaus.

Im Hof begegnete ihr Barthel, missgelaunt trug er einen Korb mit Holzspänen von der Werkstatt zum Schuppen hinüber.

»Ist der Meister drinnen?«

Der Vierzehnjährige schüttelte die roten Locken. »Vater war nur heute Morgen da. Dann ist er rüber zur Sitzung.«

Im ersten Moment wollte sie fragen, warum er solch eine Sauermiene zeigt, unterließ es aber. Ganz gleich, was dich geärgert hat, mir geht es heute nicht besser, ich sehe bestimmt nicht fröhlicher aus. Ohne zu überlegen, verließ Magdalena schnellen Schritts den Hof; am Ende der Franziskanergasse fiel ihr ein, dass sie einfach so gegangen war und sich nicht bei der Herrin abgemeldet hatte. »Ist mir egal«, schimpfte sie halblaut vor sich hin. »Ehe die sich über mich beschweren kann, habe ich ihn schon gesprochen.« Die erlittene Schmach ließ die Fantasie wuchern. »Und dann soll er den Knüppel nehmen …«

Sie schwieg, schaute sich sicherheitshalber um, niemand hatte mitgehört. Doch das Bild forderte gleich das nächste heraus. Besser noch spannte er sie auf die Werkbank wie einen Holzklotz, dachte sie. Dann kann sie spüren, wie das ist. »Verflucht! Ich bin eine erwachsene Frau. Und diese Hexe hat mich gekniffen.«

Die Straße vom Dom hinunter in Richtung Rathaus und Brücke war immer noch halb aufgerissen. »Das dauert auch schon eine Ewigkeit.« Magdalena schüttelte den Kopf, als sie über Bretter zur neu gepflasterten Seite hinüberging.

So stolz hatte ihr Meister Til vor einigen Monaten von einer Sitzung im Oberrat erzählt. »Ich habe es geschafft. Bald gibt es keine Pfützen mehr auf der Domstraße. Ich habe einige Freunde überzeugt, und mit einer guten Mehrheit ist der Beschluss durchgekommen. Die Straße bis hinauf zu den Domstufen wird erneuert.«

Seit der Bildschnitzer nicht mehr allein dem Stadtrat angehörte, sondern auch in den Oberrat berufen war und mit Dom- und Stiftsherren an einem Tisch saß, seitdem versuchte sich Tilman Riemenschneider hin und wieder im politischen Ränkespiel und war selbst höchst erstaunt, wenn er einen Erfolg erzielen konnte.

Magdalena hatte den Dom erreicht und blickte auf die Baustelle zurück. »Nur hätten sie besser einen Pflasterer von hier damit beauftragt und nicht einen extra aus Heilbronn kommen lassen. Dieser Faulpelz lässt sich doch mit Absicht Zeit …« Sie unterbrach und pochte sich mit dem Finger gegen die Stirn: Hör auf damit. Wenn du von jedem schlecht denkst, geht nachher gleich die ganze Welt unter.

Die Wächter vor dem Kapitelhaus grinsten ihr entgegen. Das ist keine Frechheit, übte sich Magdalena in Gelassenheit, die beiden wollen nur freundlich zu dir sein. Nur freundlich. Sie zwang sich zu einem Lächeln. »Ist die Sitzung vom Oberrat schon zu Ende?«

Nein, sie dauert noch an. Ja, Meister Til sitzt noch mit den andern oben im Saal. Wird so in einer Stunde zu Ende sein. Einer der Posten vollführte mit gestrecktem Daumen und eingerollten Fingern die unmissverständliche Trinkgeste zum Mund. »Spätestens beim Abendläuten haben die Herren Durst. Dann geht's rüber zum Grünen Baum.« Und der andere schloss sich mit dem Rat an: »Aber du musst dich bereithalten, sonst erwischt du keinen von denen. Da wehen die Mäntel, so schnell, wie die laufen.«

Die Vorstellung erheiterte, und sie gab einen Scherz zurück: »Na, wenn ich meinen Rock etwas hochziehe, dann werde ich die alten Männer sicher einholen.«

»Zeig es uns jetzt schon mal, schöne Frau!«

»Genug.« Magdalena drohte den beiden mit dem Finger. »Ich komme nachher wieder.« Sie wandte sich ab und ging, ohne es zu planen, in Richtung Marienkapelle. Als sie den Judenplatz überquerte, straffte sie das Kittelkleid und spürte wieder die wehen Stellen am Busen. Magdalena sah zur Eva auf. »So richtig gut geht's mir heute nicht. Dir schon, deine Haut ist immer noch hell und glatt. Ich glaub, meine hat diese Hexe ziemlich ruiniert.« Magdalena schickte einen Seufzer zum Abschied hinauf und schlenderte durch die winkeligen Gassen zur Mainbrücke hinunter.

Stimmen, Gelächter und Rufen. Die Häcker kehrten von den gegenüberliegenden Weinhängen zurück, müde vom Bücken und Tragen, doch in freudiger Erwartung des Feierabends. Am diesseitigen Ende der Brücke drängten sich die Leute vor dem Zollhaus. Jeder Fremde und Nichtbürger musste seinen Pfennig bezahlen, und konnte er nicht, begann das Gezänk mit dem Zöllner, schnell wuchs es zu üblen Beschimpfungen an, meist aber blieb Hans Stor der Sieger. Kaum einer in der Stadt pöbelte so laut wie er, und seine Frau unterstützte ihn dabei aus voller Kehle. Zähneknirschend aber musste das Zöllnerpaar einige Häcker ungeschoren passieren lassen, weil nicht geklärt werden konnte, ob die Trauben in den hoch beladenen Kiepen wirklich zum Eigenbedarf oder doch für den Verkauf bestimmt waren.

Magdalena sah dem Treiben zu, doch mit einem Mal wurde ihr Blick von etwas angezogen. Rechts am Brückenaufgang. Der dunkle Lockenkopf ... Das blaue Wams hatte sie genäht, aber für feiertags und nicht für einen gewöhnlichen Mittwoch wie heute. Florian, was tust du hier? Und neben ihm? Katharina, den Kopf an seine Seite geschmiegt. »Aber Mädchen? Mit deinen achtzehn Jahren darfst du dich nicht so zeigen. Schon gar nicht vor allen Leuten«, flüsterte Magdalena und wünschte, dass ihre Ermahnung gehört würde. »Du bist die Tochter des Stadtrates Riemenschneider. Sollst eine gute Partie werden. Vergiss das nicht.« Wenigstens trug sie ihren Alltagskittel. Was aber hatten die grellbunten Stoffschleifen in den Zöpfen zu bedeuten? Wieso ...?

Jetzt winkten beide ausgelassen zum Zollhaus hinüber.

Magdalena verengte die Augen, suchte in der Schlange. Ein Mann hob die Hand, grüßte zu den jungen Leuten hinüber. »O Heilige Jungfrau, nein.« Grüngelb das Barett, in giftigem Grün der Schultermantel. »Lass es nicht wahr sein!«

Mit leicht tänzelndem Schritt ging Hans Bermeter am Zollhaus vorbei, dem Wächterpaar schnitt er eine Grimasse. Seit er die Bürgerrechte der Stadt erhalten hatte, bereitete es ihm sichtliches Vergnügen, nun endlich, sooft er wollte, kostenfrei die Brücke über den Main zu nutzen.

Der Himmel erhörte ihr Stoßgebet nicht. Magdalena wollte es selbst verhindern, setzte einen Fuß vor und konnte doch nur zusehen, wie der Spielmann von den beiden freudig empfangen wurde, wie er Florian spielerisch gegen die Brust stieß und sich dann galant vor Katharina verbeugte.

»Dieser alte verdammte Bock.«

Mit schnellem Griff zauberte er eine blinkende Kette aus der Tasche, ließ sie vor den Augen der jungen Frau hin und her schaukeln. Als sie danach griff, wippte er die Kette ein Stück höher, und Katharina versuchte danach zu schnappen, hüpfte auf Zehenspitzen ... Einige Passanten sahen kopfschüttelnd auf die Gruppe und gingen mit hochgezogenen Brauen weiter.

»Völlig ungeniert.« Magdalena fasste es kaum. »Benimmt sich da wie ein albernes Schaf. Und der alte Bock hat seinen Spaß daran.« Wütend starrte sie auf ihren Sohn, auch er lachte über Katharinas vergebliches Bemühen. »Du solltest dich schämen ... Ach, verflucht, wenigstens schämt sich deine Mutter für dich.«

Bermeter beendete das kleine Spiel, großzügig überließ er dem Mädchen das Geschenk. Rasch legte es die Kette an, zeigte sich Florian und strahlte. Der Spielmann deutete in Richtung Stadtgraben. Wie gute Freunde einen Freund nahmen die beiden Bermeter in ihre Mitte, so spazierten sie fröhlich schwatzend gemeinsam vom Brückenaufgang nach rechts in die Seitenstraße.

Es dauerte, bis Magdalena begriff. Kein böser Traum. Nein, keine heimtückische Gaukelei des Teufels. »Freiwillig, ganz freiwillig gehen die Kinder mit ihm.«

Vergessen war der eigene Kummer, die erlittene Schmach. Magdalena folgte ihnen. Immer wieder flüsterte sie: »Und ich habe nichts gemerkt. Verflucht, wie blind bin ich denn?«

Versteckspiel oder größerer Abstand waren nicht nötig. In Hörweite vor ihr erzählte Bermeter eine schlüpfrige Geschichte oben vom Marienberg; als Florians Lachen fast schon verklungen war, stieg erst das übertrieben helle Gekicher der Riemenschneidertochter in der halbdunklen Gasse auf. Am Hinteren Gressenhof blieben die drei stehen. Magdalena zögerte, trat dann aber doch in den Schutz eines Hauswinkels.

»Wir Männer gehen noch auf einen Schluck. Dabei wollen wir mal sehen, ob wir auch was gegen das Würfeljucken tun können.« Keine Frage, kein Vorschlag, Bermeter bestimmte und schnippte Florian, der wandte sich an das Mädchen. »Geh heim!«

»Aber Flori ...«

»Die Herrin wundert sich sicher schon, wo du so lange bleibst.«

»Bestimmt nicht. Sie hat mich selbst zur Frau Suppan geschickt, und solch ein Besuch dauert.«

Wieder schnippte Bermeter, gleich wurde Florians Stimme schärfer. »Nun geh schon! Der Gressenhof ist nichts für dich.«

»Da sind solche Weiber drin. Ich weiß es doch …«

»Nicht für mich, glaub mir …« Für eine glaubwürdige Beteuerung blieb keine Zeit, das Schnippen zwang den Liebsten zur Schroffheit: »Wir wollen allein sein.« Er zerrte an einem ihrer Zöpfe. »Also, verschwinde endlich!«

Ehe sich Katharina versah, klatschte ihr Bermeter wohlwollend auf den Hintern. »Bist ein liebes Ding. Aber du solltest tun, was er sagt.« Durch den Stoff betastete er die Pobacke. »Ja, wirklich ein festes liebes Ding.« Wieder ein Klaps. »Und nun ab mit dir. Morgen siehst du deinen Kerl unbeschädigt wieder.«

Katharina senkte den Kopf, sah nicht hin, wie die Männer im Gasthaus verschwanden, und ging mit hängenden Schultern die Gasse weiter in Richtung Judenplatz.

Magdalena spürte das Herzpochen im Hals, die Zunge klebte. Sie blieb einige Schritte hinter dem Mädchen. Eine Tür, von der sie bisher nichts ahnte, diese Tür war aufgegangen. Und dahinter …? Was sie gesehen und gehört hatte, so etwas erzählten sich die Marktfrauen von den missratenen Söhnen und Töchtern anderer Leute. »Aber nicht von meinem Sohn«, flüsterte sie. »Und schon gar nicht von seiner Tochter. Nein, ich sag einfach nein, und dann ist es auch nicht wahr.« Aber die junge Frau ging direkt vor ihr. Dagegen half kein noch so inniges Wünschen.

Am Rande des Platzes rief Magadalena leise den Namen. Katharina schreckte zusammen, blickte über die Schulter, wollte fortlaufen, doch Magdalena bat schnell. »Nicht. Ich hab euch gesehen. Bitte, hilf mir, damit ich verstehe.«

Katharina floh nicht. Ihre Lippen zitterten, mit fliegenden Fingern begann sie, die Schleifen von den Zöpfen zu lösen. »Sag nichts der Stiefmutter! Nur nichts. Auch nicht dem Vater.« Ein buntes Band nach dem anderen verschwand in der Kitteltasche.

»Was soll ich denn nicht sagen?«

»Flori hat mir verboten, darüber zu sprechen.«

Magdalena berührte die Halskette. Wie nach einem Schlag drehte das Mädchen den Oberkörper zur Seite, nestelte am Verschluss, konnte den Haken nicht lösen, zerrte, zerriss die Kette, und im schillernden Schwall fielen die Glasperlen, sprangen auf dem Pflaster davon. Katharina wollte sich bücken, es war zu spät, mit Tränen in den Augenwinkeln sah sie ihre Kinderfrau an. »Nichts daheim sagen. Bitte, bitte!« Sie wandte sich ab und huschte zur Schustergasse hinüber.

»Verboten? Mein Junge hat dir verboten zu reden?« Magdalena wollte die Arme vor der Brust verschränken, gleich nahm der wehe Schmerz zu, und sie ließ es. »Nun weiß ich noch weniger als vorhin.«

Im Hause des Stadtschreibers hielt Frau Margaretha ihre Mieterin auf der Treppe an. »Du bist früh heute?«

»Mir ist nicht wohl. Verzeiht …«

Der besorgte Blick bat um eine Erklärung.

»Ich … beschreiben kann ich es nicht. Es ist einfach unwohl in mir.«

»Soll ich den Knecht zum Apotheker Wilser schicken. Ganz sicher weiß der ein Pulver …«

»Danke. Ihr seid sehr freundlich zu mir, aber ich denke, ein wenig ausruhen genügt.«

»Wenn nicht, so sag nur Bescheid.« Frau Margaretha schüttelte unmerklich den Kopf. »Auch wenn du dich nie bei mir beklagt hast. Ich weiß genau, wer im Wolfmannsziechlein die meiste Hausarbeit verrichtet. Und das ist nicht deine Herrin.«

Das warme Mitgefühl ließ die Tränen steigen. Gleich heul ich richtig, dachte Magdalena und lächelte dagegen an. »Mein Rupert besorgt das Schwere. Ohne ihn wäre es drüben schlecht bestellt.«

»Sei nicht so bescheiden. Aber du siehst wirklich krank aus. Nun leg dich erst mal!«

»Danke. Ihr seid gut zu uns …« Magdalena nahm, so rasch es ging, die nächsten Stufen, erst auf der engen Stiege zu den Dachkammern hinauf wischte sie mit dem Ärmel über die Augen.

In der Stube löste sie die Schlaufen ihres Kittelkleides und trat mit dem schmalen Spiegel näher ans Fenster. Die Halsseiten waren rot geschwollen, blaugrüne Flecke übersäten die Haut oberhalb des

Busens, und beide Brüste hatten blutunterlaufene Quetschungen; die linke Warze war hart, und jede Berührung verursachte einen heftigen Stich nach innen. »Die Nägel sollte der Meister ihr rausreißen. Ach was, gleich ganz ab mit den Fingerkuppen.« Magdalena befeuchtete ein Tuch, legte sich aufs Lager und kühlte ihre Brüste. Florian. Was hatte er mit diesem Bermeter zu schaffen? Im Hinteren Gressenhof verkehrte kein Bürger aus der guten Gesellschaft. Oder doch? »Ich weiß es nicht genau.« Erzählt wurde nur, dass letztes Jahr beim Weinfest auch einige von den Damen aus dem Esel sich dort rumgetrieben haben. »Möchte nicht wissen, wie viele von den ehrbaren Herren da heimlich hingeschlichen sind.«

Florian und Katharina standen da an der Brücke, wie ein Paar? »Gespielt haben sie schon seit der Kindheit miteinander. Und die Kleine hat meinen Liebling angehimmelt.« Magdalena sah zu den Deckenbalken. Warum auch nicht? Er war wirklich ein schöner Bub. »Ist er heute noch. Die langen Wimpern, seine Locken. Und erst die weißen Zähne.« Die Mutter seufzte. So vom Aussehen gefällt er sicher allen Würzburger Mädchen. »Bisher dachte ich, er ist halt noch ein bisschen fauler als andere junge Männer, mit der Zeit aber wird sich das schon bessern. Bis heute hab ich daran geglaubt. Und er kennt diesen Teufel schon länger, so wie die miteinander geredet haben.«

Sie setzte sich auf. »An das Mädchen darf Florian nicht. Auf keinen Fall! Unsere Kathi muss sauber bleiben. Sonst weiß ich nicht, was Meister Til machen wird, wenn er es erfährt.« Magdalena erhob sich, ging zur Waschschüssel und befeuchtete das Tuch neu.

Schritte auf der Stiege, gleich wurde die Tür geöffnet. »Gott sei Dank. Du kommst jetzt schon«, grüßte sie erleichtert, bedeckte mit dem Lappen notdürftig ihre Blöße und wandte sich um. »Ach, du bist es.«

Rupert blickte seine Frau verwirrt an. »Stör ich?«

»Nein, nein. Entschuldige.«

Er schlenkerte mit den Armen. »Wusste nicht, dass du …«

»Ich hatte gehofft, der Junge wäre schon heimgekommen.«

»Hab auch lange auf ihn gewartet. Er sollte mir am Weinberg helfen. Die Traubenfasser mussten mit dem Fuhrwerk runter in die

Stadt geschafft werden. Aber seit Mittag hab ich ihn nicht mehr gesehen.« Rupert deutete zur Nebenkammer. »Ich kann drüben warten, wenn du dich waschen willst.«

Sie blickte an sich hinunter, hielt das Tuch ein Stück von ihren Brüsten weg, gleich schimpfte sie vor Kummer und Zorn: »Im Gegenteil. Bleib und guck dir das an!« Magdalena zeigte sich ihm.

Das Blut wich Rupert aus dem Gesicht. »Wer?« Langsam ging er zu ihr hinüber. Tonlos flüsterte er: »Blutzapfen? Haben sie dich gequält?« Er ballte beide Fäuste, schlug sie gegeneinander. »Waren die Kerle da?«

»Nein, um Gottes willen, nein.« Magdalena spürte, wie ihn der Gedanke aufwühlte. »Sei ruhig, Lieber. So schlimm war es nicht. Keine Blutzapfen. Bitte. So weh tut es auch nicht. Sieht nur schlimmer aus.«

»Wirklich? Sagst du es auch nicht nur so?«

Sie nahm seine Faust, öffnete sie und führte die Finger an ihre rechte Brust. »Überzeug dich selbst. Nein, hab keine Angst. Es ist nur die Haut, drinnen ist nichts verletzt.«

Behutsam strich Rupert über die blauen Stellen. »Aber wieso?«

Magdalena war erleichtert, dass ihn seine Schreckensbilder wieder verließen, wollte auch keine neue Erinnerung wecken und berichtete beinah nebensächlich, was ihr im Nähzimmer widerfahren war. Den Zorn auf die Herrin aber vermochte sie nicht zu unterdrücken. »Ich werde es dem Meister sagen, sobald ich ihn sehe. Er wird der Hexe schon Bescheid geben.«

»Warte. Ich hol meine Schmiere.« Rupert nahm einen kleinen Tontopf aus dem Regal. Diese Salbe aus Arnika und Schafsfett ließ er sich immer wieder neu vom Apotheker zubereiten, benutzte sie gegen Prellungen und leichte Verletzungen, die er sich oft bei der täglichen Arbeit zuzog. »Willst du?«

»Du kannst mir helfen.« Er salbte die Stellen am Hals und sie die Blutergüsse an den Brüsten. Durch den Mundwinkel sog Magdalena den Atem ein. »Oje, das brennt.«

»Verzeih.« Rupert wollte mit der Hand lindern, berührte die Brust aber nicht, als fürchtete er, mit ungelenken Fingern den Schmerz noch zu vergrößern. »Geht gleich vorbei, und dann hilft die Schmiere, glaub mir.« Voller Sorge betrachtete er die Quetschungen, kaum spürte er Magdalenas Blick, sah er zu Boden. »Der Herr mag dich gern.«

Überrascht wandte sie sich zur Waschschüssel. »Das weißt du doch.« In all den Jahren hatte zwischen ihnen nie darüber ein Zweifel bestanden, noch war es ein Grund zum Streit gewesen. »Und ich ihn.« Magdalena löste die Spangen aus dem hochgebundenen Zopf. »Wie kommst du jetzt darauf?«

»Wenn du dich über die Herrin beklagst ... Wird er deine Partei ergreifen?«

Heftiger zog sie den Kamm durchs lange Haar. »Und ob. Er wird diese Hexe zur Rede stellen, verbieten wird er ihr, mich jemals ...« Der Schwung erlahmte, leise setzte sie hinzu: »Schön wäre es wenigstens, wenn er mich verteidigt.« Um abzulenken, beugte sich Magdalena näher zum Spiegel und breitete das Haar über die Hand. »Graue Strähnen. Immer mehr werden es. Älter und älter werde ich.«

»Ich glaub nicht«, spann Rupert seinen Gedanken weiter und stellte den Salbentopf zurück ins Regal. »Er muss zur Herrin halten. Wir sind nur Magd und Knecht ...«

»Hör auf!« Magdalena quetschte das Haar in der Faust. »Nicht weiter, Lieber. Ich weiß es doch selbst. Wenn wir unsere Stellung nicht verlieren wollen, müssen wir uns fügen. O, wie ich das hasse.«

Sie hatten den Rest vom Hirsebrei gegessen, und weil Magdalena schwieg, hatte auch er geschwiegen. Hin und wieder blickten sie zur Tür, horchten ins abendstille Haus des Stadtschreibers, doch kein Knarren auf der Stiege. Später drehte Rupert den Docht der Öllampe höher, dann nickte er am Tisch über den Armen ein.

Sanft berührte sie seine Schulter. »Leg dich doch! Du musst morgen früh raus. Ich geh rüber in seine Kammer. Da warte ich, bis der Junge kommt.«

Endlich, spät in der Nacht, klappte unten im Haus die Tür. Lange dauerte es, bis der Sohn das Dachgeschoss erstiegen hatte. Florian grinste dümmlich, als er die Mutter auf dem Schemel hocken sah. »Bin alt genug ...« Die schwere Zunge mühte sich mit jedem Wort. »Du brauchst mich nicht ... nicht ins Bett zu bringen.« Kopf und

Körper strebten direkt auf das Lager zu, während Beine und Füße die Richtung nicht gleich fanden. »Ich bin dein Ritter, Mama …« Er legte sich rücklings auf die heugestopfte Zudecke und breitete beide Arme aus. »Erinnerst du dich noch?« Er kicherte in sich hinein. »Wenn ich groß bin … dann heiratet der Ritter … seine Mama. Und bezahlen … bezahlen kann ich die Hochzeit auch … Glaubst du nicht?« Seine Finger suchten am blauen Wams, fanden endlich die Tasche und zogen ein Goldstück heraus. »Reich bin ich genug …«

Magdalena wollte streng sein, ihn rütteln, das hatte sie sich in den langen Stunden des Wartens fest vorgenommen, sie wollte eine Aussprache, ihn zur Vernunft bringen. Doch dieser Anblick quälte ihr Herz, nichts sonst. »Florian? Verstehst du mich?«

»Ich bin nicht taub … mein schönes Burgfräulein.«

»Hör auf damit. Sag mir nur, was ist mit dir und Katharina?«

Er hob die Hand und ließ die Münze auf seine Brust fallen. »Kathi liebt mich. Und irgendwann werde ich sie heiraten … Nein, bald, ganz bald.«

Noch ehe Magdalena die nächste Frage stellte, fürchtete sie die Antwort. »Habt ihr, ich mein, hast du … bitte, sei ehrlich, warst du mit ihr im Bett?«

»Nein, Mama. Nie im Bett …« Wie nach einem zotigem Scherz schlug er sich auf den Schenkel. »Aber im Weinberg, hinter der Scheune oder im Wäldchen oder …«

»Sei still, bitte, sei still!« Magdalena verbarg das Gesicht in den Händen. O Gott, steh uns bei, flehte sie stumm. Jetzt mit dem Sohn zu reden war zwecklos, doch fragen musste sie weiter, seine Trunkenheit nutzen, um mehr zu erfahren, sosehr die Wahrheit auch schmerzte. »Woher hast du so viel Geld?«

»Gewonnen. Ach, Mama …« Er schloss die Hand und küsste jeden Knöchel. »Die Würfel gehorchen mir jetzt schon … genau wie ihm. Und du sollst sehen, irgendwann werde ich sogar besser als er.«

»Wen meinst du?«

»Na, den Hans. Der ist ein guter Freund von mir.« Florian hob den Kopf und sah seine Mutter mit stierem Blick an. »Du kennst doch den Hans Bermeter …? Den meine ich …« Er fiel zurück, ein seliger Seufzer, und Florian war eingeschlafen.

Magdalena erhob sich, angstvoll betrachtete sie ihren Sohn. »Ich weiß zu genau, wer das ist. Du aber, Junge, kennst ihn nicht.« Sie löschte die Kerze. »Und ich hab dich nicht beschützt vor ihm. Weil ich nichts gemerkt habe.«

Draußen auf dem dunklen Gang lehnte sie die Stirn gegen die Wand.

21

Die Stirn ist gefurcht, doch kein Wehren mehr. Die halb gesenkten Lider und Wangen zeigen, wie Schmerz und Qual sich lösen, wie duldsam er den Tod erwartet. »Genügt mir nicht«, flüsterte Til tonlos und führte das schmale Hohleisen in den geöffneten Mund, setzte es hinter dem Wulst der Unterlippe an. Ein leicht gerollter, nadelfeiner Holzspan fiel heraus, mit ruhiger Geste veränderte er die Position seiner linken Hand, sie lag jetzt auf Mundwinkel und Bartlocken, der Zeige- und Mittelfinger dienten dem Schnitzeisen als Steg, und tiefer grub Til die Linie zwischen Lippe und Zunge.

Um ihn herum herrschte Stille, keiner der Gesellen an den Nachbarbänken wagte, mit dem Freund zu schwatzen oder gar zu lachen, während der Meister dem Antlitz des Gekreuzigten letzten Ausdruck verlieh. Selbst seine drei Söhne schwiegen. Sonst nahmen sie sich, sehr zum Ärger der anderen Lehrbuben, einige Freiheiten heraus, warfen mit Holzstücken, ließen ungestraft das Werkzeug aus der Hand fallen. In dieser Stunde aber nahm auch sie die Anspannung gefangen. Die drei halbwüchsigen Rotschöpfe umstanden den Vater, mit bewunderndem Blick verfolgten sie die großen, schlanken Hände, die so sicher und doch leicht das Messer führten.

Der Mund ist halb geöffnet, so als nähme er den letzten Atemzug. Meister Til blies Holzreste von der Zunge, prüfte mit den Fingerkuppen die Augenhöhlen und strich sanft über die Lider. Für uns hast du alle Last auf dich genommen, dachte er und nickte zuversichtlich: »Ja, es ist vollbracht.«

Langsam richtete er sich vom fest zwischen den Docken eingespannten Christus auf und winkte Jörg und Hans. »Jetzt seid ihr an der Reihe. Du, Hans, steckst die Dornen in die vorbereiteten Löcher, denk dran, die angespitzten Seiten kommen nach außen. Jörg, du schlägst sie fest. Setz aber erst das Rohr auf die Stifte …« Er bemerkte den unsicheren Blick seines Ältesten. »Na, kommt näher. Ich zeig es euch noch mal.«

Er drückte einen Dorn ins Flechtwerk auf dem Haupt des Erlösers, stülpte ein kurzes, innen mit Wolle wattiertes Eisenröhrchen darüber; so konnte die Spitze nicht verletzt werden; zwei leicht federnde Hammerschläge auf den oberen Metallrand, und als er mit dem Finger prüfte, saß der Dorn fest in der Krone.

Er überreichte Jörg das Werkzeug. »Keine Hast! Einer wartet auf den anderen. Am besten nickt jeder, sobald er mit seinem Handgriff fertig ist.«

Til nahm Barthel an der Schulter und schob ihn zur linken Seite der Rahmenbank. »Und wenn sie die Stirn gespickt haben, löst du den Haltekeil, wartest bis der Körper zur Seite gedreht ist, dann steckst du ihn wieder fest. Das kannst du doch?«

Vor unterdrücktem Zorn lief der jüngste Sohn rot an. »Ich kann viel mehr, aber ich darf ja nicht.«

Ein väterlicher Griff in die Nackenlocken. »Ich habe dir versprochen, darüber nachzudenken.«

»Aber wann? Ich will nicht schnitzen, und Steinhauen hasse ich.«

Kurz verstärkte sich der Griff. »Mäßige dich, Junge. In unserer Werkstatt darf nicht schlecht über die Bildschnitzerei gesprochen werden. Schon gar nicht …«, er deutete auf den Kruzifixus, »… solange er noch hier ist.«

»Malen könnt ich ihn … Ich hab's mit Kohle schon versucht, und wenn ich mit Farbe dürfte …«

»Genug jetzt.« Til drehte den Sohn zur Rahmenbank. »Du tust, was ich dir aufgetragen habe, sonst musst du heute wieder unsern Frischlingen zeigen, wie die Werkstatt ausgefegt wird.« Auf dem Weg zum Nachbarwerktisch wandte er noch einmal den Kopf, die Strenge war einem Schmunzeln gewichen. »Sorg dich nicht, Junge, dein Vater hat sogar schon nachgedacht. Und ich glaube …« Sein Augenzwinkern ließ den Satz auch ohne Worte verheißungsvoll weiterschwingen. Ruhig beugte er sich neben dem Gesellen über die Arme des Gekreuzigten. »Nicht mehr an den Adern schleifen. Sie sollen deutlich hervortreten. Weißt du, wenn der Erlöser mit gestreckten Armen am Querbalken hängt, sollen sie Zeichen der furchtbaren inneren Anspannung sein.« Er befühlte die Stoßkanten. »Hier kannst du noch was abnehmen. Sobald die Dornen stecken, verzapfen wir die Arme in den Schultern.«

Klopfen an der Flügeltür, gleich wurde die Pforte aufgedrückt. Ein hochgewachsener Wandergeselle betrat die Werkstatt, sein Bündel trug er am Stab über der Schulter, nach zwei Schritten nahm er den Filzhut ab: »Gott grüß Euch, ehrbarer Steinhauermeister!«

Alle Augen richteten sich auf den Fremden. Weil der nicht wusste, wen er im Raum angesprochen hatte, wartete er, bis Meister Til auf ihn zukam. »Auch soll ich einen schönen Gruß von den ehrbaren Steinhauermeistern und Gesellen von Stuttgart ausrichten. Sie lassen den ehrbaren Meister Riemenschneider im Namen unserer Zunft recht freundlich grüßen.«

Til betrachtete den wettergebräunten kräftigen Burschen. Wenn du so ordentlich arbeitest, wie du höflich bist, dachte er, kann ich dich gut gebrauchen. In gleichem steifen Ton setzte er das Begrüßungsritual fort: »Ich bedanke mich, ehrbarer Steinhauer für den Gruß. Ebenso bedanken sich auch meine ehrbaren Steinhauergesellen. Der Gruß ist mir lieb, Ihr aber, Fremder, seid mir noch viel lieber. Seid mir willkommen und tretet näher!« Er streckte ihm die Hand entgegen, und der Wandergeselle ergriff sie.

Die Blicke trafen sich, gleichzeitig spürte Til, wie zweimal hintereinander der erste Knöchel seines Zeigefingers schnell vom Daumen des Fremden gedrückt wurde, und nach einer Pause direkt wieder, dieses Mal etwas fester und länger. Der geheime Gruß. Nur Eingeweihte wussten davon. An dieser Art der Begrüßung erkannte ein Steinhauer den anderen. Til erwiderte die Handschenke ebenso schnell, und seine Stimme verlor den förmlichen Ton. »Arbeit habe ich für einen fleißigen Gesellen genug.«

»Meister, lasst mich mein Zeichen schlagen.«

Til ging mit dem Fremden hinüber in den Steinsaal, ein Kopfnicken zu Tobias, mit sicherem Blick hatte der Altgeselle verstanden, und wenig später stand der Fremde vor einem Werktisch, vor ihm lag ein kopfgroßer Sandsteinbrocken. Klüpfel und Meißel waren ihm so vertraut wie dem Spielmann Bogen und Fidel, er führte sie zusammen, schnell und sicher der wiederkehrende Dreischlag, und bald waren zwei aufeinanderliegende Werkbänke mit einem Spitzeisen zu lesen. »Dieses Steinzeichen hat mir mein Meister in Speyer bei der Lossprechung verliehen.«

Til verengte die Brauen. »Speyer? Nicht Stuttgart?«

Ein Schatten verdüsterte das Gesicht. »Die Stuttgarter Dombauhütte war meine zweite Stellung. In der Stadt aber, wo Herzog Ulrich der Herr ist, wollt ich nicht länger bleiben ...«

Til hob die Hand. »Dafür haben wir jetzt keine Zeit. Nach der Arbeit beim Essen kannst du erzählen. Sag noch deinen Namen?«

»Peter aus Emmendingen.«

»Gut, Peter. Verstehst du dich auch mit Marmor?

»Ich bin ein guter Steinmetz.«

»Die Antwort gefällt mir.« Til legte ihm die Hand auf die Schulter. »Wenn du dich einfügst, kannst du einige Monate bei uns bleiben. Wenigstens so lange, bis wir das Grabmal unseres gnädigen Herrn, Fürstbischof Lorenz von Bibra, aus dem Salzburger Marmor gehauen haben. Leg dein Bündel ab, und lass dich vom Altgesellen einweisen!«

In der Stube waren die Männer enger zusammengerückt, und Tobias hatte dem Neuen einen Platz neben sich angeboten. Gebratene Neunaugen auf einem Fladen aus Käse und Roggenmehl, gewürzt mit Dill und Kümmel. »Esst ihr immer so gut?«, fragte Peter zwischen zwei Bissen, und schon kaute er wieder.

Überrascht sah sich die Tischrunde an. Der Geselle gegenüber spießte den nächsten Fisch vom Holzbrett. »Wie meinst du das?«

Tobias verstand sofort. »Recht hat er. Jeden Tag bekommen wir reiche Mahlzeit. Nur merken wir es schon nicht mehr.« Betont hart schlug er den Gabelgriff in seiner Faust auf die Tischplatte; vom Nebentisch blickte der Meister leicht ungehalten herüber, den Altgesellen kümmerte es nicht. »Freunde, wie lange ist es her, dass wir der Hausfrau und unserem Meister für die gute Speise gedankt haben?« Als Antwort hämmerten nun alle ihren Messergriff aufs Holz. Unter dem Kreuz an der Stirnwand erhob sich Frau Margarethe. »Danke euch.« Nur wenig öffnete sie die Lippen. »Wer hart arbeitet, soll auch gut essen.« Knappe Worte ohne Regung, eine pflichtschuldige Antwort, mehr nicht.

Ohne aufzustehen, streckte Magdalena die Faust in die Höhe. »Ihr eingebildeten Kerle!« Die Streitlust war in der Stimme nicht zu überhören. »Und was ist mit uns Mägden? Schließlich habe ich die Fische auf dem Markt gekauft.« Von ihrem Ton angesteckt, wagten sich die Köchinnen auch zu Wort. »Und ich habe die Biester ausgenommen, geschuppt und gebraten.« »Und ich habe am Herd gestanden und die Fladen gebacken.«

Empörung versteifte den Rücken der Hausfrau. Bei den Männern herrschte erst verblüfftes Schweigen, dann aber trampelten sie, johlten und ließen die Mägde hochleben. Als der Lärm abebbte, setzte Magdalena gnädig hinzu: »Das gefällt uns, wenn es euch so bei uns schmeckt. Unsere Herrin hat schon recht, wer hart arbeitet, soll auch gut essen.«

Nach dem letzten Bissen tätschelte sich Peter den Bauch. »Da hab ich aber für mehr Arbeit schon viel schlechtere Kost bekommen.«

»Was war in Stuttgart?« Tobias stützte den Arm auf.

Die Frage allein genügte. Gleich drehten sich Rupert und die übrigen Gesellen auf ihren Schemeln herum. Neuigkeiten – jeder Wandergeselle brachte ein Stück von der Welt draußen mit in den Hof Wolfmannsziechlein. Und der Meister gewährte den Männern diese willkommene Abwechslung, sie lernten den Neuen durch seine Geschichten besser kennen, und das gemeinsame Arbeiten ging später leichter von der Hand. Auch heute rückte er selbst näher und warnte gut gestimmt: »Doch keine schlüpfrigen Zoten, mein Freund. Wir sind hier nicht in einer Dombauhütte, sondern in der guten Stube für Heilige und Engel.«

»Seid beruhigt, Meister. Denke ich an Stuttgart, vergeht mir jede Lust am Spaß.« Peter sah in die Runde. »Ja, zu essen habt ihr hier genug. Aber doch nur, weil euer Landesherr es gnädig mit euch meint.«

»Was?«, entfuhr es Rupert, gleich entschuldigte er sich mit einer Handgeste. »Ich wollt nur sagen, das liegt am Meister, dass wir hier gut leben, nicht an dem da oben. Und in der Stadt ist es besser als draußen. Da geht's den Leuten schlecht.«

»Du sagst es.« Der Wandergeselle stieß den Finger auf den Tisch. »Aber so wie Herzog Ulrich kann euer Bischof nicht sein. Ich red jetzt nicht von gefälschten Gewichten und der Wuchersteuer auf Fleisch, Wein und Mehl. Nein, ich hab mit eigenen Augen gesehen, was er mit den Bauern hat machen lassen.« Das Gesicht veränderte sich, verlor an Farbe. »Wenn es so in der Hölle ist, dann ist Herzog Ulrich der Leibhaftige. Glaubt mir. Da im Remstal und da so in der Gegend haben sich die Bauern aus Not und Hunger zusammengeschlossen. Armer Konrad haben sie ihren Bund genannt, weil sie nun mal arm sind und sich keinen Rat mehr wussten.« Ein bitteres Lächeln. »Ja, der Geißenpeter, ihr Anführer, hat den Namen erfunden. Weil er lieber über die schlechte Lage gespottet als geklagt hat. Er konnte dann rechtzeitig entkommen. Aber die anderen, von denen hatte keiner so viel Glück. Als der Prozess auf dem Gerichtsplatz von Schorndorf anfing, war ich gerade da, weil ich … weil ich in der Woche um die Hilde freien wollte …« Ein kurzes Zögern, die Stimme schwankte. »Aber ihr Vater hat es nicht erlaubt, hat den Sohn vom Bäckermeister im Auge gehabt. Geb ja zu, die Hilde wollte mich wohl auch nicht. So ist das nun mal. Was hat ein armer Steinhauergeselle gegen einen Bäckermeistersohn schon zu bieten? Und sie war wirklich …«

»Später, davon erzähl später«, unterbrach Til. »Komm zurück zum Armen Konrad. In unserer Gegend gibt es solch einen Bund nicht. Aus welchem Grund sind die Männer in Haft genommen worden?«

»Hinterlist. Alle sind betrogen worden.« Peter schaute über die Köpfe zum Fenster hin, als lebten dort im hellen Bunt des Glases die Bilder wieder auf. »Nicht zehn, nicht hundert Bauern sind in die Falle gegangen. Mehr als sechzehnhundert waren es. Wie Wölfe auf eine Schafherde, so haben sich die Schwerbewaffneten auf sie gestürzt …« Herzog Ulrich hatte nach vielen Beschwerden und bei immer bedrohlicher anwachsenden Versammlungen den Empörten nachgegeben, ihre Forderungen endlich anerkannt. Erleichtert verließen die Bauernhorden das befestigte Lager auf dem Kappelberg, und bis auf wenige kamen alle dem Befehl des Herzogs nach: Freiwillig legten sie Sense, Hacke oder Knüppel beiseite. Doch den Zugeständnissen während der öffentlichen Bekanntmachung durch die Räte auf den Wiesen vor Schorndorf folgten Hunderte eisengerüstete Ritter, und die Hetzjagd auf den Armen Konrad begann. »Herzog Ulrich hat selbst den Wink gegeben.«

Peter ahmte die Geste nach, wie ein Schlachtbeil ließ er den Arm niederfahren, und die Zuhörer zuckten zusammen. »Das war ein Schreien, ein Weinen da draußen. Die Männer rannten durcheinander, und die Reiter über ihnen schlugen mit Schild und Kettenkugel. Wenig später kamen die Knappen mit Stricken und Eisenfesseln. Wie Schlachtvieh haben sie die Gefangenen an Händen und Füßen aneinandergebunden und sie nach Schorndorf reingeprügelt.«

Die Geschundenen waren in die Mauertürme, in die Kellerverließe gestopft worden. Kein Sitzen, kein Stehen, aufeinander mussten die Männer liegen. Immer noch reichte der Platz nicht aus, und das Rathaus wurde als Gefängnis hergenommen. Bald quoll jeder Raum bis hinauf zum Speicher über mit Menschen. Und draußen brannte die Augustsonne.

»Durst.« Peter schüttelte langsam den Kopf. »Ihr könnt euch nicht vorstellen, wie Gewimmer klingt. In jeder Gasse, egal, wo ich herging, durch die Mauern hörte ich das Klagen und Flehen. Auch in der Nacht wurde es nicht still, im Gegenteil, lauter ist es geworden.« Erst gegen Mittag des nächsten Tages waren die Gefangenen wieder aus ihren Pferchen herausgezerrt worden. Stinkend nach Kot und Urin, wurden sie von den Schergen des Herzogs zum Ufer der Rems geführt. Von Durst und Hunger gequält, hatten sie das klare Wasser vor Augen, doch keiner durfte niederknien, um zu trinken. »Ich sehe die Männer immer noch. Vom Himmel brennt die Sonne, und Fliegenschwärme schwirren um sie rum. Dunkle Wolken waren das.«

»Weiter!« Rupert rieb heftig die rote Narbe an seiner Halsseite. »Hatten die Kerle dann endlich Erbarmen?«

Der Wandergeselle sah den Knecht erstaunt an: »Erbarmen? Der Herzog oder seine Leute? Das Wort haben sie da in Schorndorf nicht gekannt. Aber die Frauen. Erst hat sich eine getraut. Mit einem Wasserkrug ist sie an den Posten vorbei und hat einige trinken lassen. Gleich kamen mehr. Die Bewaffneten haben sich nicht getraut, den Weibern was anzutun. Wenigstens ein Tropfen war es, auch wenn ihn nicht jeder bekommen hat.« Aufatmen ging durch die Stube, die Gesichter hellten sich etwas auf. Für Erleichterung aber gab es noch keinen Grund. Herzog Ulrich war am späten Nachmittag am Ufer der Rems erschienen. Nun mussten alle Männer auf die Knie. Dort lagen sie mehr als eine halbe Stunde im Staub. Jetzt erst verkündete der Kanzler im Namen des Fürsten: »Aus Gnade und großer Güte …«

Peter benetzte mit der Zunge seine Lippen. »Die Männer mussten schwören, nie mehr einen Aufruhr gegen den Herrn zu wagen. Und nach all dem erlittenen Elend hat sich keiner geweigert, und endlich durften sie heimgehen.«

»Vorbei.« Jetzt erst bemerkte Til, wie er beide Fäuste auf den Knien geballt hatte. »Unfasslich, mit welcher Willkür, welch einer erbarmungslosen Selbstherrlichkeit dieser Herzog Ulrich gegen sein Volk vorgeht.«

»Verzeiht Meister, wenn es nur das wäre.« Peter senkte den Kopf, sprach nun leise und oft rang er um Fassung. Die gefangenen Hauptleute des Armen Konrad waren vier Tage gefoltert worden. Verwundet, halb erblindet, die Arme gebrochen, so wurden sie auf den Marktplatz vor ihre Richter geführt. Kurz nur dauerte der Prozess. »Dann kam die Bestrafung. Glück hatte, wem gleich der Kopf abgehauen wurde …« Peter hatte mit ansehen müssen, wie ein Verurteilter aufs Rad geflochten wurde und ihm der Henker Arme und Beine abtrennte. »An allen vier Stellen ist das Blut rausgespritzt. Und geschrien hat er lange.« Einige waren nicht zum Tod verurteilt worden. »Das war aber für keinen ein Glück.« Ehe sie freikamen, hatten Henkersknechte sie gepeinigt. »Erst ausgepeitscht. Und dann haben sie die glühenden Eisen genommen. Tiefe Löcher haben sie ihnen in die Brust gebrannt …«

»Nein …«, keuchte Rupert unterdrückt, Schweiß lief ihm in Strömen von der Stirn. »Diese Teufel …«

Magdalena sprang auf. »Genug!« Sie war bei ihrem Mann, wollte schützen, beruhigen, sah die erstaunten Gesichter der Gesellen, und so legte sie Rupert beide Hände nur fest auf die Schulter. »Nicht weitererzählen«, bat sie den Wandergesellen. »Was du gesehen hast, das hat er selbst erlebt.« Sie suchte den Blick des Meisters. »Und auch ich kenne das … Weil so was nicht nur da in Stuttgart geschieht. Sondern …«

»Ja, damit soll es genug sein.« Endlich begriff Til, der Bericht hatte ihn so mitgenommen, dass ihm ein Vergleich mit dem Leben der Bauern rund um Würzburg nicht in den Sinn gekommen war. Er rieb mit dem Handrücken über die Stirn. »Wir danken dir, Peter. Mehr weiß ich jetzt auch nicht zu sagen. Diese Bilder …« Til sah zu Magdalena auf, dann in die Runde. »Das Leben ist gut unter unserm Dach. Wenn wir uns daran jeden Tag erinnern, können wir das Schreckliche dort draußen von uns fernhalten.«

Beim ersten Morgenlicht verließ der Meister, ohne Margarethe zu wecken, die Schlafstube. Im Haus war es noch still. Auf dem Weg über den Hof blickte er nach oben. Ein klarer, offener Himmel. In der Werkstatt legte Tobias gerade das große Holzkreuz über zwei zusammengeschobene Werkbänke. Nur ein Nicken als Morgengruß. Neben dem Kamin hob Til den Christus aus der geräumigen Kiste voller Sägespäne. »Die Nacht ist vorbei«, murmelte er ihm zu, als wollte er sich entschuldigen, und trug die Figur zu Tobias hinüber. Das Bohren der Löcher, das Setzen der Nägel fiel ihm bei jedem Kruzifixus aufs Neue schwer. Allein der langjährige Geselle wusste von seiner Scheu, irgendwann hatte er das Zögern beobachtet. »Was ist Meister? Fühlt Ihr Euch nicht gut?«

»In Wahrheit ist es nichts.« Ein langer Blick auf das Werkzeug in seinen Händen. »Da habe ich ihn aus dem Baum geschält. Und er war gleich schon geschunden. Sein Leiden … weißt du, während ich den Kruzifixus schnitze, sehe ich immer vor mir, was sie ihm angetan haben. Ich spüre auch, wie es in ihm kämpft. Leicht war es bestimmt nicht für ihn, auch nicht als Gottessohn, aber er ist stark. So zeige ich den Erlöser. Und dann bin ausgerechnet ich es, der ihn ans Kreuz nagelt.«

Tobias hatte den Kopf gesenkt, hatte mit der Fußspitze einige Holzlocken aufgehäufelt. »Wenn Ihr wollt, Meister …« Seine Stimme war ernst und leise. »Wir können uns fürs Anschlagen allein in der Werkstatt treffen. Und ich helfe Euch, halte Euch den Christus.«

Dabei war es all die Jahre geblieben. Ohne viele Worte hatten sich die beiden auch am Vortag nach dem Bericht des neuen Gesellen für heute in der Frühe verabredet. Til legte die Figur mit dem Antlitz nach unten neben dem Kreuz ab und markierte eine Stelle auf dem Rücken. »Hier, in Höhe der Brustwunde, setzen wir noch eine Öffnung.« Auf den fragenden Blick antwortete er nur: »Ich muss ihm noch etwas mitgeben.« Er kerbte mit dem Stechbeitel vor, und als Tobias den Spindelbohrer absetzte, nahm der Meister eine kleine Bleikassette aus der Tasche. »Drinnen ist ein Span vom wahren Kreuz und eine Reliquie von der Heiligen Wallburga. Die Steinacher wollen es so haben.« Seine Mundwinkel zuckten leicht. »Und weil sie mir keinen schriftlichen Vertrag gegeben haben, auch keinen Vorschuss, dachte ich mir, legst du noch ein Pergament dazu, dass Meister Til den Gekreuzigten geschnitten hat und Maler Johann Wagenknecht ihn farbig gefasst hat. Dazu das Jahr und den Namen von unserem Fürstbischof.« Nun musste Til doch über seine Vorsichtsmaßnahme schmunzeln. »Glaub jetzt nicht, dass ich fürchte, mein Geld nicht zu erhalten.«

Gleich schüttelte Tobias den Kopf und wehrte betont entschieden ab: »Nein, Herr. Niemals. Die frommen Herren von der Pfarrkirche St. Nikolaus da oben in Steinach sind ehrliche Leute. Auch wenn sie den Vertrag nicht ausgehändigt haben.«

Til verschloss die Öffnung mit Kork und glättete die Unebenheit. »Wenn vor dem Fassen hier genug Firnis aufgetragen wird, ist die Stelle nicht mehr zu erkennen.«

»Das wollte ich fragen, Meister…« Tobias half, den Christus umzudrehen. Ehe er weitersprach, berührte er behutsam die eingefallenen Wangen, den Mund. »So fein habt Ihr den Jesus ausgearbeitet, jede Einzelheit. Das ist kein Holz mehr, die Oberfläche ist Haut, und drunter sind Adern und Knochen. So was könnt nur Ihr erschaffen …«

»Genug jetzt.« Til drohte ihm mit dem Punktiereisen. »Der Altgeselle will seinen Meister doch nicht etwa loben?«

»Nein. Ihr wisst selbst nur zu gut, dass es in ganz Franken keinen gibt, der mit Eurer Kunst mithalten kann. Und gerade deswegen kann ich nicht verstehen, warum Ihr all die Feinheiten zuschmieren lassen wollt. Und das auch noch von diesem Johann Wagenknecht …«

»Ein guter Maler, der wirklich mit Farben umgehen kann. Außerdem sitzt Johann mit mir im Stadtrat. Ich habe ihn vor einiger Zeit für unsern Freundeskreis gewinnen können. Und nun hilf mir.«

Gemeinsam legten sie den Christus auf die gekreuzten Balken. Der Meister schob den Körper, bis Hände und die übereinanderliegenden Füße in richtiger Position waren, dann führte er den spitzen

Stahlstift durch die vorgebohrten Löcher und punktierte mit einem kräftigen Hammerschlag die Stellen am Kreuzschaft und den Querbalken. »Jetzt nicht verrutschen!«, bat er leise und atmete kaum, als er nacheinander die langen, mit Nagelköpfen versehenen Schrauben in die Wunden führte und sie im Kreuzholz festdrehte. Als die Arbeit verrichtet war, wischte er den Schweiß von der Stirn. »So alt ich auch werden mag, daran gewöhnen kann ich mich nie.«

»Wäre diesmal auch nicht nötig gewesen.« Tobias verschränkte die Arme vor der Brust, ein gereizter Ton schwang in seiner Stimme. »Der Wagenknecht holt den Christus sowieso wieder vom Kreuz runter; damit er ihn besser bepinseln kann.«

»Kein schlechtes Wort mehr über den Maler.« Til hob die Brauen und lenkte ein. »Versteh doch, die Steinacher wollen den Erlöser mit Farbe. Sie haben mir die Wahl des Fassmalers überlassen, und so habe ich mich für Johann Wagenknecht, für den Besten hier in Würzburg, entschieden. Sieh mich nicht so an …« Der vorwurfsvolle Blick bedrängte ihn. »Also gut, er hat den Auftrag nicht ohne Gegenleistung erhalten. Seine Stimme war nötig für die Pflasterung der Straße zum Dom. So ist Politik nun mal, Mehrheiten kosten etwas. Wenn du eine Gefälligkeit erwartest, musst du selbst auch bereit sein, etwas zu geben.«

Tobias staunte. »Und für Pflastersteine lasst Ihr die Figur beschmieren?«

»Sei nicht unverschämt. Ich sagte dir, meine Auftraggeber verlangen die farbige Fassung des Kruzifixus.«

»Und warum dann der Aufwand beim Schnitzen?«

»Weil ich …« Til betrachtete den Gekreuzigten. »Weil ich ihn vorher in mir gesehen habe. Er hing nicht am Kreuz, fast schwebte der Körper davor. Deshalb habe ich die Arme so ausgebreitet, dass sich der Brustkorb dehnt. Und siehst du hier, auch die Knie sind gestreckt. Noch ist er mein Kruzifixus, wenn er bemalt ist, gehört er den Steinachern. Und bevor ich ihn Johann Wagenknecht überlasse, möchte ich den Erlöser einmal anschauen, so wie er in mir war.«

Am späten Vormittag saß Til mit dem Maler im Hof. Von Magdalena war ihnen Wein und Brot gebracht worden. »Eine Bitte habe ich.«

Der Meister drehte den Becher in der Hand. »Erstick den Erlöser nicht mit zu viel Farbe. Auch lass nicht zu viel Blut aus der Stichwunde fließen …« Er sah, wie die Miene des jungen Ratskollegen sich verdüsterte. »Entschuldige! Auf keinen Fall will ich dir Vorschriften machen. Es ist nur eine Bitte, mehr nicht.«

»Ich bin dir dankbar für den Auftrag …«

»Nicht doch. Schließlich soll ein Ratsherr den anderen unterstützen.« Til forderte den Gast auf zu trinken und nutzte selbst den Moment, um sich zu sammeln. Rupert und Tobias hatten das vollendete Schnitzwerk aus der Werkstatt getragen und neben dem Tisch aufrecht an die Hauswand gelehnt. Das Loslassen, das Abschiednehmen von der Figur, fiel ihm schwerer als sonst. »Verzeih!« Til deutete auf das Antlitz. »Fällt dir sein Zustand auf? Ein wenig dreht er den Oberkörper. Jesus ist noch nicht verschieden. Diesen Moment zwischen Leben und Tod, den hab ich festgehalten. Eine zu wachsbleiche Haut würde nicht stimmen, eher lebendfarbig müsste sie sein und etwas verschwitzt …«

»Verehrter Meister«, entschlossen setzte der Rastkollege seinen Becher ab. »Soll ich, oder willst du? Bald habe ich den Eindruck, dass du mir gar nicht zutraust, den Christus farbig zu fassen.«

»Aber ja. Niemand anderem«, haspelte Til und tätschelte den Arm des Malers. »Verzeih, das wäre ein ganz falscher Eindruck.« Insgeheim war er erleichtert, dem Maler seine Besorgnis mitgeteilt zu haben. Wenigstens erinnern wird er sich daran, dachte er, und das beeinflusst die Arbeit. Til schenkte nach. »Viel neuen Wein wird es dieses Jahr nicht geben.« Ohne Übergang hatte er das Thema gewechselt, sprach vom letzten langen Winter und wie sehr der Frost den Rebstöcken zugesetzt hatte. Dann erwähnte er den neuerlichen Vorwurf gegen den Brückenzöllner Hans Stor. »Dieses Mal ist er zu weit gegangen. Glaub nicht, dass wir ihn vom Rat noch länger decken können.«

»Hat der Bauer denn die Prügel überlebt?«

»Mit Not. Der Armknochen heilt schlecht zusammen, schlimmer aber ist die Verletzung am Kopf. Da bleibt ein Schaden. Allein findet sich der nicht mehr zurecht. Und das nur, weil er den Pfennig nicht bezahlen konnte.«

»So ganz unschuldig war der Bauer nicht, habe ich gehört. Immerhin soll er mit dem Messer nach der Frau des Zöllners gestochen haben.« Johann Wagenknecht legte beide Hände offen auf den Tisch. »Ganz gleich. Ich denke auch, dass wir den Stor vom Zollhaus abziehen und ihm eine andere Arbeit zuteilen sollten. Dafür wird sicher eine Mehrheit im Rat zu finden sein.«

»Ein guter Vorschlag, dem ich gerne zustimme.« Til sah, wie der Kollege mit sich zufrieden lächelte, und wollte nun die Gelegenheit nutzen: »Eine Bitte habe ich noch.« Ehe die Stimmung sinken konnte, rettete er sie. »Sei beruhigt, es hat nichts mit der Farbfassung des Christus zu tun. Und doch ein wenig …« Kurz und eindringlich erläuterte der Vater, ließ dabei die Hände mitsprechen. Johann Wagenknecht musste nicht lange überlegen, und die Männer besiegelten die Abmachung mit einem Handschlag. Beide erhoben sich.

»Warte hier am Kreuz«, bat Til und setzte in leicht verschwörerischem Ton hinzu. »Und wundere dich nicht über meine Strenge.« Mit lauter Stimme rief er nach Barthel. Es dauerte, dann endlich verließ der jüngste Sohn die Werkstatt. Ohne Eile schlurfte er auf den Vater zu, die Mundwinkel hingen, der Blick war gelangweilt. »Hier bin ich.«

»Sei nicht unhöflich. Begrüß unseren Gast!«

Barthel strich die roten Locken aus der Stirn. »Einen guten Tag wünsche ich.« Mit einem Seufzer wandte er sich wieder dem Vater zu. »Und jetzt?«

»Ein Auftrag, und ich erwarte keine Widerworte. Du schaffst mit Rupert den Kruzifixus in die Werkstatt meines Freundes Johann Wagenknecht.«

»Na wenigstens ist es besser als da drinnen …« Barthel sah die geballte Faust des Vaters, fürchtete sie aber nicht. »Kann ich mir erst noch in der Küche …«

»Nein, sofort«, befahl Til und setzte mit drohendem Unterton hinzu. »Ich bin dein mürrisches Gesicht leid. Meinetwegen kannst du gleich in der Malerwerkstatt bleiben.«

Nun erschrak der Vierzehnjährige doch. »Verzeih, Vater. Ich wollte nicht … Es ist ja nur …«

Til richtete sich zur vollen Größe auf, kaum vermochte er noch die

Rolle weiterzuspielen. »Mein Entschluss steht fest. Ab sofort verschwindest du von hier, und in Zukunft bleibst du tagsüber in der Malerwerkstatt meines Freundes.« Barthel begriff die Überraschung nicht schnell genug, und der Vater konnte sie nicht länger für sich behalten: »Als Lehrbub. Johann Wagenknecht nimmt dich auf …«

Weiter kam er nicht. Barthel strahlte, lief mit einem Glückschrei an die Brust des Vaters, umarmte ihn stürmisch. »Danke. Nie hab ich daran geglaubt. Danke!«

»Ich sagte dir doch, dein Vater hat schon nachgedacht.« Til streichelte über den Lockenschopf. »Glücklich sollst du werden, mein Junge.«

Wenig später war der Kruzifixus auf dem Wagen in Holzspänen gebettet. Vorn saß der Maler neben Rupert, und als Wächter hockte Barthel am Fuß des Kreuzes. Seine Augen leuchteten, als das Fuhrwerk aus dem Tor in die Franziskanergasse einbog.

In der Schlafstube lag quer über dem Federbett ein schwarz umrissenes Lichtfenster. Frau Margarethe schlief nicht. Die Vollmondnacht verstärkte ihre Unruhe; seit einer Stunde sah sie zu, wie sich der grellhelle Ausschnitt langsam über den Stoffbezug auf sie zu schob. Neben ihr schnaufte und schnarchte Tilman Riemenschneider. »Unerträglich«, flüsterte sie und verschränkte, löste und verschränkte die Finger. Ihre Zunge war trocken, die rissigen Lippen schmerzten. Margarethe setzte sich auf und presste den Rücken ans Wandpolster. Keine Erleichterung, auch in dieser Haltung fand sie nicht zur Ruhe. »Wach auf!« Erst halblaut, und weil er sich nicht regte, wurde ihr Ton schärfer, gleichzeitig rüttelte sie ihn an der Schulter.

Nur ungern verlor Til den Traum. Der Druck ihrer Fingernägel aber ließ ihm keine Wahl. »Fehlt dir etwas?«

»Wie kannst du schlafen, wenn ich wach liege?«

»Das fällt mir nicht schwer.« Er gähnte ausgiebig, dann rieb er sich über die Stirn. »Es ist noch mitten in der Nacht.«

»Aber wir haben Vollmond. Du weißt, dass ich dann sehr beunruhigt bin. Außerdem ist es mir zu hell in der Stube.«

Seit Frau Margarethe häufig unter Schmerzen im Magen und Gedärm litt und ihr Atem so bitter geworden war, schloss Til die Schlagläden und das Fenster nach Möglichkeit nicht mehr. »Frische Luft hilft uns beiden. Aber wenn du möchtest …« Er hob die Zudecke, setzte schon einen Fuß auf den Boden.

»Nein, lass nur«, hielt sie ihn zurück. »Jetzt ist eine gute Zeit für ein Gespräch, mein lieber Bester. Niemand stört uns. Keine Werkstatt, keine Verpflichtungen im Stadtrat. Du kannst mir also zuhören.«

Til raffte sich nun auch hoch und suchte mit dem Rücken das Wandpolster. »Geht es wieder um den abgerutschten Weinberg? Du weißt, ich will ihn nicht verkaufen, sondern neue Rebstöcke setzen lassen.«

»Darüber können wir uns später unterhalten. Der Domherr ist sehr daran interessiert. Warten wir zunächst sein Angebot ab!« Sie tastete neben sich nach dem Becher mit Wasser, trank hastig und hielt ihn in der Hand. »Sorge, mein lieber Bester, große Sorge lässt mich nicht mehr schlafen. Hier im Hause ist einiges in Unordnung geraten. Ich bin mit den Mägden nicht zufrieden, von Woche zu Woche werden sie aufsässiger. Mehr aber noch beunruhigt mich deine Tochter.«

»Katharina? Ist sie etwa krank? Das Mädchen ist stets vergnügt, wenn ich es sehe.«

»Mir geht es darum, was du nicht siehst, was dir nicht auffällt in diesem Hause. Hinter deinem Rücken braut sich Unheil zusammen, und womöglich geschieht es sogar mit Unterstützung deiner von dir so geschätzten Magdalena. Von wegen: Sie ist selbstlos, von wegen: Sie ist die gute Seele im Wolfmannsziechlein. Ich fürchte, du hast dich in deiner Gutmütigkeit täuschen lassen. O ja, dieses Weib hat lange vorausgedacht …«

»Nicht, Frau, bitte! Ich verbiete dir, so über Magdalena zu sprechen. Schmerzt dein Bauch wieder? Soll ich dir vom Pulver geben?«

»Nicht nötig.« Sie wandte ihm das Gesicht zu. »Du fühlst dich als ihr großer Beschützer, doch dieses Weib benötigt keinen Schutz, eher solltest du dich vor ihr hüten. Was sage ich, wir alle …« Sie seufzte schwer, und ihr Galleatem traf ihn, ehe er zurückweichen konnte. »Ja, lieber Bester, ich fürchte, unser Name, das Ansehen unserer Familie ist in Gefahr, durch den Schmutz gezogen zu werden.«

Til verengte die Brauen. Bisher hatte er den versteckten Beschwerden seiner Gemahlin über Magdalena keine Bedeutung beigemessen und im Stillen gehofft, dass sich beide aneinander gewöhnen würden. Eine Zeit lang schien es auch so zu sein, doch nun? So direkt und beschuldigend war Margarethe noch nie geworden. »Was hat Eva … ich meine, was ist zwischen der Magd und Katharina vorgefallen?«

»Öffne endlich die Augen. Es ist ihr Sohn Florian, dieser Faulpelz, dieser Herumtreiber. Und die Mutter scheint eingeweiht.«

Mit beiden Händen kämmte Til das Haar zurück. Er verspürte einen fremden Druck in der Brust, und nicht allein ihr Atem hatte ihn verursacht. »Sag endlich, was ist vorgefallen?«

»Du weißt, wie umsichtig von mir der Haushalt geführt wird. Darüber hinaus achte ich nicht nur auf die sorgfältige Erziehung deiner jüngsten Tochter, nein, auch ihre Zukunft liegt mir am Herzen. Und wer kann besser für einen respektablen, vermögenden Ehemann sorgen als die von uns beiden hochgeschätzte Gattin des Georg Suppan?«

»Quäl mich nicht«, bat Til ungehalten. »Bisher sehe ich keine Gefahr auf uns zukommen.«

»Mein lieber Bester.« Sie spitzte die Stimme: »Gedulde dich, sonst wird dir die Tragweite nicht deutlich genug. Ich habe vor einigen Wochen deine Tochter zu Hedwig geschickt. Dort sollte sie sich zeigen und befragen lassen, damit der Bräutigam nicht nur uns zusagt, sondern ein wenig auch ihr entspricht.« Margarethe setzte sich gerade auf, mit dem Zeigefinger stieß sie ins Lichtfenster auf der Zudecke. »Zwei Tage später musste ich von Hedwig erfahren, dass deine Tochter gar nicht bei ihr erschienen ist. Und mehr noch. Stattdessen hat sie sich mit dem Sohn deiner Magd am Main herumgetrieben. Und dies in ungebührlichem Aufzug und mit schändlichem Benehmen. Wie ein Liebespaar aus der Gosse haben sie sich in der Öffentlichkeit aufgeführt.« Nun hieb Margarethe die Faust in den Mondschein. »Unsere Freundin musste nicht lange herumhören. Längst wird in der Stadt schon getuschelt über deine Tochter und diesen Florian. Sie treffen sich außerhalb, um … Nein, das will ich nicht weiterdenken. Mögen uns die Heiligen vor dieser Schande bewahren. Es genügt schon, dass die beiden in verruchten Schenken gesehen wurden. Ricmenschneider, deine Tochter treibt sich in den übelsten Häusern wie eine ... eine Dirne herum.«

Til hielt es nicht länger im Bett. Er stellte sich ans Fenster und starrte auf die fahl beschienenen Dächer. Und Magdalena, meine Eva, weiß davon? Sie soll diese unselige Verbindung sogar decken? Nein, nicht sie. Noch nie bin ich von ihr hintergangen worden. Gerade sie würde ihren Sohn zurückhalten, um die Zukunft meiner Tochter nicht zu gefährden.

»Mein lieber Bester, ich kann mir dein Entsetzen vorstellen.« In dem mitfühlenden Ton flirrte Triumph. »Aber du musst dich äußern. Wir sind gezwungen, etwas zu unternehmen.«

»Darin gebe ich dir recht«, murmelte Til, nahm die Öllampe, er drehte den Docht höher und verließ, nur mit dem Hemd bekleidet, das Schlafzimmer. Nach wenigen Schritten schon holte ihn seine Gemahlin ein. »Sehr vernünftig. Weck deine Tochter und befrag sie gleich. So aus dem Schlaf gerissen, fällt ihr sicher keine Lüge ein. Sie wird gestehen.«

»Für wen hältst du mich?« Ruckartig hob Til die Lampe höher, der Schein fiel auf das schmale, bleiche Gesicht seiner Hausfrau. »Bin ich etwa ein Folterer? Katharina ist keine Verbrecherin. Und selbst bei einem Feind würde ich solche Methoden ablehnen.« Til eilte zur Wendeltreppe und stieg hinunter. Margarethe blieb dicht hinter ihm. Unten angekommen, versuchte sie ihn am Hemd zurückzuhalten, er aber ging weiter und zog sie mit durch den Flur. »Lieber Bester, deine Nachsicht ist beängstigend.«

Vor der Haustür drehte er sich nach ihr um: »Und was erwartest du von mir?«

»Strenge. Jetzt rettet nur unerbittliche Strenge.«

»Ohne jeden Beweis? Nur weil diese ... diese neugierige Gans ...«

»Riemenschneider! Sie hat uns zusammengeführt. Willst du etwa ...«

»Nein, das möchte ich nicht.« Mehr und mehr sehnte es ihn, endlich aus der Enge herauszukommen. »Es liegt mir fern, unsere Freundin mit einer ... mit solch einem Federvieh zu vergleichen.« Um Zeit zu gewinnen, musste er seine Gemahlin zur Untätigkeit zwingen. »Du hast Strenge verlangt. Nun gut.« Er schöpfte Atem und befahl mit verhaltener Stimme: »Ich verbiete dir, in dieser Sache vorschnell etwas zu unternehmen. Ohne mein Einverständnis wirst du weder mit meiner Tochter noch mit diesem unseligen jungen Mann darüber sprechen. Und ...« Jetzt unterstrich er mit gestrecktem Zeigefinger. »Und du wirst auch nicht unsere Erste Magd zur Rede stellen. Das ist allein meine Pflicht.«

Margarethe keuchte. »Du verteidigst ...«

»Nein, im Gegenteil. Ich nehme die Vorwürfe sehr ernst. Und ich werde zunächst selbst mit der Mutter darüber sprechen.«

»Wann? Es eilt.«

»Da bin ich anderer Ansicht, meine Liebe. Falls der Verdacht sich bestätigt, müssen wir ohnehin behutsam vorgehen, damit wir nicht durch unsere eigene Lautstärke erst recht den Skandal hervorrufen. Wenn aber nichts an dem Gerücht den Tatsachen entspricht, und dies hoffe ich, so soll unser gutes Verhältnis mit Magdalena nicht durch vorschnelle Beschuldigungen getrübt werden.«

Frau Margarethe zerknautschte den Stoff ihres Nachthemdes unter dem Busen, im inneren Kampf verschränkte, löste und verschränkte sie die Finger, ihre Eifersucht aber war stärker: »Deine Rücksicht verwundert mich schon. Kein Hausherr würde seine Magd so schonungsvoll behandeln, es sei denn ...« Der Atem ließ die rissigen Lippen erbeben. »Es sei denn, er sieht in ihr mehr als nur eine Magd.«

»Das entspricht der Wahrheit. Deshalb verlange ich, dass meine Anweisungen von dir befolgt werden.« Mit leicht unruhiger Hand reichte er ihr die Öllampe. »Und jetzt, Frau, geh zurück ins Bett! Ich komme später nach.«

Til wartete, bis sie die Treppe erreicht hatte, dann öffnete er die Haustür. Tief sog er die Nachtkühle in sich auf. Das Mondlicht trennte den Hof in Hell und Dunkel.

Er trat aus dem Schatten und hob den Blick. Weit über dem Dachfirst stand die silbrigklare Scheibe. »Mehr als nur eine Magd?« Erst nach geraumer Zeit flüsterte er die Antwort. »Für mich warst du nie eine Magd. Du weißt es. Und mir wurde es vorhin wieder sehr deutlich bewusst. Seit damals, seit ich dich am Bach getroffen habe, all die langen Jahre über bist du meine Eva.«

22

So lautlos wie möglich lenkte Götz von Berlichingen sein Pferd auf die Baumgruppe am Fuß des Hügels zu. Hinter dem Stamm der breitesten Eiche hielt er an. Erst als sein Knappe Thoma und auch die übrigen zehn Reiter rechts und links von ihm Deckung gefunden hatten, neigte er sich im Sattel zur Seite und spähte die Anhöhe hinauf. Sirren in der Luft, gleich folgte scharfes Splittern; neben seinem geöffneten Visier hatte der Armbrustbolzen eine tiefe Furche in die Baumrinde gerissen. »Verflucht!« Trotz seines Brustpanzers richtete er rasch den Oberkörper wieder auf. »Die Kerle haben uns längst bemerkt.«

»Schlimmer noch, Herr.« Thoma zog die dicke, gesteppte Wollmütze tiefer in die Stirn. »Hier scheint etwas verkehrt zu sein. Wir verstecken uns, und die da oben zeigen sich ganz offen. Dabei müssten die uns doch fürchten …«

»Schweig! Sonst schlag ich dir auf dein freches Maul.«

»Ich bin nicht frech, Herr. Ich hab nur Angst um Euch …« Für einen Moment zeigte sich Thoma als selbstloser Knappe seines Ritters, dann setzte er hinzu: »… und auch um mich. Wir sind nur noch zehn, da oben aber warten mehr als zwanzig Reiter, und gut gerüstet sind sie.«

»Glaubst du, ich kann nicht zählen?«

»Heute Morgen habt Ihr von viel weniger gesprochen. Verzeiht, Herr, das wollte ich nicht sagen. Ihr habt Euch geirrt, nur geirrt. Das kann bei diesem Regenwetter schon mal geschehen.« Behutsam setzte Thoma hinzu: »Wir könnten doch leise verschwinden?«

»Feigheit?« Der Ritter drohte ihm mit dem schildbewehrten rechten Arm. »Wage nicht, deinen Herrn zur Feigheit zu überreden. Ein Gottfried von Berlichingen weicht vor keinem Feind zurück …« Metallenes Klacken unterbrach ihn, und nur noch von einer Lederschlaufe gehalten, baumelte der Schild an der eisernen Unterarmstulpe: Durch das heftige Schlenkern hatte sich der Mechanismus gelöst und die gekrümmten Finger waren aufgeschnappt. »Verfluchter Tag«, haderte Götz. »Da will ich einen guten Fang machen. Denke, ich hab leichtes Spiel, und sitz jetzt selbst in der Falle.«

Als die Gesellschaft der Adligen mit Knechten und Dienern in der Frühe vom Gasthaus in Richtung Hassfurt aufbrach, hatte er von seinem Versteck hinter der Scheune aus nur zwölf Pferde gezählt und daraufhin seinen eigenen Trupp geteilt. Sechs Männer sollten zur Mühle am Bach vorausreiten. »Falls einer uns entkommt, dann schnappt ihr ihn da.« Wie stets bei getrenntem Vorgehen hatten sie noch das Hornsignal für Notfälle vereinbart, und jede Gruppe war losgezogen.

Und nun befand sich dort oben eine Übermacht, bewaffnet mit Spießen und vor allem mit Armbrüsten. »Die lauern drauf, dass ich angreife.« Sein Lachen schepperte im Helm. »So blöde müsste ich sein. Nein, ich habe Zeit.« Auf einen Wink hin musste sein Knappe absteigen, durchs Gesträuch herüberrobben und die eisernen Finger wieder um den Schildgriff schließen. »Und jetzt warten wir, Junge, bis sie runterkommen. Und dann dürfen sie sich blutige Nasen bei uns abholen.«

Thoma schüttelte den Kopf. »Ist das eine gute Idee, Herr?«

Nur mit einer schnellen Verbeugung entging er der Ohrfeige. »Ich hab verstanden, Herr. Es ist eine gute Idee.«

Eine Stunde lang geschah nichts. Stetig nieselte Regen. Ein kalter grauer Februartag. Vor der Baumgruppe hoben sich Dunstschleier aus dem morastigen Grund und verloren sich wieder, ehe sie die Kuppe erreicht hatten.

Unvermittelt begann der Angriff. In einer breiten Linie preschten Herren, Diener und Knechte den Hügel hinunter, mit weiten Sprüngen setzten die Pferde über Sträucher hinweg, beim Aufprall der Hufe gab da und dort der regenweiche Boden nach. Zwei Gäule brachen in die Vorderläufe, ihre Reiter wurden aus den Sätteln geschleudert, ihnen nach überschlugen sich die Tiere, wieherten.

»Aus der Deckung!«, schrie Götz von Berlichingen seinen Leuten zu. »Lasst keinen entwischen!« Schnell formierte sich eine waffenstarrende Kette. Von oben tobte die Übermacht heran, in der Senke verlangsamte der morastige Boden den Ansturm, dann aber prallten Spieße gegen Brustharnische, schnell wucherten die Schreie zu wütendem Geheul, Schwerter klirrten. Ein Knecht des Berlichingen schlug rücklings auf die Kruppe seines Gauls, aus der Brust ragte ihm senkrecht ein Lanzenschaft.

Götz, das lange Schwert in der Linken, den Schild in der Eisenfaust, hieb nach rechts und links, teilte furchtbare Schläge aus, brüllte wie ein wilder Stier, unaufhaltsam kämpfte er sich zum Anführer der Adligen durch. Von der Seite stach er auf den Truchsess ein, und beim dritten Stoß fand seine Schwertspitze den Weg zwischen die Harnischplatten. Der Edle stöhnte, kippte aus dem Sattel und krachte mit geschlossenem Visier nach unten in den aufgewühlten Schlamm. Die eisengeschützten Gliedmaßen zappelten, wild schlug der Federbusch auf und nieder. »Lass ihn nicht verrecken!«, brüllte Götz seinem Knappen zu. »Er soll zahlen …«

Keine Zeit mehr. Durch den Sehschlitz des Helms entdeckte er noch rechtzeitig den Knecht des Edlen, die Armbrust schon angelegt. Ein heftiger Sporenstich in die Flanken seines Rappens, und das Tier sprang wiehernd nach vorn. Der Bolzen verfehlte sein Ziel. Sofort kehrte Götz um und sprengte auf den Knecht zu. Mutig schleuderte der seine Armbrust dem Ritter entgegen, dann riss er das Schwert aus der Scheide. Götz lachte. »Du Wicht. Ich schlag dir den Kopf runter.«

Kaum waren die Pferdeleiber auf gleicher Höhe, klirrten die Waffen gegeneinander, krachten auf die Schilde. Wieder und immer wieder. Funken sprühten. Der Knecht hielt stand, zahlte jeden Hieb mit gleicher Wucht zurück. Da scheuten die Pferde voneinander weg, und gleich hieb Götz nach einem anderen Feind, doch erneut war der Knecht des Edlen neben ihm; mit Wutgebrüll führte er einen gewaltigen Schlag, zu schwach parierte Götz und die Klinge zerschlug seinen linken Panzerärmel, drang tief ins Fleisch.

»Hundesohn!« Der Schmerz steigerte die Wut. Mit einem Rundschlag traf das Schwertblatt den Kopf des Widersachers, und bewusstlos stürzte der Tapfere aus dem Sattel. Götz zog sich zwischen die Bäume zurück. Sein Atem rasselte im Helm. »Ruf nach Verstärkung!«, befahl er dem Knappen. »Das Signal, schnell!«

Thoma setzte sein Hifthorn an. Dreimal kurz, dann lang. Und wieder: dreimal kurz und lang. »Ihr seid verwundet, Herr. Bleibt hier, bis Unterstützung kommt.«

»Bin ich eine Memme?«, fauchte der Ritter.

Drüben am Fuß des Hügels waren die Männer abgestiegen und hieben zu Fuß aufeinander ein. Die Adligen waren den kampfgeübten Wegelagerern unterlegen, allein ihre Überzahl rettete sie noch. Hornstöße! Antwort auf das Hilfesignal ertönte. Hornstöße, näher schon. Götz grunzte zufrieden. »Nun beenden wir den Tanz.«

Im Angesicht der herangaloppierenden Meute, ließen Adlige und Dienerschaft ermattet die Waffen fallen. Wer sich noch auf den Füßen halten konnte, der musste sich hinstellen, die Übrigen durften knien oder nebeneinander im Morast liegen. Etwas abseits und verdeckt von einem Baumstamm, öffnete Thoma den linken Panzerärmel seines Herren. »Das kann böse werden.«

Götz betrachtete die Wunde am Oberarm. »Schwatz nicht. Der Schlag hat nur gefleischt.« Dennoch erlaubte er, dass sein Knappe aus dem ledernen Heilkoffer die kleine Flasche mit der Tinktur aus Blutwurz holte und den breiten Riss sorgsam auspinselte.

Derweil plünderten zwei Knechte des Berlichingen nach den Packtaschen der Pferde auch die Gefangenen, wühlten in den Kleidern, schnitten die Gürtel ab und häufelten vor jedem, was sie bei ihm an Wertvollem gefunden hatten.

Götz stapfte langsam die Reihe ab. Von einem zum nächsten wurde seine Miene finsterer. »Habenichtse«, knurrte er Thoma zu. »Ein paar Schillinge, aber nicht ein einziges Goldstück. Selbst der Truchsess ist nur eine Kirchenmaus.« Götz griff dem zusammengekauerten, schwer verletzten Adelsherrn ins Haar und riss ihn halb zu sich hoch. »Wo hast du dein Gold versteckt?«

Vor Schmerz brüllte der Junker, stammelte. »Du findest … kein … kein Geld. Bei keinem von uns …«

»Warum, verdammt, reitet ihr durch die Gegend? Herausgeputzt und gut bewaffnet?«

»Weil … weil …« Die Augäpfel verrutschten, das Kinn sank, und Speichel floss aus dem Mund. Götz ließ den Ohnmächtigen fallen und trat dem Nächsten in den Bauch. »Sag du es mir!«

»Wir sind auf dem Weg nach Hassfurt, Herr. Zur Fasnacht. Dort wollten wir im Umzug mitreiten.« Götz stieß ihn gegen die Stirn, dass er nach hinten umstürzte, und wandte sich seinem Knappen zu: »Verflucht! Da schlagen wir uns bei diesem Sauwetter den ganzen Tag. Und was hab ich davon?«

»Einen blutenden Arm.« Vorsorglich trat Thoma außer Reichweite der Faust, ehe er hinzufügte: »Hätten wir uns gleich zurückgezogen, wie ich vorgeschlagen habe, dann wären wir jetzt schon in Schweinfurt. Ihr habt das Restgeld für die neue Burg doch bei Euch ...«

»Glaubst du, es macht Freude, vom eigenen guten Gold zu bezahlen, wenn andere reichlich davon mit sich rumtragen. Also halt's Maul, sonst reiße ich dir eins von deinen hässlichen Ohren ab.«

Götz befahl seinen Leuten aufzusitzen. Erschöpfte Männer, verdreckt, verwundet und abgekämpft, mühten sich in den Sattel, dann wandte sich der Ritter von Berlichingen an die Gefangenen. »Ich bin bereit, euch allen die Freiheit zu schenken, wenn ihr schwört, nie an mir und meinen Männern für diesen Tag Rache zu nehmen noch eine Entschädigung zu verlangen.«

Er wartete den Schwur der Urfehde ab. »Und nun begrabt die Toten. Eure Gäule nehmen wir mit. Ihr könnt sie euch bei der Mühle am Bach wieder einfangen.« Er schloss den Helm, lenkte den Rappen herum und trabte seinen Männern voran. Götz schwieg, öffnete das Visier nicht, und Thoma wagte nicht, ihn anzusprechen. Auch als sie die Straße nach Schweinfurt erreicht hatten, ließ der Ritter den Helm geschlossen.

In der Herberge nahe dem Markt saß Götz von Berlichingen spät am Abend mit Thoma und seinem Sekretär Sinterius noch allein in der Gaststube. Neben der Tür zur Küche hockte der Wirt und kämpfte gegen den Schlaf, das Kinn war ihm auf die Brust gesunken. Wurden die Stimmen der späten Gäste lauter, schreckte er hoch, um bald schon wieder einzudämmern. Das Kaminfeuer war in sich zusammengefallen, aus der Glut stieg Rauch und schwärte bläulich durch den Raum. Der Ritter wollte nicht schlafen, und seine beiden Diener mussten mittrinken und ihm zuhören. Drei Krüge hatten sie schon geleert, und der vierte ging bald zur Neige.

»Ich sag es euch, die Welt ist anders geworden.« Hinaufgehoben vom schweren Wein besah Götz tief unter sich das Leben, und ein Anflug von Wehmut wässerte seinen Blick. »Ehre und Treue. Wer kennt noch diese Werte?« Er wischte mit dem nackten Armstumpf die Lippen. »Auf nichts ist heute mehr Verlass. Da reitet eine Gruppe vornehmer Herren, mit Dienerschaft und hochgerüstet. Früher war jedem klar, die sind in Geschäften unterwegs. Und wenn du sie anhältst und höflich fragst, dann wollen sie zur Fasnacht, wollen sich wie Gaukler zur Schau stellen. Verflucht, ich bin es so satt.«

Thoma tauschte mit Sinterius einen schnellen Blick und mischte sich behutsam in den Gedanken: »Schon wahr, Herr, Ihr seid noch ein Ritter, dem das Wort Tugend nicht fremd ist.« Gleich ergänzte der Sekretär salbungsvoll: »Ein Ritter, in dessen Brust die Schwestern Treue und Ehre haushalten.«

»Ihr meine guten Buben.« Götz patschte ihnen den Stumpf gegen die Wangen. »Und ich hoffe, dass ihr von mir gelernt habt. Nichts ist wichtiger als ein guter Lehrmeister. Ja, heutzutage fehlt es an Vorbildern, deshalb seid froh, dass ihr mich habt.« Über die Schulter rief er nach neuem Wein.

Der Wirt schlurfte heran, lustlos knallte er den vollen Krug auf den Tisch, nahm den geleerten und schlurfte wieder zu seinem Hocker neben der Küche.

Die Stimmung des Ritters schlug um. »Habt ihr den gesehen? Früher hätte sich solch ein Halunke über Gäste gefreut. Schließlich zahle ich gut. Aber heute … Verflucht, ihr habt es ja gerade selbst gesehen.«

Thoma nickte beipflichtend. »Sagt, Herr. Was habt Ihr damit gemeint? Mit dem: Ich hab es so satt.«

Ein tiefes Schnaufen, dann ein tiefer Schluck, gefolgt von befreiendem Rülpsen. »Das Rumziehen. Die Nächte unter freiem Himmel …«

Unter dem Tisch trat Thoma dem Sekretär auf den Fuß, beide bemühten sich, die freudige Überraschung zu verbergen. Sollte es wahr werden? Noch wagten sie nicht, dran zu glauben.

»Auch die Fehden hab ich satt. So mühsam ist das Geschäft geworden. Denkt an die letzte, die mit dem Mainzer Fürstbischof Albrecht. Ein Jahr haben wir hin und her geschrieben. Und das nur für den Acker vom Dorf Heimstedt, auf den die Buchener ihr Vieh getrieben haben. Ein ganzes Jahr hat der Albrecht mich mit seinem Geschreibe hingehalten.«

Zwar hatte Götz, wie stets in solch einer Fehdezeit, einige Anschläge auf Mainzer Kaufleute unternommen, das Glück aber war nicht auf seiner Seite gewesen. Ein Überfall wurde durch nachlässiges Ausspähen von seinen Kundschaftern vereitelt, bei einem anderen verdarben die eigenen Waffenknechte den schon sicher geglaubten Erfolg: Anstatt auf den Ritter still im Versteck zu warten, überfielen und brandschatzten sie aus Übermut zwei Dörfer. »Ja, sogar meine eigenen Leute haben mir viel Schaden zugefügt.« Götz ließ sich nachschenken.

»Aber, Herr, unsere Leute sind nicht allein schuld.« Thoma schürte den Unmut seines Ritters mit düsterer Stimme. »Verrat. Denkt nur an diesen Amtmann von Krautheim.«

»Marx Stumpf, den vergesse ich nicht. Da hab ich einen Gefangenen an einem sicheren Ort untergebracht, und dieser Hund hat das Versteck verraten.«

Sinterius schauderte. »Doch Ihr habt Rache geübt.«

»Verweichlichter Federkauer.« Götz wollte mit der Linken seinem Sekretär gegen die Brust stoßen, musste aber auf halbem Wege innehalten. Die Armwunde schmerzte wieder. »Rache? Nur eingeheizt hab ich ihm. Schließlich war es kalt draußen.« In der Erinnerung lachte Götz in sich hinein. »Dieser feige Hase. Ja, wenn er rausgekommen wär, dann hätte ich ihm erst die Ohren, dann die Zunge abgeschnitten. Wie es sich für Verräter gehört. Aber so …«

In dieser schneehellen Nacht war Götz mit einigen Männern nach Krautheim geritten und hatte den Schafstall unterhalb des Schlosses angezündet. Er wollte den Amtmann ausräuchern. Die Flammen leckten hoch, der Wind trieb dicke Qualmwolken ins Gebäude. Doch Marx Stumpf versuchte keinen Ausfall. Nach zwei Stunden erschien er oben auf der Mauer und schrie unflätige Beleidigungen auf den Ritter nieder. Götz drohte ihm mit der Eisenfaust und zahlte ebenso kräftig zurück. Schließlich aber traf der Amtmann das Lindenblatt. »Er ist nichts anderes als ein hergelaufener Strauchdieb. Eine wahre Schande für den ehrbaren Ritterstand!«

»Du … Du …« Der Stich wühlte, schmerzte, endlich fasste sich Götz und wusste doch nichts Gleichwertiges entgegenzuhalten, so schleuderte er nur hinauf: »Und er? Er kann mich hinten lecken!« Um einer erneuten Kränkung zu entgehen, hatte er seinem Pferd die Sporen in die Flanken geschlagen und war in die Nacht davongeritten. »Ja, dieser verdammte Verräter.«

Sinterius glaubte mit einem Scherz die Stimmung aufzuheitern. »Wenn der Amtmann gewusst hätte, wozu Ihr ihn eingeladen habt.« Da kein Lachen zum Lohn folgte, stieß der Sekretär nur allein ein vergnügtes Meckern aus. »Ich meine …« Das Vergnügen verstärkte sich. »Ich meine, so wie es bei Euch hinten beschaffen ist.«

»Das findest du lustig? Da leidet dein Herr bei jedem Ritt Höllenqualen, und du hast deinen Spaß daran?« Götz schnaufte und schlug nun doch mit der linken Hand nach ihm; gleich verzerrte er gepeinigt das Gesicht und drohte: »Deine Schreibfeder werde ich dir in den Arsch rammen.« Er grinste über das erschrockene Gesicht. »Erst aber schreibst du mir morgen noch die Quittung über die 2000 Gulden, damit ich den Kauf abschließen kann.«

Es gelang ihm nicht mehr, den Becher ohne Zittern anzuheben. An seinem Oberarm nässte Blut durch den Verband. »Hilf mir«, bat er den Knappen.« Thoma gab ihm zu trinken und wollte nach zwei Schlucken absetzen, er aber drückte den Stumpf unter den Boden des Bechers, bis er ihn ganz geleert hatte. Wein tropfte vom Kinn. »Meine Buben.« Schwerer mühte sich nun die Zunge. »Die Burg Hornberg. Da ist bald unser neues Zuhause.«

»Ihr meint richtig wohnen? So für längere Zeit?«

»Das will ich. In meinem Bett schlafen.« Wohlig grunzte der Ritter. »Und baden. Und vorher hast du mir das ganze Fell nach Läusen abgesucht. So will ich es haben.«

Ohne die Erlaubnis einzuholen, schenkte Thoma auch für sich und den Schreiber nach. Beide tranken hastig, und als sie die Gefäße absetzten, glänzten ihre Augen. Keine Regennächte mehr im Gebüsch, nicht mehr vor den kaiserlichen Truppen von einem Versteck ins andere flüchten, nicht mehr … Die Aussicht war zu schön, um nicht doch am künftigen Glück zu zweifeln. »Darf ich etwas fragen?«

»Nur zu.«

»Jetzt seid Ihr enttäuscht und müde, aber ich kenne Eure Kraft. Sobald Ihr Euch ausgeruht habt? Was dann? Ziehen wir dann wieder los?«

»Komm näher, Junge.« Götz beugte den Kopf über den Tisch. »Du auch«, befahl er Sinterius. Als die Gesichter nah zusammensteckten, offenbarte er in weintrunkenem Ernst den Dienern seinen Plan: »Ich will meine Dienste dem besten Herrn anbieten. Da staunt ihr, was? Und er soll mir dafür ein Amt geben. Mein Schwager ist schon lange am Hof des Herzogs. Gute Erfahrungen hat er gemacht ... viel Geld und viele Wohltaten.« Vergeblich versuchte Götz einen Rülpser zu unterdrücken, ehe er mit grimmigem Stolz die Faust in die Mitte legte. »Und seit Schorndorf weiß Herzog Ulrich, wer ich bin. Wisst ihr noch? Wie die Hammel haben wir die Bauern vom Armen Konrad gejagt und zusammengetrieben. Diese Hilfe vergisst Herzog Ulrich mir nicht.«

Bei der Erinnerung an die Bluttage von Schorndorf hatten Knappe und Sekretär entsetzt die Augen geschlossen, dem Ritter fiel es nicht auf, zu sehr berauschten ihn Wein und der Gedanke an ein ehrenvolles Amt. Seine Lippen mühten sich, die Worte zu formen: »Der gnädige Herr ... erfreut wird er sein, wenn er einen wie mich in Diensten hat. Ja, meine Buben, morgen zahl ich den Rest der Kaufsumme. Und wir ... wir ziehen in die Burg Hornberg ... Und da beginnt das ... das neue Leben.«

Thoma fing den Kopf auf, ehe er die Tischplatte erreichte. Allein schafften es die Diener nicht, für einen Extrapfennig packte der Wirt mit an, so schoben und schleppten sie Götz von Berlichingen hinauf in die Stube.

23

Beim letzten Aufbrausen der Orgel zupfte Magdalena am samtenen Halsband, legte die Enden unter dem Kinn busenwärts zusammen, und als die silbrigen Pfeifen nacheinander erstarben, rückte sie unauffällig den breiten Stoffgürtel über den Hüften zurecht. Die Sonntagsmesse war zu Ende. Mit den anderen Frauen ihrer Reihe fügte sie sich am Mittelgang in den Strom der Gläubigen ein, traf Rupert kurz vor dem Ausgang und verließ an seiner Seite die Marienkapelle. Weiße Wolkenballen schmückten das Himmelsblau, leichter Wind ging, ein heller, frischer Tag, jetzt gegen Ende des viel zu heißen Aprils ein wahres Geschenk. Nach einem prüfenden Blick nach rechts und links stieß Magdalena ihrem Mann mit dem Ellbogen leicht in die Seite. »Steht mir das Neue wirklich?«

»Wie soll ich sagen …? Du gefällst mir immer.«

»Schon gut, Lieber. Aber so mein ich das jetzt nicht. Es geht ums Kleid. Ich werde jetzt vor dir hergehen, und du guckst genau, ob es mir auch von hinten steht.« Nach wenigen Schritten ließ sie sich wieder einholen. »Und?«

»Ich weiß nicht, was du erwartest?«

»Da soll doch …« Anstelle eines Fluches knuffte ihn Magdalena fester. »Ich will nur wissen, ob es an den Schultern und in der Mitte gut sitzt, ob die Falten gleichmäßig fallen?«

»Das Gelb gefällt mir, und das blaue Schultertuch passt auch dazu.«

»Du bist nicht besser als andere Männer. Für dich könnte ich jeden Tag im gleichen Kittel rumlaufen.«

»Würde mir auch gefallen.«

»Darf ich helfen?« Eine Bürgerin hatte dem Gespräch zugehört. »Wirklich ein sehr schönes Kleid. Kragen, Ausschnitt und Saum, nicht zu auffällig … es gefällt mir gut. Aber dein Mann hat schon recht, bei deinem Aussehen, dich würde selbst etwas ganz Schlichtes gut kleiden.«

»Danke.« Magdalena stieg die Röte ins Gesicht. »So viele Komplimente wollte ich gar nicht. Wollte nur, dass er die Augen aufmacht.«

»Störe ich?« Tilman Riemenschneider war hinzugekommen. Höflich grüßte er die Bürgerin; als sie weiterging, wandte er sich an Rupert: »Kannst du deine Magdalena für einen Spaziergang entbehren? Ich weiß, es ist Sonntag, aber ich habe etwas mit ihr zu besprechen. Und da die Herrin heute krank daheim liegt, dachte ich, wir gehen jetzt gleich ein paar Schritte.«

»Herr …?« Rupert rieb die Narbe am Hals, er wagte nicht weiterzusprechen, in seinem Blick aber stand unruhiger Vorwurf.

Gleich beim Erscheinen des Meisters spürte Magdalena das Blut unter dem Halsband pochen. Warum unterhielt er sich nicht mit den Stadträten und Freunden wie stets nach der Sonntagsmesse? Heftiger schlug das Herz. Und sie ahnte, warum er ein Gespräch mit ihr außerhalb wollte und sie nicht einfach im Wolfmannsziechlein in die Werkstatt rief. Umgehen kann ich es nicht, dachte sie, aber wenn ich Rupert helfe, dann wird es auch für mich etwas leichter. »Es ist tatsächlich Sonntag, Herr.« Sie hob das Kinn. »Da gehört nun mal die Frau zum Mann. Aber wenn Ihr befehlt …«

»Nein, nein. Nur eine Bitte.« Meister Riemenschneider sah sich rasch nach den Freunden um, Georg Suppan führte lautstark das Wort und hielt alle in Bann, als Einziger blickte Martin Cronthal leicht verwundert zu ihm herüber. »Nur ein Vorschlag.« Til senkte die Stimme. »Und doch ist es dringend.«

»Lasst Rupert mitgehen.« Magdalena lächelte dünn. »Sonst wundern sich die Leute womöglich, wenn der Herr allein mit seiner Magd am Sonntag spazieren geht.«

»Mir ist nicht nach Spaß zumute.« Til befeuchtet die Unterlippe. »Aber dein Vorschlag ist richtig. Gehen wir gemeinsam. Ich wollte ohnehin zum Lindleinsberg. Seit dem Erdrutsch im letzten Winter hab ich mir den Weinhang noch nicht angesehen.«

Der Bildschnitzer ging schweigend voran durchs Pleichacher Tor und weiter am Bachlauf entlang, bald schon bog er ab und folgte dem schmalen Weg hinauf in die Weinberge, der Schultermantel bauschte sich leicht im Wind und ließ die große Gestalt noch machtvoller erscheinen. Zwei Schritte hinter ihm folgte das Dienerpaar.

Keiner sprach ein Wort. Hin und wieder sah sich Meister Til über die Schulter nach den beiden um, und Magdalena suchte seine Augen, wünschte, dass er endlich das Schweigen bräche, er aber blickte wieder wortlos nach vorn.

Unterhalb der Höhe gingen sie nun quer zum Berg, durch sorgfältig beschnittene Rebstöcke. An den hochgebundenen Trieben zeigten sich bereits dicke grüne Knospen.

Am Ende des weiten, nach innen mild geschwungenen Südhangs, kurz bevor der Berg sich nach Osten streckte, blieb Tilman Riemenschneider abrupt stehen und nahm das Barett ab, knautschte es zwischen den Händen.

Auch Magdalena und Rupert standen betroffen da. Von der Höhe bis hinunter ins Tal hatte der Erdrutsch eine lange aufgerissene Wunde hinterlassen: Wie rohes Fleisch die Stellen, wo Fels zu sehen war, wie Schorf, wo Brennnesseln- und Gierschplacken wucherten, dazwischen staken Rebwurzeln, und unten türmte sich der Berg aus Erde und Steinen. »Eine Sintflut«, murmelte Til. »Sie hat alles mitgerissen.«

Das Ausmaß des Unglücks löste die fremde Spannung. Magdalena stellte sich mit Rupert neben ihn. »Warum hier? Warum Euer Weinhang und nicht auch die anderen?«

»Vielleicht ein Zeichen? Wer weiß?«

»Nein, sagt das nicht.« Sie ballte unbemerkt eine Faust. »Warum sollte Gott Euch strafen? Ausgerechnet den Mann, der ihm so viele Heilige schnitzt?«

»Da, Herr.« Rupert deutete nach unten, von rechts und links ragten noch geschichtete Steine in den Hang. »Da hat der Schlamm die erste Trockenmauer durchbrochen. Dann hielt nichts mehr. Eine Terrasse ist dann auf die darunter, und dann hat gar nichts mehr gehalten.«

Noch gefangen vom Anblick, legte Til seinem Knecht den Arm auf die Schulter. »Wir legen einen neuen Weinberg an. Schichten neue Mauern und tragen guten Boden auf.«

»Das dauert, Herr.«

»Wir lassen uns alle Zeit, die nötig ist.«

Magdalena wollte die Nähe festhalten und scherzte. »Wir, Herr?

Wollt Ihr neben der Werkstatt und dem Stadtrat auch noch im Weinberg arbeiten? Oder meint Ihr mit wir den Rupert?«

Seine Miene hellte auf. »Ich dachte vor allem an dich.« Gleich wieder ernst fuhr er fort: »Jeder von uns kann nach seinen Kräften und so, wie er abkömmlich ist, mithelfen. Dennoch werde ich für die groben Arbeiten hin und wieder Tagelöhner einstellen.« Er wandte sich direkt an Rupert. »Ich dachte mir, du solltest den Wiederaufbau planen und auch die Aufsicht führen. Traust du dir das zu, neben den Pflichten im Wolfmannsziechlein?«

»Ihr … Ihr …« Freude hielt die Worte fest, Rupert schlenkerte mit den Armen, endlich brachte er hervor: »Das wird schon gehen, Herr. Danke!«

Der Meister setzte das Barett wieder auf. »Ich fragte dich vorhin nach der Kirche, ob ich mit deiner Frau etwas besprechen kann. Jetzt wäre Gelegenheit dazu.«

»Wie Ihr wünscht.« Der Knecht nickte in Richtung des Erdabgangs. »Und ich steig mal zur Bruchstelle runter. Vielleicht sind die Mauerreste noch zu brauchen.« Ohne eine Antwort abzuwarten, sprang er in die Furche, sprang mit den Hacken voran tiefer; als er außer Hörweite war, sagte Magdalena. »So voller Stolz habe ich ihn noch nie erlebt. Ihr seid sehr gut zu ihm, Herr.«

»Rupert hat mich bisher noch nie enttäuscht …« Til sprach nicht weiter. Die Blicke prüften sich, Magdalena hielt stand, dennoch spürte sie wieder den Herzschlag. »Das ist gut so, Herr.«

»Lass uns zur Bergkuppe hinauf!« Leicht strich seine Hand im Vorbeigehen ihren Arm, und er flüsterte mehr zu sich selbst: »Ich möchte es einfach nicht glauben.«

Die Berührung schmerzte auf der Haut. Magdalena hastete ihm nach, mühte sich trotz der ausholenden Schritte, an seiner Seite zu bleiben. »Was wollt Ihr nicht glauben?«

Er antwortete nicht. Sie ertrug das Schweigen kaum. »Bitte, Herr, geht wenigstens nicht so schnell.«

Kein Ausatmen oben auf dem langgestreckten, zwischen Steinbrocken mit Gras bewachsenen Sporn, kein Blick in die sonnenklare Weite oder hinunter auf den Main und Würzburg. Er stand da und sah auf den Grasboden neben ihren Füßen. »Es geht das Gerücht …

Kurzum, ich habe von meiner Frau erfahren … Glaub mir, ich hasse die Frage, muss sie aber dennoch stellen …«

»Es ist wahr, Herr«, unterbrach ihn Magdalena.

»Du willst sagen, dein Sohn bemüht sich um meine Tochter?«

»Das ist … ist sehr milde ausgedrückt.«

Langsam griff er nach seiner Kopfbedeckung, ging einige Schritte, jäh schlug er das Barett in die freie Hand. »Also weißt du schon lange davon!« Erneut ein Schlag. »Duldest sogar diese Liebschaft! Oder hast sie gar gefördert!«

»Was redet Ihr da?« Von einem Lidschlag zum nächsten fraß der Zorn die Enge in der Brust. »Wer hat das behauptet? Etwa Eure tüchtige Hausfrau? Sie hasst mich, und das wisst Ihr genau. Verflucht, seht mich an, Herr!«

Til wandte sich um. »Die Tatsachen sprechen …«

»Tatsachen?« Magdalena stampfte mit dem Fuß auf. »Tatsache ist nur, dass ich die Mutter von Florian bin und Ihr der Vater von Katharina seid. Und ich weiß von den beiden seit einigen Wochen …«

»Also doch. Warum bist du nicht gleich zu mir gekommen?«

»Ich wollte, aber ich konnte noch nicht.« Die Kraft verließ sie, und Übelkeit blieb. »Weil ich so entsetzt war.« Ihre Stimme zitterte. »Weil ich es nicht rechtzeitig gespürt habe.« Sie deutete auf einen Steinbrocken in der Nähe, war schon unterwegs und setzte sich trotz des neuen Kleides. »Der Gedanke, dass ausgerechnet mein Sohn Eurer Tochter das angetan hat, raubt mir den Schlaf. Und glaubt mir, hätte ich es auch nur vorher geahnt, wie eine Furie wäre ich dazwischengegangen.«

»Willst du damit sagen …?« Til griff sich ins Haar. »Großer Gott, nein. Du meinst, meine Tochter ist nicht mehr im Besitz ihrer … ihrer Jungfernschaft?«

»Er hat es mir gesagt, als er betrunken nach Hause kam.« Magdalena stiegen die Tränen. »Das, Herr, das ist die schlimmste Tatsache. Oh, ich schäme mich so für meinen Sohn.«

Er ging bis zum Rand des Bergsporns, stand dort den Kopf gesenkt, reglos. Erst nach einer Ewigkeit für sie kehrte er zurück. »Was ist zu tun?«

Endlich begegneten sich die Blicke wieder. »Bitte klagt ihn nicht bei Gericht an. Fort, ich gehe mit Rupert und Florian weg, zurück nach Mühlhausen oder weiter noch, wenn Ihr es verlangt. Er ist doch jung, das Leben liegt noch vor ihm.«

»Und meine Katharina? Ihre Zukunft?«

Ein erstickter Schluchzer, Magdalena stützte die Stirn auf und weinte still im Schatten ihrer Hand.

»Es muss sich eine Lösung finden lassen«, hörte sie ihn sagen, dann fühlte sie sein behutsames Streicheln übers Haar, den Nacken, dann den ruhigen Druck auf ihren Schultern. Trotz quälender Sorge war ihr mit einem Mal wohl. So bleiben und stark werden, dachte sie, so vertraut ... Tief in ihrem Schoß erwachte Wärme, das Ziehen wurde stärker, hastig suchte sie nach der Hand auf ihrer Schulter, wischte mit ihr die Augen und schmiegte die Wange daran. Einen Moment blieb die Zeit stehen. »Entschuldigt, Herr.« Sie löste sich. »Da heule ich und suche Trost. Dabei hab ich selbst Mitschuld an dem Unglück, weil ich es nicht vorausgesehen habe.«

»Auf keinen Fall möchte ich, dass du fortgehst.« Ganz in Gedanken berührten seine Fingerkuppen wieder ihr Haar; als es ihm auffiel, nahm er die Hand zurück. »Und es wird auch keine Anklage geben. Der Schaden ist groß, ohne Frage. Wir aber sind die Eltern, und zunächst haben wir die Pflicht, ihn, so gut es eben geht, zu begrenzen.« Ab sofort sollten sich die jungen Leute nach Möglichkeit nicht mehr sehen, nicht mehr miteinander sprechen oder sich gar außerhalb des Wolfmannsziechleins treffen.

Magdalena erhob sich und sah die Abrutschstelle hinunter. In halber Höhe las Rupert Steine auf und schichtete sie an den Rand. »Florian kann beim Anlegen des Weinbergs helfen.« Seine Faulheit kam ihr in den Sinn, gleich schob sie den Gedanken beiseite und nahm sich fest vor, den Herrn Sohn zusammen mit Rupert ans Arbeiten zu gewöhnen. »So wäre der Junge den Sommer über nicht mehr im Hof.« Nach einem Atemzug schwächte die Mutter ab. »Vielleicht hin und wieder Mal zum Essen. Aber da werde ich ihn nicht aus den Augen lassen.«

»Und Katharina?« Der Vater benetzte die Unterlippe. »Eine gute Partie kann sie nun wohl nicht mehr sein. Wir sollten ein Angebot aus guten Kreisen gar nicht erst bedenken. So lässt sich ein Skandal leichter vermeiden.« Til ging auf und ab, er merkte nicht, dass Magdalena ihn von Satz zu Satz ungläubiger anschaute. »Gut wäre, wenn ein älterer Mann für Katharina Interesse zeigt, und möglichst sollte er nicht aus Würzburg sein. Ich würde das Mädchen natürlich mit einer ansehnlichen Mitgift ausstatten …«

»Aber, Herr? Wie redet Ihr? Katharina ist Eure Tochter und nicht ein Stück Vieh … Verzeiht. Nach all dem, was mein Sohn angerichtet hat, sollte ich vielleicht besser schweigen.« Magdalena presste die Handknöchel gegen die Lippen, nach einem tiefen Atemzug setzte sie hinzu: »Aber Ihr sprecht von einer geschnitzten Figur wärmer als von dem Mädchen.«

»Ich liebe meine Tochter.« Betroffen versteifte Til den Rücken. »So, wie ich alle meine Kinder liebe. Nach meinen Möglichkeiten. Und ich gebe zu, dass mir neben der großen Werkstatt und den Pflichten im Stadtrat nicht viel Zeit bleibt.« Er nestelte am Hemdkragen. »Mit Söhnen ist es leichter umzugehen.«

Antworte nicht darauf, ermahnte sich Magdalena, nur keinen Streit jetzt. »Was soll denn mit Katharina geschehen?«

»Bis ein Mann gefunden ist?« Er seufzte und schüttelte unmerklich den Kopf. »Ich werde sie meiner Frau anvertrauen müssen. Margarethe wartet bereits darauf, bei ihr wird das Mädchen gewiss gut verwahrt sein.«

»Armes Kind«, flüsterte Magdalena. »Nun schäme ich mich erst recht für meinen Sohn. Was hat er Euch nur angetan?«

Über Nacht war Kälte hereingebrochen. Noch zwei Tage zuvor hatte Magdalena einige Säckchen mit getrocknetem Lavendel zwischen die dicken Wintersachen gelegt und sie in der Truhe bis zum nächsten Winter eingemottet. Heute beim Aufstehen war das Fenster eisblind gewesen, und als sie im wieder hervorgeholten Wollmantel das Apothekerhaus verließ, wuchsen weiße Rauchblumen aus den Schornsteinen. »Und das mitten im Mai«, schimpfte sie vor sich hin und dachte an Els und den Schwager im oberen Tal. »Es blüht doch schon alles. Das Obst. Die Rebstöcke. Hoffentlich überstehen die Pflanzen den Frost. Noch so ein schlechtes Jahr wie das letzte wäre schlimm.« Beim Überqueren der Straße zum Dom begegneten ihr Männer, die in die Hände hauchten und sich die Füße warm stampften.

Kaum hatte Florian die Eisblumen an den Scheiben entdeckt, da wollte er im Bett bleiben; doch von der Mutter war ihm die Decke weggezogen worden, und Rupert hatte zwar bis zur Zahnlücke sein Grinsen gezeigt, bei seinem Griff in den Nacken aber war jeder Protest erlahmt. Seit zwei Wochen musste der Sohn jeden Morgen mit hinaus in den Weinberg. Der Stiefvater teilte ihm gesondert von den Tagelöhnern eine Arbeit zu und kontrollierte am Abend das Geleistete. »Der Junge gibt sich Mühe«, hatte Rupert sehr schonungsvoll auf ihre Frage hin geantwortet. »Manchmal wenigstens.«

Magdalena bog in die Franziskanergasse ein. Von seinen Eltern hat der Junge die Faulheit nicht geerbt, dachte sie. Mein Jakob, Gott hab ihn selig, war ein fleißiger Mann, und ich scheue mich auch vor keiner Arbeit. »Muss wohl an mir liegen. Weil ich ihn als Kind zu sehr verwöhnt habe und …« Sie hielt inne, runzelte die Stirn. Gegenüber vom Eingangstor, auf der anderen Gassenseite, stand Katharina eng an der Mauer, nur mit dem dünnen Hauskittel bekleidet. »Du holst dir den Tod«, begrüßte Magdalena sie.

»Ist mir egal.« In den Augen stand heller Vorwurf. »Warum hast du uns verraten? Nie hätte ich das von dir geglaubt.«

»Das ist nicht wahr …«

»Du willst meine Freundin sein? Belogen hast du mich die ganze Zeit. In Wahrheit hältst du zu ihr. Dieser … dieser Maulstinkerin. Und ich werde …«

»Verdammt, hör mir zu!« Entschlossen fasste Magdalena nach beiden Handgelenken und zog die junge Frau nah an sich heran. »Hör jetzt bitte zu! Dein Vater hat es von der Herrin, und die hat es von der Hexe Suppan erfahren. Ihr seid gesehen worden. Nein, schau mich nicht so an. Wenn ihr wie die Tauben in der Stadt rumturtelt, glaubst du etwa, das bemerkt niemand? Schämen solltet ihr euch!«

»Aber wir lieben uns doch.«

»Das darf nicht sein.« Magdalena schüttelte sie leicht. »So wach doch auf! Mein Sohn ist kein Mann für dich. Sein Vater war Leibeigener, und ich bin nur eine Magd. Du hast einen Bräutigam aus besseren Kreisen verdient.«

»So einen will ich gar nicht.«

»Es gehört sich aber für die Tochter eines Stadtrates …« Erschrocken hielt Magdalena inne. Was rede ich hier? Ausgerechnet ich? Sie umarmte die Unglückliche und flüsterte: »Du tust mir so leid … so leid.«

Nach den vielen Tagen angefüllt mit Vorwürfen und Drohungen wärmte die Nähe, und Katharina klammerte sich an Magdalena. »So lange habe ich ihn nicht gesehen. Wird er oft geschlagen? Immer muss ich daran denken. Ich mag Rupert gar nicht mehr ansehen, weil er doch so stark ist, und mein Flori hält das doch nicht aus.«

»Wovon sprichst du?« Magdalena bog den Kopf zurück, dass sie ihr ins Gesicht sehen konnte. »Ich verstehe gar nicht, was du meinst?«

»Aber die Stiefmutter sagt mir doch jeden Tag, wie schlimm dein Mann ihn auspeitscht.«

»Mein gutherziger Rupert? Ausgerechnet er? Und so was glaubst du dieser … dieser …«, Magdalena bezwang sich, »… dieser Frau deines Vaters?«

»Ich erfahre doch sonst gar nichts. Den ganzen Tag muss ich immer in ihrer Nähe sein, ich komm doch gar nicht weg.« Heute früh aber hatte sie es nicht mehr ausgehalten und war, ehe die Stiefmutter herunterkam, davongeschlichen, um hier draußen auf Magdalena zu warten. »Und Flori wird gar nicht mit der Peitsche …?«

»Ganz sicher nicht. Obwohl ihm hin und wieder eine tatkräftige Ermahnung nicht schaden würde. Aber dazu ist Rupert der Falsche und ich, nun ja, ich bin eben seine Mutter.«

Die Pforte des Hoftores wurde aufgerissen. »Katharina!« Frau Margarethe trat nur einen Schritt hinaus. »Zu mir!«, befahl sie Katharina wie einem Hund. Der gestreckte Zeigefinger deutete auf den Platz neben ihren Füßen. »Und zwar sofort!«

Erschrocken fuhr die junge Frau zusammen, löste sich, haspelte noch: »Grüß ihn von mir. Sag, dass ich immer an ihn denke. Bitte!« Dann lief sie über die Gasse und blieb mit gesenktem Kopf vor der strengen Frau stehen. »Du versuchst schon wieder, mich zu hintergehen?«

»Ich bitte um Verzeihung.«

»Das allein wird nicht genügen. Ich habe deinem Vater versprochen, dich zur Vernunft zu bringen. Bisher habe ich es mit Güte versucht, nun aber ...« Die Hand zuckte vor, drei-, viermal hintereinander schnappte sie zu. An Busen, Oberarm und Bauch gequetscht, schrie Katharina schmerzhaft auf. Ungerührt beendete die Stiefmutter den Satz: »... nun aber scheinen wir ohne Bestrafung nicht auszukommen. Ins Haus mit dir!« Kaum war das Mädchen durch die Pforte geschlüpft, winkte sie Magdalena zu sich. »Etwas mehr Eile, wenn ich bitten darf.«

»Ich gehe, so schnell es nötig ist, Herrin.« Außer Reichweite der Fingerzange blieb Magdalena stehen. »Meine Arbeit beginnt Glock sieben. Und die Turmuhr hat noch nicht geschlagen.«

»Halt dich von unserer Tochter fern. Dies ist ein Befehl. Du und dein missratener Sohn. Der Meister ist viel zu milde mit euch umgegangen.«

»Erlaubt mir zu schweigen«, sagte Magdalena mühsam beherrscht, versteckte die geballte Faust in den Falten ihres Kleides und neigte kurz den Kopf. »Ich wünsche einen guten Tag, Herrin.« Im Vorbeigehen traf sie der Atem, und Frau Margarethe schickte noch hinterher: »Warte nur, dein Hochmut wird dir bald vergehen.«

24

Die Nacht verblasste. Nebelschleier zogen über die Höhen des Schwarzwalds und umwaberten hoch über Freiburg den Kopf des Kandel. Noch hatte der Morgen nicht gewonnen, Hell und Dunkel waren noch ohne Unterschied. Hufschlag, von Osten stieg er gemächlich den Wald herauf und näherte sich der Bergkuppe. Ein Windstoß zerteilte den Dunstvorhang. Zwei Reiter. Der auf dem Schimmel war umhüllt von einem weiten weißen Mantel mit schwarzen Blenden, unter dem ausladenden Barett war sein Gesicht nicht zu erkennen. Der auf dem Rappen trug geschlitzte rote Pluderhosen und darüber das schwarze, dick gesteppte Franzosenwams. Er wandte sich seinem Begleiter zu, von der üppigen Pfauenfeder an seinem Hut tropfte die Nebelnässe. »Vor allem benötigen wir noch mehr Feuerteufel.« Joß Fritz hob mahnend den Finger. »Erinnere unsere Werber daran, Stoffel. Ich will, dass in jedem Ort mindestens zwei Männer bereitstehen. Falls der eine Angst bekommt oder entdeckt wird oder warum auch immer ausfällt, muss der zweite den Brand legen. Feuer, mein Freund, Feuer stiftet Verwirrung. Und wenn unser Heer vor eine Stadt zieht, dann soll drinnen gleich der Brand hochschlagen.«

»Ich bestell's dem Michel. Er kann's an die Unterwerber weitergeben.« Stoffel von Freiburg gähnte ausgiebig: »Bin froh, wenn ich unten in Waldkirch mein Bett sehe. So eine Nacht ohne Schlaf geht schon in die Knochen.«

»Gut, dass keiner zuhört.« Ärger schwang in der Stimme mit. »So jung und so schlapp. Was soll ich mit meinen bald fünfzig Jahren denn sagen?« Aus Furcht vor Verrat hatten sich die beiden Anführer des neuen Bundschuhs in einer entlegenen Waldhütte getroffen. Alle Einsatzpläne waren noch einmal genau durchdacht und die letzten Vorbereitungen verabredet worden. In Stoffel von Freiburg hatte der leicht ergraute Hauptmann einen kampferprobten Mitstreiter gefunden. Er war es, der in wenigen Monaten mehr als hundert arbeitslos herumziehende Landsknechte angeworben hatte, deren Sprache sprach, aber auch deren Untugenden nicht abgeneigt war. »In einem Monat, am 8. September, soll's losgehen. Wie wär's, wenn du bis dahin den Weinkrug hin und wieder mal stehen lässt?«

Gleich zahlte Stoffel bitter vergnügt zurück. »Und wie wär's, wenn du mir endlich verrätst, von welchem Geld wir unsere Söldner bezahlen werden? Lange nehmen mir auch die Werber meine Versprechungen nicht mehr ab. Von wegen: Für jeden angeworbenen Bauern gibt's 'nen dicken Pfennig ...« Schon geschlagen hob Joß beide Hände, doch Stoffel wollte auch den letzten Hieb austeilen. »Ja, nur gut, dass keiner zuhört. Denn zähl ich den Lohn für die Feuerteufel dazu, dann brauchen wir mehr als 2000 Gulden.« Selbst erschrocken über die Summe, blies er hörbar den Atem aus. »Beim Leibhaftigen, da kann's einem schon schwindlig werden. Wir haben es nicht mit armen Bauern zu tun. Denen mag ja die Hoffnung aufs Paradies genügen. Aber all die Gaukler, Bettler und Hausierer, die für uns unterwegs sind, um Leute für den Bundschuh zu gewinnen, die vergessen Vater und Mutter, aber nicht den, der ihnen Geld schuldet, den niemals.«

»Wir zahlen.« Joß schnippte mit den Fingern. »Drüben im Elsass, in Rosheim fangen wir an. Sobald die Stadt in unserer Hand ist, gehört uns auch die Stadtkasse. Und vorbei sind die Geldsorgen.« Er beugte sich nach vorn, strich seinem Rappen die Mähne und tätschelte die Halsseiten. »Wir sind doch nicht aufs Maul gefallen«, sagte er sonderbar sanft. »Weder du noch ich.«

Stoffel lenkte sein Pferd näher. »Wie meinst du das?«

Aus den Augenwinkeln blickte der Hauptmann zu ihm hoch. »Wozu können wir reden? Den einen Monat werden wir sie doch wohl noch mit schönen Worten stillhalten können? Oder?« Schneidend kalt wurde die Stimme. »Und sobald der Sturm losbricht, dann wird nur noch der satt, der mit uns kämpft. Wer sich raushält, wird zertrampelt. Wer gegen uns ist, dem wird der Schädel eingeschlagen. Das gilt für Bettler und Fahrende ebenso wie für die Landsknechte.«

»O verflucht.« Langsam nahm Stoffel das Barett ab. »Soll das heißen ... du willst gar nicht zahlen? Ich mein, bis auf die paar Pfennige als erstes Handgeld?«

»Nein, nein. Gezahlt wird schon. Sobald wir unsere Ziele erreicht haben und nur noch Papst und Kaiser unsere Herren sind, wird jeder Fleißige genug haben und die Faulen eben weniger. Um andere, mein Freund, um die müssen wir uns dann keine Gedanken mehr machen.«

Sein Mitstreiter öffnete den Mund, doch der Satz erstarb auf den Lippen. Beide schwiegen. Hinter ihnen brachen Sonnenstrahlen durch den Nebel, und sie geleiteten die Reiter auf hellen Bahnen tiefer hinunter in den Wald. Rechts und links des Weges glitzerten und blinkten die feuchten Blätter. Stoffel, den Zügel lose vor sich auf dem Sattel, behauchte den silbernen Pfeil an seinem Barett und wienerte ihn gründlich mit dem Samtbesatz des weißen Mantels. Endlich hatte er begriffen. »Ein gewagtes Spiel. Da sollten wir aber viel Honig bereithalten, bei all den Bärten die wir schmieren müssen.«

»Keine Sorge.« Jetzt lachte Joß zuversichtlich. »Zweimal bin ich mit dem Bundschuh gescheitert, jetzt, beim dritten Mal, mein Freund, werden wir ihnen einen Bundschuh aufschnüren, wie sie noch keinen gesehen haben.« Niemals zuvor hatte er das Netz so weit ausdehnen können. In mehr als hundert Dörfern, vom Elsass bis hinter dem Schwarzwald, standen Männer des Geheimbundes bereit. Und bis auf die wenigen Hauptleute und den obersten der Werber, Michel von Dinkelsbühl, wusste eine Gruppe noch nichts von der anderen. Sollte eine Masche vor dem Losschlagen durch Verrat zerrissen werden, so war dennoch das ganze Netz nicht gefährdet. »Wir sind bereit. Und das wichtigste Unterpfand trage ich bei mir.« Feierlich legte Joß die Rechte aufs Herz. »Unsere Fahne. Und glaub mir, wer sie voranflattern sieht, der vergisst das Geld, der jubelt und rennt ihr nach.«

»Wenn ich dich so höre ... müd bin ich nicht mehr ...« Stoffel setzte das Barett wieder auf. »Und wenn ich nicht schon dazugehören würd, du könntest mich schon überreden.«

»Hauptsache, du hältst mir die Landsknechte bei Laune.«

Der Weg wurde flacher, führte an Wiesenhängen entlang. An einer Gabelung nahe Waldkirch zügelten sie die Pferde. Stoffel wollte zu seinem Hauptquartier am Ortsrand. Joß wollte weiter, über Sexau nach Emmendingen. »Will doch meiner Else zeigen, dass es mich noch gibt.«

»Dein Weib hat uns schon gute Dienste geleistet.«

»Tüchtig ist sie.« Joß dehnte die Pause. »Und vertrauen kann ich ihr …« Er hob die rechte Hand, knickte den Daumen und schloss ihn mit den Fingern ein. »Das ist gut so.«

Auch Stoffel ballte die Faust über dem Daumen und gab den Geheimgruß zurück. »Das ist gut so.« Ein Zungenschnalzer, ein leichter Schlag mit dem Zügel, und der Schimmel trabte an. Im Wind bauschte sich der Mantel, das Sonnenlicht umflutete Pferd und Reiter mit blendendem Weiß und entflammte den silbernen Pfeil am Barett.

Der Rappe sprengte den anderen Weg hinunter in Richtung Sexau. Schwarz das Wams, in grellem Rot die Hosen, und durch die langen Schlitze leuchteten Grün und Gelb. Als die Weingärten in Sicht kamen, zog Joß Fritz den Federhut tiefer in die Stirn. Nirgendwo war für ihn die Gefahr, erkannt zu werden, größer als in der Umgebung von Freiburg. Das bunte Kleid der Landsknechte weckte keine Neugierde, es gehörte auf den Straßen und in den Ortschaften zum Alltag, nur das Gesicht konnte ihn verraten. Und so verbarg er es im Schatten des breiten Hutes.

Im Gasthaus Rebstock nahe der Kirche gab es kaum noch einen freien Platz. Stickig war es. Geruch nach Stall und Schweiß erfüllte die Luft. Gelächter, Palaver, eine Stimme versuchte die andere zu übertönen. Zum Rossmarkt waren viele Bauern nach Emmendingen gekommen, und jetzt gegen Mittag waren ihre Kehlen vom Handeln, Feilschen und Anpreisen ausgetrocknet.

Mit umgebundener Schürze stand der Wirt neben dem Weinfass. »So gefällt mir das«, murmelte er kurzatmig, und von Krug zu Krug, den er zapfte, wurde sein Lächeln breiter.

Else erschien in der geöffneten Tür. Sie trug ein schlichtes graues Leinenkleid, eng in der Mitte, weit der Ausschnitt, und weil es ein heißer Augusttag war, hatte sie auf das Brusttuch verzichtet. Suchend blickte sie über die Köpfe der Gäste und betrat nach einer Weile unsicher den Schankraum. Die Bauern am ersten Tisch stießen sich an, feixten.

Else kümmerte sich nicht darum, dicht ging sie an den Männern vorbei, streifte mit der Hüfte einen Ellbogen und hörte nicht auf die anzüglichen Bemerkungen. Tiefer im Raum nutzten Hände die Enge, doch auch das Betasten der Pobacken entlockte ihr keine Empörung. Vor dem Tisch neben der Hintertür drehte sie sich um, schüttelte verzagt den Kopf.

»Aber was hat sie denn nur?«, fragte einer der drei Männer mit weinseliger Stimme.

»Entschuldigt.« Else beugte sich weit vor, die größer werdenden Augen schien sie nicht zu bemerken. »Ich suche den Vater, den Jakob. Von Buchholz sind wir.«

»Und ich bin von Breisach.« Der Mann griff nach ihrem Arm.

Nur einen Schritt ließ sich Else näherziehen. »Weil der Vater doch alt ist und so viel vergisst.«

»Ich bin der Wagner Johannes. Kannst aber Hannes zu mir sagen.«

Sanft streifte sie seine Finger ab. »Du bist freundlich, Hannes.« Sie prüfte die Nadeln im hochgesteckten Haar und richtete ihren Ausschnitt, zog und zupfte, doch als sie die Hände sinken ließ, wölbten sich die weißen Brüste freier noch aus dem Stoff. »Wo kann der Vater nur sein?« Else schob die Unterlippe vor.

Mit einem Tritt auf den Fuß, einem Stoß in die Seite schickte der Wagner seine beiden Kumpane vom Tisch. »Komm, setz dich! Trinken wir erst mal einen Schluck. Ich glaub, ich weiß, wo der Jakob ist.« Er schenkte ein, und noch ehe Else zwei Schlucke genommen hatte, war sein Becher schon geleert. Der Blick sank zwischen die weißen Brüste. »Ist dein Vater so ein Krummer mit weißem Haar?«

»Ja, das ist der Jakob.« Aufgeregt rückte sie näher an seine Seite. »Wo hast du ihn gesehen?«

»Also, ich …« Seine Hand legte sich auf ihren Oberschenkel; als sie dort bleiben durfte, befeuchtete er mit der Zunge die Mundwinkel. »Der Vater ist zur Hintertür raus. Also … Wenn du willst, können wir ja mal nachsehen.«

»Mein Ritter«, tief atmete Else ein und aus, und ihr Busen hob und senkte sich mit. »Danke. Ja, suchen wir. Vielleicht finden wir den armen alten Mann.«

Hannes zögerte nicht. Eilig schob er die Schöne durch die Hintertür. Niemand war im Hof zu sehen. Die Augustsonne blendete. Drüben im Schatten stand das Scheunentor halb offen. Der Wagner aus Breisach führte, drängte seine Eroberung direkt darauf zu. Vor dem Eingang übermannte ihn die Ungeduld, er umarmte sie, griff gierig nach den Brüsten. Else wehrte sich nur zaghaft. »Aber der Vater …?«

»Den finden wir schon. Komm mit. Vorher zeig ich dir was Besseres.« Er zog sie hinter sich her durch den Spalt und drückte das Tor zu.

»Nicht, Hannes«, wehrte Else ihn ab. »Ich hab Angst vor Ratten. Hier vorn ist es mir zu dunkel.« Weiter hinten fiel ein breiter Lichtschein durch die obere Ladeluke. »Lass uns dahin.«

Noch auf dem Weg nestelte der Verführer an seinem Gürtel, und als Helligkeit genug war, wippte ihm seine Männlichkeit hochgereckt vor dem Bauch. »Na? Da staunst du.« Er drückte sie ins Heu.

»Warte!« Kein Schrei, mehr ein Ruf: »Mein Kleid!« Und noch einmal: »Mein Kleid!«

Er hörte nicht und beugte sich über sie. »Jetzt zeig ich dir, wie bei uns in Breisach die Butter im Fass gestoßen wird.«

An den Haaren wurde Hannes zurückgerissen. Ein Messer drückte sich in seine Halsseite. »Du elender Bock. Wenn du nicht sofort aufstehst, schneid ich dir die Kehle durch.«

»Was hab ich denn …? Bitte nicht, bitte …« Der Griff im Haar verstärkte sich, die geschliffene Spitze ritzte die Haut. Ohne den Kopf zu bewegen, raffte sich der Wagner hoch, vor den Lenden neigte sich sein Stolz längst wieder dem Boden zu.

Else stand auf. »Verdammt, bist du taub?«, zischte sie ihrem dickbauchigen Retter zu. »Warum hat das so lange gedauert?«

»Später«, gab der aus dem Mundwinkel zurück, wartete, bis sie aus dem Blickfeld getreten war, dann widmete er sich wieder mit schneidender Stimme seinem Opfer. »Geh ins Helle … Halt. Und runter auf die Knie!« Der breite grelle Sonnenstrahl erfasste nun die ganze Jammergestalt. Geblendet wollte Hannes mit der Hand die Augen schirmen. Da traf ihn ein harter Tritt in den Rücken. »Wag es nicht. Sonst bist du gleich tot.«

»Was hab ich denn getan? Ich wollte doch nur mit dem dummen Weibsstück meinen Spaß. Nur ein bisschen Spaß, mehr nicht …«

»Wie redest du von ihr?« Harte Knöchelschläge gegen den Hinterkopf bläuten ihm aus dem Dunkel jeden Satz ein. »Das ist die Gemahlin meines Herrn … Eine Dame … Und du hast versucht, sie mit deinem Bauernlümmel …«, zur Bekräftigung setzte es drei Kopfnüsse extra, »… zu besabbern! Weißt du, was für eine Strafe darauf steht?«

»O Jesses, Maria und Josef.« Hannes legte die Hände zusammen. »Wer bist du denn?«, flüsterte er mit bebendem Kinn.

»Dein Richter.« Für einen Moment zeigten sich dem Opfer massige Umrisse, gleich tauchten sie wieder ins Dunkel. »Und ich vollstrecke das Urteil selbst und sofort.« Die Stimme geriet in Singsang. »Das Strafmaß lautet: Wegen Annäherung mit unzüchtiger Absicht wird dem Wagner das Ding abgeschnitten und beide Nasenlöcher werden ihm bis oben hin aufgeschlitzt.«

»Erbarmen!« Entsetzen würgte den Angeklagten. Mit flatternden Fingern löste er den Lederbeutel vom Gürtel. »Ich bereue alles. Hier, ich hab einen Gaul verkauft. Nimm die Schillinge. Nur tu mir das nicht an!«

Keine Antwort kam aus der Düsternis.

Das Schweigen verschlimmerte noch die Furcht. Mit kleiner Stimme wimmerte Hannes: »Bitte … nimm doch. Lass mich gehen! Bitte!«

»Dein Geld will ich nicht.« Die Richterstimme klang sanfter, und gleich klammerte sich Hannes an den Strohhalm. »Was denn? Sag es?«

»Erst schwöre bei allen Heiligen, dass du über alles, was hier geschehen ist, und auch über alles, was du nun erfährst, Stillschweigen bewahrst!«

Und Hannes wollte alles geloben, ganz gleich, was es auch war. Voller Inbrunst leistete er den Schwur. Er hörte vom Bundschuh und erschrak nicht einmal. Drei Namen aus Breisach erfuhr er und wunderte sich nicht, dass es gute Nachbarn waren, die sich mit ihrem Eid längst schon dem Geheimbund verpflichtet hatten.

»So gelobe auch du …«

Satz für Satz sprach Hannes die Formel gehorsam nach und wischte sich zum Schluss die Tränen aus den Augen. »… Ja, mit Leib und Seel.« Nur unmerklich wagte er den Kopf zu wenden und bat erschöpft: »Darf ich jetzt nach Hause?«

»Von nun an bist du nicht mehr allein, Freund. Du gehörst zu uns, wir helfen dir, wenn du in Gefahr bist. Und wir finden dich, wenn du zum Verräter wirst.«

Die gestreckte Hand erschien im Strahlenkegel, der Daumen knickte nach innen, und die Finger schlossen ihn ein. »Warte, bis einer dir diese Faust zeigt und sagt: ›So ist es gut.‹ Der bringt den Befehl zum Losschlagen. Und jetzt geh nach Breisach.«

Der Wagner erhob sich von den Knien, nur notdürftig zog er die Hosen hoch und stolperte davon. Kaum hatte sich das Scheunentor hinter ihm geschlossen, trat der beleibte Gaukler ins Helle. Seine speckigen Wangen glänzten. »So einen Spaß hatte ich lange nicht mehr.« Er nahm die Kappe vom nackten Schädel und wischte sich damit den Nacken. »Aber gut war ich …«

»Michel, du fettes Schwein!« Else stand vor ihm und stemmte die Hände in die Hüften. »Lässt den Kerl erst über mich herfallen! Ich hab laut genug ›Mein Kleid‹ gerufen. Da hättest du ihn dir schon schnappen müssen. Aber du? Du wolltest … wolltest wohl zugucken?« In den Zorn mischte sich Unglück. »Ich … ach, verflucht, ich habe es so satt. Immer muss ich diese stinkenden Kerle für dich herlocken.«

»Für uns …« Michel von Dinkelsbühl hob den Finger. »Für unsern Kampf. Heute hast du den zwanzigsten Bauern für den Bundschuh geworben. Dein Mann wird stolz auf dich sein.«

»Und dir wird er den fetten Wanst aufschlitzen. Wenn mein Joß erfährt, dass du mit Absicht die Kerle so lange an mir rumtatschen lässt, dann bist du deinen feinen Posten los.« Sie schlug die Faust in die geöffnete Linke. »Und nur wenn du großes Glück hast, kannst du wieder auf dem Jahrmarkt die Leute betrügen.«

Der Gaukler wollte ihr besänftigend die Hand auf die Schulter legen, doch Else schlug sie beiseite. »Fass mich nicht an! Und wenn du willst, dass ich weitermache, dann sag mir, warum du nicht früher eingegriffen hast?«

Michel wandte hilfesuchend den Kopf.

Und aus dem Dunkel drang leises Lachen: »Weil ich es so wollte.«

Beim Klang der Stimme fuhr Else zusammen; während sie noch ungläubig den Kopf schüttelte, trat er in die Lichtbahn. »Liebster.« Sie schluckte, benötigte Zeit, um zu begreifen. »Du bist hier?«

Joß nahm den Federhut ab und verbeugte sich galant. »Meine schönste Dame. Verzeih, die kleine Prüfung. Nun weiß ich, wie treu mein Weib mir ist, auch wenn ich in der Ferne weile.«

»Du bist auch nicht besser ...« Mit geballten Fäusten ging sie auf ihn zu und wollte doch nur gehalten werden. Als er die Arme um sie schloss, sog Else tief seinen Geruch in sich auf. »So lange hab ich dich nicht gesehen. Viel zu lange.«

Hinter ihrem Rücken gab Joß seinem obersten Werber und engen Vertrauten den Wink zu verschwinden. »Lass uns nicht reden«, bat er. »Gleich muss ich schon wieder weiter.« Er zog Else aus dem Licht. Im Heu seufzte sie und wollte nichts fragen. Später versprach er: »Nicht mehr lange, und diese schlechte Zeit hier in Emmendingen hört auf. Dann wirst du nur noch schöne Kleider tragen und wirst stolz neben mir durch Freiburg spazieren.«

Nicht weit von der Hauptstadt des Breisgaus neigte sich in der Kirche von Merzhausen die Beichtstunde fast dem Ende zu. Seit zehn Minuten hatte auch das letzte der reuigen Christenkinder nach Abbeten seiner auferlegten Buße den geweihten Raum verlassen. Herrschte draußen auch sengende Augustsonne, so labte hier im Innern kühle Stille, und in der Enge des hölzernen Gehäuses saß Pfarrer Rupertus, der Kopf war ihm auf die Brust gesunken, leise schnarchte er vor sich hin.

Das Knarren der Kniebank weckte den Hirten. Mit der Zunge schmeckte er die Schlaftrockenheit vom Gaumen, dann schob er den Samtvorhang beiseite. Vor dem Gitterfenster kniete Bertel, ein abgehärmter Höfler, dem die Blutzapfen bis auf eine Kuh alles Vieh genommen hatten, der dennoch niemals den Schuldenberg abtragen konnte. »Mein Sohn?«

Bertel schlug das Kreuz und presste die Hände vor der Brust zusammen. Sein Atem ging schnell, kaum gehorchte die Stimme: »Im Namen des Vater des Sohnes und des Heiligen Geistes. Amen.«

»Gott, der unser Herz erleuchtet, schenke dir ...«

»Amen«, unterbrach Bertel, doch so, wie es vorgeschrieben war, fuhr der Hirte von Merzhausen in großer Ruhe fort: »... wahre Erkenntnis deiner Sünden und seiner Barmherzigkeit.«

»Amen«, antwortete Bertel überhastet, dann verkrallte er die Finger im Hemdkragen. »Ich hab gesündigt, weil ich nicht Nein gesagt hab. Aber da hatte ich Angst. Und sie haben mir doch vier Gulden versprochen. Vier Goldstücke! Da hätte ich Ruhe vor den Blutzapfen, hab ich gedacht. Und ich hab gedacht, dass es auch noch für eine zweite Kuh reicht. Und dann muss es doch besser werden. Also hab ich zu den Heiligen geschworen und versprochen, dass ich's mache, und hab die sechs Schillinge genommen, die sie mir als Anzahlung gegeben haben.« Atemlos rang Bertel nach Luft, dann setzte er hinzu: »Und jetzt hab ich keine Ruhe mehr.«

»Mein Sohn, versuche dich zu sammeln«, ermahnte Pfarrer Rupertus leicht ungehalten. »Wenn der Vater im Himmel dir verzeihen soll, muss er vorher verstehen, was du getan hast. Also berichte von vorn und nacheinander.«

»Also, ich war vor zwei Tagen mit dem Gemüsekarren in Freiburg und bin dann mittags wieder auf Merzhausen zu. Am Wäldchen hinter der Brücke haben mich drei Hausierer angehalten. Erst dachte ich, sie wollten mit und solange ihre Kiepen auf meinen Karren laden.«

Doch gleich nach der höflichen Begrüßung hatten die drei den Bauern gepackt und in den Wald gezerrt. Ohne wirklich zu schlagen oder zu verletzen, bedrohten sie ihn mit langen Messern, stießen den Geängstigten hin und her, bis er auf die Knie fiel.

»Dann waren sie plötzlich freundlich. Und gesagt haben sie: Jetzt sei die Probe vorbei. Jetzt könne ich reich werden, wenn ich wolle. Und ich dachte an all mein Elend und hab gesagt, dass ich will.«

Die drei Hausierer hatten Bertel den Eid des Stillschweigens abgenommen und ihn als neuen Bundschuher eingeschworen. »Und ich hab gefragt, wo denn bei dem Aufruhr der Reichtum für mich herkommt? Und da hat einer mit den sechs Schillingen vor meiner Nase geklimpert.« Bertel war ausersehen, am Tag des Angriffs auf Freiburg das Gasthaus Zum Löwen in Brand zu setzen. »Damit's Feuer sich in der ganzen Stadt ausbreitet«, flüsterte er furchtsam, als sähe er das Flammenmeer vor sich. »Aber ich kann's nicht, Herr Pfarrer. Und jetzt ist alles falsch in mir drinnen. Weil, bei den Heiligen hab ich geschworen, eine Sünde zu machen. Aber wenn ich meinen Schwur breche, ist es auch eine Sünde.«

Die Ruhe des Hirten war verflogen, sehr eilig kam die Frage: »Bereust du, mein Sohn? So sage es!«

»Ich bereue, dass ich Böses getan …«

»So spreche ich dich los von deinen Sünden.« Hastig schlug Pfarrer Rupertus das Kreuz und murmelte: »In nomine Patris et Filii et Spiritus Sancti.«

Mit dem Amen seines Beichtkindes verließ der Priester bereits das Gehäuse, kam herum und zog den Bauern am Arm hoch und in Richtung des Chorraums. »Los, nun frag mich, was du tun sollst. Alles, was ich da drinnen gehört habe, darf ich hier draußen nicht mehr wissen. Also sag mir, dass sich ein Bundschuh im Land zusammenrottet, dass die Aufrührer dich angeworben haben, damit du Freiburg in Brand stecken sollst.«

»Aber ich will's doch gar nicht.«

»Und ich will dir und uns helfen.«

Endlich erleichtert und voll neuen Vertrauens, wiederholte Bertel seine Aussage außerhalb des Beichtstuhls.

Am nächsten Morgen suchte der Pfarrer seinen Freund, den Magister Johann Cäsar, an der Universität Freiburg auf, und bereits gegen Mittag informierte der Gelehrte den Stadtrat.

Nicht vergessen war der Bundschuh von vor vier Jahren. Damals gelang es gerade in letzter Stunde noch, den Brand zu ersticken, nun sollte schneller, gründlicher, noch härter durchgegriffen werden.

Kein lauter Alarm wurde gegeben. Kuriere überbrachten die Warnung den umliegenden Regierungen, und von diesen wurden zunächst alle Polizeibehörden angewiesen, ein Auge insbesondere auf die Fahrenden, auf die Gaukler und Spielleute, die Bettler und Hausierer zu werfen.

Joß Fritz war derweil unterwegs ins Elsass. Letzte Vorbereitungen für den 8. September mussten getroffen werden. Dort, jenseits des Rheins, ahnte der sonst so Wachsame nichts vom Aufhorchen der Behörden im Breisgau.

Als die drei Hausierer jedoch bei seinem obersten Werber erschienen, um sich das Kopfgeld für den neuen Bundschuher abzuholen und lachend vom Überfall auf den armen Bertel berichteten, hatte Michel ein erstes Ziehen im feisten Nacken verspürt. Zunächst wusste er sich keinen Reim darauf zu machen, dann aber wurde er Zeuge, wie ein Wachtrupp vier Bettler auf der Straße nach Kollmarsreute ergriff und wegführte.

»Kann sein … kann aber auch nicht.« Mit geschnürtem Bündel stand er oben im Gasthaus Rebstock vor Else, und Schweiß perlte vom kahlen Schädel über Stirn und feiste Wangen. »Ist ja nur eine Vermutung. Aber komm mit. Lass uns runter ins Markgräfliche. Da an der Schweizer Grenze arbeiten wir weiter. Und wenn's brennt, sind wir gleich in Sicherheit.«

»Und meinen Joß lässt du hier im Stich?« Voller Verachtung maß sie ihn mit dem Blick. »Feiger Fettwanst!«

Die Beleidigung glitt an Michel von Dinkelsbühl ab. »Um deinen Mann musst du dich nicht sorgen. Der entwischt immer, den können nicht mal zehn Ketten halten. Aber wir, so Menschen wie ich und du. Wir sind nicht so stark.«

»Wie klein das Großmaul geworden ist? Auch wenn mein Joß dir so vertraut, ich hab dich in den letzten Wochen erlebt und kenn dich besser. Du hast dir doch deinen Spaß gemacht, wenn die Männer mir ans Kleid gingen. O Michel, in Wahrheit bist du eine Maus.«

Nun stand in seinen Augen doch ein heimtückisches Glitzern. »Wenn du nicht das Weib von ihm wärst, dann …«

»Was dann?« Else winkte ab. »Ich hab keine Angst vor dir. Verschwinde. Such dir da unten eine andere Dumme, die für dich die Bauern anschleppt. Ich geh nach Waldkirch. Da beim Stoffel warte ich auf meinen Joß.« Ohne ihn weiter zu beachten, drückte sie die Kammertür zu.

2. September 1517: Gegen Mittag ließ der markgräfliche Vogt zwei Gaukler am Nordtor von Lörrach festnehmen und zum Verhör hinauf zur Burg Rötteln schaffen.

Auf die Frage nach Namen und Herkunft, antwortete einer der beiden: »Michel von Dinkelsbühl.«

Und ohne Folter verriet der oberste Werber den Bundschuh. »In sechs Tagen soll der Sturm in Rosheim losbrechen, weil die meisten Rosheimer am 8. September auf der Kirchweih in Zabern sind. 2000 Bewaffnete werden einrücken und die Stadt besetzen.« In der

Hoffnung auf Straffreiheit gierte Michel danach, alle Orte anzugeben, in denen sich Aufrührer bereithielten. Sogar Namen und Personenbeschreibungen fehlten nicht auf der langen Liste. »Der wahre Hauptmann des Bundschuhs hat ein Muttermal auf der linken Hand. Am kleinen Finger trägt er einen breiten Silberring.«

Jedes Geheimzeichen der Bettler gab er preis. Und schließlich entlarvte der enge Vertraute des Rädelsführers den großen Einsatzplan, von dem nur die Hauptleute und er wussten …

Am 8. September 1517 wehte keine Fahne der Empörung, weder im Elsass noch irgendwo im Schwarzwald. Michel von Dinkelsbühl hatte bereitwillig den Bundschuh verraten, jedoch als Lohn schlug ihm der Henker bei Tagesanbruch den nackten Schädel vom Rumpf.

Zur gleichen Stunde stieß Joß Fritz in der Nähe von Überlingen am Bodensee seinen Kahn aus dem Uferschilf. Nebel lag noch über dem Wasser. Ruhig zog er die Ruderblätter und bald verlor sich das Boot im Dunst.

Frau Else weinte beim Verhör. »Der Joß ist mein Verheirateter. Sonst weiß ich nichts. Lasst mich doch heim nach Lehen.« Sie weinte still und flüsterte: »Der Joß ist mein Verheirateter …« Am dritten Tag dann durfte sie nach Hause gehen.

25

Seit Mittag regnete es ohne Unterlass. Ein grauer Samstag in Würzburg. Angetan mit dem großen Kutschermantel, huschte Katharina eng an den Hauswänden entlang. Die weit vorragende Kapuze verbarg ihr Gesicht und das Haar. Von den Fenstern aus würde sie niemand erkennen, kein eiliger Passant würde unter dem Ungetüm aus gewachstem Leinenstoff die Tochter des Ratsherrn Riemenschneider vermuten, und doch wollte sie vorsichtig sein und nahm den Umweg durch die Gassen hinter dem Dom. Nicht weit vom Judenfriedhof drückte sie sich in eine Mauernische. Ihr Atem flog. Katharina spähte zurück. Die Gasse blieb leer. Die Stiefmutter hatte ihr keinen der Gesellen hinterhergeschickt. Vielleicht war ihr Verschwinden gar nicht bemerkt worden? »Schön wär's.« Etwas beruhigter ging sie weiter und pochte wenig später am schmalen, hohen Haus des Spielmanns.

Frau Lisbeth öffnete; beim Anblick der vermummten Gestalt schrie sie leise auf und wollte die Tür gleich wieder schließen.

»Ich bin's doch.« Katharina schob das Kapuzenversteck zurück.

»Heilige Maria, hast du mich erschreckt.« Lisbeth presste die rechte Hand in Herzhöhe auf ihre mächtige linke Brust. »Wer weiß schon, wer draußen steht, wenn's klopft? Könnte ja auch …« Sie brach ab, und ein Lächeln ging über das runde rosige Gesicht. »Aber du bist mir immer lieb. Komm schnell, du wirst ja ganz nass da draußen.«

Im Flur streifte Katharina den Mantel ab. »Ist Flori noch nicht hier?«

»Er ist schon wieder weg mit dem Hans. Da ist wohl noch eine Reisegruppe angekommen. Die beiden wollen nur sehen, was es für Leute sind und wo sie absteigen. Ja, ja, wenn Fremde kommen, wird der Hans ganz unruhig. Am liebsten würd er sie direkt am Stadttor zum Würfelspiel einladen. Und dein Florian ist nicht viel besser. Ganz versessen ist er schon drauf.«

»Ich hab mich so beeilt.« Katharina runzelte die Stirn. »Und lange darf ich nicht wegbleiben.« Ihre Stimme schwankte zwischen Ärger und Enttäuschung. »So selten können wir uns alleine treffen. Und wenn es mal gelingt, dann geht er zum Spielen. Was bin ich ihm denn wert?«

»Aber, aber. Er kommt ja gleich wieder.« Lisbeth legte der jungen Frau den Arm um die Schultern und führte sie durch den Flur. »So sind die Männer nun mal. Jede Träne um die ist zu schade. Nun setzt du dich erst mal zu mir in die Küche und trinkst einen Schluck. So ein Becher Wein wärmt den Bauch gut an.« Keine Anzüglichkeit, Lisbeth wollte trösten. »Und wenn er zurück ist, dann könnt ihr gleich nach oben in die Stube. Schön weich hab ich's euch gemacht.«

Geruch nach Fisch schlug Katharina entgegen, leicht angewidert zögerte sie. »Lass mich an der Treppe warten.« Neben dem Tisch stand das Holzfass, und auf der Platte lag neben zwei Wasserschüsseln ein Haufen mit Innereien und Schuppen.

»Stör dich nicht dran. Ich pökel gerade ein.« Die Hausfrau schob den Hocker nah ans Fenster, gab Katharina zu trinken und band sich die blutverschmierte Schürze wieder um. »Bald hab ich's geschafft.« Mit dem Tuch in der Hand griff sie eine Schleie aus der Schüssel. »Weißt du, der Hans sorgt gut für uns. Entweder mit der Flöte oder mit den Würfeln. Wenn er bei einer Feier aufspielt, dann bringt er Braten nach Hause, manchmal sogar einen halben Kapaun.« Sie schlitzte dem Fisch den Bauch auf, entfernte mit den Fingern das Gekröse und spülte im Wasser nach. »Den ganzen Fang hier hat er heute Morgen einem Fischer abgenommen. Dreimal hintereinander hat er einen großen Bock geworfen, sagt er, und dann gehörte der Korb ihm.«

Lisbeth legte die ausgenommene Schleie ins Pökelfass und gab zerstoßenes Salz dazu. Ehe sie mit dem Aal begann, blickte sie zu Katharina hinüber. »Was hast du denn, Kindchen? Bist stumm wie ein Fisch, sitzt einfach nur da. Und getrunken hast du auch nicht. Ich sag doch, wenn der Bauch schon mal warm ist, dann hat nicht nur der Kerl seinen Spaß, dann macht's auch dir Freude. Glaub nur, ich weiß, wovon ich rede.«

»Wirklich Freude? Bist du sicher?«

»Hör auf mich und trink. Je mehr du trinkst, Kindchen, umso schöner ist es.«

Folgsam setzte Katharina den Becher an und nahm einige Schlucke. »Darf ich dich etwas fragen? Weil du doch in so was Erfahrung hast …?«

Gekonnt glitt der Aal aus der Hand und landete im Fass. »Vor mir brauchst du dich nicht zu schämen. Kinder haben wir ja keine.« Kurz hielt das Messer inne. »Ach, und ich hätt so gerne welche. Wirklich schade, aber ich darf ja nicht. Zu viel Geschrei im Haus, sagt er.« Lisbeth arbeitete weiter. »Aber so, wie der Hans deinen Florian wie einen Sohn gern hat, so bist du mir auch lieb. Also frag nur!«

»Ich … ich hab immer solche Angst. Ich mein, dabei hab ich solche Angst.« Katharina trank hastig einen Schluck. »Ich darf doch kein Kind kriegen. Dann könnte ich gleich ins Wasser gehen.«

»So was will ich nicht hören …« Lisbeth legte das Messer beiseite, wischte die Finger an der Schürze ab und bekreuzigte sich andächtig. »Amen.« Der schlimme Gedanken an einen Freitod war gebannt. »So, nun mal von Frau zu Frau. Wie macht's dein Florian denn?«

Röte flammte Katharina vom Hals hinauf. »Meinst du …?« Sie stellte die Knie etwas auseinander und deutete in Richtung ihres Schoßes. »Da hinein.«

»Na, das will ich wohl hoffen.« Nun lachte Lisbeth vergnügt, dabei hob sie mit beiden Händen ihre Brüste. »Obwohl …« Der Gedanke ließ eine Wolke aufziehen. »Also, der Hans will oft schon mehr. Und da gefällt's mir dann auch nicht mehr. Aber dein Florian, das ist doch ein ganz Hübscher … mit Kraft … und einen festen Hintern hat er sicher auch …« Die Wolke war vertrieben. »Und der setzt den Stößel an, wo er nun mal reingehört. Aber das meinte ich nicht, Kindchen. Ich wollte wissen, was macht er? Zieht er ihn rechtzeitig raus?«

Im Nu hatte die Röte den Haaransatz erreicht, Katharina drehte und drehte an einem ihrer Zöpfe. »Entschuldige. Er … Auf den Bauch … Aber, das kann doch auch mal zu spät sein. Oder? Und deshalb …«

»Hab dich schon verstanden.« Lisbeth legte die Schürze ab, nahm den anderen Hocker und setzte sich zu ihrem Gast. »Du weißt ja, wo ich damals, als ich nach Würzburg kam, erst gearbeitet hab? Das ist vorbei, aber vergessen tu ich's nicht. Also wir im Frauenhaus haben uns Bienenwachs reingestopft, so einen weichen Klumpen, der hat nicht wehgetan, und weil's da drinnen gut warm ist, bleibt der auch warm. Nur, wieder rausgekriegt hab ich ihn immer schlecht.«

Katharina schluckte bei der Vorstellung.

Lisbeth merkte es nicht, ohne jede Verlegenheit plauderte sie weiter: »Einige von uns haben's auch mit alten Lappen gemacht, weil die einfacher waren. Und sauber auch, wenn du den einen wäschst, nimmst du so lange den anderen.«

»Aber wie soll ich denn …? Im Wolfmannsziechlein kann ich nichts verstecken. Die Stiefmutter guckt überall in meinen Sachen nach.«

Nun tätschelte die Erfahrene das Knie der jungen Frau. »Von mir bekommst du was viel Besseres. Ich hab ihn mir selbst gemacht, und dicht ist er ganz bestimmt.« Blick und Stimme wurden geheimnisvoll. »Ich zeig ihn dir.« Lisbeth erhob sich, eilte beinah leichtfüßig in die Vorratskammer und kehrte gleich mit einer Hand auf dem Rücken wieder. »Für heute leihe ich dir meinen. Und wenn du gut damit zurechtkommst, dann mach ich dir auch einen.« Sie enthüllte die Überraschung und ließ einen länglich geformten Beutel vor Katharinas Gesicht hin und her schaukeln. »Aus einer Schweinsblase. Und nicht hart. Hier fühl selbst!«

Nur zaghaft betastete Katharina das Säckchen. »Und wie …?«

»Du bist mir vielleicht eine. Machst du etwa dabei die Augen zu?«

Kopfnicken.

»Dummerchen. Vorher hingucken musst du schon.« Lisbeth stülpte den Beutel über zwei gestreckte Finger. »Unten ziehst du die Schnur zu, und schon kann dein Florian loslegen. Ist doch ganz einfach. Und ich sag dir, wenn es länger dauert, dann hast du auch mehr …«

Die Haustür klappte. Wie ertappt fuhr Katharina hoch, gleich zog sie Lisbeth wieder auf den Hocker und stopfte ihr den Samenfänger in die Kleidtasche. »Ruhig. Bleib ganz ruhig!«

Durchnässt vom Regen standen die Männer in der Küchentür. Hans Bermeter schlug die Kappe auf dem Knie aus. »Mönche. Zu

Fuß. Nur zwei und ein Bote. Aus dem Spiel wird nichts.« Er winkte kurz zu Katharina hinüber und hielt Florian am Ärmel fest. »Und ich hatte schon gedacht, weil mich der mit den dicken Lippen und der großen Nase so anschaute, den könnten wir uns im Grünen Baum zurechttrinken. Aber er hat wohl einen vornehmen Geleitbrief dabei. Gleich zwei von der Torwache haben ihn bis zur Pforte von den Augustinern gebracht. Wie hieß er noch?«

Längst suchte Florian mit seinem Blick schon Katharinas Augen. »Martinus, hab ich verstanden. Bruder Martinus.«

Er wollte zu ihr hinüber, der Spielmann aber ließ ihn nicht los. »Ist mir jetzt auch gleich, wie er heißt. An seinen Geldbeutel kommen wir nicht mehr dran.« Er deutete auf den Weinkrug. »Du kannst uns einschenken, Junge.«

Überhastet befolgte Florian die Anweisung, reichte dem älteren Freund den Becher, jetzt endlich durfte er zu ihr. »Gut, dass du da bist.«

»Ich muss schon bald wieder los.«

Da klatschte Bermeter seiner Lisbeth auf den Rücken. »Meine fette Ente. Dann wollen wir die Kinder mal ins Bett schicken. Was meinst du? Oder sollen wir gleich auch …«

»Später.« Entschieden wehrte Lisbeth ihn ab. »Erst muss ich die Fische fertig einpökeln.«

Katharina schmiegte sich eng an ihren Florian, als sie die Küche verließen. Auf der Treppe küsste er ihr Ohr. »Meine süße Kathi«, und flüsterte wieder: »Meine süße Kathi!« Dann fragte er: »Hast du an das Geld gedacht?«

Sie seufzte bedrückt. »Viel konnte ich nicht nehmen. Es ist doch gerade Mitte April, das wäre aufgefallen. Erst Anfang Mai legt die Stiefmutter wieder neues Geld ins Küchenkästchen.«

Seine Stimme wurde fremder: »Wie viel hast du denn?«

»Sei nicht böse, Liebster. Zwei Schillinge.«

Kurz und heftig ruckte er an einem ihrer Haarzöpfe. »Und ich dachte, du willst mir helfen.«

»Nicht, Liebster. Sei jetzt nicht böse, wir haben doch nur so wenig Zeit.«

Florian murmelte. »Schon gut, Kathi. Aus dem Würfelspiel wird heute ohnehin nichts.« Sein Lächeln ließ wieder die weißen Zähne blinken, und sie lächelte dankbar zurück.

Der Wein war eingeschenkt. Im Wappensaal des Schlosses hob Fürstbischof Lorenz von Bibra vorn an der Tafel den Kelch: »Der erste Schluck in diesem kleinen Kreis gilt unserem Gast aus dem fernen Wittenberg: dem Mönch Martinus.« Unter heftigem Zittern führte der geschwächte Landesherr den Kristallpokal zum Mund. An seinem Barett befestigt, hing über der linken Gesichtshälfte ein Seidenlappen.

Während er dem Gast zutrank, rutschte das Tuch beiseite und zeigte den zerfressenen, lichtlosen Augapfel und die von Narben zerfurchte Wange. Von Jahr zu Jahr mehr hinterließ die Franzosenkrankheit am Leib des Fürsten ihre Spuren. »Lieber Bruder Martinus …« Er lächelte und setzte den Kelch wieder ab. »Ich hoffe doch, dies ist die richtige Anrede, und Ihr habt Uns und den Honoratioren Unserer Stadt Würzburg zuliebe den Unruhestifter Doktor Luther unten im Kloster gelassen?«

Beifällig nickte der Dompropst, und die beiden Herren des Kapitels nickten ihm eifrig nach. Tilman Riemenschneider nestelte am Hemdkragen. Worauf spielte der Fürst an? Aus den Augenwinkeln beobachtete er Bürgermeister Zirckel, sah dessen gerunzelte Stirn, den bemüht klugen Blick und war erleichtert, nicht der einzige Unwissende zu sein.

»Eure fürstliche Gnaden.« Über den hohen Wangenknochen des Mönchs glomm ein Funkeln auf. »Sehr wohl weiß ich die große Ehre zu schätzen, heute Euer Gast sein zu dürfen …« Martin Luther wartete, bis seine Schnörkelei von allen wohlgefällig vernommen war, dann erst parierte er mit heller, klarer Stimme: »Wenn Ihr auf die Thesen anspielt, so will ich Euch versichern, dass es nicht meine Absicht war, diese herauszugeben. Ich habe mit ihnen keine Behauptungen aufgestellt. Sie sollten lediglich zu einer Disputation anregen.« Ein bitterer Unterton schwang mit: »Aber nun sind sie mir aus dem Stall gelaufen, sind so oft ausgebrütet und übersetzt worden, dass mich ihr Gestank inzwischen peinigt.«

»Höre ich da den Wolf wie ein Lamm sprechen?« Bischof Lorenz patschte einige Male die flache Hand auf den Tisch. »Ein Exemplar dieser Thesen liegt auch in meiner Kanzlei. Und ich gestehe, dass ich bei der Lektüre dem einen mir verbliebenen Auge hin und wieder nicht traute.« Er blies den Atem, und das Schutztuch blähte sich leicht vor der linken Gesichtshälfte. »Wie schreibt Ihr an einer Stelle: Die Ablassprediger irren, wenn sie sagen, dass durch des Papstes Ablass der Mensch von aller Pein los und ledig sei. Recht kühn formuliert, dieser … dieser Vorschlag.«

Ehe Luther antworten konnte, setzte der Dompropst erbittert obendrauf: »Ich zitiere: Die Gläubigen werden samt ihren Meistern zum Teufel fahren, die da meinen, durch Ablass ihre Seligkeit erworben zu haben.« Er schnaufte und wuchs an. »Das ist offener Protest …«

»Gemach, werter Freund, gemach«, besänftigte Bischof Lorenz. »Heb dir die Entrüstung für die Kanzel auf. Ehe wir uns ineinander verbeißen, sollten wir uns besser am ersten Gang des bescheidenen Mahls gütlich tun.«

Duft wehte den silbernen Schalen voraus; die Diener brachten gekochten Schweinskopf und Lendenbraten in saurer Soße. An der Tafel kehrte genussvolle Stille ein. Meister Til sah den Apfel im offenen Maul, die Augen im rosa aufgedunsenen Schweinsgesicht und nahm vom Lendenbraten. Nur gut, dass ich den gnädigen Herrn schon skizziert habe, als er noch etwas ansehnlicher war. Sonst wäre die Arbeit an seinem Grabmal noch mühseliger. Während er den Kopf vorbeugte, um sich nicht zu beschmutzen, und ein Stück soßetriefendes Bratenstück in den Mund schob, wagte er, einen prüfenden Blick auf den Fürsten zu werfen. Er wirkt nach wie vor kühl und freundlich. Dieser sanfte Dünkel aber fehlt mir noch. Das Kinn, ich werde es stärker hervorheben …

»In der Hauptsache wende ich mich gegen die frechen Versprechungen dieser Ablassverkäufer.«

Aus den Gedanken aufgeschreckt, blickte Til zu dem sonderbaren Mönch hinüber. Auch die anderen Herren sahen verwundert von ihren Tellern auf.

Bruder Martin würgte den letzten Bissen hinunter, so als erstickte ihn beinah das Schweigen: »Dieser Tetzel. Wie er die Gläubigen in die Irre führt. Er verspricht den Ablass von aller Strafe und aller Schuld. Und dies nur für ein paar Münzen.«

»Gott verlangt nach Genugtuung.« Zur Bekräftigung pochte der Propst mit den Knöcheln der geballten Faust auf die Tafel. »Genugtuung für die sündigen Verfehlungen. Und wir, seine Diener, verteilen für einige Scherflein den von der Kirche verwalteten Gnadenschatz.«

»Verzeiht, dass ich widerspreche …«

»Nicht jetzt, Bruder Martinus …« Halb belustigt über das Temperament, hob der Gastgeber den Finger. »Ich möchte es mit meinen Köchen nicht verderben. Sie sorgen sich um das Wohl des Leibes.«

»Bitte, hochwürdiger Fürst. Wie kann es dem Leib wohlergehen, wenn der Geist gepeinigt wird?«

»Nun, wenn es so schlimm in Euch bestellt ist, so befreit Euch, Bruder Martinus. Jedoch keinen Sermon, den hebt Euch für die Anhörung in Heidelberg auf, jetzt bitte nur eine kurze Antwort für unsern verehrten Dompropst!«

Mit kurzem Rucken zog der Augustinermönch die Ärmel der schwarzen Kutte bis zu den Handgelenken: »Durch nichts in der Heiligen Schrift lässt sich beweisen, dass Gott von uns sündigen Menschen eine besondere Genugtuung fordert. Er verlangt keine Genugtuung wie ein Ritter nach einer Kränkung. Nein, Gott ist gnädig. Das Einzige, was er verlangt, ist die Reue im Herzen und den Vorsatz, sich zu bessern.«

»Bravo. Ich weiß nicht, ob mir das gefallen darf, aber es gefällt mir. Und nun …« Ein Wink zu den Dienern am Eingang, sie rafften den Vorhang nach rechts und links, und feierlichen Schritts trugen die Köche eine braunknusprige Köstlichkeit herein und setzten das Holzbrett vor dem Herrscher ab. Lorenz von Bibra kostete zunächst mit der Nase, seufzte übertrieben und hob beide Arme ein wenig an. Keine Geste gelang wirklich, jede seiner Bewegungen war nur noch Erinnerung an einen galanten Gastgeber. Verstand und Sprache aber überspielten den körperlichen Verfall: »Meine Gäste, der Kapaun im Brotteig gibt sich die Ehre. Genießt ihn Bissen für Bissen. Und glaubt mir, mit Safransoße übergossen wird Euch ein Stück Himmel zuteil. Nein, nein, Bruder Martinus bleibt ruhig, dies soll Euch kein Vorwand für eine weitere Kampfthese sein, sondern einfach nur die Einladung zur Gaumenfreude.«

Der Gast schwieg betroffen. Bei den Domherren aber löste der Scherz lautes Vergnügen aus, mit vollen Mündern lachten sie, und der Propst rettete mit der Hand gerade noch rechtzeitig den Bissen, ehe er zurück auf den Teller fallen konnte. Til nutzte den Lärm der Heiterkeit und neigte sich dem Bürgermeister zu. »Wenn es nicht so gut schmecken würde, wäre die Zeit vertan. Wer ist dieser Mönch?«

»Hab noch nie von ihm gehört«, gab Michel Zirckel ebenso leise zurück. »Aber der gnädige Herr hat ausdrücklich verlangt, dass wir vom Stadtrat anwesend sind.«

Dem Fürstbischof waren die gelangweilten Mienen und das Getuschel am unteren Ende der Tafel nicht entgangen. Nachdem Knochen und Brotreste abgetragen waren, lockte er seinen Ehrengast aufs Neue: »Wenn Euch auch der Gnadenschatz der Kirche mit Unbehagen erfüllt und Ihr den Wert gar anzweifelt, so möchte ich Euch jetzt mit einem Mann bekannt machen, der seit Jahren nun schon Kirchen und Klöster mit wahren Schätzen beschenkt. Unser hochverehrter Bildschnitzer Tilman Riemenschneider.«

Der Mönch neigte den Kopf, der Meister grüßte zurück. Die Blicke begegneten sich.

Einen Moment lang überlegte Til, welchen seiner Figuren er diese Augen geben würde, dieses Brennen. Meinem Philippus sicher nicht, auch nicht Judas Thaddäus. Und Johannes dem Täufer? Nun, dem vielleicht …

»Meister Riemenschneider. Ich bin ein Verehrer der Kunst.« Die Lippen spannten sich zu einem Lächeln, die helle Stimme aber schnitt die Luft über der Tafel. »Darf ich fragen, mit welcher Art von Schätzen Ihr das Schiff der Kirche beladet?«

Til spürte einen warnenden Druck in der Brust, wusste die Gefahr aber nicht zu deuten. »In meiner Werkstatt arbeiten wir mit Stein und Holz. Zur Anbetung und Verehrung fertigen wir Flügelaltäre, Heilige und Marienfiguren …«

»Unser Meister Til ist zu bescheiden«, unterbrach Bischof Lorenz, im Eifer der Kopfbewegung blieb der Saum des Schutztuches am Kragen hängen, und beide Hälften zeigten sich: das Ebenmäßige und die Fratze. »Er ist ein Meister der Gott geweihten Kunst. Seine Hände erschaffen, sie erwecken Stein und Holz. Ich selbst habe bei ihm, als Zeichen tiefer Bewunderung, mein Grabmal in Auftrag gegeben.«

»Euer Lob beschämt mich«, murmelte Til. »Danke, hoher Herr.«

Doktor Martinus lächelte immer noch. »Sagt, Meister, habt Ihr Euch auch schon selbst in einigen Werken dargestellt? Nein, verzeiht, so wollte ich nicht fragen. Heiligenfiguren also? Und die Muttergottes? Gewiss trägt sie das Kind auf dem Arm, oder sie wiegt den toten Sohn auf den Knien. Ja, ich sehe die Figuren vor mir und erschrecke.«

Ein Sturm nahte. Til spürte das Blut aufsteigen. »Ich … ich kenne die Kirche Eures Klosters nicht. Aber ganz sicher wird es in Wittenberg wie auch bei uns in Würzburg keine Muttergottes geben, vor der sich ein gläubiger Christenmensch fürchten muss.«

Der Dompropst kam zu Hilfe: »Zur Klärung frage ich nicht den Bruder Martinus, sondern gleich den ach so gelehrten Doktor Luther: Wollt Ihr jetzt auch die Jungfrau Maria in den Schmutz ziehen?«

»Nein! Niemals!« Der Finger drohte. »Dies besorgt schon Euer Ablass-Scharlatan Tetzel. Er wagt in seiner Predigt zu behaupten, wenn einer sich selbst an der Mutter Gottes fleischlich vergangen hat, so kann diese Sünde um den Preis des Ablassgeldes vergeben werden.«

Die Domherren sprangen auf. Til und der Bürgermeister starrten mit offenem Mund den Mönch an. Bischof Lorenz ordnete das Seidentuch wieder vor die kranke Gesichtshälfte. »Bitte setzt Euch wieder, meine Freunde. Bruder Martinus, hätte ich geahnt, welche Schärfe Ihr mitbringt, so hätte ich in der Küche Bescheid gegeben, den Aal nicht zu pfeffern und Euch das Würzen überlassen.«

»Eure fürstlichen Gnaden, verzeiht.« Martin Luther legte die Hände zueinander und beugte die Lippen über die Fingerkuppen. »Es ist so viel Missbrauch, Übel und Faules in unserer Kirche, dass ich kaum noch schlafen kann.«

»Guter Frankenwein und das köstliche Mahl werden Euch heute Nacht vielleicht darüber hinweghelfen.«

Keinen Bissen nahm Til vom gesottenen Aal. Was meint dieser Mönch? Redet verächtlich über meine Arbeiten und hat noch nie eine Figur gesehen. Dieser Kuttenkittel. Wären wir im Rathaus, dann würde ich ihm … In jedem Fall aber würde ich ihn aus meiner Werkstatt jagen.

Kaum hatten die Diener die Tafel wieder abgeräumt, räusperte sich Til vernehmlich. »Darf ich zurückkommen auf die Muttergottes und die Heiligen?« Unter dem höflichen Ton grollte es. »Mich würde doch sehr interessieren, was Ihr an den Figuren auszusetzen habt?«

»Sie sind zu schön, sie blenden so sehr, dass wir Gott nicht mehr sehen. Die Künstler malen und stellen uns die selige Jungfrau so dar, dass nichts Verachtenswertes, sondern nur eitel große und hohe Dinge an ihr zu sehen sind. Wo bleibt die Unwürdigkeit, die Nichtigkeit, die tiefe menschliche Armut, aus der Gott sie mit seiner Gnade emporgehoben hat? Ihr, Meister Riemenschneider, habt mit Eurem Können ein Großteil Schuld auf Euch geladen, dass der Gläubige allein der Muttergottes gegenübersteht, und nicht die Magd Maria ihrem Gott.«

»Mein Leben lang habe ich …« Til atmete und drückte die Faust fest auf den Tisch. »Bisher habe ich von ganzem Herzen an sie geglaubt, und ich werde auch nicht davon ablassen.«

»Götzendienst. Das ist es.« Der Mönch reckte das Kinn. »So wie Euch gibt es zu viele, die bei Maria wie bei einem Gott Hilfe und Trost suchen. Oh, ich befürchte, dass es zurzeit mehr Abgötterei in der Welt gibt als jemals zuvor. Und Ihr tragt mit Eurer Kunst dazu bei.«

»Wie könnt Ihr …?« Mit der Linken presste Til seine Faust nieder. »Ihr meint, die Figuren und Bilder sind überflüssig?«

»Sogar hinderlich. Diese Christophorusse, diese Nikoläuse, all die Heiligenfiguren, sie stehen im Weg, sie versperren den offenen Blick auf Gott …«

Große Schritte; vorbei am Ziehbrunnen der rund gebauten Schlosskirche; große Schritte; vorbei am Bergfried mitten im Schlosshof; nein, Til wollte nicht sprechen. Auf der Zugbrücke vor dem mächtigen Torbau blieb Bürgermeister Zirckel atemlos stehen. »Verehrter Meister, bitte langsamer. Kollege Riemenschneider, ich komme nicht mit. Oder seid Ihr auf der Flucht?«

Kurz blickte Til über die Schulter. »So ist es. Vor diesem Besessenen.«

»Aber er ist doch nur ein Mönch«, versuchte das Ratsoberhaupt den großen Mann mit der wehenden Schaube aufzuhalten. »Ihr habt doch gehört, dass er sich in Heidelberg auf dem Kapitel seines Ordens verantworten muss. Den stutzen seine Oberen wieder zurecht. So wartet doch ...«

Til verneinte mit der Hand und hastete allein den steilen, gewundenen Pfad hinab. Vor der Mainbrücke grüßten ihn Fischerfamilien im Sonntagsstaat. Er nahm es nicht wahr. Erst nachdem Til auf der Stadtseite des Flusses im Innern des Mauerbereiches angelangt war, blieb er stehen, blickte hinauf zum Schloss und glaubte, ein Glühen hinter den Fenstern zu sehen. »Nein, dies ist nicht das Werk des Versuchers«, ermahnte er sich.

Die Unruhe in seiner Brust schmerzte, aufgewühlt fanden die Gedanken keine Ordnung. Er nahm nicht den direkten Weg am Rathaus vorbei zur Franziskanergasse. Es zog ihn zum Judenplatz. Vor dem Eingang der Marienkapelle hob er die Augen zu Adam und Eva. »Wenigstens ihr habt Glück«, spottete Til mit bitterem Lächeln. »Die Menschen will der Augustiner nicht beseitigen.« Langsam ging er weiter, sah zu den Aposteln oben auf dem Strebpfeilern hoch. »Aber ihr Heiligen, ihr müsst euch vorsehen. Du, Petrus, du, Johannes, auch du, Thomas, und erst recht du, mein dicker Philippus. Nur gut, dass ich euch so hoch gestellt habe, so einfach erreicht euch da oben dieser Bruder Martinus nicht.« Immer wieder den Kopf schüttelnd, verließ er den Platz.

Im Wolfmannzsiechlein wurde er mit freudigem Gebell begrüßt. Der neue, junge Wachhund hüpfte an ihm hoch, wollte gestreichelt werden, doch der Bildschnitzer beugte sich nicht hinunter, ging weiter, sosehr auch das Werben nach Zärtlichkeit um ihn herumsprang.

Til betrat die Werkstatt und drückte die Pforte in der Flügeltür hinter sich zu. Der Geruch nach Holz gab ihm etwas Ruhe. Drüben im Steinsaal blieb er vor der mittleren Werkbank stehen. Gestaltet aus rotgeflecktem Salzburger Marmor, sah Bischof Lorenz von Bibra zu ihm auf. Das Antlitz schon fein geschliffen, die Mitra reich verziert, unter dem Kinn waren der weiche Hals und das Messgewand bereits in Umrissen herausgearbeitet. Til fuhr mit dem Finger den Lippen nach. »Hoher Herr, warum durfte dieser freche Mönch solche Ungeheuerlichkeiten vor Euch aussprechen? Ungestraft? Anstatt ihn einfach davonzujagen, habt Ihr ihm sogar einen Geleitbrief nach Heidelberg ausgestellt. Ich sah Euch sogar lachen, hoher Herr.« Til nahm einen schmutzigen Lappen und bedeckte damit die linke Gesichtshälfte. Vom Meißelbrett wählte er ein geschliffenes Zahneisen und legte es quer über das Tuch. »Was sagte dieser Doktor Luther? Zu schön? Meine Figuren sind zu schön? Vielleicht sollte ich bei Euch beginnen und das wahre Menschenantlitz in seiner ganzen Schrecklichkeit zeigen?«

Die Pforte quietschte in den Angeln. Eilig kam Tobias durch die Holzwerkstatt. »Meister? Aber es ist Sonntag?« Er deutete auf das Werkzeug. »Wollt Ihr etwa arbeiten?«

Til stand da, sein Kinn bebte, stumm sah er seinen Altgesellen an.

»Meister, ist Euch nicht wohl?«

»Doch, doch.« Aus den Gedanken gerissen, verbesserte der Bildschnitzer. »Nein, gar nicht. Mir ist sogar elend zumute.« Er nahm Meißel und Lappen an sich. »Da war ein Mönch zu Gast beim Bischof. Er hat Dinge gesagt, die ich nicht wiederholen will. Aber wenn sie wahr werden, Tobias …« Umständlich hing er das Zahneisen zurück.

»Was ist dann, Meister?«

Til drehte sich zu ihm, er wollte scherzen, doch die Leichtigkeit fehlte. »Alle Heiligen werden nicht mehr gebraucht. Selbst die Muttergottes nicht. Und ich? Ich bin erst recht überflüssig.«

26

Glockenschlag … Einsam … Erst nach dem Verklingen folgte der nächste … Allein und mahnend an die Vergänglichkeit … Glockenschlag …

Vier Mönche, schwarz ihre Kutten, die Gesichter bis zum Kinn von den Kapuzen verhüllt, sie trugen den Sarg auf ihren Schultern die wenigen Stufen zum Leichhof zwischen Dom und Neumünster hinan. Gemessen folgte ihnen der Priester und führte den langen Trauerzug zwischen schlichten Steinkreuzen und aufwendig gearbeiteten Figurengruppen hin bis zur offenen Grabstelle. Frau Margarethe, die Herrin, die Hausfrau vom Hof Wolfmannsziechlein, war vor zwei Tagen verschieden.

Die frommen Träger setzten ihre Last auf den quer liegenden Balken ab, und ein jeder legte sich eines der Strickenden griffbereit vor die Füße. Ohne ordnende Anweisung fügte sich der Kreis um die Grube und ließ ihn nach außen mehr und mehr anwachsen. Vorn beim Pfarrer stand Meister Tilman Riemenschneider, die Lippen fest geschlossen, den Blick starr auf den blumengeschmückten Sarg gerichtet; neben ihm falteten die Töchter Gertrud und Katharina die Hände; die Söhne Jörg, Hans und Barthel schlossen sich an, dahinter die vier Geschwister seiner zweiten Frau Anna, und schon im gestandenen Mannesalter die drei Söhne, die seine erste Frau Anna mit in die Ehe gebracht hatte.

Heilige Mutter, zum ersten Mal sehe ich sie alle beieinander, dachte Magdalena. Unser Wolfmannsziechlein war früher ein regelrechter Kinderstall.

Die Erste Magd des Bildschnitzers stand auf der anderen Seite der Grube, sie hatte ihr schwarzes Schultertuch übers Haar gelegt und eng um den Hals geschlungen. Links von ihr stand Rupert mit allen Gesellen des Meisters, und rechter Hand drängten sich die Mägde und Köchinnen.

Zähle ich jetzt noch all die Ehefrauen und Männer dazu, rechnete Magdalena weiter, dann sind wir so viele, wir könnten beinahe unser eigenes kleines Dorf bevölkern. Und er und ich, wir wären die Alten, nein, noch nicht so richtig alt, aber wir könnten Rat und Hilfe geben …

»Ego sum resurrectio et vita …« Die getragene Stimme des Pfarrers entriss Magdalena das Bild. Schuldbewusst blickte sie aus den Augenwinkeln auf Rupert neben ihr, und gleich verflog auch der letzte Farbschimmer des Traums.

»… qui credit in me, etiam si mortuus fuerit, vivet …«

Schäm dich, ermahnte sie sich, Rupert gehört zu dir, und er ist ein treuer Mann, hat ein gutes Herz.

»… et omnis, qui vivit et credit in me, non morietur in aeternum.«

Wo bleibt Florian? Er sollte doch vor dem Leichhof warten und dann an unserer Seite mitgehen? Magdalena trat einen Schritt zurück, verdeckt von Ruperts Schultern wandte sie den Kopf.

Ganz außen, noch hinter den Almosenempfängern, entdeckte die Mutter den dunklen Lockenkopf. Warum kommt er nicht nach vorn? Der zweite Blick versetzte ihr einen Stich. Bermeter, dieser Versucher. Und eine Hand hat er auf der Schulter des Jungen. »Nimm deine Finger da weg«, drohte sie stumm. »Florian gehört nicht dir.«

Längst wusste Magdalena, wie machtlos sie war. Nur wenn der Prinz Lust verspürte, arbeitete er mit Rupert im Weinberg, und da Florian im Wolfmannsziechlein nicht gern gelitten war, trieb er sich die meiste Zeit in der Stadt herum und wurde häufig an der Seite des Spielmanns gesehen. Stellte die Mutter ihn zur Rede, lachte er, nahm sie in den Arm und versicherte: »Sorg dich nicht! Ich geh schon nicht unter.«

Magdalena sah noch einmal zu dem Paar hinüber. »Untergegangen bist du schon, mein Junge. Ich flehe nur zur Heiligen Jungfrau, dass du nicht ertrinkst.« Sie schloss wieder die Lücke zwischen Rupert und den Mägden.

Auf das »Herr, erbarme dich« des Priesters, bat sie im Chor der Trauergemeinde voller Inbrunst: »Christus, erbarme dich. Herr, erbarme dich!«

Drüben hob Meister Til den Kopf, seine Augen fanden die ihren, und einen langen Moment hielten die Blicke einander fest.

Du musst nicht trauern, versuchte sie ihn zu stärken, um dieses Weib ganz sicher nicht. Nun ja, vielleicht heute, aber nur für die Ratskollegen, für deine Freunde, den Stadtschreiber und den alten dicken Georg Suppan, die würden sich sonst wundern. Und für diese dürre Hexe Hedwig da seitlich bei den Klageweibern, sie beobachtet dich ohnehin mit ihren Fischaugen. Ja, zeig ihr nur deine Trauer, sonst zerreißt sie sich morgen ihr Klatschmaul.

»Pater noster …« Während der Priester das Vaterunser betete, segnete er den Sarg nochmals mit Weihwasser. Sein Singsang hob sich über die Trauergemeinde und führte Magdalena vom Friedhof zurück in die Franziskanergasse.

Am Montag war sie wie jeden Morgen Schlag sieben durchs Tor gegangen. Im Hof begegnete ihr der Meister. Kein freundlicher Gruß, übermüdet fuhr er sich mit beiden Händen durchs Haar. »Ich hatte schon befürchtet, die Nacht ginge nie zu Ende. Margarethe konnte nicht schlafen, und so musste auch ich wach bleiben.«

»Aber, Herr, Ihr habt die Ruhe nötig. Und dann, verzeiht, diese furchtbar schlechte Luft. Warum seid Ihr nicht ausgezogen? Ich habe Euch im Nähzimmer ein Bett gerichtet.«

»Danke für deine Sorge. Aber Margarethe litt unter heftigen Leibschmerzen, trotz des Pulvers. Da wollte ich sie nicht alleinlassen. Jetzt geht es ihr etwas besser. Seit einer Weile dämmert sie ruhig dahin.« Er dehnte die Schultern. »Ich werde kurz die Arbeiten verteilen, dann muss ich zur Ratssitzung. Sei so gut und schau hin und wieder nach der Herrin.«

Was sie wirklich dachte, behielt Magdalena für sich und sagte nur: »Im Haus ist heute viel zu tun …«

»Ich weiß.« Einen Atemzug lang umspielte das alte jungenhafte Lächeln die Mundwinkel, und das Braun der Augen verdunkelte sich. »Bitte. Wenn es deine Zeit erlaubt. Und solltest du nach oben steigen, dann horch in jedem Fall an der Tür. Ist es still, so lass die Herrin schlafen. Auf dem Weg zum Rathaus sage ich dem Arzt Bescheid. Er muss vorbeikommen.« Meister Til ging bereits zur Werkstatt hinüber, und Magdalena hatte noch verstanden: »Er soll ihr mehr Laudanum geben, sonst kann ich die nächste Nacht wieder durchwachen.«

Jenseits der Grube sang der Pfarrer immer noch das Vaterunser. Trotz des Lateins wusste Magdalena die nächste Zeile, mit einem Mal atemlos, flüsterte sie: »... und vergib uns unsere Schuld.«

In ihr bäumte sich die Erinnerung auf. Nein, keine Schuld! Er und ich, wir haben darüber gesprochen, wieder und wieder. Nein, ich konnte nichts dafür.

An jenem Vormittag hatte Magdalena zusammen mit zwei Mägden im Keller die Vorräte kontrolliert und auf der Schiefertafel vermerkt, welche ergänzt werden mussten. Als die Frauen gerade die steile Treppe emporgestiegen waren, glaubte Magdalena aus dem ersten Stock einen Schrei zu vernehmen. »Habt ihr das gehört?« Die Mägde sahen sich an und schüttelten den Kopf.

»Ich sehe besser mal nach.« Magdalena eilte nach oben. Doch kein Jammern, kein Rufen drang aus der Schlafstube. »Hab mich wohl geirrt.«

Sie war wieder hinuntergegangen, hatte Rupert gebeten, den Hühnerstall auszumisten, und in der Küche dafür gesorgt, dass alle Schüsseln und Töpfe aus den Regalen genommen und gereinigt wurden.

Tonlos reihte sich Magdalena wieder in das Vaterunser ein: »... sondern erlöse uns von dem Bösen.«

Ja, die Herrin war eine böse Frau. Magdalena wischte mit dem Handrücken über die Stirn. Gegen Mittag war sie dann doch besorgt erneut die Wendeltreppe hinaufgestiegen. Immer noch war kein Laut von drinnen zu hören. Sie hatte geklopft und die Tür geöffnet. Blut und säuerlicher Geruch. Gekrümmt lag Frau Margarethe in einer schwärzlichen Lache auf dem Bett. Die Federdecke hatte sie im Todeskampf zu Boden gerissen, das Nachtgewand war hochgerutscht, ein Bein hatte sie noch zum Bauch angewinkelt, aus allen Körperöffnungen war ihr Inneres gequollen und klebte an Schenkeln und Hals.

»Ich bin zu spät.« Übergroß sah Magdalena die verkrallten Hände, sah, wie sich die Fingernägel tief in die Handballen gebohrt hatten, dennoch stammelte sie: »Meine Schuld. Beim Schrei schon hätte ich nachschauen sollen.«

Die Selbstvorwürfe pochten, quälten. Ein wenig vermochte sie der Medicus zu lindern: »Gegen diese Krankheit gibt es keine Medizin, da versagt jede ärztliche Kunst.« Später erst, als Meister Til nach Fragen und geduldigem Zuhören tröstend ihren Arm berührte: »So glaub doch, das war kein Leben mehr für sie! In Wahrheit war der Tod freundlich zu ihr.« Erst dann hatte Magdalena langsam zur Ruhe gefunden.

»Requiescat in pace.«

»Amen.«

Die vier schwarzen, gesichtslosen Mönche ließen den Sarg hinab. Mit der Trauergemeinde schlug die Erste Magd vom Hof zum Wolfmannsziechlein das Kreuzzeichen. Bei der Berührung ihre Brüste erinnerte sie sich an die schmerzhaften Kniffe. Soll die Herrin meinetwegen jetzt in Frieden ruhen, dachte Magdalena, aber sie war wirklich eine böse Frau.

Zur Belohnung gab es Honigmandeln an der Gewürzbude gleich unterhalb der Domstufen. Die beiden Küchenmädchen lutschten, kauten, und ehe sie schluckten, wartete schon die nächste Leckerei vor den Lippen.

Magdalena wollte mahnen: langsam. Hebt euch welche auf, dann habt ihr länger davon … doch gleich sank der schon halb erhobene Zeigefinger wieder, stumm beschimpfte sie sich selbst: alte Vernunftziege. Als ob du früher jemals langsam gegessen hast, wenn es was Süßes gab. Mit Vernunft vergeht jeder Lusthunger. »Nur erzählt es nachher nicht in der Küche, sonst wollen beim nächsten Mal alle mit zum Einkaufen.« Eifrig nickten die Mädchen und gaben mit vollen Mündern ihr Ehrenwort.

Magdalena schmunzelte. Heiterkeit, seit dem Tod der Herrin kehrten allmählich wieder Lachen und Leichtigkeit ins Wolfmannsziechlein zurück, ohne dass die Arbeit dadurch vernachlässigt wurde.

Am Morgen war sie mit den beiden jüngsten Gehilfinnen und dem Leiterwagen losgezogen, um Vorräte einzukaufen. Jetzt stapelten sich die Säcke mit Hirse, Bohnen, Erbsen und Mehl neben Zwiebelkisten und Körben mit Sellerie und Möhren auf dem Leiterwagen. Die Mädchen hatten erst schwer tragen müssen und sich dann rechts und links der Handdeichsel mit vereinten Kräften in die Lederschlaufen gestemmt. Alle Plackerei aber war vergessen, als ihnen die Erste Magd den Umweg an der Gewürzbude vorschlug.

Die Honigmandeln waren verschlungen, die zuckrigen Finger gründlich abgelutscht, und Magdalena wies auf den Leiterwagen. »Und nun wieder ins Geschirr mit euch …«

»Hast du Zeit?« Beim Klang der leisen Stimme erschrak sie und wandte sich um. Katharina stand vor ihr, dunkel gerändert die Augen, so blass und schmal das Gesicht. »Bitte. Nur etwas Zeit: zum Reden.«

»Aber gewiss doch. Wir sind gerade auf dem Rückweg.«

»Nein, nicht zu Hause. Da, wo uns keiner hört. Bitte!«

O Heilige Jungfrau, flehte Magdalena stumm, lass sie nicht schwanger sein. »Warte, Kind.« Rasch bat sie die Mädchen, den Wagen allein in die Franziskanergasse zu ziehen. »Sagt Rupert, er soll die Säcke in den Vorratsraum schaffen. Das Gemüse bringt ihr in die Küche. Und jetzt trödelt nicht.«

Sie lächelte Katharina zu. »Wie wäre es zuerst mit einer Handvoll Honigmandeln?«

»Danke. Ich hab keinen Hunger, jetzt nicht.«

Magdalena strich ihr aufmunternd über den Oberarm. »Na, dann komm. Ich weiß, wo es ruhig ist.«

Links vom Neumünster gingen sie eng nebeneinander durch die Gasse hinauf in Richtung Rennwegtor. Katharina schwieg. Unauffällig beobachtete Magdalena ihr Gesicht. So streng der Mund? So weit weg der Blick? Was geht nur in dir vor?

»Lass uns zum Katzenwickerhof rüber.« Kaum ein Bürger verirrte sich in die Nähe des bischöflichen Anwesens. Eingefriedet von einer hohen, abweisenden Mauer reichte der Besitz mit Gebäuden und großem Freiplatz bis hin zur Turmanlage, die schon zum Mauergürtel der Stadt gehörte. Abgesehen von den Mitgliedern des Rates, Viertelmeistern und Domherren mieden die Würzburger, wenn möglich, den Hof zum Katzenwicker. Hier musste jedem neuen Bischof der Treueid geleistet werden, von hier kamen Befehle, Vorschriften, Gesetze … Und wer liebt schon den Ort, an dem die Freiheit stetig etwas mehr eingeschnürt und geknebelt wird?

Magdalena zog Katharina in den Mauerschatten des hohen Turms, und beide setzten sich nebeneinander auf einen Stein. »Allein würde ich mich am Abend nicht hertrauen.« Sie wartete vergeblich auf eine Reaktion. »Aber jetzt ist der Platz gerade gut. Oder?« Sanft tippte sie der jungen Frau auf die Schulter. »He, einverstanden?«

Katharina griff nach einem Zopf und nickte.

»So schwer? Aber, Kleines, was ist denn geschehen?«

Die Tochter des Bildschnitzers atmete tief und pustete die Luft aus den geblähten Wangen. Der Entschluss war gefasst, der Blick sagte: Auf Gedeih oder Verderb, ganz gleich, es muss heraus. »Ich wollte fragen … Jetzt, da doch alles anders ist.« Noch ein Atemholen. »Würdest du mir den Florian zum Mann geben? Ich mein, so richtig als Ehemann. Würdest du das erlauben?«

»Was?« Magdalena schlug die Fingerkuppen vor den Mund, nach dem ersten Schreck sagte sie vorsichtig: »Das ist wirklich etwas völlig anderes. Sogar andersherum: Nicht der Mann fragt den Vater nach der Tochter, sondern …«

»Das hab ich damit nicht gemeint.« Katharina ballte die Faust um den Zopf. »Seit die Stiefmutter tot ist, wird doch jetzt alles wieder besser. Vielleicht endlich auch für mich. Und da wollte ich erst mal von dir wissen, ob du's erlaubst?«

Keine Laune eines heiratsfähigen Mädchens, Magdalena hörte die Not aus den Worten. Armes Kind, dachte sie, so allein bist du. Da kämpfst du für dein Glück und suchst jemanden, der dich unterstützt. »Du wärst die beste Frau, die eine Schwiegermutter sich wünschen kann …«

»Also ja?«

Magdalena schüttelte unmerklich den Kopf.

»Warum denn nicht?«

»Als Mutter fällt es mir schwer, das zu sagen, aber es ist nun mal wahr: Du bist zu schade für meinen Sohn.«

»Sag das nicht so!« In den hellen Augen kam Sturm auf. »Woher willst du das so genau wissen? Zu schade? Verflucht, das hast du mir letztes Jahr auch schon gesagt. Aber ich liebe Florian. Und im Herzen ist er ein guter Mensch.«

»Ich weiß.« Wehmütig sah Magdalena den kleinen Sohn wieder

vor sich, die langen seidigen Wimpern, und hörte wieder: »Wenn ich groß bin, Mama, werde ich Ritter und heirate dich.« Ach, Junge, Ritter bist du nicht geworden, gar nichts ist aus dir geworden. »Dieser Spielmann, dieser Bermeter, er hat meinen Sohn verdorben.«

Katharina griff nach Magdalenas Hand: »Vielleicht kann ich Flori von ihm abbringen. Von ihm und dem elenden Würfelspiel. So als Ehefrau kann ich doch bestimmt was bewirken. Oder?«

»Dazu brauchst du viel Glück …«

»Ich hab Glück. Es muss doch auch bei mir mal anfangen.«

Magdalena lächelte und seufzte zugleich. »Ich wünsche es dir so sehr.«

»Also ja?«

Magdalena bedeckte mit der freien Hand die schon gefassten Hände. »Ich würde dir den Florian geben. Aber ich fürchte, wir Frauen haben das nicht allein zu bestimmen.« Gleich dachte sie an Rupert und schmunzelte. »Manchmal schon …«

»Jetzt, da du dafür bist.« Katharina lehnte die Stirn an ihre Schulter. »Rede du mit Vater, bitte!«

»Das habe ich befürchtet.« Magdalena streichelte ihr übers Haar. »Aber so wie es ist, darf es nicht bleiben.«

Nach dem gemeinsamen Essen in der großen Stube erhoben sich die Gesellen beinahe gleichzeitig und schlenderten zur Tür. Meister Til bat seinen ältesten Sohn zu sich. »Wir sollten noch über die Steinlieferung aus Königshofen sprechen.« Doch Jörg blieb nur kurz am Tisch stehen. »Das hat Zeit bis morgen. Heut ist ein schöner Sommerabend. Ich wollte mit Hans runter zum Mainufer.« Ehe der Vater etwas erwidern konnte, hatte Jörg sich abgewandt und verließ mit dem Bruder das Speisezimmer.

Gerade noch rechtzeitig sah der Bildschnitzer seinen Gesellen aus Stuttgart und hielt ihn zurück. »Du verstehst dich doch auf diese neue Art, von der jetzt angeblich so viele schwärmen?«

»Kommt drauf an.«

»Jetzt soll mit einem Mal alles üppig und drall sein.«

»Aber sicher, Meister, das ist jetzt modern. Bei uns in Stuttgart schon länger, aber auch in Nürnberg soll …«

»Eine Mode, nichts sonst«, unterbrach ihn Til schroff und verzog die Mundwinkel. »Ich habe nie gedacht, dass ich mich irgendwann damit beschäftigen muss. Aber Fürstbischof Lorenz verlangt, dass etwas von dieser neuen Art auch in seinem Grabdenkmal vorkommt.«

Eine der Mägde drängte sich an ihm vorbei, um die Holzplatte zu säubern. »Kannst du nicht warten?« Sie schüttelte nur den Kopf und arbeitete schnell weiter. Inzwischen hatte sich auch Peter schon wieder einige Schritte von ihm entfernt.

»Wo willst du hin?«

»Zu den anderen. Wir haben Feierabend, Meister.«

»Und ich dachte, es würde dich freuen, wenn du den Baldachinbogen ausschmücken darfst?«

Etwas zog Peter zur Tür, die Überraschung aber war einen Moment stärker, und er kam zurück. »Ist das wahr, Meister?«

»Eine überladene Komposition muss es werden. Mit Früchten und verfetteten Putten. Etwas Neumodisches eben. Wir könnten jetzt noch den Entwurf zeichnen.«

Hin- und hergerissen zögerte Peter. Da trat ihm die Magd hart gegen das Schienbein, und er hatte sich entschlossen. »Entschuldigt, Meister. Morgen, bitte lasst uns morgen den Baldachinbogen entwerfen. Draußen warten die anderen sicher schon.« Er grüßte mit einem unbeholfenen Kopfnicken und eilte davon, gleich folgte ihm auch die Magd. Verblüfft sah Til ihnen nach, und als die Tür ins Schloss fiel, rieb er sich Brauen. »Wieso verschwinden alle? Wieso diese Hast?«

»Weil ich darum gebeten habe.«

Er wandte den Kopf. Magdalena trat zu ihm und stellte einen Krug mit zwei Bechern auf den Tisch. »Seid ihnen nicht böse, Herr. Es war ein Gefallen, mir zuliebe.«

»Darf ich fragen …?« Til deutete auf den Wein. »Hat sich hier etwas verkehrt? Seit wann lädst du mich ein?« Eine Falte wuchs auf der Stirn. »Immer noch bin ich der Herr …«

»Verzeiht, ich wollte Euch nicht …« O verflucht, dachte Magdalena, ein schlechter Anfang. So finden wir keine gute Lösung. »Wenn ich Euch verärgert habe, so tut es mir leid.« Sie nahm Becher und Kanne wieder an sich und trug sie zum Regal.

»Nein, bleib«, lenkte Til ein. »Ich trinke gern mit dir einen Schluck.«

Ein verstecktes Lächeln in den Augenwinkeln, kehrte Magdalena zurück und setzte sich übereck von ihm an den Tisch. »Habt Ihr bemerkt, wie hell es im Wolfmannsziechlein geworden ist?«

Til setzte den Becher ab. »Du bist sehr fleißig …«

»Ich meine nicht die Fensterscheiben. Nein, es weht ein freundlicher, heller Wind durchs Haus.«

Er nickte nachdenklich. »Auch wenn ich die meiste Zeit des Tages im Rathaus verbringe, aber das ist mir aufgefallen: Seit Margarethes Tod atme auch ich befreiter.« Der doppelte Sinn fiel ihm auf, und er winkte schmunzelnd ab: »Du verstehst schon, was ich damit sagen möchte.«

Magdalena spürte die wärmere Stimmung und wollte sie nutzen: »Ein Mensch aber leidet unter Eurem Dach. Es ist Katharina. Sie kam zu mir und hat mich gebeten, mit Euch zu sprechen.«

»Dieses Unglückskind.« Gleich mischte sich Vorwurf in den Ton. »Hat Katharina deinen Sohn immer noch im Kopf?«

»Ich fürchte, ja.«

»Hält er sich wenigstens, wie von uns gewünscht, von ihr fern?«

Nur weiter, ermahnte sie sich, es darf keinen anderen Ausweg geben. »Nein, nicht wirklich.«

»Sie muss endlich unter die Haube, und zwar möglichst weit fort von Würzburg.« Til griff nach dem Krug, doch Magdalena war schneller und schenkte ein. »Und wenn nun Florian ihr hinterherzieht? Nicht auszudenken. Solch ein Störenfried wäre für jede junge Ehe sicher nicht gut.«

»Halt, halt.« Er sah ihr prüfend in die Augen. »Worauf willst du hinaus?«

»Wie wäre es …?« Rasch trank sie einen Schluck und setzte den Becher betont hart ab. »Wie wäre es, wenn die beiden heiraten? Eure Katharina und mein Florian?«

»Unmöglich. Ich kann und darf diese Erlaubnis nicht geben. Meine Stellung hier in der Stadt …«

»Ach, Herr …« Magdalena presste die Fäuste gegeneinander. »Soll es … soll es denn bei den Kindern so werden wie mit uns?« Sie konnte nicht schweigen, musste weitersprechen, sie flüsterte beinah: »Wir wollten immer … schon von Anfang an … und haben nicht auf unsere Liebe gehört. Immer war die Vernunft dazwischen.«

Sichtlich betroffen fragte er: »Lieben sich die jungen Leute denn? So wie wir?«

»Herr?« Magdalena spürte eine heiße Welle aufsteigen. »Was meint Ihr mit: So wie wir?«

»Es ist … Nein, nicht jetzt.« Er benetzte die Unterlippe. »Ich bin nicht überzeugt, füge mich nur wohl oder übel den Umständen.« Er räusperte sich. »Aber nicht in Würzburg. Und keine große Hochzeit. Ganz im Stillen sollen sie sich vermählen.«

»Herr, ich bin so froh.« Magdalena wollte das Gefühl nicht zwischen dem »So wie wir« und der Erlaubnis teilen. »Mit allem bin ich einverstanden.« Sie ließ sich von Gedankenfedern hinaufheben.

»Das genügt nicht«, stellte er nüchtern fest. »Wir müssen uns über das finanzielle Fundament absprechen. Ich nehme an, dass du deinen Sohn mit nichts ausstatten kannst …«

»Ist das wichtig?« Heruntergerissen und hart aufgeweckt, doch dauerte es, bis Magdalena zurückwollte. »Entschuldigt, Herr. Nichts, sagt Ihr? Ja, das stimmt.« Nun hatte sie begriffen, worum es ihm ging. »Manchmal besitzt mein Sohn einige Schillinge, mal auch einen Gulden. Aber ich habe noch das Haus von meinem Jakob …«

Nicht ganz ausgesprochen, beflügelte die Idee gleich die nächsten: »Herr, wir schicken die beiden nach Mühlhausen ins obere Tal. Das ist nicht zu weit und doch weit genug weg. Vor der Hochzeit kann Rupert mit Florian das Haus wieder herrichten. Da können unsere Kinder leben. Und ganz sicher kommt Florian zur Besinnung und arbeitet wirklich. Er kann dem Schwager auf seinem Acker helfen, und Katharina geht der Els zur Hand.« Durstig leerte Magdalena den Becher und schenkte gleich nach. »Das ist es doch, Herr, was wir uns wünschen. Und später bestellen die Kinder vielleicht sogar ihr eigenes Feld.«

»Meine Eva. Du findest immer eine Lösung.« Mit den Fingerkuppen rieb er sich die Schläfe. »Damals schon. Ich wollte das erste Menschenpaar darstellen, nachdem es vom verbotenen Baum gegessen hat. Im Bewusstsein der Schuld. Und doch ließ ich dich ihm einen

Apfel reichen.« Die Augen schimmerten. »Nur einen Moment hast du dich gewundert und mir dann meine Eva erläutert: Wenn sie schon gesündigt haben und es ohnehin zu spät ist, die Äpfel aber gut geschmeckt haben, warum sollten die beiden nicht gleich noch einen essen? Das war die einfache Lösung. Also hat Eva dem Adam noch eine zweite Frucht vom verbotenen Baum gereicht.«

»Nein, Herr. Das Lob habe ich nicht verdient. Wenn Ihr wüsstet, wie oft ich mir später eine gute Lösung gewünscht habe? Und nichts, nichts ist mir eingefallen. Aber was nutzt das Jammern. Ihr glaubt also auch, dass der Plan für die Zukunft unserer Kinder gut ist?«

»Der Plan schon. Nur, wie soll er finanziert werden?« Til erhob sich, mit den Händen auf dem Rücken ging er einige Male vom Fenster zum Kruzifixus an der Wand und wieder zurück. Die Lippen eng, zwischen den Brauen stand die Stirnfalte, er rechnete, und Magdalena sah ihm verwundert zu. Meister Tilman Riemenschneider, dachte sie, du wohlhabender Bildschnitzer und Ratsherr, Hausfrau Margarethe, diese Pfennigfuchserin, ist tot. Du musst vor ihr keine Rechenschaft mehr abgeben, wofür das Geld ausgegeben wird.

Endlich brach er die Wanderung ab und ließ sich wieder auf dem Hocker nieder. »Eine großzügige Mitgift wäre falsch. Nein, bitte keine Empörung. Hör erst weiter ...« In Anbetracht der Unvernunft ihres Sohnes, wäre der Besitz einer größeren Geldmenge gefährlich. Deshalb wollte er zunächst die Ausbesserung des Hauses am Bach bezahlen und danach dem Paar eine Jahresrente von vier Gulden aussetzen. »Für Nichtstun scheint mir die Summe sehr großzügig zu sein. Und damit wir sie hin und wieder in Augenschein nehmen können, müssen die beiden alle drei Monate bei uns im Wolfmannsziechlein erscheinen, um sich die nächste Rate abzuholen.«

Magdalena schwieg und dachte, das ist ein Anfang, wirklich ein guter Anfang. Weil sie nicht gleich antwortete, versicherte er beinah entschuldigend: »Natürlich wird das Erbe Katharinas dadurch nicht geschmälert. Sie soll später ebenso bedacht werden wie ihre Brüder.«

»Herr, ich ...« Entschlossen schob Magdalena ihren Becher über die Tischplatte, bis er an seinen stieß, Til wich nicht aus, dann rieb sie sanft das bauchige Gefäß an dem seinem, und beide lächelten darüber.

Das Korn war abgemäht. Auf den Feldern standen ungezählte Hütten, errichtet aus gebündelten Halmen, und die Ährenhäupter trockneten in der Sonne. Gelb war das Licht. Der Mittag duftete nach Sommer.

Auf dem Weg von der Kirche im benachbarten Unterpleichfeld zum Haus am Bach rollte der mit bunten Bändern geschmückte Fuhrwagen die Dorfstraße hinunter. Vorn auf dem Kutschbock hielt Rupert die Zügel. Gleich hinter ihm saß Katharina im weißen Kleid, die Zöpfe zum Kranz gesteckt und gekrönt mit einem Blumendiadem. Neben ihr Florian, er trug ein leichtes hellblaues Wams, seine dunkelgrünen Strümpfe steckten in ledernen Kuhmaulschuhen.

Magdalena hatte ihren Sohn herausgeputzt. »An deinem Hochzeitstag will ich dich ansehen und stolz auf dich sein.« Sie hatte die gepufften Ärmel mit glitzernden Glasperlen bestickt und die Kniehosen an den Seiten mit grünen und blauen Schleifchen verziert, auf den ausgepolsterten Hosenlatz nähte sie ihm drei kleine Sterne aus Silberblech. »So viele Enkel wünsche ich mir.«

Einige Bäuerinnen winkten dem Brautpaar und der Hochzeitsgesellschaft auf dem Wagen zu, kaum waren auch die drei Reiter hinter der Kehre verschwunden, steckten sie die Köpfe zusammen. »Das ist die Tochter des berühmten Bildschnitzers und der Sohn vom Jakob Lebart. Du erinnerst dich doch an den Bruder von der Els ihrem Mann? Der Bruder vom Balthasar? Er soll sich doch …« Eine Geste zum Hals, und alle wussten, wer gemeint war. »Die Blutzapfen haben ihn dazu getrieben. Der Arme, Gott hab ihn selig.«

Ein schnelles Kreuzzeichen, dann galt das Getuschel wieder dem Brautpaar: »Wer weiß, was die zusammengebracht hat? Aber die wohnen ab jetzt unten im alten Haus. Arbeiten soll der Junge beim Balthasar, sagt die Els. Na, wir werden es ja erleben.«

»Aber schön hergerichtet ist das Haus ja wieder. Und gekostet hat so ein neues Dach. Auch auf der Scheune sind neue Schindeln. Von uns hätte sich das keiner auf einmal leisten können.«

»Wunder dich nicht. Der Schwiegervater ist reich, der besitzt Weinberge, und in der Stadt hat er einige Häuser. Geld ist da genug …«

Mit Schwung hob Florian seine Braut vom Wagen. »Komm, ich

zeig dir dein neues Heim! Du sollst sehen …« Er zog sie zur weit geöffneten Haustür und lachte übermütig. »Seit wir das letzte Mal hier waren, hat sich einiges verändert.«

»Bleibt stehen!« Els lief hinter ihnen her, überholte sie und versperrte mit ausgebreiteten Armen den Eingang. »Bei der heiligen Maria, nicht weitergehen!«

»Aber, Tante, das ist mein Haus. Frag doch Mutter!« Florian blickte sich um. Gleich zog er vorsorglich den Kopf etwas ein. »Was … was hab ich denn getan?«

Mit ernster Miene näherten sich Magdalena und der Schwiegervater, auch Onkel Balthasar kam mit den drei Brüdern Katharinas schweigend auf ihn zu. Florian schluckte, als sich die zwar jüngeren, doch kraftvolleren Burschen mit ihren Feuermähnen neben dem riesenhaften Meister Til aufbauten. »Ist etwas falsch?«

»Will ich wohl meinen«, schimpfte Els in seinem Rücken.

Er wandte sich der Tante zu. Die deutete auf die Türschwelle. »Weißt du nicht, wer da drunter lauert? Böse Dämonen. Sie beneiden die Braut um das Glück. Den Bauch wollen sie ihr verhexen …«

»Deshalb, und ich dachte schon …« Vor Erleichterung schlug sich Florian mit der flachen Hand gegen die Stirn, seine schlaksige Selbstsicherheit kehrte zurück. »Schon gut, Tante. Aber dieser Spuk ist was für alte Weiber. Wir sind jung, Tante.« Er nahm Katharina bei der Hand und wollte an ihr vorbei.

»Untersteh dich, Schwager!« Die Stimme von Jörg. Und Hans setzte hinzu: »Du hast unsere Schwester geheiratet.« Und Barthel stand den Brüdern mit seinem übertrieben drohenden Unterton in nichts nach. »Und wir wollen, dass sie glücklich wird. Also …«

»Wenn alle darauf bestehen …« Florian nahm Katharina auf die Arme. Sie umfasste seinen Hals; bei ihrem zärtlichen Kuss auf seine Wange gab Els endlich den Weg frei. Im Halbrund der Gäste löste sich der gespielte Ernst, und unter Beifall und Lachen trug Florian die Braut über die Schwelle.

Magdalena nahm die drei Brüder beiseite. »Hört auf damit. Es ist sein Hochzeitstag. Von eurem Vater hat er in den letzten Wochen schon genug zu hören bekommen. Ich will nicht, dass ihr ihn jetzt auch noch erschreckt.«

»Dieser faule Kerl hat das alles hier gar nicht verdient.« Jörg deutete auf den Gemüsegarten, die neuen Fenster, das sorgfältig mit Lehm ausgebesserte Fachwerk. »Wir arbeiten, und er bekommt das Nest einfach geschenkt.«

Der Vater fasste seinen Sohn hart an der Schulter. »Kein Wort mehr! Ich habe so entschieden, und damit ist es gut.« Er lockerte den Griff und strich versöhnlich über die Stelle, sein Blick schloss die beiden anderen Söhne mit ein. »Verderbt die kleine Feier nicht. Wenn nicht mir oder Magdalena, dann eurer Schwester zuliebe. Katharina hat genug gelitten.«

Das Essen sollte im Hof stattfinden. Balthasar hatte die Stalltür aus den Angeln gehoben und auf Böcke gelegt; von seiner Frau war die Tafel mit einem Tuch bedeckt worden, und am Kopfende verzierte eine Girlande aus Wiesenblumen den Ehrenplatz.

»Die Eltern sitzen rechts und links vom Brautpaar«, bestimmte Els. Sie wies Magdalena und Rupert die Hocker auf Florians Seite an, und Meister Til sollte übereck bei seiner Tochter sitzen, daneben die Brüder. »Und mein Balthasar und ich, wir bedienen euch.« Sie band sich die Schürze um und verkündete im Ton einer herrschaftlichen Köchin: »Zuerst gibt es gutes Weißbrot! Heute früh frisch gebacken. Dann Hirsemus mit Stachelbeeren. Eigene Ernte.«

Das tiefe Atemholen nutzte Meister Til, um ihr Beifall zu klatschen, gut gelaunt fiel die ganze Tischrunde mit ein.

Els stampfte mit dem Fuß auf. »Wartet! Glaubt ihr etwa, das ist alles?« Nachdem sie sich Ruhe verschafft hatte, musste sie erneut einatmen: »Meine Rüben mit Speck habe ich heute nicht gekocht. Zur Feier gibt es Heidenkuchen …«

»Wir sind aber Christen …« Jörg klopfte mit dem Löffel auf den Tisch, gleich taten es die Brüder ihm nach. Die Rotschöpfe sahen sich an, der Spaß wuchs, und lauter hämmerten sie: »Christen sind wir. Keine Heiden …«

Gekränkt brach Els das Verkünden der Speisefolge ab und eilte durch die Hintertür in die Küche. Immer noch lärmten die Söhne des Bildschnitzers.

Magdalena erhob sich und hieb beide Fäuste auf die Festtafel. »Schluss damit! Wollt ihr wohl aufhören!«

Still lagen die Löffel wieder neben den Holznäpfen. Die Kinderfrau funkelte ihre ehemaligen Zöglinge an. »Seid ihr vom Teufel geritten? Oder habt ihr etwa schon zu viel getrunken?« Zur Bekräftigung schlug sie noch einmal mit der Faust auf die Platte. »Verflucht, benehmt euch endlich wie erwachsene Männer. Hier ist schließlich das neue Zuhause eurer Schwester.«

Sie richtete sich auf, sah zur Scheune, und ihre Augen weiteten sich. Magdalena krallte die Hand in ihren Halskragen: Jakob ... Er hängt dort am Strick ... kein Gesicht mehr ... nur eine blutige Masse. Sie krümmte sich.

Gleich sprang Rupert auf und hielt sie fest. »Frau, was ist dir?« Auch Til hatte sich erhoben. »Eva? Um Gottes willen?«

»Es geht schon wieder.« Sie schüttelte langsam den Kopf. »Das Unglück mit Jakob. Alles war plötzlich wieder da.« Magdalena strich über den Arm ihres Mannes. »Hier kann ich nicht sitzen, so mit der Scheune vor Augen.«

Rupert verstand, er verstand auch, dass Magdalena auf die andere Seite der Tafel wechselte, Barthel tauschte mit ihr, und sie nahm neben dem Meister Platz.

»Hier ist es besser«, sagte sie, und Rupert war erleichtert.

Zum Heidenkuchen gab es Wein. Els ließ die drei Spötter nicht aus den Augen. Doch als Jörg und seine Brüder ihre scharf gewürzten, mit Rinderhack und Speckwürfeln, gekochten Eiern und Äpfeln gefüllten Kuchentaschen anschnitten und sich nach der ersten Scheibe gleich die zweite in den Mund schoben, nicht mehr sprachen, nur noch kauten und schluckten, da war die Köchin wieder versöhnt, und damit die Feier zum Fest wurde, ließ sie nach dem Mahl ihren Balthasar zur Fidel greifen.

Er zupfte und strich, so gut er konnte, den Rhythmus aber fand er nicht. Bemüht, die Unhöflichkeit wieder wettzumachen, stellten sich die Söhne neben ihn und halfen mit Klatschen aus. So konnte sich das Brautpaar im Tanz drehen, es schritt nebeneinander, hüpfte und fand sich wieder ...

Magdalena forderte Rupert auf, der weitete erschrocken die Augen und war befreit, als sie sich an den Meister wandte. »Steht nicht der Mutter des Bräutigams ein Tanz mit dem Brautvater zu?«

»Davon habe ich noch nie etwas gehört«, brummte er satt gegessen und müde vom Wein.

»Ihr wart ja auch noch nie auf dem Lande. Außer wenn Ihr Euch ein Modell gesucht …« Mit dem Blick erzählte sie ihm weiter, sah in Richtung Bach und setzte hinzu: »… und auch gefunden habt.« Sie neigte etwas den Kopf. »Bitte, Herr. Nur einen Tanz. Die Kinder würden sich freuen, und es wäre doch auch ein Kompliment an den Schwager und die Schwägerin. Els hat sich so viel Mühe gegeben. Bitte, Herr!«

Meister Til erhob sich. Als er Magdalena an der Hand vor die Fidel führte, da ging ein Strahlen über das Gesicht seiner Tochter, sie ließ sich tiefer noch von Florian wiegen und juchzte, wenn er sie kurz vor dem Boden mit Schwung wieder aufrichtete.

Til sah es und drückte beim Wechselschritt seiner Eva immer wieder fest die Hand: »Klug bist du.«

»Nicht klug. Nur eine Mutter. Florian hat den ganzen Tag fast nichts gesagt, und Katharina blickte Euch immer wieder nur ängstlich an. So, als könnte ihr das Glück wieder weggenommen werden. Und jetzt? Wie froh sie sind.«

»Was sollte ich nur ohne dich anfangen?«

»Das Beste wäre nichts, gar nichts.« Sie verschluckte das Lachen, dachte, nur jetzt nicht daran rühren, und sagte, so leicht sie es vermochte: »Sorgt Euch nicht, Herr. Ihr müsst ja nicht ohne mich sein.«

Der Sommernachmittag neigte sich dem Abend zu. Vom Wein trunken, banden die drei Söhne ihre Pferde hinten an und kletterten auch auf den Wagen. Els und Balthasar winkten mit dem Hochzeitspaar den Gästen nach. Als das Fuhrwerk hinter der Biegung verschwunden war, schmiegte sich Katharina an ihren Florian.

Die Tante sah es und stieß ihrem Mann in die Seite: »Komm, Alter. Wir sollten auch schon längst nach Haus. Die Kuh will gemolken werden, und du musst die Schweine füttern.« Sie zog ihn schon mit sich fort und rief über die Schulter: »Morgen komm ich helfen. Lasst nur alles stehen, und sorgt euch um euch.«

Florian legte den Arm um Katharina, küsste die Stirn, spielte mit den Lippen an ihrem Ohr. »Sollen wir es so machen wie damals. Du weißt schon, beim ersten Mal … Wir sind zum Bach …«

»Untersteh dich!« Vorsorglich, doch ohne wirkliche Sorge, schob sie ihn von sich. »Mein schönes Kleid. Ein besseres hab ich nicht.« Katharina spielte mit der Zunge. »Aber wenn du unbedingt ins Wasser willst, ziehe ich es lieber gleich aus. Dann braucht es nicht zu trocknen.«

»Kathi.« Sein Blick nahm ganz Besitz von ihr. »Meine Kathi.« Er hielt sie eng umschlungen und küsste ihren Hals, gleichzeitig führte er sie zum Haus; Katharina streichelte seinen Rücken, wollte aber auch das Blumengesteck im Haar schützen, die Schritte wurden unbeholfen, und beinah wären die Verliebten vor der Haustür gestolpert. In der Küche streifte Florian ihr das Kleid ab, hob den Unterrock und setzte sie auf die Kante des Küchentischs, er stellte sich zwischen ihre Schenkel. »Liebste.« Halb hatte er schon den sternenbestickten Hosenlatz geöffnet, als Katharina die Knie anzog und fest vor seinem Bauch zusammenpresste. »Nein, Flori. Ich will nicht.«

»Aber, Liebste …«

»Nie mehr. Nie mehr hinter einem Baum. Auch nicht hinterm Stall oder unter einer Brücke, wo mich immer so viele Mücken gestochen haben.« Sie kicherte über sein verständnisloses Gesicht. »Und schon gar nicht einfach so auf dem Küchentisch. Und weißt du auch, warum?« Katharina zog ihn näher, öffnete wieder den Weg zu ihrer Mitte und umfasste seine Hüften mit den Beinen. »Weil wir …« Nicht laut, doch es war ein Jubel aus tiefster Brust. »Weil wir endlich, endlich ein eigenes Bett haben.«

Sie lachte und Florian mit ihr, er hob sie vom Tisch und drehte sich mit der Liebsten im Kreis.

Ein Flötentriller, schrill! Vom Hof her. Florian stockte, setzte Katharina ab. Beide starrten zum hinteren Flur. Ein tiefer Ton folgte, schnell hüpfte er die Leiter hinauf und mündete erneut in einem hellen Triller.

»Nein.« Katharina bebte die Unterlippe. »Heilige Muttergottes, beschütze uns.«

Auf und ab eilte nun die Melodie.

»Er ist es.« Florian schloss den Hosenlatz.

»Nicht …« Sie zog den dünnen Stoff über ihre Blöße. »Geh nicht hinaus. Bitte, wir müssen doch nicht zu ihm. Das ist doch unser Haus. Nein, Flori, ich bitte dich.«

Gleiche schrille Töne kurz hintereinander, immer wieder, so als hackten, pickten sie die dünne Schale des Glücks auf. Katharina stellte sich ihrem Liebsten in den Weg. »Hör nicht hin! Du brauchst ihn nicht mehr, ich schon gar nicht. Wir schaffen es allein.«

Florians Miene hatte sich verändert. Er lachte nicht, zeigte nur seine weißen Zähne: »Meine Kathi, wovor fürchtest du dich? Da spielt der Hans. Ich kann doch einen Freund nicht draußen lassen.«

Rasch, so als wäre er gerufen und hätte zu lange getrödelt, eilte Florian zur Hintertür. Katharina musste ihm nach, wollte ihn nicht allein lassen.

Hans Bermeter saß mit untergeschlagenen Beinen auf dem Hackklotz. Ohne sein Spiel zu unterbrechen, zwinkerte er den beiden zu. Er senkte den Kopf bei tiefen Tönen, beschrieb mit der Flöte kleine und übertrieben große Kreise vor dem Mund und reckte den Hals, als wollte er den hellen Tönen den Weg zum Himmel erleichtern.

Mitten im Spiel setzte er ab. »Zuhören ist teuer. Wisst ihr noch?« Er grinste vergnügt. »Das kostet einen Pfennig von jedem.« Er schnippte mit den Fingern. »Her damit! Na wird's bald. Oder aber, ihr ladet den guten alten Hans zum Wein in euer Haus.«

Der Spielmann sprang vom Klotz. Leicht tänzelnd ging er auf das Paar zu. Noch starr vor Schreck, vermochte sich Katharina nicht gegen den nassen Kuss auf ihre Stirn zu wehren; Florian erhielt einen kräftigen Schlag auf die Schultern. »Meinen Glückwunsch zur Hochzeit, ihr zwei. Nein, ich bin euch nicht böse, weil ihr mich nicht eingeladen habt. Das war ohnehin ein furchtbar langweiliges Fest. Und erst diese Fidel! Ich hätte euch zum Tanz aufgespielt, da wären die Röcke nur so im Wind geflogen.«

»Wo warst du denn?« Katharina gelang es kaum, das Weinen zu unterdrücken.

Er patschte ihr auf den Po. »Aber, Kleinchen. Ich hab euch beobachtet. Glaubst du, der Hans lässt euch an eurem Hochzeitstag allein?«

Er drängte sich in die Mitte und legte beiden den Arm auf die Schulter. »Nun lasst uns reingehen und tüchtig den Durst löschen.« An der Hintertür drehte er den Kopf, sah zur Scheune und zum Stall. »Doch, hier gefällt es mir. Da haben wir ja ein feines Nest für unsere Würfel gefunden.«

Das Neue drängt; noch ist das Alte nicht gewichen. Längst schon halten sich die neuen Tänzer im Dunkeln für ihren Auftritt bereit, auf der Bühne aber torkeln und tappen immer noch Kaiser und Bischof dem knöchernern Reigenführer nach. Endlich hat er ein Einsehen, setzt die Fidel ab und deutet auf den mit der Krone. »Du. Zuerst ...«

Innsbruck und Wels

Die Ebene ist erreicht. Das Schneetreiben hat nachgelassen. Vom Kutschbock her verständigt der Fuhrmann mit Pfiffen die Knechte neben den Pferden. Jetzt benötigen die Tiere keinen Halfterführer mehr. Langsam rollt der kaiserliche Sechsspänner über die verschneite Straße in Richtung Innsbruck. Obwohl das Wageninnere mit Kissen ausgepolstert ist, wird jeder leise Stoß zum Stich mit glühendem Eisen.

Vorzeitig, schon Mitte Oktober 1518, musste Kaiser Maximilian seine Teilnahme am Reichstag zu Augsburg abbrechen. Die Krämpfe im Darm hatten zugenommen, täglich verließen ihn große Mengen an übelriechendem Bluteiter, und mit jedem Durchfall erlosch ein Glitzern seiner Lebenskrone. Er war des Streitens müde, nicht allein, weil die Lähmung der linken Gesichtshälfte, verursacht durch den Schlaganfall im letzten Jahr, nicht vollständig zurückgegangen war und sein Sprechen behinderte, vor allem das Nörgeln der Reichsfürsten an seinem Krönungsplan für den Enkelsohn Karl, ihr Zaudern und Kritteln, hatten seinen Zustand noch verschlimmert.

Überdies war er von Kardinal Cajetan mit diesem ketzerischen Mönch aus Wittenberg überrumpelt worden. »Seine Heiligkeit Papst Leo wird die Wahl Eures Enkels, König Karl von Spanien, wohlwollend befürworten, wenn Ihr, Majestät, der Kurie Euren Beistand in der Lutherschen Angelegenheit zusichert und ein Reichsgesetz erlasst, das jede notwendige Maßnahme des Heiligen Stuhls gegen den Mönch billigt.« In der Gewissheit, mit dem Angebot nicht auf taube Ohren zu stoßen, setzte der geschickte Diplomat hinzu: »Das gilt auch für alle weltlichen und kirchlichen Obrigkeiten, die es wagen, eine Gefangennahme oder Auslieferung des Ketzers zu verhindern.«

Der Wagen schlingert über eine vereiste Stelle, im Schmerz seufzt Maximilian auf. »Was also sollte ich anderes tun?«, flüstert er, und Speichel rinnt ihm aus dem tauben Mundwinkel. »Ich musste das Gesetz in Aussicht stellen.« Die Zukunft des Reiches, die Sicherung der Habsburgischen Macht wog für ihn mehr als das Schicksal des aufmüpfigen Augustiners.

»Heim nach Tirol.« Noch in Augsburg hatte Sehnsucht für einen Moment das graubleiche Gesicht erhellt. »Geliebtes Innsbruck, du sollst mein Winterbett werden, in dem ich gesunden kann.«

Seine Hofkapelle war mit den Quartiermachern vorausgeeilt, ihn aber und den kaiserlichen Tross hatte der frühe Wintereinbruch überrascht, und noch langsamer, als die Krankheit es gebot, waren sie vorangekommen.

»Wann?«, erkundigt sich Maximilian, ohne die Lider zu öffnen, bei seinem Leibdiener. Der Baron öffnet das schmale Kutschfenster und gibt die Frage an den Hauptmann der Eskorte weiter.

»Heute noch. Gegen Mittag.«

Die Wolkendecke reißt. Aufkommender Wind bläst den Himmel blau. Sonne flutet durchs Inntal und verwandelt das weite Weiß in ein gleißendes Prachtkleid. Vor den Mauern Innsbrucks verkünden Bläser mit schmetternden Hornstößen die Ankunft des Kaisers. »Seine Majestät Maximilian, der erste dieses Namens, erbittet Einlass in die Stadt.«

Das Tor bleibt verschlossen. Herold und Hornisten sehen sich verwundert an. Erst nach ungebührlich langem Warten treten durch eine schmale Seitenpforte der Bürgermeister und zwei Ratsherren nach draußen. Sie heben die Arme, erklären mit Bedauern und wiederholen sich, als der Herold mit Empörung dagegenspricht. Schließlich schwingt der sich in den Sattel. »Wartet auf Antwort.«

Am Kutschfenster berichtet er seinem Kaiser. »Majestät, bis auf

Eure Hofkapelle weigert sich die Stadt, den Tross zu beherbergen. Es sei denn, Eure Majestät würden die Schulden vom letzten und vorletzten Besuch bei den Wirtsleuten begleichen.«

»So also liebt man mich wirklich.« Maximilian rückt mit Hilfe seines Leibdieners näher ans Fenster. »Und Kredit? Schickt meinen Schatzmeister, er soll irgendetwas, was noch mir gehört, beleihen, er soll …«

»Um Vergebung, Majestät, der Versuch scheint zwecklos. Die Stadtoberen lassen ausrichten, Eure Hofkapelle kann sich die Unterkunft durchs Musizieren verdienen, Euch jedoch wird jeder neue Kredit verweigert.«

»Und dass ich ein schwer kranker Mensch bin …?«

Der Herold schweigt, sieht seinen Herrn nur beschämt an.

Maximilian gibt die Antwort selbst: »Es rührt sie nicht. Und wie recht sie haben. Ein Kaiser darf sich liebenswert, mildtätig und verständnisvoll gebärden, doch darf er nicht Mensch sein, schon gar nicht, wenn er mehr Gläubiger als Freunde hat.« Gequält krümmt sich der Kranke, unterdrückte Schreie dringen nach draußen, erst nach einer Weile erscheint das bleiche, schweißnasse Gesicht wieder am Fenster. »Weiter. Sorg dafür, dass mein Schiff bereitliegt! Wenn mein Tirol keinen Platz mehr für mich hat, dann soll Österreich den Kaiser gesund pflegen.«

Maximilian fällt zurück. Schmerzen übermannen ihn. Seufzen, Stöhnen. Noch darf der Sechsspänner nicht weiterfahren. Endlich wirkt die große Menge Laudanum, und endlich lassen die Krämpfe nach. Am frühen Nachmittag öffnet der Leibdiener den Schlag, verlässt mit der Bettpfanne die Kutsche, und im Angesicht der immer noch vor dem Tor ausharrenden Stadtoberen von Innsbruck entleert er den Stuhlgang seines Herrn in den Schnee.

»Aufbruch!« Die Hornisten schmettern das Signal in die kalte Winterluft und manch einem Bürger Innsbrucks dringt die Schande bis ins Herz: »Wir haben unseren kranken geliebten Herrn von der Türschwelle gejagt.«

Vorbei an Kufstein. Der Kaiser fiebert. Bei Passau schwankt das Schiff, der Inn drängt in die Donau, gleichzeitig wälzt sich die Ilz mit in das Bett, grün und schwarz strömen mit dem Blau, drei Farben hat das Wasser. Der Kaiser fiebert. Die Reise muss unterbrochen werden. Vor Linz ankert das Schiff am rechten Ufer. »Es ist nicht mehr weit«, versucht der Leibdiener etwas Trost zu spenden. Auf dem Landweg tragen Knechte die Sänfte nach Wels, dort in der Burg ist das Schlafgemach geheizt, und Federkissen umarmen den Kaiser.

Für einige Wochen mildern sich die Krämpfe ab, doch es ist nur ein Atemholen vor noch größeren Qualen. Der Medicus verabreicht in Wein gesottenes Wermutkraut. »Sollte diese Medizin nicht anschlagen, so beginnen wir morgen mit einer neuen Therapie.« Er spricht von gemahlenen Schneckenschalen, Korallen, gemischt mit Hirschhornsalz und Kaminruß. »Ihr werdet gesunden, Majestät.«

In der Nacht erhellt Mondlicht das Schlafgemach. »Lass mich ihn sehen!« Der Baron öffnet den Fensterflügel. Einige Atemzüge lang betrachtet Maximilian den Mond, »Ich glaubte, er wäre vollkommen ...« Er müht sich um jedes Wort. »... doch in Wahrheit fehlt dem schönen Rund ein Stück.«

In der dritten Morgenstunde nimmt der knöcherne Zeremonienmeister die Hand des Kranken und führt ihn von der Bühne.

»Der Kaiser ist tot!«

Keine Lähmung. Kein Schreck! Eilige Geschäftigkeit erwacht in der Burg zu Wels. Klare Weisung hat Maximilian dem Beichtvater für die Stunden nach seinem Tod gegeben. »Licht. Bringt Licht!« Der Kartäuserprior nickt dem Leibarzt zu. »Ihr könnt beginnen.«

Der Medicus öffnet den Mund. Um die Kiefer auseinanderzuhalten, schlägt er eine Holzstütze zwischen Zunge und Gaumen, dann entfernt er alle Zähne bis auf einen Vorderzahn. Sorgfältig schabt er dem Verstorbenen die Haare vom Schädel. »Entblößt den Leib.« Und der Mönch geißelt die Brust, Striemen bleiben auf der noch warmen Haut zurück.

»Ich will«, hatte Maximilian angeordnet, »ohne Prunk und weltliche Würdezeichen, als armer Sünder und Büßer will ich vor den ewigen Richter hintreten.«

Als der Tag anbricht, liegt Kaiser Maximilian, der erste dieses Namens, aufgebahrt in der Halle. »So soll man mich konterfeien.« Wie befohlen hat der Beichtvater einen Maler aus der Stadt kommen lassen. Nun steht die Staffelei neben dem Totenbett, und der Künstler zeichnet einen ersten Entwurf. Immer wieder setzt er ab und vergleicht. Das Haupt umhüllt eine rote schlichte Ohrenkappe, die nun eingefallenen Wangen lassen den habsburgischen Nasenhöcker wie auch das Kinn noch schärfer hervortreten, darunter wölbt sich ein breiter Rand des reinweißen Körpertuchs über dem schwarzen Leichenmantel. Als einziger Schmuck ziert ein goldenes Kleeblattkreuz die Brust des Verstorbenen.

Es ist der 12. Januar im fünfzehnhundertneunzehnten Jahr nach Christi Geburt.

Der knöcherne Reigenführer schreitet fidelnd bis in die Mitte der Bühne, bricht sein Spiel ab und deutet auf den mit dem Bischofshut. »Jetzt du.«

Würzburg

Sie dürfen ihn nicht mehr von Angesicht zu Angesicht sehen. Im Vorzimmer zu den Gemächern des Fürstbischofs steht der Domdechant mit einigen Beratern. Vor wenigen Tagen hat der Kranke sie zu seinen Testamentsvollstreckern ernannt. Den Herren rinnt der Schweiß. Im Raum lasten Hitze und Gestank nach Fäulnis.

Verborgen hinter einem Seidenvorhang, den zwei Diener an Stangen hochhalten, gibt ihnen Lorenz von Bibra mit kehlig heiserer Stimme seinen Willen kund: »… und bittet Bürgermeister und Rat der Stadt Würzburg um Vergebung, wenn ich während meiner Herrschaft gegen sie gehandelt habe …« Husten unterbricht ihn, versinkt in gequältes Röcheln, dann fremde Stille, endlich ist wieder pfeifendes Atmen zu vernehmen. »… und erinnert meine Kritiker daran, dass es während meiner Regentschaft keinen Krieg gab. Stets habe ich zwischen Fürsten und Herren vermittelt, damit arme Leute nicht so viel leiden mussten. In meinem Land herrschte Frieden … Gebt mir zu trinken!«

Die Schlucke sind laut, mehr ein Würgen, so als öffnete sich der Schlund nur wenig. Nach einer Weile nimmt Bischof Lorenz den Faden wieder auf. »… Frieden. Während es um uns herum immer wieder Empörung und Kämpfe gab, konnte das Volk in meinem Land in Sicherheit leben. Nur ein einziges Mal kam es zur Aufrüstung …« Die Erregung nimmt die Stimme.

Die Herren treten näher an den Vorhang, um das krächzende Flüstern zu verstehen. »Damals vor fünf Jahren. Dieser Götz von Berlichingen. Er hat den Landfrieden gebrochen. Und ich musste im Auftrag des Kaisers mit Truppen gegen diesen schändlichen Raubritter vorgehen. Ohne großen Erfolg.« Wieder verlangt der Kranke nach Flüssigkeit. Sein Atem geht ruhiger. »Freunde, sagt es überall: Keiner, der zu mir kam und Hilfe erbat, ist ungetröstet wieder gegangen …«

Immer erneut von Schwäche unterbrochen, malt Lorenz von Bibra an diesem Vormittag weiter an seinem Lebensbild: nicht Politik, nicht seine Liebe zur Kunst, nicht seine prunkvolle Hofhaltung, diese leuchtenden Farben sind schon festgehalten, heute drängt es ihn aus dem Strahlen der Bildmitte hin zum unteren Rand. Dort im Halbdunkel will er bei seinen Untertanen verweilen, in ihrem Gedächtnis will er als mildtätiger Herrscher weiterleben.

»Erinnert die Leute an den Mai im Jahre 1512, als nicht genug Korn gemahlen war … und es nicht genug Brot gab. Die Kinder weinten sich hungrig in den Schlaf. Die Eltern verzweifelten. Da habe ich über beide Pfingsttage in der Schlossbäckerei Brot … Brot … Was wollte ich sagen?«

Die Herren sehen sich an, und der Domdechant neigt vor dem Seidentuch leicht den Kopf. »Ihr habt in Eurer großen Güte Brote backen lassen.«

»So ist es …« Gerührt von sich selbst, schluchzt der Herrscher einige Male. »Und … und wie viele waren es?«

»Mehr als 2500 Brote habt Ihr auf Wagen verladen und in der Stadt verteilen lassen.«

»Ich erinnere mich …« Das Weinen nimmt zu. »Und die Kindlein …« Lorenz von Bibra findet wieder zu sich, geschwächt bittet er: »Genug für heute. Geht jetzt. Und vergesst nicht …«

Als die Tür sich schließt, legen die Diener den Vorhang beiseite. In sich zusammengesunken, lehnt der Fürstbischof im Stuhl, das Gesicht vollständig von Geschwüren zerfressen. Der Arzt nimmt den Kopf behutsam zurück und tupft Eiter von den Gewächsen an Lippen und Nase. »Hoher Herr, Ihr habt Euch überanstrengt. Ich denke, eine Sitzung im Schwitzkasten wird Euch Linderung bringen.«

»Fegefeuer, willst du sagen.« Für einen Augenblick flackert Lebendigkeit in den Augen. »Ich büße auf Erden schon meine Sünden …« Gleich straft ein erneuter Hustenanfall den Heiterkeitsversuch.

Im Schlafgemach wird Lorenz von Bibra entkleidet und bis zum Hals in den tonnenförmigen Kasten gesetzt. Nach dem Schließen der Seitenklappe schieben die Diener den Gluttopf unten ins Feuerfach. Kaum erlöst aus dem Schwitzkasten, wird der Patient wieder abgetupft, dann bestreicht der Arzt die befallenen Stellen mit einer Salbe aus Quecksilber, Asche und Speichel, sorgsam pinselt er Rachen und Gaumen mit Höllenstein aus. »Hoher Herr, wir müssen uns mit dem Gedanken beschäftigen, die Geschwüre an den Lippen wegzubrennen.«

»Und damit verliere ich die Fähigkeit zu sprechen? Kann Gott und den Heiligen nicht mehr laut Dank sagen?«

»Mit einer gewissen Einschränkung ist wohl zu rechnen.«

Lorenz von Bibra schweigt. Am Abend legt er die Hände auf der Bettdecke zusammen. »Paratum cor meum, Deus, paratum cor meum; cantabo et psallam tibi, gloria mea …« Er ringt nach Atem. »Ja, Herr, bereit ist mein Herz …«

In der Stunde nach dem Abendläuten umhüllt der knöcherne Reigenführer den Bischof mit seinem Mantel und geleitet ihn sanft von der Bühne.

Es ist Sonntag, der 6. Februar im Jahre des Herrn 1519.

Wachs und Schminke liegen bereit. Die ganze Nacht über arbeiten der Leibarzt und seine Helfer. Am Morgen sitzt der Tote, angetan mit der Mitra und den heiligen Gewändern, in seinem Stuhl, versteckt unter dem Stoff hält ein Holz den Rücken aufrecht, die vollen Wangen sind leicht gerötet, ein Lächeln umspielt die Lippen.

»Der Bischof ist tot!« Feierlich tragen die Diener den Verstorbenen vom Schloss hinunter zur Stadt, und mit Gesängen geleiten die Bürger ihren Hohen Herrn, Lorenz von Bibra, in den Dom.

Möckmühl

»Ist das eine gute Idee, Herr?« Im Turmzimmer der Burg zu Möckmühl steht Knappe Thoma hinter seinem Ritter und schaut furchtsam an ihm vorbei aus dem schmalen Fensterschacht. Weit drüben zwischen den Wiesenhügeln rauchen die Feuer des feindlichen Hauptlagers.

»Heute Abend!«, schnauft Götz von Berlichingen. Er wendet den Kopf. Schweiß rinnt ihm von der Stirn. »Und hüte dein Maul. Jetzt in der Not hast du nur zu gehorchen. Sonst …« Müde winkt der Ritter ab. »Was bleibt uns denn übrig? Bin nur froh, dass meinem Weib die Flucht geglückt ist. Ja, Junge, das merke dir: Die guten Weiber soll ein Ritter schützen.«

»Und auch seine treuen Diener …«

»Memme. Hab ich dich und diesen Federquäler Sinterius je im Stich gelassen?«

Kopfschütteln. »Aber dafür oft genug in Gefahr gebracht … Verzeiht, Herr. Schlagt mich nicht! Das werden die Bündischen noch früh genug tun.«

»Herrgott, verflucht! Wir sind wie die Maus in der Falle. Da …« Er zeigt zum Kirchturm gleich vor dem Burgtor. Oben aus der Glockenstube ragt ein Geschützrohr. »Das verdammte Ding zielt direkt auf uns.«

Ehe es zur gewaltsamen Erstürmung der Stadt Möckmühl kommen konnte, hatten die Bürger vor einigen Tagen den Truppen des schwäbischen Bundes freiwillig das Tor geöffnet. Allein der herzogliche Amtmann Götz von Berlichingen hatte sich mit seinen Mannen im Schloss verschanzt und leistete Widerstand. Drei Tage lang waren zwischen Bürgern, vereint mit den Söldnern des Bundes, und den Eingeschlossenen immer wieder heftige Gefechte ausgebrochen. Seit gestern schweigen die Flinten und Hakenbüchsen, dafür aber bedroht nun der Schlund des großen Geschützes den Sitz des ritterlichen Amtmanns.

»Wir sind am Ende …« Götz wischt mit dem nackten Armstumpf den verschwitzen Hals.

Die Nahrungsvorräte sind aufgebraucht. Vor allem fehlt das Wasser. Wohl gibt es noch etliche Fässer Wein, und so müssen Mensch und Pferde ihren Durst mit kühlem Weißen löschen. Aus dem Stall dringt übermütiges Wiehern, und auch die Schlossbesatzung lebt im berauschten Auf und Ab: Mal will der Mut alle Feinde in den Boden stampfen, dann wieder zieht die Angst in tiefe Erdhöhlen hinab, durch die sich nur ein Wurm retten könnte.

Götz packt den Knappen am Genick und presst eines der großen Ohren an seine Brust. »Hörst du's, Junge, wie es schlägt? Mein Herz, es ist einfach zu gut für diese Zeit. Sonst würd ich jetzt nicht auf der falschen Seite stehen. Als der schwäbische Bund gegen Herzog Ulrich rüstete, da hätte ich schon kaiserlich werden sollen. Mein Freund Franz, ja, der große Hauptmann Franz von Sickingen, der hätte mich mit Freuden empfangen.« Die Stimme sinkt ins Weltkummerbad. »Aber ein Treueid bindet. Er gilt mehr als die Vernunft. Und dann, o verflucht, reitet der Herzog in seinem Übermut gegen Reutlingen und nimmt die Stadt ein. Da musste ja das Fass überlaufen: Der Bund hat Herzog Ulrich mit Schimpf und Schande aus dem Land gejagt und hat inzwischen alle Festungen erobert. Bis auf ...« Götz biegt den Kopf des Knappen zurück und sieht ihn durch einen Tränenschleier an. »Bis auf ... Na los, sag du es!«

»Bis auf Möckmühl, Herr.«

»So ist es. Der Fürst ist in Sicherheit, aber sein tugendhaftester Ritter harrt als Letzter im umzingelten Gemäuer aus. Doch nun ist auch für ihn die Zeit gekommen.« Ein bitteres Lachen entringt sich der Brust. »Denn morgen sind wir alle vom Wein besoffen, und unsere Gäule fallen über ihre Hufe.«

Neu beseelt reißt Götz das Schwert aus der Scheide, droht mit der Spitze zur Glockenstube hinüber: »Wartet nur, ihr Feiglinge da drüben. Wenn ich zu euch hinaufkomme, dann schlag ich jedem die Hände ab. Dann werdet ihr in Zukunft die Lunte mit dem Maul anstecken müssen.« Zu Thoma gewandt, funkeln die Augen: »Wir wagen den Ausfall. Eine andere Möglichkeit gibt es nicht.«

»Aber, Herr? Habt Ihr das Angebot der Bündischen vergessen? Wir benötigen doch nur eine Lanze und ein weißes Laken ...«

Die Ohrfeige wirft den Knappen zur Seite. »Du Wurm. Ich soll den Schwanz einziehen? Ein Ritter Gottfried von Berlichingen gibt nie auf.«

»Aber, Herr, wenn es doch klüger ist, dann …«

Schon erhebt sich die Hand wieder.

»Schon gut, Herr. Ich sage nichts mehr.« Thoma geht zum Tisch und füllt einen Becher randvoll mit Wein. In seiner Not schwappt ihm das Nass über die Hand. »Trinkt, Herr. Das wird Euch guttun.«

Schon will der Ritter annehmen, da bemerkt er die List, und statt zu trinken greift er nach einer der großen Ohrmuscheln und quetscht sie zwischen Daumen und Zeigefinger. »Der Einzige, der hier schlau sein darf, bin ich. Und wir werden heute Abend den Ausfall machen.«

Zu langsam und von den Bündischen erwartet; im Kampf zu schwach und vom Feind aufgerieben. Der 11. Mai 1519 war kein glücklicher Tag für den Amtmann von Möckmühl.

Verletzt und gefangen wird Götz von Berlichingen auf Befehl des bündischen Befehlshabers nach Heilbronn geschafft. Seine beiden Diener sind unverletzt geblieben und dürfen ihn begleiten. Nach drei Wochen Haft im Gasthaus Zur Krone hat die Stichwunde aufgehört zu eitern.

»Niemals werde ich die Urfehde annehmen und beschwören. Niemals!« Götz droht mit dem Armstumpf zur Tür. »Und wenn ihr mich nicht gut behandelt, dann werde ich wieder nach meinem lieben Freund Franz schicken, der wird euch lehren, den Haftvertrag einzuhalten.« Erst auf Vermittlung des Feldherrn von Sickingen und seines Hauptmanns Florian Geyer war der Stadtrat bereit gewesen, dem Häftling ein ritterliches Gefängnis zu gewähren und diese Zusage schriftlich im Beisein von Zeugen zu beeiden. So darf seine Gemahlin Dorothea bei ihm aus und ein gehen, ihn zum Kirchgang begleiten und auch in der Nacht das Bett anwärmen.

»Thoma, du bringst meine Eisenhand zum Schmied. Er soll die Scharniere ölen und den Schnappmechanismus überprüfen. Nein, halt. Erst sagst du diesem Dietz Wagemann, diesem Scharlatan von Wirt, wenn sich das Essen nicht bessert, dann werd ich ihm mit dem Kochlöffel im Arsch rumrühren.«

Der Finger deutet auf Sinterius: »Jetzt zu dir. Wir schreiben einen Brief an den gnädigen Herrn, Herzog Ulrich. Schließlich muss er von meinem Unglück wissen, vor allem, mit welchem Heldenmut ich ihm die Treue gehalten habe. Verstehst du?«

Der Sekretär spitzt schon die Feder. »Ihr denkt an ein herzanrührendes Schreiben. Euer selbstloses Aufopfern soll später bei der Rückkehr des Herzogs von diesem entlohnt werden. Ein …«, Sinterius hüstelt vergnügt. »Mit Verlaub, Herr, dieses Schreiben soll quasi als Schatullenöffner dienen.«

Götz benötigt eine Weile, dann glättet sich die Stirn. »So ist es. Du hast viel von mir gelernt.«

Würzburg

Ein ungewöhnlicher Besuch. Immer wieder sieht Til den Freund verstohlen von der Seite an. Was hat ihn hergeführt? Es ist Freitagnachmittag. Vor wenigen Stunden haben wir uns noch im Rathaus gesehen und gesprochen, da hat er mit keinem Wort angedeutet, dass er mich in der Werkstatt aufsuchen will. Martin Cronthal nickt den Gesellen zu und betrachtet das Grabmal von Fürstbischof Lorenz. »Wann wird es vollendet sein?«

Sofort steht eine steile Falte auf der Stirn des Meisters. »Gewand und Krummstab werde ich in einigen Monaten fertigstellen. Dieses neumodische Beiwerk hält auf. Hier zum Beispiel, es hätte durchaus genügt, wenn die Säulen rechts und links nur den Baldachin tragen würden. Aber nun müssen noch zwei Statuetten dazu …« Mit einem Handschlenker bricht der Meister die Erklärung ab. »Ich denke in zwei Jahren. Warum fragst du?«

»Du bist spät, lieber Freund.«

Ob nun sanft gemahnt oder ärgerlich laut vorgebracht, der ewige Vorwurf, zu spät abzuliefern, bedrängt, und kaum noch vermag der Meister neue Entschuldigungen zu erfinden: »Falls dich die Herren vom Domkapitel geschickt haben, so bestell ihnen, dass sie mir noch Geld schulden. Ich habe die letzten Arbeiten am Hochaltar für den Dom abgeschlossen. Und die Herren schulden mir noch 40 Gulden. Du siehst, nicht nur ich bin zu spät …«

»Verzeih, ich wollte dich nicht aufbringen. Doch wenn ich einen

Rat geben darf.« Der Stadtschreiber blickt sich nach den Gesellen um, tritt näher und senkt die Stimme. »Auf dieser Zahlung solltest du zurzeit besser nicht bestehen. Und zwar aus gutem Grund.«

Ohne weitere Erklärung beugt sich Martin rasch wieder über den Bischof. »Wenn ich es genau bedenke …« Betont laut wechselt er das Thema: »… so ist seine Regentschaft wirklich zu loben. Wir schreiben jetzt den April 1520, und unser neuer Herr, Fürstbischof Konrad von Thüngen, hat in dem knappen Jahr seit seiner Wahl schon mehr Aufrüstung befohlen als der Vorgänger in seiner ganzen Regierungszeit.«

Til kratzt sich die Brauen. »Aus gutem Grund? Was meinst du damit?«

Ernst sieht der schmächtige Mann zu ihm hoch. »Wir müssen miteinander reden.« Er deutet kurz zu den Werkbänken hinüber. »Nicht vor aller Ohren. Ich bin gekommen, um dich abzuholen. Gehen wir in meine Amtsstube, da sind wir ungestört.«

Das sonderbare Verhalten des Stadtschreibers beunruhigt Til. »Ist etwas geschehen?«

»Noch nicht …« Die Augen hinter den Brillengläsern werden für einen Moment größer, doch lesen vermag Til aus ihnen nichts.

Im Rathaus führt eine schmale Stiege vom ersten Stock weiter hinauf zur Giebelstube. Drei Schlösser sichern die Tür. Der Stadtschreiber bittet den Gast in sein Heiligtum. Auf dem Schreibpult inmitten des Raums liegt offen das große Protokollbuch. Ein Tintenfass steht bereit, daneben reihen sich etliche Federkiele. Es riecht nach Staub und Holzschimmel.

»Außer Wein kann ich dir hier oben nichts anbieten.« Martin schenkt sich und dem Freund ein. Beide stehen am halb offenen Fenster und blicken hinunter auf die Straße. »Es ist so …« Mit dem Finger schiebt der Stadtschreiber die verrutschte Brille zurück. »Ich will gleich zum Punkt kommen. Also, es scheint sehr wahrscheinlich, dass du bei der nächsten Wahl im November ausersehen bist, das Amt des ersten Bürgermeisters zu bekleiden.«

Til wechselt den Becher in die andere Hand, nimmt ihn wieder zurück, er führt ihn zum Mund, vergisst zu trinken. »Bitte wiederhole, was du gerade gesagt hast. Nein, nicht nötig.« Er stellt das Gefäß auf dem Fenstersims ab. Unten im großen Ratssaal vor Kopf sitzen? Mit der Glocke um Ruhe bitten? Das eitle Bild flackert auf und erlischt im Misstrauen. »Warum ich? Sucht ihr einen politischen Dummkopf?«

»Im Gegenteil.« Keine Schmeichelei, sogar ein wenig Bitterkeit färbt den Ton. »Die Zeiten werden unruhiger, lieber Freund. Über diese Tatsache sollten wir uns nicht hinwegtäuschen. Und gerade deswegen benötigen wir einen Mann, der nicht gleich dem Bischof das Wort redet; wir benötigen einen Mann, dessen Herz zuerst spricht und der es nicht so rasch in sich zum Schweigen bringen kann.«

Nun trinkt Til doch, er leert den Becher in großen Schlucken. »Also soll meine Schwäche mit einem Mal zur Stärke werden?«

Der Stadtschreiber schmunzelt. »Stell dich nicht selbst in Frage.« Und gleich wieder ernst fährt er fort. »Dass ich dich heute schon davon in Kenntnis setze, hat einen triftigen Grund. Zwar sind es bis zum November noch einige Monate, doch solltest du möglichst bald deine Verhältnisse ordnen.«

Überrascht schüttelt Til den Kopf. »Nie ging es mir besser als heute. Das Haus wird gut geführt …«

»Deshalb. Genau aus diesem Grund habe ich dich hier oben in meine Amtsstube entführt.« Martin Cronthal nimmt die Brille ab, so als wollte er nicht sehen, was seine Worte anrichten. »Du musst heiraten. Ansonsten wird die Zukunft gegen dich sein. Ordnung. Du verstehst doch, lieber Freund?«

Til wendet sich ab, geht schweren Schritts durch die Schreibstube und lässt sich vor dem Bücherregal auf einem Hocker nieder. Ein Berg wächst, mit jedem Gedanken wird er höher und wuchtiger. »Meine Verhältnisse ordnen, sagst du? O großer Gott, und gerade diese Unordnung beschert mir endlich ein gutes Leben.«

Martin Cronthal übergeht den Einwand; geschult in vielen Ratssitzungen, will er nach der ersten Hürde ohne jede Aussprache gleich die nächsten nehmen. Dieses Mal bemüht er sich um gewinnende Leichtigkeit in der Stimme: »Weil wir deine Erlaubnis vorausgesetzt haben und weil wir dich in solcher Angelegenheit gut kennen, haben wir schon einiges in die Wege geleitet.«

Ein abgekartetes Spiel? »Wer sind wir?«

»Nun eingeweiht sind Georg Suppan und ... du ahnst es sicher schon?«

Die Brust wird zur Höhle. »Hedwig«, seufzt Til, und der Name hallt als dumpfes Echo in ihm weiter. »Seit sie den Stock benötigt ...« Er spricht nicht weiter, doch der Freund ergänzt kühn: »Ja, sie gleicht wirklich mehr und mehr einer ...« Nun verlässt ihn doch der Mut. »... sagen wir, einer ältlichen Zauberin. Aber sie versteht ihr Handwerk. Nach Ostern wird sie dir eine geeignete Kandidatin vorstellen. Natürlich nur, wenn du einverstanden bist.«

»So schnell?« Der Berg lastet Til auf den Schultern. »Ich bin einverstanden«, murmelt er. »Zuvor aber muss ich ...«

Die Wunde ist geschlossen. Keine rohen Felsplacken sind mehr zu sehen, jede Trockenmauer ist sorgfältig geschichtet, und in sanften Schwüngen neigt sich der Hang von einer Terrasse zur nächsten bis hinunter ins Tal. Rupert hat in den vergangenen drei Jahren ein Wunder vollbracht. Leicht und voller Stolz, als wäre es auch ihr Verdienst, steigt Magdalena vor dem Meister her die Steinstufen neben den neu gepflanzten Rebstöcken hinab.

»Er ist einfach zu bescheiden, Herr. Ich hab ihn gefragt, weil heute doch Palmsonntag ist, aber er wollte nicht mitkommen.« Sie ahmt die Stimme ihres Mannes nach: »Wenn der Herr was auszusetzen hat, dann kann er es dir sagen, und du sagst es mir. Das hat Rupert zum Abschied gesagt.« Ein leises, übermütiges Lachen. »Wisst Ihr, Herr, dass die meisten Männer in Wirklichkeit feige sind. Da schaffen sie was Gutes, aber sie trauen sich selbst nicht so richtig, erst wenn andere sie loben, dann plustern sie sich auf.«

»Sehr klug«, bemerkt er trocken. »Wen meinst du damit?«

O nein. Hab ich ihn verärgert? Schnell vergewissert sie sich mit einem Blick über die Schulter. »Euch meine ich natürlich nicht. Und überhaupt, viel Erfahrung hab ich keine, aber wenn ich mich so umschaue, angefangen bei den Gesellen und Rupert ...«

»Ich wollte nicht, dass er uns begleitet.«

»Wer?«

»Dein Mann. Ich bin froh, dass wir allein hier sind.« Seine Stimme klingt nicht so, auch sieht eine fröhliche Miene anders aus.

»Hab ich Euch gekränkt, Herr?«

»Nein.« Sehr schnell, sehr bestimmt. Der Meister deutet in die Pflanzreihe direkt oberhalb der nächsten Terrassenmauer. Eine Hanfschlaufe hatte sich vom Spannseil gelöst, und ohne Halt war der junge Rebstock zur Seite gesunken. »Wir müssen ihm helfen.«

Wenn er »wir« sagt, dann meint der Herr mich. Ohne Zögern verlässt Magdalena die Steinstufen; dieses Mal aber will er selbst arbeiten. »Ich bestehe darauf.«

Verwundert schaut sie zu, wie sich der Sechzigjährige niederkniet, wie die großen, kraftvollen Hände ein neues Loch graben; ihr Blick wird weich, und vom Bauch her fühlt sie Wärme, während seine Finger die Wurzel der jungen Pflanze behutsam einsetzen, mit Erde bedecken und dem Trieb wieder Halt geben.

Til bleibt so auf den Knien, den Kopf geneigt. Alles in ihr drängt, die mit Grau durchwirkten Locken zu berühren.

»Nächsten Sonntag ist Ostern«, sagt er so düster, dass sie die Hand erschrocken zurücknimmt.

»Ich weiß, Herr. Ihr … Ihr müsst wieder in der Prozession mitgehen und den Baldachin tragen. Wie … wie jedes Jahr. Ich habe das Festgewand schon zum Lüften rausgehängt. Herr? Was ist Euch?«

»Und nach Ostern, da kommt Hedwig Suppan zu uns ins Wolfmannsziechlein.«

»Herr, ich verstehe nicht …« Der Blitz blendet, trocknet den Mund aus. »Nein. Sagt, dass es nicht wahr ist. Bitte!«

»Und sie bringt jemanden mit.«

Wäre ich doch nur taub. Magdalena geht an ihm vorbei, setzt sich auf die Mauer. Mit einem Mal gaffen von unten alle jungen Rebstöcke zu ihr empor. Sie schüttelt den Kopf. Diese vielen zartgrünen Knospen sind nichts als Hohn, eine Vortäuschung des Schönen: Das Unwetter kommt, Regen spült Pflanzen und Erde hinunter, und übrig ist wieder der verwundete Hang. »Wozu all die Mühe?«

Meister Til lässt sich neben ihr nieder. Eine Weile starren beide in den Nachmittag. Die Geste seiner Hand spricht den Satz vorweg: »Es ist nicht zu ändern. Der Hof und die Werkstatt benötigen wieder eine Hausfrau.«

»Die letzte ist nicht mal zwei Jahre im Grab. Niemand in der Stadt würde es Euch verübeln, wenn Ihr noch wartet. Weder die Lukasbruderschaft noch Eure Freunde …« Ihre Stimme erstickt beinah. »Die Monate waren so … so … als gäb es nicht mehr viel zu wünschen, so waren sie für mich. Ach verflucht, Herr, warum jetzt diese Eile?«

Fest legt er seine Hand auf die ihre. »Auch ich habe diese Zeit empfunden wie eine neue Freiheit. Und manchmal, wenn ich wach lag, da hab ich es mir gewünscht …«

Weil er nicht weiterspricht, fragt sie: »Was, Herr?«

»Ginge es nur nach mir, dann … eine Ehe mit dir, wäre mein Glück.«

Sie reißt ihre Hand aus seinem Schutz. »Jetzt wird alles nur noch schlimmer für mich. Das dürft Ihr mir nicht sagen.«

»Verzeih.« Er schüttelt langsam den Kopf. »Zum ersten Mal wird jeder von uns beiden gefangen gehalten. Du bist mit Rupert verheiratet. Und ich? Meine Gitterstäbe heißen immer schon Werkstatt, Gesellschaft und Ansehen …« Er scherzt über sich selbst. »Und nun setzt das Rathaus noch einen Extrastab hinzu.«

Still hört Magdalena von der Bürgermeisterwahl, von der neuen Ehre und der Wichtigkeit, die auf den Meister warten; wieder bei Hedwig Suppan angelangt, versichert er: »Die Heirat wird nicht aus Liebe geschehen. Sie soll nur einen notwendigen Zweck erfüllen.«

Magdalena sieht auf die Rebstöcke hinab. »Wann tragen sie ihre ersten Trauben? Was glaubt Ihr, Herr?«

»Hast du mir gar nicht zugehört?«

»Doch, doch. Sehr genau, Herr. Bitte, sagt es mir!«

»Bis das Holz kräftig genug ist … und bei guter Erziehung. Ich denke, die erste richtige Ernte wird wohl noch vier, vielleicht auch fünf Jahre auf sich warten lassen. Warum fragst du?«

»Weil ich traurig bin. Ich mein … diese mageren Stöcke da, die können wenigstens auf ein Ziel hoffen. Ich mein … ich mein, da gibt's eine Ernte. Ach, was red ich nur für einen Unsinn.« Sie nimmt ihr Taschentuch aus dem Kleidärmel und trocknet die Augen.

Worms und Möhra

Keine Verfolger, hinter ihnen bleibt die Fahrstraße von Hersfeld nach Eisenach leer. Im Wagen lehnt sich Martin Luther wieder zurück. »Bald, Freunde.« Das Lächeln gelingt nicht. »Bald ist es geschafft.«

Die vier Reisebegleiter nicken. Seit der letzten Zollstation sind die ohnehin spärlichen Gespräche vollends im Sand der Furcht versickert. Noch eine Grenze.

Sieben Tage sitzen die Männer nun schon eng zusammengepfercht im geliehenen Rollwagen unter der Plane. Am 26. April 1521 waren sie in Worms aufgebrochen, begleitet und beschützt vom Reichsherold und seinen Reitern. Doch in Friedberg hatte Bruder Martinus den einzig wahren Garanten für seine Sicherheit wieder zurückgeschickt. »Gott ist unser Hirte.« Von da musste das kaiserliche Schreiben, die Zusage des freien Geleits, allein als ihr Schild und Schwert gegen mögliche Übergriffe der Päpstlichen auf den verhassten und gebannten Mönch dienen.

»Bitte, wir verhalten uns still, als gäbe es uns gar nicht«, hatte Ordensbruder Petzensteiner den Mitbruder angefleht. Doch er? Als ihn der Abt des Benediktinerklosters zu Hersfeld drängte, konnte er, wollte er nicht schweigen und musste heute früh um fünf Uhr noch vor dem Aufbruch eine Predigt halten, als Dank für die freundliche Herberge.

Johann Petzensteiner senkt die Nasenspitze in seine vor dem Mund zusammengelegten Hände, so betrachtet er verstohlen und mit Bangen den Freund. Ausdrücklich war es Martin auf dem Geleitbrief verboten worden, während der Rückreise zu predigen oder durch Ansprachen das Volk zu erregen. Und nun, so kurz vor dem Ziel, hat er gegen die Auflage verstoßen. »Solch ein Leichtsinn.«

Johanns Nachbar, Nikolaus von Amsdorf, schreckt aus den Gedanken. »Was sagtest du?«

»Nichts, gar nichts.« Und das Schweigen kehrt zurück.

Nahe Herleshausen taucht unvermittelt der Schlagbaum vor ihnen auf. Mit »Ho« und noch einmal »Ho« zügelt der Kutscher das Gespann. Trotz des Geleitbriefes werden Fragen gestellt. O hüte dich,

Reisender, an jeglicher Grenze, unterdrücke deinen Zorn, zeige dich bescheiden und gib Antwort ohne Zögern.

»Vom Reichstag in Worms.« Nein, Handelswaren führen die Herren nicht bei sich. Nur das Nötigste, einen Schlauch Wasser gegen den Durst und zum Verzehr unterwegs ein Stück Schinken und etwas Brot. Der Blick forscht im Gesicht des Mönches. »War da nicht ein Anschlag? Sogar mit Eurem Konterfei? Ein kaiserliches Mandat, dass Ihr gebannt seid?«

»Beachtet das Datum des Briefes. Mein freies Geleit gilt noch für die nächsten zwei Wochen. Und nun bitte ich, befolgt den Befehl des Kaisers.«

Kein freundlicher Gruß, mit Fingerschnippen lässt der Hauptmann die Reisenden passieren.

Erst hinter der nächsten Biegung löst sich die Anspannung. »Thüringen, du geliebte Heimat, sei gegrüßt!« Martin greift nach der Laute, stimmt ein Loblied an, und mit Gesang geht es durch Wälder, die Höhen hinauf und wieder hinab, so beschwingt rollt der Wagen zwischen Feldern und Wiesen her.

Welch ein Empfang in Eisenach! Die Bürger jubeln, und Martin predigt zum zweiten Mal, trotz des kaiserlichen Verbots: »Wie werde ich fromm? So frage ich. Wie komme ich zur ewigen Seligkeit? Brüder und Schwestern! Nicht durch eigene Werke, sondern durch Christus allein ...« Aus Furcht vor drohenden Folgen hat der Ortspfarrer zuvor ein förmliches Protestschreiben bei einem Notar hinterlegt.

Am nächsten Morgen verabschiedet Martin Luther zwei der getreuen Begleiter. »Geht ihr auf direktem Weg nach Wittenberg und berichtet von meinem Sieg.« Er will mit den beiden anderen Freunden noch zu den Wurzeln des Lutherschen Baums. »Kommt, auf nach Möhra im Moorgrund.« Sonderbar ausgelassen streicht er über den Bauch seiner Laute. »Dort statten wir dem Bruder meines Vaters einen Besuch ab. Wenn Onkel Heinz noch genug hört, werde ich ihm das schöne Lied vom Reichstag singen.«

»Singen, ja!« Bruder Petzensteiner schluckt heftig. »Doch bei allen Heiligen, bitte nicht predigen!«

»Du rufst die Falschen an«, ermahnt Martin in gespielter Strenge.

»Und im Übrigen habe ich in Worms nicht eingewilligt, dass Gottes Wort geknebelt wird.«

Längst liegt das kleine Dorf im Schlaf. Nur hinter den Fenstern des Fachwerkhauses am Mittelplatz flackert noch Licht. Heinz Luther hockt am Tisch, die Arme aufgestützt, mit der Hand vergrößert er seine linke Ohrmuschel, so versucht der alte bodenständige Mann dem Bericht zu folgen. Dass sein Neffe Schriften herausgegeben hat, die das Fundament der römischen Kirche ins Wanken zu bringen drohen, beeindruckt ihn weniger. »Du hast also wirklich den Kaiser gesehen?«

Doch Martin lässt nicht nach. Leicht trunken vom Wein, will er dem Onkel wenigstens die ersten beiden Zeilen seiner Schrift über die Freiheit des Christenmenschen nahebringen: »Es ist doch ganz einfach zu verstehen: Ein Christenmensch ist ein freier Herr über alle Dinge und niemandem untertan ...«

»Aber, Junge«, unterbricht Heinz Luther, »lass so etwas deinen Vater nicht hören. Du weißt, wie unleidlich er werden kann, wenn nicht gehorcht wird.«

»So ist es nicht gemeint. Der inwendige Mensch ist frei, in seiner Brust, in seinem Geist, und zwar durch den Glauben. Bitte wink nicht ab, Onkel. Hör den nächsten Satz: Ein Christenmensch ist ein dienstbarer Knecht aller Dinge und jedermann untertan.«

»Stimmt.« Das verknitterte Gesicht des alten Luthers hellt sich auf. »Weißt du, Junge, wenn du dem Vater davon erzählst, dann lass einfach den ersten Satz weg. Dienstbarer Knecht, das gefällt ihm sicher.«

»Aber damit meine ich nur den äußeren Menschen. Er ist durch die Liebe verpflichtet, jedermann zu dienen, auch der Obrigkeit.«

»Durch was auch immer, Junge. Richtig ist es.«

»Aber, Onkel ...« Hilfesuchend sieht Martin die Freunde auf der anderen Seite des Tischs an. Sie hören schon lange nicht mehr zu, und nur wenn der Becher zum Mund geführt wird, hebt sich noch ihr Kinn.

»Bitte, Junge. Nun erzähl mir vom Kaiser. Ist er ein schöner Mann?«

»Schmächtig ist er. Darüber konnte sein prächtiger Mantel nicht hinwegtäuschen. Schön …?« Martin sieht in seinen Becher. Im Wein spiegelt sich der große Saal im Palast des Bischofs. Heiß war es, das Gedränge groß. Inmitten der Fürsten und Berater thronte Karl, der fünfte dieses Namens. Johann von der Ecken war zum kaiserlichen Sprecher ernannt worden. Er führte auch am zweiten Tag das Verhör gegen den Ketzer. Scharf wischte er Luthers große Verteidigungsrede beiseite. »… Deine Worte sind unbescheiden, auch hast du nicht zur Sache gesprochen. Auch hast du nicht die gestellte Frage beantwortet …«

Martins Hand zittert, das Bild verwischt, erst nach einer Weile glättet es sich wieder zum Spiegel. Eck deutete mit dem Finger auf ihn. »Erwarte keine Disputation. Antworte ohne Hörner und Mantel, ob du die Irrtümer in deinen Büchern widerrufen willst. Ja oder Nein.«

Der Mönch wagt, den Kopf zu heben, wagt, den jungen Karl anzusehen. »Weil denn Eure Kaiserliche Majestät und Eure Gnaden eine schlechte, einfältige Antwort begehren, so will ich eine Antwort ohne Hörner und Zähne geben …«

»Was ist, Junge?« Der Onkel reibt sich das Ohr. »Mehr hast du nicht vom Kaiser gesehen?«

»Verzeih, ich war in Gedanken.« Einen Lidschlag lang sieht Martin noch den verächtlichen Zug um den Mund des Monarchen. »Nun, Kaiser Karl ist kein Knabe mehr, aber noch längst kein Mann. Und mit Anmut und Schönheit hat unser Schöpfer bei diesem Jüngling wahrhaft gespart, dafür aber gab er ihm einen wuchtigen Nasenzinken und ein vorgerecktes Kinn, das seine hängende Unterlippe auffängt.« Selbst zufrieden mit der bissigen Beschreibung setzt Martin an und trinkt in genüsslichen Schlucken.

»Und was hast du dem Kaiser gesagt?«

Hart setzt der Neffe den Becher ab. Das Geräusch schreckt die Freunde Amsdorf und Petzensteiner hoch.

»Ich sagte ihm: Widerrufen kann ich nichts und will ich nichts; weil wider das Gewissen zu handeln beschwerlich, unheilsam und gefährlich ist. Gott helfe mir. Amen.«

Heinz Luther nickt eine Weile vor sich hin, dann schüttelt er den Kopf. »Willst du mir sagen, dass du den Kaiser verärgert hast?«

Nikolaus von Amsdorf beugt sich über den Tisch. »Nicht nur seine Majestät. Auch einige Fürsten und Bischöfe. Es gab einen Tumult im Saal. ›Ins Feuer mit ihm!‹, haben einige geschrien. Ihr hättet dabei sein sollen.«

»Nein, besser nicht.« Heinz Luther blickt besorgt auf den Neffen. »Hast du dich wirklich so vor den feinen Herren aufgeführt?«

»Ja, Onkel«, bekennt Martin, und Schmunzeln zeigt sich in den Mundwinkeln. »Ich stand da und konnte einfach nicht anders.«

»Ich weiß ja, dass du ein guter Prediger geworden bist, aber von deinem Besuch beim Kaiser werde ich deinem Vater besser nichts erzählen.«

»Predigen?« Das Wort lässt den Ordensbruder erbeben. »Nein, nicht schon wieder. Wir bringen uns nur in Gefahr.«

»Du bist ein Hase«, lacht Martin, nimmt die Laute und zupft ein paar Töne. »Seit einiger Zeit schreibe ich aus gutem Grund an einem Lied gegen das Fürchten. Es ist noch nicht ganz ausgereift, wohl aber stimmt die Melodie schon.« Er beugt sich über die Saiten. Erst summt er nur, dann beginnt er mit leiser Stimme zu singen. »Ein feste Burg ist unser Gott, ein gute Wehr und Waffen …«

Am nächsten Morgen ist an Abreise nicht zu denken. Draußen auf dem Marktplatz von Möhra haben sich die Bürger versammelt. Sie wollen ihn hören, den berühmten Spross des Lutherbaums, und Martin predigt: »Heute ist Samstag. Was werdet ihr dem Beichtvater im Beichtstuhl sagen? Brüder und Schwestern, seid stark und sagt ihm: Mir steht es an zu beichten, wozu mich mein Gewissen treibt. Euch, Vater, gebührt es nicht, mich zu treiben. Euch gebührt es nicht, nach meinen Heimlichkeiten zu forschen …«

Erst nach dem Mittagsmahl rollt der Wagen aus Möhra und nimmt den Weg in Richtung Schweina. Der Onkel, auch die Tante und einige Cousinen haben es sich nicht nehmen lassen und begleiten den Zweispänner in der eigenen Kutsche. Am späten Nachmittag, das Schloss Altenstein ragt schon vor ihnen über dem Tal auf, verabschieden sich die Verwandten.

Heinz Luther legt dem Neffen die Hand auf die Schulter. »Lebe wohl! Und du hast mein Wort, wenn ich deinen Vater treffe, dann werde ich ihm nichts von …« Er neigt sich vor und senkt die

Stimme: »... von dieser Freiheit und dieser Sache in Worms erzählen.«

»Gott sei mit dir, Onkel. Und danke für die herzliche Bewirtung!«

Unter dem Planendach reckt sich Martin hinaus, noch ein letztes Winken, und der Wagen nimmt die Kehre unterhalb der Altensteiner Feste. Zügelschlag. Die Pferde traben. »Ein anstrengender Abend.« Amsdorf gähnt ausgiebig, und Bruder Petzensteiner schließt schon die Augen: »Weckt mich erst, wenn wir vor Waltershausen sind.«

Unbemerkt trocknet Martin Luther die Hände an der Kutte; er befeuchtet die Lippen, nestelt am Hüftstrick. Die Anspannung in ihm wächst. Kaum wagt er den Kopf zu bewegen, aus den Augenwinkeln blickt er immer wieder nach rechts zu den Büschen am Wegrand oder linker Hand zum Bachlauf.

Bald führt die Straße den bewaldeten Höhenrücken hinauf. An der Steigung verlangsamt der Fuhrmann die Fahrt und lässt die Pferde im Schritt weiterziehen.

Geheul aus dem Wald, schnell kommt es näher, schon sprengen bewaffnete Reiter vor und hinter dem Wagen auf die Straße. »Lass deine Waffe stecken!«, brüllt einer der Geharnischten den Kutscher an: »Weiter. Folge uns!«

»Ein Überfall«, flüstert Martin. »Gott steh uns bei!«

»Ich wusste es.« Johann Petzensteiner bebt das Kinn. »Diese verfluchten Predigten. Aber ich will nicht dafür büßen ...« Mit ungeahnter Schnelligkeit springt er aus dem Wagen, rafft seine Kutte und flieht in den Wald. Keiner der Bewaffneten folgt ihm.

Nikolaus vom Amsdorf findet die Sprache wieder. »Sind es Wegelagerer oder Päpstliche?«

Martin legt seine Hand auf die des Freundes. »Der Überfall gilt mir, das ahne ich. Doch du vertraue auf Gott. Und wenn du mich liebst, so versuche nicht, mich mit der Waffe zu verteidigen, wohl aber bestrafe sie aus Leibeskräften mit Flüchen und Verwünschungen.«

»Du wirkst so gefasst?«

»Der Herr ist mein Hirte ...«

Laute Befehle dirigieren den Wagen in einen Hohlweg. Mit vorgehaltener Armbrust befragt der Anführer den Kutscher nach den Namen seiner Fahrgäste. »Doktor Martinus Luther ...«

Kaum ausgesprochen, zerren gleich vier Bewaffnete den Mönch vom Sitz und schleifen ihn an den Armen vor ihren Herrn. »Bald, du Satan, wirst du erfahren, wie heiß die Hölle sein kann.« Er spuckt vor Martin aus. »Ketzer! Du wirst brennen. Aber zuvor sollst du auf der Folterbank widerrufen.«

Nikolaus vom Amsdorf wagt zu brüllen, zu schimpfen, doch niemand beachtet ihn.

»Packt den Mönch!« Der Anführer reitet in den Wald voraus.

Ohnmächtig müssen Kutscher und der Freund zusehen, wie Martin an den Händen gebunden, zwischen zwei Pferden herläuft. Weil er zu langsam ist, schlägt ihm einer der Rohlinge die Mütze vom Kopf. Dann sind die Reiter mit ihrem Gefangenen verschwunden.

»Er ist der wertvollste Mensch, den ich kenne«, stammelt Nikolaus vom Amsdorf. »Wir müssen ihn retten.«

Der Fuhrmann schüttelt den Kopf. »Helfen kann da niemand mehr. Steigt ein, Herr. Retten wir wenigstens uns. Bald ist Nacht, und bis Waltershausen ist es noch ein gutes Stück.« Er schnalzt, und der Wagen ruckt an.

Tief im Wald zügelt der Anführer seinen Gaul und steigt aus dem Sattel. »Mein Kompliment, Doktor Martinus.« Er öffnet das Visier. »Wenn das kein echter Überfall war? Ich fühlte mich an frühere Zeiten erinnert. Aber lassen wir das.« Er löst selbst die Fesseln und verneigt sich leicht vor dem Gefangenen. »Gestatten, Ritter Burkhard Hund von Altenstein. Unser weiser Fürst Friedrich gab mir den ehrenvollen Auftrag, Euch zu überfallen und zu entführen. Wie ich hörte, seid Ihr davon unterrichtet worden, und ich muss sagen, Ihr habt Eure Rolle gut gespielt.«

»In Worms wurde ich von zwei kursächsischen Räten informiert.« Martin reibt sich die Handgelenke. »Doch wann und wo sagte man mir nicht. Ich gestehe, jetzt da die Ungewissheit vorbei ist, rebelliert mein Magen und auch die Beine sind ein wenig schwach.«

Für Rast und Erholung ist keine Zeit. Martin muss seine Kutte mit weltlicher Kleidung tauschen und wird auf ein Pferd gehoben. Bis tief in den Abend reitet der Trupp nach Osten, um die Spuren zu verwischen, dann erst in der Dunkelheit ändern sie die Richtung und gelangen eine Stunde vor Mitternacht hoch oben vor dem Tor der Wartburg an.

Schlosshauptmann Hans von Berlepsch begrüßt persönlich den späten Gast: »Junker Jörg, im Namen des gnädigen Kurfürsten Friedrich heiße ich Euch willkommen in Eurem neuen Zuhause. Darf ich Euch zur Begrüßung einen Schluck vom guten Malvasier anbieten?«

Würzburg

Helles Geschnatter erfüllt den Speiseraum des Wolfmannsziechleins. »Und von einem Hütchen … Nein, ich Dummerchen.« Die kleine Hand schlägt auf den Mund. »Ich meine natürlich: Von einem wunderbaren Hut habe ich heute Nacht geträumt. Weißt du, so rund wie ein Barett. Und der Rand war mit Glassteinen bestickt. Und obendrauf Federn. Weißt du, ich hab gehört, dass wirklich vornehme Damen sogar die Federn mit Goldstaub versehen lassen. Also solch einen Hut wünsche ich mir.«

Magdalena nutzt den Sehnsuchtsseufzer der jungen Herrin, um ihr Interesse auf die anstehenden Arbeiten zu lenken. »Das Wetter heute Morgen ist kalt, aber trocken und sonnig. Es wird ein guter Tag für die Wäsche. Wir können die großen Tücher für ein paar Stunden nach draußen hängen.«

»Jetzt schmeckt es mir nicht mehr.« Margarethe schiebt die Unterlippe vor und stößt die Schale mit honiggesüßtem Körnerbrei von sich. »Ich habe dich gebeten, beim Essen nicht über solche Hausputzsachen zu sprechen. Ich mag das nicht. Meine Mutter …«

»Aber, Herrin.« Magdalena legt die gefalteten Hände auf den Tisch. »Ihr musstet daheim in Ochsenfurt auch mitarbeiten, in der Küche oder in der Nähstube.«

Der Blick der wasserhellen Augen wird wund. »O ja, genug. Oft habe ich geweint, das weißt du genau. Und Mutter hat mich immer getröstet: Wenn du mal eine Dame bist, dann musst du dir die Hände nicht mehr schmutzig machen, dann darfst du auf schönen Kissen sitzen und …«

»… und kandierte Früchte essen«, ergänzt Magdalena den schon so oft gehörten Ausspruch.

Vor nun bald eineinhalb Jahren ist die verwöhnte Tochter der Kaufmannswitwe Melchinger aus Ochsenfurt als vierte Hausfrau in den Hof des Bildschnitzers eingezogen.

Beim ersten Hinsehen hatte Magdalena das goldblonde Haar der neuen Herrin, ihre weiße, glatte Haut und die vollen Lippen, vor allem aber ihre Jugend geneidet. Dann aber öffnete die Zweiundzwanzigjährige den hübschen Mund, und die Sätze hüpften ihr wie durchdringendes Gequake von der Zunge. »Nenn mich nicht Margarethe, so heißen alte Weiber. Ich bin Gretelein …« Dazu ein untermalendes Kichern. »Frau Gretelein, das klingt doch gleich viel feiner.«

»Wenn Ihr es wünscht, Herrin.«

»Und du bist die gute Seele hier im Haus, das hat er …« Ein Wimpernschlag und ein langer Blick hinauf zu Meister Til. »Das hat er mir schon verraten. Und wir werden nichts daran ändern. Alles soll so bleiben, wie es ist. Ist das nicht schön?«

Und Gretelein hielt sich streng an dieses Versprechen: Sie scheut jede Arbeit, flaniert gern in Begleitung einer der Hilfen über die Märkte oder durch die Stoff- und Schmuckläden der Stadt; und während des Nachmittags liefern dann Kaufleute kleine und größere Pakete ins Wolfmannsziechlein. Gleich zu Anfang hat sie versucht, den Meister zu überreden, nicht mehr gemeinsam mit den Bediensteten die Mahlzeiten einzunehmen. »Feine Herrschaften speisen allein. Du bist doch Bürgermeister und ich die Bürgermeisterin.«

Nicht einmal Nein hat er gesagt, nur den Kopf geschüttelt. Daraufhin ist sie in Tränen ausgebrochen und für zehn Tage zu ihrer Mutter geflohen.

»Hedwig Suppan muss sich einen Scherz mit Euch erlaubt haben? Ausgerechnet Euch bringt sie solch …«, Magdalena verschwieg den wahren Vergleich, »solch einen Schmetterling ins Haus. Oder fehlt dieser alten Kupplerin inzwischen jeder Verstand?« Til hat nur dünn gelächelt. »Nur gut, dass du um mich bist. Zu zweit lässt sich meine neue Hausfrau leichter ertragen.«

Nach der Rückkehr aus Ochsenfurt stand Gretelein stets spät genug auf, um das Morgenmahl nicht mit den Gesellen, Mägden und dem Meister einzunehmen. Allein Magdalena musste mit ihr am Tisch sitzen, musste sich die Glitzerträume anhören.

»Es stimmt doch, dass morgen der tote Bischof aufgestellt wird?«

»Das Grabdenkmal von Bischof Lorenz meint Ihr? Morgen Nachmittag ist die Feier im Dom.«

Die Stirn kraust sich. »Und vorher ...« Für einen Augenblick schimmert Eis im Wasserblau der Augen, gleich schmilzt es wieder. »Ist er schon fort?«

»Ich glaube, noch nicht.«

Die Herrin stößt den Hocker zurück, eilt hinaus und sieht den Gemahl über den Hof zum Torbogen schreiten. »Halt! So warte.« Sie flattert ihm nach und hält ihn auf. »Du hast dein Gretelein noch nicht begrüßt. Mutter sagt immer: Der Tag beginnt gut, wenn Eheleute sich am Morgen anlächeln.«

»Als ich aufstand, schliefst du noch. Da habe ich gelächelt.« Til schickt einen flehenden Blick zu Magdalena an der Haustür, die aber zeigt kein Mitleid, im Gegenteil: Sie nickt beifällig. »Wenn Mutter Melchinger das sagt, so muss etwas Wahres daran sein.«

Er lächelt gequält und will rasch weiter. Gretelein aber weicht nicht. »Du hast es mir versprochen. Wenn der tote Bischof bezahlt ist, bekomme ich eine Perlenkette und dazu Ohrringe aus Gold mit Perlen.«

»Ich sagte, dass ich darüber nachdenken werde ...«

Gleich füllen sich die Augen, die Stimme wird noch heller. »Aber ich freue mich so darauf. Und Mutter hat schon dem Goldschmied Bescheid gegeben. Wenn ich den Schmuck jetzt nicht bekomme, dann blamieren wir uns doch in Ochsenfurt.« Gleich folgt die Drohung: »Sonst gehe ich nicht mit zu dieser Einweihung. Da langweile ich mich sowieso.«

Til löst sich. »Wir sprechen später über die Perlen.« Rasch verlässt er den Hof.

Sie stampft mit dem Fuß auf. »Und wenn ich das Geld für die Kette und die Ohrringe nicht bekomme, dann werde ich krank und fahre zu meiner Mutter.«

Für die Vereidigung des Grundmeisters hat Bürgermeister Riemenschneider auf die Einberufung aller Ratsmitglieder verzichtet. Er sitzt im Nebenzimmer des großen Saals. Zwei Ratskollegen und die Hilfskraft des Stadtschreibers sind anwesend.

Vor ihnen steht, sauber gewaschen und mit fleckenlosem Leinen angetan, der einzige Bewerber um das niedrigste Amt, das die Stadt zu vergeben hat; selbst der verachtete Knecht des Scharfrichters steht im Ansehen und der Besoldung noch eine Stufe höher als der Kloakenfeger und Hundefänger.

Zuvor haben die Ratsherren den Leumund des Mannes geprüft und keine Beanstandung gefunden. Conrad Heißenborn aus Volkach konnte wegen der Missernten in den vergangen zwei Jahren den Zehnt nicht mehr abführen, die Blutzapfen haben den Bauern gepeinigt, zerquetscht und ihm den Acker und auch die Kuh genommen. Jetzt hofft der tapfere Mann auf eine neue Chance. »Leben muss ich ja weiter«, hat er zu Protokoll gegeben.

Bürgermeister Riemenschneider mustert den Kandidaten. Bis auf zwei schwärzliche Stummel fehlt die untere Zahnreihe, die großen Brandmale auf den eingefallenen Wagen und der Stirn eitern noch, seine schwieligen Hände erzählen von harter Arbeit. Voller Mitleid muss Til sich zwingen, den förmlichen Ton zu bewahren: »Conrad Heißenborn, fühlst du dich der Anforderung des Amtes gewachsen und bist willens, den feierlichen Eid zu leisten?«

»Bestimmt. Weil ich selbst ein sauberer Mann bin, sorg ich gern dafür, dass all das Geschiss von der Straße und aus den Gruben der Sprachhäuser wegkommt. Und vor Hunden fürcht ich mich nicht, die schlag ich auch gern.« Bei jedem Zischlaut versprüht er Speichel, sodass Til den Oberkörper zurückbeugen muss. »Die Eidesformel wird dir vorgelesen, und du sprichst sie Satz für Satz nach.«

Vom Schreiber wird Conrad aufgefordert, die rechte Hand zu heben. Nach zögerlichem Beginn wird die Stimme des Kandidaten fester, die Reichweite des feuchten Bogens dafür umso größer. »... dass ich jedem, der danach fragt, sein heimliches Gemach oder sein Sprachhaus im Hof, so gut ich kann, ausräumen, fegen und säubern werde. Und dies zu einer festgesetzten Zeit und um den dafür geziemenden Lohn, sodass jedermann mir vertrauen kann. Und finden ich oder meine Helfer irgendwo Silber, Silbergeschirr, Geld oder andere wertvolle Metalle, dass ich diese dem Bewohner des Hauses abgebe. Und dass wir die toten Kinder, die wir im heimlichen Gemach oder in der Sprachhausgrube finden, unverzüglich dem Bürgermeister vorzeigen.«

Heftig muss Til schlucken. Vier solcher kleinen Leichen hat ihm der Vorgänger gebracht. Ein quälender Anblick …

Das Hüsteln des Schreibers ermahnt den Bürgermeister an seine Pflicht, gleich schüttelt Til das Bild ab und gibt die Erlaubnis, mit dem Eid für das zweite Amt fortzufahren.

»… ich gelobe, die Hunde zu töten; nicht aber die jungen oder die trächtigen, sondern nur die alten, die unsauberen und die räudigen Hunde, die mir gebracht werden oder die ich auf der Straße einfange. Außerdem werde ich alle Hunde und Katzen oder andere Tiere, die tot auf der Straße liegen, wegschaffen …«

Noch ein tiefes Atemholen. »Also helfe mir Gott.«

Bürgermeister Riemenschneider beglückwünscht den neuen Grundmeister und wischt sich, kaum hat Conrad stolz den Raum verlassen, mit dem Taschentuch gründlich das Gesicht.

Samstag, der 8. Februar 1522. Nicht viele Bürger sind zur Enthüllung in den Dom gekommen, dafür der gesamte Stadtrat, alle Herren des Kapitels, angeführt vom Bevollmächtigten seiner Eminenz Fürstbischof Konrad von Thüngen, wie auch die Hirten der anderen Kirchen Würzburgs. Meister Til hat vorn in der ersten Reihe Platz genommen, neben ihm sitzt seine Gemahlin in einem grünen Traum aus Samt und Seide und wippt gelangweilt mit dem Fuß, während das Orgelbrausen den geheiligten Raum erfüllt.

Gestern, gleich nach der Vereidigung des Kloakenfegers hat Meister Til die letzten Arbeiten beim Aufbau des Grabmals bewacht. Heute Vormittag ist sein tüchtiger Steinmetz noch einmal zu seinem Baldachin hinaufgestiegen; obwohl längst gründlich gefegt und abgewaschen, wollte Peter erneut die drallen Putten, die Ähren und Früchte reinigen.

Ohne jede Anteilnahme in der Stimme zelebriert Domprediger Johann Poliander die Gedenkmesse für Bischof Lorenz von Bibra. »Requiem aeternam dona eis, Domine …« Überhastet kommt er zum Gebet: »Gib uns, Herr, dass die Seele Deines Dieners, Bischof Lorenz von Bibra …«, ein kurzes Hindeuten zum Grabdenkmal, »… den du dem mühsamen Streit dieses irdischen Lebens entzogen hast …«

Til verengt die Brauen. Sonderbar. Warum diese Eile? Poliander wird es doch nicht wagen? Nicht heute. Er ist nur aufgefordert, diese kleine Messfeier abzuhalten. Noch nicht zu Ende gedacht, da verlässt der Prediger auch schon den Altar. Das Gesicht verändert, Feuer flackert im Mienenspiel. »Brüder. Schwestern. Viele von euch leben dahin im Einerlei ihres Glaubens, wollen immer noch blind und taub sein und nicht die neuen Stimmen hören, die neue, frohe Botschaft lesen. Insbesondere wende ich mich heute an euch, meine frommen Mitbrüder: Nirgendwo in der Schrift steht geschrieben, dass Gottes Diener in Ehelosigkeit …«

Til wendet langsam den Kopf, in der Reihe hinter ihm begegnet er dem empörten Blick Martin Cronthals, gleich daneben schnauft Georg Suppan. Die Freunde denken das Gleiche: Wie kann dieser Poliander es wagen, jetzt und hier evangelisch zu predigen? Schlimmer noch: Wie kann Fürstbischof Konrad von Thüngen so nachsichtig sein und diesen Menschen immer noch hier in Würzburg dulden? Soll es denn erst so weit kommen wie mit dem letzten Domprediger, mit Paul Speratus? Ganz Würzburg musste miterleben, dass dieser schamlose Priester sich eine Ehefrau nahm, und erst dann wurde er davongejagt.

»Wir lesen in der Schrift, dass selbst Petrus verheiratet war.« Schnell wächst das Gemurmel an. »Nein, Brüder und Schwestern, empört euch nicht. Matthäus schreibt: Und Jesus kam in des Petrus Haus und sah, dass seine Schwiegermutter daniederlag und das Fieber hatte … Ja, dies sagt die Heilige Schrift. Wenn also, Brüder und Schwestern, selbst Petrus verheiratet war, warum sollen wir einfachen Gottesmänner uns nicht auch ein Weib nehmen?«

Til will aufstehen, um ihn herum aber scheint die Empörung nicht so groß, und so bleibt auch er sitzen. Dieser Luther, nicht mal vier Jahre sind es her, dass er sagte: »Zu schön. Die Heiligen versperren die klare Sicht auf Gott.« Ein Blick zum Bischof aus rotem Marmor. Statt ihm Einhalt zu gebieten, hattest du deine Freude an diesem Mönch.

Niemand scheint ihn richtig ernst genommen zu haben. Ich wusste damals bei Tisch schon, dass er Unruhe bringt, doch dieses Ausmaß ahnte ich nicht. Obwohl er vom Kaiser in die Reichsacht getan und nun sogar schon tot ist, wie ich hörte, so verbreiten sich seine Ideen wie die Lustseuche.

Vorn hebt Domprediger Poliander eifernd den Finger. »Die Urgemeinde, Brüder und Schwestern, kannte keine Ehelosigkeit ihrer Priester. Später, später erst ist der Zölibat von Rom den Dienern der Kirche aufgezwungen worden. Das Verbot wurde mit süßen Worten ummantelt: Ehelosigkeit um des Himmelreiches willen. Ich aber sage: Willkür. Ihr hier versammelten Brüder im Herrn, hört meine Worte: Der Zölibat ist wider die Natur, wider Gottes Schöpfung. Amen.«

Vergessen ist der eigentliche Anlass, nach diesem Gottesdienst findet kaum einer noch Worte, um Meister Til für das kunstvoll gestaltete Grabdenkmal zu danken. Rasch zerstreuen sich die versammelten Kleriker, als fürchtete sich ein jeder, befragt zu werden oder die eigene Meinung zu der gestellten These kundzutun.

Die Freunde stehen noch beieinander. Martin Cronthal zieht die Brille ab. »Aus sicherer Quelle weiß ich, dass letzten November mehr als zehn Mönche in Wittenberg ihr Kloster verlassen haben. Trotz Gelübde sind sie tatsächlich aus ihrer Kutte gestiegen.«

Georg Suppan blickt sich nach seiner Gemahlin um. Da Hedwig und Margaretha Cronthal gerade das Kleid der jungen Frau des Bürgermeisters bewundern, wagt der Weißhaarige die Lippen zu lecken. »Die Mönche werden doch wohl nicht auch die Nonnen aus dem Nachbarkloster gelockt haben? Das wäre ja was.« Tonlos kichert er und klopft sich dabei auf den Bauch. »Was meint ihr?«

Til straft ihn mit dem Blick. »Nicht auszudenken. Abscheulich wäre solch ein Verhalten.« Er will nicht bleiben. So anders hat er sich die Würdigung seiner Arbeit vorgestellt. Kurz grüßt er die Damen und bietet seiner Hausfrau den Arm.

»Meister!« Hedwig Suppan kann den Rücken nicht mehr geradebiegen, und nach vorn gebeugt dreht sie ihm nur das Gesicht zu. »Hab ich Euch nicht eine bezaubernde Gattin zugeführt? Und Ihr habt Euer Herz für die Kleine geöffnet. Was hörte ich: eine Kette und

Ohrringe. In Gold gefasste Perlen. Welch ein großzügiges Geschenk.« Vor Vergnügen tippt sie den Stock aufs Pflaster. »Ja, alte Männer werden wieder munter, wenn junges Blut um sie herum ist.«

Donner grollt in der Brust, mühsam nur kann Til ihn eindämmen. »Ich stimme zu«, presst er hervor, »meine Gattin ist etwas ganz Besonderes.« Nach wenigen Schritten blickt Gretelein über die Schulter zurück und winkt den Damen: »Versprochen. Sobald der Schmuck fertig ist, werde ich ihn euch vorführen. Bis bald.«

Absicht oder Einfalt? Darauf wagt Til keine Antwort zu geben. So oder so, seine Gemahlin hat der Richtigen von dem Geschenk erzählt. Und weiß Hedwig Suppan davon, dann weiß es morgen ganz Würzburg. Und weigere ich mich, dann bin ich der geizige Ehemann. Er schüttelt den Kopf, während er zehn Goldstücke in einen Lederbeutel zählt. »Bisher hat keine meiner Ehefrauen solch teuren Schmuck getragen«, murmelt er vor sich hin. »Nicht einmal die gute Anna. Und sie war in erster Ehe mit einem Goldschmied verheiratet.«

Reisefertig erwartet ihn Margarethe unten im Hof, wirft sich an seine Brust und zieht ihm dabei den Beutel aus der Hand. »Danke, du bist mein großer Bär und ich bin dein kleines Gretelein.« Sie lässt sich zu Rupert auf den Wagen heben. »Mutter wird stolz sein, dass ihre Tochter solch einen großzügigen Ehemann bekommen hat. Gleich wenn ich daheim ankomme, gehe ich mit ihr zum Goldschmied, das verspreche ich.«

Längst ist der Wagen durchs Tor gerollt. Immer noch steht Til im Hof und starrt ins Dunkel der Einfahrt. Spät erst merkt er, dass Magdalena zu ihm gekommen ist. »Dieses junge Ding«, murmelt er. »Ich fürchte, ich bin ihr nicht gewachsen. Wie sagt der Volksmund? Eine Frau trägt das Geld schneller in der Schürze aus dem Haus, als der Mann es mit der Schubkarre hereinschaffen kann. In der Tat, auf Margarethe trifft dieser Spruch wirklich zu.«

»Aber, Herr«, Magdalena bemüht sich, ernst zu bleiben, »Ihr seid immer schon großzügig mit Geschenken gewesen. Damals habt Ihr mir fürs Modellstehen einen ganzen Gulden gegeben. Und vor der Geburt von Florian, da habt Ihr mir den wunderschönen hellgrünen Stoff gebracht. Das Kleid besitze ich immer noch. Leider ist es mir zu eng geworden.«

»Den Spott habe ich wohl verdient.« Mit einem Mal entschlossen, deutet er mit dem Finger in Richtung Tor. »Ich muss rechtzeitig einen Riegel vorschieben. Ehe Margarethe unser ganzes Vermögen nach Ochsenfurt trägt, werde ich einen Großteil an die Kinder verteilen, als Vorgriff auf das Erbe. Der Zeitpunkt ist ohnehin gut gewählt, weil Jörg heiraten wird und als zweiter Meister mit in die Werkstatt kommt. Und du sollst den Anteil von Katharina verwalten. Da weiß ich ihn für die jungen Leute sicher untergebracht.« Til legt ihr behutsam die Hand auf die Schulter. »Großzügig? Wenn ich es bedenke, so schäme ich mich. Möchtest du ein Geschenk?« Magdalena lächelt leise. »Nein, Herr. Ihr wisst, was ich mir wünsche.«

Burg Hornberg

In der Eingangshalle starrt Götz von Berlichingen den Boten an. »Tot? Franz ist tot, sagst du?«

»Ich … Es war schwer für ihn.«

»Mein bester Freund.« Helle Tränen stehen in den Augen des Ritters. »O Gott, warum?« Vergessen sind die täglichen Flüche auf die Stadtoberen von Heilbronn, auf die Herren vom Schwäbischen Bund. Nach dreieinhalb Jahren ritterlicher Haft im Gasthaus Krone war die Enge dort Frau Dorothea nun doch zu unbequem gewesen, und sie konnte im letzten Herbst ihren Unbeugsamen mit sanftem, doch beharrlichem Druck dazu bewegen, Urfehde zu schwören und die verlangten 2000 Gulden als Sühne zu bezahlen. Den Winter über schnaubte und tobte Götz durch die Räume seiner Burg, litt ärger noch als je zuvor an den Goldadern in seinem Hintern, und selbst das Frühjahr 1523 konnte ihn mit all dem saftigen Grün des Neckartals nicht über die erlittene Schmach hinwegtrösten. Jetzt aber, seit dem Eintreffen Arnim von Schwertleins, ist der gefällige Mantel des Selbstmitleids von ihm abgeglitten. »Franz, unser Stern. Ein Vorbild für jeden ehrbaren Ritter.«

Die Halle wird zu eng, Götz muss hinaus. Er eilt dem Gast voran, erst im Burggarten wendet er sich ihm wieder zu. »Berichte mir, Arnim. Ich weiß nur, dass Franz im letzten Sommer den Erzbischof von

Trier verjagen wollte. Ein tollkühner Plan, bei meiner Seele. Und dass er die Belagerung abbrechen musste.«

»Mit dem Rückzug begann das Unglück …« Junker von Schwertlein, Leibdiener und Vertrauter des Reichsritters, steht breitbeinig wie bei einer Totenwache vor dem leuchtenden Narzissenbeet, nichts von der Blütenpracht färbt seine Stimme: »Der Pfaffenkrieg war nicht zu Ende. Nur hatte sich der Spieß umgedreht …« Fürstbischof Richard wollte Rache, er wollte den frechen Ritter vernichten, der es gewagt hatte, in seinem Erzstift die Reformation einzuführen, nicht allein dies, der den Oberhirten seines Amtes entheben wollte, um selbst den Stuhl des Regenten einzunehmen. »Drei Fürsten, der von Hessen, der von der Pfalz und der von Trier, die zogen mit ihrer Streitmacht vor unsere Burg auf.« In der Rückerinnerung weitet Arnim die Augen und flüstert: »Die Ebene um Landstuhl war ein einziges Heerlager, und zum Hohn hat uns der Feind vor dem Angriff seine Geschütze und Feuerwaffen gezeigt: Kartaunen, Notschlangen und Hakenbüchsen …«

»Verfluchtes neumodisches Zeug!« Götz droht mit dem Armstumpf ins Himmelsblau. »Knallrohre. Nur Feiglinge führen damit Krieg. Ein echter Ritter nimmt sein Schwert und drauflos … Mann gegen Mann, so kämpfen die wahren Helden in der Schlacht.« Er hält inne. Der Gedanke lässt ihn erbleichen. »Sag, Freund …« Schnell führt er den Boten zur Wehrmauer und deutet die Weinhänge hinunter zum Neckarufer. »Glaubst du, diese Geschütze könnten mir hier oben was anhaben?«

Der Junker nickt. »Zwei Tage … Länger hält das Gemäuer nicht stand.«

»Aber wir könnten uns in den Bergfried …?« Der Blick genügt. »Du meinst nein?« Götz will es nicht wahrhaben. »Immer schon haben sich bei Bedrängnis die Burgherren in den Turm zurückgezogen. Er ist uneinnehmbar.«

»Schon lange nicht mehr. Und deine alte Burg hier ist keine Ausnahme, auch sie bietet keine Sicherheit mehr. Da braucht es nur einige Treffer … und vorbei.« Arnim beschattet die Augen. »Unser neuer Turm war im letzten Jahr fertig geworden, mächtig und hoch, mit doppelt starken Schenkelmauern. Den haben sie sofort unter Beschuss genommen, und schon am ersten Tag ist er zusammengebrochen.« Vom nächsten Sonnenaufgang bis zum Anbruch der Dunkelheit donnerten die Geschütze ohne Pause, auch am dritten Tag ging das Bombardement mit unverminderter Heftigkeit weiter. »So ein grausames Schießen hab ich mein Lebtag noch nicht erlebt. Und Franz konnte nichts ausrichten. Nicht einmal den Männern Mut zusprechen konnte er, weil er doch wegen der Gicht im Fuß nicht laufen konnte. Aber dann ...« Den Reichsritter hatte es nicht länger im Schlafgemach gehalten. Draußen schien die Welt zu bersten, und er wollte sich wenigstens seinen Leuten zeigen, außerdem musste er die Schäden besichtigen. »Ich hab ihn bis an die Brustwehr geführt. Der Büchsenmeister zeigt ihm gerade die großen Löcher in der Mauer. Da pfeift eine Kugel über uns weg und kracht in den Verhau hinter uns. Holz und Steine wirbeln hoch ...« Der Bote schweigt und reibt die Fingerknöchel an den Zähnen, versucht die Fassung zu bewahren.

Weil Götz den inneren Kampf mitfühlt, nässen sich seine Wangen. »Und da ...?«

»Nein, noch nicht. Ein Stein hatte mich im Nacken getroffen, und ich bin niedergestürzt. Als ich ... als ich wach wurde, lag Franz neben mir. Kein Laut, nur gestöhnt hat er. Ein gesplitterter Balken hat ihm die rechte Seite aufgeschlitzt. Wie ein Hieb mit dem Schlachterbeil. Die Rippen offen und die Leber ... Seine Eingeweide konnte ich sehen.« Arnim sinkt auf die Bank nahe dem Narzissenbeet. »Wir haben ihn in sein Schlafgemach getragen. Der Bader war gerade dabei, Tücher um den Leib zu schlingen, da beschoss der Feind den Palas, um ein Haar hätte eine Kugel das Fenster seines Zimmers getroffen.« Die Einschläge kamen dichter und dichter, sodass der Verwundete die Faust ballte. »Sie nehmen mich als Zielscheibe«, und setzte mit bitterem Lachen hinzu: »Seht auf dem Turm nach. Nicht dass dort einer von den Unsern Zeichen gibt, wo ich liege.«

Götz bedeckt seinen nackten Armstumpf mit Küssen. »Der Tapfere, er konnte noch scherzen. Aber du hättest auch mich lachen hören können, als mir vor Landshut damals die Hand von einer dieser verdammten Hakenbüchsen abgefetzt wurde. Ja, Ritter sind wir nun mal und keine Memmen.«

Überhastet kommt Knappe Thoma in den Garten, unter dem Arm trägt er das Lederbündel mit der Prothese, beim Anblick der Herren verlangsamt er den Schritt und dienert: »Verzeiht, Herr, die Eisenhand war unten in der Rüstkammer …«

»Schon gut, ich benötige sie doch nicht. Junker von Schwertlein stattet keinen offiziellen Besuch ab. Als Freund bringt er mir schlechte Nachricht von meinem liebsten Freund.«

»Herr, ich wusste gar nicht, dass Ihr einen Freund … Verzeiht, darf ich fragen …«

»Der Franz, mein Franz …« Mit gewichtigem Fingerzeig bannt Götz seinen Knappen auf dem Kiesweg: »Rühr dich nicht und hör zu. Franz ist schon verwundet«, den Gast bittet er: »Weiter. Draußen donnern die Geschütze …«

»Es war zu gefährlich. Wir mussten den Ritter hinunter in den Felsenkeller schaffen. Und dort lag er bei Kerzenschimmer …« Der Ritter klagte nicht, stündlich ließ er sich von seinen Hauptleuten über den Zustand seiner Festung berichten; und von Stunde zu Stunde zerfiel Burg Landstuhl mehr in Trümmer. Als stärkende Labsal musste Junker Schwertlein ihm immer wieder seinen Wahlspruch hersagen: »Allein Gott die Ehre – Lieb den gemeinen Nutz – Beschirm die Gerechtigkeit.« Nach vier Tagen wusste Franz von Sickingen, der Gevatter Tod hockte schon am Fußende des Lagers, und draußen hatte der Feind die Burg sturmreif geschossen.

»Er dachte nur noch an seine Leute, wollte sie vor dem Untergang retten …«

»Was sagst du?« Götz stöhnt auf. »Dieser Edelmut. Er hat nicht befohlen, bis zum letzten Mann zu kämpfen?« Nach kurzem Besinnen erhält Thoma einen ermahnenden Blick seines Herrn. »Das ist Größe, merk es dir. Weil ein Ritter nun mal seine Leute liebt wie ein Vater.«

Arnim von Schwertlein pflichtet dem Gastgeber bei: »Franz hat mich immer gut behandelt.«

Da sich Thoma außerhalb der Gefahrenzone aufhält, wagt er zu bemerken: »So viel Glück wird nicht jedem Diener zuteil.«

»Schweig!« Götz droht ihm mit der Faust. »Du undankbarer Wicht. Wenn mich die Trauer nicht lahmen würde, dann würde ich … Nein, nicht jetzt. Ich will von der letzten Stunde meines Freundes hören. Was hat Franz mir ausrichten lassen? Nun sag es schon!«

Arnim richtet sich erschrocken auf. Der erwartungsvolle Blick seines Gastgebers lässt ihn vorsichtig werden. »Er … er wollte dir etwas bestellen, das habe ich genau gespürt, aber die Schwäche … Unsere Kapitulation war am 6. Mai, und gleich am nächsten Morgen sind doch die drei Fürsten in die Burg eingezogen und sind auch hinunter ins Felsengewölbe.« Landgraf Philipp von Hessen erkundigte sich mitfühlend nach der Verwundung, Kurfürst Ludwig von der Pfalz bat den Ritter, ruhig liegen zu bleiben, Erzbischof Richard von Greiffenklau zu Vollrads aber baute sich, immer noch zornentbrannt, vor dem Krankenlager auf: »Franz, was hat dich getrieben, mich und mein Land zu überfallen und zu zerstören?«

Der Sterbende sammelte die letzten Kräfte. »Da gäbe es viel drüber zu reden.« Noch einmal erwachte Trotz in der Stimme: »Nichts ist … ohne Ursache.« Damit drehte Franz von Sickingen das Gesicht zur Wand.

»Und? Was war für mich?« Götz steht immer noch erwartungsvoll da, und dem Boten wird es eng, er zerrt am Kragen seines Lederwamses. »Die Fürsten haben einen Priester in den Keller geschickt, der Franz die Beichte abnehmen und ihm letzte Sakramente spenden sollte.« Schneller spricht er: »Ich hab Franz gefragt, ob der Pfaffe zu ihm kommen darf. Da ruft Franz: ›Sag ihm …‹ Aber zu spät, der Kuttenkittel war schon am Bett, und da hat ihm Franz gesagt: ›Ich brauche dich nicht.‹ Und dann ist seine Stimme immer schwächer geworden: ›Ich habe bereits … in meinem Herzen gebeichtet und mich … mit meinem Gott versöhnt.« Der treue Diener beugt sich vor und stützt die Stirn auf die Faust. »Dann ist er mit dem Gevatter davongegangen.«

Noch will sich Götz nicht der Trauer hingeben. »Du hast vergessen …«

»Nein, nein.« Tapfer hebt der Junker den Kopf. »Franz sagte: Sag ihm … Ich glaube, nein, bin ganz sicher, damit hat er dich gemeint. Ja, die letzten Worte waren für dich bestimmt. Sein Herzenswunsch war, dass alle sich der neuen Lehre anschließen.«

»Was dieser Luther verkündet?« Götz geht vor dem Beet auf und ab. »Also ein guter Rat von Ritter zu Ritter: Franz lässt mir sagen, dass diese neue Lehre sich mehr für uns lohnt als die alte. Ich weiß zwar noch nicht, warum, aber den Grund find ich schon heraus.« Jäh übermannt, bückt er sich und rafft eine Handvoll Narzissen. »Mein Freund, danke.« Eine nach der anderen lässt er die Blumen auf den Weg fallen. »Lebwohl, Franz. Lebwohl.«

Nach gebührendem Schweigen lädt der Burgherr den Boten ein, am Abend mit ihm zu speisen und über Nacht zu bleiben. Die Köchinnen tischen auf, doch erst der Wein nimmt die gedrückte Stimmung, und spät am Abend sucht Arnim von Schwertlein schwer trunken seine Kammer auf.

Götz lehnt noch im Sessel vor der Kaminglut. Nach langem Schweigen blickt er über den Becherrand seinen Knappen an. »Als ich ein grüner Bengel war, da hat mir mein Onkel schon beigebracht: Schlag dich, mit wem du willst, aber sorg dafür, dass du die Starken auf deiner Seite hast.« Er schüttelt das graue Haupt. »Und das hat Franz falsch gemacht. Das war sein Fehler. Schade um ihn. Wirklich schade.«

27

Strahl um Strahl, die Milch schäumte in den Eimer. Els hockte auf dem Melkschemel, gleichmäßig schlossen sich, zogen und öffneten sich ihre Hände. Noch erfüllte der warmweiche Nachtgeruch den Stall. Katharina war früh vom Bach hinaufgestiegen, jetzt stand sie hinter der Kuh und hielt den Schwanz fest. »Er ist wieder da.«

Kurz sah die Bäuerin hoch. »Klingt aber nicht besonders fröhlich. Den ganzen langen Sommer über hast du gewartet und nun … Wann ist er denn gekommen?«

»Gestern Abend. Es war schon fast dunkel. Der Hans war auch dabei.«

»Deshalb machst du so ein Gesicht. Dein Faulpelz ist zurück und hat den Oberfaulpelz gleich mitgebracht.«

»Sag das nicht.« Katharina runzelte die Stirn. »Gearbeitet haben sie. Ganz bestimmt. Weil … Florian hat jetzt ein Pferd. Einen schönen Braunen.«

Bei der Ankunft war er nicht ins Haus gekommen, vom Weg aus hatte er nach ihr gerufen. Seine Stimme. Um ein Haar wäre Katharina die Schüssel aus der Hand geglitten. Sie rannte nach draußen. »Flori!«

Er saß im Sattel, trug einen dunklen Schultermantel, Stulpenstiefel und schwenkte übermütig einen Federhut. »Schöne Frau! Da staunst du.« Seine Zähne blitzten. »Hoch zu Ross wie ein Hauptmann komme ich nach Haus.«

»Langsam, langsam. Du darfst mein Adjutant sein.« Hans Bermeter lüftete ebenfalls die aufgebauschte Kopfbedeckung. »Denn … denn das Haupt bin ich. Weil ich schlauer bin.« Sie lachten beide, wurden lauter, grölten und hieben sich auf die Schenkel, bis es Katharina angst wurde. »Seid ihr betrunken?«

»Das auch.« Florian war schwerfällig aus dem Sattel gerutscht. »Aber wir haben alles verdient, glaub mir. Die Pferde und den Wein.«

Er hatte sie in den Arm genommen, und Katharina war an seine Brust gesunken, gleich aber hatte der Hauptmann seinen Untergebenen mit einem Pfiff ins Haus befohlen.

»Weißt du, Tante. Unsere Scheune ist groß genug.« Sie entfernte Kletten aus dem Schwanzquast. »Da können die Pferde doch gut stehen.«

Els schüttelte ärgerlich den Kopf. »Ein Gaul ist schon zu viel für euch. Aber gleich zwei? Wie wollt ihr die denn durch den Winter bringen?«

»Deswegen bin ich ja hier. Der Hans lässt fragen, ob ihr nicht Stroh und Heu verkauft, so viel, dass es über die kalte Zeit reicht. Wir könnten die Ballen auch in der Scheune lagern.«

»Der Halunke will bezahlen?«

Die abweisende Strenge ließ Katharina hilfloser werden: »Bitte, Tante. Ich kann doch nur ausrichten, was Hans mir befohlen hat.«

»Befohlen?« Els reichte ihr den Eimer, strich noch einmal Euter und Zitzen, dann kam sie mit dem Schemel zum Mittelgang. »Und warum kommt der Herr nicht selbst?«

»Weil er … er schläft noch. Schau mich nicht so an, bitte!«

»Kindchen. Dieser Kerl ist nicht gut für euch.«

Katharina stiegen die Tränen. »Es ist doch nun mal so. Er sagt Flori, was er zu tun hat, und mich schickt er genauso rum.«

»Schon gut«, besänftigte Els und schöpfte Milch in einen Holzbecher. »Nun trink erst mal. Bauchwarm schmeckt sie am besten.« Sie strich Katharina die Wangen, kreuzte die Zöpfe unter dem Kinn und legte sie ihr an den Halsseiten über die Schulter. »Dein Haar ist so sanft wie du. Und manchmal wünscht ich mir, dass ich für dich die Faust ballen dürfte, um da unten mal ordentlich auf den Tisch zu hauen.«

»Stark bin ich schon.« Katharina wischte mit der Zungenspitze den Rahm von der Oberlippe. »Nur eben nicht für den Hans. Gegen den kommt keiner an, glaub ich. Aber für Flori reicht es.«

Dazu sagte Els nichts, sie leerte die Milch in eine große Holzkanne und setzte sich mit Schemel und Eimer zur zweiten Kuh. »Nun lauf! Und bestell, der Balthasar kommt am Abend zu euch runter. Sobald er vom Fronacker zurück ist.«

Die Männer schliefen lange. So leise wie möglich arbeitete Katharina in der Küche, bereitete aus Rüben, Möhren und Zwiebeln eine Gemüsesuppe. Nach einigem Zögern gab sie ein gutes Stück Speck hinein. »Zur Feier des Tages«, flüsterte sie und blickte zur Kammertür. »Den hab ich nur für uns beide aufgehoben. Aber ist jetzt egal. Hauptsache, du bist wieder bei mir.«

Anfang Juni, beim letzten Besuch in der Stadt, hatte Magdalena ihr den Gulden für das nächste Vierteljahr als Unterhalt gegeben und verwundert nach Florian gefragt. Geht es um den eigenen Sohn, so spürt eine Mutter gleich, ob die Antwort eine Ausrede ist oder der Wahrheit entspricht. »Er arbeitet mit Balthasar auf dem Feld? Deshalb konnte er dich nicht begleiten? Niemals. Mein Sohn würde keine Gelegenheit auslassen, um nach Würzburg zu kommen. Nicht, weil er mich sehen möchte, das weiß ich …« Magdalena nahm die Schwiegertochter an beiden Schultern. »Was ist mit ihm? Ist er krank?«

Kopfschütteln, erst nach heftigem Schlucken gestand Katharina: »Fort ist er.«

»Heilige Mutter. Er hat dich verlassen?«

»Nein, nein, nicht wirklich.« Katharina versuchte sein Verschwinden zu erklären, so wie sie es begriffen hatte. »Weil doch der Hans nach Ostern Spielverbot im Grünen Baum bekommen hat. Damit fing es an.« Bermeter war zu ihnen ins obere Tal gewandert, hatte dort zwei Tage und Nächte mit Florian gezecht, und am dritten Morgen waren die beiden aufgebrochen. »Nach Nürnberg wollten sie. Weil dort das Leben wär, hat Hans gesagt. Und dort wollten sie ihr Glück mit den Würfeln versuchen.«

Wie nach einem Schlag sank die Mutter auf einen Stuhl. »Fort. Der Teufel hat ihn weggeführt.« Lange starrte sie vor sich hin. »Und seitdem wartest du? Lebst allein in dem Haus?«

»Am Tag bin ich da, mach alles schön sauber und sorg für den Garten, weil er ja gesagt hat, dass er wiederkommt. Aber meist schlaf ich bei der Tante.«

»Du bist sehr tapfer.« Magdalena hatte sie geküsst und ihr den Speck mitgegeben. »Back ihm Pfannkuchen damit, wenn er zurückkommt, die hat er so gern. Eier gibt dir die Schwägerin.«

kauten, schluckten und eroberten sofort das nächste Stück. Ehe es im Schlund verschwand, spülten große Schlucke die Kehle frei. Das Brot, der Käse. Kein Streit entstand um die Bissen, und zufriedenes Rülpsen verlangsamte schließlich das Tempo.

»Nun erzählt.« Stefan Dietmar stieß seinen Dolch in die Tischplatte. »In Nürnberg wart ihr, hat der Schnappenspengler gesagt ...«

»Erst in Forchheim«, unterbrach Florian. »Da haben wir die Pferde ...« Er zögerte und sah zu Katharina hinüber.

Bermeter half aus: »Geschenkt. Wir haben sie geschenkt bekommen. So kann man es ruhig nennen.« Weil sie sich abrupt zum Herdfeuer drehte, rief er: »Glaub's nur. Das Schicksal hat es gut mit uns gemeint.«

Der Schneider rieb sich das spitze Kinn. »Forchheim? Gab es da im Mai nicht ziemliche Aufregung? Hab ich wenigstens gehört.«

»Aufregung? Ich denke, das Wort passt nicht so ganz. Was meinst du, Adjutant? Um ein Haar hätt's da am Fronleichnamstag Zunder und Feuerwerk gegeben.«

Florian nickte. »Wir wollten uns nach der Prozession ein Wirtshaus suchen. Da waren mit einem Mal gut fünfhundert Bauern in der Stadt. Alle bewaffnet. Sogar einige Büchsen hatten die.« Weil Bermeter ihn nicht unterbrach, berichtete er weiter. »Große Reden wurden auf dem Markt gehalten: Frei sollten wieder Wasser, Wald und das Wild sein ... Sie haben am nächsten Tag gleich damit angefangen und haben die Teiche vom Kloster leergefischt, auch die vom Domprobst. Und wir mittendrin. Mit gebraten haben wir.« Er rieb sich den Bauch. »So viel guten Fisch hab ich mein Lebtag noch nicht gegessen ...«

Vom Eingang her fuhr ein Windstoß durch die Küche, Balthasar trat ein und drückte die Tür gleich hinter sich zu. »Das Wetter schlägt um.« Der Bauer sah prüfend in die Gesichter der Tischrunde. »Wünsche einen guten Abend. Will auch nicht lange stören.«

»Nicht schlimm, Onkel.« Katharina eilte zu ihm, griff nach seiner Hand und hielt sie fest. »Florian erzählt von unterwegs. Und bestimmt möchtest du auch einen Becher Wein.«

»Die Frau sagt, ihr braucht Heu und Stroh. Und da wollte ich ...«

»Bleib, Onkel, bitte!« Sie zog ihn zum Tisch.

Bermeter rückte einen Schemel heran. »Dem guten Nachbarn spendiere ich gern einen Schluck. Denke, was wir im Sommer da draußen im Land erlebt haben, das geht dich genauso an wie die Bauern in Forchheim. Übers Geschäft reden wir später.« Er wartete, bis Balthasar den Becher an die Lippen setzte und trank. »Keinen Zehnten mehr abgeben. Keinen Frondienst mehr.«

Florians Onkel verschluckte sich, hustete, als er wieder zu Atem kam, keuchte er: »Was redest du da?«

»Nein, nein. Das sag nicht ich.« Bermeter rückte näher, hob den Mund zum Ohr und blies in verschwörerischem Singsang hinein: »Die da in Forchheim haben das gerufen, die Bauern, mein ich, und sie haben dem Bürgermeister die Schlüssel zu den Toren abgenommen. Und sie haben ihre Forderungen an den Bischof auf Papier geschrieben. Stell dir vor, sie wollten nur noch die dreißigste Garbe abgeben und nicht mehr die zehnte …«

»So was …« Balthasar machte große Augen, er kippte den Wein in sich hinein und verlangte gleich nach neuem. »Damit könnte ich gut leben.«

Mit schnellem Griff riss der Spielmann den senkrecht stehenden Dolch aus der Tischplatte. »Wir wollen unseren Wald zurück!«, schrie er und drohte mit der Klingenspitze den unsichtbaren Adligen über dem Wandregal. »Unsere Kinder sollen im Winter nicht mehr frieren, nur weil Ihr uns verbietet, Holz zu schlagen!«

»Bravo!« Die angetrunkenen Freunde und Florian klatschten und trampelten mit den Füßen. Als sie schwiegen, sagte der Bauer: »Wenn's so wär, dann wären wir wieder Menschen.« Verflogen war das Misstrauen, unversehens gehörte er zur Tischrunde. »Und die Herren? Waren sie einverstanden?«

Die zum Kampf gereckte Faust öffnete sich, und der Dolch polterte zwischen die Wurstreste. »Dann haben die Bauern alles falsch gemacht. Sie haben gewartet, dass der Bischof ihre Artikel bewilligt; haben gewartet und gewartet. Wäre ich der Anführer gewesen, ich hätte gleich losschlagen lassen. Aber mich hat ja keiner gefragt …« Der Hauptmann ging zu seinem Adjutanten und griff in die üppigen schwarzen Locken. »Dafür hatten wir in Forchheim ein feines Leben. Glück im Spiel und immer genug zu saufen, bis … Na, sag du's.«

Wie ertappt versteifte Florian den Rücken. »Die Pferde standen …«

»Das war später.« Ein ermahnender Klaps auf den Hinterkopf. »Denn vorher zogen die Bewaffneten vom Markgrafen heran. Auf Pferden und zu Fuß kamen sie. Geschütze hatten sie auch dabei. Und …« Bermeter klatschte in die Hände, als wollte er Tauben verjagen. »Und husch, husch kehrten die Dummköpfe wieder auf ihren Acker zurück. Dabei wären sie stärker gewesen. Von unserm Versteck aus konnten wir's genau beobachten: Fünf Bauern haben zwei Reitern den Weg abgeschnitten. Mit Stangen haben sie die aus dem Sattel geholt. Nicht einmal schreien konnten die, so schnell haben die Bauern die Reiter totgeschlagen.« Er knuffte Florian in die Seite. »Und schon wieder hatten wir Glück. Nun erzähl!«

»Die Bauern sind gleich weggelaufen.« Florian suchte Unterstützung in den Blicken der Freunde. »Da standen die beiden Gäule, gut im Futter, gutes Sattelzeug. Und da lagen die Kerle im Gras. Die Hüte daneben. Und kein Loch in den Kleidern. Weil die Bauern ihnen die Schädel eingeschlagen haben.«

Schon wissend, was nun folgte, begann Stefan Dietmar zu grinsen. Sein Bruder stieß mit dem Ellbogen den Schneider an: »Da gab's also nichts zu flicken an den schönen Sachen.«

Florian fühlte sich ermuntert, nun versuchte er seinem Herrn nachzueifern und wollte die Spannung steigern. »Wir zwei aber hockten im Gebüsch mit zerrissenen Hosen und Flecken auf dem Wams …«

»Und?«, forderte Balthasar. »Jetzt sag schon, Junge.«

»Wir haben getauscht, Onkel …«

Begeisterung unterbrach ihn, mit den Fäusten trommelten die Freunde auf den Tisch. Florian ließ sich hinauftragen, bemühte sich sogar, den leichten Tonfall Bermeters nachzuahmen: »Und weil die armen Pferde herrenlos da rumstanden, haben wir sie mitgenommen. Als Geschenk.«

»Schäm dich!« Katharina sah ihn entsetzt an. »Du hast gestohlen. Einfach gestohlen.« Sie presste die Hand vor den Mund.

Ehe Florian eine Antwort einfiel, verteidigte ihn Onkel Balthasar. »So was ist kein Diebstahl, Mädchen. Wer weiß, wie viele von uns diese Kerle vorher schon ausgezogen haben, wem sie alles genommen haben, das Vieh, das Haus, einfach alles.« Er rieb sich den Nacken. »Und was wir alles ertragen müssen. Da sind zwei Gäule und gute Stiefel immer noch zu wenig. Nur schade, dass es in Forchheim nicht weiterging.«

»Du sagst es, Bauer.« Bermeter schenkte ihm ein und schob Schnappenspengler den Krug zu. »Aber dafür brodelt es im Land. Sogar in Nürnberg. An den Ecken drängten sich die Leute zusammen. Und Prediger standen auf Fässern. Die haben von der Freiheit der Christenmenschen erzählt wie dieser Doktor Luther.«

»Der ist doch tot.« Philipp Dietmar rülpste, ehe er hinzusetzte: »Der nutzt jetzt nichts mehr.«

»Im Gegenteil! Auferstanden ist er.« Bermeter zog ein Blatt aus dem Hemd. »Hier, dieses Flugblatt hab ich eingesteckt. Das hier vorne drauf ist der Bauer von Wöhrd. Der hat gesagt, dass dieser Luther weg war und jetzt aber wieder auferstanden ist. Weil er das Evangelium verbreiten will. Den Bauern von Wöhrd haben wir nicht mehr in Nürnberg gehört, aber auf dem Rückweg. In Kitzingen, da hat er gepredigt.« Der Spielmann griff nach den Brotresten und stopfte sich damit die Wangentaschen aus. »Gut so?«, fragte er zu Florian hinüber, der nickte und brachte auf das Fingerschnippen hin eine Decke. »Leg sie mir um die Schulter!«

Gespannt sah die Tischrunde der Verwandlung zu, selbst Katharina kam neugierig näher.

»Mir fehlt noch eine Kappe.« Kurzerhand zog der Spielmann sie Balthasar vom Kopf. »Du bekommst sie gleich zurück.«

Kein Protest, nicht einmal ein unwilliges Stirnrunzeln, nur zu gerne half der Bauer mit seiner Kopfbedeckung aus.

»Was fehlt noch?«

»Warte!« Florian entschwand durch die Hintertür und kehrte kurz darauf mit dem Dreschflegel zurück. »Hier.« Eindringlich warnte er die Zuschauer. »Hört der Predigt genau zu, das rat ich euch. Normalerweise hatte er ihn wie einen Bischofsstab neben sich gestellt. Aber ich hab's miterlebt, wie er vor Wut den Flegel über den Köpfen der Zuhörer kreisen ließ.«

Hans Bermeter stieg über den Schemel auf den Tisch, schob mit den Füßen die Essensreste beiseite und stellte sich in Positur. Dreimal stieß er den Stiel des Dreschflegels auf. »Gnade sei mit euch und der ewige Friede Gottes von dem Vater und unserm Herrn Jesus Christus, der sich für unsere Sünde hingegeben hat, dass er uns errette von dieser gegenwärtig argen Welt …« Die feist gestopften Wangen halfen der Stimme zu einer bedrängenden Helligkeit. Dazu spiegelte sich das Herdfeuer in den Augäpfeln. »Ihr lieben Brüder in Christo. Wacht auf! Unterwerft euch nicht länger Gewalt und Ungerechtigkeit! Wie konnte die Christenheit solch großen Jammer zulassen? Wie konnte die Christenheit diese gräuliche Tyrannei einreißen lassen?« Drohend stampfte der Prediger wieder den Dreschflegel auf die Tischplatte. »Es würde mich nicht wundern, dass uns der Erdboden allesamt verschlingt, wenn wir noch länger zusehen und dulden, dass mehr und mehr Frauen und Kinder zu Witwen und Waisen werden, weil die frommen Tyrannen ihren Männern und Vätern das Gesicht zerschnitten haben und sie im Kerker verfaulen lassen. Und warum? Nur weil sie gejagt haben, weil sie einen Hasen oder ein Reh erlegt haben, um daheim die hungrigen Mäuler zu stopfen.«

Mit offenem Mund starrte Balthasar den Prediger an, auch Schnappenspengler und die Brüder staunten betroffen zu ihrem Kumpanen hoch. Katharina stand neben ihrem Liebsten, ohne es zu bemerken, hatte sie seine Hand gesucht und hielt sie fest.

Langsam drehte sich Bermeter einmal im Kreis, sein Ton wurde leiser, eindringlicher: »Der christliche Glaube mag so etwas nicht dulden, dieses gottlose Verhalten, solch schändliche Herrschaft. Verflucht seien die Tyrannen. Wie heißt es in der Schrift: Wer Böses tut, der wird gerichtet werden …« Bermeter brach ab. Einen Atemzug lang genoss er das Schweigen, dann wippte er mit dem rechten Fuß, vollführte kleine Tanzschritte, dabei setzte er dem Bauern die Kappe wieder auf und sprang vom Tisch.

Balthasar schüttelte langsam den Kopf. »Ich hab geglaubt … Du bist der da.« Er deutete auf das Flugblatt. »Ich mein, so ein Prediger …« Er sah den Spielmann durchdringend an. »Und was du da vorhin gesagt hast? Hat er das gesagt? Oder?«

Bermeter zog die Schultern hoch. »So genau hab ich die Predigt nicht behalten. Hab halt meine Meinung dazu gesagt.«

Der Bauer erhob sich und reichte ihm die Hand. »Danke. Muss drüber nachdenken. Aber richtig ist es schon.« Er nickte den Männern und Katharina zu. »Das war ein guter Abend, davon erzähl ich der Frau.« Langsam ging er zur Tür.

Bermeter rief ihm nach: »Und was ist mit dem Futter für unsere Pferde?«

Ohne sich umzudrehen, versprach Balthasar. »Dafür sorg ich schon. Wird auch nicht so teuer. Schließlich müssen wir zusammenhalten.«

Der Wind schlug herein, trieb einen Moment das Heulen von draußen durch die Stube, dann war der Bauer gegangen.

Spät am Abend verhedderte sich Florian in der Schlafkammer beim Abstreifen seines Kittelhemdes, er kicherte leicht trunken, zerrte, doch der Kopf blieb im Stoff. »Wo bist du?« Er tappte herum, doch ehe die Öllampe in Gefahr geriet, verstellte ihm seine Frau den Weg und zog das Hemd über die Locken. Florian schloss die Arme um ihre Schultern und drückte sie an sich. »Meine Kathi.« Die Zunge gehorchte nicht mehr. »Viele Weiber haben wir gesehen, aber so eine wie dich … nein.«

»Nur gesehen?«

»Aber, Kathi. Ich hab immer unten gewartet, mehr nicht. Gewartet, bis der Hans oben genug hatte.« Sie wollte es glauben und schmiegte die Wange an seine Brust, spürte die Haut. Florian griff nach dem Hintern, das Kleid störte, und umständlich begann seine Hand es hochzuraffen.

»Lass nur! Der Stoff verknittert sonst.«

Kaum stand sie nackt vor ihm, öffnete er den Gürtel und dann den Hosenlatz. »Siehst du. Der hier hat nur auf dich gewartet.« Beim Versuch, sich der Beinkleider ganz zu entledigen, fiel er aufs Bett, lachte und blieb auf dem Rücken liegen.

Als Katharina seine Beine und Füße vom Wulst aus Bundschuhen und Strümpfen befreit hatte, kniete sie neben ihm auf der Matratze und strich behutsam den hochgereckten Schaft. »Wie schön du bist«, sie lächelte und spürte, wie das zarte Spiel die Wärme in ihr weckte. Katharina beugte sich vor, streichelte mit den Zöpfen seine Mitte, den Bauch, ließ sie die Brustwarzen kosen.

Florian stöhnte wohlig, er räkelte sich und griff nach ihrem Nacken. »Das ist gut. Davon will ich jede Nacht mehr. Den ganzen Winter über.« Halb zog er sie auf sich. »Und wenn wir im nächsten Mai losziehen, dann bin ich satt und kann warten bis zum Herbst. Das verspreche ich dir.«

Katharina nahm ihre Hand zurück. »Was sagst du? Ihr wollt wieder fort.«

»Aber ja. Hier oben versauere ich nur. Der Hans sagt: Für den Acker bin ich nicht geschaffen.« Er hob das Becken an. »Aber für dich bin ich gut geschaffen. Das beweis ich dir.« Florian zögerte. »Wo hast du ihn?«

Stumm zog Katharina den Samenfänger unter dem Kopfkissen vor.

»Mach du es.«

Er warf sich zurück, und während sie den schmalen Sack aus der Schweineblase vorbereitete, lallte er vor sich hin: »Keine Kinder, sagt der Hans ... die hängen dir am Bein wie die Kletten ... dann ist es aus mit der Freiheit.«

Florian wälzte sich über sie, drang in ihren Leib und eroberte seinen Sieg mit harten Stößen. Ermattet fiel er zur Seite und schlief schon, als sie den Samenfänger wieder entfernte.

Lange lag Katharina wach, ihr Schoß war wund, brannte. Schlimmer noch aber quälte die Vorstellung, wieder so lange auf ihn warten zu müssen. Ein Gedanke, rasch nistete er sich ein, überzeugte schließlich. Nur so kann ich unser Glück retten, dachte sie.

Katharina schmiegte sich an Florian, ihre Hand glitt über seinen Bauch tiefer hinunter, behutsam streichelte sie Hoden und Glied, seine Lust erwachte, und sie ließ den halb schlafenden Florian zu sich ... ohne den Schutz der Schweineblase.

28

Der Himmel war mit Unruhe erfüllt. Eilige Wolken zogen, ließen Lücken ... Graue Nachtboten, dachte Til, sie tragen noch letzte Botschaften aus dem alten Jahr ins neue. Er stand im Hof des Wolfmannsziechleins, sah dem Treiben zu. Gab es ein Zeichen? Eine besondere Formation? So gern hätte er ein ungewöhnliches Wolkengebilde gefunden, um daraus Figuren und Dinge zu erdenken, die ihm helfen sollten, das kommende Jahr zu deuten. Ein kleines Wunschspiel. Er hatte es als Junge in Osterode jeden Neujahrsmorgen geübt, all die Zeit nicht vergessen, und jetzt, als alter Mann, pflegte er es immer noch, wenn auch mit leisem Schmunzeln.

Heute aber trieben dort nur Tuchfetzen, aufgerissene Mäuler, vielfingrige Hände; kein Gesicht, nicht einmal ein Schiff mit Segeln. Der Nacken schmerzte, Meister Til senkte den Kopf. »Darauf weiß ich mir keinen Reim.« Während er zur Werkstatt hinüberging, rieb er die kalten Hände, dehnte den Rücken. »Gott wird mich schon leiten.«

Die Nacht war mühevoll gewesen. Immer wieder hatte ihn seine Frau gerüttelt: »Schnarch nicht so laut.« Und verlangt, dass er sich von einer Seite auf die andere Seite drehen sollte. Schließlich war Margarethe unter heftigem Protest ins Nähzimmer gezogen, doch er hatte bis zum Morgengrauen keinen Schlaf mehr gefunden.

Im Steinsaal beugte er sich über die Feuerstelle, befreite die Glut des vergangenen Abends von der Asche und legte Scheite nach. Zwei Fackeln steckte er rechts und links des großen Reliefs auf. Dunkler graugrüner Sandstein ... Solch große Ruhe, solche Verlorenheit ging von ihm aus.

Langsam trat Til zurück, Schritt nach Schritt. Genug. In dieser Entfernung erwachte das Geschehen. Der Meister zog einen Hocker heran und ließ sich darauf nieder. Gestern vor Arbeitsschluss hatte er die Gesellen gebeten, beide Steintafeln aufeinanderzusetzen, mit

Holzbalken zu rahmen und zusätzlich durch Stützen zu sichern. Näher angeschaut hatte er die Arbeit nicht. »Damit will ich das neue Jahr beginnen. Ich denke, das ist ein guter Anfang.

Mit waagerechtem Unterarm suchte er die Fugenlinie zwischen der großen unteren Tafel und der oberen, schirmte so den Blick auf das Hauptgeschehen ab, um zunächst das obere Drittel zu prüfen. Die Ausgestaltung hatte er wieder seinem tüchtigen Steinmetzgesellen aus Stuttgart übertragen. Beide Kreuze der Schächer standen schräg zum Hauptkreuz und gaben dem Bild Raum und Tiefe. Zwei Engel verdeckten die nach hinten gerichteten Querbalken.

Til nickte, und vergnügtes Schmunzeln stahl sich in die Mundwinkel. »Du wolltest deinem Meister wohl einen Gefallen tun.« Keine drallen Putten wie beim Grabdenkmal des Bischofs Bibra; dieses Mal hatte Peter die Körper schlank und biegsam gestaltet, keine nackten Fettwülste, sondern Federflaum von den Fußspitzen bis hin zu den schlagenden Flügeln. »Wenn dir die Felsen im Hintergrund ebenso detailgenau gelingen«, murmelte er vor sich hin, »dann bin ich sehr zufrieden mit dir.« Kurz nahm er rechts und links unterhalb der Kreuzarme Maß über den gestreckten Daumen. »Ich denke, du wirst die Umrisse erst mit dem Spitzeisen raushauen müssen. Gib nur acht, dass unseren Engeln dabei nichts zustößt.«

Das Licht der Fackeln lebte in der Figurengruppe. Erhellte die noch Gesichtslosen, verstärkte durch Schatten den Ausdruck ihrer Körperhaltung. Til legte die Hände vor seinen Augen wie zum Gebet zueinander, öffnete dann die Handflächen, bis nur Fingerkuppen und Daumenspitzen sich noch berührten. Langsam streckte er die Arme, führte das Dreieck auf die Arbeit zu, bis nur die vier Hauptfiguren im Ausschnitt zu sehen waren. »Gottlob. Das Dreieck fügt sich genau«, flüsterte er.

Auf ihrem mühevollen Weg zur Grablegung musste die Trauergruppe innehalten. In der Mitte lag der Gekreuzigte auf dem ausgebreiteten Leinentuch, den Oberkörper hochgestützt von Joseph aus Arimathia. Das Gewand des alten Kaufherren berührte hinter ihm den Boden, die Linie führte über den Kopf schräg hinauf zur Schulter des Nikodemus und weiter über dessen Haar und Barett zum Kreuzbalken der oberen Tafel als gedachte Spitze, und der rechte

Schenkel des Dreiecks sank zurück zur knienden Maria, hin zu den Beinen des Heilands. Til runzelte die Stirn, erhob sich und betastete den Bart des Joseph. »Nicht tief genug. Die Locken muss Tobias besser ausbohren. Sonst gibt's keinen Schatten ...«

Die kleine Pforte in der Flügeltür klappte. »Ist hier schon jemand?« Magdalenas Stimme. Ehe er antworten konnte, war sie schon durch die Schnitzwerkstatt in den Saal gekommen und brachte kühle Frische von draußen mit herein. »Herr? So früh schon auf?« In ihrem Rücken erschien Rupert. »Wünsche ein ...«

Gespielt ärgerlich wischte Magdalena mit der Hand nach ihrem Mann. »Sei still! Erst komme ich, dann du.« Sie ging auf Til zu. Kein Spiel. Ihr Blick umarmte ihn, streichelte seine Wange, die Lippen. »Ein gutes neues Jahr. Alles Glück dieser Welt wünsche ich Euch!«

»Danke. Ein großer Teil meines Glücks ist ja schon hier.« Gleich schloss er Rupert mit ein. »Du und dein Mann, euch beide möchte ich nie verlieren.«

Rupert kam näher und wagte sogar einen Scherz: »Sonst will die Frau immer das letzte Wort haben. Aber heute ...?« Er lächelte, bis die Zahnlücke zu sehen war. »Ein gutes neues Jahr auch von mir.«

Til nickte. »Für euch auch. Bei diesen unruhigen Zeiten draußen im Land möge Gott uns vor allem Übel bewahren.«

Magdalena stand bewundernd vor dem Relief, nach einer Weile strich sie eine Haarsträhne aus der Stirn: »Eins versteh ich nicht?«

Gleich war der Meister neben ihr: »Es ist noch längst nicht fertig.«

»Das weiß ich. Aber hier ...« Sie tippte auf das Barett des Nikodemus. »Wieso haben die anderen Männer ein Manteltuch auf dem Kopf oder gar nichts, und der hier trägt eine Kopfbedeckung, wie sie heute Mode ist?«

»Das ist ...« Til hüstelte. »Das hat schon seinen tieferen Sinn.«

Rupert trat nah an das Relief heran. »Genau so einen Hut hab ich schon mal auf einem Altar ... Der in Creglingen, der war's. Da hat auch einer ... Und ich weiß jetzt auch, wer das hier werden wird.«

»Du schweigst.« Til drohte seinem Knecht mit der Faust. »Kein Wort! Sobald ich das Gesicht herausgearbeitet habe, wird sie es wissen. Und das ist früh genug.«

Er wandte sich zum Gehen. »Und nun habe ich Hunger.«

In seinem Rücken folgten die beiden. »Nun sag schon«, flüsterte Magdalena.

Rupert zuckte mit den Schultern. »Vergessen. Ich hab's einfach vergessen.«

Geschrei, Hornrufe, Gelächter und Fluchen seit dem Morgen. Im Lager der Schwarzwälder Bauern nahe Waldshut sammelten sich die Männer aus den Dörfern der Umgebung und des Klettgaus. Jetzt, Ende Januar, war der Schnee geschmolzen, nur an den Schattenhängen klebten noch schmutzigweiße Flecken, die Wege aber waren frei, und zum ersten Mal im neuen Jahr roch der Wald wieder nach Tanne, ein sicheres Versprechen für den nahenden Frühling.

Die Neuankommenden wurden von den Wachposten zum Fahnenwagen gewiesen. Blau und weiß flatterte das Tuch. Dort musste jeder den feierlichen Eid auf die Gemeinschaft für Evangelium und göttliches Recht leisten und schwören, dass er dem rechten, wahren Gotteswort anhängen wollte.

Und sie brachten ihre Waffen mit. Wer Büchse oder Armbrust besaß, wurde dem Schützenhaufen zugeteilt, wer Mistgabel, Sense oder gar einen Spieß über der Schulter trug, der sollte das Sturmheer verstärken. Ehe der neue Bruder aber den Mittelplatz verließ, erhielt er einen Handschlag von ihm, dem obersten Hauptmann der Schwarzwälder: Hans Müller, der Mantel in flammendem Rot, so auch sein Barett und die wippende Feder. »Sei mein Mann auf Gedeih und Verderb.«

Einer schreckte zusammen: »Meinst du, wir müssen kämpfen?«

Da packte ihn der Befehlshaber am Nacken. »Nur wenn's gar nicht anders geht. Aber dann werden wir mit dem Schwert dreinfahren, dann lassen wir kein Schloss, kein Kloster im ganzen Land mehr stehn.«

»Gott steh mir bei. Das hab ich meinem Weib nicht gesagt. Da sollte ich noch mal fragen …«

»Freund, du hast geschworen. Da gibt's kein Zurück.« Der mächtige Hans schüttelte den Ängstlichen. »Nur Mut! So weit ist es ja noch lange nicht. Wir ziehen morgen nach Waldshut und zeigen uns. Das wird schon genügen. Wenn der Graf erfährt, wie viele wir sind und wie stark, dann wird er sich unsere Artikel schon ansehen müssen. Und nun lauf zu deinem Fähnlein. Ich werde ein Auge auf dich haben.«

Im späten Nachmittag schritt der Hauptmann zu seinem Zelt. Durst, seit Stunden nur Reden und Händeschütteln, die Kehle verlangte nach einem großen Schluck. Er ließ die Plane hinter sich zufallen, legte den roten Federhut sorgfältig auf die Kiste mit den frisch gedruckten Flugblättern. Ein Hüsteln ließ ihn zusammenfahren. Weiter hinten im Halbdunkel, hockte eine Gestalt auf dem Dreibein neben seinem Strohsack. »Verdammt. Was hast du hier zu suchen?« Langsam griff er nach dem Schwert.

»Lass stecken.«

Nicht laut, die sanfte Schärfe der Stimme aber zwang zum Gehorsam. »Wer …?«

»Komm näher!« Nach wenigen Schritten befahl der Fremde: »Das genügt.«

Der rote Hans zog die Brauen zusammen. Sosehr er sich mühte, genau konnte er die Gestalt nicht ausmachen. Ein dünner grauer Bart, da war er sich sicher, ein nackter Schädel, wenigstens von der Stirn hoch bis über den halben Kopf. Schwarze Augenhöhlen, in denen sich Glutpunkte bewegten, ihn bewachten. Er leckte die trockenen Lippen. »Womit kann ich dir helfen?«

»Du mir?« Wieder das Hüsteln. Oder war es vergnügter Spott? »Ich bin hergekommen, um dir zu helfen.«

»Ich brauche keinen … Und überhaupt … Weißt du, wer ich bin? Du sprichst mit mir, mit Hans Müller.«

»Sehr richtig. Mit Hans Müller von Bulgenbach, und ich beobachte dich schon seit letztem August. Da ziehst du mit einem starken Bauernheer von Stühlingen vor eure Unterdrücker und schlägst nicht zu, sondern verhandelst. Weißt du denn nicht, dass die sich rausreden, dass die jeden Prozess so lange hinziehen, bis niemand mehr weiß, worum es geht?«

»Aber vielleicht gibt es doch ein Einsehen bei den Herren.«

»Dummkopf! Warum soll der Mächtige dem Schwachen nachgeben? Nur wenn die Schwachen sich zusammentun und wirklich gleich hart dreinschlagen, dann haben sie Erfolg.«

»Wer bist du?« Der rote Hans wagte sich einen Schritt vor, sofort hob der Fremde die Hände leicht an. Die Umrisse einer Armbrust wurden sichtbar. »Bleib da, wenn du leben willst.« Er senkte die Waffe wieder. »Als du noch ein Knabe warst, habe ich den Bundschuh zum ersten Mal geschnürt, damals in Untergrombach; und zehn Jahre später zum zweiten Mal in Lehen. Verraten haben sie den Bundschuh, doch nie hab ich aufgegeben. Den dritten zog ich, schnürte ich vor acht Jahren …«

»Du bist …« Der rote Hans vermochte nur zu flüstern. »Joß … Joß Fritz. Und ich dachte, du bist längst tot.«

»So einer wie ich, mein Sohn, den fängt keiner, und der stirbt nicht so schnell.« Hüsteln, es dauerte lange. »Was ist nun? Bist du stark genug? Oder brauchst du meine Hilfe?«

»Ich schaffe es schon. Ich führ meine Haufen nach Waldshut und, wenn's notwendig ist, weiter und immer weiter bis nach Freiburg. Wir geben nicht auf, bis wir unsere Freiheit wiederhaben und Gerechtigkeit herrscht.«

Die rechte Hand schnellte hoch in ein schimmerndes Gegenlicht. Hans Müller sah, wie der Daumen einknickte, die Finger ihn umschlossen und hörte. »Das ist gut.« Gleich verflog die Helligkeit wieder, und einer Feder gleich erhob sich die Gestalt vom Hocker, zog sich tiefer ins Halbdunkel zurück und war verschwunden.

Hans schlug sich mit der flachen Hand gegen die Stirn. Kein Traum, er war wach. »Verflucht.« Er stürmte nach vorn, an seiner Schlafmatte vorbei. Nichts, der hintere Bereich seines Zeltes war leer. »Nein, nein, du bist nicht besoffen«, beschwor er sich. »Keinen Schluck hast du bis jetzt getrunken.« Er betastete die Rückwand. An der rechten Seite waren die Schüre gelöst. Seine Hand glitt hinunter und berührte am Boden ein Stück Stoff. Er trug es ins Licht. Ein Halstuch, und in der Mitte sah er den aufgenähten roten Fleck mit einem H aus schwarzem Samt. »Das alte Erkennungszeichen vom Bundschuh.« Der Hauptmann straffte den Rücken. »Er war's. Er war wirklich hier.«

Am Abend standen die Bauern in Reih und Glied. Der rote Hans sprang auf das Podest: »Freunde, Brüder!« Wie eine Fahne schwenkte er das Halstuch. »Unsere Sache wird siegen. Heute Nachmittag war er, der große Joß Fritz, bei mir. Ja, er hat zu mir gesprochen und mir seinen Segen gegeben. In euch, Freunde und Brüder, soll der Geist des Bundschuhs wieder erwachen. Denken wir an Joß Fritz, denn er wird stets an unserer Seite fechten.«

Die Haufen aus dem Klettgau flüsterten, riefen, schrien den Namen … und glaubten.

Das Drängen von unten gärte, brodelte. Und die Kruste brach, Risse taten sich auf. Am Bodensee, an der oberen Donau, im Allgäu fanden sich empörte Bauern zusammen. Waren es gestern tausend, so waren es heute schon mehr als zehntausend und morgen … »Nicht zählbar werden die Fäuste sein, die sich recken«, versicherten die Anführer; und Prediger schürten das Feuer: »Bleibt nicht auf halbem Wege stehen, um eurer Kinder und Frauen willen. Nieder mit den gottlosen Fürsten. Denn der Herr sagt: Ich bin nicht gekommen, den Frieden zu bringen, sondern das Schwert!«

Die drei Schwurgemeinschaften in Oberschwaben bildeten Ende Februar die Christliche Vereinigung, schrieben ihre Beschwerden in zwölf Artikeln nieder und rechtfertigten sich im Vorwort gegen alle Beschuldigungen: »Es sind viele Widerchristen, die jetzt wegen der versammelten Bauernschaft das Evangelium zur schmähen Ursache nehmen und behaupten: Sind dies die Früchte des neuen Evangeliums? Niemand gehorsam zu sein? An allen Orten sich empören und aufbäumen? Mit Macht sich vereinigen und zusammenrotten, um die geistlichen und weltlichen Obrigkeiten zu reformieren, auszujäten, ja, vielleicht sogar zu erschlagen? … Nein, wir Bauern wollen nur das Evangelium hören und demgemäß leben … Weil aber etliche Widerchristen und Feinde des Evangeliums gegen solches Anmuten und Begehren sich stemmen und aufbäumen, ist das Evangelium nicht die Ursache, sondern der Teufel, dieser schädlichste Feind des Evangeliums, der solches durch den Unglauben in den Seinen weckt …«

Kaum gedruckt, wirbelte ein Windstoß die zwölf Artikel von Memmingen über die deutschen Lande, und dort, wo sie aufgehoben wurden, fühlten sich die Bauern verstanden, entwarfen eigene Forderungen, fanden sich zu Bruderschaften in ihrer Gegend, und jeder Haufe fühlte sich gerufen, seine Rechte einzufordern.

Als dann mitten im März die Äbte und Grafen zur Fronarbeit riefen: »Auf unsere Äcker, ihr Faulpelze! Spannt euch vor den Pflug! Bringt die Saat aus!« Da verhallten vom Elsass bis nach Thüringen die Befehle ungehört.

»Jörg!«, schrien die Herren. »Rüste dich! Zwinge die aufrührerischen, ungehorsamen Bauern nieder.«

Und Georg Truchsess von Waldburg, der oberste Feldherr des Bundesheeres, wollte nur zu gern gehorchen. Ein Kämpfer, geübt in Schlachten und im Hinschlachten von Gegnern und Besiegten. Noch aber waren seine Truppen zu schwach. Überall flackerte Unruhe, die Brandherde konnten nicht gleichzeitig gelöscht werden. Bisher waren ihm nur Nadelstiche gelungen. Er wollte mehr, viel mehr. »Hab Geduld«, befahl sich der Ungeduldige. »Sorge, dass du genug Männer zu Fuß und zu Pferd bekommst. Sorg für ausreichend Feldschlangen, Büchsen und Pulver. Und bald wirst du diesen ganzen Stall gründlich ausmisten können.«

Was hatte sie geweckt? Die Augen noch geschlossen, tastete Magdalena behutsam neben sich. Das Kopfkissen war leer. Sie schlug die Augen auf. Im schwachen Schimmer der heruntergedrehten Öllampe erkannte sie Rupert. Er hatte sich aufgesetzt, saß regungslos da.

»Kannst du nicht schlafen?«

»Die Gedanken sind so laut«, flüsterte er vor sich hin. »Die kommen einfach daher und wühlen alles um und um.«

» Aber, Lieber, woher kommen die Gedanken?«

»Von Rothenburg her, glaub ich.«

Magdalena schob den Rücken mitsamt Kissen höher und lehnte sich an die Wand. »Was dieser Bermeter in der Stadt herumerzählt? Noch nie habe ich diesem Halunken getraut.«

»Aber das von Rothenburg stimmt. Ich hab gehört, wie es welche von der Burg oben auch gesagt haben. Und auf dem Odenwald, sagten die noch, da haben sich vorgestern, am Sonntag, auch schon die Bauern zusammengetan.«

Sie streichelte seinen Rücken. »Wir sind in Würzburg, Lieber … In Sicherheit.«

Rupert drehte sich ihr zu. »Nein, du verstehst das nicht. Angst hab ich vor denen keine.«

»Aber warum kannst du dann nicht schlafen?«

Er fasste ihre Hand. »Das sind doch welche wie wir früher. Und jetzt? Keinen Zins mehr, keinen Zehnten, die wollen nicht mehr zum Frondienst raus.« Die Vorstellung entrang ihm ein Stöhnen. »Damals in Estenfeld, wenn die Nachbarn und ich nur den Mut gehabt hätten. Zusammen waren wir genug. Wenigstens die Blutzapfen hätten wir verjagt. Und meine Mädchen und die Frau …« Er sprach nicht weiter, erst nach einer Zeit setzte er hinzu. »Gewünscht hat sich das bestimmt jeder schon mal, ich mein, damals, aber gewagt … Nicht einmal drüber zu reden haben wir uns getraut. Weil eben jeder allein sich zu schwach gefühlt hat.«

Blutzapfen! Auf Magdalena stürzten die Bilder ein. Vier Reiter ohne Gesichter … Jakob hängt am Strick, zerschunden, das Fleisch schwarz verbrannt … Sie nickte langsam, schüttelte den Kopf. »Jakob, mein armer Jakob. Bei ihm war es auch so. Die Blutzapfen hatten ihn zwischen sich. Ein Sonntag war es. Ich stand oben auf der Wiese und sagte zu Els: Lass uns zur Kirche und Hilfe holen! Wir sind doch viel mehr als die da unten. Aber die Schwägerin hat nur gesagt. Keiner wird helfen, jeder hat Angst.«

Rupert stand auf, schöpfte Wasser aus der Kanne, trank gierig, füllte den Becher erneut und brachte ihn seiner Frau. »Jetzt sind die Gedanken auch bei dir. Das wollte ich nicht, ich mein, dass du wieder dran denken musst.«

Magdalena nahm einige Schlucke. »Auch wenn es so lange her ist … Vergessen? Nein, das werde ich niemals.«

Rupert setzte sich ans Fußende. »Die Narben gehen nicht weg. Und die Zähne krieg ich auch nicht wieder. Aber wenn der Bermeter recht hat mit dem, was er sagt, was vielleicht kommt. Dass die Bauern alle aufstehen und die Herren davonjagen …«

»So weit kommt es bestimmt nicht. Dieser Kerl ist und bleibt ein Aufschneider.«

Rupert ließ sich nicht beirren. »Und wenn es nur halb so kommt, dann wär es doch wenigstens eine kleine Gerechtigkeit für deinen Jakob und meine Mädchen und die Frau.« Seine Stimme wurde dunkler. »Und denen helfen würd ich auch …«

»Du bist kein Bauer mehr«, unterbrach ihn Magdalena hastig, nur um ihn zu schützen, dann versuchte sie zu erklären: »Was sollst du denn in Rothenburg oder im Odenwald?«

Er hob den Finger. »Da nicht. Aber ich hab gehört, dass die Bauern nach Würzburg wollen, wenn sie genug sind.«

»Gerede vom Bermeter. Ich glaub nicht dran.« Entschlossen leerte Magdalena den Becher und legte sich zurück. Florian. Mein eigener Sohn zieht mit diesem Kerl und seinen Kumpanen durch die Straßen … Bis jetzt hat er mich nicht besucht … Magdalena seufzte und drehte sich auf die Seite, doch Schlaf fand sie bis zum Morgen nicht mehr.

Oben auf dem Marienberg wagte niemand mehr, langsam zu gehen. Wer von den Mägden oder Pferdeknechten, den Beamten und Ratgebern den Burghof nahe des Bergfrieds überqueren musste, der eilte, blickte ernst und geschäftig, weil er nicht wusste, wer ihn vom ersten Stock aus durchs Fenster beobachtete. Seit den Nachrichten aus Rothenburg und dem Odenwald war der Hohe Herr, Fürstbischof Konrad von Thüngen, ungehalten, und wer in solchen Zeiten beim Müßiggang oder gar vergnügtem Tratsch ertappt wurde, dem gnade Gott.

Bischof Konrad ging im Vorzimmer seiner Gemächer auf und ab. Kleine harte Schritte, und im gleichen Takt diktierte er dem Privatsekretär Lorenz Fries den Brief an seine Ritterschaft: »Konrad, von Gottes Gnaden Bischof zu Würzburg und Herzog zu Franken, dem ehrsamen …« Er ließ den Zeigefinger in der Luft kreisen und befahl: »Hier fügst du den Namen ein, und setze ein warmes Wort hinzu. Wir benötigen Hilfe und wollen deshalb äußerst freundlich sein. Und nun weiter: Lieber Getreuer, sicher weißt du längst, dass sich die Bauernschaft in Schwaben, insbesondere im Hegau, Klettgau, am Schwarzwald, im Ried und am Bodensee und an vielen anderen Orten wider die Fürsten, Prälaten, Grafen, Herren und den Adel erhoben hat …«

Die Feder kratzte übers Papier, kaum vermochte Lorenz Fries den Sätzen nachzukommen. »Bitte um Vergebung, Herr. Zuletzt schrieb ich: dass sich auch die Bauern um Rothenburg ob der Tauber versammelt haben, bisher zweitausend an der Zahl, ebenso im Odenwald, und wie zu vermuten ist, sich gegen ihre Obrigkeit auflehnen wollen.«

Bischof Konrad unterbrach seine Wanderung nicht; nach einem ungnädigen Blick zum Schreibpult formulierte er weiter: »Nun ist dieses Verhalten offener Aufruhr …« Er beschwor jeden einzelnen Ritter, nicht zu zögern und sofort das Haus zu sichern, Pferd, Waffen und Knechte zu rüsten. Unverzüglich solle er aufbrechen und sich am 5. April auf der Burg einfinden. Am folgenden Tag sollte dann beratschlagt werden, wie dieser Empörung und den sicher daraus erwachsenden Gefahren zu begegnen sei. »… denn Wir wollen Uns ganz auf dich verlassen, in Gnaden Uns später erkenntlich zeigen und die Unterstützung niemals vergessen.« Nun stand Konrad hinter dem Sekretär. »Datum: 29. März, Mittwoch nach Laetare anno 1525. So, dieses Schreiben geht noch heute an meine zweiundneunzig Getreuen. Lass deine Hilfen sofort mit den Kopien beginnen.«

Im Eilschritt brachte Fries das Blatt zur Tür, draußen wartete der Vorsteher seiner Schreibstube, ein kurzes Geflüster, und der Sekretär kehrte ans Pult zurück.

Der Hohe Herr wartete nicht, bis das neue Blatt bereitlag. »An die Stadt. Abschriften gehen an meine Beamten, an die Schultheißen, Bürgermeister und den Rat …« Die Stimme brach ab, gleichzeitig schwoll die Ader auf der Stirn. »Was erlaubst du dir? Ich denke angestrengt, versuche unser Stift vor der drohenden Gefahr zu bewahren und du … du.«

»Bitte um Nachsicht, Herr.« Lorenz Fries legte sorgsam das kleine Messer zurück auf seinen Platz neben dem Tintenfass. »Es war notwendig, eine neue Feder anzuspitzen.«

Die Ruhe seines Vertrauten ernüchterte den Hohen Herrn. Ausatmend ließ er die Schultern sinken. »Der Aufruhr zerrt an mir, lässt mich ungerecht werden. Ich weiß, du arbeitest umsichtig und gut.« Er stellte sich ans Fenster und blickte auf die Stadt hinunter. »Entwirf das Schreiben selbst. Versichere sie meiner Gnade, und sag ihnen, sie sollten sich der großen Gefahr bewusst sein, die sich zusammenbraut und uns alle bedroht.« Von diesem Tag an mussten alle Tore bei Tag und Nacht schärfer bewacht, schadhafte Riegel, Schranken und Gräben ausgebessert werden. Außerdem verlangte der Hohe

Herr, dass die Bürger ihre Waffen und den Kriegsrock bereithalten sollten.

»Und neben diesem Schreiben lässt du meinen Beamten noch eine gesonderte Nachricht zukommen. Ich verlange von ihnen, dass sie jeden Ansatz von Meuterei sofort ersticken. Vor allem darf keiner dieser aufständischen Bauern in der Stadt für die Sache werben. Und wenn doch, muss er verhaftet werden.« Bischof Konrad griff nach dem unsichtbaren Gegner, packte ihn an der Kehle und sah der Faust zu, bis die Knöchel weiß wurden.

Schon von Weitem entdeckte Katharina das verschlossene Stadttor. »Kann doch nicht sein«, flüsterte sie. Heute war der erste Montag im April. Nur am Feiertag oder sonntags blieb das Tor länger verschlossen. »So früh bin ich nicht los. Und sehr beeilen konnte ich mich nicht.« Ein Blick zum Himmel, die Wolkendecke war zu dicht, ohne Sonne vermochte sie die Uhrzeit nicht zu schätzen. »Aber es muss bald Mittag sein.« Katharina verspürte wieder Übelkeit aufsteigen, nicht bedrohlich, doch schmeckte sie das Bittere auf der Zunge, sie atmete tief und strich mit der freien Hand den Leib gleich unter ihren Brüsten. »Ich hoffe nur, dass die Nachbarin von Tante Els recht hat und der Brechreiz nicht über die ganzen Monate bleibt.«

Nur noch dreißig Schritt war die junge Frau entfernt, da schwangen wie von Geisterhand beide Flügel des Pleicher Tors weit auf, fuhren wieder zusammen, um sich gleich wieder zu öffnen. Ungläubig blieb sie mitten auf dem Fahrweg stehen.

Ein Wachposten erschien, sein Spieß blinkte, er trug nicht wie gewöhnlich das Wollwams, sondern den Lederkoller. »Was trödelst du?« Herrisch winkte er. »So nah am Tor darf sich keiner mehr rumtreiben. Komm rein oder verschwinde!«

»Verzeih … Ich wusste ja nicht.« Katharina drückte sich an ihm vorbei. Aus den Augenwinkeln beobachtete sie einige der Wächter, wie sie Angeln und Scharniere mit Fett einschmierten. Erst nachdem das Torhaus ein gutes Stück hinter ihr lag, wagte Katharina einen Blick über die Schulter. Wieder schwangen die Flügel auf und zu.

»Herrgott. Pass auf, wo du gehst!« Zu spät, ihre Schulter stieß gegen einen Brustharnisch, der Korb glitt ihr vom Arm, sie wandte den Kopf, sah in ein zorniges Gesicht und wich erschrocken zur Seite. Ohne stehenzubleiben, schritten zwei bewaffnete Bürger an ihr vorbei. »So ein blöder Landtrampel«, sagte der eine, und der andere pflichtete ihm mit bösem Lachen bei, gleichzeitig trat er den Korb tief in den Durchstieg zwischen zwei Häusern.

»Warum tust du das?«, rief ihm Katharina nach, doch die Kerle scherten sich nicht drum. Vorsichtig tastete sie sich in die dunkle, nach Urin und Kot stinkende Enge, gleich stieg wieder der Ekel, sie musste umkehren und lehnte sich draußen mit dem Rücken an die Hauswand.

»Bist du krank?« Ein kleiner Junge war vor ihr stehen geblieben, über der Schulter einen angespitzten Stecken, das Gesicht verdreckt, die Nase lief, seine Augen blickten besorgt.

»Nein, nicht richtig. Mir ist nur einen Moment schlecht geworden.« Katharina atmete tief ein und aus. »Nun geht es schon etwas besser. Sag, warum trägst du diesen gefährlichen Stock?«

»Das ist mein Spieß. Weil ich Würzburg vor dem Feind beschützen muss. Alle Männer müssen das jetzt.«

Aus einem warmen Gefühl heraus wollte sie dem Kleinen durchs Haar wuscheln, unterließ es und erkundigte sich stattdessen bemüht ernst: »Beschützen? Auch uns Frauen?«

»Das weiß ich nicht so genau.« Gründlich zog er die Nase hoch. »Aber ich glaub schon. Nur Mädchen nicht, nein, die überhaupt nicht.«

»Würdest du mir helfen?«

Endlich eine Aufgabe. Sofort reckte er die schmächtige Brust und nickte.

»Mein Korb. Er ist da hineingerollt. Und ich kann ihn nicht selbst wieder rausholen.«

»Ist in dem Korb was drin?«

»Nein, leider nicht.«

»Na, auch egal.« Wie ein umsichtiger Kämpfer sicherte er rechts und links die Lage, ehe er zwischen den Hauswänden eindrang, kehrte gleich mit dem kleinen Korb zurück, wischte den gebogenen Henkel am Kittel ab und übergab ihn Katharina. »Das wär erledigt.«

»Du bist sehr mutig.« Sie schenkte ihm einen anerkennenden Blick. »Mit Männern wie dir ist die Stadt in Sicherheit.«

»Ich muss jetzt weiter. Die machen die Gräben vor der Stadtmauer sauber. Da sind gute Sachen drin.« Schon marschierte er in Richtung Pfaffentor los.

»Viel Glück!«

Ohne sich umzudrehen, versicherte er: »Ich find immer was.«

Katharina sah ihm nach. »So einer wäre auch schön. Waschen würd ich ihn. Ein neuer Kittel und Sandalen ...« Auf dem Weg ins Hauger Viertel überlegte sie, wie Florian früher als Junge ausgesehen hatte. »So wie heute, nur schöner ... oder?« Sie rieb sich die Stirn. »Ach, Liebster, wirst du dich freuen?« Sie hatte es ihm schon vor zwei Wochen sagen wollen.

Aber Hans Bermeter war nach Mühlhausen gekommen: »Adjutant! Gute Nachrichten aus Rothenburg.« Der Spielmann rieb sich die Hände. »Komm sofort mit. Ich hab's in der Nase. Dieses Mal verbrennen sie den Pfaffen und Herren wirklich den Arsch.« Er zog Florian nach draußen. »Und wenn es bei uns in der Stadt losgeht, dann müssen wir dabei sein. Die Gäule holen wir vielleicht später.«

Keine Zeit hatte er dem Ehemann gelassen, ohne Abschied waren sie am Bach entlang davongegangen und unten in der Kehre verschwunden.

Katharina wollten ihnen nicht nachlaufen, hatte auch nicht gewagt, ohne triftigen Grund nach Würzburg zu gehen. Jetzt aber, Anfang April, war die Gelegenheit günstig. »Hans kann nicht behaupten, ich würde Florian nachspionieren.« Sie näherte sich der Gasse nahe dem Judenkirchhof. »Ich musste in die Stadt kommen.«

Aus einer Spelunke torkelten Männer, an der Seite trugen sie Schwerter, einige schwangen sogar Morgensterne, dabei grölten sie ausgelassen, trafen an der Ecke andere Saufkumpane und zogen zur nächsten Schenke.

Ängstlich wartete Katharina, bis sie außer Sicht waren. »Ich dachte, wir haben Montag. Warum arbeiten die Leute nicht?«

Die Haustür stand offen, lautes Stimmengewirr quoll nach draußen. Im Flur standen Männer, palaverten, und Weinkrüge wanderten herum.

»Darf ich vorbei?« Katharina zwängte sich hindurch bis zur Küche.

Auf der Schwelle stand Lisbeth, den Busen erhoben, das Gesicht gerötet, und in ihren Fäusten hielt sie den langen Butterstößel. Kaum entdeckte sie Katharina, entrang sich ihr ein Aufstöhnen. »Ach, Kindchen, du hast in dem Durcheinander noch gefehlt.«

»Was ist hier? Eine Feier?«

»Ach was. Eigentlich sind die Kerle nur gekommen, um den Hans abzuholen. Und was macht der Herr, er gibt ihnen von unserm Weinfass. Weil das alles seine Freunde sind, hat er gesagt.« Lisbeth rümpfte die Nase. »Als ob der Hans jemals so viele Freunde hatte. Glaub ich nicht. Bisher kenn ich nur deinen Florian und den Schnappenspengler und noch einige. Aber mit einem Mal, ich glaub seit einer Woche, da werden es immer mehr Kerle.« Grimmig wog Lisbeth den Butterstößel. »Nur in meine Küche kommt mir keiner von denen. Bin nur froh, wenn sie endlich losziehen. Auf der Straße können sie meinetwegen machen, was sie wollen. Aber nicht hier.«

»Gleich los?« Die Stimme zitterte. »Wo ist er?«

»Deiner? Der ist im Garten bei Hans und den anderen.«

»Ich will nur … Ich komme gleich zurück.« Katharina ging zur Hintertür. Gleich erkannte sie die wippenden Federbüsche auf den Hüten, sah neben dem grün und rot gefärbten seinen Hut, den mit den blauen Federn. Hans Bermeter stand im Kreis der Kumpane. Einige erkannte Katharina wieder, sie waren im letzten Herbst oben im Tal zu Besuch gewesen.

»Na, sieh mal, wer da ist?« Der Spielmann hatte die junge Frau entdeckt. »Adjutant! Dein Weib hat wohl Sehnsucht nach dir.« Schon lachten die Umstehenden.

Florian eilte zu Katharina und zog sie von der Gruppe weg hinter das Abtritthäuschen. »Was tust du hier?«

»Ich wollte dich …« Katharina bat mit dem Blick um eine Zärtlichkeit, wenigstens ein Lächeln. Er sah über die Schultern, dann drückte er sie flüchtig an sich. »Du … Nein, du kannst nicht einfach herkommen. Nicht jetzt.«

»Aber ich musste. Das neue Vierteljahr fängt an. Da wollte ich den Gulden bei deiner Mutter abholen. Wir haben das Geld dringend nötig. Oder warst du schon bei ihr?«

»Nein. Hatte noch keine Zeit.« Florian streichelte nun doch ihren Rücken. »Ich könnte ja Hans fragen, ob du für ein paar Tage hier bei mir bleiben kannst. Oben unterm Dach. Das Zimmer ist eng, aber es langt für uns.«

»Schöner wär's, wenn du mit nach Hause kommst.« Sie schmiegte die Stirn an seine Halsbeuge. »Weil ich dir was verraten muss. Aber du darfst nicht böse werden.«

»Versprochen.«

»Florian, du ... du wirst Vater.«

»Ach was.«

»Und ich, ich werde Mutter. Ganz bestimmt. Ich weiß es.«

Er hielt sie von sich, sah ihr ins Gesicht und begriff langsam. »Ein Kind? Aber wir haben ...?«

»Nicht immer«, flüsterte sie, und ihre Nasenflügel bebten. »Manchmal nicht. Das kann doch geschehen in der Nacht. Wenn wir im Halbschlaf ... Nicht böse sein, bitte!«

Florian kratzte heftig das unrasierte Kinn, die Wange. »Mein Kind. Und ich bin Vater ...« Er fühlte nach ihren Brüsten und strich vorsichtig über den Bauch. »Dick ist er noch nicht. Ja, ein Kind wäre gar nicht so schlecht. Und die Schweineblase brauchen wir jetzt auch nicht mehr.«

»Adjutant!« Bermeter stand an der Ecke des Abtritts. Erschrocken wich Florian von ihr zurück, und der Hauptmann drohte ihm feixend mit dem Finger. »Du geiler Hengst. Wir müssen los. Später kannst du deine Stute bespringen.«

»So war das nicht.« Florian ging auf ihn zu. »Nicht so, wie du meinst.«

Entschlossen kam Katharina zu Hilfe: »Weil wir ein Kind bekommen.«

Das Grinsen erstarrte. Bermeter schob seinen Federhut aus der Stirn, die schwarzen Augenpunkte starrten auf den Bauch, dazu spitzte er die Lippen und pfiff einige Töne. »Ein Balg?« Gefährlich sanft klang die Frage. »Jetzt, da wir kurz davor sind, reich und mächtig zu werden?« Er schnippte Florian. »Du musst dich entscheiden, und zwar sofort ...« Er zog ihn einige Schritte beiseite, sprach leise, stieß immer wieder mit dem Finger gegen die Brust seines Gehilfen, dann tätschelte er die Wange und schickte ihn zurück.

Das Blut war Florian aus dem Gesicht gewichen. »Für ein Kind ist jetzt nicht die richtige Zeit, sagt Hans. Erst wenn wir gewonnen haben, dann wäre es richtig.«

»Was meinst du damit?« Katharina betastete fahrig ihre Unterlippe. »Ich hab … das Kind ist doch im Bauch …«

»Weg, meint der Hans. Das geht leicht, meint er …«

»Nicht, Flori. Das darfst du nicht sagen … Bitte, bitte nicht … gar nicht denken darfst du so was.«

»Adjutant! Die Männer wollen los! Wir ziehen zum Markt. Diese Chance dürfen wir nicht verpassen.« Er schlug mit der flachen Hand gegen die dünne Wand des Abtritts. »Meine Lisbeth regelt das schon. Und nun los. Na, wird's bald!« Florian wollte noch ihre Schulter berühren, kam nicht mehr dazu und lief seinem Herrn nach.

Benommen wie nach einem Schlag, taumelte Katharina tiefer in den Garten hinein und musste an einem Baumstamm Halt suchen. »Flori, es ist doch unser Kind.« Wieder überkam sie Übelkeit, sie würgte, doch das Elend blieb. Katharina weinte. Als der Lärm hinter ihr und im Haus längst verstummt war, stand sie immer noch unter dem Baum, die Stirn an den Stamm gepresst.

»Hier bist du, Kindchen.« Lisbeth berührte ihre Schulter.

»Nein!« Katharina floh entsetzt vor der Frau des Spielmanns. »Das darfst du nicht.«

»Langsam, langsam.« Lisbeth stemmte die Hände in die Hüfte. »Du glaubst doch nicht etwa. Nein, Mädchen, hab keine Angst, ich nicht …« Vor Empörung wucherten rote Flecke auf den runden Wangen. »Diese Kerle. Ja, er hat's mir im Vorbeigehen gesagt. ›Mach dem Schaf das Balg weg.‹ Einfach so. Mit dem Stößel hab ich hinter ihm her gestoßen. Leider hab ich nur deinen Nichtsnutz getroffen, aber der hat's sicher auch verdient.« Ihr Blick wurde weich. »Ist es denn wahr?«

Katharina nickte. »Den dritten Monat schon kommt kein Blut mehr.«

»Und ich wollt immer eins, aber er hat's verboten.« Lisbeth winkelte den Arm so, als legte sie ein Kind an. Langsam schaukelte sie das Glück. »Und ich könnt dem Kleinen so viel geben. Ach, wär das schön.«

Der neue Gedanke versiegelte das Bild und brachte Lisbeth zurück. »Ich weiß auch, wie wir's anstellen.« Sie streckte ihre Hand aus und wartete, bis Katharina zaghaft danach griff. »Wir zeigen es den Kerlen. Von mir bekommst du Kräuter und Tee, dass sie denken, wir schaffen es auf diese Weise weg. In Wirklichkeit aber geb ich dir die besten Sachen, damit das Kind gesund wachsen kann. Und wenn du morgen zu deiner Schwiegermutter gehst, dann sag ihr alles, auch was die Kerle von dir verlangen …«

»Ich glaub nicht, dass Flori wirklich …«

»Schon gut. Ich kenne meinen Hans. Der beschwatzt jeden und deinen Kerl sowieso. Egal, ob Florian es nun will oder nicht. Das Kind bekommen wir. Und ich glaub, deine Schwiegermutter will es bestimmt auch. Dann sind wir drei.«

So viel Zuversicht entlockte der Schwangeren wieder ein erstes Lächeln, gleich setzte Lisbeth obendrauf: »Und lass die Kerle da draußen rumschreien und sich prügeln, mit wem sie wollen, gegen uns Frauen kommen die nicht an.« Sie fasste die Hand fester. »Und nun gehen wir in die Küche. Hab da noch Honigmandeln und ein Stück Marzipan. Wir setzen uns gemütlich an den Herd. Und dann erzählst du mir genau, wie du deinen Florian dazu gekriegt hast. Schließlich hab ich dir ja extra den Samenfänger geschenkt.« Helle Vorfreude auf diese Geschichte ließ Lisbeths Gesicht aufleuchten, und sie beschleunigte den Schritt.

Viele Pfarrhäuser in Oberschwaben hatten sich geleert; aus Angst vor dem anwachsenden Bauernheer und dem unbedingten Ruf nach evangelischer Predigt waren die Priester nach Ulm geflüchtet. Dort, in der bundestreuen Stadt, erhofften sie Schutz vor den Stürmen im Land.

Der Pfarrer von Leipheim aber war geblieben. »Ja, schaut mir nur aufs Maul«, rief er den Bauen zu. »Ich sag's euch in deutscher Sprache. Ich predige euch das Wort, so wie es in der Bibel niedergeschrieben ist. Ohne Falsch und Hintertür …« Der Pfarrer wollte mehr, wollte nicht allein Hirte der Seelen sein, er fühlte sich zum Streiter berufen und setzte sich mit an die Spitze der Haufen. Doch er und die anderen unerfahrenen Hauptleute ahnten nichts von der Kraft des angestauten Zorns.

Die Bauern hatten in den ersten Tagen des Aprils die Schlösser, Klöster und Pfarrhöfe geplündert, betranken sich am Wein und schleppten fort, was sie tragen konnten. Sie verwüsteten die Kirchen, zerschlugen Orgelwerke und Sakramentsschatullen und zersägten oder köpften die geschnitzten Heiligen und Madonnen … Jeder Ruf nach Mäßigung und Disziplin verhallte.

»Jörg, hilf!«, riefen die Fürsten. Und im Eilschritt führte Georg Truchsess von Waldburg seine Truppen heran. Das haltlose Durcheinander im Bauernlager entlockte dem Feldherrn nur ein dünnes Lächeln, und er teilte seine Streitmacht in zwei Heerhaufen. »Die Taktik ist einfach. In der Zange werden wir sie zerquetschen.«

Die Nachricht vom drohenden Angriff ernüchterte die Beutetrunkenen. Angst breitete sich aus. Der Pfarrer von Leipheim predigte unverdrossen: »Fürchtet euch nicht! Gott ist mit unserer gerechten Sache, deshalb werden sich die Geschütze und Schwerter der Bündischen umkehren und sie selbst vernichten.«

»Angriff!« Doch es kam erst gar nicht zur Schlacht. Die Bauern flohen und wurden gefunden. »Kein Erbarmen!«, hatte Jörg den Landsknechten befohlen. Schreie gellten auf den Wiesen, im Gehölz, Blut tränkte das frische Gras. Die Jäger hetzen ihr Wild auf die Donau zu, und wer nicht im Fluss ertrank, den erwartete der Todesstoß am anderen Ufer.

Wo gab es Rettung? Die Verzweifelten flüchteten sich in die Stadt Leipheim, riefen nach ihrem Hirten: »Wann dreht Gott die Waffen um?« Doch keine Hilfe kam, weder vom Himmel noch aus dem Pfarrhaus. Am Abend des 4. April 1525 flehten die Verlorenen den Truchsess um Erbarmen an.

»Ergebt euch auf Gnade und Ungnade«, verlangte Jörg, »und liefert mir euren Prediger aus!«

Kaum hörte der Hirte von der Forderung, griff er tief in die angehäufte Kriegskasse und entschwand mit 200 Gulden durch einen Geheimgang, der vom Pfarrhaus unter der Stadtmauer in Richtung Flussufer führte. Dort verbarg er sich, bis ihn ein Hund am nächsten Tag mit seinem Gekläff verriet.

Georg Truchsess von Waldburg zögerte nicht, ihm waren Recht und Macht übertragen, und er nutzte sie. Noch am selben Tag fiel der Kopf des Hirten, fielen die Köpfe der anderen Bauernführer.

Die Nachricht von der blutigen Niederlage bei Leipheim verunsicherte die Christliche Vereinigung der drei Bauernschaften in Oberschwaben.

Im fernen Franken jedoch lähmte sie den Aufruhr nicht. »Würzburg. Dort wollen wir das Hauptübel strafen.« So rief es aus dem Neckargrund und von den Höhen des Odenwalds, aus den Tälern der Tauber und der Jagst. Zuvor aber wollten sie stark und stärker werden als alle Kräfte, die Fürstbischof Konrad von Thüngen aufbringen konnte.

Im Wappensaal auf dem Marienberg siedete die Stimmung. Ritter und Räte rangen am 6. April um eine Lösung. Längst konnte Hofmeister Rotenhan nicht mehr Wortmeldung nach Wortmeldung aufrufen. Lautstärke allein bestimmte die Reihenfolge: »Wartet nicht! Zögert nicht länger!« Zur Bekräftigung flog dem Redner das Schwert in die Faust. »Freunde, wir sollten angreifen. Dort, wo sich Bauern erheben, dort sollten wir das Dorf sofort abbrennen und verwüsten …«

»Mäßigung! Damit schüren wir das Feuer nur. Und die Bauern werden zu tollwütigen Hunden. Ehe wir nicht Unterstützung vom Bundesheer erhalten, sollten wir abwarten …«

Der Hohe Herr selbst hielt sich mit einem eigenen Vorschlag zurück, er benötigte jeden Schwertarm, und niemand in der Versammlung durfte gekränkt die Unterstützung verweigern.

Endlich, am späten Nachmittag, als die Kehlen heiser und trocken waren, gelang es Hofmeister Rotenhan, den Parteien einen Beschluss abzuringen: Nichts wird gegen die Bauern unternommen, ehe nicht Herrensitze und Burgen, insbesondere das fürstbischöfliche Schloss auf dem Marienberg, mit Bewaffneten verstärkt, mit Lebensmitteln und Wasser ausreichend versorgt und mit schweren Geschützen, Pulver und Kugeln und anderen Waffen bestückt sind. Wenn dann die Bauern nach mehrmaliger Ermahnung immer noch nicht von ihrem unseligen Vorhaben ablassen, dann erst sollte mit Rittern und Fußvolk gegen die Ungehorsamen vorgegangen werden …

Die Auflagen für seine Stadt ließ Bischof Konrad in vier Artikeln niederschreiben. Nach dem Diktat zögerte er einen Moment. »Bei der inzwischen doch angeheizten Stimmung in der Bürgerschaft fürchte ich Missverständnisse.« Er legte dem Sekretär die Hand auf die Schulter. »Lass deinem Kollegen, Stadtschreiber Cronthal, eine Notiz zukommen, dass Wir bei Erklärungsbedarf, gerne Unseren Hofmeister Sebastian Rotenhan und andere Vertraute in die Stadtviertel schicken, um persönlich alle Bedenken zu zerstreuen, dies möge Cronthal nach der Verlesung mit anklingen lassen.«

Endlich, gegen zehn Uhr Montag früh nach Palmsonntag, waren alle Sessel oben im Ratssaal des Grafeneckarts besetzt. Die Fenster standen offen, draußen lachte ein frischer Aprilmorgen. Kurz nur begrüßte Oberbürgermeister Heyssner die Versammelten und gab das Wort gleich an den Stadtschreiber weiter.

Martin Cronthal erhob sich: »Die Niederschrift über das Ergebnis der Verhandlungen oben auf dem Berg erreichte mich erst nach Ende unserer Sitzung am Freitag. Ich fragte den Boten, warum diese Verspätung? Er versicherte mir, dass ihm der Lederköcher eine halbe Stunde zuvor ausgehändigt worden sei und er sich sofort auf den Weg gemacht habe.« Das leises Spiel der Mundwinkel kündigte einen Scherz an: »Da hier ausschließlich neue Vorschriften auf uns zukommen, scheint mir die kleine Verspätung nicht sonderlich tragisch.«

Niemand lachte, und nur aus Solidarität mit dem Freund nickten Meister Til und Georg Suppan ihm zu. Der Stadtschreiber rückte die Brille zurecht und hob das Blatt: »Unser gnädiger Herr hält es nach langer Beratschlagung über eine Gegenwehr betreffs der Bauernlager an der Tauber für dringend angebracht, dass wir die folgenden Artikel im Rat vordringlich besprechen, auch sollten die Inhalte allen Viertelmeistern und Vorstehern der Gemeinde vorgelegt werden, damit diese auch von diesen bedacht werden.«

Martin Cronthal vergewisserte sich über den Brillenrand, ob ihm auch alle Herren ungeteilte Aufmerksamkeit schenkten. Kein Geflüster nebenbei, niemand setzte seinen Feiertagsschlaf fort, zufrieden senkte er wieder den Blick. »Alle Bedenken sollen seiner fürstlichen Gnaden ohne Zögern übermittelt werden, auf dass eine Klärung gefunden wird und seine fürstliche Gnaden auch das Domkapitel möglichst rasch zu einem Einverständnis bewegen kann.

Erstens …« Wenn die Bauernhaufen ins Fürstentum eindringen oder sich gar der Stadt Würzburg näherten, so musste unbedingt die öffentliche Ordnung aufrechterhalten werden. »Um dies zu gewährleisten, sollten etliche aufwieglerische Leute, die nur zu gerne mit Verwirrung und Unruhe das friedvolle Leben in der Stadt zerstören wollen, diese Leute müssen mit scharfen Strafen belegt werden. Zum anderen: Nachdem unser Herr …«

Pfeifentriller! Unten von der Straße her. Eine schrille Melodie folgte. Dazu Schreien: »Hierher Leute! Hierher!« Laufen, das Stimmengewirr nahm zu und darüber immer wieder das gehetzte Pfeifenspiel. Dann brach es jäh ab. »Freunde! Brüder! Nun ist es so weit! Hier steht es schwarz auf weiß. Man will uns hinauszwingen, aus der Stadt treiben …« Erschrockene Rufe unterbrachen den Redner.

Im Ratssaal hatte Martin Cronthal das Blatt sinken lassen. »Bermeter. Er ist das Haupt der Unruhestifter.« Jeder wusste, von wem er sprach, und als die Stimme wieder anhob, starrten alle Herren zu den geöffneten Fenstern.

»Sie wollen uns, dich und dich, auch mich wollen sie hinausjagen gegen die Versammlung der Bauern. Sind dies aber unsere Feinde? Lagern dort Übeltäter? Nein, Freunde, dort haben sich ehrbare, einfache Männer versammelt, die nur dem reinen heiligen Evangelium anhängen und helfen wollen, es überall aufzurichten. Und wir sollen ihr unschuldiges christliches Blut vergießen.«

Drohungen gegen den Hohen Herrn und seine Räte wurden laut. Der Zorn nahm zu, und Bermeter wartete das Aufwallen ab.

Oben im Saal schnaufte Georg Suppan, sein Gesicht war dunkelrot angelaufen. »Stadtschreiber! Von einem bewaffneten Trupp der Bürgerschaft weiß ich nichts? Was ist, lügt der Kerl? Oder?«

Martin Cronthal tippte den Finger immer wieder auf einen Absatz des Schreibens. »Er … der Fakt stimmt. Tatsächlich will der Fürst wissen, wie viel Hundert Bürger wir für den Feldzug gegen die Bauern stellen können. Diesen Passus wollte ich gerade verlesen.«

Lauter schnaufte der alte Ratsherr und wischte sich mit dem Taschentuch den Schweiß von Wangen und Hals. »Jetzt wissen wir wenigstens, warum die Artikel am Freitag so spät bei dir ankamen. Dieser Kerl hat überall seine Zuträger und schnelle Finger, wenn es ums Abschreiben geht …«

Vor dem Rathaus hatte Bermeter seine Hetzrede fortgesetzt. »… und während wir draußen im Feld sind, werden bewaffnete Reiter in unsren Häusern einquartiert. Freunde, wir alle kennen diese bezahlten Knechte. Diese Teufel werden sich an unsern Frauen und Töchtern vergehen …«

Ohne Nachfrage nickte Martin Cronthal und bestätigte den Ratsherren: »Auch dies entspricht im Grunde der Wahrheit. Der Fürst möchte einen Teil der Reiterei in der Stadt unterbringen. Wir sollen für Stall und genügend Räumlichkeiten Sorge tragen.«

Til und Georg Suppan folgten einigen Ratskollegen an die Fenster. Unten vor dem Grafeneckart drängten sich zwischen den Marktbuden die Männer um das Fass, auf dem Bermeter stand. Er nahm seinen Federhut ab und drohte mit ihm in Richtung Dom. »Bisher haben die Pfaffen etliche von unsern Eheweibern und Töchtern verführt, sie mit Gewalt zur Sünde gezwungen. Und obwohl sich die Armen bitter beklagt haben, gab es keine Hilfe. Das war böse genug! Was aber sollen die Schwachen jetzt tun, wenn wir aus der Stadt ziehen? Sollen wir Hab und Gut, Weib und Kind diesen Wüstlingen überlassen?« Das Volk schrie, hob die Fäuste. Bermeter skandierte: »Niemals! Niemals!« Und bald gellte das Echo aus allen Kehlen.

Georg Suppan tastete nach dem Arm des Freundes, stützte sich schwer auf ihn. »Wenn es nach dem Willen des Hohen Herrn geht, müssten wir den da unten in Haft nehmen.« Die leicht bläulichen Lippen beben. »Wäre unsere Lage nicht so ernst, könnte ich über solch einen Befehl nur lachen. Längst hat Bermeter die Straße hinter sich. Wer jetzt noch versucht, ihn mundtot zu machen oder gar wegzuschaffen, der riskiert eine Explosion beim Pöbel und womöglich auch in der Bürgerschaft.«

»Außerdem scheint er ja gut informiert.« Til sah nach unten und befeuchtete nachdenklich die Unterlippe. Inzwischen war der Spielmann vom Fass gesprungen, seine Freunde bildeten einen Schutzring, so schoben sie ihren Führer durch die Menge in Richtung Sander Viertel. »Zumindest gelangt er eher noch als der Rat an wichtige Informationen.«

Suppan musste einige Male tief einatmen, dann erst vermochte er zu sprechen: »Lieber Freund, das Gefährliche an diesem Mann ist nicht sein Wissen, ganz gleich, wie er daran kommt. Nein, fatal ist, wie er es nutzt. Bewusst zieht er falsche Schlüsse daraus, und damit heizt er den Unmut an.« Der Atem rasselte. »Eine Methode, die wir in der Politik ebenso anwenden. Nur vielleicht etwas seriöser.«

»Aber zu welchem Ziel? Was treibt ihn?«

»Macht. Er folgt seinem sicheren Gespür ...« Georg Suppan zog den Freund einige Schritte von den Rastkollegen weg und senkte die Stimme. »Unter uns. Ich billige diesen Mann nicht, halte ihn aber, nüchtern betrachtet, in seinem Handeln für äußerst geschickt. Wir dürfen ihn nicht verhaften, stattdessen sollten wir unsere eigenen Kenntnisse und Vorschläge den Bürgern schmackhafter nahebringen.«

Die Glocke rief zurück auf die Plätze.

»Obwohl wir durch Zuruf von der Straße schon über den Inhalt informiert wurden ...« Martin Cronthal versuchte, sich heiter zu geben. »So sollte dennoch der wahre Wortlaut der Artikel auch zu Gehör gebracht werden.« Er nahm das Schreiben wieder auf, las mit lauter Stimme, niemand im Saal aber hörte ihm noch zu.

Schließlich brach der Oberbürgermeister die Sitzung ab. »Geht heim, und beruhigt euch!« Er vertagte die Beratung über die Artikel auf den Nachmittag. Jeder Ratsherr hatte sich pünktlich Schlag drei wieder einzufinden.

Bei seiner Rückkehr ins Wolfmannsziechlein hörte Til schon auf der Franziskanergasse befremdliche Geräusche, nicht das Dreifach-Picken der Steinmeißel oder das Hin und Her der großen Säge, dafür vernahm er Gelächter seiner Gesellen, selbst Frauengekicher mischte sich bei, dazwischen immer wieder Zurufe und Antworten, und ein rhythmisches Schaben auf Metall gab den Takt an.

»Arbeitet heute denn niemand?« Er zog die Brauen zusammen. »Was ist das nur für ein Tag?« Im Halbdunkel der Toreinfahrt verlangsamte Til den Schritt. Der Hof hatte sich verwandelt ... Einige

Gesellen, auch die drei Söhne, standen mit bloßem Oberkörper nebeneinander. Von Magdalena und einer Magd wurden ihnen Lederkoller ausgeteilt. Andere hockten auf dem Boden und schnürten ihre Bundschuhe, dabei tauschten sie Zoten und versuchten die Magd mit geflüsterten Anzüglichkeiten zu erschrecken, die aber parierte laut und deftig und steigerte damit das ausgelassene Vergnügen nur noch weiter. Etwas abseits stand Rupert vor einem Tisch. Rechts von ihm lagen Schwerter, mit dem Wetzstein schärfte er in gleichmäßigen, langgezogenen Strichen die Klingen, und war er zufrieden, so legte er die Waffe linker Hand ab.

Barthel bemerkte den Vater zuerst. »Der Meister!« Gleich erstarb das Lachen, auch jedes Wort, nur Rupert arbeitete weiter.

»Darf ich fragen …?«

»Ihr seid zu früh, Herr.« Magdalena ging auf ihn zu. »Ich wollte Euch das Durcheinander ersparen. Bis zum Mittagsläuten wären wir fertig geworden.« Sie sah seinen verständnislosen Blick und erinnerte ihn. »Die Bewaffnung der Bürgerschaft. Den Aufruf habt Ihr selbst vor einigen Tagen aus dem Rathaus mitgebracht. Also hab ich Rupert auf den Söller geschickt und alles, was da ist, runterbringen lassen.« Die Waffen waren angerostet, die ledernen Schutzwesten hart, Schnüre und Schulterplatten zum Teil abgerissen. »Mit Fett und Faden haben wir den ganzen Plunder, so gut es ging, wieder hergerichtet.« Da der Vorrat aber nicht für jeden Gesellen ausreichte, hatte Jörg die fehlenden Waffenröcke im Zeughaus besorgt.

»Ohne mich zu fragen?«

»Aber, Herr«, Magdalena blieb sanft im Ton, »ich weiß doch, wie sehr Ihr solch ein Durcheinander hasst, außerdem musste auch die Arbeit in der Werkstatt unterbrochen werden. Deshalb habe ich mit Jörg beschlossen, dass wir Euch, so gut es geht, schonen. Zumal Ihr selbst …« Nun stockte sie, entschuldigte sich schon im Voraus mit einem Lächeln. »Ihr seid nicht ausgenommen davon. Der Aufruf gilt auch für Euch.«

Jörg war feixend mit den Brüdern hinzugekommen, und Hans konnte den Spott nicht unterdrücken: »Als Riese Roland haben wir dich noch nie gesehen, Vater.«

»Schweig«, brummte Til. »Meißel und Hammer sind mir ganz gewiss lieber.« Er blickte Magdalena bittend an. »Aber nicht hier draußen. So vor allen.«

»Nein, nein. Ich hab die Sachen schon in der Stube bereitgelegt und auch den Lederkoller vergrößert. Er wird passen, Herr, da bin ich mir sicher.«

Til tauschte seine Schaube gegen den fettig glänzenden Schutzpanzer.

»Bitte hebt die Arme.« Nach einigem Rucken und Richten band Magdalena die Schnüre an den Seiten. »Ich gebe zu, sehr vorteilhaft kleidet Euch dieser Rock nicht.« Leiser Schalk nistete in den Augenwinkeln. »Die fallenden Stoffe sind etwas freundlicher zum Bauch.«

Wortlos nahm er ihr mit einem Ruck den Schwertgurt aus der Hand und legte ihn selbst um. »Wenn es so weit ist, und Gott möge uns alle davor bewahren, dann kommt es wohl auf Schönheit nicht mehr an.«

»Wie wahr, Herr.« Magdalena blieb gleichmütig. »Das beste Stück fehlt noch.« Sie ging zum Tisch und überreichte ihm den Helm. »Ich selbst habe den Rost mit Sand und Seife, so gut es ging, entfernt und ihn danach mit der Speckschwarte bearbeitet. Nun glänzt er wenigstens etwas.«

Mürrisch nahm Til den Helm und stülpte ihn über das mehr silbrige denn kupferne Haar. Der Mittelsteg presste den Nasenrücken und teilte sein Gesicht.

»O Heilige Madonna«, entfuhr es Magdalena, sofort verschloss sie mit der Hand ihren Mund.

»Was wolltest du sagen?«

Die Tür flog auf. »Jörg sagte, dass du hier …« Gleich verschlug es der Herrin des Hauses die Sprache, und sie blickte mit großen Augen, dann ging ein Strahlen über ihr Gesicht. »Aber, mein großer Bär, du Schlimmer hast es mir vorher nicht verraten.« Gretelein trippelte um ihn herum, sah schelmisch zu seinem Gesicht auf. »Erst warst du Bürgermeister. Und jetzt wirst du auch noch Hauptmann. Mutter sagt oft zu mir: Du hast Glück, mein Kind. Solch einen angesehen Ehemann wie den Meister Riemenschneider gibt es nicht für jede Frau.« Ihre Fingerkuppe umspielte den Schwertknauf. »Und wenn ich Mutter jetzt noch erzähle, dass du ein Hauptmann bist, dann wird sie noch stolzer sein auf mich.« Mit wichtigem Ton erläuterte sie Magdalena. »Weißt du, Mutter und ich lieben Ritter, wenn sie so hoch zu Ross daherreiten. Da sind wir ganz gleich, Mutter und ich.«

Til hatte längst die Augen geschlossen und sich insgeheim gewünscht, das Geplapper würde von einem gnädigen Wind durch das eine Ohr hinein- und, ohne Spuren zu hinterlassen, durchs andere wieder hinausgeblasen. Aber der Ohrwind blieb aus. »Wann reist du nach Ochsenfurt?«, erkundigte er sich so gefasst wie möglich. »Ich denke, dass du Ostern bei deiner Mutter verbringen möchtest.«

»Gleich morgen früh.« Sie schob die Unterlippe vor. »Mein großer Bär, hier in Würzburg gefällt es mir zurzeit gar nicht. Überall laufen betrunkene Kerle rum und schreien. Stell dir vor, sogar einige Kaufläden haben geschlossen. Da ist es bei uns in Ochsenfurt wirklich schöner.«

Til streifte den Helm wieder ab. »Ich hoffe nur, dass es dort ruhiger bleibt und du keine Überraschung erleben musst.«

»Aber ich liebe Überraschungen …«

Kurz klopfte es, die Tür wurde einen Spalt geöffnet. »Um Verzeihung, Meister, nein, ich mein … Schwiegervater.«

Beim Klang der Stimme fuhr Magdalena herum. »Florian? Was um Himmels willen …?«

Er öffnete ganz, blieb aber im Rahmen stehen, grüßte seine Mutter mit einem Nicken, dann nahm er den Federhut ab. »Schwiegervater, wir haben eine wichtige Nachricht für dich. Dürfen wir vertraulich mit dir sprechen?«

»Heute Morgen warst du vor dem Rathaus, da standest du sehr eng bei diesem Menschen.« Til sah ihn durchdringend an. »Wir? Soll das etwa heißen …«

»Hans ist draußen im Hof …« Unsicherheit trieb die Röte ins unrasierte Gesicht. »Ich mein nicht den Schwager, ich mein Hans Bermeter. Er redet mit Rupert und den anderen.« Der Adjutant straffte die Brust und bemühte sich um einen forschen Ton: »Ich soll ausrichten, dass die Sache sehr ernst ist. Aber wenn Meister Riemenschneider keine Zeit dafür hat, dann erfährt eben ein anderer Ratsherr davon als Erster.«

Til willigte ein, und während Florian den Spielmann verständigte, bat er Magdalena, mit seiner Gemahlin draußen zu warten. »Es dauert sicher nicht lange.«

Hans Bermeter trat ein, den Hut schon vor der Brust, kein Grinsen, kein tänzelnder Schritt, sehr gefasst neigte er den Kopf. »Danke, dass Ihr mich empfangt, Meister. Ich will Eure Zeit nicht lange in Anspruch nehmen. Tiefe Sorge treibt mich her, Sorge um das Wohlergehen der Stadt, ja, Sorge auch um das Leben so vieler Bürger.«

Unbeabsichtigt ließ Til die Linke auf den Schwertknauf sinken. Der Gast bemerkte die Geste und seufzte: »Genau davor fürchte ich mich, vor diesem hässlichen Geräusch, sobald das Schwert aus der Scheide fährt. Herr, wenn die Stadtväter nicht auf der Hut sind, droht uns allen ein furchtbares Blutbad.«

Seine Furcht steckte an, der Ernst, mit dem er sprach, vertiefte sie noch. Til beugte sich vor und stützte die Hände auf den Tisch. »So sag es, Mann. Von welcher Gefahr sprichst du?«

»Nicht die Bauernheere sollten uns erschrecken.« Bermeter stützte sich jetzt auch auf, schob sein Gesicht näher. »Vom Berg dort oben droht die wirkliche Gefahr. Ich habe Informationen aus sicherster Quelle. Ein Irrtum ist ausgeschlossen ...«

Bermeter berichtete, hin und wieder stockte er, rang um Fassung, ehe er fortfahren konnte, und bat, als er geendet hatte: »Ihr müsst den Stadtrat warnen.«

»Warum nicht du selbst?«

»Zu viele von den ehrenwerten Herren haben an mich ihr Geld beim Würfeln verloren, deshalb glauben sie mir vielleicht nicht. Aus diesem Grund bin ich zu Euch gekommen, weil Ihr ein aufrichtiger Mann seid, dem alle vertrauen. Erst sagt Ihr es im Grafeneckart, und ich sag's dann gleich den Leuten auf der Straße.«

Zum ersten Mal reichte Til dem Spielmann die Hand, als er sie ergriff, drückte der Meister fest zu. »Danke. Vielleicht können wir so gemeinsam das Unglück verhindern.«

Auf halber Treppe hoch zum Ratssaal lehnte Georg Suppan an der Wand und schöpfte Atem. »Soll ich dich stützen?«, rief Til von unten und nahm mit jedem Schritt gleich zwei Stufen.

Der Freund nestelte am Hemdkragen. »Die Luft ist so stickig heute, sie beengt die Brust. Findest du nicht auch?«

Ohne darauf einzugehen, half Til ihm weiter und nutzte den Moment: »Mir ist eine Ungeheuerlichkeit zu Ohren gekommen. Und ich will und muss sie gleich zu Beginn allen mitteilen.«

»Weihe mich vorher ein.« Mit einem Mal wieder lebhafter, tätschelte der alte Politiker den stützenden Arm. »Worum geht es?«

»Dieser Bermeter hat mich in meinem Haus aufgesucht, nur mir wollte er die Information anvertrauen.«

Aus dem Sitzungssaal tönte die Glocke. Til blieb keine Zeit. Der Ratsdiener ließ die beiden verspäteten Herren mit ungnädiger Miene passieren und schloss nach ihnen sofort die Flügeltür. Georg Suppan raunte hinter vorgehaltener Hand: »Was es auch ist. Erwähne den Namen Bermeter als Informanten nicht. Sonst stecken sie dich mit ihm unter eine Decke. Hör auf meinen Rat. Gib den Namen nur an, wenn sie unbedingt darauf bestehen!«

Bürgermeister Heyssner eröffnete die Sitzung. »Meine Herren, ich hoffe, jeder von euch konnte sich von den Aufregungen heute Morgen erholen, sodass wir jetzt in Ruhe und Sachlichkeit über die vier Artikel diskutieren können. Ich denke, unser Hoher Herr verlangt uns zu viel ab, doch ein Kompromiss wird sich finden lassen.«

»Davon bin ich nicht überzeugt!«, rief Til ohne Meldung in den Saal, war schon aufgestanden, als sich die Kollegen nach ihm umwandten. »Verzeiht mir die Unhöflichkeit, Bürgermeister. Als ich das Amt noch innehatte, waren mir die Zwischenrufer auch ein Dorn im Auge. Doch heute muss es sein.«

Mit Handzeichen erhielt Til nachträglich die Erlaubnis zu sprechen.

»Freunde, werte Kollegen! Heute Mittag wurde mir von verlässlicher Seite mitgeteilt, dass Fürstbischof Konrad mit uns und seiner Stadt ein schandbares Spiel treibt. Offiziell zeigt er sich besorgt um unser Wohlergehen, in Wahrheit aber haben er und das Domkapitel heimlich Geschütze, Munition und Pulver in seinen Hof Katzenwicker schaffen lassen. Auch Wein und Proviant. Außerdem sind dort längst bewaffnete Ritter einquartiert worden. Und es sollen im Schutz der Nacht noch mehr Bewaffnete dorthin verlegt werden.«

Atemloses Schweigen. Til presste die Handflächen zusammen. »Und warum, Freunde, werte Kollegen? Warum rüsten sich Bischof und Kapitel mitten in unserer Stadt? Und dies ohne unser Wissen?« Tiefe Enttäuschung und verhaltener Zorn zeichneten das Gesicht. »Ich muss es euch sagen: Morgen oder übermorgen werden etliche Bürger aus jedem Stadtviertel in den Katzenwicker befohlen. Unbewaffnet. Und zwar nicht allein die Aufhetzer, sondern auch jeder kritische Mann, jeder, der nicht alles gutheißt, was vom Berg verordnet wird. An diese Bürger werden unmäßige, ehrenrührige Forderungen gestellt, die niemand befolgen kann. Und ihre Weigerung genügt als Vorwand. Ohne Zögern sollen sie dann von den Bewaffneten eingekesselt und niedergemacht werden.« Til sah in die entsetzten Gesichter. »Ja … Das erwartet uns.«

Erst nachdem er seinen Platz wieder eingenommen hatte, brach der Sturm los. Die Ratsherren redeten, fluchten, sie brüllten durcheinander, Fäuste hieben auf den Tisch, drohten zur Burg hinauf. Wieder und wieder ertönte die Glocke. Bürgermeister Heyssner bemühte sich zu beschwichtigen. Endlich legte sich der Tumult etwas. Georg Suppan reckte die Hand, winkte mit hochrotem Kopf, versuchte den Vorsitzenden auf sich aufmerksam zu machen. Und erleichtert, nicht selbst eine erste Stellungnahme abgeben zu müssen, erteilte der Ratsobere dem erfahren alten Fuchs das Wort.

»Werte Kollegen!« Seine weite Armgeste umfasste Freunde und Gegner. »Wir müssen wachsamer sein. Da draußen hat sich das Leben verändert. Und die neue Zeit fordert von uns eine andere Politik. Fürstbischof Konrad hat sich über Nacht nicht in ein blutgieriges …« Er rang nach Atem, seine Lippen formten Worte, doch die Stimme fehlte, stumm führte Georg Suppan seine Rede fort, jäh blieb der halb geöffnete Mund stehen, das Licht in den Augen brach. Die füllige Gestalt fiel vornüber, schlug gegen eine Sessellehne und sank zwischen den Stühlen zu Boden.

Erneutes Entsetzen griff nach den Ratsherren, lähmte sie. Nur Til und Martin Cronthal bemühten sich gleich um den Freund, sie schafften Platz, knieten bei ihm, öffneten sein Wams. Til legte das Ohr auf die schweißnasse Brust, doch alles in ihr war still. Schwer richtete er sich auf, ein langer letzter Blick, er nahm das Bild in sein

Herz, dann zwang er sich und informierte die Versammlung: »Tot. Unser Freund ist tot.«

Stimmen drangen vom Flur in den Saal, sie wurden lauter, heftiger, eiliges Laufen näherte sich. Vor der Flügeltür entstand Gerangel, schließlich wurde sie aufgerissen. Zwei Männer drängten den Saaldiener rückwärts in den Raum. »Zutritt ist nur den Ratsmitgliedern erlaubt ... Nur den Ratsmitgliedern!«

»Aus dem Weg!« Wütend stieß der Kaufmann den Zerberus beiseite, dann richtete er notdürftig den verrutschten Kragen. Auch sein Begleiter zog die Schaube wieder hoch über die Schultern. »Entschuldigt unser Eindringen.« Der Kaufmann ging einige Schritte auf den Tisch des Bürgermeisters zu. »In der Stadt wird erzählt, dass der Fürst im Katzenwicker eine Todesfalle für uns Bürger errichtet hat. Dort sollen wir niedergemacht werden. Der Befehl dazu ist längst ergangen ...«

Martin Cronthal erhob sich. »Wieder ist das Gerücht schneller als wir«, flüsterte er Til zu.

Der Kaufmann drohte mit dem Finger in die Runde. »... aber Ihr sauberen Herren und auch die Viertelmeister, Ihr steckt mit dem Bischof unter einer Decke und habt Euch verpflichtet, den Mund zu halten. Ihr Feiglinge, Ihr ...«

»Schweig!«, donnerte Bürgermeister Heyssner. »Schweig, sonst lasse ich dich und deinen Freund ins Loch werfen!« Er deutete auf den freien Raum zwischen den Sesseln. »Wir haben einen Toten unter uns. Soeben ist unser Kollege Georg Suppan verstorben. Erweisen wir ihm die Ehre und mäßigen uns.«

Leise gab er Befehl, den Stadtphysikus zu verständigen, und wartete, bis Meister Til mit dem Stadtschreiber und einigen Kollegen den Leichnam im hinteren Teil des Saales niedergelegt hatte, dann erst wandte er sich an den Kaufmann und dessen Begleiter: »Auch der Rat hat vorhin zum ersten Mal von dieser Angelegenheit Kenntnis erhalten, und wir sind, bei Gott, ebenso entrüstet, wie ihr es seid. Geht heim, ich verbürge mich dafür, dass wir ohne Zögern der Sache nachgehen.«

Der Kaufmann gab sich fürs Erste zufrieden, dennoch blieb das Misstrauen: »Glaubt nur nicht, dass Ihr ungestraft Schindluder mit der Bürgerschaft treiben könnt. Von jetzt an sieht jeder in Würzburg Euch auf die Finger. Gebt also nur acht, dass kein Judasgeld daran klebt.« Auf dem Absatz kehrte er um und verließ harten Schritts den Saal.

Wenig später war der Beschluss einstimmig gefasst. Martin Cronthal suchte mit zwei Ratsherren unverzüglich das Kapitelhaus auf. Kaum hörten die Domherren von den Vorwürfen, als sie entsetzt die Hände rangen und beteuerten: »Nichts von alledem entspricht der Wahrheit!« Sie beklagten die infame Unterstellung, gingen aber gleich dazu über, dem Stadtrat selbst Versäumnisse vorzuwerfen.

»So kommen wir nicht weiter«, beendete der Stadtschreiber schroff das Gespräch und wandte sich mit den Kollegen zum Gehen. Er war schon an der Tür, als der Vorsitzende des Domkapitels anbot: »Wir sind bereit, den Katzenwicker morgen oder übermorgen aufzuschließen. Dann könnt Ihr Euch selbst überzeugen.«

Darauf gab Martin Cronthal keine Antwort. Draußen nickte er grimmig. »Morgen oder übermorgen? Womöglich verlässt dann keiner von uns mehr lebend den Katzenwicker.«

Die Abordnung eilte über den Main, erreichte schwer atmend oben die Burg. Im Vorzimmer des Hohen Herrn stellte Martin Cronthal erneut die Frage, und wieder erntete er Entrüstung. Bischof Konrad wurde informiert und erschien persönlich, um sein Entsetzen zu bekunden. »Meine Herren, Ihr seht mich zutiefst bestürzt. Uns und unserem Kapitel geschieht bitteres Unrecht. Diese Behauptungen muss ein wahrhaft böser Mensch ausgestreut haben. Selbstverständlich werde ich auf Verlangen meinen Stadthof aufschließen lassen.« Mit der rechten Hand fasste er seine linke. »An solch ein Vorgehen habe ich niemals gedacht, niemals. Ich bitte Euch, werte Herren, lasst Euch und die Stadt nicht durch solche Gerüchte zum Abfall bewegen. Bleibt meine frommen Untertanen. Und ich will jetzt und in Zukunft Euer getreuer Herr sein und Euch mit meinem Leib und Gut schirmen und schützen.«

Auf dem Weg zurück hinunter in die Stadt rieb sich Martin Cronthal die Stirn: »Unser Hoher Herr versteht die Kunst der Rede nur allzu gut.« Er sah seine Begleiter unter hochgewölbten Brauenbögen an. »Ob der Stadtrat ihm Glauben schenken soll, wage ich nicht zu empfehlen. Zu groß sind meine Zweifel inzwischen angewachsen.«

Von der Brücke bis zur Stadt hin spannten einige Bürger Ketten quer über die Straßen, selbst vor den Gassen zogen sie die eisernen Sicherungen von einer Seite zur anderen. »Gab es für diese Maßnahme eine Anordnung des Rates?«, erkundigte sich der Schreiber bei den Männern und erhielt keine Antwort, schnell und mit grimmigen Gesichtern arbeiteten sie weiter.

»Dafür blieb keine Zeit, verehrte Herren!«

Martin und die beiden Stadträte wandten sich erschrocken um. Niemand hatte den Pöbelführer, seinen Adjutanten und die anderen Kumpane kommen hören. »Wir mussten uns selbst helfen. Und mit Verlaub, wer im Stadtrat reinen Herzens ist, dem kommt diese Maßnahme auch zugute.« Bermeter lächelte gewinnend. »Und Euch, verehrter Stadtschreiber, wie auch Eure Begleiter zähle ich selbstverständlich dazu. Die Ketten müssen sein. Auf diese Weise wird kein Ritter uns überraschen, geschweige denn sich im Dunkel der Nacht heimlich im Katzenwicker einquartieren.« Er verneigte sich leicht. »Und glaubt mir, seit ich zu den Leuten spreche, haben sich mehr Freiwillige als notwendig zum Wachdienst an den Toren gemeldet. Ihr müsst zugeben, verehrter Stadtschreiber, solch einen Andrang hat es vorher noch nie gegeben.«

Martin Cronthal kämpfte mit sich, dann aber bedrängte ihn die Frage zu sehr: »Was, Bermeter, was führst du im Schilde?«

Ein schneller Griff ins halb offen stehende Wams, schon setzte er die Flöte an und tirilierte dicht vor dem Gesicht des Stadtschreibers eine kleine Melodie, brach ab und sagte mit unschuldig sanfter Stimme: »Helfen, dass alles auf den richtigen Weg kommt. Mehr nicht.«

»Und woher weißt du, welcher Weg …? Nein, heute habe ich schon genug gehört.« Durchdringend sah er Florian an. »Und du, junger Mann? Denkst du selbst? Oder folgst du nur?« Ohne die Antwort abzuwarten, grüßte Martin Cronthal mit einem knappen Wink und setzte seinen Weg fort.

Gleich nach der Rückkehr von der Ratssitzung hatte der Meister die Gesellen vorzeitig in den Feierabend geschickt. Er antwortete nicht auf Fragen, er wollte nicht reden, auch nicht mit den Söhnen. Zu genau kannten Jörg und Hans den Vater; beim Anblick der gerunzelten Stirn zogen auch sie sich schweigend aus der Werkstatt zurück.

Müde ging Til hinüber in den Steinsaal. Auf den beiden mittleren Werkbänken lagen die Hälften des Reliefs für die Kirche in Rimpar nebeneinander. Vor dem Hauptbild blieb er stehen. Gedankenverloren strich er mit den Fingerkuppen über den Unterarm des toten Heilands und ließ sie in der geöffneten Hand ruhen. Nach einer langen Zeit der Stille blickte er ins hingegebene Antlitz. »Nimm den Freund mit zu dir hinauf, Herr.« Er wandte sich an Maria, die sanft die andere Hand ihres Sohnes hielt. »Und du, schließe Georg mit in deine Trauer. Und ihr …« Sein Blick streifte die Gesichter der anderen Figuren. »Gebt auch ihr meinem Freund ein letztes Geleit, schenkt ihm einige von euren Tränen.«

Er hörte das Klappen der kleinen Pforte, nahm es aber nicht bewusst wahr, erst als Magdalena einige Schritte entfernt ruhig dastand, spürte er ihre Nähe. »Du weißt es?«

»Margaretha Cronthal hat es mir vorhin auf der Treppe gesagt, da bin ich gleich zurück. Weil ich Euch nicht alleinlassen wollte.«

»Ein schlimmer Tag war heute. All diese Unruhe. Sonst hat er jede Aufregung im Rat geliebt, sie oft sogar selbst verursacht, und nun … sie hat ihn umgebracht.« In seiner Trauer lächelte Til. »Mitten im Satz ist er gestorben. Und wie ich Georg kenne … wird er ihn dort oben zuerst zu Ende sprechen. Ganz sicher wird er das.«

Magdalena kam zur Werkbank, behutsam berührte sie seinen Handrücken, als er es zuließ, verstärkte sie den Druck.

Til deutete auf Nikodemus unter dem aufragenden Kreuz. »Lange habe ich gezögert, ehe ich ihm mein Gesicht gab. Doch heute hat es nachträglich Sinn erhalten. Der Ratsherr Nikodemus bringt Myrrhe und Aloe zur Salbung des Gekreuzigten …«

»Ich sehe mehr noch die liebevolle Trauer in seinem Gesicht.« Magdalena beugte sich vor und strich sanft die Wange aus dunklem graugrünem Sandstein. »Das ist die größere Gabe.«

29

Der Truchsess war nicht mit sich zufrieden. Zu spärlich war ihm das bisher Erreichte. Große Entscheidungsschlachten wollte er und musste sich mit Geplänkel aufhalten. Immer noch lebte die Christliche Vereinigung der Allgäuer und der Seebauern, schlechter noch, dieser Bund belebte sich wieder und wieder aufs Neue. Und die Fürsten drängten, verlangten Erfolge, forderten von ihm die rasche Befriedung Oberschwabens. Denn lauter und lauter wurden die Hilferufe aus Franken und Würzburg. Hart rieb der Truchsess Zeigefinger und Daumen gegeneinander. »Ein einziges Gefecht erst, das keines war. Und nur tausend Bauern habe ich zerquetscht.«

Seine Spione kamen, meldeten: »Bei Wurzach, dort ziehen sich die Haufen zusammen. Und dieses Mal sind deine eigenen Untertanen dabei.« Sofort ließ Georg Truchsess von Waldburg die Reiterei antraben, die Landsknechte den Trommlern und Pfeifern hinterhermarschieren. Als Wegzehrung verschlangen sie hier hundert schlecht bewaffnete Höfler, dort zwanzig …

Karfreitag dann waren sich die Heere nah genug, waren sich an Truppenstärke ebenbürtig. Wieder aber führte ein Pfarrer den Bauernhaufen, er ließ sich von dem schlauen Fuchs übertölpeln, nach kurzem Kampf musste er sich zurückziehen. Und am Abend zählte der Jörg grimmig: »Nur vierzig erschlagen, nur hundert ersäuft … Das war kein guter Tag.«

Ostersonntag. Hoch auf der Stange schwankte ein Hut vor dem Untertor von Weinsberg. Einer der beiden Herolde schrie hinauf zu den Schießscharten. »Öffnet sofort Schloss und Stadt! Der Helle Christliche Haufe wartet nicht lange! Und wollt ihr euch weigern, so bitten wir euch in Gottes Namen, schickt Weib und Kind hinaus, so lange noch Zeit ist. Denn Schloss und Stadt werden fallen, und niemand wird dann verschont werden!«

In der Frühe hatte Graf Ludwig Helfrich von Helfenstein seine Gemahlin, die Tochter des verstorbenen Kaisers Maximilian, beruhigt. »Kein Ackerwurm wird die Mauern heraufkriechen. Sei unbesorgt, meine Liebe.« Er hatte dem kleinen Sohn einen liebevollen Klaps auf den Hintern gegeben und war trotz aller Vorwarnungen mit seinen Getreuen hinunter in die Stadt zur Kirche geritten, um das Sakrament zu empfangen.

Kaum aber war das Läuten verklungen, als sich auf der Höhe gegenüber von Weinsberg die ersten Bauernhaufen zeigten, von Herzschlag zu Herzschlag mehr wurden und inzwischen zu einem riesigen Heer angewachsen waren.

Jetzt schwankte der Hut auf der Stange. Zwei Wachen rannten zu ihrem Beschützer. »Was sollen wir den Unterhändlern antworten?«

»Ich werde diesen Ackerwürmern selbst Bescheid geben.«

Doch sein Vogt, Ritter Dietrich von Weiler, wartete nicht, er wusste, wie mit solchen Rossmucken umzugehen war. Die Schützen an den Scharten erhielten Befehl. Büchsen knallten. Im Kugelhagel flohen die Herolde zurück. Einer von ihnen brach zusammen, und der Kamerad schleppte ihn mit sich. Oben auf der Wehrmauer lachte Ritter Dietrich und rief den Schützen zu: »Seht ihr, Freunde, so muss es sein. Die Bauern rennen davon, und wir sengen ihnen den Arsch.«

Bewegung entstand auf der Höhe gegenüber der Stadt.

Der Bürgermeister von Weinsberg sah es mit Besorgnis. »Sollen wir das große Tor nicht stärker verbarrikadieren und genug Jauchefässer und Mist oben auf den Wehrturm schaffen?«

»Hab Vertrauen! Die Bauern machen nicht Ernst.« Graf Ludwig tätschelte ihm die Wange. »Außerdem erwarten wir ein starkes Reiteraufgebot. Jeden Augenblick kann es hier eintreffen, und dafür muss das Tor schnell zu öffnen sein.«

Hifthörner gellten. Wie ein mächtiger Strom wälzte sich das Heer in drei Abteilungen vom Berg hinab in die Senke, umspülte mit Geschrei den steinernen Stadtring, leckte, züngelte an den Mauern der Burg hinauf.

Wild … tapfer … bald verzweifelt war die Verteidigung, doch unerbittlich rollte ein Angriff der grauhellen Leinenkittel, dicht gefolgt vom nächsten gegen die Tore.

Da schrien die Bürger auf der Wehrmauer, wiesen zum Schloss. Dort wehte eine neue Fahne, wehten die Farben Gelb, Braun und Grün. Florian Geyer und sein Schwarzer Haufe hatten das Herrenhaus eingenommen.

Donnerndes Krachen und Splittern, obwohl dreifach gesichert, zersplitterte Stück für Stück das Untere Tor, gleichzeitig schlug der Rammbock gegen die kleineren Pforten bei der Mühle und hinter der Kirche. Noch hielten die Balken. Wie lange noch?

Frauen umringten den Herrn. »Aufgeben! Bitte, wir flehen Euch an, gebt auf, um unserer Kinder willen.« Graf Ludwig von Helfenstein dachte an die Gemahlin, den eigenen Sohn und willigte ein. Ein Bürger stieg hinauf auf den Torturm, er schwenkte den Hut auf der langen Stange: »Friede! Friede!«

Ein Schuss wirbelte den Hut hoch in die Luft. Von unten schrie Jäcklein Rohrbach, der Anführer des Böckinger Haufens: »Die Bürger lassen wir leben. Die Waffenknechte aber sterben.«

Angst krallte sich um die Kehle des Grafen. »Zu den Pferden«, rief er seinen Getreuen zu. »Wir wagen einen Ausfall durchs Obere Tor!«

Von den eigenen Fußknechten aber wurden sie daran gehindert. »Ihr dürft uns nicht allein in der Scheiße zurücklassen.«

Die Tore brachen, auch das Obere Tor, und die furchtbare Flut ergoss sich durch die Straßen und Gassen. Vornehme und Reiter flohen zum erhöhten Kirchhof, wollten sich wehren. Graf Helfrich zog sich mit Ritter Dietrich und den engsten Freunden ins Gotteshaus zurück. Von einem Priester wurde ihm die versteckte Tür zur Wendeltreppe in den Turm aufgeschlossen. Nur ein Moment der Hoffnung blieb ihnen. Schnell nahm die wütende Meute den Kirchhof ein, erstach oder zerhackte jeden, den sie fand, und erbrach die schmale Tür. Nur ein Mann nach dem anderen konnte die Schnecke hinaufstürmen.

Ein einziges Opfer genügte. Das Schwert noch in der Brust, stürzte der Verteidiger rückwärts, blieb in der Enge stecken, und die Treppe war verstopft. Hoffnung!

Oben auf dem Kirchturm trat Ritter Dietrich an die Steinbrüstung. »Wir ergeben uns. 30 000 Gulden für unser Leben.«

Jäcklein Rohrbach spuckte in hohem Bogen aus. »Nicht für einen

Karren voll Gold. Der Graf und alles, was Stiefel und Sporen trägt, müssen sterben.«

»Ihr wollt Christen sein …« Eine Kugel zerriss die Kehle des Ritters. Unten lachte Jäcklein und hieb dem schwarzhaarigen Flintenweib neben sich auf den Hintern. »Du schießt bald besser als alle Kerle!«

»Ich bin besser als alle.« Damit griff sie ihm zwischen die Beine. »Und heute ist Ostern, mein Liebster. Da suche ich mir was.« Mit gebleckten Zähnen schob sie sich nah an sein Gesicht. »Gib also gut acht auf deine Eier!«

»Lass los, Hofmännin. Loslassen!« Er befreite sich. »Wart's ab. Ich schenk dir heut noch genug.«

Oben entstand Geschrei. Die Bauern hatten das Hindernis in der Turmschnecke beseitigt und nach kurzem Kampf die Plattform des Turms eingenommen. Den noch mit dem Tod ringenden Vogt warfen sie über die Brüstung; wer von den anderen Rittern verwundet war und nicht allein hinabsteigen konnte, der folgte Dietrich von Weiler. Und unten trampelten die Hofmännin und ihr Jäcklein Rohrbach auf den zerbrochenen Leibern herum, bis auch das letzte Zucken aufhörte. Die Gefangenen wurden aus der Kirche geführt, an den Händen gefesselt und mit Stricken aneinandergebunden.

»Jetzt naht das jüngste Gericht!« Die Hofmännin ging die Reihe ab, sie spielte mit ihrem Dolch und wetzte die Klinge genüsslich am Stoff. »Was schneid ich mir zuerst ab?«

»Genug!« Der Befehl kam vom Eingang des Kirchhofs. Georg Metzler, der Oberbefehlshaber, stieg aus dem Sattel. »Keine Toten mehr! Führt die Gefangenen in ein festes Haus. Auch die Gräfin mit ihrem Kind. Dort bleiben sie unbehelligt, bis wir über ihr weiteres Schicksal entschieden haben.«

»Das sind unsere«, beschwerte sich Jäcklein Rohrbach. »Wir haben sie erwischt.«

»Schluss jetzt!«

Unter halblauten Flüchen gehorchte der Anführer des Böckinger Haufens.

Seit dem Angriff war kaum mehr als eine Stunde verstrichen. »Wir plündern! Leib und Leben haben wir eingesetzt, dafür gehört uns die ganze Stadt mit allem, was drin ist.«

Wieder schritt der oberste Befehlshaber mit den Hauptleuten Florian Geyer und Wendel Hipler ein: »Mäßigung! Verschont die Häuser der Bürger. Sie sind nicht unsere Gegner.«

Der Schwarze Haufe des Junkers aus Giebelstadt kannte Disziplin, war auf den Namen seines kaum dreißig Jahre zählenden Führers Florian Geyer eingeschworen. Welchen Befehl er auch gab, die Männer befolgten ihn. »Nehmt nur die Häuser der Pfaffen und Oberen der Stadt.« Auch die Bauern des großen Hellen Haufens gaben sich damit zufrieden, und selbst die Böckinger rafften zunächst auch nur zusammen, was sie tragen konnten, doch ihrem Jäcklein und dessen Flintenweib war Beute allein nicht genug.

Während die obersten Führer noch im Schloss beratschlagten, wie mit der neu gewonnenen Macht umzugehen sei, welche nächsten Schritte folgen sollten, saßen Rohrbach, seine Hofmännin und die engsten Kumpane in der Mühle beieinander. »Rache! Lange genug sind unsere Buckel blutig geschlagen worden. Jetzt soll der Adel vor uns zittern.«

»Verrecken müssen sie!«

»Kein Gefangener kommt davon.«

Ohne Nachfrage, ohne Handzeichen, die Blicke genügten, und der Beschluss stand fest.

»Jetzt sofort!« Der Atem der Hofmännin ging rascher. »Ehe die frommen Hauptleute uns den Spaß verderben können.«

Der Graf und seine Getreuen wurden vor dem Untertor auf eine Wiese gezerrt, dort mussten sie sich im Kreis aufstellen. Mit einer Hand zog das Flintenweib die Gräfin an den Haaren wie eine Kuh hinter sich her, an ihrer anderen Hand hing das Kind, nur hin und wieder schleiften die Füßchen über das Gras.

Und mit genussvollem Ton verkündete der Anführer des Böckinger Haufens das Urteil: »Wir jagen euch durch die Gasse! Und zwar jeden von euch. Und zwar langsam, damit ihr es auch genießen könnt.«

Die Hofmännin riss den Kopf der Gräfin hoch. »Und du darfst beim Tanz zusehen.«

»Erbarmen. So habt doch Erbarmen!«

»Ich kenn das Wort nicht.« Die Zungenspitze leckte die Vorderzähne. »Aber sag's ihm, vielleicht versteht er, was du meinst.«

Gräfin von Helfenstein, die habsburgische Kaisertochter, nahm ihren Sohn und beide knieten vor Jäcklein Rohrbach nieder. »Nimm dem Jungen nicht den Vater. Verschone meinen Gatten!«

Mit der Stiefelspitze hob er ihr Kinn, lachte, ein kurzer Tritt, und die Gräfin schlug rückwärts ins Gras. Einer der Kumpane stichelte mit dem Spieß gegen die Brust des zweijährigen Kindes, als wollte er es kitzeln. »Nun lach mal. Nun lach schon!« Blut färbte das Röckchen, vor Schmerz schrie der Kleine auf.

»Das Maul soll er halten«, verlangte Jäcklein, »sonst stört er die Feier.« Angstvoll presste die Mutter ihr Kind an sich, versuchte das Weinen zu dämpfen.

Die Bauern bildeten eine Gasse, jeder hielt den Spieß bereit. »Lasst euch Zeit«, ermahnte Jäcklein. »Nicht gleich in den Hals oder in die Brust.«

Das erste Opfer, ein Knappe, musste den Weg in die Klingen gehen. Und sie stachen auf ihn ein … fünf, sechs Schritte, furchtbare Schritte bis zum Tod … Sein Herr folgte ihm, starb erst, nachdem er, todwund, auf dem Bauch noch eine letzte Strecke kriechen musste.

Jäcklein Rohrbach, der Zeremonienmeister, kündete mit glockenschöner Stimme den Herrn an: »Und hier naht Seine Gnaden, Graf Ludwig Helfrich von Helfenstein.« Eine große Armbewegung. »Musik!«

Gleich ertönte eine lustige Weise, der Spielmann des Haufens schwenkte im Rhythmus den Zinken, so tänzelte er vor dem Adligen her bis an die Gasse. Und während der Graf unter den wütenden Stichen zusammenbrach, hüpfte und sprang die Melodie dazu, jubelte hell, als Hände und Füße nicht mehr zappelten.

Mehr als zwanzig Leben verendeten in den Spießen. Kaum waren alle Opfer durch die Gasse gejagt worden, als ihre Mörder über die Leichname herfielen. Sie zogen ihnen die Mäntel und Röcke, die Stiefel, Hosen und Hemden aus. Jäcklein Rohrbach kleidete sich mit dem Koller und der damastenen Schaube des Ludwig von Helfenstein und stolzierte vor der Gräfin auf und ab. »Nun, wie gefalle ich Euch? Bin ich nicht schöner als Euer Gatte.«

Die Witwe beachtete ihn nicht, sie starrte an ihm vorbei, dann schlug sie entsetzt die Hände vors Gesicht. Leicht entrüstet folgte der Anführer ihrem Blick ... und vergaß, den Mund zu schließen.

Sein Flintenweib kniete über dem nackten Leichnam des Grafen. Mit dem Messer stach sie ihm seitlich in den Bauch und zog einen halbrunden Schnitt. Fett quoll heraus. »So hab ich's gern, du Schelm!« Die Hofmännin hockte sich breitbeinig mit aufgestellten Knien neben den Körper, schöpfte mit der Hand das Fett und schmierte sich damit sorgfältig die Stiefel ein, nahm wieder und wieder, bis das Leder glänzte. Jetzt nahm sie den Liebhaber wahr. »Das hab ich mir immer schon gewünscht, mit 'nem feinen Herrn mir die Stiefel wichsen.«

Erst stieß Jäcklein Rohrbach nur Grunzlaute aus, dann leckte er die Lippen und feixte: »Das wird eine Nacht.«

Neben ihm erbrach sich die Gräfin. Sofort schlug er ihr in den Nacken. »Aber, aber. Wo bleibt der Anstand?« Sein Scherz löste Gelächter bei den umstehenden Freunden aus. Sie alle hatten sich mit den Gewändern der Toten geschmückt und vollführten vor der Hofmännin eine Parade; einige senkten ihre Spieße, auf deren Spitzen sie Haare und Kopfhaut der Getöteten trugen, und grüßten das Flintenweib in vornehmster Art.

»Hier stinkt es!« Die Hofmännin sprang auf. »Ich hasse Adelskotze.« Ihrem Jäcklein befahl sie, einen der Mistwagen aus der Stadt herholen zu lassen. In wenigen Schritten war sie bei der Gräfin, nahm ihr erst Ringe, Ketten und Broschen ab, um ihr dann mit rohen Griffen die Kleider vom Leibe zu fetzen. Wagen und Fuhrmann waren zur Stelle. Jäcklein Rohrbach packte mit einem Kumpan die nackte Frau, setzte sie auf den Mist, den verwundeten Sohn warf er hinterher.

Seine Hofmännin stand neben dem angeschirrten Ochsen, die Hand schon erhoben, triumphierte sie zu der gedemütigten Frau hinauf: »Siehst du, Täubchen. In einem goldenen Wagen bist du in Weinsberg eingefahren, auf einem Karren voller Scheiße fährst du wieder raus.« Sie hieb dem Ochsen auf den Hintern. Das Gefährt ruckte an, holperte zur Straße nach Heilbronn hinüber.

Spät erst erfuhren die Obersten des Bauernrates vom Blutbad auf der Wiese am Unteren Tor. Sie stellten Jäcklein Rohrbach zur Rede, der aber spottete: »Ihr feigen Memmen wollt reden, wollt Artikel aufsetzen und schafft keine Tatsachen.« Er blähte die Brust. »Ihr habt sogar Mitleid mit diesen Blutsaugern. Weil heute ein bisschen von ihrem Saft vergossen wurde, wollt ihr mir Vorwürfe machen? Ich bin der Einzige, der wirklich Ernst macht. Der Helfensteiner hatte den Tod verdient. Und das bisschen Spaß dabei müsst ihr uns schon gönnen, sonst könnt ihr in Zukunft nicht mehr mit uns Böckingern rechnen. Sonst kämpfen wir auf eigene Faust und auf unsere Art.«

Wendel Hipler stützte die Stirn in die Hand. Der schlanke Jurist hatte neue Thesen formuliert, wollte Bauernschaft und Adel zusammenbringen, gemeinsam sollten sie an einer gerechten Lebensordnung arbeiten. Dieser Rohheit des Böckingers aber fühlte er sich nicht gewachsen. »Du hast Schaden angerichtet, und ich fürchte, er ist so groß, dass wir alle noch dafür büßen werden.«

Jäcklein Rohrbach lachte nur.

Florian Geyer erhob sich: »Ich habe mein Vaterhaus verlassen, weil ich an die Sache glaube.« Er schlug die Faust gegen den Harnisch. »Ja, ich bin der Meinung, alle festen Häuser sollen niederbrennen. Ein Edelmann darf nur noch eine Tür haben wie der Bauer auch. Die Klöster müssen abgeschafft werden und mit ihnen alle Rechte, die sie sich genommen haben. Der Mönch soll auf dem Felde hacken und jäten wie der Bauer. Das sind die Ziele, für die ich mit meiner Schwarzen Schar kämpfen will. Ich habe mich euch angeschlossen, weil ich glaubte, gemeinsam mit Freunden für eine neue Menschlichkeit zu streiten.« Er trat vor Jäcklein Rohrbach hin. »Ich sagte: mit Freunden! Nicht mit Bestien im Bauernrock.«

Die Hand des Böckingers fuhr zum Gürtel, doch zu langsam. Florian Geyer setzte ihm die Dolchspitze an die Kehle. »Beweg dich nicht. Sonst zeige ich dir, wie ich mit tollwütigen Hunden umgehe.«

Ruhig wandte sich der Junker an Hipler und den obersten Feldherrn des Hellen Haufens. »Nichts für ungut. Ich verlasse mit meinem Haufen das Heer. Gleich morgen in der Frühe. Mein Entschluss steht fest. Ich verlasse aber nicht unsere Sache. Wir werden voraus nach Franken ziehen, allein. Dort versuche ich euch den Weg nach Würzburg zu ebnen. Und hoffe euch …« Kalt blickte er den Böckinger an. »… ohne solche Kreaturen wiederzutreffen.«

Nur nicht zum Herrn aufschließen, Knappe Thoma hielt sein Pferd sorgsam eine halbe Länge hinter dem ritterlichen Ross. Seit sie vom Hauptquartier der Bauern in Gundelsheim aufgebrochen waren, hatte Götz von Berlichingen leise Verwünschungen ausgestoßen, dann wieder waren es Knurrlaute, die sich in wildes Schnaufen steigerten. Einen Tag Bedenkzeit, mehr nicht.

»Wir brauchen einen erfahrenen Kriegsmann an der Spitze.« Wendel Hipler versuchte zu schmeicheln. »Und wer ist der Tüchtigste? Niemand versteht das Handwerk so wie Ihr.«

»Nehmt einen anderen. Ich tauge nicht für diese Aufgabe. Jahrelang hab ich Fürsten gedient, sogar an der Seite der Bündischen gekämpft. Nehmt nicht mich. Ihr habt doch schon den Florian Geyer …«

»Der hat den Hellen Haufen verlassen«, schnappte Hipler, und seine Stimme wurde schärfer: »Wir benötigen einen Feldhauptmann mit berühmtem Namen. Unsere Wahl ist auf Euch gefallen.«

Georg Metzler, der einfache Schankwirt, der in wenigen Wochen zum obersten Befehlshaber aufgestiegen war, setzte hinzu. »Es geht nicht ums Nein, nur ums Ja. Wir haben schon viele Herrenhäuser abgefackelt. Und Eure Burg Hornberg ist nicht weit von hier. Unsere Feldschlangen sind da schnell hingeschafft.«

»Langsam, langsam.« Bei der Erwähnung der Geschütze war Götz das Blut aus dem Gesicht gewichen. »Ich habe nicht Nein gesagt. Nichts hab ich gesagt. Gebt mir Bedenkzeit!«

Am nächsten Tag musste sich der Ritter entscheiden, keinen Tag später.

Götz wandte den Kopf. »Schlaf nicht im Sattel! Wehe dir, Kerl, wenn uns einer von diesen, diesen …« Er wagte das Wort nicht auszusprechen. »Gib acht, dass uns keiner folgt. Verflucht, ich wünscht, wir wären schon auf Hornberg.«

Die eigene Angst schlug Thoma im Hals, ließ ihn unvorsichtig werden. »Das habt Ihr Euch selbst eingebrockt.«

»Wage es nicht …« Götz nahm sein Pferd etwas zurück, sofort tat es ihm der Knappe gleich, und der Abstand zwischen ihnen blieb. »Ehe ich dir für die Frechheit deine hässlichen Ohren noch länger ziehe, will ich sofort wissen, was du gemeint hast!«

Die Drohungen waren im Lauf der vielen Jahre hohl geworden und tönten nur noch, zu lange lebten Herr und Knappe schon miteinander und konnten längst nicht mehr voneinander. »Ihr habt neulich in Schönthal den Mund zu voll genommen.«

»Untersteh dich!« Der Ritter stieß die Eisenhand in die Luft. »Ich musste meinen Bruder retten. Diese Bauern drohten, unsere Elternburg in Jagsthausen zu zerstören. Deshalb bin ich hingeritten und hab verhandelt. Aus Bruderliebe.«

»Ich weiß, Ihr wollt ein guter Mensch sein. Aber verzeiht, Herr, warum musstet Ihr auch noch vor den Bauernführern prahlen, dass Ihr viele Edelleute anbringen könnt, die auf ihrer Seite mitkämpfen?«

»Weil … weil die Sache gut ist. Auch der kleine Adel wird von den Fürsten unterdrückt. Ach was, ich glaub nicht dran.«

»Nur jetzt sind sie auf den Geschmack gekommen«, höhnte Thoma bekümmert. »So ein berühmter und einflussreicher Ritter als Feldhauptmann schmeckt ihnen.«

»Verdammt. O verdammt! Da leb ich seit ein paar Jahren friedlich in meinem Haus, und jetzt kommt Unruhe auf, und ich weiß nicht … Hätte der Pfalzgraf Ludwig nach mir gerufen, da wär ich gleich hin, aber jetzt soll ich auf die schwächere Seite, und das ist nicht gut.«

Daheim auf Hornberg empfing Frau Dorothea den Gemahl oben in ihrer Kemenate mit sorgenvoller Miene: »Und? Wozu hast du dich entschieden?«

Um nicht antworten zu müssen, drückte er ihr einen Kuss auf die Stirn, nahm die Hand und bedeckte auch diese mit Küssen.

»Gottfried, sag es mir!«

»Bitte, nimm doch Platz. Ich muss hinunter, hab noch einiges zu regeln.«

Vor kaum einem Monat war Dorothea aus dem Kindbett aufgestanden: Sie war noch sehr schwach, wollte aber nicht sitzen. »Nimm mir die Ungewissheit! Eher lasse ich dich nicht gehen.«

Lange ließ Götz den Atem aus den geblähten Wangen entweichen. »Erpresst haben sie mich, mich gezwungen, ihr Narr und Hauptmann zu werden.«

Frau Dorothea faltete die Hände und blickte hinauf. »Danke, Gott! O Herr, hab Dank, dass du mich erhört hast.«

»Wieso betest du hinter meinem Rücken …?« Der Ritter wischte mit dem nackten Armstumpf über die Stirn. »… betest, dass ich zu diesen undisziplinierten Rotten aus Tölpeln, Trampeln und Saufbolden gezwungen werde?«

»Mein Beschützer.« Sie schenkte ihr Lächeln und einen dankbaren Blick. »Das schreckliche Schicksal der Helfensteins in Weinsberg hat mich nicht mehr schlafen lassen. Jetzt aber weiß ich, mir und meinen Kindern bleiben das Unglück und auch die Schmach erspart.« Sie streichelte seine Wange. »Weil du, mein großer Held, für uns eintrittst.«

Götz hob Brust und Kinn, zeigte ihr den kühnen Blick aus früherer Zeit, so verließ er die Kemenate. Unten in der Halle ließ er sich schwer auf den ledernen Stuhl vor dem offenen Feuer nieder, leerte den Becher, verlangte von Thoma mehr, trank erneut bis auf den Grund, ohne abzusetzen, dann starrte er in die Flammen. »Weißt du, Junge, lieber möchte ich im tiefsten Turm bei den Türken liegen, als vor dem Bauernhaufen herzureiten.«

»In der Türkei? So weit weg?« Thoma nahm einen Schluck aus dem Krug. »Dann sind mir die Bauern schon lieber. Und, Herr, weil es nun nicht mehr zu ändern ist, solltet Ihr das Beste aus dem Unglück machen. So wie immer.« Jetzt erst erinnerte er sich an seine Pflicht und füllte auch den Becher seines Herrn.

»Bist ein kluger Bursche und hast viel von mir gelernt.« Götz drehte sich ihm zu. »Ich werde ihnen einen Feldhauptmann geben, den sie bald leid sein werden.« Er setzte an, doch ein neuer Gedanke ließ ihn innehalten. »Sinterius. Mein Sekretär muss mit. Ganz sicher werde ich unterwegs viel zu schreiben haben. Sag dem Federquäler, er soll sich bereithalten, und dass er mir ja genug Papier mitnimmt!«

Nur acht Tage? Götz versuchte es mit dem geringsten Angebot. Die Gesichter der Bauernführer blieben verschlossen. Gut, dann eben einen Monat, länger aber nicht. Jetzt hellten sich die Mienen etwas auf. Wendel Hipler und Georg Metzler waren einverstanden. In einem Monat konnte der Sieg errungen werden. Viel länger glaubten sie, die Bauern auch nicht beisammenhalten zu können, viele wollten, mussten zu ihren Höfen, Häusern und Hütten zurück. So schlecht waren in diesem Jahr die Felder bestellt.

»Zunächst sehen wir bei den Pfaffen nach.« Der erste Vorschlag des neuen Feldherrn gefiel. »Wir nehmen uns das Kloster Amorbach.«

Ein Handstreich, und die Horden des Hellen Haufens plünderten; nahmen Gewänder, Kostbarkeiten und verwüsteten die Bibliothek, weil sie sich mit Büchern nicht belasten wollten. Sie raubten die Früchte, den Wein, alles Vieh; aus der Küche nahmen sie Schüsseln, Töpfe und Pfannen, selbst die einfachen Betten der Mönche trugen sie fort. »Auf so was Feinem hab ich noch nie gelegen.«

Der Bürgermeister von Amorbach flehte: »Legt kein Feuer. Unsere eigenen Häuser stehen zu nah.« Und großzügig gewährte ihm Götz die Bitte und befahl nur den Abbruch der Gebäude. Im Angesicht der reichen Beute waren die vielen Fähnlein und Rotten des Hellen Haufens mit ihrem Führer zufrieden.

»Auf nach Würzburg!« Während der Beratung wienerte Georg Metzler die Schwertklinge mit einer Schwarte. »Es wird Zeit, dass wir dort den Oberpfaffen aus seinem Stuhl kippen.« Die Fähnleinführer klatschten ihm zu. Doch Götz hob warnend die Eisenhand. »Denkt nach, Freunde! Fürstbischof Konrad ist nicht unser Feind. Nicht nach Osten, nicht Würzburg. Unser großer Gegner ist der Truchsess. Gegen ihn müssen wir ziehen. Nach Westen, sage ich.«

»Feighals. Adelsschwein.« Von wem das böse Gezischel stammte, war nicht auszumachen, niemand aber widersprach. Götz gab nicht auf: »Leute, wir müssen dem Feind unsern Bauch zeigen und nicht den Rücken. Denkt doch an Weib und Kind. Zieht ihr jetzt auf Würzburg zu, dann werden die Bündischen nachziehen und erst eure Häuser, dann eure Hintern versengen.«

»Wir ziehen nach Würzburg!« Die Mehrheit im Rat stimmte dafür.

Am Abend befahl Götz seinem Sekretär, die Feder zu spitzen. Bis in die Nacht diktierte er, und Sinterius setzte das Gesagte in schöne Sprache um. Später las er seinem Herrn den Brief vor: »Hochwürdiger Fürst und Herr. Euer fürstliche Gnaden sollen wissen, dass ich durch Empörung des gemeinen Haufens der Bauernschaft überwältigt und gegen meinen Willen in diese Vereinigung gezwungen wurde. Ich habe mich ebenso wie viele andere Edelleute nicht wehren können. Entschuldigungen und Ausflüchte nutzten nichts, ich wurde sogar gezwungen, die Führung dieser Horden zu übernehmen ...«

Während der Sekretär alle Gründe im Einzelnen aufzählte, nickte Götz und rieb das Kinn mit der Kuppe des nackten Armstumpfes.

»... Lieber wäre ich davongeritten, hätte mein Hab und Gut im Stich gelassen, aber mein Leben und das meiner Lieben wurde bedroht, und ich konnte nicht anders handeln. Da sich die Lage nun mehr und mehr zuspitzt, muss ich mit tiefem Schmerz Euch meine Treue und mein Lehen aufkündigen, obwohl ich Euer Gnaden und dem Stift von Herzen zugetan bin. Dies zu schreiben befiehlt mir meine Ritterehre.«

»Gut so, das mit der Ehre, das wird dem Hohen Herrn gefallen. Und er wird sich gern an mich erinnern.« Der Ritter ließ sich von Thoma entkleiden, über die Schulter befahl er dem Sekretär: »Nicht das Datum von heute. Ich will etwas Abstand von der Plünderung haben. Wer weiß, was die Benediktiner später erzählen. Lass ein paar Tage dazwischen. Nimm den 3. im Mai. Sicher ist sicher.«

Die Ruhe war verloren, nichts stand mehr still. Misstrauen hatte in Würzburg das Rad angestoßen, keine Beteuerung oben vom Marienberg, keine Zugeständnisse vermochten es noch anzuhalten. Mit jedem Tag rascher war die Stadt den Zügeln ihres Hohen Herrn entglitten, selbst Rat und Bürgermeister verloren unaufhaltsam an Einfluss, und der Pöbel formierte sich. Im Weinrausch lösten sich Gesetz und alte Ordnung auf. »Wir fordern die Beseitigung aller Vorrechte der Pfaffen ...«

Die Rädelsführer jagten die Mönche aus dem Franziskanerkloster und nisteten dort ihr Parlament ein. Hans Bermeter schwenkte im Saal seinen Hut, ließ die Pfeife trillern und jubilieren. Nein, er wollte nicht selbst führen. »Nehmt den Barthel Würzburger. Der versteht das Geschäft!« Und als der Schankwirt durch Gegröle aus dreihundert Kehlen zum Hauptmann gewählt war, nahm Bermeter seinen

Adjutanten beiseite, legte ihm den Arm um die Schulter und flüsterte: »Der Barthel ist meine Puppe, und ich zieh an den Fäden. Erst wenn alles entschieden ist, dann setz ich mich vorne hin.«

Florian sah seinen Meister verständnislos an.

»Aber, Kleiner. Ist doch ganz einfach. Ich lasse ihn den Kopf hinhalten. Geht die ganze Sache gut, ist es gut, geht's aber schief, bin ich ganz leicht draußen.« Bermeter schloss mit der Hand unsichtbare Würfel ein und schüttelte sie am Ohr. »Wie viele Augen werfe ich? Na, sag es, Kleiner!«

»Sind es unsere Würfel?«

»Aber ja.«

»Dann gibt's einen Bock. Dreimal die Fünf.«

»So ist es.« Der Spielmann führte den Wurf nicht aus, dafür knuffte er dem Sohn Magdalenas gegen den Oberarm. »Nun hast du's begriffen.«

Am frühen Nachmittag des 28. April waren Bermeter, Schnappenspengler, die Brüder Dietmar und eine Rotte mit Fackeln zum Kloster Himmelspforten gezogen, hatten geplündert, sich am Weinvorrat betrunken, und ehe die Sonne versank, waren hohe Flammen aus den Dächern geschlagen.

»Am helllichten Tag? Nicht einmal die Dunkelheit warten sie ab, ehe sie schänden und brennen.« Fürstbischof Konrad presste die Fingerkuppen beider Hände gegen die Schläfen. »So weit ist die Rohheit meiner Untertanen gediehen?«

»Mein Fürst, Ihr dürft nicht selbst am Landtag teilnehmen.« Hofmeister Rotenhan versuchte aufs Neue, seinen Herrn zu überzeugen. »Der Rat hat Euch zwar freies Geleit zum Katzenwicker zugesichert. Doch seid Ihr erst einmal unten in der Stadt. Wer garantiert, dass der Pöbel nicht eigenmächtig handelt? Mein Fürst, ich sehe große Gefahr für Euer Leben.«

Da lächelte Konrad von Thüngen ein bitteres Lächeln. »Danke, Freund. Aber mit meinem Sekretär und einer Handvoll Getreuer an der Seite bin ich gut beschützt. Was also kann mir zustoßen?«

Am Morgen des 2. Mai ritt Bischof Konrad vom Marienberg hinab in die Stadt. Gleich an der Brücke erwartete ihn ein Spalier bewaffneter Bürger, und sicher erreichte der Hohe Herr den Katzenwicker.

All seine Freundlichkeit, selbst Zugeständnisse brachten keinen Erfolg.

»Ohne die Bauern sind wir nicht bereit zu verhandeln«, riefen die Gesandten. Und der Landtag scheiterte. Am Abend stieg Bischof Konrad wieder in den Sattel. Die Blicke der Bürger waren kälter geworden, doch unbehelligt gelangte er zurück auf den Berg.

Was tun? Von allen Seiten rückten die Bauernheere auf Würzburg zu. Noch einmal vergewisserte sich der Hohe Herr, ob sein Haus gegen Sturm geschützt und für die Not vorgesorgt war. Sein Hofmeister hatte mit Bedacht und größter Umsicht gehandelt. Für freies Schussfeld der Geschütze waren die Bäume im Lustgarten gefällt worden, neue Palisadenzäune standen rund ums Schloss, die Tore waren dreifach besetzt. Keller und Vorratskammern quollen über. An genügend Wasser und Wein fehlte es nicht.

Was tun? Auf dem Marienberg ausharren, bis der Truchsess mit dem Bundesheer endlich Rettung brachte? »Doch wann wird das sein?«

Sekretär Lorenz Fries hatte einen Brief entrollt und schlug nach der Lektüre mit der Hand heftig aufs Blatt, als könnte er damit den Schreiber treffen. »Um Vergebung, Herr. Wieder ein Lehensmann lässt sich entschuldigen. War es heute Morgen Graf Georg von Wertheim, so kündigt Euch dieses Mal Ritter Götz von Berlichingen die Treue auf. Auch er fühlte sich den Bedrohungen durch die Bauern nicht gewachsen. An sich wäre es um diesen alten Strauchdieb nicht schade, doch er steht jetzt an der Spitze des Bauernheeres und führt die Horden direkt auf uns zu.«

Fürstbischof Konrad ging langsam zum Fenster und blickte auf die Stadt hinunter. »O Würzburg, mein Würzburg«, flüsterte er, »du hast dein Glück verjagt. Was nun geschieht, darunter werden noch deine Kinder und Kindeskinder zu tragen haben. Und du allein musst dir die Schuld dafür geben.«

Er wandte sich dem Schreiber und den Vertrauten zu. »So sei es. Warten Wir nicht auf Unseren Untergang. Suchen Wir Schutz und Obdach bei Unserem lieben Freund, Pfalzgraf Ludwig in Heidelberg.«

Am späten Nachmittag des 5. Mai verließ der Hohe Herr, hoch zu Ross und gerüstet wie ein Ritter, in Begleitung seiner engsten Ratgeber den Marienberg.

Zurück blieben Dompropst Markgraf Friedrich von Brandenburg, als Statthalter und oberster Hauptmann, wie auch Hofmeister Sebastian Rotenhan, ihm war die Verteidigung des Schlosses anvertraut worden, und noch am selben Abend nahm er der vierhundert Mann starken Besatzung den Treueid ab. »Wir schwören …« Niemand durfte nunmehr den Berg verlassen. Es war bei Strafe verboten, mit Außenstehenden Gespräche zu führen oder ihnen gar Zeichen zu geben. »… Wir kämpfen bis zum Tod. Dies schwören wir bei Gott und den Heiligen.«

Jubel tobte im Saal des Franziskanerklosters, auf Anraten Bermeters entsandte der Vorsitzende des Parlaments Boten zum fränkischen Heer, Boten zum Hellen Haufen vom Odenwald und Neckartal. »Der Bischof ist geflohen! Kommt, kommt nach Würzburg! Bringt Sturmleitern und Geschütze mit. Der Pfaffenstuhl soll kippen.«

Am 6. Mai bei Sonnuntergang erreichte Ritter Florian Geyer mit seiner Schwarzen Schar und dem fränkischen Heer die kleine Stadt Heidingsfeld. Im Angesicht des Schlosses und der Stadt Würzburg ließ er eine Zeltstadt errichten. Götz von Berlichingen traf einen Tag später mit dem Hellen Haufen ein. Er befahl, das Lager bei Höchberg oberhalb Würzburgs aufzuschlagen.

»Kommt nach Würzburg …« Und mehr als zwanzigtausend durstige und beutehungrige Bauern waren gekommen.

Im Grafeneckart schwiegen die Ratsherren betroffen, schließlich sprach Bürgermeister Heyssner aus, was alle so in Furcht versetzt hatte: »Wer soll diese Bäuche füllen? Wer bewahrt uns vor Plünderung und Gier?« Und als wäre dies nicht schon genug, setzte er düster hinzu: »Freunde und Kollegen, denkt an Weinsberg, ihr wisst, was dort geschehen ist. Gott sei uns gnädig!«

Ein linder Maimorgen umarmte Wittenberg. Die Tür zur Druckerei am Rand des Marktplatzes klemmte leicht. Martin Luther drückte, ruckte, das Holzblatt schlug oben gegen die kleine Glocke, und ein widerwilliges Läuten tönte durch den Werkraum.

»Gott zum Gruße, Meister Joseph.«

Nur leicht hob der Drucker den Kopf vom Satzschiff, das linke Auge ließ er zugepresst, vor dem rechten klemmte, von einem Lederband gehalten, die Lupe; mit diesem Zyklopenblick sah er den Besucher an. »Einen Moment noch.« Dann wandte er sich erneut den Lettern zu.

Um ihn nicht zu stören, blieb Martin einige Schritte entfernt von der Presse stehen. Im Raum schwang weicher Geruch nach Leinöl und Ruß, legte sich nach wenigen Atemzügen auf die Zunge und schmeckte angenehm nach gutem Holz.

Warum schwieg der Meister? Er, der sonst gleich über den Inhalt eines Textes sprechen wollte, wissbegierige Fragen stellte?

Von dem nach vorn gebeugten Rücken ging Ablehnung aus, deutlich empfand Martin sie und spürte gleich wieder den Magen; die ganze Nacht über hatte er unter dem beklemmenden Druckschmerz gelitten, war häufig aufgestanden, um in kleinen Schlucken angewärmtes Wasser zu trinken.

»Was ist dir?«

»Ich verrichte meine Arbeit«, brummte Meister Joseph. »Ihr bringt mir Euer Manuskript. Ich drucke es.« Mit beinah zornigem Schwung schlang er die Schnur mehrmals um die fertig gesetzte Seite aus Bleilettern und steckte sie fest.

»Wenn dich etwas bedrückt, so sag es nur!«

»Dies ist die Druckerei von Lucas Cranach. Ich weiß nicht, ob es meinem Arbeitgeber gefallen wird, wenn ich seinen besten Freund verärgere. Zumal mir Euer Gesangbuch im letzten Jahr so sehr gefallen hat. Es war viel Arbeit, aber mit Freude ging sie leicht von der Hand.« Mit einer Messingschiene schob er den Titel und drei gesetzte Textseiten zu einem Viereck zusammen. »Diese Flugschrift hier war nur Mühe, nur Plackerei. So oft hab ich die Buchstaben verdrehen müssen, als wollten sie sich einfach nicht zu diesen Worten zusammenrücken lassen.«

Martin verschränkte die Hände hinter dem Rücken und ging einige Schritte auf und ab. »Du kannst dich also nicht mit dem Text anfreunden?«

»Anfreunden?« Meister Joseph fasste den Ballen aus Hundehaut am Stiel und deutete vor sich auf das Satzschiff. »Wenn Ihr mich so fragt und ich meine Meinung sagen darf, Doktor: Schlimm ist der Text und … und, verzeiht mir, nicht christlich.«

»Was verstehst du schon?«

»Nichts, Herr.« Das große Auge starrte furchtlos den Gelehrten an. »Nur weiß ich genau, was ich noch vor vierzehn Tagen von Euch gedruckt habe. Das klang ganz anders. Da habt Ihr den Bauern noch freundlich zugeredet, sie sollten nicht Gewalt üben. Und Ihr habt auch die Fürsten ermahnt, dass sie das gut bedenken sollten, was die armen Leute fordern. Diese Flugschrift war für beide Seiten gedacht. Aber jetzt …« Er schwenkte den Ballen einige Male durch die Farbkiste und schwärzte die Druckplatte. »Nein, Herr, das hier hilft dem Frieden nicht.«

Martin trat einen schnellen Schritt vor, musste tief atmen, bis er die Stimme wieder in der Gewalt hatte. »Kennst du die jüngsten Nachrichten? Weißt du, wozu diese Teufel im Stande sind? Nein? Nun dann will ich dir von Weinsberg unten bei Heilbronn erzählen …«

Und er berichtete vom elenden Tod des Helfensteiners und seiner Ritter. Meister Joseph hatte noch den Papierbogen aufgelegt, war auch mit der Bürste schon die ersten Male fest darübergefahren, dann stand er mit offenem Mund nur da und hörte das Entsetzliche.

»Großer Gott …«

»Und diese Unmenschen nennen sich Christen, berufen sich auf mich.« Vor Aufregung fehlte der Speichel, Martin hustete, fuhr mit der Zunge über die Lippen. »Aber ich bin nicht der geistige Führer dieser Empörung. Nichts hab ich mit ihr gemein. Die Unholde gefährden alles, was schon erreicht ist. Es geht um meine Reformation.« Er hielt inne und setzte ruhiger hinzu. »Verzeih! Du siehst, ich musste diesen Text schreiben. Nun lass uns den Andruck sehen.«

Nicht mehr ganz so ablehnend in der Körperhaltung, drückte und rieb Meister Joseph mithilfe der Bürste den Papierbogen glatt auf die Lettern und hob ihn dann im Schwung einer Woge ab. Martin folgte dem Drucker zum Holztisch. Umrankt von Geäst und Gitterornamenten, stach der Titel in fetten Lettern hervor: »Wider die räuberischen und mörderischen Rotten der Bauern.«

Ohne die feuchte Schrift zu berühren, deutete Martin auf die ersten Zeilen. »Hier sag ich's doch klar und deutlich. Weil sie sich nicht an meine Ermahnungen gehalten haben, sondern rauben und toben wie rasende Hunde, deshalb musste ich nun diese Schrift verfassen.«

»Aber, Doktor, Ihr schreibt jetzt so, als läge die Schuld nur auf einer Seite, Ihr klagt allein die Bauern an, verurteilt nur sie allein.«

»Und warum? Aufruhr, mein Freund, Aufruhr ist das schlimmste Übel …« Martin suchte die Stelle. »Hier: Denn Aufruhr ist nicht ein schlichter Mord, sondern wie ein großes Feuer, das ein ganzes Land anzündet und verwüstet …« Er betonte jedes Wort: »… Also gebiert Aufruhr ein Land voller Morde und furchtbaren Blutvergießens. Er macht Witwen und Waisen und zerstört alles wie das allergrößte Unglück.« Zorn und Eifer übermannten Martin, lauter drohender wurde seine Stimme: »Darum soll jetzt zuschlagen, würgen und stechen, wer da kann, und zwar heimlich oder öffentlich. Und er soll dabei denken, dass es nichts Giftigeres, Schädlicheres, Teuflischeres geben kann als einen aufrührerischen Menschen. Es ist so, wie man einen tollen Hund totschlagen muss: Schlägst du ihn nicht, so schlägt er dich und gleich ein ganzes Land mit dir.«

Meister Joseph schob das Lupenglas langsam vom Auge hoch in die Stirn. »So ganz ohne Erbarmen? Das macht mir den Text so schwer.«

»Verstehst du immer noch nicht? Denk an Weinsberg! Es ist schon zu spät.« Erneut wollte Martin seinen Text antworten lassen, ließ alle Vorsicht außer Acht und tippte mit dem Finger immer wieder auf den Absatz: »… Darum darf jetzt nicht geschlafen werden. Es zählen auch nicht mehr Geduld oder Barmherzigkeit. Jetzt ist die Zeit des Schwerts und des Zorns und nicht die Zeit der Gnade. So soll nun die Obrigkeit getrost vorrücken und mit gutem Gewissen dreinschlagen, solange noch Blut durch ihre Adern rinnt.«

Meister Joseph betrachtete den Papierbogen, beugte sich über die nun verschmierten Zeilen. »Und auch dafür gibt es in der Bibel eine Rechtfertigung?«

»Aber ja, mein Freund. Schlag nur im Römerbrief nach.« Jetzt erst bemerkte Martin die Druckerschwärze auf seiner Fingerkuppe und bat um einen Lappen: »Ehe sie antrocknet.«

»So leicht wird's nicht gehen mit dem Abwischen.« Der Meister wiegte den Kopf. »Solche Schwärze bleibt lang an einem haften.«

Nur das Schlimmste hatte verhindert werden können: Keine Plünderung der Stadt, und die Weinberge ringsum sollten nicht verwüstet werden. »Außerdem wird kein Bürger verpflichtet, bei der Erstürmung des Schlosses zu helfen.« Für diese Zugeständnisse hatten Bürgermeister und Rat den Hauptleuten die Tore geöffnet und Proviant und Getreide, vor allem Wein, viel Wein, in beide Zeltlager geliefert. Bis auf die Stube des Stadtschreibers unterm Dach mussten im Grafeneckart die Herren ihre Stühle räumen, durften dafür im Saal des Domkapitels weiter Sitzungen abhalten und hatten Rathaus samt Schankstube dem Feldhauptmann Ritter Götz von Berlichingen als Hauptquartier überlassen.

»Sorgt mir ja für ein weiches Bett«, befahl er Thoma und Sinterius. »Dieses verdammte Reiten. Mein Arsch ist wieder elend sattelwund.«

Einen Steinwurf entfernt bezog Florian Geyer mit den Unterführern das Gasthaus im hinteren Gressenhof. War der schlanke Junker anwesend, so ließ er einen Morgenstern zum Erkerfenster hinaushängen. »Die Leute sollen sehen, dass wir hier nicht zum Spaß sind.«

Trommeln und Pfeifen … Kein Gesang mehr, der Duft nach Weihrauch verflüchtigt sich … Til schreitet in der Prozession. Mit drei anderen Ratsherren stützt er den Himmel, unter dem der Priester das Allerheiligste trägt … Das Trommeln und Pfeifen kommt näher, will nicht aufhören … Sein Arm erlahmt, kann die Last nicht länger tragen, der Baldachin schwankt, sinkt nieder … Stoff nimmt den Atem … er droht zu ersticken. Verzweifelt versucht Til sich zu befreien …

Dann war er wach, auf der Brust hielt er das Kopfkissen in den Fäusten. »Ein Traum«, brummte er und drehte sich auf die Seite. Doch das Trommeln und Pfeifen verstummte nicht. Cantate, dachte er, heute ist Sonntag Cantate. Aber für den Kirchgang war es viel zu früh? Und dieses Lärmen klang bei Gott nicht nach Glocken und fröhlichem Singen? So rasch es der Rücken erlaubte, erhob er sich. Über den Dächern graute ein milder Maimorgen, doch kein Dehnen und tiefes Einatmen am Fenster; aus Südosten, von Heidingsfeld her, näherte sich das helle Schlagen. Die durchdringenden Pfiffe und ihr Rhythmus trieben Til einen Schauer über den Rücken. Während er hastig die Schlafstube verließ, warf er sich den Hausmantel über.

Ein Stockwerk höher pochte er an die Tür des Nähzimmers. Gleich öffnete ihm Rupert: »Meister?«

»Es geht los.«

»Dacht es schon. Als ich sie das erste Mal gehört hab, hat's gerade drei vom Turm geschlagen.«

Seit die Bauernheere vor Würzburg lagerten und Straßen und Gassen innerhalb der Stadt bei Tag, vor allem aber während der Nacht, nicht mehr sicher waren, wohnten Rupert und seine Frau mit im Wolfmannsziechlein.

Schon angekleidet kam Magdalena hinzu. »Welche sind es?«

»Ich meine, die vom Schwarzen Haufen, die aus dem Lager bei Heidingsfeld.« Til schüttelte den Kopf. »Bis vorgestern hatte ich noch auf eine friedliche Lösung gehofft. Aber als uns vom obersten Bauernrat mitgeteilt wurde, dass die letzten Verhandlungen zwischen den Haufen und der Schlossbesatzung ohne Ergebnis abgebrochen wären, da habe ich die Hoffnung aufgegeben.«

Rupert sollte die beiden Söhne und die noch verbliebenen Gesellen wecken. »Ich möchte, dass Waffen und Röcke im Hof bereitliegen.« Magdalena bat er, in die Kammer der Mägde zu gehen. »Versuch gleich, sie zu beruhigen. Dies ist nur eine Vorsichtsmaßnahme.« Jede hatte sich anzukleiden und der gewohnten Arbeit nachzugehen. »Wir sehen uns dann gleich unten beim Frühmahl.«

In der großen Stube lastete Anspannung: kein lautes Absetzen der Breischalen, schon das Knarren eines Stuhls verursachte Stirnrunzeln. Jeder horchte zu den geöffneten Fenstern hin. Nur Tobias und drei Gesellen saßen noch mit am Tisch, die anderen zehn hatten es vorgezogen, Würzburg zu verlassen, sie wollten wieder auf Wanderschaft und sich irgendwo im Norden bei einem Meister verdingen, in einer Gegend, wo weder Aufruhr noch Tod regierten, vielleicht in Köln oder Aachen …

Das Trommeln und Pfeifen war verstummt. Die neue Stille quälte. Da draußen stirbt der Frieden, dachte Magdalena und hatte ein weißes Fabeltier vor Augen, sah, wie es im Morast versank.

Die Glocke tönte vom Dom herüber. Der vierte Schlag verebbte.

Donnern, hartes Knallen, gleich gefolgt wieder von Gedonner. Magdalena stieß mit der Hand gegen ihren Napf, konnte ihn gerade noch festhalten. Für einige Atemzüge schwiegen die Geschütze, um gleich darauf erneut aufzubrüllen, dann wieder schwiegen sie, und erneut setzte das Wummern und Krachen ein, lauter und heftiger als zuvor.

Hans tippte Barthel auf den Arm. »Wir sollten nachsehen ...«

»Ihr bleibt. Ich will nicht ...« Gleich unterbrach sich der Vater. »Verzeiht. Ich wollte nicht befehlen. Die Sorge, versteht ihr ... Ja, es ist sicher besser, wenn wir wissen, was draußen vorgeht.«

Vor der Tür befestigten sich die Brüder noch gegenseitig die Helme, als Jörg mit seiner Frau atemlos den Hof erreichte. »Wo wollt ihr hin?«

Er war von seinem Haus in der Wagengasse zuerst hinunter zur Mainbrücke gelaufen und dann hergekommen. »Geht besser nicht! Wer weiß, was noch geschieht.« Barthel und Hans legten die Eisenhauben wieder ab und folgten dem Ältesten und der Schwägerin ins Haus.

»Sie schießen vom Niklasberg.« Auf der Anhöhe direkt dem Schloss gegenüber hatten die Bauern ihre Artillerie hinter Schanzkörben in Stellung gebracht. »Aus fünf Rohren feuern sie, doch die Reichweite fehlt.« Jörg schien erleichtert, sogar etwas Schadenfreude schwang mit. »Einige hohe Kugeln fallen zwar auf die Überdachung der Wehrmauern. Die meisten aber prallen einfach ab.«

Um genauer zu sehen, wäre er gern auf die aneinandergeketteten Flöße unterhalb der Mainbrücke gegangen. Doch dieser durch die Steinbögen geschützte Übergang war nur den Bewaffneten vorbehalten. »In jedem Fall weiß ich, dass auf der anderen Seite die Bauern vom Deutschhaus her mit kleinen Geschützen feuern. Die knallen aber nur laut. Oben im Schloss können die kaum was anrichten.«

Til ballte beide Hände langsam zu Fäusten. »Und doch, so fürchte ich, werden die Bauern nicht aufgeben. Im Gegenteil.«

»Was haltet ihr die Mäuler offen?« Betont forsch klatschte Magdalena den Mädchen. »Nehmt das Geschirr, und ab mit euch in die Küche!« Sie zwang sich zu scherzen. »Glaubt ihr etwa, nur weil da draußen Krieg geführt wird, gäb's keine Arbeit. Nun bewegt euch schon!« Sie nahm die Frau des Ältesten der Brüder am Arm, stärkte sich einen Moment an Tils dankbarem Blick und verließ den Speiseraum.

»Ihr könnt euch auch nützlich machen.« Der Meister bat Rupert und die Gesellen, nach den Tieren zu sehen. Die Pferde sollten beruhigt werden, auch eine Kontrolle im Hühner- und Kaninchenstall sei sicher notwendig.

Der heftige Beschuss hatte nachgelassen, die Pausen wurden größer. Jetzt noch einmal nachschauen? Sich vergewissern? Nein, sie wollten noch abwarten.

Während Jörg mit Hans überlegte, wie lange die Burgbesatzung den Bauern Widerstand leisten könnte, setzte sich der Vater zu dem jüngsten Sohn. »Für gewöhnlich hab ich deinem Meister Johann Wagenknecht hin und wieder kleinere Aufträge zu malen gegeben. Er ist aber in dieser schlimmen Zeit genau wie ich zu sehr mit den Kämpfen zwischen Stadtrat, Bauernführern und den Burschen vom Parlament beschäftigt. Deshalb dachte ich, dass du mir helfen könntest.«

Barthel staunte den Vater an. »Du meinst, ich soll ... ich darf für dich malen?«

»Sobald wieder ruhigere Tage kommen. Mein Beweinungsrelief für Rimpar, weißt du, die Augen ...«

Ein dumpfes Donnern ließ alle im Zimmer aufspringen. Grollen und Wummern wurden mächtiger. Furchtbares Krachen kam vom Haus auf der anderen Seite der Franziskanergasse. Gleich folgte helles Pfeifen, dann schlug drüben eine zweite Kugel ins Dach. Balken brachen, Ziegel regneten nieder, Wände stürzten. Wieder ein Treffer, und das Gebäude sank in sich zusammen.

»Das sind die großen Kartaunen von der Burg.« Jörg war blass geworden. »Sie beschießen nicht die Bauern. Sie zielen auf die Stadt. Sie ... sie meinen das Parlament im Franziskanerkloster. Und wir sind gleich nebenan ...«

Ein gewaltiger Schlag vom Innenhof her. Geschrei folgte. Entsetzen. Die Mägde schrien durch den Flur; Magdalena öffnete die Stubentür: »Was jetzt?«

Hinter ihr tauchten Rupert und die Gesellen auf. »Im Hof ist ein Loch. Nur gut, dass die Kugel nicht unser Haus getroffen hat.«

»Meine Werkstatt ... Nein!« Til schlug sich gegen die Stirn, zunächst gab es Wichtigeres: »Ihr Frauen, sofort runter in den Keller. Bleibt dort, bis das Schießen mal aufhört. Dann flieht ihr. Die Kirchen werden sicher nicht beschossen. Dahin!«

Magdalena nickte. »Besser, wir versuchen zum Katzenwicker rüberzukommen. An der hinteren Mauer, da verstecken wir uns. Sein eigenes Haus wird der Bischof nicht zerstören wollen.« Gefährlich dicht heulten die Kugeln über das Dach hinweg. Keine Zeit mehr für Verabredungen. Sie lief mit den Frauen in Richtung Kellertreppe.

»Wir schlagen uns zur Brücke durch.« Jörg hatte sich wieder gefasst. »Auf den Flößen sind wir geschützt. Die können sie von oben nicht treffen.« Rupert hatte mit den Gesellen die Lederkoller und Helme ins Haus gebracht. Wortlos kleideten sich die Männer an; bei jedem Krachen in der Nähe fuhren sie zusammen. Til war gerüstet, selbst den Helm hatte er aufgesetzt. »Geht ihr vor. Ich komme gleich nach.«

»Du bleibst, Vater. Steig zu den Frauen runter in den Keller.« Hans fasste seinen Arm. »So schnell kannst du nicht mehr laufen. Bitte, hör auf mich!«

Mit ruhigem Griff befreite sich Til. »Danke, Junge, dass du dich sorgst. Also gut, dann werde ich versuchen, die Frauen zum Katzenwicker zu führen. Erst aber muss ich in die Werkstatt und sehen, wie ich mein Relief besser sichern kann.«

»Aber, Vater, das ist jetzt nicht wichtig. Du musst dich retten.«

»Genug jetzt.« Til blickte in die Gesichter. »Ich möchte euch alle wiedersehen, hört ihr, keinen möchte ich missen. Gott behüte euch. Und nun geht!«

Die Söhne, Rupert und auch die Gesellen huschten hinaus. Allein Tobias blieb an der Tür stehen.

»Was ist mit dir?«

»Ich bleibe. So lange schon bin ich bei Euch, deshalb.«

Nur ein kurzes Zucken in den Mundwinkeln. »Dann komm mit in die Werkstatt!«

Trümmer lagen auf der Straße vom Dom zur Brücke. Oben aus den Scharten der Wehrtürme blitzte Mündungsfeuer, das Knallen folgte, und der Kugelchor sang heulend das Lied zum Sonntag Cantate, ehe er Verwüstung und Tod in die Stadtviertel brachte. Eng an den Hauswänden entlang schafften es die Männer vom Wolfmannsziechlein bis zur Floßbrücke. Keine Absperrung mehr. Dort kauerten Bürger dicht an dicht, hielten sich die Ohren zu oder verbargen die Köpfe unter den Armen, viele weinten. Rupert fand gleich auf dem ersten Floß noch einen sicheren Platz, die Söhne des Bildschnitzers mussten sich mit den Gesellen fast bis zum anderen Ufer durchzwängen.

Nach einer Stunde schwiegen die Kanonen. Auch auf dem Niklasberg und neben dem Deutschhaus wurde das Feuer eingestellt. Unter der Steinbrücke wagten die Menschen aufzublicken.

»Wehrt euch!« Hans Bermeter stand am Steg und schwenkte seinen Federhut. »Ich bin beauftragt, starke Männer zu holen. Die da oben töten unsere Frauen und Kinder. Wir müssen uns endlich wehren. Wozu haben wir gute Feldschlangen in Stellung? Nur schnell. Der Geschützmeister braucht noch Leute, die ihm helfen. Wer hat Mut? Wer rettet unsere Stadt?«

Die Männer neben Rupert überlegten nicht lange, sie stießen ihn an. »Du auch. Los, komm!« Und er ließ sich mitziehen.

Ehe sie die Stellung neben dem Pleidenturm erreichten, setzte vom Marienberg wieder der Beschuss ein. Bermeter lief gebückt voran, schickte die Helfer zu den vier Feldschlangen. »Der Geschützmeister wird euch einteilen.« Gleich zog er sich hinter den Turm zurück. Dort im sicheren Schatten streckte er einem Ratsherren die Hand hin. »Ich hab genug Männer gebracht. Schlag ein, Freund. Wir sind auf der gleichen Seite. Die anderen Herren von Rat zögern, sind zu feige. Aber du nicht. Und wenn das Schloss unten ist, dann hast du deinen Teil daran. Und ich werde es bezeugen. Also gibt den Befehl!«

Die Augen leuchteten vor Übereifer, der junge Ratsherr schlug ein und schritt zum Meister Hans Woltz. »Im Namen des Stadtrates: Zünd an und schieß! Zeig's denen da oben und hör nicht auf, solange noch Kugeln und Pulver da sind.«

Und die Geschütze donnerten, schossen fünfzehn Pfund schwere Eisenungeheuer hinauf zum Schloss. Trotz aller Schwüre, sich zu enthalten, und gegen den Willen der meisten Ratsherren hatte die Stadt begonnen, bei der Eroberung des Frauenberges mit einzugreifen. Bald richteten die Verteidiger auch einige Rohre auf die Stellung nahe dem Pleidenturm, wehrten sich nun gegen dreifachen Beschuss. Ihr Hauptziel aber blieb die Stadt.

Gegen Mittag zogen vom Lager bei Höchberg auch die Horden des Hellen Haufens in Richtung Würzburg. Sie hatten nicht länger auf einen Befehl ihres Feldhauptmannes Götz von Berlichingen warten wollen. Zu groß war die Sorge, dass ihnen der Schwarze Haufe mit dem Frankenheer zu viel Beute wegschnappen könnte, und während über ihnen die Kugeln sangen, fielen sie auf der linken Mainseite unterhalb des Schlosses in die Vorstadt ein, brachen die Weinkeller von St. Burkard auf und tranken und johlten …

»Sauhaufen sind es, mehr nicht«, grollte Florian Geyer in der mit Sandsäcken gesicherten Schankstube des Rathauses; er blickte den Feldhauptmann des Hellen Haufens scharf an. »Ohne jede Disziplin, ohne Ordnung.«

Götz schlug die Eisenfaust auf den Tisch. »Was hör ich da?« Zorn wölbte die Stirnader. »Werter Herr, wollt Ihr mir etwa für diese … diese unfähigen Bauern die Schuld geben. Ich habe sie nicht ausgebildet.« Die Stimme wurde lauter. »Verdammt, seht mich nicht so herablassend an! Ich trug schon Rüstung, als Ihr noch gar nicht geboren wart.«

»Keinen Streit, bitte.« Vergeblich hob Georg Metzler, der Oberste im Bauernrat, beschwichtigend die Arme. Götz stürmte durch den Raum zum Fenster, deutete durch einen schmalen Spalt zwischen den Sandsäcken. »Und was richten Eure Geschütze aus? Der Herr will ein tüchtiger Feldhauptmann sein und beschießt ein Schloss, doch die Kugeln schaffen es gar nicht bis zu den Mauern. So wie … wie ein Knabenschwanz, der noch vor dem Freudental losspritzt.« Götz lachte allein über den Vergleich, suchte Zustimmung bei den Obersten des Bauernrates. »Hab ich recht? Oder?«

Vorsorglich stellte sich Metzler dem Junker aus Giebelstatt in den Weg. »Mäßigt Euch. Beide. Das ist ein Befehl!«

Florian Geyer rang mit sich, die Vernunft siegte schließlich, und er sagte betont sachlich: »Es ist wahr, unsere Geschütze sind zu schwach. Wir benötigen schwere Kartaunen und Notschlangen, und zwar rasch. Sonst werden wir das Schloss nicht bezwingen.« Er wusste auch, woher die Verstärkung kommen sollte. »Wenn ich mit Nachdruck den christlichen Brüdern in Rothenburg unsere Lage schildere, werden sie nicht zögern und uns ihre Geschütze ausleihen. Bis dahin aber ...« Er vermied es, Götz von Berlichingen anzusehen. »... sollte nichts mehr gegen den Marienberg unternommen werden. Jeder übereilte Schritt schadet unserer Sache.«

»Du verlangst sehr viel«, brummte der Oberste des Bauernrates. »Die Leute da draußen haben schon zu lange gewartet. Solch einen Befehl durchzusetzen, das wird schwer werden.«

»Aber Ihr habt doch den erfahrenen Ritter mit der eisernen Hand, damit wird er schon durchgreifen.« Florian zahlte jetzt zurück. »Er lag schon mit seinen Strauchdieben im Hinterhalt, als wir noch Knaben waren. Ritter Götz weiß also genau, wie mit undisziplinierten Horden umzugehen ist.«

»Du kannst mich ...« Auch Götz gelang es, sich zu beherrschen, und er beendete den Satz nicht.

Georg Metzler ließ rasch das Hilfegesuch aufsetzen, und schon eine Stunde später verließ Florian Geyer, ungeachtet des anhaltenden Artilleriegefechts, mit einem Kuriertrupp durchs Sander Tor die Stadt, war unterwegs nach Rothenburg.

Bei Einbruch der Dämmerung ließ das Schießen endlich nach, bald schwiegen die Geschütze ganz. Nichts war von den Angreifern erreicht, kaum einen Stein hatte das Schloss verloren. In der Stadt aber starrten die Bürger mit entsetzten Blicken auf die Schäden ... das zerstörte Dach ... ihr eingestürztes Haus.

Meister Tilman Riemenschneider kehrte noch vor den Männern mit Magdalena und den Mädchen ins Wolfmannsziechlein zurück. Der erste Blick galt den Tieren. Die Pferde standen ruhig da, auch Hühner und Kaninchen hatten den Tag schadlos überlebt. Nach kurzer Inspektion des Wohnhauses und der Werkstatt trat Til erleichtert wieder nach draußen. Bis auf diesen einen Einschlag im Hof gab es keine Schäden. »Wir sind verschont geblieben.«

Die Söhne kamen mit den Gesellen durchs Tor, unversehrt.

»Wo ist Rupert?« Magdalena tastete unter ihr Kinn, zerknüllte die Enden des Kopftuches.

»Wir dachten, er ist schon vorausgegangen.« Jörg sah sich um, dann senkte er den Blick.

»Habt ihr nicht auf ihn …« Magdalena flüsterte: »…nicht auf ihn geachtet?«

»Das war nicht möglich. Er blieb gleich ganz vorn, wir mussten weiter durch. Als dann alle von der Floßbrücke zurück in die Stadt drängten, haben wir ihn nicht gesehen.«

»Aber er muss doch …«

»Da!« Barthel lachte und wies mit der Hand ins Dunkel der überdachten Einfahrt. »Da kommt er doch.«

Aus Angst geborenes Glück weckt leicht auch Zorn. Magdalena lief auf ihn zu: »Wieso … Wieso bleibst du nicht bei den anderen?« Sie ballte die Fäuste vor ihrem Mund, war wieder ruhiger. »Verflucht, Mann. Ich habe mir Sorgen gemacht.«

Rupert strich ihr behutsam über den Oberarm. »Bin ja jetzt da.«

Hinter ihnen räusperte sich Til, dennoch blieb seine Stimme belegt: »Ehe wir nun ins Haus gehen, sollten wir danken. In seiner Barmherzigkeit hat Gott uns bewahrt.« Er führte die Fingerkuppen zur Stirn. »Im Namen des Vaters …« Und leise fielen alle mit ein.

Später, erst oben in der Kammer, berichtete Rupert ihr von seiner Mithilfe an den städtischen Geschützen.

Magdalena fasste es nicht, musste sich setzen. »Aber sie haben doch genau dorthin gefeuert? Die von der Burg. Und du …?«

»Kugeln hab ich rangeschleppt und ins Rohr getan, mehr nicht. Ich war immer hinter den Schanzkörben.«

»Aber wieso? Wer hat dich dazu gezwungen?«

»Niemand. Freiwillig sollte ich mitgehen.« In sonderbarer Entschlossenheit griff Rupert nach der Schere und schnitt über seinem Ohr große Haarbüschel ab. »Der Hans Bermeter kam und hat nach Männern gerufen. Die Stadt sollten wir verteidigen. Und weil das sicher gut ist, bin ich mit.«

»Großer Gott. Mann, nichts ist gut daran …« Sie unterbrach sich, zeigte auf seinen Kopf. »Verflucht, was tust du da?«

»Den Schädel scheren.« Rupert schmunzelte über ihr verständnisloses Gesicht. »So passt der Helm besser. Die andern scheren sich auch den Kopf. Für morgen.«

»Was ist morgen?«

Keine Antwort, ruhig schnitt Rupert weiter.

»Sag es mir!«

Er seufzte, legte die Hand mit der Schere auf sein Knie. »Immer hab ich in den letzten Wochen gedacht, ich muss auch was tun. Für meine Frau und die Mädchen, auch für deinen Jakob. Aber so wie die Bauern da draußen sind, so wollt ich nicht sein. Nicht so.« Rupert wagte, ihr in die Augen zu sehen. »Aber heute, weil Not über uns und die ganze Stadt gekommen ist. Da hab ich gern geholfen. Und morgen Nacht wollen sie rauf auf den Berg, auch viele von den Bürgern. Und da geh ich mit. Und deshalb müssen die Haare runter.«

»Nein!« Magdalena sprang auf und riss ihm die Schere aus der Hand. »Du gehst nicht. Einen Mann hab ich schon verloren, der Kummer reicht mir. Du bleibst, und wenn ich dich … und wenn … Ganz egal, du bleibst.«

»Aber versteh doch!«

»Nichts will ich verstehen.« Sie rannte zum Fenster, starrte hinaus, kehrte gefasster zurück. »Bitte hör auf mich! Du weißt, wie Holz gesägt wird, weißt, wie Steine aus dem Bruch geholt werden, so schön hast du den Weinberg neu angelegt, alles hier im Haus kannst du richten, aber vom Kriegshandwerk versteht du nichts.«

Er rieb die Narbe an seinem Hals. »Die anderen sind auch nicht geübt.«

»Das ist es ja. Und überhaupt sollten die Bürger sich ganz raushalten. Frag den Herrn. Keiner muss mit den Bauern gegen den Berg anrennen. Bitte, Lieber!« So behutsam wie eine Wunde berührte sie die kahle Stelle über dem Ohr. »Was heute war, ist genug. Schneid nicht noch mehr ab.«

30

Seit dem frühen Montagmorgen hatte es immer wieder geregnet, leichte warme Maischauer gingen nieder, gegen Mittag dann klarte der Himmel auf. »Seht doch! Da, ein Regenbogen.« Die Bürger blieben auf den Straßen stehen, zeigten hinauf zum Marienberg. Das majestätische Farbenspiel wuchs aus den Hügeln im Norden, spannte seinen Bogen hoch übers Schloss und neigte sich nieder in den südlichen Anhöhen.

»Wir sind verloren«, flüsterten Wächter oben auf den Wehrtürmen. »Das ist das Zeichen. Den Bauern entkommen wir nicht. Sie werden uns fangen und erschlagen.«

»Was redet ihr da?«, wehrten sich andere und versuchten ihre Angst abzuschütteln. »Das ist ein gutes Zeichen. Hört ihr? Der Regenbogen beschützt uns. Nichts, gar nichts kann uns jetzt der Feind mehr anhaben.«

Angetrunkene Bauern kamen nachmittags von der anderen Mainseite, schwärmten in die Stadt und kehrten mit Leitern und Fackeln, Wurfhaken und Äxten, mit allem, was für einen Sturm nötig war, zurück und schafften es, gedeckt von der Steinbrücke, über die Flöße nach St. Burkard hinüber.

Im Grünen Baum saß Ritter Götz von Berlichingen, sein Knappe hatte ihm das gebratene Huhn in Happen zerkleinert, und während Flügel-, Bein- und Bruststücke von der Messerspitze im ritterlichen Mund verschwanden, musste ihm Sinterius von der Lage draußen berichten. Als der Schreiber geendet hatte, spülte Götz einen Becher Wein nach, schwieg einige Zeit, schließlich rülpste er befreit. »Diese Tölpel wollen also wirklich hinauf? Ohne dass die Mauern sturmreif sind?«

»Zwei Fähnlein vom Hellen Haufen.« Sinterius deutete mit dem Kopf in Richtung Main. »Wortführer sind dieselben Männer, die sich gestern drüben in der Vorstadt eingenistet haben. Oben vom Lager wollen sich welche anschließen, und auch einige Bürger der Stadt machen sich bereit.«

»Und ausgerechnet heute, da sich dieser saubere Junker Geyer in Rothenburg rumtreibt.«

Thoma seufzte und erinnerte seinen Ritter: »Es darf nichts unternommen werden, bis er mit den Geschützen zurück ist. Darin habt Ihr eingewilligt, Herr.«

»Weiß ich«, blaffte Götz. »Und hör auf, mich zu ermahnen, sonst …« Nachdenklich wischte er sich das fettige Kinn ab. »Noch zwei Wochen, dann ist meine Zeit hier um, dann bin ich den Feldhauptmann los. Deshalb, meine Buben, müssen wir auch an später denken.« Lebhaft erhob er sich. »Federquäler. Nach oben mit dir ans Schreibpult.« Er wollte die Fähnlein auffordern, sich zurückzuhalten. »Das ist meine Pflicht. Allerdings formulieren wir den Befehl so höflich, dass sie ihn sicher nicht befolgen werden. Und außerdem …«

Von draußen näherten sich Stimmen. Rasch gab der Ritter seinem Knappen Anweisung. »Bleib hier und sorg dafür, dass wir oben nicht gestört werden.« Gleich entschwand er mit Sinterius durch die Tür zur Treppe.

Oben in seinem Gemach legte er dem Schreiber die Linke auf die Schulter: »Den Befehl wirst du nachher ins Lager bei Höchberg bringen. Offiziell weiß ich ja nichts von den Kerlen in St. Burkard.«

»Aber, Herr, dann kommt er zu spät …«

»Ist das unsere Schuld?« Götz senkte die Stimme. »Und noch etwas. Ich werde dir zusätzlich drei Worte diktieren, die schreibst du auf einen extra Zettel …« Mit Blick zur Tür bog er den hochgewachsenen Sekretär zu sich herunter und raunte ihm ins Ohr. Sinterius wurde blass. »Aber, Herr, ich denke …«

»Nein, nein, von Diplomatie verstehst du nichts. Also überlass das Denken nur mir. Und jetzt spitz die Feder!«

Am späten Nachmittag eilte ein Waffenknecht vom Palisadenzaun hinauf zur Mauer, durch den Geheimgang gelangte er in den Schlosshof. Atemlos überreichte er seinem Kommandanten einen fest in

Papier gewickelten Stein. »Der kam über den Zaun geflogen … drüben, an der Seite nach Höchberg hin. Ich dachte, das ist vielleicht wichtig.«

Sebastian Rotenhan löste, glättete das Papier und las, gleich ließ er die Hand sinken. »Danke, Freund. Geh wieder auf deinen Posten!« Kaum war der Mann außer Hörweite prüfte er noch einmal die Nachricht. »Sturm heute Nacht.« Er schüttelte den Kopf. »Jeder Stein steht hier noch auf dem anderen? Kein vernünftiger Befehlshaber würde seine Leute gegen uns anrennen lassen.« Er faltete den Zettel und steckte ihn in die Tasche. »Aber wer weiß, da draußen lauern keine Landsknechte, sondern tollwütige Bauern. Denen ist alles zuzutrauen.«

Der Kommandant gab stillen Alarm. »Der Feind will stürmen. Bereitet euch vor.« Er ließ mehr Kugeln und Pulver ausgeben, als es für eine gewöhnliche Nacht notwendig wäre. Die Posten auf den Wehrmauern wurden verdoppelt. Er befahl, die kleineren Geschütze nicht mit Kugeln, sondern mit Eisensplittern zu laden. »Richtet die Rohre auf die Gräben und Palisadenzäune.« Ohne Befehl durfte nicht geschossen werden. Jede Bewegung unterhalb des Schlosses ließ er sich melden.

Gegen Abend lastete sonderbare Stille in der Vorstadt. Kein Grölen der Betrunkenen drang mehr aus St. Burkard. Drei Bauern huschten den Pfad zu den Wehrzäunen hinauf und verbargen sich in den Weingärten. Eine zweite Gruppe folgte, dann schlichen breit auseinandergezogen gleich sechs Trupps hinauf, mehr und immer mehr wurden es mit zunehmender Dunkelheit.

Noch ein Atemholen, und die Nacht fiel, allein der halbe Mond spendete bleiches Licht, ließ schwach den hölzernen Zaun, die Mauern und hoch droben das Schloss erkennen.

Trommelwirbel! Pfeifen! Im Schutz der Dunkelheit rannten und hasteten nun ganze Rotten den Berg hinauf, Hunderte von Bauern vereinten sich mit den wartenden Gruppen, und gemeinsam wagten sie sich an die Palisaden vor. Keine Gegenwehr von oben. Die Überraschung war gelungen, musste ausgenutzt werden. Das Johlen schwoll an, Geschrei hob den Mut über alle Vorsicht. Machtvoll schwangen sie ihre Äxte, schlugen Breschen, und sie quollen hindurch, erreichten den Graben und ließen sich an Stricken hinunter.

Das Mündungsfeuer von mehr als zwanzig Geschützen grellte auf, mit furchtbarem Knallen fuhr der Tod nieder, Eisensplitter zerfetzten die Angreifer. Verletzte tappten, krochen und taumelten in den tiefen Graben, für sie gab es kein Entrinnen mehr. Und immer aufs Neue feuerten die Geschützmeister von oben hinein.

Signale für den Rückzug; Signale zum Sammeln; und schon nach einer Stunde ertönten wieder die Trommelwirbel, wieder das Pfeifen. Den zweiten Ansturm versuchte die Burgbesatzung sofort mit Geschützfeuer abzuwehren. Doch Zorn und wilde Entschlossenheit trieben die Bauern vorwärts. Fackeln loderten, bald standen die Palisaden in Flammen, ihr Schein leckte hoch zum Schloss. Mutige durchquerten den tiefen Graben, sahen nicht die toten und verletzten Kameraden, einige schleuderten Eisenhaken über die Mauer und hangelten hinauf, andere lehnten Leitern an, kletterten. Da gossen die Verteidiger von oben kochende Jauche und brennendes Pech über sie, zertrümmerten mit Steinbrocken und Eisenstangen die Schädel.

Rückzug! Rückzug! Unter heftigem Beschuss der Hakenbüchsen zogen sich die Bauern bis in den Grund der Weingärten zurück. Entkräftet sanken viele zu Boden.

»Wir wagen es noch mal«, keuchten sie. Doch erst wieder zu Atem kommen, erst etwas ausruhen.

Im Rathaus stand Thoma vor dem Bett seines Ritters. »Es brennt dort oben.«

»Was sagst du da?« Götz erhob sich rasch und trat ans Fenster. Das Feuer loderte rings um den Frauenberg. »Nein, Junge. Das Haus steht nicht in Flammen. Das sind nur die Zäune. Ich hätte aber nie gedacht, dass sie es so weit schaffen.« Um genauer zu sehen, öffnete er den Flügel. »Aber verdammt will ich sein … Wenn die Palisaden nicht mehr hindern, dann sieht's schlecht für die da oben aus.« Er wandte sich um: »Thoma, meine Hand und das Schwert! Ich muss Ordnung schaffen. Und zwar sofort. Verdammt, wird's bald.«

In großen Schritten, mit wehendem Mantel und seine beiden engsten Diener an der Seite erreichte Ritter von Berlichingen über die Flöße das andere Mainufer und wenig später die erschöpften Rotten am Fuß der Weingärten. Thoma schwenkte die Fackel und rief gedämpft: »Hier steht euer Feldhauptmann Götz! Sagt es weiter. Alle Fähnleinführer zu ihm. Weitersagen!« Vom Schloss her bellte ein Schuss, dicht neben dem Ritter schlug die Kugel in den Boden.

»Fackel aus!« Mit ungeahnter Schnelligkeit hatte der Ritter dem Knappen das Licht entrissen und weit von sich geschleudert. »Verdammt, Kerl. Willst du uns umbringen? Das fehlte noch.« Er stellte sich breitbeinig hin und verlangte nun selbst mit halblauter Stimme: »Die Unterführer her zu mir.«

Abgekämpfte, verdreckte Männer scharten sich um ihn; ließ ein Windstoß die Flammen über ihnen hochlodern, so zeigten sich die blutenden Wunden in ihren Gesichtern, an den Armen.

»Männer, wie oft seid ihr angerannt?«

»Zweimal. Und wir sammeln uns bald zum dritten Sturm.«

»Verluste?«

»Sehr große. Viele Hundert Brüder sind im Graben gefallen.«

»Dacht ich mir.« Götz brummte vor sich hin, rieb die Stirn wie ein Feldhauptmann, der grübelt, er blickte hinauf zum Schloss, hinauf zu Mond und Sternen. »Männer, ihr seid tapfer gestürmt und habt denen da oben sicher viel Schaden zugefügt. Aber noch einen Anlauf? Davon rate ich ab.« Er hob die schwarze Eisenfaust. »Hört auf den Rat eines erfahrenen Ritters, der viele Schlachten siegreich geschlagen hat. Ehe ihr auf der Mauer seid, dämmert der Morgen. Und sobald es heller wird, schießen sie euch wie die Spatzen ab. Deshalb sage ich: kein dritter Versuch!«

Die Unterführer blickten sich an, allein schon der Gedanke, wählen zu können, ließ ihren Mut erlahmen. Nicht mehr hinauf müssen … Nicht erneut den Tod vor Augen haben … »Ist das ein Befehl?«

»Das Wort eines Feldhauptmanns ist immer ein Befehl.« Götz schlug sich hart auf den eisernen Unterarm, mit lautem Schnappen öffnete sich die geballte Faust. »Verstanden?«

Oben im Schloss stand der Kommandant am Fenster. »Sie müssen noch mal kommen. Ein Wahnsinn wäre es für sie, jetzt aufzuhören.«

Sebastian Rotenhan hielt es nicht länger im gesicherten Raum. Er wollte hinaus, musste zu seinen Männern. »Nehmt Weinschläuche mit«, befahl er den Adjutanten. Auf seinem Rundgang durch die Wehranlagen und Türme ließ er den Posten je einen Becher reichen. »Trinkt nur, meine Söhne. Der Schluck wärmt das Blut schöner als die Flammen dort vorn.«

»Wir haben kaum noch Kugeln, Herr.« Der Wein wärmte nicht nur, er löste den Verzagten auch die Zunge. »Und wenn der Feind jetzt noch mal anrennt, dann brauchen wir doch die Haken und Handrohre. Sonst …«

»Sag es nicht, Sohn.« Rotenhan schlug ihm leicht gegen den Oberarm. »Wir gehen nicht unter. Du hast mein Wort. Und jetzt wollen wir denen da unten zeigen, dass wir sehr wohl noch munter sind.«

Seine Adjutanten brachten den Befehl zu jeder Artilleriestellung, und als unten in Würzburg die Glocke zwei Uhr geschlagen hatte, brüllten alle Kartaunen und schweren Geschütze noch einmal auf, der Donner hallte weit über den Main, und bald waren Hilferufe und Angstschreie aus der Stadt zu hören.

Warten. Der Schlosskommandant wartete noch eine Stunde, doch kein erneuter Angriff der Bauern erfolgte. »Ein Wunder«, flüsterte er. »Gegen einen dritten Sturmlauf hätten wir uns kaum noch wehren können. Ein Wunder hat uns gerettet.«

Sofort ließ er zwei große Feuer im Schlosshof entzünden, und in wechselnder Schicht mussten seine Schmiede neue Kugeln für die Hakenbüchsen und Handrohre gießen.

Es lief nicht so, wie Hans Bermeter geplant hatte. »Verflucht!« In der Küche schleuderte er einen Tonbecher gegen die Wand, stieß Lisbeth beiseite und stürmte in den Garten. Gleich folgte ihm Florian, blieb aber am Rand der Wiese zurück. Sein Hauptmann zertrampelte das Kräuterbeet. »Verflucht.« Der sorgsam eingefädelte Plan war zerplatzt.

Gestern war Florian Geyer mit zwei großen Notschlangen, Wagen, Pulver und Kugeln sowie Geschützmeistern zurückgekehrt. Ihn begleiteten einige Ratsherren aus Rothenburg, um über die wertvolle Leihgabe zu wachen. Einer von ihnen war Ehrenfried Kumpf, ein schlauer, lauter Mensch mit großer Redegabe, er hatte sofort nach einem Amt in Würzburg verlangt und es auch erhalten.

»Verdammt.« Bermeter schlug sich gegen die Stirn. »Warum hab ich auch diesen Dummkopf nach vorn geschoben.« Denn nicht seine Strohpuppe Balthasar Würzburger war zum neuen Schultheiß der Stadt erkoren worden, sondern dieser Fremde. Nun übernahm der Rothenburger Ehrenfried Kumpf die Herrschaft über Würzburg, er regierte die Bürgerschaft, verwaltete den Stadtsäckel und bestimmte, was Recht und Unrecht waren.

»Wo dieser Kerl jetzt sitzt, da wollte ich hin.« Bermeter kam zu Florian, griff ihn am Wams. »Mein Amt hat er sich genommen. Da red ich, renne von einem Viertel zum andern, sorge für Stimmung gegen die Pfaffen und Oberen.« Speichel stand in den Mundwinkeln. »Haben mir die Leute zugehört oder nicht? Nun sag schon!«

»Aber ja, gejubelt und geklatscht haben sie im Franziskanerkloster.«

»Na, also. Und dann sehen die Bauern unsern Balthasar, halten ihn für zu blöde und ernennen den Kumpf.« Der Spielmann äffte dessen Stimme nach. »Hört her, Leute. Ich sage nur: Das Schloss muss herab.« Scharf zischte er den Atem durch die Zähne. »Der Satz hat genügt, und nun steht mein Parlament hinter ihm, sogar einige vom alten Stadtrat sind sofort auf seine Seite rüber. Siehst du, so einfach hätte ich es gehabt. Nach all meiner Vorarbeit genügt dem Volk ein einziger Satz zur rechten Stunde. Aber …« Bermeter lachte bitter. »Vorbei. Die Chance kommt nicht wieder.«

Florian begriff die erregte Enttäuschung seines Meisters nicht. »Neulich hast du gemeint, es wär schlau abzuwarten, bis die Sache gut gegangen ist.«

»Nur wenn dieser Dummkopf oben geblieben wär.« Bermeter wedelte mit beiden Händen neben seinen Ohren, als wollte er die alten Gedanken verscheuchen. »Von jetzt an spielen wir ein neues Spiel.« Seine Miene hellte sich langsam wieder auf. »Schließlich wollen wir doch ein gutes Stück vom Kuchen einsacken. Und zwar bevor die Bauern ihn alleine fressen.« Er zwinkerte dem Adjutanten zu. »Ich weiß auch schon, bei wem wir anfangen.«

Die Freunde waren schnell informiert. Schnappenspengler und die Malerbrüder trugen leere Säcke unter dem Mantel, und Florian zog den Handkarren. Das Viertel, in dem die Kapitelherren wohnten, war beim nächtlichen Beschuss nicht getroffen worden. Nahe der Neumünsterkirche betätigte der Stadtpfeifer den Türklopfer am Hause des Domherrn Paulus Schroter. Nur einen Spaltbreit öffnete die Haushälterin.

»Gott zum Gruße.« Bermeter ließ seine Stimme frohlocken: »Einen wunderbaren Nachmittag wünsche ich, auch im Namen meiner gottesfürchtigen Kameraden.«

»Wir … wir haben schon gegeben.« Angst stand in den Augen. »Und Beichte nimmt der Pfarrer auch nicht mehr ab.« Sie wollte die Tür wieder schließen, doch Bermeter hatte seinen Fuß schon dazwischen. »Aber warum denn so unhöflich?« Ein harter Stoß mit der Schulter, getroffen vom Türblatt stürzte die betagte Frau rücklings zu Boden, jammerte und rief nach dem Pfarrer. Gleich aber drangen die Männer in den Eingang. Über die Schulter befahl der Hauptmann seinem Adjutanten, in der Nebengasse zu warten. »Ich pfeif ein Liedchen, wenn du den Karren bringen sollst.«

Er half der Haushälterin auf. »Nun wollen wir lieb und freundlich sein, nicht schreien, nicht um Hilfe rufen. Haben wir uns verstanden? Ja, das ist fein. Wo steckt er denn, der fromme Herr?«

Sie deutete zum Ende des Flurs. »Im Speisezimmer. Wir wollten gerade mit dem Essen beginnen.«

Stefan Dietmar ging den Kumpanen voraus. »Was soll das?« Drinnen war der Tisch gedeckt, aus der Suppenschüssel dampfte es, der Braten duftete, der Lehnstuhl aber war leer, von Paulus Schroter nichts zu sehen. Bermeter blickte sich um, dann feixte er, gab stumm den Freunden ein Zeichen und zog langsam das Kurzschwert. Ohne sich zu bücken, stocherte er mit der Klinge unter den Tisch.

Ein Schrei. Auf allen vieren kroch der Domherr eilig aus seinem Versteck. »Erbarmen! Um Gottes willen verschont mich.« Erst nach vorsichtigem Blick nach oben erkannte der Hirte, wer in sein Haus eingedrungen war. »Den Heiligen sei Dank! Du bist es.« Mühsam stand er auf und ließ sich in den Lehnsessel fallen. »Und ich dachte schon, die Bauernteufel hätten mich heimgesucht.«

»Ja, seid nur froh, dass ich Euch heute noch mit meinen Kameraden einen Besuch abstatte. Denn in wenigen Tagen geht es Euch und all den frommen Herren an die Kutte.«

»Ich verstehe nicht.«

»Das Schloss muss herab. Ihr kennt doch den Satz. Oder?« Bermeter stopfte sich vom Braten in den Mund und setzte kauend hinzu: »Die neuen Geschütze sind schon in Stellung. Und ich hab läuten hören, dass es jetzt bald endgültig vorbei ist mit dem Schloss. Und ist der Marienberg erst mal eingenommen, folgt das Blutgericht für Euch Pfaffen. Dann ist es gut, wenn man Freunde hat.« Er winkte die Kumpane zum Tisch. »Schlagt euch erst mal den Bauch voll. Dann legen wir los.«

Und während die anderen hinter ihm zulangten, beugte er sich, mit dem nächsten Bratenstück zwischen den Fingern, über den Domherrn: »Ich meine, Freunde, die ein gutes Wort bei den Hauptleuten einlegen können. Und ich bin sicher der Einzige, der das für dich tun würde.« Er schmierte ihm mit dem fettigen Fleisch die Wangen ein. »Und damit ich's auch nicht vergesse, händigst du mir deine Geldkassette und die Ringe aus. Zudem wirst du uns dabei helfen, die Teppiche und Silberleuchter, kurz gesagt, alles, was Wert hat, einzupacken und nach draußen zu schaffen.«

Paulus Schroter bog den Kopf zurück. »Du willst mich ausrauben. Gemeiner Dieb!«

Ehe die Lippen sich schlossen, hatte Bermeter ihm das Bratenstück in den Mund gestoßen. »Solch ein böses Wort will ich nicht mehr hören. Schenken, du schenkst mir alles. Und zwar sofort! Viel zu viel Zeit hab ich mit dir schon vergeudet. Schließlich bist du nicht der Einzige, den wir heute noch besuchen. Also halt's Maul und her mit der Hand!« Grob riss er dem Domherrn nacheinander die Ringe von den Fingern.

»Nun sag mir erst einmal, Vater, was du denkst?« Im Steinsaal der Werkstatt ordnete Barthel, den Pinsel quer zwischen den Zähnen, einige Schälchen mit angerührter Farbe auf einem schmalen Tisch nebeneinander. Weil er keine Antwort erhielt, wandte er den Kopf. »Vater?«

Til löste den Blick vom Beweinungsrelief und sah den Sohn an. »So geschäftig? Warum?« Er lächelte. »Ich habe dich nicht verstanden.«

Röte stieg dem jungen Maler ins Gesicht, gleich nahm er den Pinsel herunter. »Verzeih! Ich ... ich möchte dir doch alles recht machen. Und nun hab ich dich gleich zu Beginn verärgert.«

»Nein, nein, mein Junge.« Beruhigend wollte ihm Til über das wildlockige Haar streichen, legte aber nur die Hand auf seine Schulter. »Lass uns eine Weile gemeinsam hinschauen, bis wir den Atem der Figuren spüren. Nur wenige Augenblicke genügen. Danach geht die Arbeit leichter.«

Als der Vater fühlte, wie sich unter seiner Hand der Rücken entspannte, nickte er zufrieden. »Du möchtest wissen, was dort in mir oder besser in meinem Nikodemus vorgeht?«

»Wenn ich weiß, was er gerade denkt, kann ich das in den Augen widerspiegeln. Bei den anderen ist es einfacher. Maria empfindet so viel Schmerz, aber auch ein wenig Dankbarkeit, weil ihr von Joseph von Arimathia die Sorge um eine Grabstelle für den Sohn abgenommen wurde. Und dass er selbst sich sorgt, zeigt schon seine Körperhaltung.«

»Woher ...?« Überrascht drückte Til seinen jüngsten Sohn nun doch an sich. Die Lässigkeit war nur eine dünne Schale gewesen, kaum davon befreit, bewies Barthel wahres künstlerisches Gespür und Tiefe. »Im Gegensatz zu Joseph weiß ich jetzt, dass ich mich um das gute Gelingen heute nicht sorgen muss.«

Das Lob stärkte, Vater und Sohn waren sich nah, und Barthel ging zur Steintafel; ohne die Figur zu berühren, zeigte er auf Nikodemus. »Du beugst dich etwas vor, hältst den Kopf leicht schräg, und diese tiefen Falten neben der Nase, auch die eingefallene Oberlippe ... Warum hast du dich so alt dargestellt?«

»Weil dein Vater nun mal fünfundsechzig Jahre auf den Schultern trägt.« Er trat neben den Sohn vor das Relief. »Hinzu kommt die Trauer, sie zeigt bei jedem Menschen die Lebensspuren deutlicher.«

Aufmerksamer noch betrachtete Barthel jetzt das Gesicht. »Aber ich sehe nicht nur Trauer. Da ist auch Freundlichkeit. Und auch

Milde. So, als ob du die Not der Mutter und den Kummer der anderen verstehst.«

»Ich will dich nicht länger stören.« Til schmunzelte. »Mein Nikodemus ist bei dir gut aufgehoben. Und solltest du noch Fragen zu Maria Magdalena da rechts oder der Maria Salome ganz auf der linken Seite haben …«

»Gott zum Gruße.«

Til stockte, fuhr erschrocken herum, gleich aber entspannte sich seine Miene. »Martin. Einen schönen Tag kann man in diesen Zeiten leider nicht wünschen.«

»Darf ich stören?« Der Stadtschreiber neigte den Kopf vor der Beweinung Christi. »Ich sehe, du arbeitest noch an dem Werk. Dazu muss ich …«

»Nein, mich störst du nicht.« Til führte ihn schon am Arm in Richtung Ausgang. »Nur mein Sohn muss sich konzentrieren. Lass uns draußen weiterreden!« Kurz blickte Martin zurück, den angefangenen Satz beendete er nicht.

Im Hof blieben die Männer vor dem notdürftig wieder mit Erde gefüllten Einschlagloch stehen. »Es hätte uns wahrlich schlimmer treffen können.« Til benetzte die Unterlippe. »Aber die Gefahr ist nicht vorbei. Wer weiß, was noch geschieht? Wann findet unsere nächste Ratssitzung statt? Sofern wir unsere Treffen überhaupt noch so bezeichnen können.«

»Vielleicht bald. Ich bin gekommen, weil ich Neuigkeiten habe, aber auch weil ich dem Tollhaus für einen Moment entfliehen musste.«

Beide Freunde lachten, seit Feldhauptmann Götz und der oberste Bauernrat im Grafeneckart hausten, bezeichneten sie ihre frühere Wirkungsstätte nicht mehr als Rathaus.

Von einer Magd ließ der Meister Wein bringen, und nach dem ersten großen Schluck lehnte sich der Stadtschreiber zurück. »Zunächst wollte ich dir noch mal für deine Geldspende danken. Insgesamt 500 Gulden konnte ich bei unsern Freunden einsammeln.« Wenige Tage nach der erfolglosen Erstürmung des Schlosses hatte Martin Cronthal mit einigen Mutigen unter Lebensgefahr das Kiliansheiligtum bei Nacht in einer Mauer des Doms versteckt und mit der Summe die plündernden Bauern davon abgehalten, das Gotteshaus zu verwüsten.

»Ja, es scheint sich eine Wende anzubahnen. Alle Anzeichen im Grafeneckart sprechen dafür.« Er nahm die Brille ab, unterstrich mit ihr seine Gesten. »Und zwar nicht allein aufgrund des Misserfolges bei der Beschießung durch die beiden Rothenburger Feldschlangen, nein, die neuen Nachrichten über die Siege des Truchsesses im Württembergischen haben den obersten Bauernrat sichtlich und hörbar erschreckt.« Georg von Waldburg hatte die Haufen bei Böblingen in einer erbarmungslosen Schlacht vernichtet und vollständig aufgerieben. Fast viertausend Tote waren auf dem Feld geblieben. Keine Rast. Sofort schickte der Bauernhungrige ein Strafkommando nach Weinsberg. »Vergeltung für Graf von Helfenstein.« Frauen und Kinder wurden hinausgetrieben, und das ganze Tal loderte zwei Tage und Nächte lang. Als die Glut brach, waren nur noch Trümmer und verbrannte Erde übrig.

»Und nun marschiert die Kriegsmacht des Bundes in Richtung Franken.« Martin Cronthal nahm einen Schluck; als er den Becher absetzte, zitterte seine Hand, und Wein schwappte auf den Tisch. »Ich fürchte, mein Freund, dort naht wahrlich nicht unser Erlöser. Zu eindeutig hat die Stadt Partei ergriffen. Und dieser Stollen, den Bergleute gerade jetzt hinter St. Burkard in den Fels treiben, um den Berg und damit auch das Schloss zu sprengen, dieser Stollen ist ein sichtbarer Beweis für die Zusammenarbeit und nicht so rasch zu verschleiern. War es von vornherein auch ein hirnloses Unterfangen, aber es wurde von der Stadt finanziert.«

In den Mundwinkeln Tils zuckte es: »Vielleicht wird Wahnsinn nicht so schwer gewogen?«

»Dann, lieber Freund, dürfte keiner der Herren drüben im Tollhaus etwas zu befürchten haben.« Ein Seufzer befreite. »Lass uns den bitteren Humor bewahren, damit stehen wir das Chaos leichter durch.« Die Freunde prosteten sich zu.

»Welche Neuigkeiten?«

»Der Feldhauptmann des Hellen Haufens, dieser Götz von Berlichingen, hat ein lautes Organ.« Martin Cronthal zuckte entschuldigend mit den Schultern. »So bleibt es nicht aus, dass ich auf dem Weg hinauf in meine Dachstube das eine oder andere, was er hinter verschlossener Tür von sich gibt, besser gesagt von sich brüllt, einfach hören muss.« Er tippte den Finger auf den Tisch. »Ich weise jeden Verdacht des Lauschens weit von mir.«

Schmunzelnd nickte der Bildschnitzer. »Neugier ist dir fremd, dies bestätige ich gern.«

»Tatsache ist, dass Ritter Götz sich aus Würzburg zurückzieht. Er bricht auf, und zwar mitsamt dem Hellen Haufen. Die Belagerung sei gescheitert, er wolle – ich sage nur, was er gesagt hat – diesen Scheißdreck hier nicht länger mit ansehen. Daheim wären die Verwandten und auch die christlichen Brüder in Gefahr. Deshalb sei es das Klügste, sofort das Lager abzubrechen und den Bedrängten zu Hilfe zu eilen. Du kannst dir vorstellen, wie die anderen im oberen Bauernrat reagiert haben. Ein Volltreffer mit einer Kartaune hätte keine größere Wirkung erzielen können.«

Til beugte sich vor. »Das bedeutet doch Glück für uns und die Stadt. Die Bauern ziehen weg, damit sind wir jede Bedrängnis los.«

»Nicht ganz. Die Fähnlein unter Florian Geyer bleiben vorerst, nur die Odenwälder und Neckartaler ziehen mit Götz von Berlichingen dem Truchsess entgegen. Heute Nacht brechen sie auf.«

»Bald können wir wieder ruhiger schlafen.« Til schenkte nach. »Ich spüre es. Und dann werde ich neue Gesellen einstellen, und endlich klingt meine Werkstatt wieder. Du ahnst ja nicht, wie ich den harten Dreischlag in den Stein, das schnelle Pochen ins Holz vermisse. Ja, selbst das Hin und Her der großen Säge fehlt mir, wenn die Lindenstämme zugeschnitten werden. Das ist die Melodie, mit der ich leben will.«

Eine Weile sah Martin Cronthal den Bildschnitzer still an, dann räusperte er sich umständlich, schob mit dem Finger den Brillensteg höher. »Noch etwas, lieber Freund. Noch eine Neuigkeit, sie wird dir nicht gefallen, fürchte ich.«

»Solange meinen Kindern nichts zugestoßen ist oder den Menschen, die mir nahestehen, ertrag ich sie schon.«

»Eine Horde Bauern hat die Pfarrkirche von Rimpar verwüstet. Auch die Grabkapelle. Diese Nachricht brachte mir ein Bote der Familie Grumbach.«

Til saß wie versteinert da, schließlich ballte er beide Fäuste und presste sie zusammen, die Knöchel wurden weiß. »Dorthin sollte mein Relief. Nächste Woche ist es vollendet.«

Martin Cronthal nickte. »Gern hätte ich dir den Kummer erspart. Aber ehe du dich vergeblich auf den gefahrvollen Weg hinausbegibst, war es meine Pflicht, dich zu informieren.« Er erhob sich. »Ich muss zurück. Wenn morgen eine Sitzung stattfinden kann, gebe ich Nachricht.«

Wortlos geleitete Til den Freund bis zum Tor. »Danke, mein Freund. Danke für die Neuigkeiten. Auch für die letzte …«

Schweren Schritts kehrte er in die Werkstatt zurück. An der Schwelle zum Steinsaal blieb Til stehen. Die Augen der Figuren sprachen zu ihm. Da war Maria, über ihr blickte Johannes in ernster Zuversicht, da der sorgende Joseph. Langsam ging Til auf das Steinbild zu. Rechter Hand beugte sich sein Sohn Barthel über Maria Magdalena, ihre Augensterne hatte er schwarz umrandet, mit behutsamen Strichen gab er ihnen hellbraunes Licht …

Da müssen sich Maria und die kleine Schar der Trauernden auf dem Weg zum Grab ausruhen, dachte Til betroffen. Nur einen Moment legen sie den Heiland nieder. Doch es war schon zu lange. Er strich mit beiden Händen das Haar zurück. Inzwischen ist seine Ruhestätte zerstört. Wohin jetzt? Wo wollt ihr den Heiland nun ins Grab legen?

25. Mai, Christi Himmelfahrt

Gleich nach dem Frühstück bestiegen die Herren wieder ihre Rösser. Sie hatten gut in den Zelten genächtigt. »Der Weg ist frei«, meldeten die Kundschafter. »Unser Voraustrupp hat saubere Arbeit geleistet.«

Pfalzgraf Ludwig und der Erzbischof von Trier hatten es sich nicht nehmen lassen, an der Spitze ihrer hochgerüsteten Truppen den lieben Freund, Fürstbischof Konrad von Thüngen, auf dem Weg von Heidelberg zurück nach Würzburg zu begleiten. Bei Neckarsulm wollte man sich dem großen bündischen Heer anschließen.

Entspannt die Gesichter und im heiteren Gespräch vertieft, trabten sie nebeneinander durch blühende Maiwiesen. Nahe dem Dorf Malsch jedoch mussten die Herren mit Schnupftüchern ihre Nasen schützen. Nicht der Geruch aus den noch rauchenden Trümmern, es war der süßliche Gestank nach verbranntem Fleisch, der sie belästigte. Die Straße führte durchs Dorf. Alle Häuser waren niedergebrannt. Kadaver von Pferden und Kühen säumten den Weg. In der Ortsmitte geriet der Tross vollends ins Stocken. Schweine fraßen aus den aufgebrochenen Leibern der erschlagenen Bauern und ließen sich nur unwillig von ihrer Mahlzeit verjagen.

Sekretär Lorenz Fries lenkte das Pferd neben seinen Fürstbischof. »Es wäre äußerst lehrreich und von gemeinem Nutz, wenn solches hier die aufrührerischen Bauern in Franken auch sehen könnten.« Dicht vor ihnen versuchte ein Schwein den gerade herausgerissenen Bissen gegen den Stock eines Waffenknechts zu verteidigen. Fries betrachtete zustimmend das furchtbare Schauspiel. »Ohne Zweifel, Herr, würden sich die Empörer bei diesem Anblick besinnen und sich nur allzu klar werden, wohin ihr Weg führt. Sie würden umkehren, um sich selbst, wie auch Weib und Kind, vor solch einem Ende zu bewahren.«

»Gott möge den Verirrten helfen.« Bischof Konrad schnalzte seinem Ross. »Auch möge er meinem Würzburg gnädig sein und den Bürgern Vernunft schenken. Denn Wir kommen zurück, und Wir sind entschlossen, bei aller Milde Unseres Herzens, Recht und Frieden wieder einzusetzen.«

Einen halben Gulden für jeden. Die beiden Wachposten am Pleichacher Tor öffneten die Riegel an der engen Pforte und wandten sich ab. Hinter ihnen schlüpften Hans Bermeter und Florian, angetan mit Federhut, Koller und Schwert, aus der Stadt, dicht gefolgt von einer hageren Gestalt im dunklen Umhang, das Gesicht war unter dem Rand der grauen Filzkappe nicht zu erkennen. Rasch entschwand die Gruppe in der Abenddämmerung.

Ein lauer Wind wehte. Am Bach hatten sich die Büsche schon in schwarze Fabelwesen verwandelt, der Himmel aber trug noch das Hell vom Tag und ließ die blasse Mondsichel nur erahnen. Ein Stück weit liefen die Männer schweigend den Uferweg entlang in Richtung Mühlhausen. An einer schmalen Brücke blieb Bermeter stehen, nahm den Hut vom Kopf und riss mit schnellem Griff den wippenden grün und rot gefärbten Federbusch herunter. »Vorbei. Der Hauptmann wird entlassen.« Er wischte nach Florian. »Na los, Kleiner. Runter mit dem blauen Luftfeger. Auch den Adjutanten werden wir hier ins Wasser werfen.« Das Fingerschnippen galt der dürren Gestalt. »Schnappenspengler, her mit dem Rucksack. Und jetzt zück deine Schere und schneidere uns aus den Hüten einfache Kappen!«

Die bunten Federn treiselten davon. Florian hatte seinen Lederkoller schon halb abgestreift, als er wieder zögerte. »Die Sachen sind doch noch gut. Viel zu schade fürs Wegwerfen.«

»Soll uns jeder gleich als Freund der Bauern erkennen?« Aus dem Handgelenk heraus gab ihm Bermeter einen Klaps gegen den Hinterkopf. »Und jetzt frag nicht, gehorche einfach. Sobald wir in Sicherheit sind, erklär ich es dir gerne lang und breit.«

Auch die grellbunten Hosen mussten geopfert, nur die Stulpenstiefel durften behalten werden. »Das versteht jeder. Die haben wir uns von irgendeinem Erschlagenen geliehen.« Mit schnellen Fingern überprüfte Bermeter den Sitz der beiden prall gefüllten Geldkatzen um seine Mitte, dann zog er für sich und Florian schlichte schwarze Röcke und braune Strümpfe aus dem Rucksack. »Von nun an, Kleiner, wird wieder gewürfelt. Oder du gehst mit dem Hut rum, wenn ich auf dem Markt die Flöte spiele.«

Er rieb die Handflächen aneinander, klatschte einige Male und trat dicht vor den Schneider hin. »Schnappenspengler, nur bis hierher, so hatten wir's ausgemacht. Hier trennen sich unsere Wege.« Scharf sah er ihm in die Augen, gleichzeitig nutzte er das Halbdunkel, unmerklich sank die Hand auf den Dolchgriff. »Du bist zufrieden? Oder?«

»Ich bin's.«

»Wir haben die Sachen von den Domherren gut im Bauernlager verkauft und gerecht verteilt. Sag du es auch, weil ich keinen Arg will zwischen uns.«

Der Schneider tätschelte den dicken Bauchwulst unter seinem Rock. »Meine Katzen sind genauso gut gefüllt wie deine.«

»Recht so.« Bermeter zischelte leicht durch die Zähne. »Und was ist mit den Freunden? Triffst du sie irgendwo?«

»Noch was bleiben wollten die. Der Philipp Dietmar meint, er kann noch mehr von den Pfaffen rausholen.«

»Dieser Idiot. Aber ich hab's ihnen deutlich gesagt: Verschwindet, solange ihr noch könnt. Das Spiel hat sich gedreht. Bald gewinnen in Würzburg wieder die anderen.« Er löste die Hand vom Griff seiner Waffe, fasste den Schneider an der Schulter. »Aber das braucht uns jetzt nicht mehr kratzen. Wo gehst du hin?«

»Erst mal ins Hessische zur Schwester.«

»Wir schlagen uns nach Thüringen durch, Richtung Coburg.« Bermeter nickte und lächelte dünn. »Und gib auf deine Ohren acht. Ist der Schlitz mal drin, gehen die Geschäfte schlechter.«

Schnappenspengler winkte ab. »Dann zieh ich den Hut drüber.« Alles war gesagt, der Schneider lief über die Brücke zum Wald hinüber.

Bemeter sah der Gestalt nach, wartete, bis sie in der Dunkelheit verschwunden war, blieb so noch eine gute Weile, dann erst gab er Florian einen Wink. »Los jetzt. Wir haben noch einen weiten Fußweg bis zu unsern Gäulen.«

Langsam kamen sie voran. Bei jedem Knacken oder Rascheln blieben beide erschrocken stehen, horchten auf Schritte. »Komm weiter, Kleiner. Glaub nicht, dass uns einer folgt.«

Florian wagte nicht, laut zu sprechen. »Warum sagst du nach Thüringen? Ich dachte, wir reiten nach Nürnberg.«

»Für wie dumm hältst du mich? Glaubst du, ich traue dem Schnappenspengler? Der verkauft uns doch schon für einen Gulden. Er soll ruhig glauben, dass wir auf Coburg zu sind.«

So früh wie an jedem Morgen verließ Katharina das Haus der Tante. Die beiden Pferde mussten versorgt und auf die Weide geführt werden. Tief atmete sie einige Male die Frische ein, dann tätschelte sie ihren vorgewölbten Bauch. »Aufwachen da drinnen! Und schön mitmachen. Die gute Luft ist gesund für dich.« Während sie die Fahrstraße hinunterging, sog Katharina im Rhythmus der Schritte den Atem ein, streichelte mit den Händen die Seiten und pustete den Atem langsam wieder aus.

Noch vor Ostern war sie wieder nach Mühlhausen zurückgekehrt.

Lisbeth und Magdalena hatten fest versprochen, sie bald zu besuchen, doch bisher war keine von beiden heraufgekommen. »Sei nicht traurig«, versuchte Els immer aufs Neue die Schwangere zu trösten. »Die Unruhen in der Stadt, die sind schuld. Ganz sicher haben dich die beiden nicht vergessen.«

Verloren stand Katharina in der Küche am Fenster, schaute die leere Straße hinunter. »Und Flori?«

»Der auch nicht.«

Vorhin noch hatte Els sie in den Arm genommen. »Der kommt schon. Der freut sich doch auch auf das Kind. Der wird schon kommen, du wirst es erleben.«

Katharina ging nicht erst ins Haus, sie überquerte den Hof, schöpfte Wasser aus dem Brunnen und öffnete die Stalltür. »Guten Morgen.« Mit dem Eimer in der Hand näherte sie sich den Tieren und spürte gleich die sonderbare Unruhe. »Peter? Was nickst du mit dem Kopf. Und du, Paul? Was habt ihr denn?«

Ein Flötentriller direkt hinter ihr, gleich wieder. Katharina erstarrte, das Blut wich. Dann sprach eine Stimme zu ihr. »Überraschung. Da freust du dich sicher.«

Der Eimer glitt ihr aus der Hand, das Wasser schwappte über die Füße. Katharina wandte sich langsam um. Kein Trugbild. Schützend legte sie beide Hände auf ihren Leib. »Geh weg … Nicht näher kommen. Das ist mein Kind. Bitte, nicht!«

Bermeter zog eine Grimasse, fletschte die Zähne, als sie zu zittern begann, formte er einen Kussmund und ließ die Flöte aufkichern. »Also doch ein Balg? Ihr Weiber habt uns reingelegt. Aber das ist inzwischen auch egal. Keine Angst, wir verschwinden gleich wieder.«

Wir? Katharina begriff. »Wo ist Florian? Ist er mitgekommen?«

»Glaubst du etwa, ich reise ohne meinen Diener?«

Sie lief aus dem Stall, rief schon im schmalen Flur seinen Namen und öffnete die Kammertür. »Flori! Ach, mein Liebster.« Ohne innezuhalten, kniete sie sich zu ihm und presste ihre Stirn auf seine Stirn, sank auf seine Lippen. Noch schlaftrunken schloss Florian die Arme um sie. Für einige Atemzüge blieb die Wärme, dann befreite er sich. »Wie spät ist es?«

»Noch früh. Aber das ist doch nicht wichtig. Du bist hier, bist zurückgekommen, zu mir und unserem Kind.«

Beinah grob legte er sie zurück und starrte auf ihren Leib. »Doch ein Kind?« Die Miene veränderte sich, wurde weich, heller; heftig kratzte er den Bart unterm Kinn. »Und ich dachte schon …«

»Ich will das Kind, deine Mutter auch, und Lisbeth freut sich schon drauf.« Katharina suchte seine Hand und hielt sie fest. »Und du? So laut schreit es bestimmt nicht. Dafür sorg ich schon.«

»Ich hab ja nichts dagegen. Soll es nur schreien …«

Ein einziger heller Ton näherte sich durch den Flur, schmerzte in den Ohren. Mit dem Fuß trat Bermeter die Tür ganz auf, dann erst setzte er die Flöte ab. »Auf, Kleiner! Wir müssen los, müssen weit weg sein, ehe jemand auf die Idee kommt, nach uns zu suchen.«

Florian erhob sich. Entsetzt hielt sie ihn am Rock fest. »Geh nicht. Nein, Liebster. Bitte, lass mich nicht wieder allein!«

»Es muss sein.« Heftig schluckte er, streichelte ihre Hand, ehe er die Finger öffnete. »Weil … alles ist anders gekommen da unten in Würzburg. Jetzt kann es gefährlich für uns werden. Deshalb ist es besser, wenn wir nach …«

»Schluss! Du redest dich um deinen Kopf.« Bermeter riss ihn zu sich. »Raus mit dir. Ich habe die Gäule schon gesattelt.« In jähem Aufwallen hob Florian die Faust gegen seinen Herrn, erlahmte gleich wieder; ein entschuldigender, beinah unglücklicher Blick für Katharina, und er gehorchte.

Kaum hatte er die Kammer verlassen, holte Bermeter eine Handvoll Gulden aus der Tasche und warf sie aufs Bett. »Wenn du ihn lebend wiedersehen möchtest, dann hältst du den Mund. Sollte jemand nach uns suchen, dann weißt du gar nichts.«

Katharina strömten die Tränen. Sie sah ihn durch den Schleier ihres Unglücks, und Satz für Satz musste sie die Stufen tiefer hinuntersteigen.

»Das Geld reicht, um dich und dein Balg zu füttern. Irgendwann kommen wir zurück.« An der Tür wandte er sich um und warf noch einige Goldstücke dazu. »Die bringst du meiner Lisbeth. Sag ihr, sie soll unten im Keller hinter dem Pergamentstapel nachsehen. Da findet sie genug.« Scharf bellte er: »Hast du mich verstanden?«

»Hinter dem Pergament«, schluchzte Katharina. »Da ist genug.«

»Na also.«

Der Truchsess ließ marschieren. Mit den Truppen des Pfalzgrafen und des Erzbischofs von Trier war sein eisenstarrendes Heer zu einem alles fressenden Ungeheuer angewachsen, und unaufhaltsam verschlang es Mensch und Vieh, zertrampelte Häuser und Scheunen. »Auf nach Öhringen! Dann weiter nach Krautheim! Dann weiter … und weiter …« Erst in Würzburg wollte der Schlachtherr rasten.

29. Mai, Exaudi, der 6. Sonntag nach Ostern

Kein Trommelschlag gab mehr das Tempo vor. Die Bauern liefen, jedes Fähnlein versuchte, so rasch es möglich war, den Abstand zum bündischen Heer zu vergrößern. »Wir sammeln uns wieder in Krautheim.«

Vor den holpernden Geschützwagen dampften die Pferde, und ohne Rücksicht schwangen die Fuhrleute ihre Peitschen. Weiter, nur schnell weiter.

Feldhauptmann Götz wandte sich halb im Sattel um, winkte seinen Knappen näher. Als Thoma auf gleicher Höhe war, streckte ihm Götz die Eisenhand hin. »Sind noch alle Finger dran?«

»Habt Ihr verlernt zu zählen, Herr?«

»Wag es …«, drohte Götz ungewöhnlich laut, dabei sah er aus dem Augenwinkel zu den Reitern auf seiner anderen Seite. »Verflucht. Ich sollte dich in den Boden stampfen!«

Der oberste Befehlshaber Georg Metzler schüttelte mit hochgezogenen Brauen den Kopf, gab den Unterführern ein Zeichen, und gemeinsam ritten sie etwas schneller, niemand hatte das Bedürfnis, sich zum hundertsten Mal die unflätigen Beschimpfungen des Ritters gegen seinen Knappen anzuhören.

Götz fluchte weiter, ließ Thoma nicht zu Wort kommen, doch kaum waren die Führer außer Hörweite, brach er ab und schnaufte grimmig zufrieden vor sich hin.

»Herr, was ist in Euch gefahren? Plagen wieder die Goldadern an Eurem Hintern? Solch eine Beschimpfung habe ich nicht verdient.«

»Halt's Maul! Ich wollte ohne fremde Ohren mit dir reden.« Während Götz sprach, hob er zur Täuschung möglicher Beobachter immer wieder drohend die Eisenhand. »Also, Schlaukopf, rechne für mich. Wann hab ich das Amt des Feldhauptmanns übernommen?«

Ohne lange zu überlegen, sagte Thoma: »Heute sind es genau vier Wochen her. Das weiß ich, weil ich Tag für Tag mitgezählt und innig drum gebetet habe, dass wir es heil überstehen.«

»Und zu welcher Zeit hab ich den Schwur geleistet?«

»Morgens. Gleich nachdem wir im Bauernlager angekommen sind.«

Zufriedenes Knurren, dann ein Blick zur Sonne. »Und jetzt ist es bereits Nachmittag. Für genau einen Monat hab ich mich verpflichtet, also hab ich schon ein paar Stunden mehr den Bauern gedient als verabredet. Bin also wirklich großzügig, wie es sich für einen Ehrenmann gehört.«

»Das wage ich nicht zu bezweifeln.« Thoma sah ihn von der Seite an. »Ihr plant doch irgendetwas?«

»Der Truchsess treibt uns vor sich her. Wird nicht mehr lange dauern, und es kommt zur Entscheidung.« Die Stimme nahm einen weisen, abgeklärten Ton an. »Ich denke, es ist höchste Zeit, dass ich als guter Herr deine innigen Gebete erhören sollte.«

Bei Anbruch der Dämmerung befahl Götz zehn der tüchtigsten Männer zu sich. »Wir müssen in der Gegend neue Leute anwerben.« Er befahl aufzusitzen, hinterließ dem obersten Bauernrat einen Brief und trabte an der Spitze des kleinen Trupps aus dem Lager. Nach einem Ritt von gut einer Stunde änderte er die Richtung. »Wir halten auf den Neckar zu. Dann geht's weiter nach Burg Hornberg.« Keiner der Männer widersprach. Sinterius schwenkte die Kappe, neben ihm bekreuzigte sich Thoma, blickte zu den Sternen und flüsterte: »Großer Gott hab Dank, dass du meinem Herrn zur rechten Zeit den Mut genommen hast.«

Unzufriedenheit, Langeweile herrschten im Lager zu Heidingsfeld. Das erfolglose Beschießen und Erstürmen des Schlosses hatte den Fränkischen Haufen zermürbt. Selbst in der Schwarzen Schar gärte der Unmut. Und da ihr Feldhauptmann Florian Geyer vor Tagen schon auf den Landtag nach Schweinfurt geritten war und niemand mehr straff die Zügel in der Faust hielt, breiteten sich Rohheiten untereinander und übermäßiges Saufen auch in dieser disziplinierten Truppe von Tag zu Tag mehr aus.

In Würzburg waren nur einige Hauptleute des Bauernrats zurückgeblieben, und diese griffen in ihrer Ratlosigkeit nach jedem Strohhalm, der Rettung versprach. Am Mittwoch, dem 31. Mai, trat ein Unterführer im Grafeneckart vor sie hin: »Ich könnte mich ins Lager der Bündischen schleichen.« Dort wollte er etliche Landsknechte bestechen und sie als Verstärkung nach Würzburg führen. »Für dieses gefahrvolle Unternehmen benötige ich 60 Gulden.«

»Bewilligt. Eine sehr gute Idee. Viel Glück, Bruder.«

Eilfertig ritt der Mutige aus der Stadt und entschwand mit der reichen Beute in nördlicher Richtung.

»Wenn wir überleben wollen, müssen die letzten Kräfte in Würzburg mobilisiert werden. Ein eigenes Heer muss gebildet werden.« Dieser Vorschlag des Kommandierenden wurde von den Kollegen im Bauernrat begeistert aufgenommen. Die anwesenden Bürgermeister und Stadträte sahen sich betroffen an.

Unbeirrt erläuterte der Hauptmann weiter: »Nicht nur Freiwillige. Jetzt sollen auch die Pfaffen sich rüsten und persönlich in den Kampf gegen das bündische Heer hinausziehen.«

Nachdem die Order trotz Einspruch der Stadtväter genau formuliert war, musste Martin Cronthal sie unverzüglich weiterleiten.

Im Kapitelsaal drängten sich die Domherren. Vor ihnen rückte der Stadtschreiber die Brille zurecht. »Aufgrund eines einstimmig im obersten Bauernrat gefassten Beschlusses ergeht folgender Befehl …«

Die Gesichter der Hirten liefen rot an, wurden fahl und blass. Nach dem Verlesen herrschte Stille. Endlich hob Domherr Paulus Schroter verzagt die Hand. »Ich versteh doch richtig: Jeder von uns soll vom eigenen Geld einen Bewaffneten ausrüsten und ihn den Bauern zur Verfügung stellen?«

»Leider nein. Ausdrücklich sind die Herren vom Domkapitel persönlich gefordert. So gern es auch Bürgermeister und Stadtrat verhindert hätten, aber sie waren machtlos.«

Flüche wurden laut. Dann schrien und spuckten die Herren ohne Hemmung ihre angestaute Verzweiflung dem Stadtschreiber entgegen. Sie waren in den vergangenen Wochen erniedrigt, geschmäht und ausgeraubt worden. Schuld an ihrem Unglück trugen nicht allein die unverschämten Bauern, nein, auch Bürgermeister und Stadtrat hatten versagt, hatten sie im Stich gelassen. Paulus Schroter wurde vom frommen Nachbarn zur Seite gedrückt, und der kam mit geballter Faust auf Martin Cronthal zu. »Zur Hölle mit all den Bauern, in ewiger Verdammnis sollen sie brennen.«

»Bitte beruhigt Euch!« Vorsorglich trat Martin einen Schritt zurück, doch Domherr Michel von Seinsheim drängte nach, bedrängte. Erst als sich hinter ihm die Erregung langsam legte, ließ auch er die Arme sinken. »Bei Gott, ich hoffe, dass unser gnädiger Herr bald zurückkommt. Damit endlich die alte Ordnung wieder herrscht.«

»Ihr sprecht mir aus dem Herzen.« Der Stadtschreiber tippte bekümmert auf das Blatt in der Hand. »Doch diese Leute hier sind dagegen. Und wie ich gehört habe, wollen auch viele Bürger in der Stadt Fürstbischof Konrad nicht mehr zum Herrn haben.«

»Diese Verräter«, flüsterte der Domherr; die Vorstellung, für immer ohne Pfründe und Vorrechte leben zu müssen, ließ das Kinn erbeben. »Verdammt sollen sie sein.« Speichel quoll ihm aus den Mundwinkeln, tropfte auf den Samtkragen, er nahm es nicht wahr, wandte sich langsam ab und schlurfte auf seinen Platz neben Paulus Schroter zurück.

2. Juni, der Freitag vor Pfingsten

Kein Gelächter, zu laut pochte das Herz; die Suppe schmeckte nicht, zu angespannt waren die Sinne. Im Bauernlager nahe Königshofen wusste jeder Mann: Der Feind wird kommen, heute noch … Der Feind ist mächtig, mächtiger als wir. »Ich hab gehört, fünftausend Reiter sollen es sein«, flüsterte der Odenwälder Bauer seinem Nachbarn aus dem Neckartal zu. »Und mehr als zehntausend Fußknechte.«

»Beschwör's nicht! Sonst stimmt's nachher wirklich.«

»Aber ich war doch dabei, als unser Kundschafter beim Zelt vom Metzler Meldung gemacht hat.« Die eigene Angst ließ den Bauern hartnäckig werden, nun bestand er darauf, das drohende Unheil genau zu benennen. »Zweiundvierzig Geschütze führen die Bündischen mit sich. Und zweitausend Kriegswagen.«

Seinem Kumpanen schwappte die Suppe aus dem Napf über die Hand. »Vielleicht kommen sie gar nicht. Könnte ja sein. Vielleicht …« Ohne den klebrigen Brei zu beachten, wischte er sich über die Stirn. »Ich wünscht, ich wäre daheim.«

Beide blickten hinauf zum Wartberg hoch über Königshofen. Von dort oben waren die Furt in der Tauber und auch das Tal nach Westen genau zu beobachten. Ruhig standen die Späher zwischen den Zinnen. Nichts. Noch nicht.

Nach der Flucht ihres Feldhauptmanns Götz hatten der Oberbefehlshaber im Bauernrat, Georg Metzler, und sein Kanzler Wendel Hipler selbst das Kommando übernehmen müssen. »Wir könnten es schaffen. Wenn der Truchsess nicht hier mit uns rechnet. Wenn wir ihn überraschen können …« Niemals zuvor hatte der kluge Jurist Hipler das Wort »wenn« so oft im Mund geführt wie an diesem Tag. Metzler, der Wirt aus Ballenberg, wiegte den Kopf. »So viel kann der Truchsess gar nicht saufen. Der weiß längst genau, dass wir hier sind. Unser einziger Vorteil sind unsere Feldschlangen oben auf dem Wartberg. Die stehen da sehr gut. Mit hartem Beschuss könnten wir ihn dran hindern, über die Tauber zu kommen.«

»Noch ein Vorteil.« Der Kanzler hob den Finger. »Unsere Rotten kämpfen mit dem Herzen, kämpfen für unser Ziel. Die Landsknechte nur für Sold. Mag der Feind uns auch in der Zahl hoch überlegen sein. Wenn es aber zum Treffen kommt, wird unsere Begeisterung sicher einige Tausend Mann wettmachen.«

Metzler ließ langsam den Blick über das Zeltlager schweifen. »Wohler wär's mir, wenn Bruder Florian Geyer mit seinen Schwarzen und dem Fränkischen Haufen dabei wär.«

Signal vom Turmberg. Die schnellen Stöße fuhren wie Stiche in die Senke nieder. Alarm! Mit den Spießen in der Faust rannten die Bauern zu ihrem Fähnlein, ihre Rufe übertönten die Befehle der Unterführer, nach und nach erst fanden sie sich zu einer Ordnung.

Die Wagen rollten. Fuhrleute hieben auf die Gäule ein. »Zum Berg! Zum Berg!« Auf halber Höhe bildeten sie mit den Gespannen einen Schutzwall, und im Eilschritt folgten die Rotten, stellten sich hinter den Wagen zum Kampf auf.

Ihre obersten Führer stiegen den Turm hinauf. Entsetzt schlug Wendel Hipler die Hände vors Gesicht. »O großer Gott, hab Erbarmen!« Dann zwang er sich wieder, in die tief stehende Sonne zu blicken, und musste begreifen, welche Höllenmacht dort heranmarschierte. Helme blinkten, auf den Spitzen der langen Spieße züngelten Flammen, das Fußvolk waberte wie ein glühender Strom näher; der Lärm nahm zu; ein Poltern drang nun herauf, dumpf und rhythmisch. Hufe von Abertausend Pferden stampften den Boden. Die Reiter hatten den Fluss erreicht.

»Schießen«, stammelte Hipler. »Wir müssen schießen.« Er riss den erstarrten Mitfeldherrn am Arm. »So hör doch!«

Georg Metzler wachte auf, gab Befehl, und die Geschütze unter ihnen brüllten auf. Jenseits des Flussübergangs schlugen die Kugeln ein. Nur kurz dauerte die Verwirrung, dann trieben die ersten Reiter schon ihre Gäule ins Wasser. »Laden!«, schrien die Geschützmeister. »Sofort nachladen!«

Wieder brannten die Lunten, und wieder und wieder hallte der Donner über Königshofen, acht Salven feuerten die Bauernhaufen dem Feind entgegen und brachten das Fußheer zum Stehen.

Schreie gellten von den Wagen her. Die schnellen Reitertrupps waren den Berg hinaufgaloppiert. Mit Todesmut warf sich ihnen ein Fähnlein entgegen und wurde von den geübten Kämpfern sofort niedergestochen, das zweite starb in den Klingen der langen Lanzen, das dritte …

»Sie brechen durch.« Georg Metzler befahl: »Dreht die Geschütze. Zielt auf die Reiter! Die Reiter!«

Und während die schweren Gestelle von den Tapferen herumgewuchtet wurden, stiegen die obersten Feldherren vom Turm, sie hatten sich nicht abgestimmt und doch das gleiche Ziel. Im Eilschritt liefen sie auf der Rückseite des Berges zu den noch nicht umkämpften Wagen. Schnelle Schnitte durchtrennten die Lederriemen, und beide Führer spannten je eines der Zugpferde aus. Ohne Sattel schwangen sich Hipler und Metzler auf und jagten davon.

»Bringt euch in Sicherheit!« Ein Hauptmann hatte die Flucht bemerkt, gab dem anderen ein Zeichen, mehr und mehr Befehlshaber verließen ihre Fähnlein, ließen die verzweifelt Kämpfenden im Stich, jeder nahm sich einen Gaul und floh den obersten Feldherrn hinterher.

Nach kaum einer Stunde hatten die Reiter den Berg erobert, alle Geschütze waren ihnen in die Hände gefallen. Darauf ließ Georg Truchsess von Waldburg zur Jagd blasen. Seine Fußtruppen stürmten durch die Tauber, wälzten sich den breiten Talkessel hinauf. Vom Turmberg trieben ihnen die Reiter das Wild zu. Und der Tod schwang die Sense. Am frühen Abend wateten die Schlächter im Blut, in einer langgezogenen Kette stapften sie über das Feld und suchten nach Bauern, die sich zwischen die Leichen gelegt hatten, sich totstellten, um so vielleicht zu überleben.

Doch für jeden bei der Nachlese gefundenen Gegner gab es einige Schillinge zusätzlich! Entdeckten die Landsknechte einen der Zitternden, so schnitten sie ihm unter lautem Gegröle die Geschlechtsteile ab, stopften den Beweis in die mitgeführten Säcke, dann erst stachen sie dem Schreienden in die Kehle.

Der Bauer aus dem Neckartal hatte sich unter drei reglosen Leibern versteckt, wollte so liegen bleiben, bis es Nacht wurde. Jetzt hörte er die Meute näher und näher kommen. »Herr, erbarme dich meiner!«

Gott aber sah an diesem Tag nicht auf das Feld bei Königshofen. Die Schlächter fanden den Neckartaler und mit ihm noch mehr als vierhundert Ängstliche. Und sie fanden großen Spaß an ihrer blutigen Arbeit.

Spät abends meldete der Adjutant seinem Oberbefehlshaber den Erfolg. Georg Truchsess von Waldburg nahm einen tiefen Schluck. »Viertausend Tote in nur drei Stunden?« Zufrieden wischte er sich den Wein aus dem Schnauzbart. »Das war ein guter Tag heute.«

31

Die Männer sollten essen, gut und viel essen. In der Küche schlug Magdalena ein Ei nach dem anderen ins Mehl, zählte laut und hielt erst bei zwölf inne. Sie hockte sich auf den Schemel, nahm die Schüssel in die Stoffmulde zwischen den Oberschenkeln und begann mit dem Holzlöffel gleichmäßig zu rühren, gab Milch und Salz dazu; als der Teig sämig wurde, blickte sie zu den Mägden hinüber. »Was ist? Wird's bald! Ich will den Speck in dünne Streifen geschnitten haben. Und dass ihr mir ja die große Pfanne gut eingefettet.«

Beim ersten Morgengrauen des 8. Juni war Magdalena in die Dachkammer der Mädchen gekommen, hatte sie unsanft aus den Träumen gerissen und ihnen nicht einmal Zeit zum Räkeln und Gähnen gelassen. »Runter mit euch. Schürt das Feuer an. Holt Wasser!« Mit Händeklatschen hatte sie die noch Müden vor sich hergescheucht.

Der Tag war da; wie oft von ihr in den letzten Wochen herbeigesehnt, wie oft um ihn gebetet. Frieden. Endlich kein Geschützdonner mehr, keine betrunkenen Bauern mehr, die grölend nachts durch die Straßen zogen. Heute, am Donnerstag nach Pfingsten, ergab sich Würzburg kampflos dem obersten Befehlshaber der bündischen Heermacht, und die Bürger legten ihr Schicksal auf Gnade und Ungnade wieder in die Hand ihres Fürstbischofs Konrad. Alle Vorbedingungen waren erfüllt. Sämtliche Waffen, von Dolch, Handrohr, Spieß und Hellebarde, von Degen, Schwert und Harnisch bis hin zu den kleinen und großen Geschützen waren abgegeben und zum Schloss hinaufgeschafft, die Kettensperren in den Straßen und Gassen aus den Verankerungen gerissen und auch der Burgbesatzung übergeben. Die Bürger hatten sich selbst entwaffnet, hatten ihre Stadt entblößt und vertrauten nun auf die Barmherzigkeit ihres Hohen Herrn.

Sein Befehl lautete: Alle Männer der Bürgerschaft hatten sich bis spätestens sieben Uhr am Morgen des 8. Juni vor den Stufen des Doms einzufinden, die Fremden aus anderen Städten auf dem Judenplatz vor der Marienkapelle, Bauern und Knechte aus den umliegenden Dörfern mussten sich am Rennweg versammeln. Wer nicht erschien, der gestand damit seine Schuld ein und hatte jegliche Gnade verwirkt.

»Ich weiß nicht, wie lange meine Männer heute da rumstehen müssen?« Magdalena tunkte den Finger in den Teig, kostete und gab noch etwas frisch geraspelten Ingwer hinzu. »Die Strafpredigt wird sicher dauern. Aber erst Hirsebrei und obendrauf noch ein dicker Speckpfannkuchen. Da haben sie wenigstens genug im Bauch.«

Die beiden Söhne kamen gemeinsam die Treppe hinunter, sprachen im Flur mit gedämpfter Stimme. Barthel trug schon seine weiche, übers rechte Ohr fallende Stoffmütze, erst im Speisesaal fiel es ihm auf, und er nahm sie ab. »Aufgeregt bin ich schon.«

»Und ich …« Hans setzte sich, legte den Löffel quer über zwei Finger und versuchte ihn zu balancieren, er schwankte, kippte. »Da siehst du's.«

»Ich möchte nur wissen, warum sich die Männer in drei Gruppen aufteilen müssen?«

»Vielleicht, weil sich so das Vieh leichter zählen lässt.« Der Scherz rang beiden nur ein dünnes Grinsen ab.

Eines der Küchenmädchen brachte die dampfende Schüssel herein. »Magdalena meint, ihr sollt schon anfangen. Wir Frauen essen später, wenn ihr los seid.« An der Tür fiel der Magd ein: »Sobald der Brei alle ist, sollt ihr Bescheid geben. Es gibt noch eine Überraschung.« Sie drehte sich um und stand vor Meister Til. »Um Verzeihung, Herr.«

»Was für eine Überraschung?«

»Wenn ich das jetzt sage …« Schnell drückte sie sich an ihm vorbei. »Dann ist es ja keine mehr.«

»Albernes Ding«, brummte er und kam mit seinem Altgesellen an den Tisch. Sie waren noch rasch hinter der Werkstatt gewesen, um die Vorräte an Steinen und Holz zu überprüfen. Jetzt, da sich die Lage in der Stadt bald normalisieren würde, wollte der Meister so rasch wie möglich den vollen Betrieb in beiden Werkstätten wieder aufnehmen.

»Was wir benötigen, sind Gesellen.«

Tobias füllte ihm die Breischale. »Ohne Aufträge? Zurzeit bin ich froh, dass wir allein sind.« Auch die letzten drei der Gesellen waren in der vergangenen Woche davongezogen.

»Sie haben es gerade noch rechtzeitig geschafft.« Til nickte vor sich hin. »Welch ein Glück.« Denn am Pfingstsamstag hätten seine Gesellen wie die anderen jungen Handwerksburschen im Sturmtrupp mit der Schwarzen Schar und dem Fränkischen Heer hinaus in Richtung Ingolstadt gemusst. Dort war es am Pfingstfest dann zur zweiten Schlacht gekommen. Auf dem Feld bei Sulzbach waren erneut mehr als viertausend Bauern niedergemacht worden. Nicht in drei wie bei Königshofen, dieses Mal hatte der Truchsess mit seinen Landsknechten lediglich eine Stunde benötigt, um die Bauernheere endgültig zu vernichten. Von diesem Blutsonntag waren nur eine Handvoll Männer nach Würzburg zurückgekehrt.

»Gut, dass es ein Ende hat.« Til aß vom Hirsebrei; zwischen zwei Löffeln bat er den Altgesellen: »Erinnere mich nachher dran, dass ich Jörg bitte, so bald wie möglich nach Rimpar zu reiten. Die Herren von Grumbach haben das Beweinungsrelief schon bezahlt. Auch wenn ihre Kirche zerstört ist, vielleicht wollen sie es ja an einem anderen Platz aufstellen.«

Rupert kam herein: »Entschuldigt. Aber ich hab noch schnell das Vieh gefüttert. Wer weiß, wie lange wir wegbleiben.« Er trug einen frisch gewaschenen Kittel, den breiten Ledergürtel, und um den Hals hatte er sich ein neues Schweißtuch gebunden. Betont anerkennend nickte Hans. »Alles, was recht ist, da hat sich einer aber fein rausgeputzt.«

Gleich sattelte Barthel obendrauf: »Und dieser besondere Haarschnitt. Über dem einen Ohr fällt es füllig und über dem anderen ist es fast kahl.«

Rupert stieg das Blut ins Gesicht, schließlich aber gelang ihm sein Grinsen bis zur Zahnlücke. »Spottet ihr nur.« Er wurde ernst, leise setzte er nach einer Weile hinzu: »Das Neue konnte nicht kommen, und so, wie's die Bauern gemacht haben, fand ich es nicht gut. Da hab ich mir gedacht, auch wenn jetzt das Alte wiederkommt, dann könnten wir trotzdem neu anfangen. Und da helfen frische Kleider schon.«

Die Überraschung war gelungen, und voller Genuss hatten die Männer den Speckpfannkuchen in sich hineingestopft. Vom Dom schlug die hellere Glocke zweimal. Noch eine halbe Stunde bis zum Einritt der Sieger. Til erhob sich: »Wir dürfen unseren Hohen Herrn nicht warten lassen. Rupert und Tobias, denkt daran, ihr müsst zum Rennweg.«

Im Hof drückte Rupert seine Frau behutsam an den Schultern. »Wir könnten dann bald auch wieder zurück in unsere Wohnung unterm Dach beim Stadtschreiber?« Er sah ihr Stirnrunzeln. »Ich mein, sobald du es möchtest.«

Magdalena strich ihm die Wange. »Wir sprechen morgen drüber.« Sie winkte den Söhnen und Tobias. »Stellt euch alle weit nach hinten. Dann sehe ich euch besser.« Dicht trat sie vor Til hin, hob das Gesicht und berührte ihn mit dem Blick. »Ihr auch, Herr. Haltet euch möglichst hinter den anderen.«

Er lächelte leise. »Bei meiner Länge? Egal, wo ich mich hinstelle, verstecken kann ich mich nicht. Ich will es auch nicht.«

»Ihr seid eben ein Turm«, flüsterte sie. »Mein Turm, zu dem ich gerne schaue.«

Trompeten erschallten auf der Mainbrücke. Vier Bläser stießen ins Horn, verkündeten Würzburg und allen Bewohnern die Ankunft des Truchsess', das Nahen der Fürsten; strahlend wurden die Klänge, als der Hirte und Vater des Hochstifts sein Ross über den Fluss lenkte. Noch ein letzter Halt. Vor den Herren sprengten Reiter in die Stadt, besetzten alle Straßen und Gassen; im Laufschritt, die Spieße vorgehalten, stürmten ihnen Fußknechte nach, bildeten Stachelketten um die versammelten Männer am Dom, auf dem Judenplatz und am Rennweg; zur gleichen Zeit bezogen außerhalb der Stadtmauer an jedem Tor, jeder Pforte schwer bewaffnete Landsknechte ihre Posten. Es gab kein Entrinnen mehr.

Erneut ließen die Bläser ihre Trompeten schmettern. Angeführt mit hellem Klang und im Strahlen der Morgensonne, trabten die Sieger von der Brücke am Rathaus vorbei. Frauen und Kinder säumten die Straße, doch kein Jubel, kein Winken, nur hier und da hob sich eine Hand, bewegten sich Lippen, in den wehen Blicken stand die Not der durchlebten Wochen, flackerte neue Angst vor der Ungewissheit.

Magdalena hatte sich nahe den Domstufen zwischen die Frauen gedrängt, dort, wo sonst Buden der Händler standen, wo neben Kerzen und Gewürzen auch Honigmandeln feilgeboten wurden, dort waren die Bürger eingekesselt worden.

Meister Til wartete vorn im Kreis der Ratsherren, sein Barett überragte alle anderen Kopfbedeckungen. »Wirklich ein Turm«, seufzte sie, »aber heute wünschte ich, er wäre nicht ganz so hoch.« Magdalena suchte und entdeckte die drei Rotschöpfe ganz in der Nähe. Ihre Zöglinge von früher hatten sich hinter vielen Rücken postiert. »Wenigstens hört ihr noch auf mich, wenn's drauf ankommt.«

Sie sah den Herren entgegen, versuchte in ihren Gesichtern zu lesen, fand keinen Zorn, nur Gleichmut, beinah gelangweilte Mienen. Den Ausdruck der Augen vermochte sie nicht zu deuten: Waren es Kälte oder Spott oder eine Mischung von beidem? Nein, dachte Magdalena und spürte einen Schauer, sie verachten uns, das ist es.

Die Vornehmen zügelten ihre Rösser und hielten auf gleicher Höhe vor den Bürgern an. Sofort verstärkten Landsknechte an dieser Stelle zur Sicherheit mit einer zweiten Reihe die Kette. Auf ein Handzeichen des Fürstbischofs hin ließ Georg Truchsess von Waldburg sein Pferd einige Schritte nach vorn machen und entrollte ein Pergament.

»Ihr Männer von Würzburg! So vernehmt und gehorcht. Eure Bitten und Euer Flehen sind erhört worden. Es ist der allergnädigsten Herren und Fürsten wie auch seiner kaiserlichen Majestät obersten Feldhauptmanns Meinung, euch zu Gnaden und Ungnaden wieder anzunehmen …«

Magdalena beschattete die Augen. Aus der Richtung des Kapitelhauses eilten mit wehenden Kutten einige Domherren und scharten sich seitlich hinter dem Fürstbischof an einer Hausecke zusammen. »Was wollen die hier?« Zu mehr kam sie nicht, die harte Stimme des Truchsesses riss sie aus den Gedanken.

»… dass jede Herdstelle zehn Gulden als Sühne zu entrichten hat … dass kein Bürger mehr ohne Erlaubnis seines allergnädigsten Fürstbischofs eine Waffe tragen darf … dass die Bürger von Würzburg dem allergnädigsten Herrn und dem Kapitel von Neuem Erbhuldigung schwören müssen …«

Alles wird gut, Magdalena faltete die Hände, wir müssen nur die Bedingungen erfüllen, dann geht das Leben weiter.

»… denn wir sind hergekommen, um Friede und Recht zu bringen oder …« Der Truchsess reckte das bärtige Kinn, schneidender wurde die Stimme: »… oder deretwegen das Blut zu vergießen!«

Eine Sturmböe warf die mehr als dreihundert eingekesselten Männer einige Schritte zurück, gleich wurden sie von den langen Spießen aufgehalten und bedroht.

»Es sollen vortreten: Bürgermeister Philipp Heyssner, Stadtschreiber Martin Cronthal, der gesamte Rat, die Viertelmeister, die Rechenmeister …«

Magdalena umklammerte ihn mit dem Blick, konnte ihn aber nicht schirmen, nicht verstecken. Gemeinsam mit den anderen Aufgerufenen ging Meister Til bis vor die Absperrung, gemeinsam mit ihnen sank er auf die Knie, beugte den Rücken, bis seine Stirn den Boden berührte. Aus dem Chor glaubte sie seine Stimme herauszuhören, und weil sie sonst keine Hilfe geben konnte, wiederholte sie jeden Satz: »Im Namen Gottes bitten wir um Gnade … Bitten wir um Verzeihung … Übt Milde mit uns, Ihr Herren und Fürsten … Habt Erbarmen, Ihr allergnädigster Hoher Fürst mit Euren Untertanen …«

Erneut verlas der Truchsess einige Namen. Kaum waren diese Männer vorgetreten, streckte er die Faust zum Himmel. Und aus dem wartenden Trupp lösten sich drei Wölfe, rot das Wams, rot die engen Hosen, und über dem Kopf trugen sie rote Masken, in den Sehschlitzen glühten Augen, in der Maulöffnung zeigten sich schwärzliche Zahnstummel. Und ein jeder hatte sich mit dem breiten Schwert gegürtet. Und einem jeden Wolf folgten zwei schwarze Knechte, gedrungene Kerle, Stricke und angespitzte Stecken über den Schultern, sie schleiften leere Körbe hinter sich her.

Ein Aufschrei ging durch die am Rand wartenden Frauen und

Kinder, dann pressten sie die Hände vor den Mund. Stille. Blicke suchten den Vater, den Ehemann, den Bruder … Magdalena presste die Hände an die Schläfen. Landsknechte öffneten eine Lücke und schlossen sie gleich wieder, nachdem die Scharfrichter das Rund betreten hatten.

»Du!« Der Finger des Truchsesses zeigte auf den zuletzt herausgerufenen Mann.

Magdalena kannte ihn nicht. »Wer ist das?« Die Nachbarin flüsterte: »Das ist dieser Jakob Kohl, der war Hauptmann bei den Bauern.«

Die Frauen hielten einander fest, als das Schwert in der Sonne aufblinkte und vollendete, die Blutfontäne aus dem Rumpf spritzte. Kaum hatten die Knechte den Kopf in den Korb geworfen, zeigte der Finger auf den nächsten … und den nächsten … Zum fünften Mal fuhr das »Du!« nieder.

»Der gehört zu den Leuten von diesem Hans Bermeter. Die kommen bestimmt alle dran.«

»Ich erinnere mich.« Magdalena trocknete der Mund aus. »Ich hab den Mann schon mal gesehen …« Sie schloss die Augen. Florian? O Heilige Mutter, lass ihn weit weg von hier sein. Mein Junge ist dumm, hat sich verführen lassen, aber schlecht ist er ganz sicher nicht. Bitte …

Ein Trompetenstoß schreckte sie auf. Vorn auf der Richtstätte lagen die fünf Hingerichteten in großen Blutlachen. Sorgfältig wischten die drei roten Wölfe ihre breiten Schwertblätter sauber. Georg Truchsess von Waldburg rief ihnen zu: »Gute Arbeit! Für heute soll es hier genug sein. Als Nächstes nehmen wir uns die Köpfe auf dem Judenplatz.«

Den Landsknechten befahl er: »Bringt diese Männer dort …« Nur eine verächtliche Geste mit der Hand hatte er für die immer noch im Staub knienden Ratsherren und Oberen der Stadt übrig. »Nein, schafft sie alle ins Rathaus! Haltet sie unter strengem Arrest. Sobald die erste Strafaktion beendet ist, werden die Fürsten und ich uns nach Beratung mit den Herren vom Domkapitel entscheiden, wer freikommt und wer zum Schloss hinaufgebracht wird.«

Mit einer leichten Verneigung lud der siegreiche Feldhauptmann die hochwohlgeborenen Edlen von Heidelberg und Trier sowie den Hirten des Hochstifts, Fürstbischof Konrad, zu dem kleinen Ritt hinüber zum Judenplatz vor der Marienkapelle ein.

Die Landsknechte schrien, schlugen mit der flachen Seite ihrer Spieße zu, nach und nach formierten sich die Bürger, und angeführt vom Bürgermeister, dem Stadtschreiber und allen Ratsherren, setzte sich der Zug von mehr als dreihundert Männern langsam in Bewegung.

Magdalena hastete an den Hauswänden entlang, drängte sich durch die Frauen und Kinder, bis sie auf gleicher Höhe mit den Ratsherren war. Um die Gefangenen unterwegs auszuplündern, waren fünf der Bewacher von ihren Kumpanen in den Zug geschickt worden. Einer der Kerle befingerte gerade ihn, nahm den Gürtel an sich, stieß den großen Mann gegen die Brust, dass er rückwärts stolperte, dabei aber riss ihm der Rohling mit einem Griff das Wams auf; weil er keine Geldkatze fand, trat er ihm fluchend in den Hintern und nahm sich das nächste Opfer vor. Meister Til hatte sich nicht gewehrt, er straffte das eingerissene Wams, so gut es noch möglich war, vor der Brust, hob die Stirn und schritt weiter.

»Wie räudige Hunde«, schimpfte Magdalena halblaut vor sich hin. Die Frau vor ihr hatte es gehört und blickte über die Schulter. »Das Ganze ist so erniedrigend, nicht wahr …« Jetzt erkannte sie die Haushälterin des Bildschnitzers. »Du bist es.« Und trotz aller Aufregung lächelte auch Magdalena, war dankbar, die Gemahlin des Stadtschreibers zu sehen. »Haben sie Euren Mann auch schon beraubt?« Margaretha Cronthal wies zum ihm hinüber. »Erst haben sie dem Bürgermeister das Siegel und auch sein Geld abgenommen, dann sind sie gleich zu zweit über Martin hergefallen. Sieh doch, wie sie seinen Kleidern zugesetzt haben. Gott sei Dank haben sie ihm die Brille gelassen.«

»Die Kleider können wir wieder flicken. Ich hoffe nur, dass niemand verletzt wird.« Vor dem Rathaus stockte der Zug, nacheinander wurden die Gefangenen durchs Portal hineingestoßen. Frau Cronthal winkte ihrem Mann, rief seinen Namen, doch der Stadtschreiber hörte sie nicht. Magdalena reckte sich, wünschte so sehr, dass Til ihre Blicke spürte, Kraft von ihr mitnahm. Kurz vor dem Portal wandte er den Kopf, sah in ihre Richtung, fand sie aber nicht, dann wurde auch er durchs Portal getrieben.

»Ich muss zum Rennweg.« Magdalena fasste die Hand der Frau. »Dort steht Rupert mit unserem Altgesellen. Es lässt mir keine Ruhe. Ich muss nach ihnen sehen. Könnt Ihr hierbleiben? Und den drei Söhnen winken? Falls sie herschauen, wissen sie, dass wir Frauen sie nicht alleinlassen.«

»Natürlich warte ich, allein schon, weil ich meinen Mann heute Nachmittag wiederhaben möchte.« Margaretha schenkte ihr einen warmen Blick. »Ihr seid eine gute Seele. Ich will gar nicht fragen, wo die Gattin des Meisters sich aufhält. Hier wäre jetzt ihr Platz.«

»Das ist meine Familie ...« Ohne es zu wollen, hatte Magdalena die Faust geballt, als es ihr auffiel, fühlte sie sich ertappt. »Verzeiht, so wollte ich nicht sprechen. Aber dieser Tag heute ...«

»Ich versteh dich sehr gut. Und nun schau nach deinem Rupert und dem Gesellen. Später treffen wir uns hier wieder.«

Georg Truchsess von Waldburg war mit den Herren längst schon vom Strafgericht vor der Marienkapelle zum Platz beim Rennweg weitergezogen. Nur auf die Häupter der Edlen lachte die Sonne nieder, den Verängstigten im stählernen Dornenkranz aber verbrannte sie allen Mut, blendete Augen und verdorrte die Lippen. Das Gerücht war vom Judenplatz herübergeflogen: »Vierundzwanzig sind geköpft worden. Gefragt wird nicht lange. Und wer sich verteidigt, den stechen sie mit ihren spitzen Stöcken in den Bauch und den Rücken, bis er schweigt. Weil der Henker kein langes Gerede will bei der Arbeit.«

Magdalena hatte Rupert und Tobias gleich entdeckt. Weit hinten, fast schon in Reichweite der langen Spieße, standen die beiden eng beieinander. Doch die Gruppe der Männer aus den umliegenden Dörfern war klein, viel kleiner als die vor dem Dom. Das sind kaum mehr als hundert, dachte sie, da ist jeder leicht zu sehen.

»Du!« Das Wort fuhr aus dem Rachen des Truchsess' und traf wahllos Schuldige und Unschuldige. Seine roten Wölfe schlachteten gleichzeitig, die Opfer wurden ihnen von den Landsknechten zugetrieben, wer sich nicht freiwillig hinkniete, dem halfen die Henkersknechte mit Tritten auf den Boden; wer vor Angst hin und her schwankte, dem legten sie Schlingen um den Kopf und zerrten von zwei Seiten, weil der Henker für den Hieb keinen unruhigen Hals wollte. Längst quollen die Körbe über, lagen die ausblutenden Leiber in Haufen übereinander.

»Ich frage nur einmal! Und kommt der Schuldige nicht freiwillig oder er wird mir nicht von anderen sofort hergeschickt, so nehme ich zehn von euch dafür.« Der Feldhauptmann ließ eine kurze Pause, dann forderte er: »Wer hat geholfen, das Schloss zu beschießen? Vortreten!«

Ehe Magdalena die Frage ganz begriff, rief einer: »Der hier war dabei. Der hat Kugeln getragen.« Gesichter wandten sich um, mehr und mehr Finger zeigten in dieselbe Richtung. Ein Stich traf Magdalena, schmerzte bis tief in den Bauch. Die Männer zeigten auf Rupert.

»Nach vorn mit dir.« Er wurde gestoßen. Tobias stellte sich schützend vor ihn, doch gleich drei rissen den Altgesellen beiseite, dann wurde Rupert von den Männern gepackt. Gestern noch waren es Knechte beim Nachbarn, Händler auf dem Gemüsemarkt, Freunde und Bekannte, jetzt lieferten sie einen der Ihren aus, um nicht selbst zu sterben.

Magdalena presste beide Hände vor den Mund. Kein Gedanke mehr, Angst höhlte sie aus, verlangsamte die Zeit. Sie sah Rupert. Allein ging er die letzten Schritte. Der Henker wies ihm den Platz zu. Rupert fiel auf beide Knie. Ein Knecht nahm ihm das Halstuch ab, riss den Kittel an der Schulter auf und entblößte halb den Rücken. Die vielen Narben, die tiefen Löcher in der Haut. »Sie haben dich doch schon genug gequält«, stammelte sie tonlos. »Gibt es denn kein Erbarmen?«

Der Henker schwang das Schwert zurück … der Kopf blieb, kippte erst spät vom Rumpf und rollte noch ein quälendes Stück weit über den Boden.

Magdalena stand da, die Augen geweitet. Wie von fern hörte sie wieder dieses »Du!«. Langsam wandte sie sich ab, ging Schritt für Schritt über den Rennweg auf ein Haus zu. Dort lehnte sie sich an die Mauer, dachte: Wie kühl die Steine sind; dachte: Ich sollte mich setzen. Langsam rutschte sie zu Boden, zog die Beine an, ihre Stirn sank auf die Knie, dann schlang sie die Arme über den Kopf und verbarg sich vor dem Tag.

Irgendwann berührte eine Hand ihre Schulter. Magdalena sah auf, sah ins kummervolle Gesicht des Altgesellen. »Warum, Tobias? Warum nur?«

»Ich weiß es nicht.« Sein Kinn bebte. »Die Henker haben für heute Vormittag aufgehört, aber nur, weil ihnen der Arm lahm geworden ist. Komm, besser wir gehen hier weg.«

»Dich haben sie freigelassen?«

Tobias erschrak, beinah entschuldigend sagte er: »Andere auch. Wir dürfen die Stadt nicht verlassen. Verzeih ... Ich wünschte so sehr, dass er jetzt neben mir wär und wir nach Hause könnten.«

Magdalena ließ sich von ihm aufhelfen. »Nicht nach Hause. Den Meister und die Söhne haben sie mit vielen Bürgern ins Rathaus gesperrt. Da müssen wir hin.«

Sie ging voran, ihr war kalt, trotz der Mittagshitze. Die neue Wirklichkeit hatte noch keinen Raum in ihr, und auf dem Weg vom Dom hinunter zum Grafeneckart musste sie häufig stehen bleiben und warten, bis Übelkeit und Schwindel nachließen. »Es geht schon, Tobias. Ich schaffe es schon.«

Frau Margaretha sah die Haushälterin des Bildschnitzers kommen und eilte ihr entgegen. »Um Gottes willen, was ist dir?«

»Ich ... Sie haben Rupert ...« Ohne das Wort auszusprechen, brach es den Damm. Tränen nässten die Wangen. Wie eine Ertrinkende klammerte sich Magdalena an die Gemahlin des Stadtschreibers, weinte und schluchzte. Margaretha ließ sie gewähren, streichelte den Rücken, bis das Zucken nachließ, der Atem ruhiger ging.

Gemurmel entstand, nahm zu: »Da kommt der Hofmeister des Bischofs!« Einer machte den andern aufmerksam. Sebastian Rotenhan näherte sich schnellen Schritts, in seinem Gefolge eilten einige Herren vom Kapitel mit wichtiger Miene. Ohne auf bange Fragen zu antworten, nicht einmal einen Blick verschwendeten sie an die Wartenden, betraten sie das Rathaus.

»Waren da bei den Domherren nicht der Paulus Schroter und auch Michel von Seinsheim?«

Magdalena rieb sich die Stirn. »Ich kenne die Herren nicht.«

»Sie sind auch nicht wichtig«, sagte die Gemahlin des Stadtschreibers mehr zu sich selbst. »Nicht an einem Tag wie heute. Mich wundert nur, warum sie zu den Gefangenen gehen?«

Die Frau vor ihr wandte sich halb um. »Sakramente? Meint Ihr, da drinnen wird auch gerichtet, und die Pfaffen sind gerufen worden …?«

»Sei still!« Gleich von drei Nachbarinnen wurde sie zum Schweigen gebracht.

Das Portal öffnete sich. An den Seiten postierten sich Landsknechte. Den Kopf gesenkt, schlich ein Mann heraus, kaum war er außer Reichweite der Spieße, rannte er, brachte sich in der wartenden Menge in Sicherheit. »Sie haben mich freigelassen«, keuchte er und konnte sein Glück kaum fassen. Der zweite Mann folgte, ein dritter … Hinter Magdalena schrie eine Frau: »Peter! Hier bin ich. Peter!« Die beiden fanden sich, umarmten sich, und ihr Glück schmerzte Magdalena in der Brust. Dann aber reckte auch sie die Arme. »Jörg! Barthel! Hans!«

Der Altgeselle drängte sich nach vorn und brachte die Söhne zu ihr. Die drei strahlten nicht, kein Lächeln, ihre Mienen waren bedrückt.

Magdalena fasste sich ans Herz, als müsste sie es festhalten, um die Frage stellen zu können: »Was ist mit dem Vater?«

Jörg sah zurück zum Portal, dann senkte er den Kopf. »Vater darf nicht. Er muss bleiben.« Zornig schlug Barthel immer wieder die Faust in seine Linke. »Und es war mein Meister, ausgerechnet er hat Vater angeschwärzt.«

»Wie meinst du das?« Magdalena sah sich in eine dunkle schwarze Höhle gehen, hörte sich und die Stimmen wie ein Echo. Barthel berichtete, und sie begriff nur, dass der Stadtrat und Maler Johann Wagenknecht, den sie oft im Wolfmannsziechlein begrüßt und mit Wein und Brot bewirtet hatte, dass Til von diesem Menschen beschuldigt worden war.

»Was … was soll dein Vater denn Schlimmes getan haben?«

»Der Hofmeister fragte, wer das Gerücht ausgestreut hat, dass der Bischof im Katzenwicker heimlich Berittene einquartieren würde und unschuldige Bürger hinrichten wollte. Weil damit aller Aufruhr in der Stadt angefangen hat.« Wieder stieß Barthel mit der Faust zu. »Dieser gemeine Verräter. Er ist zum Hofmeister vorgetreten, hat ihm ins Ohr geflüstert und auf Vater gezeigt. Gleich wurde sein Name auf die Liste geschrieben.«

Jörg sah Margaretha Cronthal an: »Auch den Stadtschreiber haben sie auf die Liste gesetzt.«

»Unsinn.« Sie wehrte mit beiden Händen ab. »Das kann gar nicht sein. Martin hat sich bis zuletzt für die Stadt eingesetzt, er hat den Domschatz vor den Bauern in Sicherheit gebracht. Er …« Die Lider flatterten mit einem Mal, ihr Blick irrte durch die Gesichter der drei. »Nun sagt mir doch, dass er freikommt.«

»Domherr Michel von Seinsheim hat ihn schwer beschuldigt. Euer Mann soll gesagt haben, dass er nie mehr Fürstbischof Konrad als seinen Herrn anerkennen wird. Das will der Domherr vor jedem Gericht beschwören. Deshalb wurde auch der Stadtschreiber aufgeschrieben.«

Margaretha war alles Blut aus dem Gesicht gewichen. »Diese Liste. Was … was bedeutet sie?«

Erneut hob sich Gemurmel ringsum, entsetzte Rufe. Beide Frauen starrten zum Rathaus. Zwischen Schwerbewaffneten verließ eine Gruppe der Bürger das Portal; die Hände auf dem Rücken gefesselt, waren sie zu zwei und zwei mit Stricken aneinandergebunden. Landsknechte schlugen auf die Gefangenen ein, trieben sie zur Brücke hin. Meister Til und der Stadtschreiber waren das dritte Paar in der langen Schlange.

Magdalena sah ihn, der Anblick zerstörte sie. Erst mein Rupert. Und nun auch noch mein Herz. Was ist das nur für ein Gott?

Margaretha fasste ihren Arm. »Wir können sie doch nicht einfach so fortgehen lassen. Ich will rufen, schreien. Wenigstens sehen soll mich der Martin.«

Magdalena lief schon los, die Frauen drängten sich durch die Menge, auf der Brücke riefen sie die Namen wieder und wieder. Der Stadtschreiber und auch Til drehten sich um, gingen langsamer. Ein Blick. Magdalena spürte ihn, gab ihn zurück, wenigstens einen Augenblick hatten sie sich gehalten. Dann prügelten Landsknechte auf die beiden Männer ein.

»Sie werden sie oben ins Verließ werfen.« Fest legte Frau Cronthal die Hände vor der Brust zueinander. »O großer Gott, hab Erbarmen! Ich flehe dich an …«

Magdalena hielt sich mit beiden Händen an der Brückenmauer fest und starrte in den Fluss. Träge zog die Strömung dahin. Alles gleitet fort von mir, dachte sie und weinte wieder.

32

»Vorwärts! Nun geh schon.« Im Halbdunkel des Ganges stieß der Henker den Gefangenen vor sich her. Seine Knechte folgten gemächlich, sie schwatzen leise miteinander, erzählten vom vergangenen Wochenende, vom Saufen …

Til tastete sich mit den Fingern an der Steinwand entlang. Selbst das trübe Licht blendete.

Drei Wochen die gleiche Finsternis: Morgen war, wenn die Ritzen der Kerkertür aufschimmerten; bei Tag leuchteten sie und erloschen wieder gegen Abend. Die erste Zeit hatte Til mit Martin Cronthal und allen anderen Gefangenen im Kohlengewölbe des Schlosses verbracht.

Bewaffnete führten sie einzeln zum Verhör hinauf. »Der Name?« Die Stimme des Hofmeisters Rotenhan klang kühl und geschäftsmäßig. Alle Antworten musste sein Schreiber sorgfältig notieren. »Er ist beschuldigt, mit Hetzreden die Stadt gegen seinen gnädigen Herrn aufgewiegelt zu haben. Leugne nicht! Ehrenwerte Männer bezeugen seine Schuld.«

Sonderbar sanft klang die nächste Frage: »Wer hat mit ihm gemeinsam den Aufruhr geschürt?« Hofmeister Rotenhan spielte mit einem Schlüssel. »Wenn er Namen nennt, so kann sich für ihn die Kerkertür schon bald wieder öffnen.«

»Nie habe ich an der Empörung teilgenommen. Und auch keiner meiner Freunde hat sich daran beteiligt.«

Nach der Befragung war der Bildschnitzer in ein kleineres Loch gesperrt worden, eng zusammengepfercht mit weiteren zehn Männern. Vergeblich hatte er auf Martin gewartet. Der Stadtschreiber aber war in ein anderes Verlies gebracht worden. Zunächst hatte Til geglaubt, im Gestank von Urin und Kot ersticken zu müssen, doch mit schwindender Hoffnung stumpfte auch der Geruchsinn ab, und jeder Ekel verlor sich.

Jeden Abend öffnete der Wächter die Tür und stellte einen Eimer mit Wasser hin, beim Weggehen erst warf er einige Brote über die Schulter in den Kerker. Wie Tiere gierten die Gefangenen danach. Ein Kampf entbrannte, nicht laut, Stöhnen und Schluchzen begleiteten ihn. War es Til gelungen, ein Stück zu erobern, so stopfte er den Brotbrocken sofort in den Mund und hatte längst aufgehört, daran zu denken, dass es dieselben Finger waren, mit denen er nach Läusen kratzte, mit denen er nach der Darmleerung das Stroh zum Abwischen nutzte.

Unerwartet hatte der Wachposten vorhin die Zellentür geöffnet. »Riemenschneider! Raustreten!« Wie blind war Til in den hellen Schein getappt, fremde Hände packten nach ihm, und erst auf dem Weg hatte er begriffen, dass ihn der Henker zur Folterkammer führte.

Eine Treppe, an den Wänden flackerten Öllampen. Tief unten musste er mit den Knechten vor einem Gittertor warten, bis ihn der Henker hereinwinkte. »Alles hat seine Ordnung«, sagte er ohne jede Regung. »Alles geschieht dir, so wie es vorgeschrieben ist. Komm weiter!«

Auf dem Weg durch einen schmalen Gang verzögerte Til den Schritt. »Aber ich habe längst geantwortet.« Gleich schlug ihm einer der Knechte in den Rücken, und der Henker brummte: »Sag das den Herren, nicht mir! Ich tue nur meine Arbeit. Komm weiter!«

Im Raum saßen drei Männer hinter dem Tisch. Kerzen brannten vor ihnen. Til sah nur helle Gesichtflecke, mehr vermochte er nicht zu erkennen.

»Meister Tilman Riemenschneider, früher Stadtrat zur Würzburg, Er wird beschuldigt, sich an der aufrührerischen Empörung der Bauern beteiligt zu haben, ihnen Hilfe und Unterstützung gegeben und mit Verleumdungen das Unheil befördert zu haben. Dadurch hat Er sich der Bauern mörderischer und räuberischer Handlungen teilhaftig und schuldig gemacht.« Ein Finger stach zwischen zwei Kerzenflammen in seine Richtung. »Gesteht Er?«

»Nein. So wahr mir Gott helfe, ich bin mir keiner Schuld bewusst.«

»Um die Wahrheit zu finden, werden wir dich ernstlich prüfen.« Ein Fingerschnippen für den Scharfrichter. »Auf einstimmigen Beschluss dieses Tribunals hin soll der Gefangene hart gewogen und gemartert werden. Halte dich also nicht mit den einfachen Übungen auf. Tu deine Pflicht!«

Und der Henker nahm sein Opfer mit in den Nebenraum. Fackeln loderten. Im Auf und Ab des Lichtes zeigte er seine Werkzeuge, pries die Wirkung der spanischen Stiefel, der Daumenschrauben; leicht tätschelte er die Lehne des Stuhls mit den angespitzten Stiften als Sitzfläche. »Vielleicht hocke ich dich später noch auf meinen Beichtstuhl. Vielleicht …«

Er blieb vor der Streckbank stehen. »Zieh dich aus! Machst du's freiwillig?« Er deutete auf seine Bluthunde. »Wenn nicht, dann helfen sie gerne nach.«

Til wandte den Kopf, sah die Stachelpeitschen in deren Fäusten und streifte selbst den Kittel ab.

Mit dem Rücken pressten sie ihn auf das harte Gestell, rissen die Arme über den Kopf, steckten die Handgelenke in Lederschlaufen und zurrten sie fest. Die Fußgelenke wurden in eine doppelte Eisenspange geschlossen. Ein Strick war daran befestigt. Der Strick gehörte zu einer Winde.

Beide Knechte stellten sich an die Kurbel. »Keine Angst, wir rupfen dich nicht in Stücke.«

Gedehnt, ärger heftiger … der Körper streckte sich, spannte sich … nicht weiter, Gott, mein Gott, sieh doch auf mich herab … ein heißer Schmerz durchglühte ihn. Reißen, wild zuckten Arme und Beine, Til spürte, hörte furchtbares Krachen in den Gelenken … in seinem Innern begann der Schrei, wucherte durch die Kehle, dann brüllte der Gequälte …

»So hör ich es gern.« Mit einem Wink befahl der Henker seinen Gehilfen innezuhalten und bat die Herren zur Streckbank.

Til lag da, die Augen geweitet, er sah die Gewölbedecke, verfolgte die dunklen Fugen der Steine, sie setzten sich zu einer schwarzen Fratze zusammen. Über ihm grinste der Satan, zeigte seine lange Zunge …

»Beantworte die Frage: Hat Er die Lügen in der Ratssitzung ausgestreut?«

»Ich … ich habe sie nicht erfunden.« So vertrocknet waren Mund

und Lippen, das Schlucken würgte ihn. Er hustete. »Ich hatte die Information von Hans Bermeter.«

»So ist Er also leichtgläubig wie ein Esel?«

»Nein, ganz gewiss nicht.« Til bemühte sich, klarer zu sprechen. »Alle Kollegen der Ratsversammlung waren in diesen Tagen der Meinung, dass der Spielmann besser informiert sei als selbst der Bürgermeister.« Fest wurde die Stimme, so hoffte er, die Herren überzeugen zu können. »Bitte bedenkt, Bermeter hatte immer schon gute Verbindungen zum Schloss. Er kannte geheime und undichte Stellen. Ich hatte keinen Grund, ihm nicht zu glauben.«

»Er enttäuscht uns. Wir hatten ein Geständnis erhofft. Fahren wir also fort, nach der Wahrheit zu suchen.« Der Henker erhielt Weisung: »Verschärfe die Anwendung.«

Wieder spannte sich das Seil, riss Til fort aus der Welt, zwischen zwei Höllen wurde sein Körper gespannt, dazu marterte der Henker mit einem kantigen Holz die Schienbeine und Ellbogen.

Die Frage. Und Til hauchte nur: »Ich habe … die Lüge nicht erfunden … habe sie von Bermeter …«

Während der dritten Qual enthob ihn ein Nebel, er entglitt dem Schmerz …

Sofort riss ihn sein Peiniger mit einem Schwall kalten Wassers in das Elend zurück. »Wirst du wohl wach bleiben!«

Der Vorsitzende des Tribunals beugte sich über sein Gesicht. »Bleibt Er bei seiner Aussage?«

Unmerklich nur nickte Til.

»Wer war noch bei diesem Aufwiegler Bermeter? Weiß Er Namen?«

Til schloss die Augen. Er war im Wolfmannsziechlein, hatte den Brustpanzer angelegt, die Tür öffnete sich. Florian stand da: »Schwiegervater, wir haben eine wichtige Nachricht für dich …«

»Ich kenne keine Namen«, flüsterte er.

Schnell kam die nächste Frage: »Aber dieser Stadtschreiber, er war doch auf der Seite der Bauern?«

Empörung weckte neue Kraft. »Nicht einen Augenblick.«

Der Mund über ihm verzog sich zu einem Lächeln. »Er muss diesen Mann nicht schützen. Wir haben bereits seine Aussage, sein Geständnis. Wir wollen nur prüfen, ob er die Wahrheit spricht.«

Mein armer Freund, wie sehr müssen sie dich gequält haben? Til schüttelte den Kopf, jede Bewegung stach in den Schultergelenken. »Stadtschreiber Cronthal hat nie mit den Bauern paktiert. Er diente treu der Stadt und seinem Fürsten, wenn er selbst etwas anderes behauptet, so lügt er.«

Das Lächeln erlosch. »Schafft ihn weg, diesmal soll er zurück in den Turm.«

Jede Kraft fehlte den Beinen, die Gelenke an Schultern und Füßen waren angeschwollen. Von den Blutknechten wurde der Gefangene die Treppe hochgezerrt, durch Gänge geschleift. Til hörte das Klirren der Schlüssel, dann schlug die Kerkertür hinter ihm zu, und er sank zu Boden.

»Wer bist du?«, fragten Stimmen aus dem Dunkel. »Sag deinen Namen!«

Noch ein Verhör, dachte er ermattet und zwang sich zu antworten: »Riemenschneider. Bildschnitzer ...«

»Til ...« Diese Stimme war ihm vertraut. Wenig später vernahm er sie wieder, diesmal dicht an seinem Ohr. »Til, Freund. Gottlob, wir sind wieder zusammen.«

Er begriff und wollte nach dem Arm tasten, vergeblich, zu groß war der Schmerz. »Martin. Was haben sie dir angetan?«

»Nichts. Sie wollen stets aufs Neue wissen, ob ich den Bischof als meinen Herrn anerkenne. Und ich kann dem stets nur zustimmen. Aber was ist mit dir?«

Til berichtete von der Folter, vom Verhör, auch von dem angeblichen Geständnis des Stadtschreibers und musste immer wieder unterbrechen, nach Atem ringen. »Sie versuchen uns gegeneinander auszuspielen. Das darf nicht geschehen. Bitte ...« Ohne Hilfe der Beine und Arme schob er sich näher an den Freund heran, berührte mit der Stirn seine Hand. »Eine Bitte ...« Martin Cronthal beugte sich zu ihm hinunter. »Es betrifft meinen Schwiegersohn. Erwähne ihn nicht. Magdalena, seine Mutter, musste schon Kummer genug erleiden. Sie dürfen ihm nicht auf die Spur kommen.« Mühsamer bewegte er die Lippen. »Und wenn sie dich quälen, so beschuldige besser mich, nicht aber den Jungen, er soll ... soll meiner Eva bleiben. Sie ist ...« Der gnädige Nebel kehrte zurück, und Til sank in ihn hinein.

»Sei ganz getrost«, flüsterte Martin, »Ich kenne den Namen nicht einmal.« Behutsam strich er über das verfilzte Haar. Dann suchte er nach etwas Stroh und bettete den Kopf des Freundes. Mehr Schutz vermochte er ihm nicht zu geben.

Zwei schnelle Pfiffe drangen von der Werkstatt her durchs geöffnete Küchenfenster. Gefahr! Magdalena ließ sofort das Messer auf die schon zerkleinerten Zwiebeln fallen. Mit halblauter Stimme befahl sie den Mädchen: »Verschwindet! Zwei in den Keller. Eine nach oben in die Dachkammer. Dort bleibt ihr, bis ich euch rufe. Und keinen Laut. Rasch. Rasch!«

Sie wartete, bis die drei verschwunden waren, dann drückte sie sich eng an die Wand neben dem Fenster und spähte zur Werkstatt hinüber. Dort stand Tobias, deutete in Richtung Tor. Sie gab ihm mit der Hand ein Zeichen, hatte seine Warnung verstanden, und er zog sich wieder in die Werkstatt zurück. Leise verließ Magdalena die Küche, eilte die Treppe hinauf und stellte sich ans Flurfenster. Unten, hinter dem großen Schuttberg in der Hofmitte, noch nahe der überdachten Einfahrt, betrachtete ein Landsknecht die aufeinandergestapelten Särge, leicht wankte er hin und her.

»Dem Himmel sei Dank. Er ist angetrunken«, flüsterte sie. »Mit dem werde ich schon fertig.« Zunächst aber wollte sie abwarten. Vielleicht verschwand der Kerl auch von selbst, wenn er sich genügend umgesehen hatte. Bereit, sofort das Fenster zu öffnen, verfolgte Magdalena jede Bewegung des Fremden.

Gleich nach dem furchtbaren Bluttag hatte der Bischof einen Trupp Landsknechte in der Stadt einquartiert. Sie hausten nun in den guten Stuben der meisten Bürgerhäuser, während die Bewohner mit Küche oder Keller vorlieb nehmen mussten.

Hatten die Bauern schon Leid über Würzburg gebracht, so waren diese Söldner die leibhaftigen Knechte des Satans. In Würzburg gab es kein Gesetz, keinen Richter mehr. Sie waren die allmächtigen Herren. Ohne von Moral oder gar einem Befehl zurückgehalten zu werden, nahmen sich die Besatzer, was sie wollten. Saufen, Vergewaltigung und Mord gehörten zur Tagesordnung. Wehe der Magd, wehe dem Bürgertöchterchen, wehe der ehrbaren Hausfrau! Versteckt euch.

Schaut zu Boden. Denn eine Geste, ein Lächeln kann schon genügen, und ihr erweckt die Aufmerksamkeit der Unholde. Dann hilft kein Flehen mehr, denn ihre Gier ist unersättlich.

Magdalena hatte umsichtig vorgesorgt. Zuerst musste Jörg hinauf nach Mühlhausen. Auf keinen Fall durfte Katharina in die Stadt kommen. Die Schwangere sollte bei Els bleiben, und, falls sich die Lage in der Stadt nicht besserte, auch dort das Kind zur Welt bringen. Von Tobias und den beiden anderen Brüdern verlangte sie, das Beweinungsrelief im Steinsaal hinter einer Wand aus Brettern zu verbergen. »Schützt den Heiland und die Trauernden. Wenn der Herr zurückkommt, soll er sie unbeschädigt wiedersehen.«

Auf ihren Vorschlag hin schafften der Altgeselle und die Söhne des Meisters während der Nacht vom zerstörten Haus auf der gegenüberliegenden Seite der Franziskanergasse so viele Trümmerstücke wie möglich in den Hof. »Lasst es hier so aussehen, als wären wir von den großen Kartaunen immer wieder getroffen worden. Und häuft Schuttberge auf. Nur ein Pfad darf noch zur Haustür führen.«

Wenige Tage später waren Quartiermacher der bischöflichen Truppen vor dem Tor abgestiegen, sie betraten den Hof, sahen die Verwüstung und ritten gleich weiter.

»Sie haben es geglaubt.« Nur einen Moment gab sich Magdalena mit ihren Männern der Erleichterung hin. »Andere werden kommen. Wir müssen uns noch besser vorbereiten.«

»Särge.« Tobias hatte die Söhne des Meisters angesehen. »Keiner wohnt gerne bei einem Sargbauer. Und Aufträge haben wir ohnehin keine. Lasst uns Totenkisten zimmern. Damit schrecken wir die Söldner ab.«

Magdalena trat näher ans Fenster heran. Mit einer Hand griff sie zum Rücken und prüfte den Sitz ihres Buckels. Unten schwankte der Fremde weiter in den Hof hinein, tappte den schmalen Pfad zwischen den Schutthaufen entlang. Jetzt blieb er unschlüssig stehen, dann setzte er sich auf einen der Trümmerbalken. »Meinetwegen. Verschnauf du nur.« Magdalena nickte grimmig. »Ehe du mir aber einschläfst, werde ich dich hinausbefördern.«

Damals hatte sie die Küchenmägde gerufen und sich mit ihnen hinter den Schuppen zurückgezogen. »Jede von euch beschmiert sich mit Lehm: Arme und Gesicht, den Hals und auch die Beine.« Für die Haare stellte sie einen Schmalztopf bereit. Nur ungern folgten die jungen Frauen, doch Magdalena erlaubte keine Widerworte. Zum Schluss mussten alle ihr Kittelkleid ablegen und erhielten dafür Lumpen. Staunend sahen sie zu, wie die Haushälterin sich selbst eindreckte, die Haare nach wenigen Griffen ins Fett strähnig am Kopf herunterhingen und ein Kissen unter dem Lumpenkittel ihren Rücken mit einem Höcker verunstaltete. Wie ein Hauptmann kontrollierte sie die Aufmachung ihrer Haustruppe, entdeckte dort noch eine Spange, noch einen Steckkamm. »Verflucht, jeder Schmuck kann euch ins Unglück stürzen. Ihr seid ab jetzt hässliche Weiber. Kein Kerl darf noch einen Blick auf euch werfen wollen. Habt ihr mich verstanden?«

Die Mädchen nickten zwar, ihre Blicke aber verrieten, wie wenig sie von der Notwendigkeit dieser Verkleidung überzeugt waren.

Magdalena hob den Finger: »Es wird sich nicht mehr gewaschen. Stinken sollt ihr …« Gleich schränkte sie ein. »Gut, falls es zu arg wird, sag ich es euch. Nur wenn die Söldner sich vor uns ekeln, nur dann können wir uns vor ihnen retten.«

Die Tarnung half. In der ersten Woche der Einquartierungen waren täglich Fremde in den Hof gekommen, hatten sich umgesehen und waren von den Särgen und den Trümmerhaufen abgeschreckt worden, jetzt, nach mehr als einem Monat, verirrte sich nur noch selten einer hierher. Umso mehr aber hatte Magdalena Mühe, die Vorsicht bei den Mädchen wachzuhalten. Wenn jetzt nach so langer Zeit irgendeiner die Täuschung durchschaute, würde sicher gleich eine ganze Horde über das Wolfmannsziechlein herfallen. »Dann verwüsten sie alles hier. Und keine von uns wird verschont.«

Dem Landsknecht war der Kopf auf die Brust gesunken. Magdalena wollte ihn vom Fenster aus anrufen, entschloss sich anders und verließ wenig später die Haustür. In der Hand hielt sie eine geschälte Zwiebel. »He, hast du Hunger?«

Der Fremde schreckte hoch, starrte ins grauschmierige Gesicht, glaubte nicht, was er sah, und wich mit dem Oberkörper zurück. »Wer … Wo kommst du her?«

Magdalena kratzte ausgiebig in den fettigen Haaren, als suchte sie nach lästigem Ungeziefer. »Ich wohne hier.« Sie grinste und fragte geschäftig. »Einen Sarg? Du willst doch einen Sarg kaufen? Wie groß soll er sein?« Mit dem Blick schätzte sie den Söldner ab. »So für deine Größe? Ja, die haben wir vorrätig.« Damit ging sie zu den gestapelten Totenkisten in der Einfahrt.

»Halt. Wieso für mich?« Ernüchtert stolperte der Mann hinter ihr her. »Ich brauch keinen Sarg.«

»Ist mir gleich, für wen der ist. Er kostet sechs Schillinge. Du kannst ihn gleich mitnehmen.«

»Bist du taub, Alte?« Der Landsknecht rieb sich die Stirn. »Verflucht, ich will keine Kiste.«

Jetzt wölbte Magdalena den Buckel und funkelte ihn an. »Keine, sagst du? Und warum streunst du hier auf meinem Hof rum? Willst wohl betteln oder stehlen?« Sie streckte ihm die Zwiebel hin. »Da nimm, wenn du Hunger hast. Mehr hab ich nicht. Nun zier dich nicht.«

Ihre Nähe bedrängte. »Weg … weg damit.« Am Ende des Halbdunkels lockte der helle Spalt der angelehnten Pforte. Rasch ging er darauf zu und fluchte vor sich hin: »Verdreckte Hexe, bleib mir ja vom Leib!« Ohne sich noch einmal umzudrehen, floh der Landsknecht nach draußen und schlug die Pforte hinter sich zu.

»Nichts lieber als das«, seufzte Magdalena und bekreuzigte sich. »Dank sei dir, Heilige Mutter.«

Am nächsten Morgen, die drei Mägde schliefen noch, war Magdalena nur mit dem dünnen Hausmantel bekleidet in die Küche hinuntergegangen, hatte die Herdglut von der Asche befreit und legte frische Scheite nach. Hinter ihr klappte leise die Tür, erschrocken fuhr sie herum.

Hans und Barthel standen da, angekleidet, die weichen Kappen übers rechte Ohr gezogen, und in der Hand trug jeder sein geschnürtes Bündel. Und noch etwas war mit ihnen in den Raum gekommen, Magdalena spürte das Fremde, wusste es nicht einzuordnen. »So früh …?«, fragte sie vorsichtig. »Aber der Brei ist noch nicht warm.«

Die beiden sahen sich an, verlegene, beinah schuldbewusste Blicke, keiner antwortete.

»Setzt euch doch!« In der Bewegung erlahmte ihre Geste.

»Wir wollen fort.« Barthel nahm die Mütze ab, sofort tat es ihm der Bruder nach und setzte hinzu: »Heute … Ich mein, jetzt gleich, sobald die Tore geöffnet werden.«

Verrat, dachte Magdalena, und das Wort schmerzte, die Söhne verraten den Vater. Sie ging zum Tisch und sank auf den Hocker. Eine Weile starrte sie vor sich hin. »Ihr wollt also alles hier im Stich lassen? Und gerade jetzt, da der Meister im Kerker liegt?«

»Das ist doch kein Leben mehr. Wir halten es hier einfach nicht mehr aus. Deshalb.« Hans zerknautschte die Kappe in der Faust. »Überall ist es besser.«

»Wo …?« Trauer dehnte sich in ihr aus. »Und wo findet ihr das bessere Leben?«

Hans wollte in die Reichsstadt Nürnberg, wollte sich dort als Bildschnitzer verdingen. Den jüngsten Sohn des Meisters zog es über die Alpen ins südliche Tirol. »Dorthin, wo die Sonne scheint. Wo die Menschen lachen. Da will ich malen.«

Magdalena sah ihn bekümmert an. »Glaubst du, mit der Sonne allein ist schon für Glück gesorgt? Die haben wir hier auch Tag für Tag …«

Sie schloss die Augen. Was tust du? Die beiden sind jung, haben ein Recht auf ein schöneres Leben. Nur weil dein Platz hier ist, weil du wartest und hoffst, deswegen darfst du sie nicht zurückhalten. »Entschuldigt. Ihr habt mich einfach überrascht. Wenn ihr fest entschlossen seid und alles gut überlegt habt, dann möchte ich euch viel Glück wünschen.« Ein Lächeln gelang ihr. »Und wäre euer Vater hier, so würde er euch ganz gewiss seinen Segen geben.«

Magdalena erhob sich und hing den Kessel übers Feuer. »Vielleicht kommt ihr ja irgendwann zu Besuch …« Sie sah die Flammen lodern und stockte einen Augenblick. Nur in den einsamen Nischen ihres Herzens pochte die Furcht, dass Til vielleicht nie mehr zurückkäme. Bei Tag aber befahl sie dem Gedanken zu schweigen, und so setzte sie betont hinzu: »Ja, kommt nur zu Besuch. Euer Vater wird sich ganz gewiss freuen.« Die Stimme wurde fester. »Und jetzt gibt es Brei. Nein, keine Widerworte. Mit leerem Bauch lasse ich euch nicht fort.«

Schritte im Gleichtakt, harte Schritte waren es, sie hallten, näherten sich der Kerkertür, standen still. Im Kohlengewölbe krochen die Gefangenen überhastet näher an die rückwärtige Wand, duckten sich. Keiner sprach. Als die Riegel schabten, das Schloss schnappte und jäh Helligkeit hereinbrach, pressten viele die Hände vors Gesicht.

In Begleitung von zwei Bewaffneten trat der Hauptmann tiefer in den Raum und hob die Öllampe. Langsam streifte der Schein über die Zitternden hinweg und erfasste die kauernde Gestalt nahe der linken Ecke. »Den da!«

Die Knechte rissen Til am zerschlissenen Wamskragen hoch und zeigten ihrem Vorgesetzten das verdreckte, bartverwilderte Gesicht. »Ja, der ist es.«

»Was habt ihr mit dem Bildschnitzer vor?« Martin Cronthal hob bittend die Hände dem Hauptmann entgegen. »Ich flehe euch an. Er ist doch schon genug geschunden worden.« Ein Tritt gegen die Brust warf den Stadtschreiber zurück. »Er bekommt jetzt, was er verdient.«

Sie legten dem großen Mann einen Halsstrick um und zogen ihn zum Ausgang. Kaum vernahm der Truppführer hinter sich die Seufzer der Erleichterung, blieb er etwas zurück und drehte sich noch einmal um: »Jeder von euch stinkenden Kötern hat den Tod verdient.« Gefährlicher Spott schwang in der Stimme. »Habt also Geduld. Jeder kommt an die Reihe. Einer nach dem anderen.«

Draußen nahmen vier Bewaffnete den Gefangenen in ihre Mitte. »Vorwärts.«

Til vermochte nicht Schritt zu halten, zu sehr noch schmerzten die Gelenke an den Füßen. Heftiger wurde am Strick gezerrt, immer wieder erhielt er Faustschläge in den Rücken.

Wohin? Dies war nicht der Weg hinunter zur Folterkammer. Als sie ihn ins Freie hinausführten, blendete das grelle Sonnenlicht, und er musste die Lider zu einem Spalt verengen. Vogelzwitschern, ganz in der Nähe, er wandte den Kopf, versuchte die Sänger zu entdecken. So lange hatte er ihre Melodien nicht mehr vernommen. Freiheit, für einen Augenblick gab er sich dieser Verführung hin, und sie entlockte ihm ein Lächeln.

»Mein Sohn, bist du bereit?«

Til hatte das Auftauchen des Priesters nicht bemerkt, jetzt wunderte er sich, ihn so eng an seiner Seite zu sehen. »Verzeiht, Vater. Ich weiß nicht, wovon Ihr sprecht?«

»Sei nicht verbittert, Sohn. Gott stößt niemanden zurück, der demütig Reue empfindet. Befreie jetzt deine Seele von aller Sündenlast, auf dass du gereinigt vor deinen Schöpfer treten kannst.«

Til blieb stehen, begriff jäh, wohin der Weg führte. Zwei der Bewaffneten wollten ihn weiterprügeln, doch ihr Befehlshaber winkte ab. »Lasst den Beichtvater gleich hier seinen Spruch sagen. Dann hält er uns nachher nicht unnötig von der Arbeit ab.«

Ungelenk hob Til die Hände, bis zu den Ellbogen war das Gefühl zurückgekehrt, seine Oberarme und Schultern aber waren von der Folter immer noch taub und kaum zu bewegen. »Vater, mir geschieht Unrecht. Kein Richter hat mich verurteilt ...«

»Aber, Sohn ... Jeder arme Sünder in deiner Lage sagt mir dies oder etwas Ähnliches.« Der Pater zupfte unwillig an den Ärmeln seiner Kutte. »Ich bin nicht für Recht oder Unrecht zuständig, sondern nur für dein Seelenheil. Und jetzt beuge dich in Demut, auf dass wir beginnen können.«

Til sah sich selbst zu, wie er niederkniete. Das bin nicht ich, dachte er und hörte sich sprechen: »Großer Gott und Herr, ich bereue ...«

»Das genügt schon.« Der Blick sah über ihn hinweg. »Hiermit spreche ich dich los von all deinen Sünden.« Der Beichtvater schlug das Kreuz: »In nomine Patris et Filii et Spiritus Sancti. Amen.« Er wandte sich ab und eilte über den Schlosshof davon.

»Weiter!« Das Rucken der Halsschlinge zerrte Til aus der Benommenheit. Für sie bin ich nur ein Stück Vieh auf dem Weg zur Schlachtbank. O Gott, hast du das gewollt? Er sah sich in der Werkstatt, sah, wie er den Christus auf das Kreuz legte und mit Schraubnägeln die Hände befestigte. Aber ich bin nicht wie er. O Herr, ich habe Angst, nur entsetzliche Angst ... Til stolperte, doch seine Wächter fingen ihn auf.

In einer Nische der Nordmauer wartete der rote Wolf neben der Richtstätte, ein runder Platz, ausgelegt mit geschichtetem Stroh. Breitbeinig stand er da, das Schwert vor sich aufgestellt. Seine Knechte nahmen das Opfer in Empfang und führten es in die Mitte des Kreises. »Runter mit dir!«

Til war zu langsam, und sie traten ihm in die Kniekehlen, er stürzte, schrie auf, als seine Arme nach hinten gerissen und ihm die Hände gebunden wurden. Mehr und mehr nahmen die Stiche in den Schultergelenken wieder zu. Er keuchte, brüllte.

Die Knechte kümmerte es nicht. Einer packte seine Ohren, so hielt er den Schädel, während der andere ihm mit dem Messer das Haar büschelweise vom Hinterkopf schnitt und seinen Nacken ausrasierte. Zum Abschluss banden sie ihm ein Tuch vor die Augen. »Wir sind so weit, Meister.«

Til hörte das Brechen des Strohs unter den Füßen seines Henkers … Er sah Magdalena am Bach die Wäsche schlagen. Sie wandte sich um. Ihr Blick war der Anfang … Er vernahm das metallene Schaben, mit dem die Klinge aus der Scheide glitt. Gott, sei mir gnädig …

»Im Namen seiner Gnaden, Fürstbischof Konrad, wird dieser …«

»Halt! Wartet! Nicht vollstrecken! Befehl von oben. Da sind noch Zweifel …«

Stille. Nichts.

Dann Gelächter, es brach wie ein Sturm über Til her, das Tuch wurde ihm von den Augen gerissen, über ihm lachende Fratzen, Hände patschten seinen glatt geschabten Nacken. »Seht nur, wie blöde er uns anstiert.«

Die Anspannung wich, Til sank in sich zusammen, fiel auf die Seite. Da sah er die roten Schuhe des Scharfrichters vor seinem Gesicht. »Dieses Mal war es nur ein Spaß. Aber mein Freund, ich werde dich köpfen, sei ganz sicher. Heute nicht. Vielleicht aber morgen? Oder übermorgen? Immer wieder lasse ich dich herbringen, und du wirst nicht wissen, ob dein Ende da ist. Also halte dich stets bereit, denn meinem Schwert ist jeder Zeitpunkt recht.«

Til schwieg. Mühsam tappte er zwischen den Wächtern zurück in den Kerker. Sie lachten immer noch, erzählten sich von seiner Angst, von seinen Schreien, und ihr Vergnügen steigerte sich noch.

Zurück in der Dunkelheit, hockte Til nur da. Der Freund saß bei ihm und fragte nicht.

Das Strafgericht zog durch Franken und hinterließ eine breite Blutspur im gesamten Hochstift, hinterließ rauchende Trümmer, weinende Kinder und Frauen, denen Vater und Mann genommen waren. Keinem Ort, keiner Stadt wurde Nachsicht oder gar Schonung zuteil. Hoch zu Ross ritten Bischof Konrad und der Schlachtmeister Georg Truchsess von Waldburg an der Spitze der bündischen Truppen.

»Welch ein Triumph!« Abend für Abend tranken sich die Herren zu. Und als der oberste Hirte am Freitag, dem 21. Juli, von seiner Rundreise zurückkehrte, stapelten sich auf seinen Trosswagen ungezählte Fässer gefüllt mit Wein oder Bier, Früchte häuften sich, und unter den Planen, sicher vor dem Wetter geschützt, standen kunstvoll gearbeitete Möbel und Kisten mit Silbergeschirr.

Welch blutige Augenweide lag hinter ihm. An 256 Hinrichtungen hatte sich der Landesvater erfreuen dürfen und war des Schauspiels immer noch nicht überdrüssig …

Auch vergaß er in seiner Güte nicht die Getreuen, auch sie sollten Genugtuung für die Tage der Furcht erhalten. Gern gab er dem Drängen der Ritter nach. Vor allem verlangten die früher fast schon Verarmten nun Entschädigung. Auf Kosten der Bauernschaften und der am Aufruhr beteiligten Städte ließen sie ihre maroden Gemäuer wieder aufbauen, selbst wenn diese gar nicht der Zerstörungswut anheimgefallen waren. Die Auflagen, die finanziellen Wiedergutmachungen auch an die Klöster würgten und verarmten das Volk. Auf ganzer Linie hatten Adel und Geistlichkeit gesiegt.

Und in den Straßen schwelgten die Landsknechte. Ihr Gewinn war groß, doch auch ihre Gier nach Wein und Weib. So versoffen, verhurten und verspielten sie ihren Blutlohn. Vor allem die Hurenhäuser und Spielhöllen der Freien Reichsstadt Nürnberg florierten. Und dort lockte Florian allabendlich die Betrunkenen ins Hinterzimmer. »Ein kleines Würfelspiel gefällig?« Am Tisch unter der Öllampe wartete Hans Bermeter. »Setzt euch, Freunde. Nun setzt euch nur.« Mit gewinnendem Lächeln zeigte er seinen Opfern die drei Würfel. »Jeder hat die gleiche Chance. Nur das Glück entscheidet …«

Der leichte Wagen holperte durch die Franziskanergasse. Vornweg ritten zwei Hauptleute der bündischen Truppen. Gelb und rot gefärbte Straußenfedern wippten an den Hüten, Blumen und Perlen verzierten die Wölbungen über der Männlichkeit, und farbenprächtige Ornamente prangten auf den vielgeschlitzten Hosen; ihre Stulpenstiefel waren aus feinstem Leder gefertigt, und das Zaumzeug der Rösser blinkte. Vor dem Hof Wolfmannsziechlein hielten sie an, hinter ihnen zügelte auch der Kutscher das Pferd, sprang vom Bock und half der Dame aus dem Wagen.

»Danke.« Gretelein rückte ihr Hütchen zurecht. Zum ersten Mal seit Ostern, seit Beginn der Unruhen, war die Gemahlin des Bildschnitzers zurück von Ochsenfurt in die Stadt gekommen. Sie trug einen leichten hellblauen Schultermantel über ihrem gleichfarbigen, an den Ärmeln luftig gebauschten Kleid. »Bald bin ich wieder zurück.« Sie winkte den beiden Kavalieren zu. »Bewacht so lange das Haus«, sie schenkte ihnen ein Honiglächeln, »Ihr, meine Beschützer«, und entschwand durch die Pforte im hohen Tor.

Beim Anblick der Särge rechts und links der Einfahrt, der Trümmer und Schuttberge im Hof schrie sie vor Entsetzen hell auf. Gretelein floh zur Haustür hinüber, eilte durch den Flur und wich auf der Küchenschwelle erschrocken wieder einen Schritt zurück. »Wer … wer seid ihr?« Jetzt glaubte sie, die Erste Magd zu erkennen. »Bist du es?«

»Nein, Herrin.« Magdalena deutete auf die drei Mädchen. »Wir alle sind hässliche alte Weiber geworden.«

»Das versteh ich nicht.«

Magdalena hob die Brauen, dachte, du blödes Schaf, und sagte: »Wir haben uns vermummt, weil es für eine normal gekleidete Frau in Würzburg zurzeit zu gefährlich ist und für herausgeputzte erst recht. Deshalb würde ich Euch raten, auch etwas …« Sie unterdrückte den aufpulsenden Zorn. »Besser, Ihr zieht Euch etwas Unauffälligeres an. Ich könnte Euch ein paar Lumpen heraussuchen.«

»Um Himmels willen, nein. Nicht nötig. Mutter hat mir zwei Beschützer mitgegeben, mir geschieht schon nichts.« Bekümmert schüttelte Gretelein den Kopf. »Oje. Mein Gatte war ein Freund der schlimmen Bauern, hat Mutter mir erzählt. Aber dass er hier alles hat so verkommen lassen, das wusste Mutter nicht. Ach, das schöne Haus. Wenn ich das erzähle.«

»Was wollt Ihr hier?« Magdalena verschärfte den Ton. »Seid Ihr gekommen, um hier auf Euren Gemahl zu warten?«

»Aber nein, nein. Das wäre zu traurig, sagt Mutter. Weil das Bärlein doch so böse war, dass es vielleicht gar nicht mehr freigelassen wird oder erst in vielen Jahren. Und so lange mag ich nicht warten. Weil ich sonst alt werde, meint Mutter.«

Nur mühsam konnte Magdalena an sich halten. »Was also führt Euch her, Herrin?«

»Ein kurzer Besuch.« Vertraulich näherte sie sich. »Ich habe den beiden schmucken Hauptleuten gesagt, sie sollten warten. Und gleich begleiten sie meinen Wagen wieder zurück nach Ochsenfurt. Mutter hat ihnen Sold bezahlt.« Sie seufzte, und ihre Augen blitzten vor Klugheit: »Weißt du, so zwei starke Männer an der Seite, das gibt ganz schön Sicherheit in diesen unsicheren Zeiten. Das meint Mutter auch.«

»Dann gute Reise!«

»Nein, nein. Halt, so schnell nun doch nicht.« Sie trippelte bis dicht vor Magdalena hin, ein Blick über die Schulter zu den Mägden, dann wisperte sie: »Geld. Ich benötige Geld. Mein Bärlein war immer ein großzügiger Mann zu mir. Ich kann ja nichts dafür, dass er jetzt im Kerker sitzt. Aber Mutter meint, er ist mein Ehemann, und im Kerker braucht er doch nicht mehr so viel, und deshalb wollte ich mir ein paar Säckchen Gulden aus der Truhe abholen.« Sie zwinkerte Magdalena zu. »Schau nicht so sorgenvoll, ich bring das Geld sicher nach Ochsenfurt. Unter dem Rock …« Ein Kichern perlte. »Und außerdem bewachen mich die beiden Hauptleute.«

Magdalena schloss die Augen, atmete mehrmals tief ein und aus, schließlich strich sie mit beiden Händen gründlich ihr Kittelkleid an den Seiten glatt. »Ich verstehe, Herrin. Nur habe ich die Geldtruhe in ein neues Versteck gebracht. Wegen der Plünderer. Ihr versteht.«

»Aber ja.« Gretelein nickte eifrig. »Du bist eben immer schon eine kluge Haushälterin gewesen. Das sagt Mu…«

»In der Nähstube«, schnitt ihr Magdalena das Wort ab. »Kommt mit!« Schon ging sie voraus zur Treppe.

Oben, in der entlegensten Ecke des Hauses, ließ Magdalena der jungen Frau den Vortritt. Sorgfältig schloss sie die Tür, dann wandte sie sich um. »Ich wollte Euch etwas Wertvolleres als Goldmünzen geben.«

Gretelein strahlte. »Wirklich? O dieses Bärlein, dieser Schlimme. Hat er mir etwa ein Schatzkästlein verheimlicht. Perlen oder sogar Schmuck? Zeig sie mir, bitte!«

»Ich muss wohl.« Magdalena trat näher, und ehe Gretelein begriff, traf sie eine schallende Ohrfeige, gleich die nächste, das Hütchen flog davon, wie im Sturm schwankte das blonde Köpfchen hin und her, noch dreimal schlug Magdalena der Herrin rechts und links auf die Wange.

Erst spät setzte erstauntes Wimmern ein, Tränen kullerten. »Aber das darfst du nicht … Ich bin doch die Hausfrau hier.«

Heller Zorn sprühte Magdalena jetzt aus den Augen. »Ein für alle Mal: Verschwinde nach Ochsenfurt! Ich will dich hier nicht mehr sehen. Und wage nie, hörst du, nie mehr, nach Geld zu fragen.«

»Aber ich sollte doch …«

»Bestell deiner Mutter, dass nichts mehr bei uns zu holen ist. Ihr gierigen Weiber kommt zu spät. Die Plünderer haben uns längst schon alles weggenommen. Sag ihr das.« Magdalena riss die Tür auf. »Und jetzt raus. Verschwinde!«

Beide Hände schützend am Köpfchen, drückte sich die Geschlagene vorbei. Magdalena blieb ihr auf den Fersen, durch den Hof bis zum Tor. Noch einmal drehte sich Gretelein um. »Mein Hut ist …« Sie sah wie die Hand sich hob, schluchzte ängstlich auf und verschwand eilig durch den Torspalt.

Magdalena griff sich ans Herz, seufzte, als fielen ihr Steine von der Brust. »Das tat gut.« Auf dem Rückweg zum Haus bestätigte sie es nachdrücklich: »Wirklich. So wohl war mir schon lange nicht mehr.«

Die Glocke des Ausrufers drängte, rief in der Franziskanergasse: »Versammelt euch, ihr Leute! Rasch. Versammelt euch!« Schon war der Bote weitergeritten, schlug seine Glocke in der nächsten Straße, am nächsten Winkel. »Versammelt euch … Versammelt euch!«

Jörg und Tobias banden ihre Schürzen ab, verließen die Werkstatt und eilten auf den Markt vor dem Dom. Aus allen Richtungen näherten sich die Bürger. Graue, eingefallene Gesichter, ihre Blicke sprachen von Entbehrung, abgestumpfter Gleichmut.

Über ihnen thronte, aufrecht im Sattel, der bischöfliche Herold. Zwei Bewaffnete sorgten mit gesenkten Spießen dafür, dass niemand ihm und dem Pferd zu nahe kam. Endlich befand er die Menge um sich herum groß genug und entrollte das Pergament: »Hört! Hört! Seine Gnaden, den hochwürdigsten Fürsten und Herrn, Herrn Konrad Bischof zu Würzburg, dauert das Schicksal der Stadt, und er zeigt Erbarmen mit den Bürgern und Untertanen. Aus diesem Grunde will er …«

Eine neue Verfassung! Gesetz und Recht sollten wieder herrschen. Die Sätze verschmolzen zu Harfen- und Zimbelklängen, verwundert wachten die Mienen der Zuhörer auf.

»… Am morgigen Samstag werden alle Fußknechte, die seine fürstlichen Gnaden zur Sicherheit hat in die Stadt legen lassen, sie werden morgen bei Tagesanbruch mit ihren Hauptleuten abziehen …«

Raunen hob sich, Seufzer der Erleichterung entrangen sich der Menge. Die Einquartierungen hatten ein Ende. Erst schwach wie ein Schimmer, dann hell und heller leuchtete das Begreifen in den Augen. Keine Willkür, Plünderung und Rohheit mehr, Mädchen und junge Frauen waren nicht länger Freiwild, in der Nacht zogen keine grölenden Horden mehr durch die Straßen und schlugen wahllos Fenster und Türen ein.

»Hoch!« Wer den zaghaften Ruf abgegeben hatte, war nicht auszumachen, doch fand er da und dort in der Menge sein Echo. »Hoch! Hoch, unserem Herrn!« Bald schon verkümmerte der spärliche Jubel wieder, doch Helligkeit blieb in den Mienen.

»… Zum Zeichen der Gehorsamkeit und des guten Willens, seiner fürstlichen Gnaden wieder untertänig zu dienen, haben sich alle Bürger am Mittwoch, dem 9. August, Glock sieben Uhr im Katzenwicker einzufinden. Dort sollen sie seiner fürstlichen Gnaden aufs Neue Erbhuldigung schwören …«

Unvermittelt legte Jörg dem Altgesellen den Arm um die Schultern, drückte ihn an sich. »Es ist vorbei.«

Tobias kratzte heftig im angegrauten Haar. »Das Leben beginnt wieder. Bald glaub ich's wirklich.« Sie sahen sich an, leise war ihr Lachen, behutsam, noch so zerbrechlich erschien ihnen das Glück. Dann aber stockten sie zur gleichen Zeit. Beide blickten hinauf zum Marienberg. »Und er?«, flüsterte Tobias. »Was ist nur mit dem Meister?« So gewaltig erhoben sich die Mauern, so unnahbar stand das Schloss über der Stadt.

Die Besatzer waren abgezogen, und niemand hatte ihnen zugewinkt, schweigend starrten die Bürger ihren Peinigern nach. Erst als auch die letzten Wimpel in den Horizont getaucht waren, ballten viele Männer im Schutz der Kleiderfalten die Fäuste, für offene Drohungen und Verwünschungen fehlte ihnen der Mut.

»An die Arbeit!« Magdalena wollte, dass der Hof so rasch wie möglich wieder vom Schutt gesäubert wurde. Sie selbst und auch die Mädchen fassten mit an. Nach zwei Tagen kratzten die Besen den letzten Dreck zusammen. »Und nun: Schluss mit den hässlichen Weibern!« Sie stellte den Seifentiegel neben die Bürsten. »Schrubbt euch gegenseitig. Zeigt mir, dass ihr wie Engel aussehen könnt.«

Am Sonntagabend dann saßen Magdalena und die jungen Frauen in der Küche auf Hockern nebeneinander mit dem Rücken zur Herdstelle. Während das gewaschene Haar am Feuer trocknete, schlürften sie honigsüße Milch, und dazu hatte die Haushälterin zur Feier des Tages Mandelplätzchen aus ihrem geheimen Vorrat verteilt.

Dienstagmorgen gingen heftige Schauer nieder, begleitet von fernem, lang anhaltendem Donnergrollen; das unruhige Wetter hielt über den ganzen Vormittag. Magdalena war mit der gefalteten Wäsche auf dem Weg nach oben, ohne es zu wollen, zögerte sie, nahm die Stufen langsamer. Wie hingezogen trat sie im oberen Flur ans Fenster.

Eine Kette zersprang. Wärme durchflutete das Herz. Unten im Hof stand eine gebeugte Gestalt, reglos stand sie da. Der Regen verwandelte sich in fallende Blütenblätter, wurde wieder Regen. »Du bist zurück.«

Die Wäsche entglitt den Händen, Magdalena lief zur Treppe, musste achtgeben, nicht zu stürzen, hastete nach draußen und blieb erst dicht vor ihm stehen. Sie umarmte ihn mit dem Blick, wagte nichts zu sagen, jedes Wort schien ihr zu gering.

Er hob den Kopf; Augen und Nase entzündet, ein schmutziggrauer, verfilzter Bart überwucherte sein Gesicht, so rissig und verkrustet waren die Lippen. »Du hast gewartet.« Mühsam hob er den Arm und berührte ihre Wange. »Ich habe daran geglaubt. Jede Nacht … jede Stunde.«

Magdalena hielt seine Hand fest. »Alle Angst ist vorbei«, flüsterte sie. »Kommt, Herr. Kommt zu mir nach Hause!«

Nur langsam vermochte er ihr zu folgen. Die drei Stufen zur Haustür bereiteten Mühe, und sie stützte ihn. »Es sind die Füße«, entschuldigte er sich. »Ohne die Hilfe von Martin Cronthal hätte ich den Weg vom Schloss hinunter nicht geschafft.«

Das Glück breitete sich rasch im Wolfmannsziechlein aus. Vom Dachboden, aus dem Stall und der Scheune kamen die Mädchen gelaufen, neugierig umstanden sie den zerlumpten Meister. Doch Magdalena erlaubte keine Frage, keine langen Gespräche. »Der Herr soll sich erst erholen.« Auch Jörg und Tobias mussten sich fügen, sofort nach der Begrüßung schickte sie die Männer in die Waschküche. »Bringt den großen Zuber rauf und stellt ihn hier neben die Herdstelle.« Von den Mägden ließ sie Wasser heiß machen, und als der Bottich gefüllt war, schickte sie alle drei wieder hinaus an die Arbeit.

»Ihr müsst Euch nun entkleiden. Oder soll ich helfen?«

Til saß auf dem Hocker und schüttelte unmerklich den Kopf. Der angewärmte, mit Wasser verdünnte Wein hatte ihn etwas gestärkt. »Ich sollte vielleicht erst noch einen Schluck trinken. «

Sie bemerkte sein Zögern und lächelte leicht. »Erinnert Ihr Euch noch an eine junge Frau, die sich schämte, vor Euch die Kleider abzulegen? Und doch ist sie Eure Eva geworden.«

»Es ist nur, weil mein Körper verschmutzt … Neun Wochen kleben an mir.«

»Ich wasche alles ab, Herr.« Sie kauerte sich vor ihn hin, sah voller Wärme in das geplagte Gesicht. »Und … und wenn ich darf, werde ich auch in Euch all das Schreckliche abwaschen.« Behutsam streichelte sie seinen Arm. »Lasst uns einfach anfangen.«

33

Die Wächter am Pleichacher Tor nickten den beiden Männern nur zu, jeder kannte sie, keiner aber wollte Nähe mit ihnen, nicht einmal einen freundlichen Gruß hatten sie für den Bildschnitzer und den ehemaligen Stadtschreiber übrig. Til und Martin nahmen es mit gefasstem Gleichmut; seit sie aus dem Kerker entlassen waren, mied ein Teil der gesitteten Bürger sie und ebenso den früheren Bürgermeister wie auch die übrigen Gefangenen. Dass es diese Männer waren, die über Jahre für das Wohl der Stadt gesorgt, die so oft Domkapitel und Bischof die Stirn geboten hatten, um Freiheiten oder wenigstens Zugeständnisse zu erkämpfen, zählte nicht mehr.

Til deutete mit dem Stock hinauf zu den Weinbergen. »Wie gern würde ich nach den Reben schauen.« Nur zwei von den mehr als zehn Weinhängen waren ihm gelassen worden, außerdem hatte er den neu angelegten Weinberg behalten dürfen. »Aber noch bin ich zu unsicher. Den steilen Weg wage ich noch nicht.«

Der Stock diente ihm fürs Gleichgewicht, war keine Gehhilfe, denn auch den Armen, vor allem den Schultern, fehlte noch Kraft. Er war schon dankbar, dass er nachts inzwischen ohne Laudanum auskam, wenn auch die Erinnerung an Folter und Kerker ihm den Schlaf raubte. »Lass uns am Ufer entlangspazieren und vielleicht hinter der Bachbrücke ein Stück in die Auen hinein.«

»Mir ist es gleich, wohin ich gehe.« Martin Cronthal sog tief die Luft in sich auf. »Jeder Atemzug hier draußen, jeder Blick über eine grüne Wiese, scheint mir immer aufs Neue wie ein Geschenk.« Er versuchte zu lächeln, musste aber gleich mit einem Tuch die Mundwinkel abtupfen. In der Haft hatte ihn ein Grind befallen und sich über Gesicht und Oberkörper ausgebreitet; trotz täglicher Behandlung mit Tinkturen zog er sich nur langsam zurück, und schnell rissen die Krusten an Kinn und Wangen wieder auf. »Reicht es denn, um die Häcker zu entlohnen?«

»Für dieses Jahr ganz sicher. Selbst wenn die Ernte nicht gut ausfällt.« Nach einer Weile setzte Til hinzu: »Für die Freilassung habe ich fast meinen ganzen Besitz dem Fürstbischof überschreiben müssen. Der Richter hat mir die Mieteinnahmen aus dem einem Haus zugestanden, mit dem Ertrag der kleinen Weinberge und dem Spartopf wird es für ein bescheidenes Auskommen reichen.«

»Wir werden leise sein müssen, mein Freund.« Martin schlug mit dem Stock einen Stein vom Weg. »Wenn Margaretha und ich über den Markt gehen, spüre ich, wie uns einige Nachbarn beobachten. Ob wir nicht zu üppig einkaufen. Ja, ich habe das Gefühl, sie zählen die Schillinge, die wir ausgeben.«

»Fürchtest du eine Anzeige?«

»Mehr den Neid, lieber Freund. Den Neid. Wir sind um Hab und Gut geschröpft worden. In den Augen der Leute dürfen wir kaum noch etwas besitzen. Sie haben selbst geben müssen, uns aber hat es schlimmer getroffen, und dies wollen sie sehen. Und seit den vergangenen furchtbaren Monaten haben die Menschen in Würzburg gelernt, wie sehr Denunziation zum eigenen Vorteil gereichen kann.«

»Johann Wagenknecht«, brummte Til. »Ich habe ihn meinen Christus für die Kirche in Steinach bemalen lassen und noch andere Figuren. Auch wenn ich jedes Mal befürchten musste, dass er zu dick auftrug, mir den Erlöser mit zu viel Farbe erstickte. Wie ein rohes Ei habe ich ihn behandelt, damit er meinen Jüngsten in die Lehre nimmt. Gut verdient hat der Herr Maler an mir. Und dann …«

»Das meine ich. Er hat dich dennoch beim Bischof angeschwärzt, und zum Lohn ist er jetzt der neue Bürgermeister. Im Stadtrat sitzen ohnehin nur noch dem Fürsten hörige Männer. Und dieser Jasager führt ihn an.«

Sie hatten den Bach erreicht. Vorsichtig betrat Til den leicht gewölbten Brückenbogen und blieb oben auf der Mitte stehen. »Gleichwohl. Denke ich an meinen Rupert, so sollten wir unser Glück nicht vergessen. Er hat den abgestürzten Weinberg neu bepflanzt und über die letzten Jahre gehegt. Diesen Herbst wird es zum ersten Mal eine richtige Ernte geben …« Trauer färbte die Bitterkeit mit. »Und Rupert kann die ersten Reben nicht schneiden, darf seinen ersten Traubenmost nicht vorkosten. Wie hätte ich ihm dieses stolze Gefühl gegönnt.«

Beide Männer schwiegen, hörten dem schnell fließenden Wasser zu, schließlich gingen sie weiter. Weit in den Auen erst sagte Til und versuchte etwas Heiterkeit zurückzugewinnen: »Das meine ich, wenn ich von unserem Glück spreche. Unser Kopf sitzt noch oben. Wir dürfen also nicht klagen.«

Der Bote aus Rimpar schien sich nicht lange im Wolfmannsziechlein aufhalten zu wollen. Er stürmte in den Hof, sah den Bildschnitzer auf der Bank neben der Haustür sitzen, trat näher und straffte die Brust. Kein Gruß, nicht den Ansatz einer Verbeugung, selbst die Kappe behielt er auf dem Kopf: »Meine Herrschaft verlangt die Auslieferung des bestellten und schon längst bezahlten Reliefs. Und zwar morgen. Andernfalls muss der Kaufpreis umgehend zurückerstattet werden ...«

»Ruhig, ruhig.« Mit spöttischem Schmunzeln hob Meister Til warnend die Hand. »So atme doch wenigstens während des Sprechens.«

»Was soll ich?« Der Vorschlag irritierte sichtlich. »Ich habe Befehl ...«

»Auslieferung sagst du? Ich liefere niemanden aus. Christus ist nicht mehr gefangen, er ist längst gekreuzigt, und der Kaufmann aus Arimathia hat den Leib von Pilatus übergeben bekommen, um ihn zu begraben.«

Der Bote starrte den Meister an, glaubte nun zu begreifen: »Ihr habt das Relief also weiterverkauft? Das wird Euch teuer zu stehen kommen. Mein Herr, Ritter von Grumbach, hat das Relief den Klosterfrauen in Maidbronn für einen neuen Hochaltar geschenkt. Und wenn Ihr es nicht bis morgen wiederbeschafft und liefert, dann seht Euch gut vor. Mein Herr fackelt nicht lange mit Bauernfreunden.«

Eine Drohung. Til schloss die Augen. Wie oft bin ich in den vergangenen Monaten bedroht und geschlagen worden? Nein, junger Mann, damit vermagst du mich nicht mehr zu beeindrucken. Der kleine Gedankenausflug sollte dir helfen, von deinem hohen Ross abzusteigen, nichts weiter, stattdessen wagst du, dich wie ein Inquisitor aufzuführen.

Til ballte die Faust. »Hör zu, du ungehobelter Knecht. Sag deiner Herrschaft, das Beweinungsrelief wird morgen nach Maidbronn gebracht. Und ich hoffe, die Klosterfrauen sehen in meiner Arbeit und dem Bild mehr als nur einen Gegenstand, der ihnen geliefert wird.« Er wies mit dem Stock in Richtung Ausgang. »Guten Tag, junger Mann.«

Die geblähte Brust hatte deutlich an Umfang, die Miene an Überheblichkeit verloren, auf dem Absatz kehrte der Bote um und entfernte sich eilig.

Til ging zur Werkstatt hinüber. Kaum bemerkten ihn Jörg und Tobias, als sie beinah schuldbewusst den Hobel von den langen Brettern nahmen. »Schon gut«, beschwichtigte der Meister, ohne einen wirklichen Blick auf die halbfertigen Särge zu werfen. »Kommt mit in den Steinsaal!« Er ging schon voraus.

Bald nach seiner Rückkehr hatte er seine Werkstatt sehen wollen, den Holzgeruch atmen, den Staub schmecken. Doch auf der Dockenbank, wo noch vor nicht langer Zeit Heiligenfiguren entstanden, lagen jetzt Sargbretter, und im Steinsaal reihten sich halb fertige Grabsteine auf den Werkbänken nebeneinander, auf denen er noch bis zum Ausbruch der Unruhen die Beweinung Christi erschaffen hatte. Damals war Til zurückgewichen. »Ihr ... ihr entweiht meine Räume«, und er hatte bis heute keinen Fuß mehr in die Werkstatt gesetzt.

Fragend blickten ihn sein Sohn und Tobias an.

»Ritter von Grumbach hat sich gemeldet. Das Relief soll nach Maidbronn.« Im rückwärtigen Teil des Saales deutete er auf die hochgezimmerte Schutzwand. »Nehmt sie ab, und setzt mir die beiden Teile aufeinander. Ehe ich Maria und die anderen mit dem Leichnam weiterziehen lasse, will ich sie noch einmal sehen ...« Gleich räusperte er sich und setzte betont nüchtern hinzu: »Zur letzten Kontrolle, ob nicht eine Nase oder eine Gewandfalte abgeplatzt ist. Und ihr ...« Er patschte die Hand gegen die Holzwand. »Wenn ihr aus Maidbronn zurück seid, dann könnt ihr ja mit diesen Brettern hier neue Totenkisten zusammenhauen.«

»Du bist ungerecht, Vater.« In schnellen Schritten stand Jörg vor ihm. »Wir arbeiten hart und viel ...«

»Aber was, Sohn? Darauf kommt es an.«

»Du hast gut reden ...« Gleich wich dem Zornigen das Blut aus dem Gesicht. »Verzeih, so wollte ich es nicht sagen. Ich weiß, was du durchgemacht hast. Aber du musst endlich die Wahrheit sehen. Unser Geschäft geht schlecht, sehr schlecht. Das Auftragsbuch ist leer ...« Jörg bemerkte, dass der Vater ihm sehr ernsthaft zuhörte, und konnte nun endlich die lang angestaute Sorge mit ihm teilen.

Seit den Unruhen fehlte den Wohlhabenden und den noch katholisch Gläubigen der Mut, bei dem geächteten Meister eine Madonna oder Anbetung in Auftrag zu geben. Das Interesse an Altären und Heiligen ließ ohnehin wegen der sich rasch ausbreitenden evangelischen Lehre immer mehr nach. Und vor allem hatten Mönche und Nonnen ihre Ordenskleider abgelegt.

»Viele Klöster sind verarmt oder müssen schließen. Und die waren unsere beste Kundschaft, Vater. Deshalb ...« Jörg suchte mit dem Blick Hilfe bei Tobias. »Deshalb bitte ich dich, verachte unsere Arbeit nicht. Wir mühen uns fürs Überleben. Und wenn es eben Särge und Grabsteine sind.«

Til drückte seinem Sohn wortlos die Schulter, er nahm Tobias am Arm und zog die beiden näher. »Es war falsch von mir. Den alten Körper haben sie mir da oben zerschunden, und vielleicht war es auch zu lange dunkel. Danke, Junge, dass du mir die Augen geöffnet hast. Ja, ihr seid tüchtig, auch weil ihr den Kopf nicht hängen lasst.« Til tippte Jörg leicht gegen die Brust. »Und sei ganz sicher, die Zeit der Heiligen und Madonnen, unsere Zeit, kommt wieder. Daran sollten wir fest glauben. Weil die Menschen sehen wollen, zu wem sie beten.« Er sah von einem zum anderen. »Ich werde wieder mitarbeiten. Die Verletzungen sind so weit auskuriert.« Ein neues Feuer war im Braun der Augen entfacht. »Und neben den Särgen sollten wir Figuren auf Vorrat anfertigen. Wenn ihr das Relief bei den Klosterfrauen aufgestellt habt, werden wir uns anhand der Skizzenblätter entscheiden, welches Motiv wir auswählen.«

Am Abend stand Til allein im Steinsaal, Öllichter brannten rechts und links des hohen Beweinungsbildes, die Kerzen davor belebten den dunklen Sandstein mit ihrem Licht. Versunken betrachtete Til den hingegebenen Leib, das im Schmerz gelöste Antlitz. Später hob er den Blick zu Nikodemus, sah sein eigenes Gesicht. »Lange war ich fort«, flüsterte er. »Jetzt erst ahne ich, was der Herr wirklich ertragen musste.«

Sein Altgeselle hatte den Stein vorbereitet, die grobe Form herausgehauen und mit Kohle die erste Schicht des Figurenumrisses aufgezeichnet. Die Wahl des Meisters war auf Petrus gefallen. »Wie ein Fels hat er an seinem Glauben festgehalten.«

Ein neuer Tag, ein Neubeginn. Weiches Licht der Septembersonne drang durch die hohen Fenster, als Til an die Werkbank trat. Er befühlte den Stein, fand keine Aderspur, die zum Riss werden konnte. In ruhiger Andacht nahm er das breite Zahneisen, wog es in der Linken, seine Rechte fasste den Klüpfelschaft etwas über der Mitte, ein sicherer Griff, so tausendmal getan.

Til setzte das Eisen an. Zugleich mit dem ersten Schlag durchfuhr heißer Schmerz die Armgelenke und brannte in den Sehnen hinauf zu den Schultern. Es kümmerte ihn nicht, wieder und wieder schlug er zu. Schweiß perlte ihm von der Stirn. Kraft fehlte. Der Meißel ließ sich nicht führen, grub keine sichere Spur. Jeder Aufprall schrie in ihm. Til trocknete mit dem Ärmel die Stirn, er blickte über die Schulter und sah ins besorgte Gesicht seines Altgesellen. »Was ist? Hast du nichts Besseres zu tun?«

Tobias schwieg.

»Ich bin eben das Hauen nicht mehr gewohnt. Das ist alles.«

»Ja, Meister.«

Blutröte stieg ihm ins Gesicht, fahrig legte er Klüpfel und Kammeisen nieder. »Nicht mehr gewohnt.« So rasch es seine Fußgelenke erlaubten, verließ er die Werkstatt.

Er wollte allein arbeiten. Tobias und Jörg mussten eine Stunde früher als gewohnt in den Feierabend gehen, dann erst suchte der Meister den Steinsaal auf, nutzte das letzte Tageslicht, und oft arbeitete er noch lange im Schein der Öllampen. Nach notvollen Wochen war eine Figur entstanden, ohne Faltenwurf, ohne Ausdruck. »O Petrus, wie ärmlich du bist«, flüsterte Til beschämt. Er wandte sich von der Werkbank ab, hob seine Hände dicht vor die Augen und musste zusehen, wie die Finger zitterten, einzeln unkontrolliert zuckten. Sosehr er auch versuchte, sie mit dem Willen zu zähmen, es gelang nicht. »Großer Gott, gib mir meine Ruhe, meine Sicherheit zurück.«

Magdalena wusste von dem verzweifelten Mühen. Abend für Abend hatte sie am Küchenfenster gestanden und auf das Schlagen gehorcht. Immer wieder war sie versucht, zu ihm hinüberzugehen, und hatte den Drang ebenso oft unterdrückt. Sie kannte seinen Stolz und wollte ihn durch ihr Mitfühlen nicht kränken. So wartete sie auf ihn, lächelte zur Begrüßung und stellte Brot, etwas Käse und Wein auf den Tisch. Während er aß, hatte sie den Hocker nah an die Tischecke gerückt und sich bemüht, ihn zu unterhalten, berichtete vom Beginn der Weinlese und plauderte über Belanglosigkeiten im Haushalt.

Heute saß er noch schweigsamer da als an früheren Abenden. Nach dem späten Mahl leerte er den Weinbecher und schob ihn von sich. Aus den Gedanken heraus sagte er: »Mir wird kalt und kälter ...«

Da er auch nach einer Weile nicht weitersprach, wagte sie, seine Finger zu berühren. »Ich wärme Euch.«

Er wandte ihr das Gesicht zu, runzelte die Stirn. »Vielleicht genügt ein Kissen mehr in der Nacht?«

Sie schmiegte ihre Hand ganz in seine Handmulde. »Nein, das genügt nicht.«

Dunkler wurde das Braun der Augen, er befragte ihre Lippen. Dann folgte ein leises Schmunzeln. »Du hast recht. So ein Kissen hält nicht lange vor.«

Die Antwort auf so viele Jahre.

Til erhob sich, sie trug das Licht, und gemeinsam stiegen sie die Treppe hinauf.

Mitte Oktober drangen Schreie und Stöhnen aus der Nähstube; häufiger setzten nun die Wehen ein. Auf Befehl der Hebamme schleppten die Mägde heißes Wasser in den obersten Stock, trugen noch mehr Kissen und frische Tücher hinauf. Kein Gekicher, kein lautes Trampeln der Schritte mehr, auf Zehenspitzen und mit ernsten Mienen huschten sie durch die Flure, um das nahende Wunder nur nicht durch irgendeine Unvorsichtigkeit zu stören.

Vor einer Woche war Katharina von Balthasar und Els auf dem Obstwagen in die Stadt gefahren worden. Die Hochschwangere wollte das Kind nicht fern von ihrer Familie zur Welt bringen. »Darf ich bleiben? Weil … Florian ist doch nicht da.« Sie sah an sich hinunter, strich den weit vorgewölbten Bauch. »Da oben im Haus am Bach sind wir so allein. Bitte, wenigstens, bis das Kind da ist.«

»Du dummes …« Im ersten Moment war Magdalena empört, ja, es verletzte sie beinah, dass die Schwiegertochter nicht einfach vertrauensvoll zu ihr kam, sondern glaubte, wie eine Heimatlose nach Obdach fragen zu müssen. Gleich aber überwogen Rührung und Fürsorge. »Hier gehörst du hin und sonst nirgendwo.« Liebevoll umarmte sie Katharina, und noch am selben Tag war die Nähstube in eine Wöchnerinnenkammer verwandelt worden.

Heute Morgen hatten heftige Wehen das unmittelbare Bevorstehen der Geburt angekündigt. Die Hebamme mit den Helferinnen war rasch gerufen, bald aber ebbten die Wellen wieder ab.

»Öffnet alle Türen im Haus«, ordnete die erfahrene Frau nach der Untersuchung an. »Dann wird auch die kleine Pforte leichter aufgehen.«

Sie hatte Katharina nicht lange in der Kammer herumführen müssen. Jetzt wollte, drängte das Kind ins Leben. Die Schwangere atmete, stärkte sich durch Schreien und fand zur einzigen, großen Kraft.

Stille. Die neue Ewigkeit begann mit zwei leichten Klapsen, dann ertönte widerwilliges Krähen. »Da haben wir uns aber einen prächtigen Goldfasan eingefangen«, lachte die Hebamme und zeigte Magdalena das Köpfchen mit den schimmernden Locken. »Von wem hat der Bub sie? Vom Vater?«

»Nein, nein …« Nach kurzem Innehalten vergaß Magdalena zu antworten und staunte nur über den Gedanken, der sich gerade einnistete; behutsam nahm sie mit der Fingerkuppe etwas Kindsfett von der Haut des Neugeborenen und verrieb es an ihren Handgelenken.

Während die Hebamme den kleinen Körper reinigte und versorgte, ermahnte sie über die Schulter ihre Helferinnen und die erschöpfte Mutter, nicht mit dem Atmen und Pressen aufzuhören, bis die Nachwehen alles herausgebracht hatten, danach erkundigte sie sich erneut bei der Haushälterin: »Hat er nun den Goldflaum vom Ehemann oder nicht?«

»Nur die Locken, nicht die Farbe ... Verzeih, ich bin im Moment selbst etwas verwirrt.« Magdalena blickte zum Bett. »Aber ihr Vater hat rötliches Haar.«

»Ja, das Rot schlägt durch. Hab schon erlebt, dass es zwei Generationen ausbleibt, und in der dritten leuchtet es mir wieder entgegen, noch ehe der Kopf ganz raus ist.«

Das Kind war versorgt. »Wir haben zwei Ohren, zehn Finger und zehn Zehen und dazu einen stolzen kleinen Hahn. Was wollen wir mehr?« Die Hebamme legte der Mutter den Sohn zwischen die Brüste. »Wie soll er denn heißen?«

Katharina streichelte die noch feuchten Härchen. »Ich dachte ... Tilman.« Sie sah zu ihrer Schwiegermutter hoch. »Oder meinst du, Vater hätte was dagegen?«

»Til?« Magdalena musste tief atmen. »Ganz sicher nicht. Damit bereitest du ihm eine große Freude.«

»Mein Til.« Zärtlich tastete die Mutter nach den kleinen Händen. »So gewartet hab ich auf dich.«

Die Mädchen sollten in der guten Stube decken. »Nur für den Meister und mich«, bestimmte Magdalena. »Ihr esst mit Tobias heute allein.« Sie erlaubte keine Fragen, summte in der Küche vor sich hin und servierte dem erstaunten Hausherrn am Abend ein goldbraun gebratenes Huhn auf dem Silbertablett. »Und die anderen?«

»Gemüseeintopf. Möhren, Lauch und Sellerie.« Magdalena band die Schürze ab, »das ist auch sehr schmackhaft«, und nahm ihm gegenüber Platz.

»So kenne ich dich gar nicht? Wieso schlemmen wir, während sich die anderen mit Hausmannskost begnügen müssen?«

»Weil ich es so will, Herr.« Vergnügt strahlte sie ihn an, griff schwungvoll nach dem Weinkrug und füllte die beiden Kristallpokale. »Weil wir heute Grund zum Feiern haben.«

»Ein Kind ist angekommen. Und ich bin Gott dankbar, dass es gesund an allen Gliedern ist. Doch findest du so viel Aufwand angemessen?«

»Lasst uns erst anstoßen, Herr.« Ein samtenes Klingen, er nahm einen Schluck, und sie beobachtete ihn dabei versonnen.

»Trinkst du nicht?«

»Entschuldigt.« Magdalena hob den Pokal an die Lippen, nach kurzem Nippen setzte sie ihn sorgsam ab. »Wir haben Glück«, teilte sie Til beinah verschwörerisch mit. »Wisst Ihr das eigentlich?«

Sein Stirnrunzeln entlockte ihr ein Seufzen. »Gleich nach der Geburt, als ich die goldenen Locken sah, da fiel es mir ein.« Sie beugte sich vor, wollte ihm näher sein. »Herr? Erst sind wir Schwiegervater und Schwiegermutter unserer Kinder geworden. Das war schon was. Jetzt aber … jetzt sind wir auch noch Großvater und Großmutter von ein und demselben Jungen. Von unserm kleinen Til.« Schalk stahl sich in die Augenwinkel. »Und kalt ist uns in der Nacht auch nicht mehr.«

34

Lisbeth bog kurzatmig in die Franziskanergasse ein. Ihr Busen wogte, aus dem hochgesteckten Haar hatten sich Strähnen gelöst. Fast den ganzen Weg war sie gelaufen, angefangen von ihrem Haus nahe dem Judenfriedhof, an Neumünster und dem Dom vorbei; die entrüsteten Mienen der Bürgerinnen hatte sie nicht wahrgenommen, die anzüglichen Pfiffe der Marktleute waren an ihr abgeprallt. Lisbeth klopfte, pochte mit der Faust gegen das hohe Tor. Niemand kam. Das Warten dauerte ihr zu lange; sie stemmte sich gegen einen der Flügel, er war nicht verriegelt, und ihr Gewicht ließ ihn weit aufschwingen. »Holla«, rief sie im Hof. »Ist jemand da? Holla!«

Magdalena kam eilig aus dem Haus. »Um Gottes willen, was ist geschehen?«

»Er … er…« Lisbeth rang nach Luft, brachte kein Wort mehr zustande.

»Ruhig. Ganz ruhig.« Magdalena führte sie zur Bank neben dem Eingang. »Nun setz dich erst mal. Ich bringe Wasser.«

»Ich habe …« Doch es folgte nur Schnaufen, mit hilflosem Lächeln bat Lisbeth um Verständnis, schnaufte weiter und fächerte mit der Hand den hochroten Wangen Luft zu. Während der Schwangerschaft von Katharina hatten sich die beiden Frauen im Kampf für das Kind verbündet, und nach den unheilvollen Kriegswochen zwei Jahre zuvor war eine vertrauensvolle Zuneigung zwischen ihnen entstanden.

Das kühle Nass half der fülligen Besucherin. Langsam kam sie wieder zu Atem. »Er hat geschrieben.«

»Wer?«

»Mein Hans.« Die Stimme glaubte es selbst nicht, auch im Blick überwog ungläubiges Staunen. »Er muss es sein. Weil, wer sonst sollte mir einen Brief schicken?«

»Ich … ich weiß auch nicht …« Fahrig nahm ihr Magdalena den Becher aus der Hand und trank ihn leer. »Nach so langer Zeit …«

»Der Stadtbote hat mir den Brief vorhin gebracht. Aber dieser eingebildete Kerl ist dann gleich weiter, obwohl ich gerufen habe. Und ich kann doch nicht lesen.«

Das Grinsen, die tanzenden Füße, trillernde Pfiffe ... Bilder stürzten über Magdalena, jedes heftete sich mit einem Stachel an ihr Herz. »Zeig ihn mir!«

Lisbeth griff ins Tal ihrer Brüste und brachte das schon leicht verknitterte Blatt zum Vorschein.

»An Lisbeth, Hausfrau des Hans Bermeter«, las Magdalena vor und nickte. »Er ist von ihm.« Beide Ellbogen stützte sie auf den Tisch. »Wenn du diese Zeilen erhältst, lebe ich vielleicht noch, denn durch unglückliche Umstände bin ich verhaftet worden und sitze im Lochgefängnis von Nürnberg. Glaub mir, es gibt keinen schlimmeren Ort auf dieser Welt ...« In dramatischen Worten schilderte Bermeter seine missliche Lage. Domherr Paulus Schroter sei an allem schuld. Der fromme Herr sei nach Nürnberg gereist, um dort heimlich in den Gasthäusern beim Spiel sein Glück zu versuchen. »... Wie es Satan, der Höllenfürst, wollte, musste dieser Pfaffe ausgerechnet auf mich treffen. Und obwohl ich ihm stets ein guter Freund und ehrlicher Mitspieler war, hat er mich beim Fürstbischof von Würzburg angezeigt. Ich sei der Hauptr)ädelsführer der Unruhen, der Aufrührer. Ich hätte das Volk gegen den Fürsten aufgewiegelt. Meine gute Lisbeth, und so kam es, wie es kommen musste. Der Hohe Herr schickte sofort seinen Marschall und seinen Kanzler in die Reichsstadt zum Rat und verlangte meine Verhaftung.«

Magdalena überflog ängstlich die nächsten Zeilen, suchte nach Florians Namen, fand ihn nicht und schloss die Augen.

»Weiter ...« Lisbeth berührte ihren Arm. »Oder ist der Brief schon zu Ende?«

»Entschuldige. Ich musste an meinen Jungen denken ...«

»O Heilige Jungfrau.« Lisbeth schüttelte heftig den Kopf. »Nein, dem hübschen Burschen ist schon nichts zugestoßen. Ich fühle das.«

»In jedem Fall schreibt Bermeter nichts von ihm.« Magdalena nahm das Blatt wieder auf. »Meine gute Lisbeth, jetzt in dieser schweren Zeit, solltest du als treue Hausfrau in meiner Nähe sein und mir, so weit es möglich ist, beistehen. Deshalb komm ohne Zögern nach

Nürnberg. Und vergiss nicht, mir alles aus dem Versteck mitzubringen, nur damit kannst du mir das Leben hier im Kerker erleichtern, denn der Lochwirt ist ein verständiger Mann. In treuer Liebe, dein Gatte. Geschrieben am 8. Juni 1527.«

Lisbeth runzelte die Stirn. »Was hat er gemeint? Da am Schluss?«

»Er möchte, dass du ihm Geld mitbringst.«

»Alles? Nein, das kann er nicht verlangen. Ich hab's so gut eingeteilt. Was ich im Keller gefunden hab, das reicht noch für ein paar Jahre, aber nur, wenn ich bescheiden lebe.«

»Wirst du denn nach Nürnberg reisen?«

Mit beiden Händen hob Lisbeth den mächtigen Busen. »Auch wenn dieser Schuft mich so lange alleingelassen hat.« Nachdenklich sah sie an sich hinunter, die Lippen rundeten sich. »Wenn er mich braucht … Und jetzt, da er dort so einsam ist … Ich geh ihn besuchen. Aber das ganze Geld? Nein, da werde ich streng sein.«

Aus der Regung heraus musste Magdalena ihr einen Kuss auf die Wange drücken. »Du bist viel zu gut für diesen Mann.« Gleich wieder ernst bat sie: »Schau dich nach Florian um. Bitte nur schauen, niemals fragen oder seinen Namen erwähnen. Vielleicht …«

»Aber wenn ich ihn treffe? Darf ich dann gar nichts sagen? Wir kennen uns doch gut.«

»Dann bestelle ihm …« Magdalena verbarg das Gesicht mit den Händen. Erst nach einer Weile sprach sie weiter: »Sag ihm, dass er zurückkommen kann, jederzeit. Sag ihm, dass hier Menschen sehnsüchtig auf ihn warten.«

Nach einem üppigen Mittagsmahl beim Sonnenwirt am Markt kehrten die Herren in den Gerichtssaal des Rathauses zurück. Die Stadt hatte sich bereit erklärt, alle Kosten des Prozesses zu übernehmen, so war die Verhandlung seit Anbeginn täglich zweimal unterbrochen worden, und in den Pausen hatten sich die Würzburger Gäste von den Nürnberger Ratsmitgliedern in die angesehensten Gasthäuser entführen lassen. Auch heute, am vorletzten Tag der Verhöre, sorgten Wein und Braten für beste Stimmung und gaben Kraft, die Verhandlung mit aller gebotenen Sorgfalt bis zum Ende durchzuführen. Ohnehin stand das Urteil schon lange fest. Es konnte nur eine einzige

Strafe für das Verbrechen geben, darin waren sich alle einig. Den Vorsitz hatten die Nürnberger großzügig den beiden bischöflichen Gesandten überlassen, sie selbst saßen als Schöffen mit an der Richterbank.

»Lochwirt! Lass den Gefangenen wieder hereinbringen.«

Der untersetzte, specknackige Gefängnisaufseher stieß die schmale Tür an der hinteren Saalwand auf, ein Pfiff, und wenig später zog ein Wärter den Gefangenen an der Halskette vor den Richtertisch.

»Bitte, ihr hochwohlgeborenen Herren.« Ehe einer der Vorsitzenden die Verhandlung eröffnen konnte, ergriff Bermeter schon das Wort. Bis auf die verdreckte Kleidung hatte die Kerkerhaft kaum Spuren an ihm hinterlassen. Er neigte den Kopf zur Seite, seine Stimme vibrierte: »Bitte, erlaubt doch, dass mir die Fuß- und Handketten abgenommen werden. Ich kann aus dem Loch nicht entweichen. Niemand kann das. Habt Mitleid, bitte!«

Nach seiner Verhaftung hatte er sich sehr schnell der neuen Lage angepasst, die geschickt abgemessenen Geständnisse bewahrten ihn vor der scharfen Folter, und nie hatte er nachgelassen, immer neue Vorteile und Vergünstigungen für sich herauszuschlagen. »Hochwohlgeborene Herren, bitte haltet mir zugute, dass ich nicht verstockt und halsstarrig bin, sondern stets offen und ehrlich auf Eure Fragen geantwortet habe.«

Marschall Heinz saugte erst einen Bratenrest aus den Zähnen und schmeckte ihm nach. »Wir haben dir Papier, Feder und Tinte zugestanden und angeordnet, dass dir zum Schreiben die Handfesseln gelöst werden.«

»Und außerdem sind wir mehr als entgegenkommend.« Kanzler Johann Brief hob den Finger. »Wir haben deiner Hausfrau gestattet, dich zu besuchen, dir Nahrung zu bringen, sogar Kleidung. Genügt dies nicht?«

»Dafür danke ich.« Trotz der Ketten verneigte sich Bermeter elegant, gleich blickte er, ohne den Kopf zu heben, zum Richtertisch auf. »Wie aber soll ich die kurze Zeit mit meiner Hausfrau nutzen? Ohne Freiheit der Hände? Ihr habt meine Lisbeth hier in diesem Saale mit eigenen Augen betrachten können. Wie sehne ich mich danach, sie noch einmal umfassen zu können.«

Die Vorsitzenden sahen sich an, blickten fragend zu den Schöffen und fanden keine Ablehnung in deren Mienen. »Wir werden nach dem Verhör darüber entscheiden.«

Marschall Heinz räusperte sich, gab den Schreibern einen Wink und blickte vor sich auf die lange Liste. Nur zwei Fragenblöcke waren noch zu klären. »Hans Bermeter, du wirst beschuldigt, in jenen Tagen der Unruhe auch Briefe gefälscht zu haben, als stammten sie von den Bauernführern. Und bist damit auf die Plätze der Stadt gegangen und hast sie der Menge vorgelesen.«

Bermeter zuckte mit den Schultern. »Nichts bewegte sich. Alle warteten ab. Der Stillstand musste beendet werden. Konnte ich Besseres tun? Und Ihr müsst zugeben, es waren verflucht gute Briefe. Die zündeten.«

»Du hast dich also als Vertrauten des Bauernrates ausgegeben und mit gefälschten Nachrichten den Pöbel weiter aufgehetzt. Entspricht dies den Tatsachen? Antworte kurz und klar.«

Eine Verneigung. »So ist es. Ich habe solche Nachrichten erdichtet.«

»Zum anderen wird dir zur Last gelegt, auch Briefe gefälscht zu haben, als stammten sie von Bürgermeister und Rat der Stadt Würzburg. Diese Schreiben hast du persönlich ins Lager der Bauern gebracht und sie den Hauptleuten ausgehändigt.«

»Ich wollte die Entscheidung herbeiführen. Da gab es Männer im Stadtrat, die zauderten, sie wollten sich nicht mit den Bauern einlassen. Und da habe ich nachgeholfen ...«

Ein Fausthieb auf den Tisch unterbrach den Redeschwall. »Antworte.«

»Ja, es ist wahr.«

»In diesem Zusammenhang«, nun übernahm Kanzler Johann Brief das Verhör, »noch ein letzter Punkt: In den ersten Apriltagen ging das Gerücht um, unser gnädiger Hoher Herr hätte heimlich Geschütze und Reiterei in seinen Stadthof Katzenwicker verlegen lassen, um daselbst hinterrücks viele Bürger niederzumachen. Dieses Gerücht hat der Bildschnitzer Riemenschneider in die Ratsversammlung getragen und dort verkündet. Nach der Niederschlagung des Aufstandes wurde Riemenschneider eingekerkert und hochnotpeinlich befragt. Er leugnete trotz Folter und gab an, dieses Gerücht von dir gehört und es in gutem Glauben weitergegeben zu haben. Bist du der Erfinder dieser schändlichen Behauptung?«

Bermeter betrachtete seine Füße, ließ die großen Zehen abwechselnd wippen, als erzählten sie sich gute Neuigkeiten. »Es hat diesen ach so anständigen Ehrenmann also auch erwischt«, flüsterte er. »Wie mir das schmeckt ...«

»Sprich klar und deutlich!«, fuhr ihn der Vorsitzende an. »Mit einem Geständnis kannst du den Bildschnitzer im Nachhinein reinwaschen.«

Bermeter dehnte den Rücken. »So gerne ich dem Mann helfen würde, aber ich kann nicht. Weil ich einfach nicht mehr weiß, ob ich das Gerücht von ihm hab oder er von mir.«

Der Kanzler legte den Fragebogen beiseite. »Letztlich ist es auch unerheblich. Riemenschneider hat längst seine Strafe erhalten.« Er faltete die Hände. »Und nun zu diesem Prozess: Das Verhör ist damit beendet. Nach eingehender Beratung werden wir morgen das Urteil fällen.« Er winkte dem Oberaufseher. »Der Angeklagte soll abgeführt werden.«

Bermeter jammerte auf. »Bitte, hochwohlgeborene Herren, so erlaubt, dass mir im Loch die Ketten abgenommen werden. Ich ahne doch mein Ende. Vergönnt mir Armem doch diese kleine Gunst.«

Vorsitzende und Schöffen verständigten sich mit Blicken, und Marschall Heinz wies den Lochwirt an, dem Gefangenen auch diese Erleichterung zu gewähren.

Das einstimmige Urteil lautete: Tod durch das Schwert. Die Vollstreckung war auf Donnerstag, den 11. Juli im Jahre des Herrn 1527, angesetzt.

Am Vortag wurde Bermeter vom Oberaufseher selbst aus dem engen Loch herausgeholt. »Von heute an hast du's bequem.« Auf dem Weg durch den schmalen Gang setzte der Lochwirt hinzu: »Bequem dein ganzes Leben lang.« Er brach lauthals in Gelächter aus. Dann aber verstummte er jäh. Hinter ihm lachte noch jemand. Ungläubig wandte er sich um, hob die Laterne und beleuchtete das Gesicht des Gefangenen. »Du? Was grinst du?«

»Dein Scherz. Mir hat er gefallen.«

»Bist mir vielleicht einer. Morgen geht die Rübe ab, und du … Ach, was soll's.« Der Aufseher stapfte weiter und brummte in sich hinein: »Das ist mein Gefängnis. Hier lache nur ich, sonst keiner.« Er riegelte die Todeszelle auf und nahm dem Gefangenen die Fußfesseln ab. »Da rein. Hier hast du mehr Platz, und ein Licht gibt's auch. Scheißen kannst du da hinten.«

Bermeter sah sich um und trippelte bis zur hinteren Wand und wieder zurück. »Ein wahrer Palast. Und ich weiß, wovon ich spreche, schließlich bin ich jahrelang im bischöflichen Schloss aus und ein gegangen.«

»Wer's glaubt.« Der Lochwirt rieb sich den Specknacken, abschätzend betrachtete er den Gefangenen. »Es ist so: Wir kommen heute gut miteinander aus, wenn du nicht schreist, um dich schlägst oder einen von meinen Leuten beißt …«

»Bin ich ein wildes Tier?«

»Nun halt endlich mal dein vorlautes Maul. Also, wenn du genug bezahlst, dann darfst du die Henkersmahlzeit bei mir oben in der Stube essen, ohne Fesseln an Händen und Füßen. Dafür nehm ich zwölf Schillinge. Wenn ich dir eine Mahlzeit besorgen soll, kostet das noch mal zwölf Schillinge und noch mal zwei Schillinge fürs Essen. Bohneneintopf könnte mein Weib kochen. Was ist nun?«

»Eine teure Herberge.« Bermeter pfiff anerkennend. »Muss wohl das beste Haus am Platze sein.«

»Kannst du bezahlen oder nicht?«

»Nun, im Moment fehlt mir das Geld. Aber meine Hausfrau wird kommen, sie bringt mir einen Topf mit Hasenklein. Weißt du, ich will es mir noch einmal gut schmecken lassen.« Gleich hob Bermeter beschwichtigend die Hand. »Nichts gegen den Eintopf deiner Gemahlin. Aber der eine mag eben dies und der andere das.«

Der Blick aus den leicht vorgequollenen Augen kühlte ab. »Den Hasen frisst du aber dann hier unten.«

»So war das doch nicht gemeint. Im Gegenteil. Wenn meine Hausfrau das Essen bringt, dann bekomme ich genug Geld. Aber bitte, führ sie erst zu mir hier in die Zelle und lass uns einen Moment allein.«

»Geht nicht. Vor dem Gitter muss einer sitzen. Ist Vorschrift.«

»Zumindest soll er sich wegdrehen.« Bermeter schlug verschämt die Augen nieder und schabte mit dem Fuß über den gestampften Lehmboden. »Ich will sie zum letzten Mal herzen, sie küssen.«

»Dann mach ich das. Ich ertrag viel.«

»Gut. Und nach dem Essen ...« Bermeter winkte ab. »Ach, was sind schon Pläne wert, wenn das Ende so nah ist.«

Der Lochwirt schüttelte leicht den Kopf. »So einen Vogel wie dich hatte ich noch nie im Käfig.«

Wie versprochen, brachte Lisbeth am späten Nachmittag das Essen zum Rathaus. Der Lochwirt nahm den Korb in Empfang, hob kurz das Tuch, fand keinen verdächtigen Gegenstand und war zufrieden. »Sobald es dunkel wird, hole ich deinen Mann rauf. Hier oben schmeckt es ihm besser.«

»Du bist sehr freundlich.« Lisbeth schenkte ihm ein trauriges Lächeln, und er benetzte die Unterlippe: »Schöne Frau, ich soll dich zu ihm ins Loch bringen, das hat er sich gewünscht. Und ich denke, ich bin keiner, der so was nicht versteht.« Er lud sie mit einer Armbewegung ein, ihm zu folgen, und aus dem Schwung heraus geriet seine Hand auf ihren Hintern und fasste kurz nach.

Lisbeth nahm es seufzend hin. Unten in den düsteren Gängen weinte sie leise, vor der Gittertür angelangt, sah sie ihren Hans hinter den Stäben auf der Bank hocken und schluchzte auf.

»Liebste Lisbeth!« Bermeter eilte ihr entgegen, umarmte sie. »Ich hatte schon Angst, du kämst nicht«, sagte er betont laut und winkte hinter ihrem Rücken dem Lochwirt, er solle sich umdrehen. Der aber stand breitbeinig da, die Augen schienen noch etwas weiter vorzuquellen, und seine Zunge spielte genüsslich mit der Unterlippe.

Bermeter zog seine Hausfrau die wenigen Schritte zur hinteren Wand. Neben der offenen Latrine hob er den Mund dicht an ihr Ohr. »Hast du alles mitgebracht?«

Sie nickte. Und er küsste sie dafür auf den Nacken. »Wo ist es?«

»Busen«, hauchte Lisbeth. »Drunter.«

Gleich herzte er sie, drehte sie mit dem Rücken zum Gitter und grub ihr tief in den Ausschnitt, fand aber nichts. Zwischen zwei Küssen zischte er: »Wo, verdammt?«

»Drunter. Am Band.«

Mit zunehmender Leidenschaft begann er zu stöhnen, zu seufzen, sank dabei leicht in die Knie, fuhr mit den Händen unter ihr Kleid, schob es nach oben und weiter nach oben, bis er unter ihren hängenden Brüsten den Beutel fand. Mit einem verstohlenen Blick an Lisbeth vorbei vergewisserte er sich, ob der Aufseher Verdacht geschöpft hätte. Doch keine Gefahr, der Lochwirt starrte unverwandt auf den immer noch entblößten, so prächtigen Hintern. Bermeter fühlte rasch nach dem Inhalt des Beutels, zählte die Würfel, war zufrieden, zählte die Gulden und fuhr hoch. »Verflucht, nur fünf. Wieso?«

»Ich hab's eingeteilt. Mehr gibt es nicht.«

»Blödes Weib.« Zorn blitzte in den Augen, gleich erlosch er wieder. »Na gut, es wird auch so klappen. Und jetzt küss mich, und heul richtig los. Schließlich verlierst du morgen deinen Ehemann. Na, wird's bald!« Lisbeth gab sich Mühe, doch ihm war es nicht genug, schließlich kniff er sie in die Brüste, quetschte die Warzen zwischen den Fingern, bis sie laut aufschrie. »So war es echt«, flüsterte er ihr ins Ohr und streifte das Kleid wieder über den Hintern. »Jetzt geh! Du weißt, wo wir uns treffen. Warte da, ich komme ganz bestimmt.«

Kein Rest. Gründlich wischte Bermeter mit Brot noch den letzten Fleischsaft vom Topfboden. Er blickte sich in der Wachstube des Aufsehers um, verharrte bei den Öllampen an der Wand, streifte das Bett neben dem Ofen, dann sann er vor sich hin.

Dem Lochwirt passte das Schweigen nicht. »Entweder du sagst was, oder ich leg dir die Fußkette an und sperr dich wieder runter. Ich hab keine Lust, mit einem Stummen hier die Nacht lang rumzuhocken.«

Bermeter grinste ihn über den Tisch an. »Hat dir der Arsch gefallen?«

»Was …?«

»Schon gut.« Er tippte die Kuppen der Zeigefinger gegeneinander. »Zwölf Schillinge hast du schon von mir. Ich könnte mir vorstellen, dass nicht alle deine Kunden sich das leisten können.«

»Die meisten haben nicht mal das Geld für den Bohneneintopf.«

Bermeter beugte sich vor. »Und du? Sei ehrlich, was verdienst du hier schon?«

»Hab mein Auskommen. Was geht es dich an?«

»Nichts, gar nichts.« Der Ton wurde dunkler. »Aber wir sind allein, wir können doch offen miteinander reden. Was ich sagen will, ich habe Geld. Und bis morgen ist noch viel Zeit.«

»Was willst du?«

»Spielen. Nicht an den Tod denken.« Ein schneller Griff ins zerschlissene Wams, und drei Würfel lagen auf der offenen Hand. »Nur ein wenig spielen. Das hilft mir durch die Nacht, und du kannst dir ein paar Schillinge dazuverdienen.«

»Die einen wollen beten, die andern erzählen mir ihr ganzes Leben …« Der Lochwirt rückte den Hocker näher an den Tisch. »Warum nicht auch mal spielen.«

»Ich wusste es, du bist mein Mann.«

Fünf Schillinge setzte jeder ein. Die beinernen Würfel fielen, rollten und zeigten ihre Augen. In dicken Kreidestrichen notierte Bermeter die Punktzahlen auf die Holzplatte. Nach drei Spielen hatte der Lochwirt schon mehr als einen Gulden gewonnen. Er stand auf und brachte eine Flasche Branntwein. »Nimm's nicht so schwer. Morgen kannst du eh nichts mitnehmen.«

Als wollte er den Verlust ertränken, schüttete Bermeter hastig den Schnaps in sich hinein. Sosehr er auch die Glücksbringer in den geschlossenen Handmulden schüttelte, sie beschwor, den Bock warf er nicht. Und wieder gingen zwölf Schillinge an den Gastgeber. Nach dem Gewinn von zwei weiteren Gulden hielt es den Lochwirt nicht mehr auf seinem Hocker. Im Stehen wollte er weiterwürfeln.

»Aber erst trinken wir noch einen Schluck.« Die Würfel in der Hand, wischte Bermeter fahrig seinen Becher vom Tisch. »Verflucht, auch das noch.« Er bückte sich danach, kaum wahrnehmbar glitten seine Finger in die Tasche, wieder heraus, und er hielt das Gefäß seinem Wärter hin. »So viel Pech hatte ich noch nie.«

Und das Glück wendete sich. Spiel um Spiel gewann Bermeter sein Geld zurück, dem Lochwirt perlte der Schweiß von der Stirn. »Das kann doch nicht sein.«

Bermeter las die Würfel vom Tisch und schloss die Hand. »Du kannst den Reichtum wiederhaben. Mit einem einzigen Spiel.«

»Wie soll das gehen? Ich hab einen Gulden und du vier.«

»Wir sind doch ehrliche Spieler.« Die Faust schwebte über dem Münzenhaufen. »Mein Leben gegen diese vier Gulden. Gewinnst du, bist du reich und mir schlägt der Scharfrichter morgen den Kopf ab. Gewinne ich, lässt du mich raus, und du bist immer noch reich, weil du meine vier Gulden behalten kannst.«

Die Lider schlossen sich zu einem Spalt. »Du bist …« Der Lochwirt schüttelte den Kopf, nickte, Pflicht und Verführung stritten sich noch eine Weile, dann war er einverstanden. »Aber ich nehm den Becher.« Er trank seinen Schnaps mit einem weiten Kopfschwung nach hinten und knallte das leere Holzgefäß auf den Tisch. »Rein mit den schönen Klötzchen!«

Der kleine Moment seiner Unaufmerksamkeit hatte genügt, griffbereit lagen die präparierten Würfel in der linken Wamstasche, mit der rechten Hand gab Bermeter die drei einfachen ins Gefäß. »Viel Glück!« So geschmeidig glitt der Wunsch von den Lippen.

»Bist dir wohl sehr sicher. Aber warte, ich zeig's dir.« Hoch über dem Kopf rüttelte der Lochwirt die drei Augenknochen und stürzte sie auf die Platte. Sechs Punkte.

»Das ist für mich zu wenig.« Bermeter wog seine Chance ab, war zuversichtlich, er ließ die Nothelfer in der Tasche, lange behauchte er die geschlossene Faust, küsste jeden Knöchel und öffnete die Finger. Die Würfel rollten umeinander. »Fünf und drei, dazu eine Eins, das macht …« Schwungvoll schrieb er sich neun Punkte gut.

Wortlos sammelte der Lochwirt die Glücksbringer in den Becher. Hart war der Knall aufs Holz, kaum hatte er die Augen enthüllt, lachte er zufrieden. »Bei mir kommen sieben dazu. Nicht mehr weit bis zum Bock.«

Er sah genau hin, als Bermeter mit betont dicken Strichen sein Konto auffüllte und bemerkte nicht, wie derweil sich die linke Hand über die Würfel legte, nicht die leichte Drehung des Körpers, das Wischen über die linke Wamsseite.

Bermeter stöhnte gequält. »Das liegt nur am Becher. Wer weiß, wodurch du ihn behext hast. Gib ihn her! Ich will die gleiche Chance.«

Mit breitem Lachen überließ ihm der Aufseher das Glücksgefäß. »Das nutzt dir nichts. Du bist sowieso am Ende.«

»Still! Stör mich jetzt nicht.« Bermeter stand auf, nahm sein Schicksal in beide Hände, schüttelte es erst an dem einen, dann am anderen Ohr, dann über der Stirn. »Ihr Heiligen, lasst mich jetzt nicht im Stich.« Schnell stülpte er den Becher auf die Platte und verschränkte gleich die Hände hinter dem Rücken. »Du«, flüsterte er mit leichtem Schaudern. »Sieh du nach. Ich wag es nicht.«

Die schwielige Pranke deckte auf.

Bermeter entrang sich ein Schrei, er griff sich fahrig an die Lippen, deutete auf die Würfel. »Drei Fünfer«, hauchte er. »Das ist ein großer Bock. Ich … ich habe gewonnen.« Er drehte sich langsam im Kreis. »Gewonnen. Ich bin frei.«

»Obwohl ich verloren hab, gehört alles Geld jetzt mir.« Mit einem Griff schob der Lochwirt die Geldstücke auf seine Seite. »So haben wir's doch ausgemacht? Oder?«

»Nimm, nur! Ich gönn dir den Reichtum.« Bermeter sah zur Tür, die nach draußen führte. »Und jetzt, lebwohl!« Erst zwei langsame Schritte, ein Seitenblick, der Aufseher hielt ihn nicht zurück, dann huschte der Gefangene quer durch den Raum, drückte die Klinke nieder. Nichts. Er rüttelte. Die Tür war nicht zu öffnen. »Du musst aufschließen. Bitte …«

Der Lochwirt saß ruhig am Tisch. »So lange ich einen Gefangenen hier hab, ist abgeschlossen. Das ist Vorschrift.«

»Aber wir haben doch ausgemacht, wenn ich gewinne, lässt du mich laufen.« Vorwurfsvolle Angst mischte sich in den Ton. »Du behältst das Geld … und ich bin frei. Genau so. Daran musst du dich doch halten.«

»Dann werd ich wohl.« Gemächlich erhob sich der Aufseher und kam mit leicht schwingenden Schultern auf Bermeter zu. »Du bleibst hier. Verstanden?«

»Was? Ich habe gewonnen … doch gewonnen hab ich …«

»Ist egal.«

Das Gesicht erbleichte, die Lippen bebten. »Das darfst du nicht.« Mehr und mehr griff das Entsetzen nach dem Spielmann. Er begann zu wimmern, griff sich an die Kehle. »Aber die wollen mich …« Jetzt heulte er los, krampfte sich zusammen, richtete sich wieder auf. »Nein!«, schrie er und schlug wahllos nach dem Lochwirt, spuckte ihn an, schrie und fluchte.

Der untersetzte Mann trat nur einen Schritt zurück, drückte den Tobenden mit gestrecktem Arm von sich und hieb ihm die Faust auf den Schädel. Wie gefällt stürzte Bermeter zu Boden, bald aber kam er wieder zu sich, kroch auf den Lochwirt zu und umklammerte die Beine. »Ich flehe dich an! Lass mich gehen. Sag, was du haben willst, ich gebe es dir.«

»Von dir hab ich schon mehr als genug.«

Bermeter heulte, jammerte. Ein neuer Gedanke, hoffnungsvoll sah er zu dem Mächtigen auf. »Der Arsch. Er hat dir doch gefallen. Rette mich, und du bekommst meine Hausfrau. Glaub mir, sie macht's dir besser als jede Hure. Was sagst du?«

Als Antwort trat ihm der Lochwirt in den Bauch. Sofort übergab sich Bermeter, würgte Hasenklein und Schnaps auf den Boden.

»Kotz mir nicht die Stube voll.« Wieder ein Tritt, dann packte ihn der Lochwirt am Kragen, schleifte den Gefangenen zur Treppe. Nach einem scharfen Pfiff erschienen zwei seiner Leute. »Wieder einer, der brüllt und um sich schlägt. Schafft ihn runter! Besser, ihr kettet ihn an und gebt gut auf ihn acht. Unser Scharfrichter hat's nicht gern, wenn seine Kundschaft schon halb tot bei ihm abgeliefert wird.«

Der Lochwirt kehrte zum Tisch zurück, goss sich den Becher randvoll mit Branntwein und nahm genüsslich einen tiefen Schluck. Lange schob er die Münzen hin und her, türmte sie auf und steckte den Reichtum schließlich in die Tasche. »Was ich immer sage: In meinem Gefängnis lacht nur einer. Und das bin ich.«

35

Die äußeren Wunden waren vernarbt, das Gehen bereitete kaum noch Schwierigkeiten, auch ließen sich die Arme wieder ohne Schmerzen bewegen. Kraft und Sicherheit aber, um ein Kunstwerk zu schaffen, hatte der Meister nicht zurückerlangen können, trotz verzweifelter Anstrengung, immer neuen Versuchen. Kammeisen oder Stechbeitel verschmolzen nicht mehr mit seiner Hand, sie blieben schlichte Werkzeuge, mit denen er, so gut es ging, Stein und Holz bearbeitete. In den ersten beiden Jahren nach dem Kerker hatte er nur mit Bitterkeit darüber sprechen können, noch im letzten Herbst färbte sie den Ton, wenn er sich selbst verspottete. »Da habe ich lange an Altären und Heiligen üben müssen, bis ich endlich Grabsteine hauen kann und Kreuze in Sargdeckel schneiden darf.«

Jetzt, nach fünf Jahren aber, hatte er mit sich Frieden geschlossen. War es die ruhige Innigkeit, das Vertrautsein mit Magdalena allein, oder hatte auch dieser kleine, aufgeweckte Rotschopf seinen Anteil daran, der Enkel, der den Großvater mehr und mehr in Beschlag nahm?

»Wo reiten wir jetzt hin?«, fragte der kleine Til, zügelte vor dem Dom sein Steckenpferd mit gewaltigem Brrrr, die Spucke sprühte nur so von den Lippen, und sah zu dem großen Til auf.

»Großmutter hat uns gebeten …«

»Nein, sei doch nicht so dumm!« Mit großer Nachsicht berichtigte ihn der Junge. »Sie ist unsre Königin. Und ich bin der Ritter, und du bist mein Knappe.« Zum Beweis ließ er das Ross tänzeln und zog das Holzschwert aus dem Gürtel. »Wo wartet der Feind?«

Ehe sie loszogen, hatte Til nur mit viel Überredungskunst verhindern können, nicht selbst ein Schwert umgürten zu müssen. »Auf Befehl unserer weisen Königin sollen wir den gefährlichen Weibern auf dem Gemüsemarkt einen Korb voll ihrer süßen Kirschen abjagen. Und deshalb nehmen wir besser den Weg durch die Schustergasse.«

»Gut. Dann folge mir mit dem Packpferd!« Der Kleine Til rollte die großen Augen. »Aber sei vorsichtig.« Er ritt die Domstraße hinunter, hüpfte, und der Stecken zwischen seinen Beinen schlug hinter ihm den Takt.

Dieses Kerlchen, schmunzelte Til, jeden Tag erfindet er ein neues Spiel, und stets bin ich es, der herhalten muss. Warum, weiß ich nicht, aber er kommt nun mal lieber zu mir, wenn ihn etwas bedrückt oder wenn er etwas haben möchte.

Auf dem Judenplatz führte der Ritter seinen Knappen zielsicher an den Obststand. Die Bäuerin sah den Jungen und ein Strahlen erhellte ihr verknittertes Gesicht. »Goldlocken. Nein, was für ein feines Lämmchen.« Sie klatschte dem Meister zu. »Meine Anerkennung, Herr, Euer Nachwuchs ist wirklich gelungen.«

»Um ehrlich zu sein, ich habe recht wenig dazu beigetragen. Dies ist mein Enkel.«

Die Bäuerin überging die Einschränkung, sie wuschelte dem Jungen durchs Haar. »So ein Lämmchen hätte ich auch gern gehabt. Aber bei meinem Alten? Ich sage nur eins, Herr, wie der Hammel, so das Lamm.«

Der kleine Til befreite sich und zückte sein Schwert. »Ich bin ein Ritter. Merk dir das, und du bist eine ...«

»Nicht weiter«, warnend hob der Großvater den Finger. »Verrate uns nicht.« Er reichte der Bäuerin den Korb. »Drei Pfund von den Kirschen.«

Als sie dem Ritter zwei Zwillinge anbot, willigte er gnädig ein und ließ sich von ihr die zusammengewachsenen Stiele mit den dunkelroten Edelsteinen über die Ohren hängen.

»Wohin jetzt?«

Til wies zur Marienkapelle hinüber. »Ich will noch rasch einer Dame guten Tag sagen.« Vor dem Südportal hob er den Blick zu ihr hinauf. Eva, du ewig Schöne, dachte er und sah ihren Leib, den Schalk in ihrem Lächeln; meine Eva, nichts ist verloren gegangen.

»Großvater?« Die kleine Hand zog an seinen Fingern. »Kennst du die Frau da oben?«

Noch in Gedanken sagte Til: »Das ist deine Großmutter.«

»Wirklich?«

»Aber ja, ich kenne sie schon lange.«

Der Junge blickte angestrengt hinauf, schließlich stemmte er eine Faust in die Seite und nickte. »Heute ist die Großmutter aber viel reicher.«

Überrascht beugte sich Til zu ihm. »Wie kommst du darauf?«

»Das merkt doch jeder.« Der kleine Til zuckte mit den Schultern. »Weil doch die Großmutter heute ganz viele Kleider zum Anziehen hat.«

»So habe ich das noch gar nicht betrachtet.« Die einfache Logik verblüffte, erst nach einigen Schritten hatte der Meister das Lachen unterdrückt und konnte ebenso ernst antworten: »Aber du hast recht. Großmutter ist so reich an Gaben, dass sie uns alle glücklich macht.«

Als sie den Judenplatz verließen, wechselte der kleine Til auf die andere Seite und näherte sich dem Korb; das Steckenpferd hielt er nur mit einer Hand, die andere griff blitzschnell zu, schon war die Kirsche zwischen den Lippen verschwunden. Gleich nach dem Zerbeißen verrieten seine Augen, wie wunderbar sich die saftige Süße im Mund ausbreitete, bis er sie mit Genuss hinunterschluckte. »Großvater? Schau mal!« Tief holte er Atem und spuckte den Kern in hohem Bogen auf die Straße. »Kannst du das auch?«

»Ich … ich glaube nicht.«

»Versuch doch mal!«

»Besser nicht.«

Das Zögern spornte den Ritter an, seinen Knappen zu unterweisen. »Guck her. Ist doch ganz einfach.« Die nächste Kirsche verschwand, und gleich entfuhr der Kern dem Lippengeschütz. »Jetzt du. Bitte!«

Til nahm eine Frucht zu sich, blickte verlegen nach rechts und links, dann spuckte auch er.

Der Kleine jubelte. »Du kannst es. Du kannst es doch. Und jetzt, wer am weitesten kann.« Zugleich flogen die Kerne. Der Ritter hatte gewonnen, wollte neue Siege feiern, und sein Knappe musste mitstreiten und verlieren. Einige Hausfrauen schüttelten den Kopf, wechselten die Straßenseite. Hinter seinem Rücken hörte Til ihr Getuschel, verstand sogar: »Dieser alte Narr«, und es störte ihn nicht.

Vor dem Wolfmannsziechlein vergewisserte er sich, ob Kinn und Wangen des Ritters nicht zu verschmiert waren. »Besser, wir erzählen nicht, welche schweren Kämpfe wir durchgestanden haben. Die Frauen dürfen sich nicht ängstigen.«

Vergnügt ritt der goldlockige Recke in den Hof ein. »Mutter! Wir haben Großmutter gesehen!«

Til trat aus dem Dunkel der überdachten Einfahrt, gleich runzelte er die Brauen, er spürte, wie etwas Neues, Befremdliches ihn berührte, und verlangsamte den Schritt.

Auf der Bank neben der Haustür saßen Magdalena und Katharina mit einem schwarzlockigen Burschen zusammen. Sobald die Frauen den Meister erblickten, standen sie hastig auf.

Katharina nahm ihren Sohn an der Hand. »Mutter, wer ist das?«

»Später. Nicht jetzt, später.« Trotz seines Protestes zog sie ihn ins Haus.

Magdalena kam dem Meister entgegen, ihre Augen waren gerötet. »Bitte, Herr …«

»Du hast geweint?« Seine Sorge nahm zu. »Wer ist dieser Fremde?«

»Mein Junge.« Sie atmete heftig und flüsterte: »Florian ist zurück. Ich bitte Euch, Herr, seid nicht so streng mit ihm.« Magdalena wandte sich ab und eilte mit gesenktem Kopf ins Haus.

Aus der Werkstatt tönte das rhythmische Schlagen des Klüpfels. Til stand in der Mitte des Hofes, er wartete. Als Florian auf ihn zukam, glaubte er wieder stechenden Schmerz in beiden Schultergelenken zu spüren.

»Gott zum Gruße, Herr.« Kein kühn geschwungener Lippenbart mehr, das Gesicht war glatt und gebräunt, nur kurz wagte Florian den Meister anzusehen, dann blickte er zu Boden.

»Warum kommst du her? Du hast deine schwangere Frau im Stich gelassen. Du hast deiner Mutter beinah das Herz gebrochen. Aber wir haben unser Leben wieder eingerichtet, und es ist gut so. Soll jetzt wieder alles von vorn beginnen?«

»Ich habe mich geändert, Herr.«

»Wie oft hast du diesen Satz schon gesagt? Und wie oft hast du bald danach das Vertrauen der Menschen, die dich lieben, wieder enttäuscht?«

Auch wenn seine Eva ihn um Nachsicht gebeten hatte, Til wollte, musste streng sein: »Was hast du getrieben, seitdem sich dein sauberer Hauptmann mit dir aus dem Staub gemacht hat?«

»Wir sind nach Nürnberg. Und dort haben wir gespielt. In den Wirtshäusern … Und betrogen haben wir. Als Hans verhaftet wurde, bin ich sofort geflohen. Bin gar nicht mehr in die Herberge zurück, und das hat mich gerettet.«

»Wenigstens beschönigst du nichts.« Die Ehrlichkeit beeindruckte. »Ahnst du, wie viele ehrbare Männer durch euch Aufrührer damals ins Unglück gestürzt wurden?«

»Es tut mir leid, Herr. Von Mutter habe ich vorhin erfahren, welche Qual Ihr erleiden musstet. Und mich … mich trotzdem nicht verraten habt.« Zum ersten Mal wagte er, wieder aufzusehen, offene Reue füllte seinen Blick. »Es tut mir so unendlich leid, Herr. Was würde ich darum geben, wenn ich es ungeschehen machen könnte.«

Die Prüfung war noch nicht abgeschlossen. »Vor drei Jahren ist Bermeter für seine Schandtaten hingerichtet worden. Warum bist du nicht früher zurückgekommen?«

»Aus Angst, Herr, und … und Scham. Ich wollte mir erst beweisen, dass ich doch zu was tauge. Nicht weit von Schweinfurt habe ich bei einem Gutsherrn gedient, als Knecht.«

»Die ganzen Monate über?« Nachdenklich forschte Til in dem gebräunten Gesicht, schließlich bat er leise: »Zeig mir deine Hände, Junge.« Und er fühlte die harten Schwielen. »Ich glaube dir. Ja, du hast meine Erlaubnis, mit uns unter einem Dach zu wohnen.«

»Danke, Herr. Ich … ich werde Euch nie …« Vor Glück und Erleichterung stampfte Florian mit den Füßen auf der Stelle. »Nie werde ich Euch mehr enttäuschen.«

Til schmunzelte über die unbeholfene Freude. »Hör zu, junger Mann. Ehe ich dich zu deiner Frau und meinem Enkel entlasse: Du wirst für mich arbeiten, und zwar dort, wo du angefangen, dann aber alles im Stich gelassen hast. Der neue Weinberg. Für ihn bist du ab morgen verantwortlich.«

»Darf ich jetzt …?« Florian zeigte zum Haus.

»Nein, warte noch.« Der Meister legte ihm die Hand auf die Schulter. »Mein Enkel sagt Großvater zu mir. Du darfst wählen zwischen Herr und Schwiegervater oder einfach nur …« Anstatt den Satz zu beenden, lächelte Til. »Und nun geh hinein!«

Florian nahm die drei Stufen mit einem Satz, erst im Flur wagte er zu jubeln.

Welch ein guter Tag! Magdalena blieb etwas hinter den beiden zurück, sie hob das Gesicht der Sonne entgegen, atmete tief die weiche Luft. Ein Tag, um im Gras zu liegen und einfach den Wolken nachzuschauen oder mit dem Liebsten … Sie schüttelte über sich selbst den Kopf. »Mich wundert wirklich, dass diese Wünsche nicht irgendwann aufhören. Ganz gleich, wie alt ich bin, da sind sie immer noch …«

Liebevoll betrachtete sie vor sich das Paar. In lebhaftem Gespräch spazierte dort der große Til mit dem kleinen Til. Der Fünfjährige zog seinen Bollerwagen mit dem Eimer und der kurzen Feldhacke. Neben ihm schwang der Meister den Wanderstock. Wenn auch sein Rücken leicht gebeugt ist, dachte sie, die Schritte nicht mehr so lang sind, mein Herz merkt das einfach nicht. Magdalena schloss wieder zu den beiden auf.

»… also, ich sage dir den Spruch noch einmal vor: Kilian, der heilige Mann, stellt die besten Schnitter an.«

»Kilian, der heilige Mann …« Der kleine Til sah auf. »Warum ist der Kilian unser Pater?«

»Unser Schutzpatron. Er beschützt das Frankenland, und weil er ganz früher den Menschen den rechten Glauben gebracht hat und ihnen …« Trockener Husten unterbrach den Großvater, es dauerte, bis er wieder sprechen konnte. »Er hat ihnen gezeigt, wie sie das Feld besser bestellen und wie sie guten Wein anbauen können. Deshalb feiern wir morgen seinen Gedenktag. Und bis dahin solltest du den Spruch können.«

»Kann ich doch schon.« Ohne Vorwarnung rannte der Junge los, der Wagen holperte, Eimer und Hacke sprangen, weiter vorn, dort, wo der schmale Weg hinauf in die Weinberge abbog, blieb er stehen und rief den Großeltern durch den Trichter der Hände gleich zweimal hintereinander die Bauernregel entgegen.

Anerkennend klatschte Magdalena Beifall, dann ergriff sie den Arm des Meisters: »Ihr hustet wieder schlimmer.«

»Sorg dich nicht!« Er tätschelte ihre Hand. »Oben am Lindleinsberg wird mir die Sonne guttun.«

»Vielleicht hätten wir auf den anstrengenden Weg verzichten sollen?«

»Nein, es geht schon. Ich freue mich immer wieder, unseren jungen Weinberg zu sehen. Und außerdem will Florian gelobt werden, das habe ich heute Morgen gespürt, als er von seinen Rebstöcken sprach und wie gut der Fruchtansatz in diesem Jahr ist.« Til musste Atem schöpfen, ehe er weitersprechen konnte. »Und er hat das Lob verdient. Seit mehr als einem Jahr arbeitet er unermüdlich.«

»Dafür bin ich so dankbar.« Sie sah ihn von der Seite an, suchte seinen Blick. »Auch dir, weil du ihn immer wieder bestärkt hast.«

Kaum hatten sie den Abzweig erreicht, verlangte der Enkel nach einer zweiten Bauernregel.

Magdalena schüttelte den Kopf. »Später. Wenn wir oben sind.«

»Aber Großvater soll sie mir doch nur sagen. Nur einmal, bitte.«

Ehe sie es verhindern konnte, wurde der Wunsch erfüllt: »Ist's zu Sankt Kilian schön, werden viele gute Tage vergehn.«

»Noch mal.«

Beide Fäuste stemmte die Großmutter in die Seiten. »Also, da soll doch …« Entschlossen wies sie den Berg hinauf. »Ab mit dir. Deine Eltern warten sicher schon mit den Arbeitern. Damit du ihnen hilfst beim Unkrautjäten und beim Steineauflesen. Nein, kein Wort mehr.«

Der kleine Til schob die Unterlippe vor, noch ein flehender Blick zum großen Til, dann nahm er die Deichsel und zog davon.

»Ist's zu Sankt Kilian schön, werden viele gute Tage vergehn!«

Der Junge kicherte, dreht sich um und winkte. »Danke, Großvater. Das lern ich schnell.«

Auf ihren Blick hin zuckte Til unmerklich mit den Schultern. »Er ist mein Enkel.«

Dreimal mussten sie stehen bleiben. Der rasselnde Atem erschreckte Magdalena, kaum aber war der Anfall vorüber, wiegelte er ab. »Glaube mir, ich fühle mich nicht unwohl. Im Gegenteil, gerade heute ist mir leichter als in den vergangenen Wochen.«

Unterhalb der Höhe folgten sie dem Pfad quer zum Berg und erreichten am Ende des weiten, nach innen geschwungenen Hangs ihren Rebengarten. Jörg und Tobias hatten den Meister im Frühjahr mit einer neuen Bank überrascht und sie hier oberhalb der Weinstöcke im Schatten einer Kastanie aufgestellt.

»Jetzt sollte ich doch ein wenig verschnaufen.« Til ließ sich nieder, lehnte den Rücken an und stützte eine Hand auf den Stock. »Hier ist es gut. Ich sehe dich, den Himmel und unseren Weinberg.«

Magdalena band ihr Kopftuch fester. »Ruht Euch aus, Herr. Ich steige hinunter zu den jungen Leuten und helfe ihnen.« Sie war unterwegs, rief über die Schulter: »Nachher sehe ich wieder nach Euch.«

Neben drei der Trockenmauern häufte sich schon das Unkraut. Die Arbeit schien heute gut voranzukommen. Ehe sie bei Florian und den Tagesknechten anlangte, hörte sie die helle Stimme ihres Enkels über die Rebstöcke tönen: »Kilian, der feine Mann, stellt die besten Ritter an!«

Katharina begrüßte ihre Schwiegermutter und deutete auf den Sohn. »Was habt ihr ihm denn da beigebracht?«

»Ich staune auch.« Magdalena hob den Finger. »Von Großvater hast du den Spruch anders gelernt.«

»Weiß ich.« Vergnügt schwenkte Til seinen Eimer hin und her. »Aber so gefällt er mir eben besser.«

Die Frauen sahen sich an und konnten das Lachen kaum unterdrücken, bemüht streng ermahnte ihn Katharina: »Nun bück dich wieder, junger Mann. Die kleinen Steine dürfen liegen bleiben, sammle nur die großen auf.«

Magdalena nahm sich eine der Hacken und begann, eine Reihe oberhalb das Unkraut rund um die knorrigen Stöcke zu entfernen.

Nach einer Weile kam der Enkel leise zu ihr. »Schau mal!« Ein großes Schneckenhaus, bauchig jede Windung und bis zur kleinen Dachkuppe warmbraun gemasert. »Vorhin war sie noch draußen«, wisperte er. »Richtige Hörner hat sie.«

Mit dem Finger fuhr Magdalena die geschwungene Linie nach. »Ihr Haus ist wunderschön.«

»Ich zeig sie Großvater.«

»Nein, warte …« Magdalena wollte ihn zurückhalten, wollte dem

Meister noch etwas Ruhe gönnen, doch er lief schon die Steinstufen hinauf.

Sie blickte nach oben, sah schmunzelnd zu, wie der Enkel neben seinem Großvater stand, ihm die offene Hand hinstreckte. So hell schimmerten die Locken. »Meine beiden. Jeder bedeutet Glück für den anderen.«

Der kleine Til kehrte um, hüpfte nicht, langsam, zögerlich kam er die Treppen herunter.

Magdalena legte die Hacke beiseite und erwartete ihn. »Was ist mit dir?«

Weit schob er die Unterlippe vor.

»Was hat Großvater gesagt?«

»Gar nichts.« Enttäuschung und Vorwurf lagen in der Stimme. »Ich ... ich hab ihm die schöne Schnecke geschenkt. Und er hat sich gar nicht gefreut.«

Magdalena beschirmte die Augen und blickte wieder hinauf. Dort saß der Meister unverändert, reglos.

»Das kann ich mir nicht vorstellen«, murmelte sie, spürte ihr Herz heftiger schlagen, entschlossen nahm sie den Jungen bei der Hand. »Komm, wir werden ihn fragen.«

Rasch stieg sie mit ihm hinauf, ging schneller von Terrasse zu Terrasse, erst kurz vor der Bank stockte Magdalena, vermochte nicht weiterzugehen. Er lehnte da, den Kopf wie im Schlaf zur Seite geneigt, die Lippen leicht geöffnet. Seiner Hand war der Stock entglitten. In unendlicher Ruhe trug die Schnecke ihr Haus über seinen rechten Oberschenkel, war auf dem Weg nach vorn zum Knie.

Magdalena fühlte die fremde Stille. Ein Zittern stieg in ihr auf. Hilfesuchend streichelte sie den Kopf des Jungen. »Doch«, flüsterte sie und musste ihn an sich drücken. »Doch, er hat sich gefreut. Ich weiß es.«

Epilog

Ehe sie in der Erinnerung verwehen, kehren wir noch einmal zurück in das Schicksalsjahr 1525. Die entscheidenden Schlachten sind für die Bauern verloren gegangen. Bei Königshofen starben am 4. Juni mehr als 4000 Männer. Am Pfingstsonntag, dem 6. Juni, ließen nahe Ingolstadt und Iphofen in einer einzigen Stunde erneut mehr als 4000 Männer ihr Leben. Mit ihnen erstarben dort für lange Zeit auch alle Hoffnungen, alle Pläne und Ideen für ein besseres Miteinander zwischen oben und unten.

Noch ist die Erde getränkt vom Blut der Tapferen. Überall im Land wird nach den entkommenen Hauptleuten gefahndet. Hohe Kopfgelder sind ausgesetzt.

Florian Geyer meidet die Fahrstraßen, spät ist er von Rimpar aufgebrochen. Ein Knecht des Ritters von Grumbach begleitet ihn über verschwiegene Pfade in Richtung Giebelstadt. Gleich nach der Niederlage, nach der völligen Vernichtung seiner Schwarzen Schar, hatte er sich zur Burg seines künftigen Schwiegervaters durchgeschlagen und ihn um Schutz und Obdach gebeten.

Doch Wilhelm von Grumbach wand sich, zögerte und lehnte schließlich ab. »Du wirst gesucht. Jederzeit können die Schergen des Fürstbischofs hier auftauchen. Dich zu beherbergen bedeutet Gefahr für uns alle. Bitte hab Verständnis, aber unser guter Ruf …«

Und Florian hatte verstanden. Nicht einmal Barbara, seine Braut, war zum Abschied erschienen.

Jenseits der Felder hebt sich düster der Gramschatzer Wald gegen den noch hellen Abendhimmel. Der Junker deutet hinüber. »Lass uns im Schutz der Bäume eine kurze Rast einlegen.« Hinter seinem Rücken blickt sich der Knecht um. Kein Verfolger ist in Sicht, kein Gehöft in der Nähe.

Am Rande einer Lichtung steigt Florian müde aus dem Sattel. »Durst. Bring mir Wasser!«

»Gern, Herr. Gleich, Herr.« Sein Begleiter reicht ihm den gefüllten Lederschlauch, er lächelt. Während Florian ansetzt, gierig das Wasser aus dem Hornstück saugt, stößt ihm der Knecht den Dolch zwischen die Eisenplatten des Brustpanzers.

»Warum, Freund …?«

Der Mörder reißt den Schwertarm seines Opfers nach hinten und treibt ihm den Stahl in die Kehle. Kein Laut mehr, schmerzvoll der Blick, so sinkt Florian Geyer in die Knie, doch er wankt, fällt nicht. Dem Knecht dauert das Sterben zu lange, erneut sticht er auf ihn ein, wieder und wieder …

Wilhelm von Grumbach hatte seine Fahne nach dem Wind gehängt. Zu Beginn der Unruhen hielt er es mit den Bauern, gab seine Schwester sogar dem edlen Hauptmann Florian Geyer zur Braut, kaum aber hatte sich das Glück gewendet, kaum siegten Adel und Kirche, schwenkte der Ritter aus Rimpar wieder um. Jetzt galt es, dem Fürstbischof Konrad einen Treuebeweis zu geben. Und so opferte Wilhelm von Grumbach den Junker aus Giebelstadt …

»… Bis dass der Tod euch scheidet.« Die Ehe ist geschlossen. Im Kloster zu Wittenberg lächeln die Trauzeugen am 13. Juni 1525 dem Brautpaar zu, während der Pfarrer den Segenswunsch spricht. Der ehemalige Mönch hat die aus ihrem Zisterzienserkloster entflohene Nonne geheiratet. Katharina von Bora.

Mit acht ihrer Mitschwestern hatte sie schon zwei Jahre zuvor den Schritt hinaus gewagt. Nicht zuletzt, weil sich der große Martin Luther um sie sorgen wollte. Und er hatte Wort gehalten, einige der Jungfrauen konnten zu ihren Verwandten zurückkehren, andere gelangten rasch in den Hafen der Ehe. Nur eine blieb übrig: Katharina. Sie war aus gutem Haus, war gebildet, mit Anmut jedoch hatte die Natur sie nicht beschenkt. Obwohl Martin sich immer wieder aufs Neue bemühte, einen Ehemann zu finden, sein Werben blieb erfolglos. Selbst der treue Freund Nikolaus von Amsdorf, der ihn auf den Reichstag zu Worms begleitet hatte, der den Scheinüberfall nahe Möhra miterlebt hatte, selbst er weigerte sich, wollte lieber zeitlebens Junggeselle bleiben. Nun ergriff Käthe die Initiative. »Und wenn es nicht der Herr Amsdorf sein kann«, entschied sie nüchtern für sich selbst, »dann würde ich wohl gerne den Doktor nehmen. Wenn er nur wollte …«

Und Martin war einverstanden gewesen. Doch nicht aus jäh erwachter Leidenschaft oder gar Hingabe. Dem Vater zuliebe. Vor Wochen hatte der Reformator auf einer Reise durchs Bauernkriegsgebiet in Mansfeld den Eltern einen Besuch abgestattet. Nach dem Tod der beiden Brüder baute Hans Luther nun ganz auf ihn. »Sohn, heirate und sorge für Kinder, auf dass unser Familienname nicht untergeht.« Martin dachte an die Enttäuschung, die er dem Vater vor mehr als zwanzig Jahren mit seinem Klostereintritt bereitet hatte. Nun wollte er ihn aussöhnen.

Noch ein zweiter Grund hat ihn bewogen. Nach seiner Zornschrift gegen die mörderischen Rotten der Bauern, rechnet Martin mit deren Rache, fürchtet er um sein Leben. »Ich will dem Vater eine Freude bereiten und dem Teufel noch ein Schnippchen schlagen. Ehe alles zu Ende geht, will ich ihm zum Trotz meine Käthe noch zur Ehe nehmen. Ich lasse mir doch meinen Mut und meine Freude nicht verderben …«

Nach der Trauung legen sich Martin und Katharina unter den Augen der Zeugen nebeneinander aufs Ehebett, so wie es die Sitte vorschreibt.

Seine Feinde schäumen. »Jetzt, da durch den Aufstand der Bauern die ganze Weltordnung zu zerbrechen droht, hat der elende Mönch nichts Eiligeres zu tun, als eine herumstreunende Nonne auf sein Lager zu zerren …« Das Gezischel ist unüberhörbar: »Ein Balg aus solch frevelhafter Vermählung wird ein zweiköpfiges Monster …«

Nichts davon trifft ein. Katharina bringt einen gesunden Sohn zur Welt und schenkt in den darauffolgenden Jahren noch fünf weiteren Kindern das Leben. Die Ehe mit »seinem Herrn Käthe«, wie Martin bald schon voller Respekt und Zuneigung seine Frau bezeichnet, beschert ihm neben all den Kämpfen für die Reformation ungeahntes Glück. Und so formuliert er später den Satz, den ihm Frau Cotta damals in Eisenach zuflüsterte, mit Augenzwinkern um: »Gottes schönste Gabe für den Mann ist, ein fromm' und freundliches, gottesfürchtig' und häusliches Weib zu haben …«

Am 12. August 1525 ist das Volk von Laufenburg früh auf den Beinen. Schweigend scharen sich die Bürger um den Richtplatz. In der Mitte kniet Hans Müller von Bulgenbach, die Hände gebunden. Vierzig Tage und Nächte im Kerker, vierzig lange Tage hatte er Verhöre und Folter ertragen müssen. »Ja, ich habe gekämpft für eine wahrhaft christliche Vereinigung und Bruderschaft. Nein, ich bereue nichts.«

Breitbeinig baut sich der Scharfrichter hinter dem Verurteilten auf. Seine Henkersknechte zerreißen das Hemd. Der Rücken ist gezeichnet von der Folter. Ein Knecht greift nach dem Halstuch.

»Nicht. Lass es mir«, bittet Hans leise.

»Was willst du noch mit dem Tuch?«, flüstert der Kerl ihm ins Ohr und feixt: »Ohne Hals?«

Hans Müller von Bulgenbach schließt die Augen. Damals im Zelt nahe Waldshut … Damals? Das war Ende Januar. Vor nur sieben Monaten hatte alles begonnen, und doch war es eine Ewigkeit her. Joß Fritz ermutigte ihn zum Kampf, und ehe er entschwand, hinterließ er dem Hauptmann der Schwarzwälder Bauern sein Tuch mit dem aufgestickten H. Bei jeder Schlacht, bei jeder Belagerung trug es Hans Müller. Das alte Erkennungszeichen der Bundschuhführer war zu seinem Glücksbringer geworden. Mit ihm gewann er Bruchsal, die Burg von Obergrombach, und nicht zuletzt konnte er Freiburg zur Kapitulation zwingen. Er hatte mit seinen Haufen all die Anfangsziele erreicht, von denen Joß Fritz träumte, um die Empörung im ganzen Land aufzurichten. Zum blutigen Ende aber musste auch er sich der Übermacht des österreichisch-bündischen Heeres geschlagen geben.

»Sag dein Gebet!«

»Vater unser …« Die Stimme dringt in die Herzen der Zuschauer. Männer nehmen die Kappen ab, Frauen weinen. Dann fällt der Kopf.

»Nein, ich habe den Bauernaufruhr nicht verschuldet«, beteuert Götz von Berlichingen am Ende des Sommers 1525 vor dem Schlachtherrn Georg Truchsess von Waldburg. »Nichts habe ich getan. Verflucht, das ist die Wahrheit.«

Auf dem Reichstag zu Speyer im Jahre 1526 schlägt er die eiserne Faust immer wieder gegen die Brust. »Die unseligen Bauern haben mir die Führung aufgezwungen. Ich musste annehmen, weil meine Familie bedroht war. Ich bin kein ehrendiebischer Bösewicht. So glaubt mir doch, werte Herren.«

Nach einigem Zögern glaubt das Reichskammergericht dem Ritter, es erklärt ihn am 17. Oktober für schuldlos. Götz atmet auf und kann mit den beiden Dienern nach Hornberg zurückkehren. Seine Feinde im schwäbischen Bund aber geben sich nicht zufrieden. Durch eine List lassen sie ihn 1528 verhaften. Zwei Jahre muss er im Kerkerturm verbringen, und erst seine Bereitschaft, 30 000 Gulden Sühne an die Bischöfe von Würzburg und Mainz zu bezahlen, und der Schwur einer schmachvollen Urfehde bringen ihm die Freiheit wieder: »Ich gelobe …« Solange er lebt, darf er nicht mehr den Bereich seiner Besitzungen verlassen, nie wieder darf er ein Pferd besteigen. Keine Nacht darf er außerhalb seiner Burg verbringen …

Im Todesjahr des Bildschnitzers Tilman Riemenschneider grollt Götz dem Schicksal: »Immer habe ich ehrenvoll gehandelt. Kurfürsten und Fürsten und alle Adligen haben ihren Nutzen von mir gehabt. Für sie habe ich jeden Tag meinen Kopf, Leib und Leben in die Schanze geschlagen.« Er lässt sich von Knappe Thoma einschenken, trinkt und sinnt über dem Rand des Bechers weiter: »Ich hab keine Strafe verdient. Gäb es noch Gerechtigkeit, dann hätte ich Lob, Ehre und Dank verdient …«

Die Hauptpersonen des Romans

HOF WOLFMANNSZIECHLEIN

Tilman Riemenschneider	Bildschnitzer
Anna Uchenhofer	Meister Tils erste Frau
Gertrud	Tochter von Meister Til und Anna Uchenhofer
Anna Rappolt	Meister Tils zweite Frau
Katharina, Jörg, Hans und Barthel	Kinder von Meister Til und Anna Rappolt
Margarethe Wurzbach	Meister Tils dritte Frau
Margarethe Melchinger, genannt Gretelein	Meister Tils vierte Frau
Rupert	Knecht bei Meister Til
Tobias	Geselle bei Meister Til
Peter	Geselle bei Meister Til

MÜHLHAUSEN, DORF IM OBEREN TAL

Magdalena Lebart	Bäuerin
Jakob Lebart	Kleinbauer, Ehemann von Magdalena
Florian	Sohn von Magdalena und Jakob
Els	Magdalenas Schwägerin
Balthasar	Kleinbauer, Ehemann von Els

WÜRZBURG, BÜRGER, KLERUS UND RATSMITGLIEDER

Hans Bermeter	Spielmann
Lisbeth	Frau von Hans Bermeter
Georg Suppan	Oberbürgermeister

Hedwig Suppan	Frau von Georg Suppan
Martin Cronthal	Stadtschreiber und Notar
Margaretha Cronthal	Frau von Martin Cronthal
Johann Wagenknecht	Maler
Paulus Schroter	Domherr

MÄNNER DER KIRCHE UND HERRSCHER

Martin Luther	Mönch
Rudolf von Scherenberg	Fürstbischof
Lorenz von Bibra	Fürstbischof
Konrad von Thüngen	Fürstbischof
Lorenz Fries	Privatsekretär des Fürstbischofs Konrad von Thüngen
Maximilian von Habsburg	König, später Kaiser

BAUERNKRIEG

Georg Truchsess von Waldburg	Oberster Feldherr des Bundesheeres
Götz von Berlichingen	Ritter
Thoma	Knappe des Götz von Berlichingen
Sinterius	Diener und Schreiber des Götz von Berlichingen
Florian Geyer	Anführer des Schwarzen Haufens
Georg Metzler	Oberbefehlshaber der Bauernheere
Joß Fritz	Bundschuhführer
Else	Frau von Joß Fritz
Hans Müller von Bulgenbach	Bauernführer
Jäcklein Rohrbach	Anführer des Böckinger Haufens

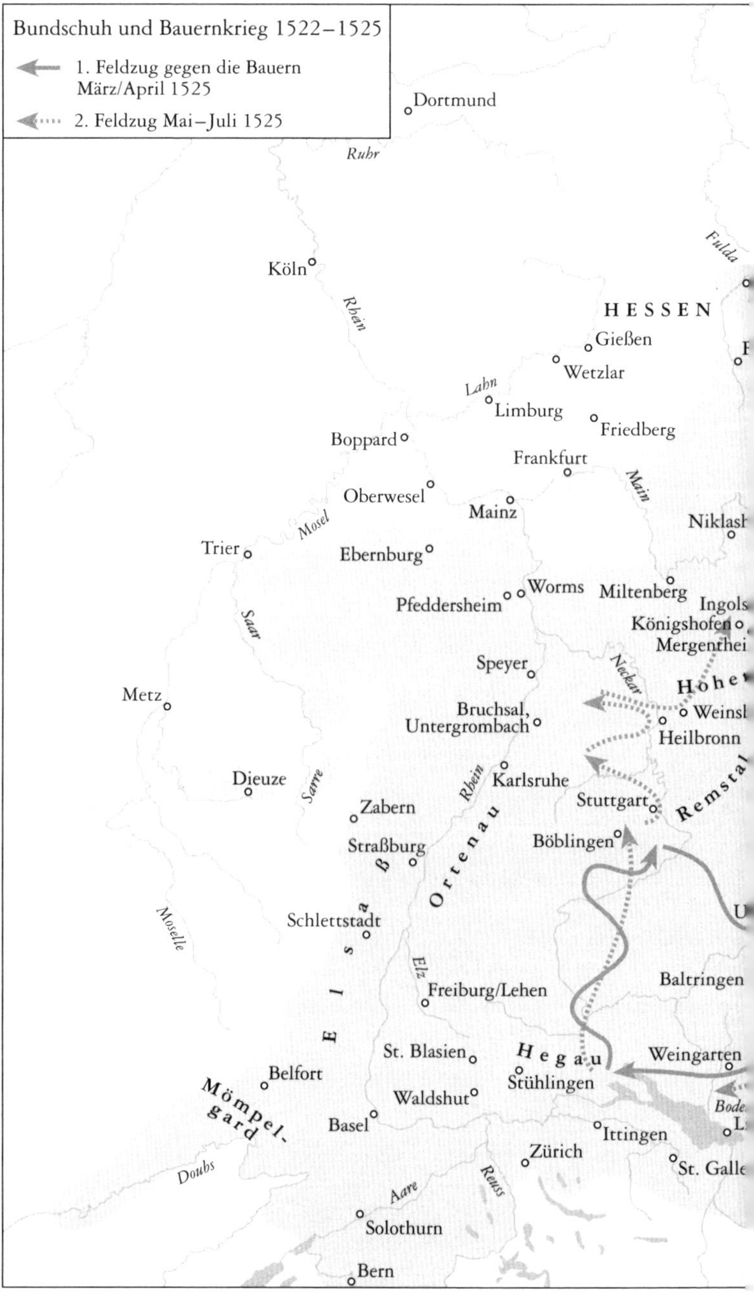
Bundschuh und Bauernkrieg 1522–1525
1. Feldzug gegen die Bauern März/April 1525
2. Feldzug Mai–Juli 1525
Dortmund
Ruhr
Fulda
Köln
Rhein
HESSEN
Gießen
Wetzlar
Lahn
Limburg
Friedberg
Boppard
Frankfurt
Main
Oberwesel
Mainz
Mosel
Trier
Ebernburg
Niklash
Worms
Miltenberg
Pfeddersheim
Ingols
Königshofen
Mergenthei
Saar
Speyer
Neckar
Metz
Bruchsal,
Untergrombach
Weinsl
Heilbronn
Karlsruhe
Dieuze
Sarre
Rhein
Stuttgart
Remstal
Zabern
Ortenau
Böblingen
Straßburg
Elsass
Schlettstadt
Moselle
Elz
Freiburg/Lehen
Baltringen
St. Blasien
Hegau
Weingarten
Belfort
Stühlingen
Mömpelgard
Waldshut
Basel
Ittingen
Zürich
St. Galle
Doubs
Aare
Reuss
Solothurn
Bern

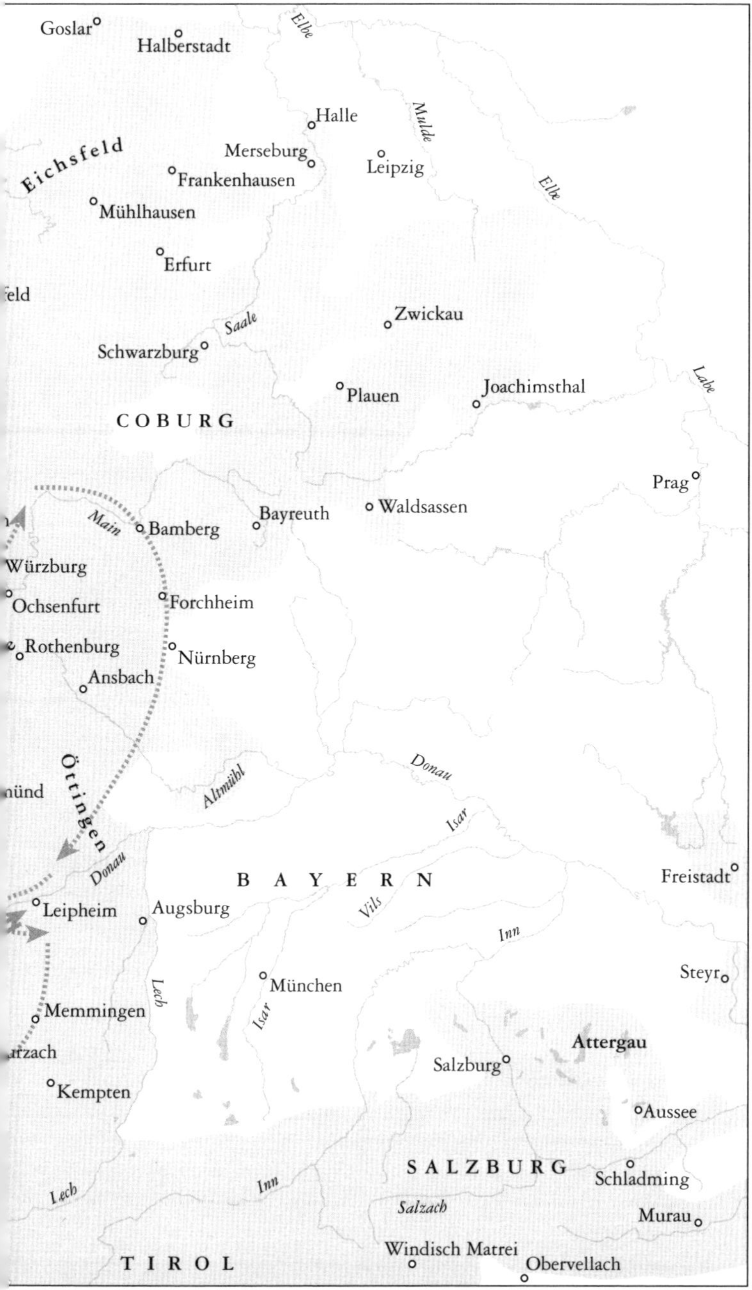

Goslar
Halberstadt
Elbe
Halle
Mulde
Eichsfeld
Merseburg
Leipzig
Frankenhausen
Elbe
Mühlhausen
Erfurt
feld
Zwickau
Saale
Schwarzburg
Labe
Plauen
Joachimsthal
COBURG
Prag
Bayreuth
Waldsassen
Main
Bamberg
Würzburg
Ochsenfurt
Forchheim
Rothenburg
Nürnberg
Ansbach
Donau
Öttingen
nünd
Altmühl
Isar
Donau
BAYERN
Freistadt
Leipheim
Augsburg
Vils
Inn
Steyr
Lech
München
Memmingen
Isar
Attergau
rzach
Salzburg
Kempten
Aussee
SALZBURG
Schladming
Lech
Inn
Salzach
Murau
Windisch Matrei
TIROL
Obervellach